中国古代小说版本数字化研究丛书之一

《红楼梦》版本数字化研究（上）

周文业 编著

中州古籍出版社

图书在版编目（C I P）数据

《红楼梦》版本数字化研究 / 周文业编著. -- 郑州:
中州古籍出版社, 2015.4
ISBN 978-7-5348-5294-7

Ⅰ. ①红… Ⅱ. ①周… Ⅲ. ①《红楼梦》研究 Ⅳ.
①I242.4

中国版本图书馆 CIP 数据核字(2015)第 083991 号

出版社：中州古籍出版社
（地址：郑州市经五路 66 号　　邮政编码：450002）
发行单位：新华书店
承印单位：廊坊飞腾印刷包装有限公司
开本：787 mm×1092 mm　1/16　　印张：69.25
字数：1608 千字　　印数：1-1000 册
版次：2015 年 4 月第 1 版　　印次：2015 年 4 月第 1 次印刷

定价(上下册)：168.00 元

总 目 录

上册 “庚寅本”《石头记》等版本数字化研究

下册　“庚寅本”《石头记》等版本整理比对本

“庚寅本”《石头记》等版本数字化研究

上册 目 录

“庚寅本”《石头记》等版本数字化研究

前 言

本书上册主要对《红楼梦》版本有关的五个问题进行了数字化研究。

第一个问题是最近出现的“庚寅本”《石头记》。目前对“庚寅本”的来历还有争议，一种看法认为“庚寅本”明显是现代抄本，因此认为此本是“造假”，没有研究价值；另一种完全相反的看法认为，此本从纸张、字迹和内容看，是抄写于晚清，甚至是时间更早的“古本”。我利用数字化比对后认为，这两种看法都不全面。此本抄写于 20 世纪 50 年代，其批语主要来自俞平伯《脂砚斋红楼梦辑评》1954 版，其正文来自庚辰本系列的某个版本，但不排除抄录者曾参考某个“古本”的可能性。“庚寅本”虽然抄写时间较晚，但不排除其有个“古本”为底本，因此是值得研究的一个版本。

第二个问题是甲戌本上一附条批语问题。“庚寅本”的一条批语，又以“附条”为名出现在周汝昌兄弟的甲戌本录副本中。经仔细检查甲戌本原本，发现了甲戌本上有此附条批语被撕掉后留下的痕迹，证明此附条批语确实曾出现在甲戌本上，但对此附条批语的来历还不清楚，还有不同看法。有人认为此事为周汝昌兄弟或陶洙所为，而我经过仔细分析，认为附条应该是甲戌本原有的，是某位收藏者所为。由于俞平伯 1954 年版《脂砚斋红楼梦辑评》上也有此“附条”批语，由此也再一次证明“庚寅本”批语是来自俞平伯 1954 年版《脂砚斋红楼梦辑评》。

第三个问题是戚序本和庚辰本关系问题。目前主流红学一般认为庚辰本是戚序本的祖本，戚序本是来自庚辰本。但我经过数字化全面、详细的文字比对，发现有 100 多例戚序本文字和庚辰本不同，却和甲戌本相同，这很难用戚序本来自庚辰本解释。而用庚辰本和戚序本有共同祖本，则很容易解释这种情况。因此我认为，戚序本和庚辰本有共同祖本的可能性更大。

第四个问题是周汝昌借给陶洙的是甲戌本原本，还是录副本。周汝昌本人说，他借给陶洙的是录副本，而梅节却认为周汝昌借给陶洙的就是甲戌本原本。我经过仔细分析，认为周汝昌借给陶洙的应该是他自己的甲戌本录副本，而不是甲戌本原本。

第五个问题是“程前脂后”问题。欧阳健提出“程前脂后”，受到主流红学的批判。现存脂本和程本是什么关系？我认为现存脂本基本都是过录本（除舒序本），因此理论上可能现存脂本中有的版本在程本之后，即“程前脂后”。现存脂本和程本之间最大可能是，它们有共同的祖本，认为现存脂本都是程本之后造假产物的根据基本都不成立。虽然如此，“程前脂后”的讨论对于《红楼梦》版本和版本演化还是起了促进作用。

此外还讨论了《红楼梦》中的“移花接木”问题。

在以上问题的研究中，都大量使用了数字化比对方式，数字化比对可以快速、一字不漏地查出所有的文字差异，为后续的人工分析研究大大节省了时间，打下了很好的基础。对数字化研究方法也做了简单介绍。

第一编　中国古代小说版本数字化

第一章　中国古代小说版本数字化概论

第一节 中国古代小说版本数字化研究

一、中国古代小说版本数字化现状

中国古代小说版本数字化是从《三国演义》版本数字化开始的，1999年我参加了在太原清徐召开的第十二届《三国演义》学术研讨会。在会议上我第一次提出了古代小说版本数字化的设想，得到了与会学者的大力支持。从此我多次在国内外各种学术会议上介绍古代小说数字化，都受到不同程度的欢迎，并多次在国内外各大学做专场报告，宣传数字化。

中国古代小说版本数字化经过十多年的努力，目前已经基本完成五大名著《三国演义》《水浒传》《西游记》《金瓶梅》和《红楼梦》主要版本数字化。到目前为止，已完成数字化的五大名著 78 种版本，只要影印出版的版本基本都完成了数字化，详见下表。

表 1．古代小说版本数字化统计表

三国演义：31 种		
演义系列	12	嘉靖元年本、朝鲜活字本、朝鲜翻刻本、周曰校丙本、夏振宇本、夷白堂本、李卓吾本、锺伯敬本、李渔本、毛宗岗本、英雄谱本、上海残叶
志传繁本	7	叶逢春本、郑少垣本、余象斗本、余评林本、种德堂本、杨闽斋本、汤宾尹本
志传简本	12	黄正甫本、刘龙田本、朱鼎臣本、刘荣吾本、二酉堂本、熊佛贵本、熊清波本、北京藏本、魏氏刊本、天理图本、杨美生本、费守斋本

表 1．古代小说版本数字化统计表（续）

水浒传：16 种		
文简事繁	10	评林本、巴黎本、哥本哈根本、斯图加特本、德累斯顿本、梵蒂冈本、牛津残叶、刘兴我本、黎光堂本
文繁事简	4	容与堂本、锺伯敬本、遗香堂本、郑藏本
繁简综合	1	郁郁堂本
腰斩删改	1	金圣叹本
西游记：12 种		
繁本	2	世德堂本、李卓吾本
删节本	3	唐僧西游记、杨闽斋本、闽斋堂本、
简本	2	朱鼎臣本、杨致和本
清代刊本	5	西游记原旨、西游记证道书、西游真诠、新说西游记、出身全传
金瓶梅：4 种		
崇祯本	2	北大本、东大本
词话本	1	词话本
张评本	1	张评本
红楼梦：16 种		
脂评本	11	甲戌本、庚辰本、己卯本、甲辰本、列藏本、戚序本、南图本、舒序本、郑藏本、卞藏本、北师大本
混合本	2	蒙府本、梦稿本
程高本	3	程甲本、程乙本、东观阁本

二、中国古代小说版本数字化研讨会

从中国古代小说版本数字化研究开始，我就认为这些研究必须相互交流。但如果只靠发表文章的话，推进会非常慢，最有效、最快捷的方法是举办研讨会，这样学者们可以直接面对面交流。

为此，从1999年《三国演义》版本数字化开始，我就筹备举办研讨会。2001年在首都师范大学举办了第一届国际研讨会，时隔一年之后，2003年在首都师范大学举办了第二届国际研讨会，从此每年举办一次，一直坚持到今日。

中国古代小说、戏曲文献暨数字化国际研讨会从 2001 年举办第一届以来，已经先后举办过十四次。其中七次在大陆，即 2001、2002、2005、2007、2009、2011 年六次在北京首都师范大学，2013 年在上海复旦大学。六次在境外，其中韩国 2 次、日本 2 次、澳门 1 次、台湾 1 次。即 2004、2010 年两次在韩国首尔详明大学和成均馆大学，2006、2014 年两次在日本东京大东文化大学，2008 年在澳门大学和 2012 年在台湾嘉义大学，2015 年将在河北廊坊师范学院召开。最近我因事刚去香港，当面和香港大学中文系老师协商2016年在香港举办，他们也有此意向，我们将继续商议。我坚持研讨会一定要一年在大陆、一年在境外，主要是促进大陆和境外学者的交流，一方面大陆学者可以走出去看看，看看境外学者是如何研究中国古代小说的，另一方面在境外举行也有利于境外学者了解大陆学者的研究，相互促进。

表2. 历届中国古代小说、戏曲文献暨数字化国际研讨会

时间	次序	地点	主办单位	联系人
2001	第一届	北京	首都师范大学	周文业
2003	第二届	北京	首都师范大学	周文业
2004	第三届	韩国首尔	详明大学	赵宽熙
2005	第四届	北京	首都师范大学	周文业
2006	第五届	日本东京	大东文化大学	中川谕
2007	第六届	北京	首都师范大学	周文业
2008	第七届	澳门	澳门大学	邓骏捷
2009	第八届	北京	首都师范大学	周文业
2010	第九届	韩国首尔	成均馆大学	金文京
2011	第十届	北京	首都师范大学	周文业
2012	第十一届	台湾嘉义	嘉义大学	徐志平
2013	第十二届	上海	复旦大学	黄　霖
2014	第十三届	日本东京	大东文化大学	中川谕
2015	第十四届	河北廊坊	廊坊师范学院	许振东

从2001年由我发起举办第一届“中国古代小说文献暨数字化研讨会”以来，在我一个人的努力下，研讨会得到国内外热心学者的大力支持，能够坚持十几年，每年都举办，连续举办十三届是很难得的。这十几次专题研讨会大大促进了中国古代小说数字化的发展，研讨会对于促进中国古代小说、戏曲文献暨数字化的交流和研究起了很好的推动作用。

第二节　《红楼梦》版本数字化研究和数字化研究丛书

一、《红楼梦》版本数字化研究

中国古代小说版本数字化研究是从《三国演义》版本数字化开始的，并陆续扩展到《红楼梦》《水浒传》《西游记》和《金瓶梅》等五大名著的版本研究。其中《三

国演义》版本数字化研究最突出，《红楼梦》版本数字化研究也取得了一些成绩。

2008年由首都师范大学和中央民族大学联合召开了“一百二十回本《红楼梦》版本研讨会”。会议上我全面介绍了《红楼梦》版本数字化，会后又出版了《一百二十回本〈红楼梦〉版本研究和数字化论文集》[①]。

《红楼梦》版本一般分为脂本和程高本两类，更为严格划分，应分为八十回的“脂评本”、一百二十回的混合本和一百二十回程高本三个系统。八十回“脂评本”多题名“石头记”，带有“脂砚斋”等评语，现存十种：甲戌本、己卯本、庚辰本、列藏本、戚序本、舒序本、甲辰本、郑藏本、卞藏本、北师大本。除戚序本为排印本外，其他都为手抄本。一百二十回的混合本前 80 回采用脂本，后 40 回属于一百二十回的程高本，包括蒙府本、梦稿本（杨藏本）两种，均为手抄本。一百二十回程高本都是排印本，主要有两种，即程甲本和程乙本。程本之后出现了大量的一百二十回本，包括东观阁本等。以上 15 种版本都已经完成了数字化。

《红楼梦》版本研究课题非常多，本书只包括本人对其中几个课题的研究，即“庚寅本”研究、甲戌本附条批语研究、戚序本和庚辰本关系研究、周汝昌借陶洙甲戌本录副本研究等。

本书首先介绍了中国古代小说版本数字化研究，本书的研究基本都是在数字化基础上进行的，即先把需要研究的版本数字化，然后再应用各种数字化研究方法进行研究。文字逐行比对和图文比对在“庚寅本”和戚序本、庚辰本关系研究中得到广泛应用，是本书的主要研究方法。文字差异相似度统计在“庚寅本”正文研究中，用于和其他各种版本进行相似度比较。

本书用较大篇幅研究了所谓“庚寅本”《石头记》。此本是 2011 年在天津出现的一个《红楼梦》手抄残本，目前对此本的来历还有争议。

第一种看法认为此本为“古本”，其底本抄藏及批语最初过录时间，至迟在清乾隆庚寅年秋[②]。

第二种看法认为此本为晚清抄本，主要是根据书画鉴定专家的鉴定。[③]

第三种看法认为此本完全是现代抄本，甚至可能是“伪造”，研究价值不大。

第四种看法认为此本是现代抄本，其抄写时间应该在 1954 年以后。但此本是否曾参考过其他“古本”，目前还难以判别。此结论主要是本人根据对此本正文、批语两方面众多的线索的仔细分析和研究，认为此本批语肯定是来自俞平伯 1954 年出版的《脂砚斋红楼梦辑评》，其正文的底本应该属于庚辰本系列，但具体是哪个版本目前还难以确定。

《红楼梦》版本非常复杂，历来争论极大，对“庚寅本”的来历有争论是正常现象。

本书对“庚寅本”的研究，包括正文研究和批语等四部分内容。第一是对“庚

---

① 曹立波、周文业：《一百二十回本〈红楼梦〉版本研究和数字化论文集》，首都师范大学出版社 201 年 3 月第 1 版。

② 乔福锦：《石头记》庚寅本考辨，《辽东学院学报》（社会科学版）2013 年第 1 期。

③ 赵建忠：新发现的《石头记》“庚寅”本，《河北学刊》2014 年第 2 期。

寅本”的简介，并介绍目前对“庚寅本”研究的概况。第二是对“庚寅本”正文的研究，认为此本的底本应该属于庚辰本系列的某个版本。第三是对“庚寅本”批语的研究，通过多角度分析，认为此本批语肯定是根据俞平伯 1954 年版《脂砚斋红楼梦辑评》整理而成的。最后介绍对“庚寅本”来历的几种看法，“庚寅本”目前存在的疑问，以及研究“庚寅本”的意义。

本书还介绍了三个引申问题，即甲戌本附条问题、戚序本和庚辰本关系问题、周汝昌借陶洙甲戌本录副本问题。

第一是甲戌本附条问题。在研究“庚寅本”中发现了一附条批语，最终证实此附条来自甲戌本。有人认为此附条是后人所为，我认为此附条为甲戌本原有。

第二是戚序本和庚辰本关系问题。一般认为戚序本是来自庚辰本，但我经过数字化比对后发现大量戚序本文字不同庚辰本，而同甲戌本的例子。这很难用戚序本是来自庚辰本来解释，而用它们有共同祖本就很容易解释了。

第三是戚序本和庚辰本关系问题。周汝昌当年借陶洙是甲戌本，还是录副本，争议也很大。经过我仔细分析，认为周汝昌借陶洙的应该是录副本，而不是甲戌原本。

以上是本书上册的内容。

本书下册是和上册版本研究有关资料的整理，可分为三部分。

第一部分为“庚寅本”的整理本，包括正文和全部批语。即吧“庚寅本”中所有批语都逐一插入正文，如果此批语在其他版本中也有，则全部加以注明。“庚寅本”中独有批语也全部收入，并注明。

第二部分为《红楼梦》前 13 回半全部版本批语的辑评，除“庚寅本”外也并收入“庚寅本”没有的其他版本批语。因为“庚寅本”只有 13 回半，所以辑评也只整理前 13 回半的批语，由此可看出“庚寅本”收入和未收入的全部批语。

第三部分是《红楼梦》四版本正文比对本。由于“庚寅本”主要和甲戌本、庚辰本、戚序本有关，本书除研究“庚寅本”外，还研究了戚序本、庚辰本和甲戌本的关系，因此比对本也只收入这四种版本。由于“庚寅本”只有 13 回半，甲戌本只有 16 回，因此也只整理上述四版本都有的前 28 回中 20 回。比对采取逐行逐字比较方式，这样文本差异很清楚。

本书上册中引用的《红楼梦》版本正文和批语，凡收入了下册的，全部注明在本书下册的页数，这样读者可很方便的作对比，这样可全面了解这些正文和批语的前后全貌。

通过对“庚寅本”等《红楼梦》版本问题的研究，可以看出如何利用数字化对古代小说版本进行研究，希望此书的出版不仅促进对“庚寅本”的研究，对《红楼梦》其他版本的研究也有帮助。

二、中国古代小说版本数字化研究丛书

中国古代小说版本数字化至今已经过去十几年了，从十几年前的一个设想，到今日已经初具规模，由《三国演义》扩展到《水浒传》《西游记》《金瓶梅》和《红楼梦》五大名著，古代小说版本数字化在不断前进。但数字化没有终点，没有止境，今后的路还很长，古代小说数字化还有很大发展空间，还有许多领域和课题可以利用数字化，今后数字化必将更好地为古代小说研究服务。

为总结本人十几年来在中国古代小说版本数字化研究方面的成果，决定出版《中国古代小说版本数字化研究》丛书。

中国古代小说版本数字化研究是从《三国演义》开始的，我在这方面写的文章也最多。《三国演义》数字化研究之后，又陆续用数字化对《水浒传》《西游记》《金瓶梅》版本中某些课题进行了研究，《红楼梦》版本数字化研究是从“庚寅本”开始的，开展得最晚。

但考虑到《红楼梦》“庚寅本”是新出现的一种《红楼梦》版本，目前对其是否是“古本”也还有争议，因此很有必要向对此有兴趣的读者，介绍本人对此本的数字化研究成果，所以决定把《红楼梦》版本数字化研究作为这个系列丛书中的第一部。本书研究了“庚寅本”和庚辰本、戚序本关系等诸多问题，介绍了如何利用数字化进行版本研究，因此本书名定为《〈红楼梦〉版本数字化研究》。

《三国演义》版本数字化研究开展最早，研究成果也较多。本人2009年就编写了《三国演义版本研究和数字化》一书初稿，约30万字，但一直没有机会出版。在上述有关《红楼梦》研究专著之后，计划再将《三国演义版本研究和数字化》一书收入此丛书。《水浒传》《西游记》《金瓶梅》版本数字化研究也写了一些文章，也将陆续编辑出版《水浒传》《西游记》《金瓶梅》版本数字化研究专著。

本人十几年来从事中国古代小说版本数字化研究，主办了十几届中国古代小说版本数字化研讨会，有很多感想，在“中国古代小说网”主编苗怀明先生的鼓励下，写了一些随笔。这些随笔本来只是有感而发，多数只是在“中国古代小说网”上发表，没有准备出版。有朋友看到后，觉得很有意义，建议我结集出版。因此决定将这些随笔编辑成《中国古代小说版本数字化研究随笔》，也将收入此丛书。

《中国古代小说版本数字化研究》系列丛书是个长远计划，将根据研究情况陆续出版。

第二章 版本文字差异研究方法

第一节 版本文本差异和数字化比对

一、中国古代小说版本数字化研究

中国古代小说版本数字化研究包括以下几方面内容。

1. 文字版

- 版本数字化包括文字版和图像版两种形式，文字版用于阅读、检索，而图像版可以保存原版原貌。
- 文字版主要是根据原版影印本整理，主要用于版本研究，因此尽量保持原版原貌，对文字不做任何修订，保持原有的原版行款和异体字、俗体字。也有部分版本没有影印本，是根据排印本整理的。

2. 文字比对

- 版本比对是数字化最主要的功能，要对几十万字的小说进行版本比对，用人工比对是非常困难的，版本数字化后，很容易利用计算机完成。
- 版本比对分为文字比对和图像比对两种。
- 文字比对按照输出形式，分为逐行比对和分窗口比对两种，各有优缺点。
- 逐行比对文字差异很清楚，但文本不连贯，阅读不利，可用于文字的仔细比对和深入研究。
- 分窗口比对刚好相反，文本很连贯，阅读方便，但文字差异的细节没有逐行比对清楚，可用于文字的宏观比对。
- 可先用分窗口比对，宏观初步判断文字差异。然后再用逐行比对，仔细研究文字差异的具体细节问题。

3. 图像版和图像对照

- 图像版是扫描原版而生成的图片。
- 图像对照是在计算机屏幕上开几个窗口，分别显示不同版本的图像版，并作对比。

- 图像版最大好处是可以把原版图像存在计算机或平板电脑中，这样随身带，可在图书馆、教室、办公室随时打开看，不用查看纸本图书。

4. 图文对照

- 图文对照是在计算机屏幕上开两个窗口，分别显示图像版和文字版，可同时看到电子文本和原版原貌。
- 图像和文字是实时对应的，无论图像或文字如何移动，两者都可一一对应。
- 图文对照中的文字可检索，检索结果图文自动对应，自动显示文字检索结果所对应的图像，这对于查看和检索原文十分有用。

5. 文字特殊统计

- 文字差异的相似度统计：对不同版本文字差异的相似度分回进行统计。
- 句长统计：对某个版本标点后文本的句长进行统计。
- 对话比重统计：对某个版本标点后文本中的对话，占总文本的比重进行统计。
- 同词脱文统计：对两个版本文字之间发生的“同词脱文（串行脱文）”进行统计。

二、版本文本人工比对

在版本研究主要是研究各种版本之间的文字差异，一般研究文字差异是利用人工比对文本。如《红楼梦》研究中，由冯其庸主编，曾两次整理出版了《脂砚斋重评石头记汇校汇校》（1987年）[①]和《脂砚斋重评石头记汇校汇评》（2008年）[②]。

此书的整理思路是以庚辰本为底本，和其他版本文字逐字比对。方法是以庚辰本为底本，列为首行，并直接采用其影印为原貌。其他版本文字用手工整理抄写，标出文字的多和少。相同文字不再抄写，而只抄写不同的文字。

---

① 冯其庸主编：《脂砚斋重评石头记汇校》，文化艺术出版社1987年版，5册。

② 冯其庸主编：《脂砚斋重评石头记汇校汇评》，北京图书馆出版社2008年版，30册。

脂硯齋重評石頭記彙校彙評　第一回　瓜飯樓校紅箋　○○○四四

庚辰	可勝数至若佳人才子等書則又千部共出一套且其中終不能不涉于淫濫
己卯	（于　濫）
甲戌	数（書）至
蒙府	数（録）至
戚序	〃
戚宁	〃
列藏	数（記）至　書（則有）千
楊藏	数（[illegible]）若
舒序	（等書）
甲辰	勝（計）至　千（篇）一（例）且　（終）　不（仍）涉　淫（亂）
程甲	数（計）更於才子佳人（等）　又（則）千（共出）一（轍）終　（于）
卞藏	数（更有一種風月筆墨其淫穢汚臭壞人子弟又不可勝数）至　能（不）涉

7.3

※ 更有一種風月筆墨其淫穢汚臭塗毒筆墨壞人子弟又不可勝数

※※ 更有一種風月筆墨其淫汚穢臭屠毒筆墨壞人子弟又不可勝数

*3 更有一種風月筆墨壞人子弟又不可勝数

*4 更有一種風月筆墨其淫穢汚臭塗毒筆墨坏人子弟又不可勝数更

*5 紀更有一種風月筆墨其淫穢汚臭口惑人心壞人子弟又不可勝数

*6 更有一種風月筆墨其淫穢汚臭最易壞人子弟

*7 開口文君滿篇子建

*8 腔千人一面且

脂硯齋重評石頭記彙校彙評 第一回附録 瓜飯樓校紅箋 〇〇二五

7.3附

这种人工整理的最大问题是，因为只标注文字的多少差异，结果比对结果很不清楚，阅读十分困难。如果只是个别文字的差异，还可以。但如果文字差异很大，无法直接抄写，只好在附录中用“*”标记，这样读者阅读十分困难。这两套书规模庞大，《脂砚斋重评石头记汇校汇校》有五册，《脂砚斋重评石头记汇校汇评》增加了批语汇集，有三十册之巨。

因此，这种人工比对的结果，和下面用计算机数字化比对结果相比，差异非常明显。数字化比对相同文字都同样抄写出，文字差异也直接写出，逐行逐字比对，无论是个别文字，还是差异很大的文字，都十分清楚。

文字差异人工比对结果见前面的附图，文字差异数字化的比对结果见第五段“五、文字差异的数字化比对”。各个版本数字化比对的文字差异，明显比人工比对清楚得多。

三、文本数字化比对研究思路

古代小说版本的文本研究，主要是研究各种版本之间的文字差异，而文字差异是利用文本数字化比对实现的，以“庚寅本”研究为例，其思路和方法如下。

1．文本数字化比对

利用文本数字化可以比对古代小说各种版本之间的文字差异。为研究“庚寅本”，利用数字化文字比对完成了“庚寅本”和庚辰本、戚序本等任意版本之间的文字比对，这样“庚寅本”和其他版本之间的文字差异就非常明显了。

2．文本数字化相似度比较

文本数字化相似度比较是为了宏观、概括地判断“庚寅本”文字和其他版本相比，和哪个版本最接近，以减少比对、研究的范围。

经过“庚寅本”和其他《红楼梦》各种版本的相似度比较，和“庚寅本”文字最接近的是庚辰本。

3．文本差异的两种分析方法

文字差异有两种分析方法。

第一种方法是找出各个版本的不同文字，可称为“不同文字法”，即“异文”分析法。

第二种方法是找出各个版本的相同文字，可称为“相同文字法”，即“同文”分析法。

文字差异分析的最终目的，是判定哪个版本文字和所研究的版本文字最接近。

4．“庚寅本”和庚辰本比对结果分析

通过“庚寅本”和其他版本正文数字化的文字比对，及相似度比较，结果很明显，最接近“庚寅本”的肯定是庚辰本。而两者正文比对结果有三种情况。

第一种情况，“庚寅本”文字和庚辰本文字相同，约占百分之八十；和庚辰本文

字不同，而和其他版本文字相同的，只有百分之二十，这说明“庚寅本”正文主要来自庚辰本。

第二种情况，“庚寅本”有少量正文和庚辰本不同，而和其他版本正文相同，而产生原因又可分为三种情况。

第一种情况是由于批语造成的，“庚寅本”部分批语的正文抄自俞平伯1954年版《脂砚斋红楼梦辑评》，而此书的正文实际是来自戚序本，而不是庚辰本，因此导致“庚寅本”部分正文与庚辰本不同。

第二种情况是和批语无关，产生的原因不明。

第三种情况是“庚寅本”独有的正文，和其他所有版本的正文都不同。产生原因也不明，有可能是抄写中的错误。

四、文本相似度的数字化

利用计算机可比对“庚寅本”和多种版本的文字，进行文字相似度比较，以求从宏观判别“庚寅本”和哪个版本文字最接近。

相似度比较就是用计算机自动比较两个版本的文字，看完全相同的字占总字数的比例。如“庚寅本”和甲戌本第1回相似度为71.33%，就表示“庚寅本”和甲戌本文字中，有71.33%的字是完全相同的。此比例越高，表示两版本文字越接近。100%就表示文字完全相同。

对相似度比较结果需要说明，此相似度比较结果仅供参考。由于文本录入时是严格按照原文录入，异体字、俗体字、简化字都保持原貌。如“黛玉”有的版本为“代玉”，实际是同一字，但录入为不同字，也会使相似度比较出现偏差。

相似度比较结果整体排序：

- “庚寅本”和其他版本文字比较，相似度排序如下：
  1庚辰本，2己卯本，3甲戌本，4杨藏本，5戚序本，6蒙府本，7舒序本，8列藏本，9甲辰本。
- 和“庚寅本”文字最接近的是庚辰本，其次是己卯本。
- 再次是甲戌本和戚序本，“庚寅本”中都有这两个版本的批语，因此文本接近也较合理。
- 杨藏本排第4，是由于杨藏本接近程本，而和庚辰本文字差异较大。
- “庚寅本”中虽然有少数甲辰本的批语，但甲辰本的文本做了很多修改，因此甲辰本和其他版本的文字差异较大，相似度就排在最后。
- 排名第一的庚辰本和第二的己卯本，相似度相差约8个百分点，差距很大，排名第二的己卯本以后的各个版本相似度差异都不到2个百分点。差异最大的甲辰本和列藏本之间也只差3个百分点多一点。这说明，庚辰本和“庚寅本”文字相当接近。
- 全部13回中，庚辰本每回的相似度都在80%以上，排名都是第一。

表 3. “庚寅本”和其他版本文字相似度比较

	庚辰	己卯	甲戌	杨藏	戚序	蒙府	舒序	列藏	甲辰
1	89.58	0	77.7	75.76	81.48	79.69	81.55	77.42	74.65
2	88.32	79.24	83.02	75.63	77.07	76.68	80.12	76.51	66.82
3	88.82	78.33	80.98	75.07	76.11	74.90	78.28	74.42	67.74
4	90.74	79.39	79.95	74.29	73.31	72.77	80.87	74.31	69.48
5	91.98	80.55	78.21	77.30	75.94	75.14	75.28	0	76.15
6	89.29	85.21	78.77	79.67	78.63	75.91	74.55	0	72.7
7	85.54	83.71	75.66	79.02	74.29	71.70	71.68	72.43	69.46
8	88.58	81.51	78.53	78.00	73.91	73.86	71.73	71.15	69.56
9	82.3	79.49	0	76.77	78.38	76.39	73.63	72.43	70.30
10	90.53	68.93	0	78.27	78.03	77.57	77.65	81.14	74.57
11	87.43	81.62	0	77.22	76.71	79.70	77.48	81.96	75.35
12	85.07	78.52	0	79.14	69.71	76.22	78.64	75.85	75.14
13	85.75	84.33	74.78	78.69	79.77	81.14	67.40	76.00	78.75
平均	87.99	80.07	78.62	77.29	76.41	76.28	76.07	75.78	72.36
排序	1	2	3	4	5	6	7	8	9

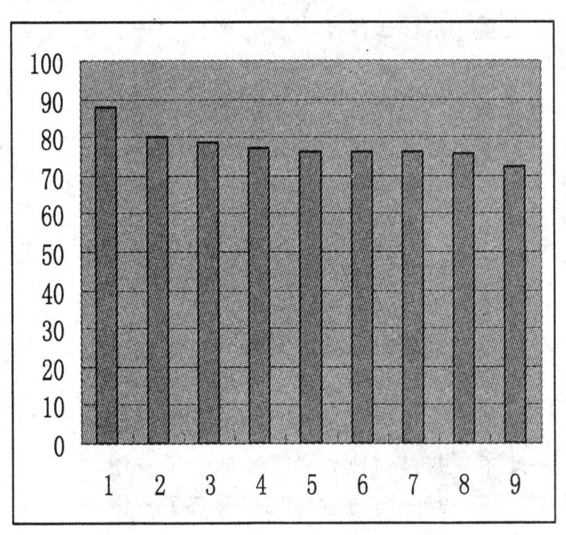

“庚寅本”和其他版本文字相似度比较

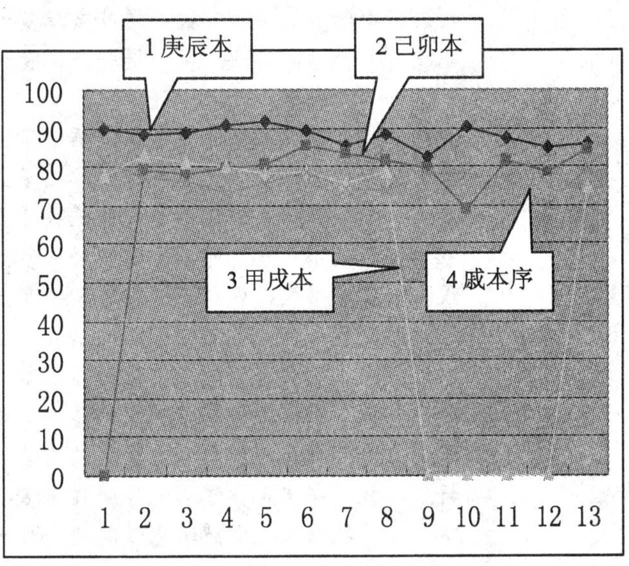

“庚寅本”和其他版本第 1—13 回相似度比较

五、文字差异的数字化比对

下面以“庚寅本”部分文字为例，介绍用数字化文字差异比对的分析方法。先利用数字化比对“庚寅本”和其他 10 种脂本，因为己卯本第 1 回前面文字有缺失，因此只选录第 1 回中部分两段文字比对为例。

第一段文字中，文字差异只是个别文字差异（本书下册第 244 页）。

寅：只有一女乳名唤作英　莲年方三岁一日炎夏　永昼士隐于书房　闲坐至　手倦
庚：只有一女乳名唤作英菊　年方三岁一日炎夏　永昼士隐于书房　闲坐至　手倦
戚：只有一女乳名　　英　莲年方三岁一日炎夏　永昼士隐于书房中闲坐至　手倦
蒙：只有一女乳名　　英　莲年方三岁一日炎夏　永昼士隐于书房中闲坐至　手倦
戌：只有一女乳名　　英　莲年方三岁一日炎夏　永昼士隐于书房　闲坐至　手倦
己：只有一女乳名　　英菊　年方三岁一日炎夏　永昼士隐于书房　闲坐至　　倦
辰：只有一女乳名　　英　莲年方三岁一日炎夏　永昼士隐于书房　闲坐至　手倦
列：只有一女乳名　　英　莲年方三岁一日炎　暑永昼士隐于书房　闲坐至　手倦
杨：只有一女乳名　　英　莲年方三岁一日炎夏　永昼士隐于书房　闲坐至　　倦
舒：只有一女乳名　　英　莲年方三岁一日炎夏　永昼士隐于书房　闲坐至　手倦
卞：只有一女乳名　　英　莲年方三岁一日炎夏　永昼士隐于书房　闲坐　将手卷

－－－－－－－－－－－－－－－－－－－－－－－－－－－－－－－－－－－－－－－

寅：　抛　书伏几少憩不觉朦胧睡去梦至一处不知　是何地方忽见那厢来了一僧一
庚：　抛　书伏几少憩不觉朦胧睡去梦至一处不　辨是何地方忽见那厢来了一僧一
戚：　抛　书伏几少憩不觉朦胧睡去梦至一处不知　是何地　忽见那厢来了一僧一
蒙：　　拢书伏几　憩不觉朦胧睡去梦至一处不知　是何地方忽见那厢来了一僧一
戌：　抛　书伏几少憩不觉朦胧睡去梦至一处不　辨是何地方忽见那厢来了一僧一
己：时　拢书伏几少憩不觉朦胧睡去梦至一处不　辨是何地方忽见那厢来了一僧一
辰：　抛　书伏几少憩不觉朦胧睡去梦至一处不　辨是何地方忽见那厢来了一僧一
列：　抛　书伏几少憩不觉朦胧睡去梦至一处不　辨是何地方忽见那厢来了一僧一
杨：时　拢书伏几少憩不觉朦胧睡去梦至一处不　辨是何地方忽见那厢来了一僧一
舒：　抛　书伏几少憩不觉朦胧睡去梦至一处不　辨是何地方忽见那厢来了一僧一
卞：　　拢书伏几少憩不觉朦胧睡去梦至一处不　辨是何地方忽见那厢来了一僧一

－－－－－－－－－－－－－－－－－－－－－－－－－－－－－－－－－－－－－－－

寅：道且行且谈只听　　道人问道你携了这蠢物意欲何往那僧　笑道你放心如今现
庚：道且行且谈只听　　道人问道你携了这蠢物意欲何往那僧　笑道你放心如今现
戚：道且行且谈只听　　道人问道你携了这蠢物意欲何往那僧　笑道你放心如今现
蒙：道且行且谈只听　　道人问道你携了这蠢物意欲何往那僧　笑道你放心如今现
戌：道且行且谈只听　　道人问道你携了这蠢物意欲何往那僧　笑道你放心如今现
己：道且行且谈只听　　道人问道你携了这蠢物意欲何往那僧　笑道你放心如今现
辰：道且行且谈只听　　道人问道你携了这蠢物意欲何往那僧　笑道你放心如今现
列：道且行且谈只听那　道人问道你携了这蠢物意欲何往那僧　笑道你放心如今现

杨：道且行且谈只听　得道人问道你携了这蠢物意欲何往那僧　笑道你放心如今现

舒：道且行且谈只听　　道人问道你携了这蠢物意欲何往那僧　笑道你放心如今现

卞：道且行且谈只听那　道人问道你携了这蠢物意欲何往那僧人笑道你放心如今现

－－－－－－－－－－－－－－－－－－－－－－－－－－－－－－－－－－－

寅：有一段风流公案正该了结　这一干风流冤家尚未投胎入　　　世趁此机会就将

庚：有一段风流公案正该了结　这一干风流冤家尚未投胎入　　　世趁此机会就将

戚：有一段风流公案正该　结了这一干风流冤家尚未投胎入　　　世趁此机会就将

蒙：有一段风流公案正该　结了这一干风流冤家尚未投胎入　　　世趁此机会就将

戌：有一段风流公案正该了结　这一干风流冤家尚未投胎入　　　世趁此机会就将

己：有一段风流公案正该了结　这一干风流冤家尚未投　入　　人世趁此机会就将

辰：有一段风流公案　该了结　这一干风流冤家尚未投胎入　　　世趁此机会就将

列：有一段风流公案正该了结　这一干风流冤家尚未投胎入　尘　世趁此机会就将

杨：有一段风流公案正该了结　这一干风流冤家尚未投　入　　人世趁此机会就将

舒：有一段风流公案正该了结　这一干风流冤家尚未投胎入　　　世趁此机会就将

卞：有一段风流公案正该了结　这一干风流冤家尚未投　入红尘　　趁此机会就将

－－－－－－－－－－－－－－－－－－－－－－－－－－－－－－－－－－－

第二段文字中有大段文字有差异（本书下册第241页）。

寅：历来　野史或讪谤君相或　　贬人妻＋奸淫凶恶　不可胜

庚：历来　野史或讪谤君相或　　贬人妻女奸淫凶恶　不可胜

戚：历来　野史或讪谤君相或　　贬人妻女奸淫凶恶　不可胜数更有一种风月

蒙：历来　野史或讪谤君相或　　眨人妻女奸淫凶恶　不可胜数更有一种风月

戌：历　代野史或讪谤君相或　　贬人妻女奸淫凶恶　不可胜数更有一种风月

辰：历来　野史或讪谤君相或污　　人妻女　　凶恶　不可胜数更有一种风月

列：历来　野史或讪谤君相或　败　人妻女奸　凶　　不可胜数更有一种风月

梦：历　代野史或讪谤君相或　　贬人妻女奸淫凶恶者不可胜数更有一种凨月

舒：历来　野史或讪谤君相或　　贬人妻女奸淫凶恶

卞：历来　野史或讪谤君相或　　贬人妻女奸淫凶恶　不可胜数更有一种风月

－－－－－－－－－－－－－－－－－－－－－－－－－－－－－－－－－－－

寅：　　　　　　　　　　　　　　　　　　　　　　数至　若佳人才子等

庚：　　　　　　　　　　　　　　　　　　　　　　数至　若佳人才子等

戚：笔墨其淫　污秽臭屠　毒笔墨　　坏人子弟又不可胜数至　若佳人才子等

蒙：笔墨其淫　污秽臭屠　毒笔墨　　坏人子弟又不可胜数至　若佳人才子等

戌：笔墨其淫　　秽污臭涂毒笔墨　　坏人子弟又不可胜数至　若佳人才子等

辰：笔墨其淫　　秽污臭　　　　人心坏人子弟又不可胜数至　若佳人才子等

列：笔墨　　　　　　　　　　　　　坏人子弟又不可胜数至　若佳人才子等

梦：笔墨其淫　　秽污臭涂毒笔墨　　坏人子弟又不可胜数　更若佳人才子等

舒：　　　　　　　　　　　　　　　　　　　不可胜数至　若佳人才子

卞：笔墨其淫灭　　污臭　　　　　　坏人子弟又不可胜数至　若佳人才子等

六、文字差异的分类

以上是数字化比对后的结果，各个版本的文字差异很清楚。根据差异的版本数量可分为以下几类。

1．一个版本和其他版本文字都不同，即一个版本的独有文字。

少数版本的个别文字，和多数版本文字不同，应是少数版本抄书人抄错，或有修改，不过这类修改一般是随意修改而已。这种一个版本的独有文字，如第1回上述的比对文字中有如下几例。

例1．多数版本为“一日炎夏”，只有列藏本为“一日炎暑”。

例2．多数版本为“是何地方”，只有戚序本为“是何地”。

例3．多数版本是“闲坐至”，只有卞藏本是“闲坐将”。

例4．多数版本为“只听”或“只听那”，只有杨藏本为“只听得”。

以上各例明显是某一个版本抄错或随意修改，对其他版本没有任何影响。这类独有文字只是在单独研究此本才有意义，对于研究其他版本演化基本没有意义。

2．两三个版本文字相同，而和多数版本文字不同。

这理论上有两种可能。一种可能是这几种版本之间有密切关系，另一种可能只是巧合而已。这种两三个版本相同的文字，如第1回的上述比对文字中有如下几例。

例 1. 多数版本为“于书房”，只有戚序、蒙府本为“于书房中”。即戚序、蒙府本相同，它们应属于同一系列。

例 2. 多数版本是“不辨是”，只有戚序、蒙府本和“庚寅本”为“不知是”。即戚序、蒙府本和“庚寅本”相同，“庚寅本”文字可能来自戚序、蒙府本。

例3. 多数版本为“乳名”，只有“庚寅本”和庚辰本为“乳名唤作”。“庚寅本”只和庚辰本相同的唯一例子，“庚寅本”主要底本是庚辰本。

例4. 多数版本为“只听”，只有列藏本、卞藏本为“只听那”。（杨藏本为“只听得”）。即列藏本、卞藏本相同，列藏本、卞藏本有密切关系。

例 5. 多数版本是“手倦抛书”，蒙府、卞藏本为“手倦拢书”，己卯、杨藏本为“倦时拢书”。蒙府、卞藏本相同，蒙府、卞藏本有密切关系？还是巧合？己卯、杨藏本相同，己卯、卞藏本有密切关系？还是巧合？

总结以上各例的文字差异，仔细分析多数都是由于这些版本之间有密切关系所致，都有较合理的解释，也有少数案例不好解释。

至于四五个版本以上的文字相同，这只对于研究这些版本之间关系有意义，而对于研究其中个别版本就意义不大了，因此这里就不再仔细分析四五个版本文字相同的情况。

3. 随意的文字修改，值得研究。

由于《红楼梦》脂本多是手抄本，目前看到的版本都是过录的抄本，并非原本。

而手抄本在抄写时经常发生各种随意的文字修改，因此在研究版本文字差异时，必须区分随意修改，还是刻意修改。刻意修改绝对值得研究。随意修改要看情况，如独有的随意修改，基本没有意义。但如此随意修改被后续版本继承，则就很有意义了。

少数版本的个别文字修改，不是随意修改，而是刻意修改，就意义很大。“英莲”和“英菊”名字不同就是个刻意修改的典型案例。所有脂本中，只有庚辰本、己卯本为“英菊”，而“庚寅本”、甲戌本、戚序本、甲辰本等其他版本都为“英莲”。这绝非随意出错，也肯定不是随意修改，而是有意的改动，但修改过程有多同看法。

第一种看法认为，庚辰本、己卯本的“英菊”是原本，而甲戌本、戚序本等改为“英莲”。

第二种看法相反，认为甲戌本的“英莲”是原本，后庚辰本、己卯本改为“英菊”。

第三种看法认为，原本是甲戌本的“英莲”，后庚辰本、己卯本改为“英菊”，最后戚序本等其他版本又改回为“英莲”。

“英莲”和“英菊”是个典型案例，类似案例在《红楼梦》中还很多，这些案例很值得研究。

4. 大段语句的差异，值得研究。

在《红楼梦》版本中也有大段文字不同的案例，上一节第 1 回中，“庚寅本”、庚辰本、舒序本和列藏本都有大段文字差异。

例 1. 第 8 回，宝玉回家说秦钟上私塾伴读一事。（本书下册第 363 页）

庚：	话说	凤姐		和宝玉						便		回明
己：	话说	凤姐		和宝玉						便		回明
寅：	话说	凤姐		和宝玉		回家	见过众人	宝玉		便		回明
戚：	话说	凤姐		和宝玉		回家	见过众人	宝玉	先	便		回明
蒙：	话说	凤姐		和宝玉		回家	见过众人	宝玉		便	先	回明
戌：	话说	凤姐		和宝玉		回家	见过众人	宝玉	先	便		回明
列：	话说	凤姐		和宝玉		回家	见过众人	宝玉	先	便		回明
辰：	话说		宝玉和		凤姐	回家	见过众人	宝玉		便		回明
梦：	话说	凤姐		和宝玉		回家	见过众人	宝玉	先	便		回明
舒：	话说	凤姐		和宝玉		回家	见过众人	宝玉	先	便		回明
卞：	话说	凤姐		和宝玉		回家		宝玉	先			回明

此例中除有个别文字差异外，己卯、庚辰本和其他版本相比，缺失了一段文字“回家见过众人”。由于所缺文字前后都有“宝玉”字样，因此这明显是“同词（宝玉）脱文”所致。类似缺失大段文字的例子很多。这对于判断版本关系和演化十分有用。

这种大段文字差异产生的原因，在理论上有两种可能。第一种可能是某些版本文字缺失造成的，第二种可能是另一些版本文字增加所造成的。对这种情况，必须仔细分析才行。

对以上的四类文字差异总结如下。

1．单一版本的独有文字，数量很大，但对于版本演化价值不太大，因此本书基本不研究。

2．两三个版本和多数版本文字不同，对于版本演化有价值，可对版本文字差异做彻底的研究。但这类文字差异数量极大，如逐一罗列，则篇幅会增加很多。再者，这类文字差异有时会出现矛盾现象，难以解释。因此在版本研究中，是否对这类文字差异逐一进行研究，要根据版本的具体情况决定。

3．刻意修改的文字差异肯定对版本研究很有研究意义，数量也不太多，研究也较方便，因此这肯定是本书的研究重点。

4．大段语句的差异也是非常有研究价值的文字差异，数量较少，因此这也肯定是本书的研究重点。

卞藏本和“庚寅本”都是最近几年内新出现的版本，这两种版本的文字有很大不同。卞藏本文字和其他所有脂本相比，没有一种都最接近。其中比较接近是列藏本[①]。而“庚寅本”和卞藏本完全不同，“庚寅本”的文字明显最接近庚辰本，并和戚序本等版本有关。因此“庚寅本”比对时没有必要逐一和其他所有版本去比对，而主要比对庚辰本和戚序本即可。比对虽然也是逐回、逐条比对，但为节省篇幅，本书只举出“庚寅本”和庚辰本、戚序本，文字差异最典型、主要的例子，进行统计分析和研究。

第二节 文本差异两种分析方法

一、文字差异的异文分析法

比较几种版本和其他版本的文字差异有两种情况，一种是这几种版本和其他版本的文字相同，一种是这几种版本和其他版本的文字不同。文字差异分析就是先找出文字相同和不同的情况，再进行统计。而统计又有两种统计方法。

第一种方法是统计这几种版本和其他版本文字不同的数量，可称为“不同文字法”，即“异文”分析法。

第二种方法是统计这几种版本和其他版本文字相同的数量，可称为“相同文字法”，即“同文”分析法，或称为“共同异文法”。

实际“同文”和“异文”是相对的。如统计甲本和乙本相同、而和其他版本不同的文字，对甲、乙版本而言，就是“同文”；而对其他版本而言，是“异文”。所以即可称为“同文”，也可称为“异文”。如以研究对象为名，就称为“同文”。如以研究对象和其他版本关系为名，则可称为“异文”。

所以“同文”有时也被称为“共同异文”[②]，是由于此法既是查找和某个版本相

---

① 刘世德：《红楼梦眉本研究》，社会科学文献出版社 2013 年 1 月第 1 版。

② 赵卫邦：《红楼梦》三个主要脂本的关系，《红楼梦学刊》1980 年第 3 辑。

同的文字，即“同文”；实际也是查找和某个版本和其他版本的不同文字，即“异文”。但此称呼和前面的“异文”法同名，因此将此文改称“同文”法。

刘世德先生对卞藏本（刘先生称为“眉本”，现在一般称为“卞藏本”）的研究[①]，就采用了异文法，逐回、逐条统计各种版本和卞藏本文字不同的数量。某版本和卞藏本文字不同的数量越小，说明此版本和卞藏本文字差异越小。相反，某版本和卞藏本文字不同的数量越大，说明此版本和卞藏本文字差异越大。总结刘先生对卞藏本的统计结果如下表。

从表中可看出，利用异文法统计文字差异，可以看出版本文字差异的整体情况。但要把每个版本的文字差异都统计出来，其工作量非常大，如统计卞藏本的前10回，就统计出了2,657处文字差异。

表4．卞藏本文字差异数量统计

回	1	2	3	4	5	6	7	8	9	10	总数
列藏	32	25	27	19	0	0	16	12	14	5	150
甲戌	34	42	41	24	52	13	19	9	0	0	234
己卯	34	36	40	21	55	19	34	12	8	7	266
庚辰	41	48	52	33	76	19	35	14	10	7	335
戚序	51	33	59	37	78	13	14	10	9	8	312
蒙府	56	39	56	42	80	13	14	11	9	7	327
舒序	46	45	61	28	86	21	20	9	15	11	342
甲辰	54	49	55	26	69	12	20	15	15	15	330
杨藏	62	57	58	25	77	19	35	8	8	12	361
合计	411	376	452	259	578	135	214	108	97	82	2657

据刘世德先生逐回、逐条统计，卞藏本的10回中，有6回文字最接近列藏本，另外各有2回最接近甲戌本和杨藏本。如果列藏本佚失的2回也和卞藏本最接近，则10回中列藏本就占有8回。

卞藏本是脂本中很特殊的一个版本，所有脂本几乎没有一个版本和它的文字有明显相同。刘先生是用异文分析法分析卞藏本，实际也可以用同文法分析哪个版本和卞藏本最接近，可参见下节用同文法对上述文字的分析。

试用异文分析法进行分析“庚寅本”，由于异文法统计工作量极大，只以前述的“庚寅本”第1回中部分文字和其他11种版本文字比对，统计其差异结果如下表。

① 刘世德：《红楼梦眉本研究》，社会科学文献出版社2013年版。

表 5.“庚寅本”第 1 回部分文字差异统计

版本	甲戌	庚辰	舒序	己卯	戚序	蒙府	甲辰	列藏	杨藏	卞藏	总数
数量	2	2	2	4	4	4	7	7	7	8	47

统计“庚寅本”第 1 回中前述部分文字的文字差异，一共有 47 个。其中差异数最少的是庚辰、甲戌和舒序本有 2 次，其次是己卯、戚序和蒙府本有 4 次，差异数最大的是卞藏本有 8 次。因此，文字最接近“庚寅本”的是庚辰、甲戌和舒序本，差别最大的是卞藏本。

在前述第 1 回的部分比对文字中，“庚寅本”和庚辰、甲戌和舒序本有异文的只有 2 处，文字比对结果如下。

例 1．甄士隐做梦一节中，“庚寅本”为“不知”，庚辰、甲戌和舒序本为“不辨”（本书下册第 244 页）。

寅：抛　书伏几少憩不觉朦胧睡去梦至一处不知　是何地方
戚：抛　书伏几少憩不觉朦胧睡去梦至一处不知　是何地
蒙：　拢书伏几　憩不觉朦胧睡去梦至一处不知　是何地方
庚：抛　书伏几少憩不觉朦胧睡去梦至一处不　辨是何地方
戌：抛　书伏几少憩不觉朦胧睡去梦至一处不　辨是何地方
己：　拢书伏几少憩不觉朦胧睡去梦至一处不　辨是何地方
辰：抛　书伏几少憩不觉朦胧睡去梦至一处不　辨是何地方
列：抛　书伏几少憩不觉朦胧睡去梦至一处不　辨是何地方
杨：　拢书伏几少憩不觉朦胧睡去梦至一处不　辨是何地方
舒：抛　书伏几少憩不觉朦胧睡去梦至一处不　辨是何地方
卞：　拢书伏几少憩不觉朦胧睡去梦至一处不　辨是何地方

仔细分析，除“庚寅本”、戚序、蒙府本外，其他版本都是“不辨”。所以此处实际这是由于“庚寅本”同戚序、蒙府本所造成的。

例 2．甄士隐女儿名字问题，“庚寅本”为“英莲”，庚辰本为“英菊”（本书下册第 244 页）。

寅：不足如今年已半百膝下无儿只有一女乳名唤作英　莲
戚：不足如今年已半百膝下无儿只有一女乳名　　英　莲
蒙：不足如今年已半百膝下无儿只有一女乳名　　英　莲
戌：不足如今年已半百膝下无儿只有一女乳名　　英　莲
辰：不足如今年已半百膝下无儿只有一女乳名　　英　莲
列：不足如今年已半百膝下无儿只有一女乳名　　英　莲
杨：不足如今年已半百膝下无儿只有一女乳名　　英　莲

舒：不足如今年已半百膝下无儿只有一女乳名　　英　莲
卞：不足如今年已半百膝下无儿只有一女乳名　　英　莲
庚：不足如今年已半百膝下无儿只有一女乳名唤作英菊
己：不足如今年已半百膝下无儿只有一女乳名　　英菊

仔细分析，实际这是由于庚辰、己卯本把“英莲”改为“英菊”而造成的。

例 3．同前例，谈及甄士隐女儿的姓名，“庚寅本”和庚辰本多“唤作”二字，而其他版本中都没有（本书下册第 244 页）。

寅：不足如今年已半百膝下无儿只有一女乳名唤作英　莲
庚：不足如今年已半百膝下无儿只有一女乳名唤作英菊
戚：不足如今年已半百膝下无儿只有一女乳名　　英　莲
蒙：不足如今年已半百膝下无儿只有一女乳名　　英　莲
戊：不足如今年已半百膝下无儿只有一女乳名　　英　莲
己：不足如今年已半百膝下无儿只有一女乳名　　英菊
辰：不足如今年已半百膝下无儿只有一女乳名　　英　莲
列：不足如今年已半百膝下无儿只有一女乳名　　英　莲
杨：不足如今年已半百膝下无儿只有一女乳名　　英　莲
舒：不足如今年已半百膝下无儿只有一女乳名　　英　莲
卞：不足如今年已半百膝下无儿只有一女乳名　　英　莲

仔细分析，实际这是由于“庚寅本”同庚辰本都加了“唤作”所造成的。

二、文字差异的同文分析法

前面介绍了异文分析法，下面介绍如何利用同文分析法（即共同异文法），分析文字的差异。

1．卞藏本同文法研究

刘先生对卞藏本的研究采用了异文分析法，也可利用同文法分析卞藏本，即查找只和卞藏本文字相同的版本。以前述第 1 回的部分比对文字中用同文分析法分析，结果如下。

例 1．甄士隐见到一僧一道，只有卞藏本和列藏本多一个“那”字（本书下册第 244 页）。

卞：忽见那厢来了一僧一道且行且谈只听那　道人问道你携
列：忽见那厢来了一僧一道且行且谈只听那　道人问道你携
寅：忽见那厢来了一僧一道且行且谈只听　　道人问道你携
庚：忽见那厢来了一僧一道且行且谈只听　　道人问道你携
戚：忽见那厢来了一僧一道且行且谈只听　　道人问道你携

蒙：忽见那厢来了一僧一道且行且谈只听　　道人问道你携
戊：忽见那厢来了一僧一道且行且谈只听　　道人问道你携
己：忽见那厢来了一僧一道且行且谈只听　　道人问道你携
辰：忽见那厢来了一僧一道且行且谈只听　　道人问道你携
舒：忽见那厢来了一僧一道且行且谈只听　　道人问道你携
杨：忽见那厢来了一僧一道且行且谈只听　得道人问道你携

例 2．一僧一道谈话，卞藏本只和列藏本文字接近，都多一个“尘”字（本书下册第 244 页）。

卞：公案正该了结　这一干风流冤家尚未投　入红尘　　趁
列：公案正该了结　这一干风流冤家尚未投胎入　尘　世趁
己：公案正该了结　这一干风流冤家尚未投　入　　人世趁
杨：公案正该了结　这一干风流冤家尚未投　入　　人世趁
寅：公案正该了结　这一干风流冤家尚未投胎入　　　世趁
庚：公案正该了结　这一干风流冤家尚未投胎入　　　世趁
戚：公案正该　结了这一干风流冤家尚未投胎入　　　世趁
蒙：公案正该　结了这一干风流冤家尚未投胎入　　　世趁
戊：公案正该了结　这一干风流冤家尚未投胎入　　　世趁
辰：公案　该了结　这一干风流冤家尚未投胎入　　　世趁
舒：公案正该了结　这一干风流冤家尚未投胎入　　　世趁

例 3．一僧一道谈话，卞藏本只和列藏本文字接近，都少“不成”二字（本书下册第 244 页）。

卞：道原来近日　　风流冤孽又将造劫历世　　　但不知落
列：道原来近日　　风流冤孽又将造劫历世去　　但不知落
寅：道原来近日　　风流冤孽又将造劫历世去不成但不知落
庚：道原来近日　　风流冤孽又将造劫历世去不成但不知落
戚：道原来近日　　风流冤孽又将造劫历世去不成但不知落
蒙：道原来近日　　风流冤孽又将造劫历世去不成但不知落
戊：道原来近日　　风流冤孽又将造劫历世去不成但不知落
己：道原来近日　　风流冤孽又将造劫历世去不成但不知落
舒：道原来近日　　风流冤孽又将造劫历世去不成但不知落
辰：　原来近日　　风流冤孽又将□□历世去不成但不知落
杨：道原来近　来的风流冤孽又将造劫历世去不成但不知落

在前述第 1 回的比对文字中，和卞藏本文字相同的，只有列藏本的 3 个例子，这说明只有列藏本文字和卞藏本最接近。

以上只对前述第 1 回的一段比对文字，用同文分析法对卞藏本进行了分析，可以考虑用同文法对卞藏本做全面彻底的分析。这种分析方法的工作量肯定小于异文分析法，而结论应该是相同的。

2．“庚寅本”同文法研究

在前述第 1 回的比对文字中，和“庚寅本”文字相同的例子只有一个，即谈及甄士隐女儿姓名时，只有“庚寅本”和庚辰本两个版本为“乳名唤作”，多“唤作”二字，而其他版本皆无“唤作”二字（本书下册第 244 页）。

寅：不足如今年已半百膝下无儿只有一女乳名唤作英　莲
庚：不足如今年已半百膝下无儿只有一女乳名唤作英菊
戚：不足如今年已半百膝下无儿只有一女乳名　　英　莲
蒙：不足如今年已半百膝下无儿只有一女乳名　　英　莲
戌：不足如今年已半百膝下无儿只有一女乳名　　英　莲
己：不足如今年已半百膝下无儿只有一女乳名　　英菊
辰：不足如今年已半百膝下无儿只有一女乳名　　英　莲
列：不足如今年已半百膝下无儿只有一女乳名　　英　莲
杨：不足如今年已半百膝下无儿只有一女乳名　　英　莲
舒：不足如今年已半百膝下无儿只有一女乳名　　英　莲
卞：不足如今年已半百膝下无儿只有一女乳名　　英　莲

这是前述第 1 回的比对文字中，“庚寅本”只和庚辰本相同的唯一例子，造成这种情况理论上有四种可能。

第一，“庚寅本”文字来自庚辰本。

第二，“庚寅本”和庚辰本文字来自一个共同祖本。

第三，“庚寅本”和庚辰本文字相同只是巧合而已。

第四，庚辰本文字来自“庚寅本”。

以上四种可能中，前两种可能性较大，第三这种可能性较小，第四种完全不可能。不管是哪种情况，此例证明“庚寅本”和庚辰本有密切关系。

除此例外，前述第 1 回这段比对文字中，再无这类例子，即“庚寅本”文字只和庚辰本一个版本文字相同。

2．和“庚寅本”文字相同的两三个版本

在前述第 1 回这段比对文字中，“庚寅本”和两三个版本文字相同的例子也只有一例。即甄士隐睡梦做梦处，只有“庚寅本”和戚序本、蒙府本文字相同，为“不知是何地方”。而其他版本（包括庚辰本）都是“不辨是何地方”（本书下册第 244 页）。

寅：抛　书伏几少憩不觉朦胧睡去梦至一处不知　是何地方
戚：抛　书伏几少憩不觉朦胧睡去梦至一处不知　是何地
蒙：　拢书伏几　憩不觉朦胧睡去梦至一处不知　是何地方
庚：抛　书伏几少憩不觉朦胧睡去梦至一处不　辨是何地方
戌：抛　书伏几少憩不觉朦胧睡去梦至一处不　辨是何地方

己：　拢书伏几少憩不觉朦胧睡去梦至一处不　辨是何地方
辰：抛　书伏几少憩不觉朦胧睡去梦至一处不　辨是何地方
列：抛　书伏几少憩不觉朦胧睡去梦至一处不　辨是何地方
杨：　拢书伏几少憩不觉朦胧睡去梦至一处不　辨是何地方
舒：抛　书伏几少憩不觉朦胧睡去梦至一处不　辨是何地方
卞：　拢书伏几少憩不觉朦胧睡去梦至一处不　辨是何地方

此例和前例一样，说明“庚寅本”和戚序本、蒙府本有密切关系。至于具体是什么关系，也同样有多种可能。

总结以上利用同文分析法分析前述第1回这段比对文字，对于“庚寅本”来说，只有上述两个例子有研究价值，这两个例子证明，“庚寅本”和庚辰本、戚序本和蒙府本有关，而和其他版本关系不大。这和前面用相似度分析结果是一样的。

3. 两种文字差异分析法比较

前面是对同样的例子，分别利用异文分析法和同文分析法分析，最终结果比较近。

异文分析法分析卞藏本，文字最接近卞藏本的是列藏本。而同文分析法分析结果，文字最接近卞藏本的也是列藏本。

异文分析法分析“庚寅本”，文字最接近“庚寅本”的是庚辰、甲戌和舒序本。而同文分析法分析结果是，和“庚寅本”最接近的是庚辰本，其次是戚序和蒙府本。

比较异文法和同文法，各有特点，可根据需要分别采用。

异文分析法研究这几种版本和其他版本文字差异时，要逐一统计这几种版本和其他版本文字不同的数目，最后看哪几种版本异文数目最少，就说明这几种版本文字最接近。

同文法是统计这几种版本文字相同，而和其他版本文字不同的数量。因为《红楼梦》脂本中，一般文字差异较小，对于只研究某几个版本时，这几种版本文字相同，而和其他版本文字不同的数量一般较少，同文法统计可能比较容易。

总之，异文法和同文法各有优缺点，可根据研究需要选择。本书对“庚寅本”版本研究，因为通过文字数字化比对，可以明显看出，和“庚寅本”文字最接近的是庚辰本，其次是戚序本和甲戌本，而其他版本的文字和“庚寅本”差异较大。为简化比对研究，就采取了同文法，即查找“庚寅本”、庚辰本（或戚序本等）文字相同，而和其他版本文字不同之处，即“共同异文法”。

三、“庚寅本”文本比对研究方法

用数字化比对研究“庚寅本”文本的具体操作方法如下。

1. 由于“庚寅本”中只有五种版本批语，即甲戌本、己卯本、庚辰本、戚序本和甲辰本，因此“庚寅本”应该只和这五种版本有关。

根据批语和相似度比较，与“庚寅本”文本最接近的是庚辰本。其次根据对文本的分析，“庚寅本”文本和戚序本也有一些地方相同。甲戌本是目前看到最早的版本，和“庚寅本”关系不大。已卯本和庚辰本属于同一系列版本，比庚辰本更早，和“庚寅本”关系不大。而甲辰本是晚期版本，和“庚寅本”文本关系不大。

所以数字化文本比对，最重要的是对“庚寅本”和庚辰本、戚序本这三个版本进行比对。

2．数字化比对“庚寅本”和庚辰本、戚序本三个版本的文本，就是把这三个版本文本从第 1 回到第 14 回半，逐回、逐字比对，找出“庚寅本”和庚辰本、戚序本的全部文字差异。

3．然后把三个版本的文字差异，分以下三类，逐条整理出来。包括：

（1）“庚寅本”和庚辰本文字相同，和戚序本不同。

（2）“庚寅本”和庚辰本文字不同，和戚序本相同。

（3）“庚寅本”独有，和庚辰本、戚序本等版本都不同。

4．最后再对这三部分文字差异进行分析研究。

根据这些文字差异的字数，又可分为三种。

1. 一字之差。这类一字的文字差异，有时对版本研究有意义。如第 1 回甄士隐女儿名字，“庚寅本”和戚序本为“英莲”，而庚辰本为“英菊”。虽然是一字之差，但对研究版本演化非常有意义，前面有所分析。但这类例子很少，一般一字的差异是抄写时的随意修改，意义不太大，因此都未统计。

2. 两字以上少数文字差异，这类文字差异非常多，一般对版本研究也有一定价值。

（1）“庚寅本”和庚辰本文字相同，和戚序本不同。

第 3 回，黛玉从邢夫人处去荣府拜见王夫人（本书下册第 281 页）。

寅：遂　令两三个嬷嬷用方才的车好　做　送了　　过去
庚：遂另令两三个嬷嬷用方才的车　　做好送了　　过去
戚：遂　令两三个嬷嬷用方才的车好生　　送了姑娘过去

（2）“庚寅本”和庚辰本文字不同，和戚序本相同。

第 2 回，宝玉出生（本书下册第 264 页）。

寅：大年初一这就奇了不想　　后来又生一位公子
庚：大年初一这就奇了不想次年　　又生一位公子
戚：大年初一这就奇了不想　　后来又生一位公子

（3）“庚寅本”和庚辰本、戚序本都不同。

第 1 回，空空道人向石头说的一番话（本书下册第 242 页）。

寅：二人　姓名又必傍出一小人　　拨乱亦如　戏中之小丑
庚：二人名姓　又必傍出一小人其间拨乱亦如剧戏中之小丑
戚：二人名姓　又必傍出一小人其间拨乱亦如剧　中之小丑

3. 一段文字差异，这类文字差异对版本研究很有意义。

（1）“庚寅本”和庚辰本文字相同，和戚序本不同。

第3回，贾母命黛玉去见两个母舅贾赦、贾政（本书下册第280页）。

寅：邢氏忙也　起身　笑道正是
庚：邢氏忙　亦起身　笑道正是
戚：邢氏忙　亦起身笑回道我带了外甥女过去倒也便宜贾母笑道正是

（2）“庚寅本”和庚辰本文字不同，和戚序本相同。

第8回，宝玉回明贾母秦钟要上家塾之事（本书下册第363页）。

寅：话说凤姐和宝玉回家见过众人宝玉　便回明贾母
庚：话说凤姐和　宝玉　便回明贾母
戚：话说凤姐和宝玉回家见过众人宝玉先便回明贾母

（3）“庚寅本”和庚辰本、戚序本都不同。

第1回，介绍贾家情况（本书下册第264页）。

寅：长子贾赦袭着官为人平静中和也不管家务次子贾政自幼
庚：长子贾赦袭着官　次子贾政自
戚：长子贾赦袭着官　次子贾政自幼

按照上述分类，从第1回开始，到第14回半，逐回统计每回中这三类文字差异的数量，见表6。

第1类是“庚寅本”和庚辰本文字相同，和戚序本不同。

第2类是“庚寅本”和戚序本相同，和庚辰本文字不同。

第3类是“庚寅本”独有，和庚辰本、戚序本等都不同。

表6.“庚寅本”和庚辰本、戚序本三类文字差异逐回统计

回	1	2	3	4	5	6	7	8
第1类	5	2	3	9	6	4	2	4
第2类	1	2	4	2	2	0	2	3
第3类	5	8	12	12	1	3	12	10

回	9	10	11	12	13	14	合计
第1类	2	1	0	1	0	0	39
第2类	0	1	0	0	0	0	17
第3类	27	5	4	4	5	2	110

从此表中可以看出：

1. 第一类“庚寅本”和庚辰本文字相同，和戚序本不同，一共有近40处，平均每回约有3处差异，是比较多的。这说明“庚寅本”和庚辰本文字接近，而和戚序本文字差异较多。这和下面第二类分析结果，及前述根据相似度比较结果，都是一致的。

2. 第二类“庚寅本”和庚辰本文字不同，和戚序本相同，一共只有17处，平均每回约有1处多差异，只是第1类的40%。这说明“庚寅本”和庚辰本差异较小，而

和戚序本文字差异较大。这和第一类分析结果，以及前述根据相似度比较的结果，也是一致的。

3．第三类是“庚寅本”和庚辰本、戚序本都不同，一共有 110 处，几乎是第一类的三倍。这说明“庚寅本”本身的文字还是做了很多处修改的。

第二编　“庚寅本”正文研究

第一章 “庚寅本”研究概论

第一节 “庚寅本”简介

一、《红楼梦》和《石头记》

研究“庚寅本”首先就要涉及其书名，而其书名又涉及《红楼梦》的书名，因此要先介绍《红楼梦》的书名。

《红楼梦》的书名很复杂，主要有两种，一种是《石头记》，一种是《红楼梦》。

在甲戌本前的“凡例”中说：

> 是书题名极多，《红楼梦》是总其全部书名也。又曰《风月宝鉴》，是戒妄动风月之情。又曰《石头记》是自譬石头所记之事也。此三名书中已点睛矣。……然此书又名《金陵十二钗》，审其名，则必系金陵十二女子也。

在甲戌本第1回中对书名的演变也有说明：

> 空空道人听如此说，思忖半晌，将这《石头记》再检阅一遍，……遂易名为《情僧》，改《石头记》为《情僧录》。至吴玉峰题曰《红楼梦》。东鲁孔梅溪则题曰《风月宝鉴》。后因曹雪芹于悼红轩中披阅十载，增删五次，纂成目录，分出章回，则题曰《金陵十二钗》。并题一绝云：
>
> 满纸荒唐言，一把辛酸泪！
> 都云作者痴，谁解其中味？
>
> 至脂砚斋甲戌抄阅再评仍用《石头记》。

这里说明了《红楼梦》几个书名的来历，按照顺序是：《石头记》——《情僧录》——《红楼梦》——《风月宝鉴》——《金陵十二钗》——《石头记》。

这些书名中，《情僧录》《风月宝鉴》和《金陵十二钗》在现存的版本中并未正式出现。而在现存各种版本中正式出现的书名，只有《石头记》和《红楼梦》两种。

程伟元刊刻时所写序言中也明确说明：“《红楼梦》小说本名《石头记》。”

采用《石头记》为书名的有：

1．最早的甲戌本在“凡例”前的书名为《脂砚斋重评石头记》，因此现在影印的甲戌本都用此为其书名。

2．庚辰本目录前书名为《石头记》，庚辰本和己卯本在每一回前的书名都为《脂砚斋重评石头记》。

3．几种戚序本的书名都是《石头记》。

4．蒙府本每回前无书名，但版心有《石头记》三字。

5．列藏本、郑藏本在每一回前的书名是《石头记》。

采用《红楼梦》为书名的有：

1．舒序本、甲辰本、杨藏本和卞藏本在目录和每一回前的书名为《红楼梦》。

2．程伟元、高鹗刊印时采用《红楼梦》为书名。

从《红楼梦》的成书过程来说，对书名的演变还有不同看法。有些学者认为《石头记》和《红楼梦》是两大版本系统，各自演变[①]。但从现有书名来看，一般认为《石头记》为原书名，而《红楼梦》是后来的书名。因此早期的版本一般采用《石头记》为书名，如甲戌本、庚辰本、己卯本、戚序本、蒙府本、列藏本、郑藏本书名都是《石头记》。而晚期版本一般都采用《红楼梦》为书名，如舒序本、甲辰本、杨藏本、卞藏本和程本等。而另一方面，就如“凡例”中所言，也可以认为《红楼梦》是“总其全部书名”。

“庚寅本”的目录页和庚辰本一样，书名题写为“石头记，脂砚斋几四阅评过”，且每一回前的书名也都是《脂砚斋重评石头记》。因此严格意义上讲，“庚寅本”的书名应该是《石头记》，而不是《红楼梦》。天津百花文艺出版社出版此书也采用了《石头记》为书名。

所以，在严格的学术研究中，是应该分清《红楼梦》和《石头记》两种书名，因此本书的正式书名应为：“庚寅本”《石头记》。但“庚寅本”中出现了以《红楼梦》为书名的甲辰本的批语，一般也把《红楼梦》当作此书的总书名，因此在本书研究“庚寅本”时，统称为《红楼梦》，而不称为《石头记》。

二、《红楼梦》版本命名

《红楼梦》版本目前分为两大类，一类是手抄本，其中多数为 80 回，只有少数蒙府本、杨藏本等有后配的 40 回，并有所谓的脂砚斋批语，因此一般就简称为“脂本”，现存十二种。另一类版本是 120 回程伟元、高鹗用活字印刷的刻本，以及以后出现的各种翻刻本，一般简称为“程本”。

各种脂本的命名方式基本有两种。

第一种命名方式是以时间命名，如“甲戌本、己卯本、庚辰本、甲辰本”等。“甲戌、己卯、庚辰、甲辰”可能并不是现存的这些版本的抄录时间，因为现存的这些版本可能都是过录本。“甲戌、己卯、庚辰、甲辰”都是以这些版本中的有关记载而命

[①] 梅节：论《红楼梦》版本的两大系统，原载香港《申报月刊》1985 年 5、6 月号。后收入《红学耦耕集》，文化艺术出版社 2000 年版，第 197—208 页，及《海角红楼——梅节红学文存》，国家图书馆出版社 2013 年版，第 201—230 页。

名，一般认为这些时间可能是其祖本的抄录时间。

第二种命名方式是以收藏者或收藏地命名，如“蒙府本、列藏本、杨藏本、郑藏本、卞藏本、北师大本”等，是分别指其的收藏者为蒙古王府、前苏联列宁格勒的东方学研究所、杨继振、郑振铎、卞亦文和北京师范大学等。

第三种命名方式是以版本的序言命名，如“舒序本、戚序本、梦序本”是指三版本前分别有舒元炜、戚蓼生和梦觉主人的序言。

《红楼梦》版本命名目前并未完全统一，一个版本也有多种名字。

一种是本质相同，只是文字不同。如蒙府本因为原藏地为蒙古王府，也称为“王府本”。列藏本由于现在列宁格勒恢复了其原名彼得格勒，苏联变成了俄罗斯，因此也称为“彼藏本”和“俄藏本”。

另一种是根据版本不同要点命名。如“甲辰本”因为有梦觉主人序言，因此也称为“梦觉主人序本”（或简称“梦序本”）。戚序本如仔细划分，又可分为戚张本、戚正本、戚宁本三种。戚张本即张楷模藏本，即戚正本的底本，因藏上海，故也称戚沪本。戚正本即有正书局刊行本，也称为“有正本”。戚正本又分为大字本和小字本两种。戚宁本因藏南京图书馆，故名戚宁本。“杨藏本”因为有人认为可能是高鹗《红楼梦》的稿本，因此也称为“梦稿本”。“卞藏本”因为其原收藏者为“眉盦”也称为“眉本”。

目前《红楼梦》各种版本的命名并没有统一的意见，有些学者强调命名要准确，要有唯一性。如“卞藏本”是指卞亦文藏本，但卞亦文也曾收藏其他《红楼梦》版本，因此有人认为“卞藏本”没有唯一性，说“卞藏本”就不宜分清是指哪个版本。这种看法固然有理，但有些版本的名字实际已经约定俗成，被多数人承认，一般也不会引起误解，如说“卞藏本”肯定是指新发现的这个版本，不会误解。所以一般不必过于追求命名的合理性，约定俗成也可以接受。

12 种脂本在本书中所采用的命名如下：甲戌本、己卯本、庚辰本、戚序本、蒙府本、列藏本、舒序本、甲辰本、杨藏本、郑藏本、卞藏本和北师大本。

下面介绍新出现的“庚寅本”的命名问题。

三、“庚寅本”的来历和命名

所谓《红楼梦》“庚寅本”，原为天津版画家江泽生前收藏，存放于他家中的一个小柜中，江泽老先生在生前对子女交代后事时曾讲，家中小木柜中的物品（包括此“庚寅本”）没有什么价值。江泽先生于 2011 年 4 月病逝，此本经江泽先生长子赵十月先生处理后，在天津市沈阳道古玩市场拍卖。由天津自由职业者王超以 1.6 万元买下。

此本在不同回目中，有四次出现“庚寅”，一次是夹批，三处是在装订线外；两次只有“庚寅”，两次是“乾隆庚寅”。这是否是指其祖本的时间，目前还不清楚。

早期脂本按照时间先后排列如下，甲戌本（指其祖本下同）乾隆十九年（1754 年）最早，其后 5 年是己卯本乾隆二十四年（1759 年），己卯本以后 1 年是庚辰本乾隆二十五年（1760 年），“庚寅本”如确实和“庚寅”有关，则其祖本是在乾隆三十五年（1770年），即庚辰本之后10年。

目前此本的书名大致有三种。

一种命名是直接将其命名为庚寅本。第一次披露此本的梁归智先生就将其命名为不加括号的庚寅本，天津百花文艺出版社正式出版此书的书名为《脂砚斋重评石头记（庚寅本）》。这是由于此本目录页的题名为“脂砚斋重评石头记”，和庚辰本目录页的题名完全一样（“庚寅本”和庚辰本目录只有第3回的目录不同，其他9回的目录基本相同）。目前庚辰本的正式书名为《脂砚斋重评石头记（庚辰本）》，由于“庚寅本”中有“庚寅”和“乾隆庚寅”字样，因此仿照庚辰本，把“庚寅本”称为《脂砚斋重评石头记（庚寅本）》也不为过。但目前对“乾隆庚寅”还有质疑，因此这种命名似乎不十分合适。

又曾有学者称其为“庚寅”本，将“庚寅”二字加括号，其意思是“庚寅”年有疑问[①]。但在版本名称中把“庚寅”和“本”字分开显得不完整。

梁归智在此本天津百花文艺出版社正式出版的另一篇“代序”中，将此本命名为“王超藏本”，这是由于此本其目前收藏者为王超。这也是《红楼梦》书名的一种惯例，如“杨藏本、郑藏本、卞藏本”等，是分别指其的收藏者为杨继振、郑振铎、卞亦文等。但这个命名除梁归智外，只有沈治钧曾使用，未见其他有人使用。

本人认为，虽然“庚寅本”中有“庚寅”和“乾隆庚寅”字样，但此本是否真与“庚寅”有关，还有疑问。因此目前就把此本直接命名为不加引号的庚寅本，并不十分合适。但“庚寅本”的名字已经被多数人采用，基本已是约定俗成，虽然此本是否和“庚寅”有关还有争论，但为便于交流，本人考虑其版本中虽然出现了“乾隆庚寅”字样，但和“乾隆庚寅”的关系目前确实根据不足，可以将“庚寅本”三字全加上括号，即称为“庚寅本”，表示对此存疑。

《红楼梦》很多版本都有不同的书名，此本目前一般已经习惯被称为不加括号的庚寅本，我觉得这只是个书名而已，对研究也没有太大的妨碍。《红楼梦》各种版本书名不统一是常事，如杨藏本曾被称为“梦稿本”，而卞藏本有学者称为“眉本”，这是由于学者看法不同所致，而要在学者中取得一致很难。不同书名有时会带来一些麻烦，但并不妨碍对这些版本的研究，因此我觉得对书名不必过于苛求必须一致。

四、“庚寅本”的基本情况

“庚寅本”只存有十三回半，即第1到第13回全文及第14回开头的一小部分（4页），一共300页。纸张泛黄，明显是旧纸，据多次鉴定，证明此抄写纸为清代竹纸，但抄写时间还很难判断，还有不同看法。

此本全部抄在散页纸上，未装订，但每页纸都有10个装订孔。还有150多张空白纸，每张也有同样的10个装订孔，合计约400多页。由于此本抄写和未抄写的每页纸都有装订孔，因此估计这些纸在抄写前都是空白纸，都曾被装订过，在抄写时又

---

① 赵建忠：新发现的《石头记》“庚寅”本，《河北学刊》2014年第2期。

拆散了[①]。

此本第1回前和甲戌本一样有一篇序言，但没有“凡例”二字，而是以“红楼梦旨义”为开头。此文和甲戌本“凡例”在文字上也有区别，这成为研究此本来历的一大线索。

此本最一大特点是有大量批语，双行批、夹批、眉批都有。经仔细核对，批语包括甲戌本、己卯本、庚辰本、戚序本和甲辰本5个版本的批语，还有60多条独有批语。有如此之多各种版本的批语在脂本中还是很少见的。在5页装订线外还有5条批语。这些大量批语是研究此本来历的重要线索。

第二节　“庚寅本”出版和研究

一、“庚寅本”的出版和研究

“庚寅本”在2012年9月正式公布后，一直在学者和爱好者之间流传，两年多一直没有能够正式出版。对此本目前还有不同看法，本人从2012年10月开始，到2014年10月，两年时间内，陆续在“中国古代小说网”上发表了二十篇文章，对此本做了深入的研究。

由于此本一直没有正式出版，这就大大阻碍了对此本的研究。为进一步推动对此本的深入研究，天津市红楼梦研究会和天津百花文艺出版社经过一年多的准备之后，2014年10月正式出版了此书彩色影印本，书名为《脂砚斋重评石头记（庚寅本）》[②]。此书的正式出版不仅对“庚寅本”的研究有好处，对《红楼梦》版本研究也有好处。此书正式出版就可以看到其原貌，这样才可能有更多的人去研究它。无论其是真是假，都会促进《红楼梦》版本研究的深入。

---

① 梁归智：庚寅本：新发现的清代钞本《石头记》，《文汇报》2012年9月24日。

② 《脂砚斋重评石头记（庚寅本）》，天津百花文艺出版社2014年10月第1版。

《脂砚斋重评石头记（庚寅本）》，天津百花文艺出版社

到目前为止，公开发表有关“庚寅本”研究的文章并不多。

2012 年 9 月 24 日，梁归智先生首先在《文汇报》上著文：“‘庚寅本’：新发现的清代抄本《石头记》”，披露了此本的发现。此文认为：1.庚寅本现存抄本的抄写时间段，清末民初的可能性最大。2.现存抄本的底本可能是清代或民国抄本。3.庚寅本的祖本是乾隆庚寅（1770）年抄本。4.祖本是参照至少两个本子抄写而来。

2012 年，沈治钧先生在《乌鲁木齐职业大学学报》第 4 期发表文章《真假红学卮谈》，其中第三部分《关于天津王超现藏〈石头记〉抄本》谈及“庚寅本”。此文根据“庚寅本”中第 1 回中一条批语的批语时间和批语撰写人为“丁亥春，脂砚”。因此对此本的真伪提出质疑。最后附言称：“在它的原本（含剩余抄书纸）获得认真可靠的技术鉴定之前，在它的诸多疑点获得充分辨析之前，理应存疑。因未见原本，故点到即止，暂不展开”。

2013 年，乔福锦先生在《辽东学院学报》（社会科学版）第 1 期发表文章《〈石头记〉庚寅本考辨》，认为：

> 从外证、内证、理证、旁证、反证等方面作综合考辨，可以肯定，新近发现于天津的庚寅本，确是一个《石头记》清代抄本。庚寅本之发现，不仅填补了“脂本”乃至“佚稿”之文献空白，也为现存版本考证鉴定提供出十分重要之学术依据，为“列藏系五本”乃至整个《石头记》版本源流考辨梳理提供出极具价值之文献参照。从版本研究史之角度观，庚寅本之发现，也是 20 世纪 20 年代末 30 年代初甲戌本、“庚辰本”发现以来红学研究领域最为重要的文献收获。

2014 年赵建忠先生在《河北学刊》第 2 期上发表文章《新发现的〈石头记〉“庚寅”本》，文中认为：

> 近来新发现的据考系河北人抄录的《石头记》庚寅抄本，将脂本系统贯通联系起来，为现存的《石头记》版本源流考辨提供了极为重要的文献参照。庚寅本发现以来，受到了海内外红学研究者的密切关注，引发了热烈的讨论。本文介绍了庚寅本的版本状态及研究动态，并对相关争议问题做了初步考辨。

此文介绍了各种看法，包括本人的一些看法，也提出作者自己的一些意见，但未得出肯定的结论。

百花文艺出版社出版的彩色影印本中有四篇介绍文章，即：

- 《前言》，《红楼梦与津沽文化研究》编辑部编写；
- 《影印庚寅本石头记序》，赵建忠、任少东编写；
- 《我研究王超藏本〈石头记〉的历程（代序）》，梁归智编写；
- 《〈石头记〉庚寅本购藏、鉴定及来源等情况说明》，王超编写。

赵建忠、任少东和梁归智的两篇文章对此本进行了介绍和分析。两篇文章都认为此本为晚清抄本，即“真本”。其主要根据是，经过天津文物鉴定专家对纸质、字迹、墨色的分析，一致认定此本是百年老物，至晚也是出自清末民初。

第一篇是赵建忠和任少东合写的“影印庚寅本《石头记》序”，赵建忠、任少东在此文称：

> 我们认为，除了在文本方面应与现存的《石头记》脂本进行文字比勘外，最好由文物专家根据纸质和墨色沉淀分析鉴定，并据此“断代”。……仅从文字去判断真伪，这样得出的结论就很可能招致一些人的非议。

序言并以卞藏本的鉴定为例，说明文物鉴定结论“更具参考价值”。经过天津文物鉴定专家对纸质、字迹、墨色分析，认为此本是百年老物，至晚也是出自清末民初。

第二篇梁归智的序言“我研究王超藏本《石头记》的历程（代序）”一文，也认为此本抄写于晚清的可能性较大。

两文中对我的研究也做了介绍，但只介绍了我的两个结论，而对于我有关“庚寅本”和俞平伯 1954 年版《脂砚斋红楼梦辑评》有多处完全相同的论述，以及对于此本出现甲戌本上附条批语等关键证据，没有深入介绍。由于这两篇序言写于 2013 年 8、9 月，而对于判断此本抄写时间的附条批语，是我在 2013 年 12 月托上海博物馆检查所藏的甲戌本发现的。因此只有梁归智一文最后的“补记”中对此简略提及。由于此附条批语对于研究“庚寅本”很关键，在两篇序言中都未来得及做深入介绍，很遗憾。

本人对上述结论，及根据所谓的“文物鉴定”来判断版本抄写时间，还有不同看法，本书将对此做详细分析。

到目前为止，在公开发行的刊物上发表的文章，只有以上几篇。文章很少的主要原因是，很多学者根据种种迹象，对“庚寅本”的真伪有怀疑；再加之“庚寅本”迟迟未能出版，学者们一般都看不到。这些都大大影响了对此本的研究进展。

此本经梁归智先生介绍后，从 2012 年开始，在网络上的讨论很多。梁归智先生在他的博客中中也发表和转载了一些有关文章（http://blog.sina.com.cn/liangguizhi176426）。

我是 2012 年 10 月 1 日（因为是“十一”因此日期记得很清楚）去天津看“庚寅本”，十天后在《中国古代小说网》（http://www.zggdxs.com/）发表第一篇文章。到 2014 年 10 月，在两年内陆续发表了二十篇文章，前期每隔几天就发表一篇。2013 年 3 月《十六探》和 2014 年 1 月《十九探》以后，文章相隔的时间较长。当然前后发表的文章的看法有些改变，这在学术研究中是很自然的事情。

这些文章都发表在苗怀明老师主编的《中国古代小说网》，对此非常感谢。

我以前发表的有关“庚寅本”二十篇文章的时间和网址如下，为方便读者阅读，对每篇文章的主要内容也做了概括，如读者有兴趣可选择相关文章阅览。

《初探》，2012 年 10 月 10 日，对此本做了概括的分析和介绍。

http://www.zggdxs.com/Article/xlhy/mqxs/hlm/201210/4561.html.

《二探》，2012 年 10 月 12 日，对批语进行初步探索。

http://www.zggdxs.com/Article/xlhy/mqxs/hlm/201210/4568.html.

《三探》，2012 年 10 月 24 日，对批语进行统计分析。

http://www.zggdxs.com/Article/xlhy/mqxs/hlm/201210/4604.html.

《四探》，2012 年 11 月 2 日，对批语逐回进行统计，认为此本批语是根据俞平伯

1954 年版《脂砚斋红楼梦辑评》整理，抄写于 20 世纪五六十年代。

http://www.zggdxs.com/Article/xlhy/mqxs/hlm/201211/4624.html.

《五探》，2012 年 11 月 5 日，指出附条批语来自俞平伯 1954 年版《脂砚斋红楼梦辑评》，而后者又来自陶洙抄录的己卯本。

http://www.zggdxs.com/Article/xlhy/mqxs/hlm/201211/4631.html.

《六探》，2013 年 1 月 18 日，介绍国家图书馆古籍部对此本的鉴定意见。

http://www.zggdxs.com/Article/xlhy/mqxs/hlm/201301/4889.html.

《七探》，2013 年 1 月 22 日，介绍此本的原收藏者江泽收藏此本的情况。

http://www.zggdxs.com/Article/xlhy/mqxs/hlm/201301/4900.html.

《八探》，2013 年 1 月 23 日，反驳乔福锦先生的看法。

http://www.zggdxs.com/Article/xlhy/mqxs/hlm/201301/4902.html.

《九探》，2013 年 1 月 25 日，再次讨论乔福锦先生的看法。

http://www.zggdxs.com/Article/xlhy/mqxs/hlm/201301/4916.html.

《十一探》，2013 年 1 月 31 日，讨论附条批语的来历。

http://www.zggdxs.com/Article/xlhy/mqxs/hlm/201301/4944.html.

《十二探》，2013 年 2 月 6 日，再次讨论附条批语及陶洙等问题。

http://www.zggdxs.com/Article/xlhy/mqxs/hlm/201302/4963.html.

《十三探》，2013 年 2 月 15 日，详细分析“凡例”中的诗移到第 1 回中过程。

http://www.zggdxs.com/Article/xlhy/mqxs/hlm/201302/4990.html.

《十四探》，2013 年 2 月 21 日，从多种批语，详细分析“庚寅本”中批语和俞平伯 1954 年版《脂砚斋红楼梦辑评》相同，从而认定此本批语来自此书。

http://www.zggdxs.com/Article/xlhy/mqxs/hlm/201302/5008.html.

《十五探》，2013 年 3 月 4 日，详细分析“庚寅本”中双行批语插入正文位置，和俞平伯 1954 年版《脂砚斋红楼梦辑评》相同，从而进一步认定此本批语来自此书。

http://www.zggdxs.com/Article/xlhy/mqxs/hlm/201303/5052.html.

《十六探》，2013 年 3 月 13 日，详细分析“庚寅本”的正文。

http://www.zggdxs.com/Article/xlhy/mqxs/hlm/201303/5103.html.

《十七探》，2013 年 10 月 7 日，再谈附条批语问题。

http://www.zggdxs.com/Article/xlhy/mqxs/hlm/201310/5942.html.

《十八探》，2013 年 12 月 19 日，在甲戌本上发现附条批语撕掉后的痕迹。

http://www.zggdxs.com/Article/xlhy/mqxs/hlm/201312/6176.html.

《十九探》，2014 年 1 月 11 日，详细分析“庚寅本”的独有批语。

http://www.zggdxs.com/Article/xlhy/mqxs/hlm/201401/6277.html.

《二十探》，2014 年 10 月 30 日，针对“庚寅本”出版的“前言”详细谈其真伪。

http://www.zggdxs.com/Article/xlhy/mqxs/hlm/201410/7227.html.

此外还有几篇相关文章：

《〈红楼梦〉甲戌本附条批语和周汝昌兄弟录副本图章问题——答沈治钧先生》，2014 年 7 月 28 日。http://www.zggdxs.com/Article/xlhy/mqxs/hlm/201407/6971.html.

《〈红楼梦〉甲戌本附条批语是周汝昌所为吗？——再答沈治钧先生》，2014 年 7

月28日。http://www.zggdxs.com/Article/xlhy/mqxs/hlm/201407/6973.html.

《谈俞平伯和甲戌本附条——三答沈治钧先生》，2014年12月26日。

http://www.zggdxs.com/Article/xlhy/mqxs/hlm/201412/7411.html.

《谈周汝昌、胡适和甲戌本附条——四答沈治钧先生》，2014年12月29日。

http://www.zggdxs.com/Article/xlhy/mqxs/hlm/201412/7419.html.

《谈“庚寅本”、甲戌本录副本“造假”——五答沈治钧先生》，2015年1月1日。http://www.zggdxs.com/Article/xlhy/mqxs/hlm/201501/7427.html.

在网络上对此本也有很多讨论，但和一般的网络讨论一样，网络上的文章良莠不齐。有些文章经过认真思考，提出了一些问题和看法，有些也有一定水平。但由于此本很长时间内未出版，多数人并未看到此本，因此很多网络文章中只是根据一些间接的报道，就随意发表看法，这些看法难免出于片面，其学术价值就要打折扣了。

由于以上原因，对于网络上有关此本以及两个延伸问题（戚序本和庚辰本关系，周汝昌借书给陶洙）的讨论和研究，本书都不做介绍和评议。

二、“庚寅本”来历的几种看法

对“庚寅本”的来历，仔细分析有四种看法，按照来历的时间顺序先后，简介如下。

第一种看法认为此本为早期的古本。主要是根据对此本的内容分析后认为，此本是一个可与甲戌本、庚辰本等抄本相媲美的《石头记》“脂本”；此抄本是一个百衲本，其中正文来自两个不同时期的祖本，批语至少由三部分组成；其底本抄藏及批语最初过录时间，至迟在清乾隆庚寅年秋[①]。

第二种看法认为此本为晚清抄本，主要是根据文物鉴定专家的鉴定。天津文物鉴定家、国家文物鉴定委员会委员刘光启先生曾对此本做过鉴定，刘先生认为此本是光绪时的抄本，纸张是那个年代的，从抄写字体看，是典型的翰林体，是模仿晚清状元刘春霖的书法。据此有些学者认为该抄本系清末旧物。[②]

第三种看法认为此本是现代抄本。本人对此本正文、批语两方面众多线索的仔细分析和研究，认为此本的批语肯定是来自俞平伯1954年版《脂砚斋红楼梦辑评》，其正文的底本应该属于庚辰本系列，抄写时间应该在1954年以后。但此本是否曾参考过其他“古本”，目前还难以判别。

第四种看法认为此本完全是现代抄本，主要根据此本中出现了“乾隆庚寅”，在“红楼梦旨义”中改字和胡适改字完全相同，此本有大量现有“脂本”的批语，还出现了批语题记“丁亥春脂砚”等，因此认定此本是现代抄本，研究价值不大。还有人认为此本可能是书商牟利作假而为。对此本的来历，这种看法认为最大可能是根据某本《红楼梦批语辑校》整理而成，这一点和第三种看法相近。对于具体抄写时间，有

① 乔福锦：《石头记》庚寅本考辨，《辽东学院学报》（社会科学版）2013年第1期。

② 赵建忠：新发现的《石头记》“庚寅”本，《河北学刊》2014年第2期。

些人认为有可能比1954年更晚。

总结以上四种看法，可分为三类。

第一类看法认为此本为古本，即上述第一种和第二种看法，第一种看法认为是早期古本，第二种看法认为是晚清古本。

第二类看法认为此本是现代抄本，是完全根据现代整理本而抄写的，即上述第四种看法。

第三类看法折中，认为此本为现代抄本，但不排除此本曾另有某个古本为参考。

一般习惯用“真假”来区分《红楼梦》的版本。按照“真假”来分，则前两种看法认为此本为“真”；第四种看法认为此本完全为“假”。而第三种看法认折中，认为此本是“真假混杂”，基本是“假”，但也可能参考过某个“真本”，即多半是“假”，少量为“真”。

《红楼梦》版本非常复杂，历来争论极大，对此本的来历有争论是正常现象，要达到完全统一的看法也很困难。为详细阐述本人看法，特此编写此书。

三、《红楼梦》版本“真假”

对于《红楼梦》版本的“真假”，有不同的标准，就会有不同的评判结果。

第一，如果以曹雪芹的原著为真本，因为现有的所有版本肯定都不是曹雪芹的原著，那么也就都不是“真本”，而是“假本”。这种标准看似很合理，但没有任何意义，所以不值得研究。

按照这个标准，“庚寅本”肯定是“假本”。

第二，《红楼梦》版本有原抄本和过录本两种。所谓原抄本是指第一次抄录的版本，而过录本是以某一个版本（不是多个版本）为底本，重新再抄写一次的版本。如果不是完全照抄某个版本，而是文字有所修订，批语有所增删，那就是一个全新的版本了，就不能称为过录本了。

如现存的甲戌本、己卯本和庚辰本等，虽然有“甲戌”“己卯”和“庚辰”字样，但肯定都是过录本，而且很可能是多次过录本，肯定不是甲戌、己卯和庚辰年的原抄本。

在现存的所有手抄本中，只有舒序本确实是乾隆五十四年（1789）的抄本，是唯一的原抄本，即“真本”。

这种分类“真假”也可以接受，但在一般研究中并不以这样的标准来分类。

按照这个标准，“庚寅本”因为肯定是过录本，就肯定是“假本”。

第三，有时把在古代所抄的抄本都称为“真本”，而把所有现代抄本都认为是“假本”。这样绝大多数的抄本虽然多数都是过录本，但都可以认为是“真本”。

而所谓“古代”和“现代”的划分，又会有不同的标准。

最典型的是北师大本。北师大本是陶洙在1949—1953年期间所抄写，后陶洙卖给琉璃厂书店，1957年琉璃厂书店再卖给北师大。其抄写时间绝对是现代，但目前红学界一般还是认为此本是“真本”，而并不认为北师大本是“假本”。

按照这个标准，“庚寅本”和北师大很相似，也是现代抄本。既然北师大本可以认为是“真本”，“庚寅本”是否也可以认定为“真本”，而不是“假本”呢？

第四，根据其抄写动机和目的来划分“真假”。如果是自己有兴趣而抄写，只是自己阅读欣赏，就可认为是“真本”。而抄写目的就是为卖钱，牟利，就认为是“假本”。

按照此标准判别看似很容易，但某个版本的抄写是否是为牟利，这很难判断。古代抄本中的抄写过程都不清楚，这样就难以判别。按照这个标准，北师大本又是一个难题，此本是陶洙出售给琉璃厂，明显是以牟利为目的，但目前红学界似乎并不因此而将其视为“假本”。

按照这个标准，“庚寅本”虽然不清楚抄写者的目的，但从目前情况看，丝毫看不出有抄写去牟利的目的，我看应该属于真本。但因为此本并未抄完，所以也不能完全就肯定不是为牟利。

根据以上对“真假”的各种不同标准来分析，标准不同，结果不同。

“庚寅本”根据上述不同标准，可以认为是“真本”，也可认为是“假本”。

本人对“庚寅本”的看法是：

第一，“庚寅本”肯定是抄写于1954年之后，是现代抄本。但一些人由此认为其为彻底的“假本”，我不赞同。

第二，“庚寅本”批语肯定来自俞平伯1954年版《脂砚斋红楼梦辑评》，但有些正文和批语来源不明，其是否有个“古本”为底本，还难以确定。因此至少是“半真半假”。

第三，“庚寅本”和北师大本在很多地方很相似，都是抄写于20世纪50年代，都是以庚辰本系列版本为底本。如果北师大本可以认为是“真本”，则“庚寅本”也可认为是“真本”。

其实，对于“庚寅本”真假的争论其实意义并不大，关键还是对此本的深入研究。目前“庚寅本”中还有一些问题不清楚，如在这些问题的研究中有所进展，对判别其“真假”会有很大帮助的。

四、“庚寅本”研究初步结论

经本人从2012年10月至2015年两年多的研究，对此本有如下结论。

1．此本的底本主要有两本

（1）批语部分主要来自1954年上海文艺联合出版社出版的俞平伯《脂砚斋红楼梦辑评》；

（2）正文部分主要来自庚辰本系列的某个版本；

（3）不排除抄写者手中有某个古本为参考本的可能性。

2．批语和正文来源

（1）此本有五种脂本批语，即甲戌本、己卯本、庚辰本、戚序本和甲辰本，其中绝大部分批语来自 1954 年上海文艺联合出版社出版的俞平伯《脂砚斋红楼梦辑评》。以甲戌本为例，其来源如下：

甲戌本原本——周汝昌兄弟录副本——陶洙过录己卯本——俞平伯 1954 年版《脂砚斋红楼梦辑评》——“庚寅本”。

（2）正文基本和庚辰本相近，所以此本可能是来自某个庚辰系列版本，可能就是 1955 年文学古籍刊印社出版的庚辰本影印本。但有些文字和庚辰本不同，而和戚序本相同。是抄录者又参考了戚序本做了修改，还是抄录者手中还有个“古本”，目前还无法最后下定论。

（3）有少量批语前的正文与庚辰本不同，而是来自俞平伯 1954 年版《脂砚斋红楼梦辑评》中批语的正文，即戚序本、己卯本、甲辰本等。

（4）此本有约 60 多条独有批语来源不明，有几种可能。

第一，抄写者自行编写，可能性很大，几乎每种脂本都有新增批语，并不奇怪。

第二，来自某个“古本”，如“松轩本”或“鹤轩本”等本。

所以，虽然此本肯定是个现代抄本，但其中还有很多问题无法解释，不排除此本有个“古本”为参考本的可能，因此“庚寅本”对于研究《红楼梦》版本的演变，还是有一定价值的。

3．抄录时间和抄写人

对于此本抄写时间上限，考虑到“庚寅本”中绝大部分批语肯定来自俞平伯 1954 年版《脂砚斋红楼梦辑评》，因此其抄写时间的上限应该在 1954 年，不可能更早了。

对于此本抄写时间下限，要考虑到，1961、1962 年台湾和大陆相继影印甲戌本，俞平伯遂根据影印甲戌本，对 1954 年上海文艺联合出版社《脂砚斋红楼梦辑评》中批语做了大量修改，中华书局 1963 年《脂砚斋红楼梦辑评》出版新 1 版第 2 次印刷，新版中很多批语就和“庚寅本”批语完全不同了。如果“庚寅本”抄写于 1963 年以后，抄写者应该看到新版《脂砚斋红楼梦辑评》，不会再发生如此之多的错误。

所以此本的抄录时间应该在 1954 年以后，1963 年之前的约十年之中。

4．此本整理过程和目的

由于资料缺乏，对此本的抄写人和动机，有不同的分析和猜测。

我认为，此本可能是天津某个晚清遗老（很可能是原收藏者江泽的亲属或朋友），他出于对《红楼梦》的热爱，看到俞平伯 1954 年出版的《脂砚斋红楼梦辑评》中汇集了很多版本的批语，1955 年又出版了庚辰本的影印本，但庚辰本前 11 回无任何批语。因此他想把俞平伯 1954 年版《脂砚斋红楼梦辑评》中的批语汇集，抄写在《红楼梦》的正文中，从而整理出一本有完整批语的《红楼梦》。出于习惯，他利用了散页的晚清老纸，用翰林体字抄写而成。“庚寅本”整理的目的和动机和现在很多出版社整理出版带有所有批语的《红楼梦》的编辑思路，实际是完全相似的。

此本只抄写 13 回半的原因，目前难以判别，有多种可能性。

（1）由于特殊原因终止，如抄写者死亡、兴趣转移、无时间精力等。

（2）1962年大陆甲戌本影印本出版，1963年俞平伯新版《脂砚斋红楼梦辑评》出版，抄录者发现他以前所抄录的甲戌本批语错误很多，因此放弃了继续抄录。

由于资料缺乏，此本未抄写完的根本原因目前很难判断。

还有学者认为此本可能是书商所为。根据本人分析，此本应该在俞平伯1954年版《脂砚斋红楼梦辑评》之后抄写，当时《红楼梦》逐步热起来了，对《红楼梦》有兴趣的读者也多了。而俞平伯《脂砚斋红楼梦辑评》只有批语，没有正文，虽然对研究《红楼梦》很有帮助，但对一般读者阅读《红楼梦》却很不利。因此很可能有出版社会萌发出版一本带批语的《红楼梦》的想法，此本是否就是整理的初稿呢？此本为繁体竖排，是因为当时还未改为简体字横排，俞平伯的《脂砚斋红楼梦辑评》直到1966年再版都是繁体竖排，与此本格式相同。

近年来很多出版社出版了带有各种批语的《红楼梦》，这对于阅读和研究都很有帮助。所以在几十年前，根据当时的环境，确实有书商所为的可能性。但我更倾向是个人所为。由于资料缺乏，对此很难判断。

五、“庚寅本”的研究思路

对“庚寅本”的研究和所有对《红楼梦》版本研究一样，分为正文和批语两大部分。

正文和批语研究主要方法是文本比对，将“庚寅本”的文字和批语，利用数字化和其他版本的文字和批语进行比对。找出文字差异后，再分析产生这种文字差异的几种可能。最后再研究在这几种可能性中，哪种可能性更大。

“庚寅本”研究的主要目的是探明其所依据的底本和抄写的时间。“庚寅本”的正文很接近庚辰本，也有部分戚序本的文字，其底本可能是某个庚辰系列版本，也不排除“庚寅本”有个“古本”为底本的可能性。“庚寅本”的批语中有五种版本批语，即甲戌本、己卯本、庚辰本、戚序本和甲辰本，其来源最大可能是俞平伯1954年版《脂砚斋红楼梦辑评》。而其抄写时间估计应在俞平伯1954年版《脂砚斋红楼梦辑评》出版之后，和俞平伯1963年《脂砚斋红楼梦辑评》新一修订版出版之前。

在“庚寅本”的正文和批语研究中，又延伸出三个问题。从“庚寅本”批语研究，延伸出甲戌本附条批语问题；从“庚寅本”正文研究，延伸出一个问题是戚序本和庚辰本关系问题，它们和甲戌本是“父子”关系，还是“兄弟”关系；由甲戌本录副本延伸出一个问题是，周汝昌借给陶洙的是甲戌本原本，还是甲戌本录副本。

本书对于“庚寅本”的研究整体框架如下图所示。

总而言之，由于目前材料缺乏，虽然有关“庚寅本”的很多研究很难得出最后令人信服的结论。但只要有进步，总是会更接近事实真相。

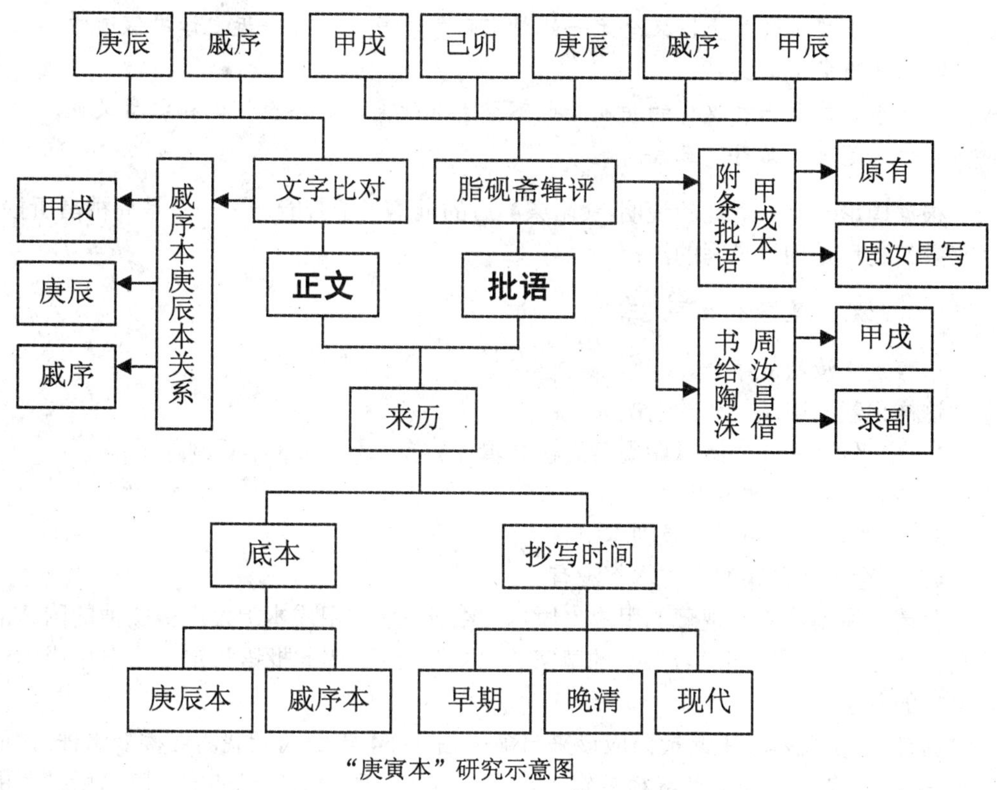

“庚寅本”研究示意图

六、“庚寅本”研究三个延伸问题

下面简介由“庚寅本”研究又延伸出的三个问题。第一个是关于甲戌本的附条批语问题，第二个是关于戚序本、庚辰本关系问题，第三个是周汝昌借甲戌本录副本给陶洙问题。

1. 甲戌本附条批语问题

在研究“庚寅本”的过程中，附条批语是一直困扰研究的一个大问题。

“庚寅本”第23页第1回有一眉批（影印本第23页，本书下册第14页）：

写士隐如此豪爽，又全无一此粘皮带骨之气相，愧杀近之读书假道学矣。

此眉批后面还紧接有一句批语：

予若能遇士翁这样的朋友，也不至于如此矣，亦不至似雨村之负义也。

但现在所有甲戌本的影印本都只有前面一句批语，都没有后面这条批语。而在俞平伯1954年版《脂砚斋红楼梦辑评》和陶洙过录己卯本上都有此批语。

周汝昌女儿周伦玲女士证实，此批语是周汝昌兄弟从甲戌本过录时所抄写的，此批语在周汝昌兄弟录副本上记载如下（无标点，繁体字从右往左竖写）：

写士隐如此豪爽，又全无一些粘皮带骨之气，相愧杀近之读书假道学矣。

（附条）

予若能遇士翁这样的朋友，也不至于如此矣，亦不至似雨村之负义也。

此后人笔墨不必存。玉言。

根据周伦玲女士对此的说明，（附条）后的批语“予若能遇……”是周祜昌所抄，（附条）之后是周汝昌写的注：

此后人笔墨不必存。玉言。

玉言是周汝昌的字号。

这样记载此附条批语的情况如下：

1．俞平伯1954年版《脂砚斋红楼梦辑评》有，但1963年版删除了；

2．陶洙抄在己卯本上；

3．周汝昌兄弟甲戌本录副本中有；

4．现存所有影印的甲戌本都没有。

我请上海博物馆与现藏的甲戌本原本仔细核对，在甲戌本上发现被撕掉的附条的一角，残存“予”字和“若”字的草字头“艹”，这证明此批语肯定是来自甲戌本一被撕掉的附条。

这样，“庚寅本”中此批语应该来自俞平伯1954年版《脂砚斋红楼梦辑评》，而俞平伯1954年版《脂砚斋红楼梦辑评》是来自陶洙所抄写的己卯本，陶洙所抄写的己卯本是出自周汝昌兄弟的录副本。周汝昌兄弟的录副本又来自甲戌本的附条批语，但后来被撕掉。

按照上述对“庚寅本”附条批语来历的分析说明，“庚寅本”很可能是抄自俞平伯1954年版《脂砚斋红楼梦辑评》。

为何甲戌本被撕掉的附条批语却出现在“庚寅本”上？只有三种可能：

第一种可能，此批语的来历是：

甲戌本——周汝昌兄弟录副本——陶洙过录己卯本——俞平伯1954年版《脂砚斋红楼梦辑评》——“庚寅本”。

第二种可能是，“庚寅本”此（附条）直接出自周汝昌兄弟录副本，或陶洙过录己卯本，但“庚寅本”抄写者要借到周汝昌兄弟录副本，或陶洙过录己卯本的可能性很小。

第三种可能是，“庚寅本”此附条批语直接来自附条批语没有被撕掉前甲戌本。但这种可能性同样很小。

因此附条批语是证明“庚寅本”批语是来自俞平伯1954年版《脂砚斋红楼梦辑评》的有力证据。

至于甲戌本上此批语的来历，目前有两种看法。

有人认为此批语是周汝昌兄弟或陶洙所写，贴到甲戌本上的[1]，因为在周汝昌之前，只有胡适、俞平伯和浦江清曾看过甲戌本，但他们都未曾提及甲戌本上有此附条批语，而此批语在甲戌本上是很突出的，他们不应该没有注意到。周汝昌在甲戌本上写了题记，所以他也可能会在甲戌本上贴条加批语，周汝昌也出过很多造假的事情。有学者又指出，此批语口气和周汝昌口气也很相似。

但我觉得这种可能性不大。因为周汝昌当初从胡适处借来甲戌本原本时，只是个大学生，他知道此本很珍贵，怎么会随便在上面贴附条批语？至于周汝昌在甲戌本上题写的跋语，是题写在空白页上的，而不是正文中。虽然后来周汝昌有过很多造假的事情，但不能由此就认为此附条批语也是周汝昌造假。

我更倾向此附条批语在胡适收入前就存在了，在胡适、俞平伯、浦江请等人的记述中都未提及此批语，是由于此附条批语明显是后人所贴，因此就没有提及。

至于为何此批语被撕掉，又有多种可能。如是周汝昌所为，则可能是在周汝昌归还甲戌本前，觉得此附条批语肯定会被胡适发现，因此被周汝昌本人撕掉了。也可能是胡适在后来影印此书前，觉得此批语肯定是后人所批，因此被胡适撕掉了。

对于甲戌本的附条批语的来历，目前还有不同解释，这在《红楼梦》版本中是常有的事情。

2．戚序本、庚辰本关系研究

根据对“庚寅本”正文的研究，和“庚寅本”关系最密切的是庚辰本和戚序本。“庚寅本”正文最接近庚辰本，但也有一些文字和戚序本相同。要彻底搞清楚“庚寅本”正文的底本，就必须搞清楚庚辰本和戚序本之间的关系。因此从“庚寅本”正文的研究又延伸出戚序本、庚辰本关系问题。

现在一般认为戚序本的祖本是庚辰本，但戚序本中有些文字却和庚辰本不同，而和甲戌本相同。一般认为，这可能是戚序本的祖本又根据甲戌本做了修改。假设如此，戚序本的祖本整理者手中就要同时有甲戌本和庚辰本，这十分困难，可能性不大。

实际还有另一种可能性，即戚序本和庚辰本文字相同、和甲戌本不同，不是由于戚序本的祖本是庚辰本，而是由于它们有共同的祖本。此共同的祖本来自甲戌本，对甲戌本的文字作了修改，而庚辰本和戚序本都继承了这些修改。因此戚序本和庚辰本的文字相同，而和甲戌本不同。

所以戚序本的祖本可能不是庚辰本，它们有共同的祖本，它们不是“父子”关系，而是“兄弟”关系。

由此可引申到“庚寅本”的研究。“庚寅本”正文的底本可能是庚辰本，也可能是庚辰本系列的一个版本，也可能是庚辰本和戚序本的共同祖本。

需要说明的是，本书所研究的戚序本，主要研究戚序本的正文，一般不涉及其批语。因此严格意义说，是研究现有各种戚序本正文的祖本，而不是加入了批语后的有正本等现有戚序本。这一点必须说明，以免引起误解。

---

[1] 沈治钧：真假红学续谈，《红楼梦研究辑刊》第八辑 2014 年 5 月，第 275—281 页。沈治钧：再谈甲戌本附条，《红楼梦研究辑刊》第九辑 2014 年 11 月，第 308—325 页。

3．周汝昌借甲戌录副本给陶洙问题

从“庚寅本”批语来历的研究，又延伸出一个问题——周汝昌当年出借给陶洙的，是周汝昌的甲戌本录副本，还是甲戌本原本？对此历来争论很大，周汝昌自己说借出的是甲戌本录副本，而梅节认为周汝昌借出的是甲戌本原本。

在研究“庚寅本”批语中，发现了一条特殊的附条批语。“庚寅本”第 1 回中有一条眉批：“予若能遇士翁这样的朋友，也不至于如此矣，亦不至似雨村之负义也”。这条批语来历不明，梅节先生首先指出此批语是陶洙用蓝笔抄在己卯本上的。但陶洙又是从哪里抄录了此批语，一直不得而知。周汝昌女儿周伦玲女士指出，此批语是周汝昌兄弟从甲戌本过录时所抄写的，但现有甲戌本影印本都无此批语。本人请上海博物馆人员查验甲戌原本，发现了甲戌本上有此批语被撕掉的痕迹，证明此批语确实出自甲戌本。

由此例批语进一步证明，“庚寅本”中的甲戌本批语的来历确实是：俞平伯 1954 年版《脂砚斋红楼梦辑评》——陶洙抄录己卯本——周汝昌甲戌本录副本——甲戌原本。即，“庚寅本”批语是来自俞平伯 1954 年版《脂砚斋红楼梦辑评》，而《脂砚斋红楼梦辑评》中甲戌本批语又是来自陶洙的己卯本。但陶洙过录己卯本上的甲戌本批语来自甲戌本原本，还是周汝昌的录副本，有不同看法。周汝昌本人声称他借给陶洙的甲戌本录副本，而不是原本。而梅节认为周汝昌借给陶洙的就是甲戌本原本。通过对此事的仔细梳理，证明周汝昌说法较合理，周汝昌当年出借给陶洙的，确实是周汝昌的甲戌本录副本，而不是甲戌本的原本。

七、《红楼梦》版本研究需注意的问题

在研究“庚寅本”时，和《红楼梦》版本演化研究一样，要注意以下几个问题。

1．版本早晚和文字早晚问题。

一般来说是越早的版本文字越接近原本，但并不是越早的版本的所有文字，都肯定比以后的版本更接近原本。有时晚出的版本中，可能保存有比早期版本更接近原本的文字。

现存的脂本（除舒序本、程甲本、程乙本外，都是指祖本），按照时间排序如下：

甲戌本：　乾隆十九年（1754），最早
己卯本：　乾隆二十四年（1759），甲戌本之后 5 年；
庚辰本：　乾隆二十五年（1760），己卯本之后 1 年；
戚序本：　乾隆三十四年（1769），乾隆四十七年（1782），庚辰本后 9—22 年；
“庚寅本”：乾隆三十五年（1770），庚辰本之后 10 年；
甲辰本：　乾隆四十九年（1784），庚辰本之后 24 年，程甲本之前 7 年；
舒序本：　乾隆五十四年（1789），庚辰本之后 29 年，程甲本之前 2 年；
程甲本：　乾隆五十六年（1791），庚辰本之后 31 年；

程乙本： 乾隆五十七年（1792），庚辰本之后32年，程甲本之后1年。

时间较晚的舒序本，虽然刊刻时间比庚辰本晚29年，但其中还保留了一些《红楼梦》早期抄本的文字[①]。

戚序本问题也很类似，根据本书的研究，戚序本虽然比庚辰本晚出9—22年，但其中有些文字可能保存了比庚辰本更接近原本的文字，而戚序本的文字没有修改。所以不能根据戚序本晚出，它很多文字又和庚辰本相同，就认为它一定是出自庚辰本。

在研究“庚寅本”时，同样应该注意这个问题。

2．过录本问题。

现在我们看到的各种脂本都是手抄本，而且几乎都不是原抄本了。如甲戌、庚辰、己卯等版本，是否抄写在甲戌年、庚辰年和己卯年是有疑问的，很有可能是后来重新抄写的过录本。这样抄手在过录抄写时，很可能有漏抄或修改，这样导致我们现在看到的抄本已经不是原本的原貌了。这在研究版本时必须注意。

因此我们发现版本文字有差异时，必须注意，哪些文字是其原本的修改文字，而哪些是过录本抄写时修改的文字。但要分清楚这两种文字，哪些文字可能是原本的，哪些文字是过录抄写时修改的，有时又很困难。这是版本研究的一个难点问题。

3．底本和祖本问题

现在我们看到的各种脂本都是手抄本，抄手在抄写该版本时所依据的版本，一般称为“底本”。而此类版本的最早抄本一般称为“祖本”，或“母本”。底本和祖本有本质不同。祖本一般是一类版本共同的原始版本。如己卯、庚辰本有个共同的祖本，可称为“己卯庚辰本”；戚序、蒙府本也有一个共同的祖本，可称为“戚序蒙府本”；一般认为这四种版本还有一个共同的祖本，可称为“己卯庚辰戚序蒙府本”，或简称“己庚戚蒙本”。

本书中在研究某个版本时，有时是指其底本，而有时是指其祖本。如研究“庚寅本”是如何抄写时，就是研究其抄写时所直接依据的版本，所谈的就是其“底本”。而研究“庚寅本”和戚序本、庚辰本等其他版本的关系时，就是指“庚寅本”的“祖本”，而不是指其抄写时所直接依据的底本。因此，研究版本必须分清底本和祖本。

---

① 刘世德：解破了《红楼梦》的一个谜——初谈舒本的重要价值，《红楼梦学刊》1990年第2期，第271—282页；林冠夫：《红楼梦版本论》，文化艺术出版社2007年1月第1版，第309—359页；朱淡文：《红楼梦探源》，江苏古籍出版社1992年版，第325—330，402—407页。

第三节 “庚寅本”的疑问

一、“庚寅本”正文疑问

目前“庚寅本”中还有一些问题没有解决，主要包括正文、批语和抄写时间等三部分。

第一部分是关于正文，其中有以下疑问未解。

1．“庚寅本”回前有一篇和甲戌本文字很接近的“红楼梦旨义”，其中有一段文字“是书题名极多”，和现存甲戌本中胡适的补字，恰好完全相同，因此“庚寅本”是否就是来自胡适补字后的甲戌本？如果是，则此本抄写时间必然在 1921 年胡适获得甲戌本之后。

2．如果“庚寅本”“红楼梦旨义”中的补字是来自胡适的甲戌本，但甲戌本曾影印多次，很多整理本中也是如此，“庚寅本”的补字到底来自哪种甲戌本？

3．俞平伯 1954 年版《脂砚斋红楼梦辑评》中“红楼梦旨义”的补字，也和“庚寅本”完全相同，“庚寅本”在正文和批语等多方面都和俞平伯 1954 年版《脂砚斋红楼梦辑评》相同，俞平伯 1954 年版《脂砚斋红楼梦辑评》是否可能就是此本的主要底本？

4．为何“庚寅本”“旨义”中“风尘”一诗，从“红楼梦旨义”中移到第 1 回中？这个移动是否和俞平伯 1954 年版《脂砚斋红楼梦辑评》“凡例”删除了 372 字有关？

5．“庚寅本”和庚辰本的目录、版式几乎完全相同，是偶然还是之间有联系？

6．“庚寅本”前 10 回目录中，只有第 3 回目录的文字不同，是何原因？

7.“庚寅本”第 3 回目录的上联文字有挖补痕迹，原因何在？

8．据文本数字化后统计，“庚寅本”的文字和庚辰本最接近，另外在改字、一些特殊文字、同词脱文等方面，“庚寅本”也和庚辰本相同，这些是否说明“庚寅本”的底本是庚辰本系列中的某个版本？

9.“庚寅本”和庚辰本是什么样的关系？是以庚辰本为底本？还是以庚辰本系列的某个版本为底本？

10.“庚寅本”有些文字不同庚辰本，而和其他版本（如戚序本）文字相同。这些文字有的前面有批语，而有些批语前的正文，刚好和俞平伯 1954 年版《脂砚斋红楼梦辑评》相同，是否这些不同于庚辰本的文字，是来自俞平伯 1954 年版《脂砚斋红楼梦辑评》？

11.“庚寅本”还有些文字不同于庚辰本，而和戚序本相同，是“庚寅本”又参考戚序本做了修改？还是“庚寅本”底本和戚序本有关？

12.“庚寅本”有两处文字和北师大本相同，是何原因造成的？

13.“庚寅本”有大量独有文字，是“庚寅本”抄写中做了修改，还是另有所本？

14.“庚寅本”有 11 处明显的挖补，但挖补文字并没有什么特点，为何要挖补这些文字？

15.“庚寅本”正文的底本有三种可能，第一种可能就是庚辰本；第二种是以庚辰本为主，参考戚序本；第三种可能是庚辰本系列的某个未知的“古本”，哪种可能性更大？

二、“庚寅本”批语疑问

第二部分是关于批语，其中有以下疑问未解。

1. 为何“庚寅本”批语只有甲戌本、己卯本、庚辰本、戚序本、甲辰本五种版本批语？而没有蒙府本、列藏本等本批语？是否由于这些版本出现较晚？

2.“庚寅本”只有五种版本批语，有如此之多版本批语在脂本中再无二例。其中一种可能是，此本是早期版本，所有五种批语版本的批语都来自此本。是否有这种可能性？

3.“庚寅本”可能是后期版本，五种版本批语是否可能都来自各种版本？但要收集如此之多批语很难。

4.“庚寅本”中五种版本批语，是否可能是来自某本“红楼梦批语辑评”？这样抄录就很容易了。

5.“庚寅本”只有五种版本批语，俞平伯 1954 年版《脂砚斋红楼梦辑评》也刚好只有这五种版本批语，而其他各种《红楼梦》批语辑评，又增加了蒙府本、列藏本等版本批语，所以此本的批语是否就是来自俞平伯 1954 年版《脂砚斋红楼梦辑评》？

6. 分析“庚寅本”中甲戌本的批语，有多种证据显示，这些批语的来历似乎是：甲戌本原本——周汝昌兄弟录副本——陶洙抄录到己卯本——俞平伯 1954 年版《脂砚斋红楼梦辑评》——“庚寅本”，这种分析是否可靠？

7. “庚寅本”有五种版本批语，但和俞平伯 1954 年版《脂砚斋红楼梦辑评》相比，少了一些批语，为何出现这种情况？

8.“庚寅本”批语中双行批、夹批和眉批三种形式都有，但和原本批语形式相比，很多形式改变了，为何出现这种情况？

9.“庚寅本”有一条甲戌本没有的附条批语，经过查验上海博物馆的甲戌本原本，在其中发现了此批语的痕迹。是否可以认为此批语的来历是：甲戌原本——周汝昌兄弟录副本——陶洙抄录到己卯本——俞平伯 1954 年版《脂砚斋红楼梦辑评》——“庚寅本”，这种分析是否可靠？

10. 甲戌本上留有附条批语的痕迹，此附条批语是谁所写？批语是被谁撕掉了？批语为什么多次影印都没有影印出来？

11.“庚寅本”还有一些批语和甲戌本相比有所不同，如“血泪盈腮”等，这些改动却和俞平伯 1954 年版《脂砚斋红楼梦辑评》相同，这是否又证明这些批语来自俞平伯 1954 年版《脂砚斋红楼梦辑评》？

12.“庚寅本”中有很多后人所加墨笔批语，与俞平伯1954年版《脂砚斋红楼梦辑评》相同，这是否证明这些批语是来自俞平伯1954年版《脂砚斋红楼梦辑评》？

13.“庚寅本”很多双行批语插入正文位置，和俞平伯1954年版《脂砚斋红楼梦辑评》完全相同，而和甲戌本不同。这是否再次说明，此本批语是根据俞平伯1954年版《脂砚斋红楼梦辑评》整理的？

14.“庚寅本”有一些独有批语，这些独有批语来自何处？是抄写者所批？还是另有所本？

15.“庚寅本”独有批语中有些是装订线外的批语，批语为何要写在装订线外？

16.“庚寅本”独有批语中，关于史湘云出场的批语，在各种版本不同，是何原因？

17.“庚寅本”批语中出现了“松轩本”“鹤轩本”“庚寅”“乾隆庚寅”字样，这些文字来自何处？说明了什么？

18.“庚寅本”中的“乾隆庚寅”是否是指其祖本抄写于乾隆庚寅年？

三、“庚寅本”抄写时间、抄写人疑问

第三部分是关于抄写时间和抄写人，其中有以下疑问未解。

1. 根据以上分析，“庚寅本”抄写时间是否是在俞平伯1954年版《脂砚斋红楼梦辑评》出版之后，在俞平伯1963年版《脂砚斋红楼梦辑评》出版之前？此时间是否可能再推前，或推后？

2. 根据“庚寅本”用纸和墨迹，是否可以判定，“庚寅本”的抄写时间是在晚清？

3.“庚寅本”的抄写时间是否可能再提前到《红楼梦》版本早期？

4.“庚寅本”抄写者是何人？抄写目的何在？

5.“庚寅本”为何只抄写了13回半？

6.“庚寅本”为何没有装订？是否是由于未抄写完？

7.“庚寅本”是否是现代人的造假产物？

8.“庚寅本”是否有研究价值？其价值主要在哪几方面？

第二章 “庚寅本”“旨义”补字和诗移动

第一节 “庚寅本”“旨义”补字问题

一、“庚寅本”中的“凡例”问题

“庚寅本”中有甲戌本所独有的“凡例”，但标题为“红楼梦旨义”。“庚寅本”是除甲戌本外，唯一出现了“凡例”的版本。

“庚寅本”的文字最接近庚辰本，但又出现了只有甲戌本才有的“凡例”，有人据此简单地认为，在庚辰本之后的版本中，不可能出现“凡例”，因此这种文字接近庚辰本，但又出现“凡例”，是完全反常的，由此证明此本肯定是假的。

这种分析看似很有道理，但也不是无懈可击。

到目前为止，确实没有任何后期版本中出现过“凡例”，但这不能简单地认为，在其他版本中就不可能出现“凡例”。

第一，对“凡例”来源还有争论，有些学者（如冯其庸），认为“凡例”是后出的，假设如此，就有可能在后出的其他版本中出现“凡例”，尽管目前尚未发现。

第二，即便“凡例”确实是早期版本中就出现了，那也不能排除有人把其抄入到后期版本中。要知道《红楼梦》抄本流行，很多都遗失了，各种可能都存在。

关键还是要对“庚寅本”中的“凡例”做深入分析，再下结论。

下面分析“庚寅本”“凡例”（即“旨义”）中的胡适补字和一首诗的移动问题。

二、“庚寅本”“旨义”中胡适补字问题

《红楼梦》所谓“庚寅本”是真是假，是否是“古本”的一个关键问题是“旨义”中被撕掉一角后，被胡适填写了“多”字问题。主张此本为现代抄本的学者认为：“庚寅本”此处文字和胡适补字后的文字完全相同，因此是照抄胡适补字后的文字，是照抄胡适改字后的“铁证”。

甲戌本卖给胡适时，凡例中在“是书题名极”之后被撕掉了5个字。胡适装裱后，只补上了“多、红楼”3个字和两个空格，变成“是书题名极多□□红楼（梦）”。

这种说法很难反驳。因为甲戌本“凡例”全文中只有在标题“红楼梦旨义”之后，为隔开标题和正文，有一个空格。其他文字中就再没有任何空格。而唯独胡适补字后却出现了两个空格，因此只能认为胡适少补了两个字，原文应该比胡适补字后文字多两个字。至于原本是哪两个字，学者中有不同看法。而此本文字却和胡适补“多”字后的文字完全相同，并未多两字。因此，“庚寅本”是照抄胡适补字之后的甲戌本可能性极大。

“庚寅本”此处和胡适补字后的文字完全相同，这是认为此本为“古本”和晚清抄本最难解释之处。也是怀疑此本抄自胡适补字后的甲戌本的最大依据。

如“庚寅本”不是抄自胡适补字后的甲戌本，可能有如下其他解释。

第一种解释是，甲戌本原来在此处就有两个空格，而庚寅本照抄时省略了两个空格。甲戌本“凡例”在“红楼梦旨义”之后确实有一个空格，因此有些学者认为，“是书题名极多”也是标题，因此再空两格也是合理。还有人认为编写者出于对《红楼梦》的敬意[①]，因此特意空两格。本人认为这些说法道理不充分。如果有空格，就应该是在标题“红楼梦旨义”之后空两个格，在“是书题名极多”之后不应有空格。如出于对《红楼梦》的敬意，也顶多只空一格。现在“庚寅本”在标题后只空一格，而《红楼梦》前却空两格，完全颠倒了。因此这种解释绝对不合理。

第二种解释认为，“庚寅本”的底本此处原有两字，吴恩裕第一个认为这两个字是“如曰”和“一曰”，因为后面有两个“又曰”，恰与此对应[②]。本人认为这种解释比较合理。后来又有其他学者认为应补其他字。假设如此，则只有一种可能，抄写者在此处刚好漏抄了这两个字，因此“庚寅本”也就没有这两字。但这种巧合的可能性很小。

此外，赵建忠、任少东在百花文艺出版社出版此书影印本的《序言》[③]，以及其他文章中[④]认为：甲戌本“题名极多”之“多”字，除可能是胡适添笔外，还有三种可能。

第一种可能是，甲戌原本就有此“多”字，甲戌本过录时丢落了此“多”字，而“庚寅本”抄手恰据有此古本作参照，因此补上了“多”字，就不一定就是据胡适后来的添笔。按照这种说法，曾存在一种古本，此处就是“是书题名极多”，而“庚寅本”就是根据此古本所抄写的，而不是来自胡适补字的甲戌本。

根据下面对“庚寅本”正文的分析，“庚寅本”的文字最接近庚辰本，而与甲戌本差异很大。要按照上述解释，就存在一种正文接近庚辰本版本，而此本又有“是书题名极多”的“凡例”。但这种版本至今并没有发现，这只是一种理论上存在的可能性。

---

① 吴佩林：甲戌本“凡例”空格之考辩，《曹雪芹研究》2014年第4期，第154-167页。

② 吴恩裕：《考榫小记——曹雪芹红楼梦琐记》，中华书局香港分局1979年版，第86-87页。

③ 赵建忠、任少东：影印庚寅本《石头记》序，《脂砚斋重评石头记（庚寅本）》，百花文艺出版社2014年10月第1版，第8页。

④ 赵建忠：新发现的《石头记》“庚寅”本，《河北学刊》2014年第2期。

脂硯齋重評石頭記

凡例

紅樓夢旨義 是書題名極多□□紅樓
夢是總其全部之名也又曰風月寶
鑑是戒妄動風月之情又曰石頭記是自譬石
頭所記之事也此三名皆書中曾已點睛
矣如寶玉作夢々中有曲名曰紅樓夢十
二支此則紅樓夢之點睛又如賈瑞病跛
道人持一鏡來上面即鏨風月寶鑑四字
此則風月寶鑑之點睛又如道人親眼見
石上大書一篇故事則係石頭所記之往
來此則石頭記之點睛處然此書又名曰

紅樓夢旨義

是書題名極多紅樓夢是總其全部之名也又曰風月宝鑑是戒妄動風月之
情又曰石頭記是自譬石頭所記之事也此三名書中曾已點睛矣如寶玉作
夢々中有曲名曰紅樓夢十二支此則紅樓夢之點睛又如賈瑞病跛道人持
一鏡來上面即鏨風月寶鑑四字此則風月寶鑑之點睛也又如道人親眼見
石上大書一篇故事則係石頭所記之往來此則石頭記之點睛處然此書又
名金陵十二釵審其名則必係金陵十二女子也然通部細搜檢去上中下女
子豈止十二人哉若云其中有十二個則又未嘗指明白係某某及至紅樓夢
一回中亦曾翻出十二釵之薄籍又有十二支曲可考
書中凡寫長安在文人筆墨之間則從古之稱凡愚夫婦兒女子家常口角則

甲戌本“凡例”第 1 页　　　“庚寅本”“旨义”第 1 页

甲戌本“凡例”和“庚寅本”“旨义”第 1 页比较

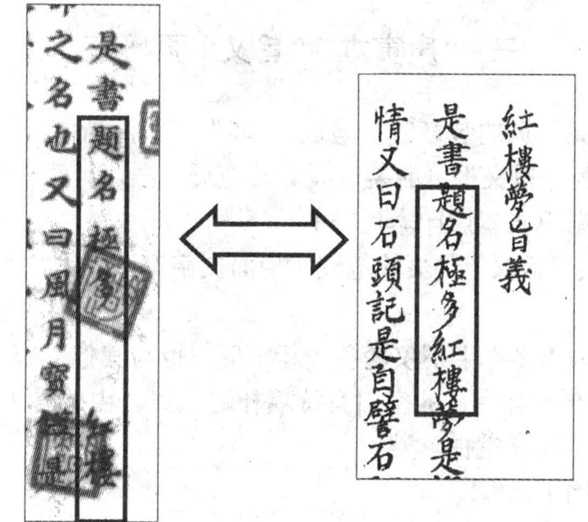

是書題名極多□□紅樓
之名也又曰風月寶

紅樓夢旨義
是書題名極多紅樓夢是
情又曰石頭記是自譬石

甲戌本“极多□□红楼”　　　“庚寅本”“极多红楼”

甲戌本“凡例”和“庚寅本”“旨义”第 1 页补字比较

也有人认为“凡例”只有早期甲戌本有，庚辰本等后期版本都没有。而此本文字接近庚辰本，却又有“凡例”，这种情况不可能出现，因此此本肯定是假本。本人认为这种分析有一定道理，但这种版本至今并没有发现，这只是一种理论上存在的可能性。

赵建忠、任少东提出的第二种可能是，“庚寅本”原本并无此“多”字，乃该本流传过程中阅者参校甲戌影印本后添。提出此看法的学者注意到，“庚寅本”首页墨迹较新，首页字体尤其是那个“多”字与其他诸页迥异，似为后人抄配（此抄本连带保存有清代空白竹纸达 150 多张，亦具备抄配的物质条件），且首页装订线眼与其他诸页也不同。

按照这种说法，“庚寅本”底本并无此“多”字，但“是书题名极”之后应该补什么字，并没有说明。但这种解释也很牵强。至于对“多”字是后补，及装订线问题，经我仔细检查并不存在这种情况，后面再分析，此处就不再介绍了，此本已经出版了，读者可自己仔细分辨。

赵建忠、任少东提出的第三种可能是，由于“题名极”三字后的空格所要填充的字选择面很窄，一般人极容易据想象拟补出“多”字，如果这个字恰好都补成“多”，应属于不谋而合，未必就一定是抄自胡适添笔。

这种说法还是认为甲戌本和“庚寅本”此处都是“多”字是不谋而合，换句话说，还是认为“庚寅本”的“多”字并非来自胡适补字，而是另有“古本“为据。按照这种解释，就存在过一种文字刚好和胡适补字完全相同的版本，而“庚寅本”就是根据此本过录的，因此就出现了和胡适补字完全相同的现象。但这种只是理论上的一种可能，其发生的概率可能极小。

总之，对于“庚寅本”与胡适所补字完全相同，可以找出很多解释，这些解释只是理论上的可能性而已，实际可能性很低。本人觉得，“庚寅本”此处和胡适补字完全相同，仍然是认为此本为后人根据胡适补字所抄的一个重要证据。

三、“庚寅本”“旨义”页研究

还有学者从“旨义”页的装订线、笔迹、“多”字等分析。[①]

其一，有学者认为“旨义”页的装订线与其他页不同，从而认定此页和其他各页非一时抄写，而是根据甲戌本影印本后补的。

其二，有学者认为“旨义”一页的笔迹和后面文字笔迹不同，因此不是一人所抄，是后补的。

其三，有学者认为“多”字不仅墨色较新，形体也与其他文字不一致，极似后补之笔，上下文字之间亦留有明显的空白有待填补的距离。由此看来，“庚寅本”据以过录“凡例”之底本，同有空白。

上述看法的推理如下：

---

① 乔福锦：《石头记》庚寅本考辨，《辽东学院学报》（社会科学版）2013 年第 1 期。

第一，从装订线和字迹看，“旨义”这一页可能是后补的，而后面的文字是真本。

第二，“旨义”这一页其底本此处是有空格的，而“多”字也是后补的。

因此，“旨义”页是后补的，而后面的文章是“真本”。

初看似乎这种解释十分有理，但与原书仔细对照，发现上述完全不是事实，下面逐一分析。

1.“旨义”页装订线和后续页是连续的

有学者认为“旨义”页的装订线与后续其他页不同，从而认定此页和其他各页非一时抄写。仔细比较“旨义”页、目录页和其他页的6组装订线，可以看出前4组和第6组的5组装订线是完全相同的，只有第5组装订线“旨义”页、目录页和其他页不同，而且只有一页的“旨义”页和目录页竟然还不同。

这个问题就很奇怪和比较复杂了，为何会出现5组装订线相同，而只有1组的装订线不同？

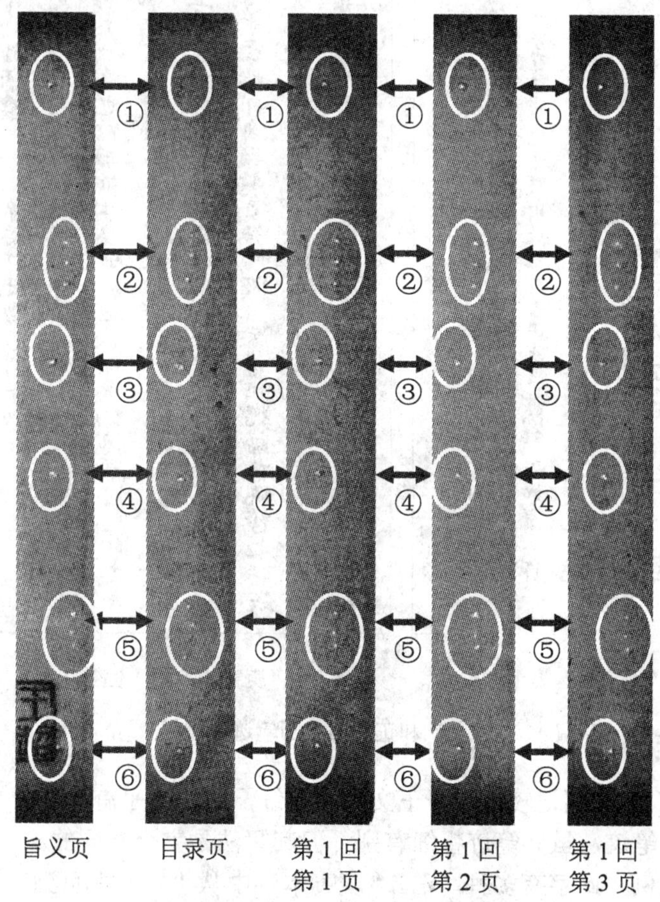

“庚寅本”“旨义”页和其他回装订线比较

第一，6组装订线中只有1组不同，可能有多种原因，如这些散页曾被多次装订过等等。不能只根据 1 组装订线不同，就认定“旨义”、目录和正文不是同时抄写的，“旨义”、目录是后补的。

第二，即便“旨义”、目录是后补的，也仍然可能是同一人所抄写的。不能因此认为“旨义”、目录和正文就是分别抄写的，从而认定正文是个“古本”。

总之，要根据装订线认为此本为“古本”证据还不足。

2.“旨义”页字迹和后续页完全一致

有学者认为“旨义”一页的笔迹和后面正文笔迹不同，因此不是一人所抄[①]。

紅樓夢旨義
是書題名極多紅樓夢是總其全部之名也又曰風月寶鑑是戒妄動風月之情又曰石頭記是自譬石頭所記之事也此三名書中曾已點睛矣如寶玉作夢夢中有曲名曰紅樓夢十二支此則紅樓夢之點睛又如賈瑞病跛道人持一鏡來上面即鏨風月寶鑑四字此則風月寶鑑之點睛也又如道人親眼見石上大書一篇故事則係石頭所記之往來此則石頭記之點睛處然此書又名金陵十二釵審其名則必係金陵十二女子也然通部細搜檢去上中下女子豈止十二人哉若云其中有十二個則又未嘗指明白係某某及至紅樓夢一回中亦曾翻出十二釵之薄籍又有十二支曲可考
書中凡寫長安在文人筆墨之間則從古之稱凡愚夫婦兒女子家常口角則

“庚寅本”“旨义”第 1 页

脂硯齋重評石頭記卷之
第一回
甄士隱夢幻識通靈　賈雨村風塵懷閨秀
此開卷第一回也作者自云因曾經歷過一番夢幻之後故將真事隱去而借通靈之說撰石頭記一書也故曰甄士隱云云但書中所記何事何人自又云今風塵碌碌一事無成忽念及當日所有之女子一一細考較去覺其行止見識皆出於我之上何我堂堂鬚眉誠不若此裙釵哉實愧則有餘悔又無益之大無可如何之日也當此則自欲將已往所賴　天恩祖德錦衣紈袴之時飫甘饜肥之日背父兄教育之恩負師友規談之德以至今日一技無成半生潦倒之罪編述一集以告天下人我之罪固不可免然閨閣中本自歷歷有人萬

“庚寅本”第 1 回第 1 页

“庚寅本”“旨义”和正文第 1 回笔迹比较

粗看，“旨义”页的笔记较粗，而正文页的较细，所说似乎有理。

但如仔细分析笔迹，虽然笔迹粗细有别，但其写法是完全相同的。

以“梦”字为例，此字有多种写法，“庚寅本”中从“旨义”页到其他各页，写法基本相同，可见附图。因此，认为“旨义一页的笔迹和后面文字笔迹不同，因此不

[①] 乔福锦：《石头记》庚寅本考，《辽东学院学报》（社会科学版）2013 年 01 期。

是一人所抄”，也是不成立的。

旨义页	目录页	第1回 第1页	第1回 第2页	第1回 第3页	第1回 第3页	第1回 第3页

“庚寅本”“旨义”和正文中的“梦”字笔迹比较

3.“多”字是否是后补的？

前面分析曾指出，“庚寅本”研究中一个关键问题是，“庚寅本”的“旨义”中文字，和胡适补字完全一样。认为“庚寅本”为“古本”的学者为说明这个问题，提出了多种不同的解释。

有学者认为“多”字不仅墨色较新，形体也与其他文字不一致，极似后补之笔，上下文字之间亦留有明显的空白待填补的距离。由此看来，“庚寅本”据以过录“凡例”之底本，同样也有空白[①]。

事实是否如此呢？粗看“庚寅本”中“多”字，字体偏瘦，似乎与上下两字不协调，有后来补上的嫌疑。

为证实“多”字是否后补，由于本人已经把“庚寅本”7万多字全部数字化，因此可轻易检索出此本共有122个“多”字。由于要列出122个“多”字极为麻烦，下面只列出此本从“旨义”页开始的部分“多”字。

从中可以看出：“旨义”页的“多”字，和第1．2回的“多”字极为接近，和第3回开始的“多”字略有差异。所以此本也有可能有多个抄手，但”旨义”和第1回肯定是一个抄手所抄的。

因此可以基本肯定：并不存在“旨义”中“多”形体与其他文字不一致的问题。

有学者认为“多”字“上下文字之间亦留有明显的空白待填距离”[②]。但从图中可以非常明显看出，根本不存在这个现象。“多”字和上下文字之间没有任何所谓的“空白待填距离”，“多”字的末笔已经和“红”字相连了。

[①] 乔福锦，《石头记》庚寅本考辨，《辽东学院学报》（社会科学版）2013年01期。
[②] 乔福锦，《石头记》庚寅本考辨，《辽东学院学报》（社会科学版）2013年01期。

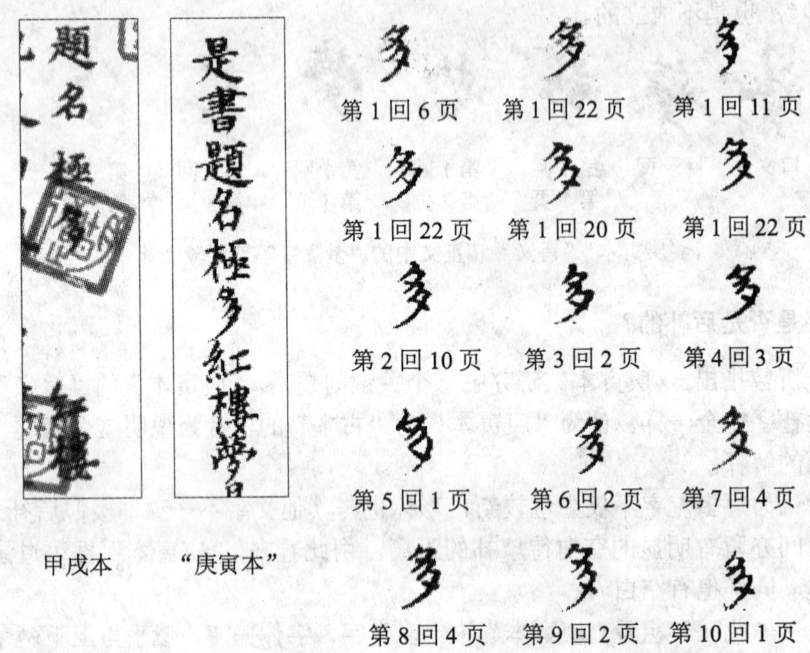

"庚寅本""旨义"和正文中的"多"字笔迹比较

4."庚寅本""旨义"补字来自《脂砚斋红楼梦辑评》

"庚寅本""旨义"中出现与胡适补字完全相同的情况，由此可以认为"庚寅本"可能抄自胡适补字后的甲戌本。但胡适补字后的甲戌本很多，有影印本，也有各种排印本，"庚寅本"到底抄自哪本书？

本人注意到，俞平伯 1954 年版《脂砚斋红楼梦辑评》中引用甲戌本"凡例"开头的文字为："是书题名极多，□□红楼梦"。这里的文字严格抄自甲戌本，也保留了两个空格，文字与胡适补字后完全相同。

而"庚寅本"的文字"是书题名极多红楼梦"，没有这两个空格，这可能是抄写者不知道胡适补字的情况，不知这两个空格的意义，因此没有抄写这两个空格。所以，理论上"庚寅本"也可能是参考了俞平伯 1954 年版《脂砚斋红楼梦辑评》抄录，但删除了这两个空格。

当然，由于胡适补字后的甲戌本很多，有影印本，也有各种排印本。只根据此例不可能确定"庚寅本"的来源。但根据本书后面对"庚寅本"的批语研究证明，此本的批语确实是抄自俞平伯 1954 年版《脂砚斋红楼梦辑评》，而不是抄自其他版本的甲戌本。详见后面的分析研究。

第二节 "庚寅本""旨义"诗移动问题

一、《脂砚斋红楼梦辑评》"凡例"删除372字

《红楼梦》"庚寅本""旨义"除胡适补字外，还有一个很奇怪的问题是，甲戌本"凡例"中的一首诗（影印本第6页，本书下册第7页）：

诗曰：
浮生着甚苦奔忙，盛席华筵终散场。
悲喜千般同幻渺，古今一梦尽荒唐。
谩言红袖啼痕重，更有情痴抱恨长。
字字看来皆是血，十年辛苦不寻常！

在"庚寅本"中却被移到第1回的文本之中，这是所有《红楼梦》版本中所没有的，为何会产生这种情况？

有人认为这是早期《红楼梦》版本的原始面貌，后来所有版本都做了修改。这种解释只是理论上的可能而已，实际几乎完全不可能会出现这种情况。

在仔细将此本的批语和俞平伯1954年版《脂砚斋红楼梦辑评》核对后，有诸多证据证明：此本的批语完全来自俞平伯1954年版《脂砚斋红楼梦辑评》，详见后续分析。由此联想到，"旨义"中文字的修改和诗的移动，是否也和俞平伯1954年版《脂砚斋红楼梦辑评》有关呢？经仔细核对"庚寅本"和俞平伯1954年版《脂砚斋红楼梦辑评》"旨义"的文字，果然发现重大线索，证明此本"旨义"文字的修改和诗的移动，和批语一样，也很可能是来自俞平伯1954年版《脂砚斋红楼梦辑评》。

首先看甲戌本、庚辰本、"庚寅本"和俞平伯1954年版《脂砚斋红楼梦辑评》这部分文字的情况。需要说明的是，这段文字在甲戌本是在"凡例"中，而在庚辰本和"庚寅本"是在第1回中。

3个版本中的这段文字比对如下。

逐行比对结果如下，3个版本文字差异很清楚，但文字不连贯（本书下册第237页）。

戊：甲戌本，庚：庚辰本，寅：庚寅本。

戊：此书开卷第一回也作者自云因曾　历过一　梦番幻之后故将真事隐去而
庚：此　开卷第一回也作者自云因曾　历过一番梦　幻之后故将真事隐去而借通
寅：此　开卷第一回也作者自云因曾经历过一番梦　幻之后故将真事隐去而借通
－－－－－－－－－－－－－－－－－－－－－－－－－－－－－－－－－

戊: 撰此石头记一书也故曰甄士隐   梦幻识通灵但书中所记何事又因何
庚:灵之说撰此石头记一书也故曰甄士隐云云   但书中所记何事   何
寅:灵之说撰 石头记一书也故曰甄士隐云云   但书中所记何事   何

- -

戊: 而撰是书哉自 云今风尘碌碌一事无成忽念及当日所有之女子一一细
庚:人   自又云今风尘碌碌一事无成忽念及当日所有之女子一一细考较
寅:人   自又云今风尘碌碌一事无成忽念及当日所有之女子一一细考较

- -

戊:推了去觉其行止见识皆出于我之上何 堂堂之须眉诚不若 彼一干裙钗实
庚: 去觉其行止见识皆出于我之上何我堂堂 须眉诚不若此   裙钗
寅: 去觉其行止见识皆出于我之上何我堂堂 须眉诚不若此   裙钗

- -

戊: 愧则有余悔则 无益之大无可奈 何之日也当此时则自欲将已往所赖
庚:哉寔愧则有余悔 又无益之大无 如何之日也当此 则自欲将已往所赖
寅:哉寔愧则有余悔 又无益之大无可 如何之日也当此 则自欲将已往所赖

- -

戊:上赖天恩下承祖德锦衣纨 袴之时饫甘餍 美之日背父母 教育之恩负师
庚: 天恩 祖德锦衣 纨袴之时饫甘餍肥 之日背父 兄教育之恩负师友
寅: 天恩 祖德锦衣 纨袴之时饫甘餍肥 之日背父 兄教育之恩负师友

- -

戊:兄规训 之德已 至今日一事 无成半生潦倒之罪编述一 记以告普天下
庚: 规 谈之德 以至今日一 技无成半生潦倒之罪编述一集 以告 天下
寅: 规 谈之德 以至今日一 技无成半生潦倒之罪编述一集 以告 天下

- -

戊:人虽我之罪固不能 免然闺阁中本自历历有人万不可因我之不肖
庚:人 我之罪固不 免然闺阁中本自历历有人万不可因我之不肖自护己短
寅:人 我之罪固不 可免然闺阁中本自历历有人万不可因我之不肖自护己短

- -

戊:一并使其泯灭也虽今日之茆椽蓬牖瓦灶绳床其 风晨月夕 阶柳庭花亦
庚:一并使其泯灭也虽今日之茆椽蓬牖瓦灶绳床其晨夕风   露阶柳庭花亦
寅:一并使其泯灭也虽今日之茆椽蓬牖瓦灶绳床其晨夕风   露阶柳庭花亦

- -

戊:未有 伤于我之襟怀笔墨   者何为不 用假语村言敷演
庚:未有防 我之襟怀笔墨虽我未学下笔无文又 何 妨用假语村言敷演
寅:未有防 我之襟怀笔墨虽我未学下笔无文又 何 妨用假语村言敷

- -

戊：出一段故事来　　　　　　　　　　以悦　人之耳目哉　　　　　　　　　　故曰
庚：出一段故事来亦可使闺阁昭传复可以悦世人之　目　破人愁闷不亦宜乎故曰
寅：出一段故事来亦可使闺阁昭传复可以悦世人之　目　破人愁闷不亦宜乎故曰

戊：　　　　　风尘怀闺秀乃是第 1 回题纲正义也开卷即云风尘怀闺秀则知作
庚：贾雨村云云
寅：贾雨村云云

戊：者本意原为记述当日闺友闺情并非怨世骂时之书矣虽一时有涉于世态然亦
庚：
寅：

戊：不得不叙者但非其本旨耳阅者切记之　诗曰浮生着甚苦奔忙盛席华筵终散场
庚：
寅：　　　　　　　　　　　　　　　　　诗曰浮生着甚苦奔忙盛席华筵终散场

戊：悲喜千般同幻渺古今一梦尽荒唐谩言红袖啼痕重更有情痴抱恨长字字看来皆
庚：
寅：悲喜千般同幻渺古今一梦尽荒唐谩言红袖啼痕重更有情痴抱恨长字字看来皆

戊：是血十年辛苦不寻长
庚：
寅：是血十年辛苦不寻长

文字逐行比对结果细微差异很清楚，但整体差异不明显。而分窗口比对正好相反，虽然文字差异不十分清楚，但比对结果文字的整体差异很清楚，各版本的文字也比较连贯。

三版本分窗口比对结果

甲戌本	庚辰本	“庚寅本”
此书开卷第1回也作者自	此　开卷第1回也作者自	此　开卷第1回也作者自
云因曾　历过一　梦番幻	云因曾　历过一番梦　幻	云因曾经历过一番梦　幻
之后故将真事隐去而	之后故将真事隐去而借通	之后故将真事隐去而借通
撰此石头记一书也	灵之说撰此石头记一书也	灵之说撰　石头记一书也
故曰甄士隐　　梦幻识通	故曰甄士隐云云	故曰甄士隐云云
灵但书中所记何事又因何	但书中所记何事　　何	但书中所记何事　　何
而撰是书哉自　云今风	人　　　　　自又云今风	人　　　　　自又云今风
尘碌碌一事无成忽念及当	尘碌碌一事无成忽念及当	尘碌碌一事无成忽念及当
日所有之女子一一细	日所有之女子一一细考较	日所有之女子一一细考较
推了去觉其行止见识皆出	去觉其行止见识皆出	去觉其行止见识皆出
于我之上何　堂堂之须眉	于我之上何我堂堂　须眉	于我之上何我堂堂　须眉
诚不若　彼一干裙钗实	诚不若此　　　裙钗　哉	诚不若此　　　裙钗　哉
愧则有余悔则　无益之	寔愧则有余悔　又无益之	寔愧则有余悔　又无益之
大无可奈　何之日也当此	大无　　如何之日也当此	大无可　如何之日也当此
时则自欲将已往所赖上赖	则自欲将已往所赖	则自欲将已往所赖
天恩下承祖德锦衣纨　袴	天恩　　祖德锦衣　纨袴	天恩　　祖德锦衣　纨袴
之时饫甘餍　美之日背父	之时饫甘餍肥　之日背父	之时饫甘餍肥　之日背父
母　教育之恩负师　兄规	兄教育之恩负师友　规	兄教育之恩负师友　规
训　之德已　至今日一事	谈之德　以至今日一	谈之德　以至今日一
无成半生潦倒之罪编述	技无成半生潦倒之罪编述	技无成半生潦倒之罪编述
一　记以告普天下人虽我	一集　以告　天下人　我	一集　以告　天下人　我
之罪固不能　免然闺阁中	之罪固不　　免然闺阁中	之罪固不　可免然闺阁中
本自历历有人万不可因我	本自历历有人万不可因我	本自历历有人万不可因我
之不肖　　　　一并使其	之不肖自护已短一并使其	之不肖自护已短一并使其
泯灭也虽今日之茆椽蓬牖	泯灭也虽今日之茆椽蓬牖	泯灭也虽今日之茆椽蓬牖
瓦灶绳床其　　风晨月夕	瓦灶绳床其晨夕风	瓦灶绳床其晨夕风
阶柳庭花亦未有　伤于	露阶柳庭花亦未有防	露阶柳庭花亦未有防
我之襟怀笔墨	我之襟怀笔墨虽我未学下	我之襟怀笔墨虽我未学下
者何为不　用假	笔无文又　何　　妨用假	笔无文又　何　　妨用假
语村言敷演出一段故事来	语村言敷演出一段故事来	语村言敷　出一段故事来
以悦	亦可使闺阁昭传复可以悦	亦可使闺阁昭传复可以悦
人之耳目哉	世人之　目　破人愁闷不	世人之　目　破人愁闷不
故曰　　　风尘怀	亦宜乎故曰贾雨村云云	亦宜乎故曰贾雨村云云

三版本分窗口比对结果（续）

甲戌本	庚辰本	“庚寅本”
闺秀乃是第1回题纲正义也开卷即云风尘怀闺秀则知作者本意原为记述当日闺友闺情并非怨世骂时之书矣虽一时有涉于世态然亦不得不叙者但非其本旨耳阅者切记之　诗曰浮生着甚苦奔忙盛席华筵终散场悲喜千般同幻渺古今一梦尽荒唐谩言红袖啼痕重更有情痴抱恨长字字看来皆是血十年辛苦不寻长		诗曰浮生着甚苦奔忙盛席华筵终散场悲喜千般同幻渺古今一梦尽荒唐谩言红袖啼痕重更有情痴抱恨长字字看来皆是血十年辛苦不寻长

总之，从文字比对可以清楚看出：“庚寅本”“旨义”和甲戌本的“凡例”从开始“红楼梦旨义”开始，至“又不得谓其不备（也）”为止，除个别字外，这几百字文字几乎完全相同，只是“庚寅本”最后增加了一个“也”字，是因为“庚寅本”“旨义”文字到此结束了。

俞平伯1954年版《脂砚斋红楼梦辑评》中在此后注解：“下接此书‘开卷第1回也’一段凡372字略同有正本”。意思是：此后甲戌本后面还有和戚序本“略同”的一段372字，实际是在戚序本的第1回中，因此俞平伯1954年版《脂砚斋红楼梦辑评》就把这372字删除了。由于这372字后面的“诗曰：浮生着甚苦奔忙……”这首诗是在甲戌本中，因此俞平伯1954年版《脂砚斋红楼梦辑评》予以保留，但又没有加以说明。

紅樓夢旨義

是書題名極多紅樓夢是總其全部之名也又曰風月寶鑑是戒妄動風月之情又曰石頭記是自譬石頭所記之事也此三名書中曾已點睛矣如寶玉作夢夢中有曲名曰紅樓夢十二支此則紅樓夢之點睛又如賈瑞病跛道人持一鏡來上面即鏨風月寶鑑四字此則風月寶鑑之點睛也又如道人親眼見石上大書一篇故事則係石頭所記之往來此則石頭記之點睛處然此書又名金陵十二釵審其名則必係金陵十二女子也然通部細搜檢去上中下女子豈止十二人哉若云其中有十二個則又未嘗指明白係某某及至紅樓夢一回中亦曾翻出十二釵之簿籍又有十二支曲可考

書中凡寫長安在文人筆墨之間則從古之稱凡愚夫婦兒女子家常口角則曰中京是不欲着跡於方向也蓋天子之邦也當以中為尊特避其東南西北四字樣也

此書只是着意於閨中故叙閨中之事切略涉於外事者則減（簡）不得謂其不均也

此書不干涉朝廷凡有不得不用朝政者只略用一筆帶出蓋實不敢以寫兒女之筆墨唐突朝廷之上也又不得謂其不備也

“庚寅本”的“旨义”全文

俞平伯 1954 年版《脂砚斋红楼梦辑评》中删除了甲戌本“凡例”中以下的 372 字，实际是移到正文的第 1 回中去了：

> 此开卷第一回也。作者自云：因曾历过一番梦幻之后，故将真事隐去，而撰此《石头记》一书也。故曰“甄士隐梦幻识通灵”，但书中所记何事，又因何而撰是书哉？自云：“今风尘碌碌，一事无成，忽念及当日所有之女子，一一细推了去，觉其行止见识，皆出于我之上。何堂堂之须眉，诚不若彼一裙钗，实愧则有余，悔则无益之大，无可奈何之日也！当此时，则自欲将已往所赖，上赖天恩，下承祖德，锦衣纨袴之时，饫甘餍美之日，背父母教育之恩，负师兄规训之德，已至今日一事无成，半生潦倒之罪，编述一记，以告天下人。虽我之罪固不能免，然闺阁中本自历历有人，万不可因我之不肖，则一并使其泯灭也。虽今日之茆椽蓬牖，瓦灶绳床，其风晨月夕，阶柳庭花，亦未有伤于我之襟怀笔墨者。何为不用假语村言，敷演出一段故事来，以悦人之耳目哉。故曰“风尘怀闺秀”，乃是第一回题纲正义也。开卷即云“风尘风尘怀闺秀”，则知作者本意，原为记述当日闺友闺情，并非怨世骂时之书亦。虽一时有涉于世态，然亦不得不叙者，但非

其本旨耳。阅者切记之。

（甲戌本凡例）紅樓夢旨義。是書題名極多：□□紅樓夢，是總其全部之名也。又曰風月寶鑑，是戒妄動風月之情。又曰石頭記，是自譬石頭所記之事也。此三名皆書中曾已點睛矣。如寶玉作夢，夢中有曲，名曰紅樓夢十二支，此則紅樓夢之點睛。又如賈瑞病，跛道人持一鏡來，上面即鏨「風月寶鑑」四字，此則風月寶鑑之點睛也。又如道人親眼見石上大書一篇故事，則係石頭所記之往來，此則石頭記之點睛處。然此書又名金陵十二釵，審其名則必係金陵十二女子也。然通部細搜檢去，上中下女子豈止十二人哉。若云其中因有十二個，則又未嘗指明白係某某。及（原作極）至紅樓夢一回中亦曾翻出金陵十二釵之簿籍，又有十二支曲可考。

書中凡寫長安，在文人筆墨之間，則從古之稱；凡愚夫婦兒女子家常口角，則曰「中京」，是不欲着跡於方向也。蓋天子之邦，亦當以中為尊，特避其東南西北四字樣也。

此書只是着意於閨中，故敍閨中之事切，略涉於外事者則簡，不得謂其不均也。

此書不敢干涉朝廷，凡有不得不用朝政者，只略用一筆帶出，蓋實不敢以寫兒女之筆墨唐突朝廷之上也。又不得謂其不備。

（下接此書「開卷第一回也」一段凡三百七十二字略同脂京本）

詩曰：浮生着甚苦奔忙，盛席華筵終散場。悲喜千般同幻渺，古今一夢盡荒唐。謾言紅袖啼痕重，更有情癡抱恨長。字字看來皆是血，十年辛苦不尋常。

俞平伯 1954 年版《脂砚斋红楼梦辑评》抄录甲戌本的“凡例”

俞平伯 1954 年版《脂砚斋红楼梦辑评》对甲戌本的“凡例”做了三项处理。第一，保留了甲戌本“凡例”前面的文字；第二，删除了移到正文第 1 回中的 372 字；第三，又保留了最后一首诗。

俞平伯既然抄录甲戌本的“凡例”，就应该全文抄录，为何俞平伯要在 1954 年版

《脂砚斋红楼梦辑评》删除这 372 字呢？经仔细分析后可以看出，这是俞平伯认真研究这几种版本后所采取的处理方法。

甲戌本“凡例”中这 372 字体在早期抄本中，有两种完全不同的处理方式。

第一种是甲戌本，如上述，这 372 字和“浮生着甚苦奔忙”诗一首，都在“凡例”中，然后才是回目和第 1 回正文。

第二种是己卯本、庚辰本和戚序本，这部分文字不在“凡例”中，而是被移到了第 1 回回目后正文部分的开头，而且没有这首诗。

俞平伯在编辑 1954 年版《脂砚斋红楼梦辑评》时，很清楚有上述两种完全不同的处理方式，这 372 字和这首诗，在甲戌本和己卯、庚辰、戚序本中位置是完全不同的。在甲戌本“凡例”中有 372 字，而在己卯、庚辰和戚序本中是移动到第 1 回的开头去了，且无这首诗。这样俞平伯要把甲戌本“凡例”收入 1954 年版《脂砚斋红楼梦辑评》，就必须考虑采用哪种方法？是采用甲戌本？还是采用己卯、庚辰和戚序本？

虽然俞平伯 1954 年版《脂砚斋红楼梦辑评》中没有任何正文，但在俞平伯 1954 年版《脂砚斋红楼梦辑评》“凡例”中，俞平伯明确指出：批语前的引文正文是出自戚序本。因此在此处，他也就没有采用甲戌本的处理方式，而是采用了戚序本（己卯、庚辰本基本相同）的处理方式。即删除了这 372 字，并注明：“下接此书‘开卷第 1 回也’一段凡 372 字略同有正本”，“有正本”即戚序本。由于甲戌本中确实有这首诗，因此俞平伯 1954 年版《脂砚斋红楼梦辑评》也就保留了这首诗，这也很合理。

各版本“凡例”和第 1 回文字对比结果。

甲戌本	1954 年版《脂砚斋红楼梦辑评》	庚辰本	“庚寅本”
是书题名极多红楼梦……又不得谓其不备	是书题名极多红楼梦……又不得谓其不备		是书题名极多红楼梦……又不得谓其不备也
此开卷第一回也。作者自云：……不得不叙者；但非其本旨耳阅者，切记之。	（下接此书“开卷第一回也”一段凡三百七十二字略同有正本）		
诗曰：浮生着甚苦奔忙，盛席华筵终散场。悲喜千般同幻渺，古今一梦尽荒唐。谩言红袖啼痕重，更有情痴抱恨长。字字看来皆是血，十年辛苦不寻常！	诗曰：浮生着甚苦奔忙，盛席华筵终散场。悲喜千般同幻渺，古今一梦尽荒唐。谩言红袖啼痕重，更有情痴抱恨长。字字看来皆是血，十年辛苦不寻常！		

各版本“凡例”和第 1 回文字对比结果（续）。

第一回甄士隐梦幻识通灵贾雨村风尘怀闺秀		第 1 回甄士隐梦幻识通灵贾雨村风尘怀闺秀	第 1 回甄士隐梦幻识通灵贾雨村风尘怀闺秀
		此开卷第一回也。作者自云：……可以悦世人之目破人愁闷不亦宜乎故曰贾雨村云云	此开卷第一回也。作者自云：……可以悦世人之目破人愁闷不亦宜乎故曰贾雨村云云
			诗曰：浮生着甚苦奔忙，盛席华筵终散场。悲喜千般同幻渺，古今一梦尽荒唐。谩言红袖啼痕重，更有情痴抱恨长。字字看来皆是血，十年辛苦不寻常！
		此回中凡用梦用幻等字是提醒阅者眼目亦是此书立意本旨	此回中凡用梦用幻等字是提醒阅者眼目亦是此书立意本旨
列位看官你道此书从何而来说起根由虽近荒唐细按则深有趣味待在下将此来历注明		列位看官你道此书从何而来说起根由虽近荒唐细按则深有趣味待在下将此来历注明	列位看官你道此书从何而来说起根由虽近荒唐细按则深有趣味待在下将此来历注明

表 7．各种版本的“凡例”和第 1 回文字差异对比表

<table>
<tr><th></th><th>甲戌本</th><th>脂砚斋
红楼梦辑评</th><th>庚辰本</th><th>庚寅本</th></tr>
<tr><td rowspan="3">凡例</td><td>A 段文字</td><td>A 段文字</td><td rowspan="3">（无）</td><td>A 段文字</td></tr>
<tr><td>B 段文字</td><td>（无）</td><td rowspan="2">（无）</td></tr>
<tr><td>诗</td><td>诗</td></tr>
<tr><td rowspan="4">第 1 回</td><td>第 1 回回目</td><td rowspan="4">（无）</td><td>第 1 回回目</td><td>第 1 回回目</td></tr>
<tr><td rowspan="2">（无）</td><td>B 段文字</td><td>B 段文字</td></tr>
<tr><td>（无）</td><td>诗</td></tr>
<tr><td>C 段文字</td><td>C 段文字</td><td>C 段文字</td></tr>
</table>

说明：

1.“凡例”可分为三段文字：

（1）A段文字：俞平伯1954年版《脂砚斋红楼梦辑评》中删除的372字以前的文字。

- 甲戌本、“庚寅本”和俞平伯1954年版《脂砚斋红楼梦辑评》都保留；
- 庚辰本无“凡例”，也无此段文字。

（2）B段文字：俞平伯1954年版《脂砚斋红楼梦辑评》中删除的372字。

- 甲戌本在“凡例”中有这段文字；
- 俞平伯1954年版《脂砚斋红楼梦辑评》中删除了，并加说明；
- 庚辰本无“凡例”，这段文字被移到第1回中；
- “庚寅本”这段文字也被移到第1回中。

（3）诗一首：“凡例”中最后的一首诗。

- 甲戌本和俞平伯1954年版《脂砚斋红楼梦辑评》都保留；
- 庚辰本无“凡例”，也无此诗；
- “庚寅本”“旨义”中删去了此诗，但移到第1回中。

2. 第1回可分四段文字：

（1）第1回回目：

- 甲戌本、庚辰本和“庚寅本”相同；
- 俞平伯1954年版《脂砚斋红楼梦辑评》没有正文，也就没有此回目。

（2）B段文字：

- 甲戌本中B段文字在“凡例”中，在第1回开头没有B段文字；
- 庚辰本和“庚寅本”中B段文字被移到第1回开头处。
- 俞平伯1954年版《脂砚斋红楼梦辑评》没有正文，也就没有B段文字。

（3）诗：

- 甲戌本在“凡例”的最后，第1回中无此诗；
- 庚辰本第1回中无此诗；
- “庚寅本”中此诗被移到第1回中；
- 俞平伯1954年版《脂砚斋红楼梦辑评》和甲戌本一样是在“凡例”中，第1回中无此诗。

（4）C段文字：“庚寅本”插入诗以后的文字。

- 甲戌本从此段文字开始；
- 庚辰本有此段文字；
- “庚寅本”插入诗后，接这段文字；
- 俞平伯1954年版《脂砚斋红楼梦辑评》没有正文，也就没有这段文字。

以上分析了俞平伯为何在“凡例”中删除了372字，但保留了这首诗。由于俞平伯1954年版《脂砚斋红楼梦辑评》的“凡例”中删除了移到第1回中的372字，但保留了这首诗，从而引起了“庚寅本”整理者的误解，并导致了“庚寅本”发生了错误。下面再分析由此引起“庚寅本”整理者移动了这首诗，所产生的错误处理。

二、"庚寅本""旨义""风尘"诗的移动

如上所述，甲戌本"凡例"中"又不得谓其不备"之后，从"此书开卷第1回也"开始，有上述的B段文字372字。在"以悦人之耳目哉"之后，是接以下的文字和一首诗（本书下册第236、238页）。

故曰："风尘怀闺秀"，乃是第一回题纲正义也。开卷即云"风尘怀闺秀"，则知作者本意，原为记述当日闺友闺情，并非怨世骂时之书矣。虽一时有涉于世态，然亦不得不叙者，但非其本旨。耳阅者切记之。

诗曰：

浮生着甚苦奔忙，盛席华筵终散场。
悲喜千般同幻渺，古今一梦尽荒唐。
谩言红袖啼痕重，更有情痴抱恨长。
字字看来皆是血，十年辛苦不寻常！

甲戌本这372字在庚辰本、戚序本中被移到第1回的开头去了。

俞平伯在编辑1954年版《脂砚斋红楼梦辑评》时，抄录了甲戌本的"凡例"，但删除了和庚辰本、戚序本正文相同的372字，并加了注解："接此书'开卷第1回也'一段凡372字略同有正本"。也就是说，俞平伯1954年版《脂砚斋红楼梦辑评》此处删除了与庚辰本、戚序本第1回正文相同的372字，但保留了"凡例"中原有的一首诗"诗曰：浮生着甚苦奔忙"。

"庚寅本"整理者肯定也看到了俞平伯1954年版《脂砚斋红楼梦辑评》的说明，但他错误地理解了俞平伯的说明。俞平伯的原意是说，此处后面本来是接正文第1回的"开卷第1回也"一段，即372字。但这些文字略同戚序本，为避免重复，因此俞平伯就在此处删除了这372字。但这段文字后面的"诗曰：浮生着甚苦奔忙"，仍应该保留在"凡例"中。

"庚寅本"整理者此处犯了两个错误。

第一个错误是不仅删除了这372字，还把这首诗也删除了。俞平伯原意是删除重复的372字，但保留这首诗。而"庚寅本"整理者错误以为，不仅要删除这372字，还要把后面的诗移到第1回中去。

第二个错误是把诗移错了位置。由于"庚寅本"整理者手头并没有甲戌本，而只有庚辰本，因此他不知道不知应该把这首诗移到第1回的何处。

俞平伯1954年版《脂砚斋红楼梦辑评》中保留了这首诗，意思是这首诗应该保留在"旨义"中。而"庚寅本"整理者误以为此诗是跟着这372字的。他没有甲戌本，因此他也就搞不清楚，俞平伯1954年版《脂砚斋红楼梦辑评》后面保留的"诗曰：浮生着甚苦奔忙"，应该抄写在庚辰本的何处？是保留在"旨义"中？还是根据删除372字，移到第1回中去？

于是"庚寅本"整理中就做了如下错误的处理。

通过后面对"庚寅本"正文分析可知，"庚寅本"正文的底本不是甲戌本，而是

庚辰本系列的某个版本。“庚寅本”整理者不知道俞平伯1954年版《脂砚斋红楼梦辑评》所说的甲戌本，从“开卷第1回也”后面的“372字”，在庚辰本（“庚寅本”正文的底本）是哪372字。

因此“庚寅本”整理者就只好从庚辰本（而不是甲戌本）的“开卷第1回也”后面，再数372字（本书下册第237页）：

此开卷第一回也。作者自云：因曾历过一番梦幻之后，故将真事隐去，而借“通灵”之说，撰此《石头记》一书也。故曰“甄士隐”云云。但书中所记何事何人？自又云：“今风尘碌碌，一事无成，忽念及当日所有之女子，一一细考较去，觉其行止见识，皆出于我之上。何我堂堂须眉，诚不若此裙钗哉？实愧则有余，悔又无益之大无如何之日也！当此，则自欲将已往所赖天恩祖德，锦衣纨袴之时，饫甘餍肥之日，背父兄教育之恩，负师友规谈之德，以至今日一技无成，半生潦倒之罪，编述一集，以告天下人：我之罪固不免，然闺阁中本自历历有人，万不可因我之不肖，自护己短，一并使其泯灭也。虽今日之茆椽蓬牖，瓦灶绳床，其晨夕风露阶，阶柳庭花，亦未有妨我之襟怀笔墨者，虽我未学，下笔无文，又何妨用假语村言，敷演出一段故事来，亦可使闺阁昭传，复可以悦世之目，破人愁闷，不亦宜乎？“故曰：“贾雨村”云云。（至此为312字——编者注）

此回中凡用“梦”用“幻”等字，是提醒阅者眼目，亦是此书立意本旨。

列位看官，你道此书从何而来？说起根由虽近荒唐，细按则深有趣味，待在下将此来历注（至此372字——编者注）明，方使阅者了然不惑。

俞平伯1954年版《脂砚斋红楼梦辑评》所称下面还有372字，是指甲戌本的372字。但由于庚辰本和戚序本这段文字比甲戌本少了几十字，俞平伯也说是“略同戚序本”。如按照俞平伯所说的372字，在庚辰本中就只到“待在下将此来历注”为止。但在此断句、加这首诗明显不合理，因为后面还有“明方使阅者了然不惑”。正确断句则应为“待在下将此来历注明，方使阅者了然不惑”。但如把诗插入此处，显然又不合理。

这样“庚寅本”整理者只好把这首诗，从“旨义”中移动到庚辰本第1回正文中“贾雨村云云”之后。但到此处只有312字，而不是“372字”，还缺60字，但这也无奈了。关键是“庚寅本”整理者不知甲戌本和庚辰本文字的差别。

这个错误产生的根本原因，是由于“庚寅本”整理者理解错了俞平伯1954年版《脂砚斋红楼梦辑评》的说明，又不清楚甲戌本、庚辰本的文字差异，最终导致了“庚寅本”把甲戌本“凡例”中的这首诗，移错了位置，移到第1回中去了。

不可因我之不肖自護己短一併使其泯滅也雖今日之茆椽蓬牖瓦竈繩
床其晨夕風露堦柳庭花亦未有防我之襟懷筆墨雖我未學下筆無文又何
妨用假語村言敷出一段故事來亦可使閨閣昭傳復可以悅世人之目破人
愁悶不亦宜乎故曰賈雨村云云 詩曰

浮生着甚苦奔忙　盛席華筵終散場
悲喜千般同幻渺　古今一夢近荒唐
謾言紅袖啼痕重　更有情癡抱恨長
字字看來皆是血　十年辛苦不尋常

此回中凡用夢用幻等字是提醒閱者眼目亦是此書立意本旨列位看官你
道此書從何而來說起根由雖近荒唐自占地步自首荒唐妙細按則深有趣味待在

甲戌本“凡例”中“诗曰：浮生着甚苦奔忙”一诗，被“庚寅本”错误移至此处

“庚寅本”整理者在整理这段文字和抄写此诗时，发生错误的过程如下：

1．甲戌本和庚辰本、戚序本的“凡例”文字不同。

2．俞平伯是按照甲戌本整理、编写了俞平伯 1954 年版《脂砚斋红楼梦辑评》中的“凡例”。删除了在戚序本中移到第 1 回中的甲戌本 372 字，但保留了一首诗，并加注。注解的意思是，戚序本中将此 372 字移到第 1 回中。而甲戌本中有这首诗，因此保留下来。

3．“庚寅本”整理者手中只有庚辰本，没有甲戌本。他就按照俞平伯 1954 年版

《脂砚斋红楼梦辑评》的提示，根据庚辰本（而不是甲戌本）去进行整理。

4.“庚寅本”整理时，由于庚辰本中无此诗，就不知道把此诗应该抄写在庚辰本第1回文字的何处。又由于庚辰本和甲戌本这段文字略有不同，导致整理者把本来应该保留在“旨义”中的这首诗，错误地移动到庚辰本第1回“贾雨村云云”之后了。而实际庚辰本中本来是没有这首诗的。

如果俞平伯在1954年版《脂砚斋红楼梦辑评》中保留甲戌本原貌，把甲戌本这372字全部照抄一遍，虽然会和第1回开始文字重复，但这样“庚寅本”整理者就明白了这首诗应该在何处，而不会出移动位置错误。

总结“庚寅本”出错的原因是：俞平伯是按照甲戌本整理、编写了俞平伯1954年版《脂砚斋红楼梦辑评》中的“凡例”，但在处理方法和说明不十分合适。而“庚寅本”整理者错误地理解了俞平伯1954年版《脂砚斋红楼梦辑评》的说明，手中又没有甲戌本，只能根据庚辰本整理，因此出错。

至此，“庚寅本”中“旨义”和第1回诗为何会挪动位置，就完全彻底搞清楚了！

三、“庚寅本”“旨义”“风尘”诗移动总结

《红楼梦》“庚寅本”“旨义”中甲戌本“凡例”中的一首诗，在“庚寅本”中却被移到第1回的文本之中，这是所有《红楼梦》版本中所没有的，为何会产生这种情况？

有人认为“庚寅本”这首诗移到第1回中，是依据了某个“古本”，在此“古本”中，这首诗确实是在第1回中的，这种情况可能是某个我们未知古本的原貌。

前面分析过，虽然“凡例”只出现在甲戌本中，其他版本中都没有“凡例”。但理论上仍可能会存在另一种有“凡例”的版本。但目前为止所有脂本中都没有这种情况。当然不排除理论上确实曾存在这样一种版本的可能性，但这种可能性我觉得，和上述胡适补字一样，实在是太低了。

我觉得问题不是去辩论是否会出现过有“凡例”的版本，而是如何解释“庚寅本”中“凡例”的奇怪情况，如何解释甲戌本“凡例”中的诗在“庚寅本”中却移到第1回中去了。

总结以上分析，由于“庚寅本”中大部分批语来自俞平伯1954年版《脂砚斋红楼梦辑评》，“凡例”诗的移动也就可能与俞平伯1954年版《脂砚斋红楼梦辑评》有关。

俞平伯1954年版《脂砚斋红楼梦辑评》转抄“凡例”时删除了“凡例”中372字，并做了说明，但保留了“凡例”最后的一首诗。“庚寅本”本应照此在“旨义”中也删除了这些文字，但保留这首诗。但抄写者在此对“372字”发生错误的理解，他在删除了“旨义”中的这些文字的同时，把本不该改动的这首诗，也随着被删除，而移到第1回中的文字中去了，即从“旨义”中移动到庚辰本第1回正文中“贾雨村云云”之后。

这个错误产生的根本原因，是由于“庚寅本”整理者理解错了《脂砚斋红楼梦辑

评》的说明，又不清楚甲戌本、庚辰本的文字差异，最终导致了"庚寅本"把甲戌本"凡例"中的这首诗，移错了位置，移到第1回中去了。

我认为，这样就圆满解释了"庚寅本"的错误原因，这也是"庚寅本"是根据俞平伯1954年版《脂砚斋红楼梦辑评》来整理的一个重要证据。

第三节 "庚寅本"目录、版式等研究

一、"庚寅本"和庚辰本目录、版式相同

"庚寅本"目录和庚辰本目录，除第3回的下联外，无论版式、文字都基本相同，这是很值得注意的问题。目录和版式比较如下图。

石頭記
第一回 至十回
脂硯齋凡四閱評過
甄士隱夢幻識通靈　賈雨村風塵懷閨秀
賈夫人仙逝揚州城　冷子興演說榮國府
賈雨村夤緣復舊職　林黛玉拋父進京都
薄命女偏逢薄命郎　葫蘆僧亂判葫蘆案
遊幻境指迷十二釵　飲仙醪曲演紅樓夢
賈宝玉初試雲雨情　劉姥﹅一進榮國府
送宮花賈璉戲熙鳳　宴寧府宝玉會秦鐘
比通靈金鶯微露意　探宝釵黛玉半含酸
戀風流情友入家塾　起嫌疑頑童鬧學堂
金寡婦貪利權受辱　張太醫論病細窮源

庚辰本目录

石頭記
第一回 至十回
脂硯齋凡四閱評過
甄士隱夢幻識通靈　賈雨村風塵懷閨秀
賈夫人仙逝揚州城　冷子興演說榮國府
賈雨村補授應天府　榮國府收養林黛玉
薄命女偏逢薄命郎　葫蘆僧亂判葫蘆案
遊幻境指迷十二釵　飲仙醪曲演紅樓夢
賈宝玉初試雲雨情　劉姥﹅一進榮國府
送宮花賈璉戲熙鳳　宴寧府宝玉會秦鐘
比通靈金鶯微露意　探宝釵黛玉半含酸
戀風流情友入家塾　起嫌疑頑童鬧學堂
金寡婦貪利權受辱　張太醫論病細窮源

"庚寅本"目录

在目前所有的《红楼梦》手抄本中，像"庚寅本"和庚辰本这样目录几乎完全一样的似乎还没有第二例。

"庚寅本"版式和庚辰本版式也完全相同，都是10列、每列30字。这也是很值得注意的问题。

因此，只有两种可能：

第一，"庚寅本"来自庚辰本，它们是"父子"关系。根据"庚寅本"中有大量

其他版本批语，因此相反，庚辰本来自“庚寅本”是完全不可能的。

第二，“庚寅本”和庚辰本都来自相同的祖本，是“兄弟”关系。

脂硯齋重評石頭記卷之
第一回
甄士隱夢幻識通靈　賈雨村風塵懷閨秀
此開卷第一回也作者自云因曾歷過一番夢幻之後故將真事隱去而借通
靈之說撰此石頭記一書也故曰甄士隱云云但書中所記何事何人自又云
今風塵碌碌一事無成忽念及當日所有之女子一一細考較去覺其行止見
識皆出於我之上何我堂堂鬚眉誠不若此裙釵哉實愧則有餘悔又無益之
大無可如何之日也當此則自欲將已往所賴　天恩祖德錦衣紈袴之時飫甘
饜肥之日背父兄教育之恩負師友規談之德以至今日一技無成半生潦倒
之罪編述一集以告天下人我之罪固不免然閨閣中本自歷歷有人萬不可

庚辰本第 1 回第 1 页

脂硯齋重評石頭記卷之
第一回
甄士隱夢幻識通靈　賈雨村風塵懷閨秀
此開卷第一回也作者自云因曾經歷過一番夢幻之後故將真事隱去而借
通靈之說撰石頭記一書也故曰甄士隱云云但書中所記何事何人自又云
今風塵碌碌一事無成忽念及當日所有之女子一一細考較去覺其行止見
識皆出於我之上何我堂堂鬚眉誠不若此裙釵哉實愧則有餘悔又無益之
大無可如何之日也當此則自欲將已往所賴　天恩祖德錦衣紈袴之時飫
甘饜肥之日背父兄教育之恩負師友規談之德以至今日一技無成半生潦
倒之罪編述一集以告天下人我之罪固不可免然閨閣中本自歷歷有人萬

“庚寅本”第 1 回第 1 页

二、“庚寅本”第 3 回目录修改

“庚寅本”前 10 回的目录页版式，和庚辰本目录页完全一样。

“庚寅本”目录页的前 10 回目录，和庚辰本的目录相比，只有第 3 回的目录不同，其他 9 回的目录完全相同。

各种脂本第 3 回的目录可分为三类。第一类是甲戌本，第二类是己卯本、庚辰本和杨藏本，第三类是戚序本、蒙府本、列藏本、舒序本、甲辰本和卞藏本等。第 3 回各版本的目录文字比对如下。

戌：甄士隐梦幻识通灵　贾雨村风尘怀闺秀

寅：贾雨村补授应天府　荣国府收养林黛玉

己：贾雨村夤缘复旧职　林代玉抛父进京都

庚：贾雨村夤缘复旧职　林代玉抛父进京都（正文“都京”）

杨：贾雨村寅缘复旧职　林黛玉抛父进京都

戚：托内兄如海酬训教　接外甥贾母惜孤女（正文“外孙”）

蒙：托内兄如海酬训教　接外孙贾母惜孤女（正文“外孙”）
列：托内兄如海酬训教　接外孙贾母惜孤女
舒：托内兄如海酬闺师　接外孙贾母怜孤女
辰：托内兄如海酬训教　接外孙贾母惜孤女
卞：托内弟如海酬训教　接外孙贾母恤孤女

“庚寅本”此处目录“贾雨村补授应天府，荣国府收养林黛玉”，和其他所有版本都不同。各种脂本第3回的目录可分为三类。第一类是甲戌本，为“甄士隐梦幻识通灵，贾雨村风尘怀闺秀”，应该是早期的目录。第二类是己卯本、庚辰本和杨藏本，为“贾雨村夤缘复旧职，林代玉抛父进京都”，时间应该是其次。第三类是戚序本、蒙府本、列藏本、舒序本、甲辰本和卞藏本等，为“托内兄如海酬训教，接外甥贾母惜孤女”（个别版本文字有异），应该是最晚的。

在这三类目录中，“庚寅本”目录“贾雨村补授应天府，荣国府收养林黛玉”，和第一类甲戌本目录“甄士隐梦幻识通灵，贾雨村风尘怀闺秀”文字差异很大，肯定没有关系。和第三类戚序本、蒙府本、列藏本、舒序本、甲辰本和卞藏本等的目录“托内兄如海酬训教，接外甥贾母惜孤女”，也差异很大，肯定也没有关系。只有第二类己卯本、庚辰本为“贾雨村夤缘复旧职，林代玉抛父进京都”，和杨藏本和“庚寅本”最接近。上联主语三字“贾雨村”相同，只是后面五字为“夤缘复旧职”，与“庚寅本”的“补授应天府”不同。这和“庚寅本”正文与庚辰本最接近是一致的。

即便“庚寅本”的祖本是“庚寅”年，也肯定晚于己卯本、庚辰本，因此己卯本、庚辰本的目录不太可能来自“庚寅本”，而是“庚寅本”目录来自庚辰本。

“庚寅本”之所以修改第3回的目录，可能是“庚寅本”整理者觉得庚辰本目录“贾雨村夤缘复旧职，林代玉抛父进京都”中，上联“夤缘”含义是指攀附上升，后喻攀附权贵，向上巴结、乔松孤立，但一般使用不多。因此改为更简单明了的“补授应天府”。下联“林代玉抛父”意思似乎也太合适，因此改为“荣国府收养林黛玉”，更简单、明了。

但“庚寅本”中10个目录为何只有第3回1个目录修改？是否“庚寅本”整理者觉得其他9回目录的表述都很好，不需要修改了？目前还无法回答

三、“庚寅本”第3回目录挖补

“庚寅本”中有11处文字有挖补痕迹，其中第3页目录页中第3回回目上联“贾雨村补授应天府”，后5个“补授应天府”字被挖下，但已经贴补复原。同样，第53页第3回正文目录挖补处文字与目录也相同，但原字条遗失。

“庚寅本”第3回目录，是“庚寅本”14回目录中唯一的，和其他版本都不同的目录。对此问题上节已经做了详细的分析。“庚寅本”目录“贾雨村补授应天府，荣国府收养林黛玉”最大可能是来自庚辰本的目录“贾雨村夤缘复旧职，林代玉抛父进京都”。

“庚寅本”抄写者之所以要挖补第3回的目录，可能是因为庚辰本第3回目录上联“夤緣复旧职”中的“夤緣”，一般使用不多，因此“庚寅本”底本就把“夤緣复旧职”改为更简单明了的“补授应天府”。“庚寅本”本来应抄录自其底本，为“补授应天府”。但后来抄写者又看到了庚辰本的目录为“夤緣复旧职”，因此想把已经抄好的“补授应天府”，再改为“夤緣复旧职”，因此做了挖补。

按照这种分析，“庚寅本”第3回目录上联的演变过程是：

1．庚辰本是“夤緣复旧职”；

2．“庚寅本”底本改为“补授应天府”；

3．“庚寅本”照抄为“补授应天府”；

4．抄写者抄写完再检查时，又想把“补授应天府”再改回庚辰本的“夤緣复旧职”，因此做了挖补。

当然这只是一种分析而已。

以上分析了“庚寅本”第3回目录的挖补，至于“庚寅本”中其他正文和批语挖补在后面再仔细分析。

第三章　“庚寅本”正文同庚辰本

第一节　文字同庚辰本，不同其他版本（上）

一、“庚寅本”和庚辰本文字整体比较

“庚寅本”和庚辰本不仅目录、版式完全相同，文字也接近。从第 1 回的文字比较，可以明显看出“庚寅本”和庚辰本文字的相同处和不同处，由此可以分析“庚寅本”的整理编辑过程。

第 1 回第 1 页开始，到第 2 页“故曰贾雨村云云”为止，两本的文字、版式几乎完全相同。第 2 页“故曰贾雨村云云”后面，两本开始不同。“庚寅本”将“旨义”中“诗曰：浮生着甚苦奔忙”一诗移到此处，而庚辰本无此诗。从此处开始，“庚寅本”和庚辰本文字由于批语插入而大不相同了。庚辰本文本中基本没有任何批语，而“庚寅本”把甲戌本的大量批语插入了文本之中，特别是有大量的双行批语。

从第 2 回开始，直到第 8 回，“庚寅本”和庚辰本的文字差异，基本和第 1 回完全一样。第 2 回的第 1、2 页，两本的文字也是基本相同。从第 3 回开始，“庚寅本”和庚辰本文字出现差异，其原因也是由于“庚寅本”插入了大量批语所致。

以下各回基本都如此，即两本的版式、文字都基本相同，只是“庚寅本”插入了各种批语。

以上是对正文宏观、粗略的分析，从以上分析可以看出，“庚寅本”从正文看，很可能属于庚辰本系列。这在后面正文研究和批语的仔细研究中，有更为详尽的分析论述证明这一点。

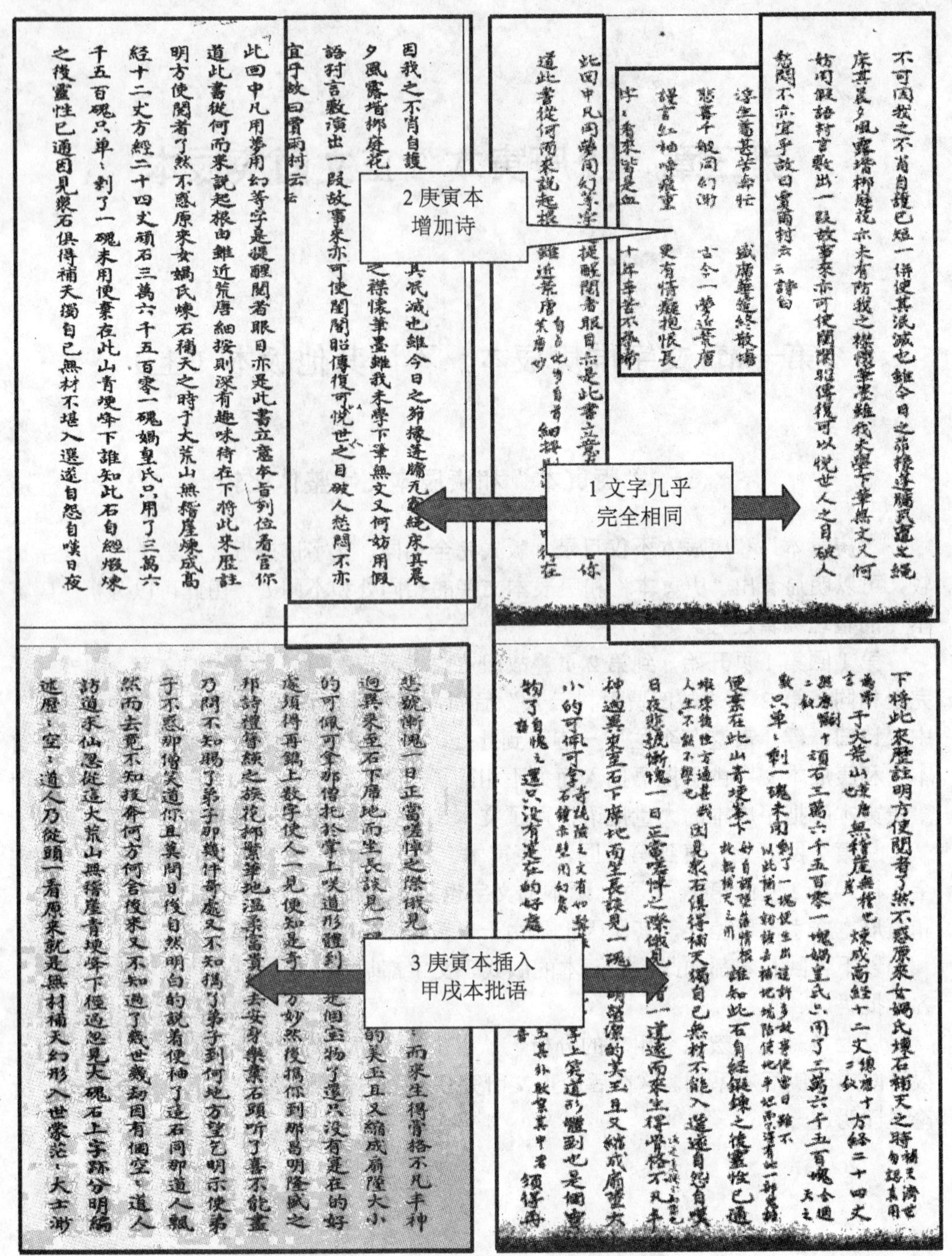

因我之不肖自護己短一併使其泯滅也雖今日之茅椽蓬牖瓦竈繩床其晨夕風露堦柳庭花亦未有妨我之襟懷筆墨雖我未學下筆無文又何妨用假語村言敷演出一段故事來亦可使閨閣昭傳復可悅世之目破人愁悶不亦宜乎故曰賈雨村云云

此回中凡用夢用幻等字是提醒閱者眼目亦是此書立意本旨列位看官你道此書從何而來說起根由雖近荒唐細按則深有趣味待在下將此來歷註明方使閱者了然不惑原來女媧氏煉石補天之時於大荒山無稽崖煉成高經十二丈方經二十四丈頑石三萬六千五百零一塊媧皇氏只用了三萬六千五百塊只單單剩了一塊未用便棄在此山青埂峰下誰知此石自經煅煉之後靈性已通因見衆石俱得補天獨自己無材不堪入選遂自怨自嘆日夜

悲號慚愧一日正當嗟悼之際俄見一僧一道遠遠而來生得骨格不凡丰神迥異來至石下席地而坐長談見一塊鮮明瑩潔的美玉且又縮成扇墜大小的可佩可拿那僧托於掌上笑道形體倒也是個寶物了還只沒有實在的好處須得再鐫上數字使人一見便知是奇物方妙然後攜你到那昌明隆盛之邦詩禮簪纓之族花柳繁華地溫柔富貴鄉去安身樂業石頭聽了喜不能禁乃問不知賜了弟子那幾件奇處又不知攜了弟子到何地方望乞明示使弟子不惑那僧笑道你且莫問日後自然明白的說着便袖了這石同那道人飄然而去竟不知投奔何方何舍後來又不知過了幾世幾劫因有個空空道人訪道求仙忽從這大荒山無稽崖青埂峰下經過忽見大塊石上字跡分明編述歷歷空空道人乃從頭一看原來就是無材補天幻形入世蒙茫茫大士渺

不可因我之不肖自護己短一併使其泯滅也雖今日之茅椽蓬牖瓦竈繩床其晨夕風露堦柳庭花亦未有防我之襟懷筆墨雖我未學下筆無文又何妨用假語村言敷出一段故事來亦可使閨閣昭傳復可以悅世人之目破人愁悶不亦宜乎故曰賈雨村云云　詩曰

浮生著甚苦奔忙　盛席華筵終散場
悲喜千般同幻渺　古今一夢盡荒唐
謾言紅袖啼痕重　更有情癡抱恨長
字字看來皆是血　十年辛苦不尋常

此回中凡用夢用幻等字是提醒閱者眼目亦是此書立意本旨列位看官你道此書從何而來說起根由雖近荒唐細按則深有趣味待在下將此來歷註明方使閱者了然不惑原來女媧氏煉石補天之時於大荒山無稽崖煉成高經十二丈方經二十四丈頑石三萬六千五百零一塊媧皇氏只用了三萬六千五百塊只單單剩一塊未用便棄在此山青埂峰下誰知此石自經煅煉之後靈性已通因見衆石俱得補天獨自己無材不能入選遂自怨自嘆日夜悲號慚愧一日正當嗟悼之際俄見一僧一道遠遠而來生得骨格不凡丰神迥異來至石下席地而坐長談見一塊鮮明瑩潔的美玉且又縮成扇墜大小的可佩可拿那僧托於掌上笑道形體倒也是個寶物了還只沒有實在的好處

庚辰本第 1 回第 2、3 页　　　　“庚寅本”第 1 回第 2、3 页

庚辰本和“庚寅本”第 1 回第 2、3 页比较

脂硯齋重評石頭記卷之
第二回
賈夫人仙逝揚州城　冷子與演說榮國府
此回亦非正文本旨只在冷子與一人即俗謂冷中出熱無中生有也其演說
榮府一篇者蓋因族大人多若從作者筆下一一叙出盡一二回不能得明則
成何文字故借用冷字一人略出其文半使閱者心中已有一榮府隱隱在心
然後用黛玉寶釵等兩三次皴染則耀然于心中眼中矣此即畫家三染法也
未寫榮府正人先寫外戚是由遠及近由小至大也若使先叙出榮府然後一
一叙及外戚又一一至朋友至奴僕其死反拮据之筆豈作十二釵人手中之
物也今先寫外戚者正是寫榮國一府也故又怕閑文賸綴開筆即寫賈夫人

庚辰本第 2 回第 1 页

脂硯齋重評石頭記卷之
第二回
賈夫人仙逝揚州城　冷子興演說榮國府
此回亦非正文本旨只在冷子興一人即俗語所謂冷中出熱無中生有也其
演說榮一篇者蓋因族大人多若從作者筆下一一叙出盡一二回不能說得
明成何文字故借用冷子興一人略出其文好使閱者心中已有一榮府隱隱
在心然後用黛玉寶釵等兩三次皴染心耀然於心中眼中矣此即畫家三染
法也未寫榮府正人先寫外戚是由遠及近由小至大也若使先叙出榮府然
後又一一叙及外戚又一一至朋友至奴僕其死板拮据之筆豈作十二釵人
手中之物也今先寫外戚者正是寫榮國一府也故又怕閑文賸綴開筆即寫

“庚寅本”第 2 回第 1 页

庚辰本和“庚寅本”第 2 回第 1 页比较

已死是特使黛玉入榮府之速也通灵宝玉于士隱夢中一出今又于子興口
中一出閲者已洞然矣然後于黛玉宝釵二人目中極精極細一描則是文章
鎖何處盖不肯一筆直下有若放閘之水然信之爆使其精華一洩而無餘也
究竟此玉原應出自釵黛目中方有照應今預從子與口中說出實虽寫而却
未寫觀其後文可知此一回則是虛敲傍擊之文筆則是反逆隱曲之筆
詩云
一局輸贏料不真　香銷茶盡尚逡巡
欲知目下興衰兆　須問傍觀冷眼人
却說封肅因听見公差傳唤忙出來陪笑啟問那些人只嚷快請出甄爺來封
肅忙陪笑道小人姓封並不姓甄只有当日小婿姓甄今已出家一二年了不
知可是問他那些公人道我們也不知什麽真假因奉太爺之命來問你既是

你女婿便帶了你去親見太爺面稟省得亂跑說着不容封肅多言大家推擁
他去了封家人个个都驚慌不知何兆那天約二更時只見封肅方回來歡天
喜地衆人忙問端的他乃說道原來本府新陞的太爺姓賈名化本胡州人氏
曾與女婿旧日相交方纔在咱門前過去因見嬌杏那了頭買線所以他只当女
婿移住于此我一一的將原故回明那太爺到傷感嘆息了一回又問外孫女
兒我說看灯去了太爺說不妨我自使番役務必探訪回來說了一回話臨走
到送了我二兩銀子甄家娘子听了不免心中傷感一宿無話至次日早有雨
封道人送了兩封銀子四疋錦緞答謝甄家娘子又寄一封密書与封肅轉託
問甄家娘子要那嬌杏作二房封肅喜的屁滾尿流巴不得去奉承便在女兒
前一力攛掇成了乘夜只用一乘小轎便把嬌杏送進去了雨封歡喜自不必

庚辰本第2回第2、3页

賈夫人已死是特使黛玉入榮府之速也通灵寶玉由士隱夢中一出今又于
子興口中一出閲已洞然矣然後於黛玉寶釵目中極精極細一描則是文章
關鍵何處盖不肯一筆直下有若放閘之水然信之爆使其精華一洩而無餘
也究竟此玉原應出自釵黛目中方有照應今預從子興口中說出實虽寫而
却未寫觀其後文可知此一回則是虛敲傍擊之文筆則是反逆隱曲之筆
詩云
一局輸贏料不真　香消茶盡尚逡巡
欲知目下興衰兆　須問旁觀冷眼人
却說封肅因聽見公差傳喚忙出來陪笑啟問那些人只嚷快請出甄爺來
封肅忙陪笑道小人姓封並不姓甄只有當日小婿姓甄今已出家一二年

了不知可是問他那些公人道我們也不知甚麽真假（點睛妙筆）因奉太爺之命來
問你既是你女婿便帶了你去親見老爺面稟省得亂跑說着不容封肅多言大
家推擁他去了封家人個個都驚慌不知何兆那天約二更時只見封肅方回
來歡天喜地（只自封肅口中……）衆人忙問端的他乃說道原來本府新陞的太
爺姓賈名化本貫胡州人氏曾與女婿舊日相交方纔在咱門前過去的因見
嬌杏那丫頭買線……所以他只當女婿移住于此我一一的將原故回明那太爺到傷感嘆息
了一回又問外孫女兒我說看燈去了太爺說不妨我自使番役務必探訪回來
說了一回話臨走到送了我二兩銀子甄家娘子聽了不免心中傷感
一宿無話至次日早有兩村邉人送了兩封銀子四疋錦緞答謝

“庚寅本”第2回第2、3页

庚辰本和“庚寅本”第2回第2、3页比较

二、“庚寅本”和庚辰本改字相同

此外，还有一细节需要注意，即“庚寅本”和庚辰本的改字完全相同。

现存庚辰本中有个别文字是做了修改的。

以第1回为例：

1．第1页，“悔又无益之大无（可）如何之日也”中的“可”字是后补的。

2．第1页，“（背）父兄教育之恩”中“背”字原写为“皆”改作“背”。

3．第2页，“复可（以）悦世（人）之目”中“以”“人”是后补的。

4．第4页，“（闺）阁琐事，以及开情诗词，到还全备”中“闺”字原为“开”字。

5．第5页，“亦如（戏）中之小丑”中“戏”字原为“剧”。

6．第5页，“环婢（开）口即者也之乎”中“开”字原为“问”字。

7．第5页，“（纵然）一时稍闲又有贪淫恋色”中“纵然”原为“总”字。

类似的改字在庚辰本第1回中中还有15处，就不一一举例了。本人又仔细统计了其他各回的改字，发现和第1回一样，除个别的改字外，凡庚辰本的改字，“庚寅本”全部都保留了。

对庚辰本改字问题，林冠夫先生在《红楼梦版本论》中曾做了详细分析[①]，他指出：这些改字多数出现于明显过录有误之处，从本人核对来看，确实基本如此。但后面林先生又提出：改字是后人所改，旁改文字大多不可取，甚至是蛇足者为多。他最后认为旁改文字大多数，几乎是没有多少价值的。

如依林先生看法，则改字是后人所改，而“庚寅本”的文本和改字后几乎完全一样，这样“庚寅本”肯定是在庚辰本出现后，照抄庚辰本了。

对于改字，本人觉得林先生的看法是有一定道理，但似乎还不全面。从本人看过的情况来看，确如林先生所言，改字多数出现于明显过录有误之处，但林先生又说旁改文字大多不可取，甚至是蛇足者为多，似乎不十分符合事实。改字中确实有妄改之字，但初步看后印象，改对的字似乎还是多数。

这里的关键问题是：改字是后人妄改的，还是庚辰本抄录时出错，在和底本校对时马上就改正的？林先生认为是第一种，是后人妄改的。

但似乎还不能完全排除，庚辰本的改字是抄录时发生错误，校对时改正了这种可能性。

“庚寅本”为何与庚辰本改的字绝大多数都相同？此问题也有两种可能。

第一种可能是，“庚寅本”以改字后的庚辰本（或庚辰本系列某个版本）为底本。“庚寅本”是照抄改字后的庚辰本，因此“庚寅本”文字和改字后的庚辰本完全相同。

第二，庚辰本和“庚寅本”并没有直接的继承关系，它们有一个共同祖本，祖本的文字并没有错。因此“庚寅本”照抄此祖本，文字也就没有错。而庚辰本抄写中出

---

① 林冠夫：《红楼梦版本论》，文化艺术出版社2007年第1版，第85—90页。

错，但立即做了修改，这样庚辰本修改后文字就和“庚寅本”一样了。

这两种情况的根本差异在于，第一种情况，“庚寅本”是来自庚辰本。而第二种情况，“庚寅本”不是来自庚辰本，而是来自它们共同的祖本。

仅从目前情况看，还难以分辨哪种可能性更大。但综合后面的其他分析，第一种可能，即“庚寅本”以庚辰本为底本的可能性更大。

总之，改字问题又成为“庚寅本”是后人在庚辰本文字基础上所抄写的又一个强有力的证据。下面对此本的正文再进一步进行更仔细的分析研究。

三、值得研究的相同文字

《红楼梦》文字中有一些值得研究的例子，这些例子中在各种版本的文字不同。下面就是较突出的两例，这两例中，“庚寅本”都和庚辰本相同。

例 1．第 2 回，迎春的父母是谁？这在各种版本中都不同（本书下册第 269 页）。

寅：（贾）政 老爹前妻 所出
庚：（贾）政 老爹前妻 所出
戌：（贾） 赦老爹前妻 所出
戚：（贾） 赦老爷 之妾所出
己：（贾） 赦老爷 之 女政老爷养为己女

对此有些学者做了非常详细的分析[①]，如有兴趣的读者可参阅。简单说，可能是甲戌本最早写为迎春是贾赦前妻所生，而后续版本的抄写者觉得甲戌本的记述有问题，因此各自根据各自的不同理解，分别做了各自不同的修改，导致各种版本的记述不同。己卯本觉得难以判别迎春的母亲是谁，就干脆避而不谈，只说她是贾赦之女，贾政养为己女。庚辰本觉得这些版本都把迎春写成贾赦之女不合适，因此改为贾政之女，这样迎春就和探春、惜春成姐妹，这样三姐妹就更亲了，关系也更简单而合理。戚序本觉得《红楼梦》中贾赦没有前妻，因此改为贾赦小妾所出。

关于迎春的父母，各个版本都不同，而“庚寅本”又和庚辰本完全相同，而和其他版本都不同。因此“庚寅本”来自庚辰本的可能性很大，也就是说它们可能是“父子”关系，因此文字相同。

第 3、6 回中“痰盒”的描写，在各种版本中也都不相同。

例 2．第 3 回，林黛玉初进荣国府王夫人府（本书下册第 282 页）。

---

① 刘世德：《红楼梦探微》，华东大学出版社 2003 年第 1 版，第 101—119 页。刘世德：《红楼梦之谜》，线装书局 2007 年第一版，第 129—156 页。

寅：时鲜花卉　并茗碗　　　　　痰盒　　等物地下面
庚：时鲜花　草并茗碗　　　　　痰盒　　等物地下面
戚：时鲜花卉　并茗　椀　　唾壶等　　　　物地下面
戊：时鲜花卉　并茗碗　　　唾壶等　　　　物地下面
己：时鲜花卉　并茗碗　痰盆　　等　　　　物地下面
辰：时鲜花卉　茗　　　　　　　　　盌茶具等物地下面

例 3．第 6 回，刘姥姥进大观园所见摆设（本书下册第 337 页）。

寅：褥旁边有雕漆痰盒　　　　　那凤姐儿家常
庚：褥旁边有雕漆痰盒　　　　　那凤姐儿家常
戚：褥旁边有　　　　银唾　盒那凤姐儿家常
戊：褥旁边有　　　　银唾沫盒那凤姐儿家常
己：褥旁边有雕漆痰　盆　　　　那凤姐儿家常
辰：褥旁边有　　　　银唾　盒那凤姐　家常

第 3 回，林黛玉初进荣国府王夫人府中，林黛玉看到王夫人房中的摆设，和第 6 回，刘姥姥进大观园所见的摆设，都有个“痰盒”，但这两处各种版本的描写不同。对此有些学者也做了非常详细的分析[①]，如有兴趣的读者可参阅。

此例和前一例很相似，简单说，可能是甲戌本最早写为“唾壶”，而后续版本的抄写者不理解甲戌本的“唾壶”为何物，因此各自根据各自的不同理解，分别做了各自不同的修改，导致各种版本的记述不同。戚序本照抄了甲戌本，也为“唾壶”，己卯本改为“痰盆”，庚辰又改为“痰盒”。

此处和前例一样，“庚寅本”和庚辰本完全相同，而和其他版本都不同，因此“庚寅本”正文来自庚辰本的可能性很大，也就是说它们可能是“父子”关系，所以文字相同。

例 4．第 3 回中黛玉见宝玉时，对宝玉有个描写，在各种版本中也都不相同（本书下册第 286 页）。

寅：面若中秋之月色　如春晓之花鬓若　刀裁眉如墨画
庚：面若中秋之月色　如春晓之花鬓若　刀裁眉如墨画
戚：面若中秋之月色若　春晓之花鬓若　刀裁眉如墨画
戊：面若中秋之月色　如春晓之花鬓　如刀裁眉如墨画
己：面若中秋之月色　如春晓之花鬓若　刀裁眉如墨画
－ －

① 刘世德：《红楼梦探微》，华东大学出版社 2003 年第 1 版，第 241-243 页。

寅：面　　如　　桃瓣目　若秋波
庚：面　　如　　桃瓣目　若秋波
戚：　脸　　若　桃瓣　睛若秋波
戌：　　眼　　似桃瓣　睛若秋波
己：　　眼　若　桃瓣　睛若秋波

上述描写中，只有庚辰本和“庚寅本”描写完全相同，都是“面如桃瓣，目若秋波”，而戚序本为“脸若桃瓣，睛若秋波”，甲戌本为“眼似桃瓣，睛若秋波”，己卯本为“眼若桃瓣，睛若秋波”。这又是一个“庚寅本”和庚辰本文字完全相同的例子。

以上是《红楼梦》版本中曾被人仔细研究过的几个经典例子，除此之外，还有一些文字描述，“庚寅本”也和庚辰本完全相同，而和其他版本不同，这都说明“庚寅本”正文很可能是以庚辰本为底本的。

第二节 文字同庚辰本，不同其他版本（下）

一、只和庚辰本文字相同

如前所述，“庚寅本”文字只和庚辰本相同，而和其他版本文字不同的例子，有近 40 处之多，是“庚寅本”和其他版本文字相同中数量最多的。这说明“庚寅本”正文很可能是庚辰本为底本的。

仔细分析，“庚寅本”文字和庚辰本相同、和其他版本文字不同的情况，又可分为两类。

第一类是“庚寅本”只和庚辰本相同，而和其他版本文字不同。

第二类是“庚寅本”和庚辰本等多个版本相同。

下面先分析第一种情况，“庚寅本”只和庚辰本文字相同。

例 1. 第 5 回，宝玉看金陵十二钗副册，“庚寅本”、庚辰本缺“厨门”二字（本书下册第 314 页）。

寅：又去开了副册　　拿起一本册来
庚：又去开了副册　　拿起一本册来
戌：又去开了副册厨门拿起一本册来
己：又　开了副册厨门拿起一本册来
戚：又去开了副册厨门拿起一本册来
辰：　去开了副册橱门拿起一本册来

比较此处 6 个版本的文字，甲戌本、己卯本、戚序本、甲辰本有“厨门”两字，而只有“庚寅本”、庚辰本少此两字。甲戌本、己卯本、戚序本、甲辰本文字更合理，“庚寅本”、庚辰本文字先“开了副册”，又“拿起一本册”，明显不合理，是文字有缺漏。红楼梦研究所整理的《红楼梦》本以庚辰本为底本，但此处采用了甲戌本的文字，而没有用庚辰本文字，但未加注。

“庚寅本”文字和庚辰本完全一样，这种情况的原因可能是，庚辰本文字有缺失，而“庚寅本”的文字来自庚辰本，因此也有缺漏，可称为“父子”关系。所以“庚寅本”的底本很可能是庚辰本。

例2．第2回，冷子兴向贾雨村介绍贾府，“庚寅本”、庚辰本缺少“国公与荣”4字（本书下册第263页）。

寅：待我告诉你当日宁　　　　国公是一母同胞　弟兄
庚：待我告诉你当日宁　　　　国公是一母同胞　弟兄
己：待我告诉你当日宁国公与荣国公是一母同胞的弟兄
戚：待我告诉你当日宁国公与荣国公是一母同胞　弟兄
戌：待我告诉你当日宁国公与荣国公是一母同胞　弟兄

此例和前例几乎完全一样，只是此例缺少4字。甲戌本、己卯本、戚序本为“宁国公与荣国公”，而“庚寅本”、庚辰本为“宁国公”，缺“荣国公”。甲戌本、己卯本文字更合理，庚辰本、戚序本、甲辰本只有“宁国公”一人，不能说“是一母同胞弟兄”，因此文字明显有缺失和漏抄。

此例和前例一样，其产生原因可能是庚辰本有缺失和漏抄，因此“庚寅本”也同样有缺漏，可称为“父子”关系。此例再次证明，“庚寅本”的底本很可能是庚辰本。

以下3例（例3、4、5）和前两例一样，就不再逐一分析了。

例3．第3回，“庚寅本”、庚辰本缺少“转过插屏”4字（本书下册第275页）。

寅：架子　大理石的大插屏　　　　　小小的三间
庚：架子　大理石的大插屏　　　　　小小的三间
戚：架子的大理石的大插屏　转过插屏　小小的三间
戌：架子　大理石的大插屏　转过插屏　小小的三间
己：架子　大理石的大插屏　转过插屏　小小的三间
辰：架子　大理石　　　屏风转过　屏风小小的三间

例4．第4回，“庚寅本”、庚辰本缺少“老爷就说”4字（本书下册第300页）。

寅：只管来看　　　　乩仙批了死者冯渊与薛蟠原因
庚：只管来看　　　　乩仙批了死者冯渊与薛蟠原因
戚：只管来看老爷就　说乩仙批了死者冯渊与薛蟠原因
戌：只管来看老爷就　说乩仙批了死者冯渊与薛蟠原因
己：只管来看老爷就　说乩仙批了死者冯渊与薛蟠原因
辰：只管来看老爷　只说乩仙批了死者冯渊与薛蟠原因

例 5. 第 5 回，“庚寅本”、庚辰本都缺少“喜跃非常”4 字，改“听了”为“听说”，改 1 字（本书下册第 313 页）。

寅：宝玉听　说　　　　便忘了秦氏在何处

庚：宝玉听　说　　　　便忘了秦氏在何处

戚：宝玉听了　喜跃非常便忘了秦氏在何处

戊：宝玉听了　喜跃非常便忘了秦氏在何处

己：宝玉听了　喜跃非常便忘了秦氏在何处了

例 6. 第 4 回，“庚寅本”、庚辰本缺少“处见王夫人”5 字，改“的来使”为“来时便”3 字（本书下册第 293 页）。

寅：却说黛玉同姊妹们至王夫人　　　　　与兄嫂处

庚：却说黛玉同姊妹们至王夫人　　　　　与兄嫂处

戚：却说黛玉同姊妹们至王夫人处见王夫人与兄嫂

戊：却说黛玉同姊妹们至王夫人处见王夫人与兄嫂处

己：却说黛玉同姊妹们至王夫人处见王夫人与兄嫂处

－－－－－－－－－－－－－－－－－－－－－－

寅：来时便　　　计议家务又说姨母家遭　人命官司

庚：来时便　　　计议家务又说姨母家遭　人命官司

戚：　　　　　　计议家务又说姨母家遭了人命官司

戊：　　　的来使计议家务又说姨母家遭　人命官司

己：　　　的来使计议家务又说姨母家遭　人命官司

此例和前几例略有差异。“庚寅本”、庚辰本与其他版本相比，首先缺少“处见王夫人”5 字，而甲戌、己卯、戚序本都有此 5 字。而且有此 5 字则为“黛玉同姊妹们至王夫人处见王夫人”，也更为合理。红楼梦研究所整理的《红楼梦》此处也“从各本补”。

其次，后面“庚寅本”、庚辰本与甲戌、己卯、戚序本等其他版本相比，修改了 3 字。“庚寅本”、庚辰本为“与兄嫂处来时便计议家务”，而甲戌、己卯、戚序本为“与兄嫂处的来使计议家务”。两者相比，都算合理。红楼梦研究所整理的《红楼梦》此处也没有从庚辰本，而是“从己卯、梦稿、甲戌、甲辰、舒序补”。

例 7. 第 5 回，“庚寅本”、庚辰本改“画一”为“见画着个”（本书下册第 316 页）。

寅：后面忽见画着个　恶狼追扑一美女

庚：后面忽见画着个　恶狼追扑一美女

戚：后面忽　画　　一恶狼追扑一美女

戊：后面忽　画　　一恶狼追扑一美女

己：后面忽　画　　一恶狼追扑一美女

辰：后面忽　画　　一恶狼追扑一美女

此处庚辰本、“庚寅本”与甲戌、己卯、戚序本等其他版本相比，做了改写。把“忽画一恶狼追扑一美女”，改为“忽见画着个恶狼追扑一美女”。甲戌、己卯、戚序本等其他版本此句的关键是“画”，按照此意，此句是讲“画画”。而实际此句的关键是“见”，其意思是宝玉“看见一幅画”，而不是在“画画”。在此句之前和之后，都有两处“又画”。因此“庚寅本”、庚辰本的“忽见画”，和甲戌、己卯、戚序本等其他版本的“忽画”，都可以。但庚辰本、“庚寅本”改为“忽见画”更为合理。

其过程可能是，庚辰本先做了修改，“庚寅本”随之修改，它们是“父子”关系，因此庚辰本和“庚寅本”文字与其他版本不同。

例 8．第 6 回，“庚寅本”、庚辰本改“平儿与”为“与平儿”（本书下册第 336 页）。

寅：　　　周瑞家的与平儿忙起身命刘姥姥只姥只管　　等
庚：　　　周瑞家的与平儿忙起身命刘姥姥只姥只管　　等
戚：平儿　周瑞家的　　　忙起身命刘姥姥只姥只管坐着等
戌：平儿与周瑞家的　　　忙起身命刘姥姥只姥只管坐着等
己：平儿　周瑞家的　　　忙起身命刘姥姥只姥只管坐着等
辰：平儿与周瑞家的　　　忙起身命刘姥姥只姥只管坐着等

此例与前例很类似。此处“庚寅本”、庚辰本为“周瑞家的与平儿”，而甲戌、己卯、戚序本等其他版本为“平儿与周瑞家的”。很明显是庚辰本、“庚寅本”做了修改。比较这两种说法，因为平儿地位比周瑞家的地位高，因此似乎甲戌、己卯、戚序本等其他版本“平儿与周瑞家的”较合理。在此句前面一段文字中，也是“平儿与周瑞家的”。但为何“庚寅本”、庚辰本要将比较合理的“平儿与周瑞家的”，改为不太合理的“周瑞家的与平儿”？这还难解释。

此处改写过程也说明，庚辰本和“庚寅本”是“父子”关系，和前例一样，不再复述。

例 9．第 3 回，“庚寅本”、庚辰本改写（本书下册第 288 页）。

寅：贾母笑道更好　好若如此更不相和睦了你好好的
庚：贾母笑道更好　好　　　　　　　　　　的
己：贾母笑道更好更好若如此更　相和睦了
戚：贾母笑道更好更好若如此更　相和睦了
戌：贾母笑道更好更好若如此更　相和睦了

－－－－－－－－－－－－－－－－－－－－－－－

寅：　　　　　　　　坐下又细细打量一番
庚：　　　　　　　　坐下又细细打量一番
己：宝玉便走近黛玉身边坐下又细细打量一番

戚：宝玉便走近黛玉身边坐下又细细打量一番

戊：宝玉便走近黛玉身边坐下又细细打量一番

此处文字比较复杂。庚辰本和其他版本相比，缺两句话“若如此更相和睦了，宝玉便走近黛玉身边”，但有旁改文字“更胡说了，你好好坐下罢。宝玉坐下”。而“庚寅本”保留了前一句话“若如此更相和睦了”，但却缺失了后一句话“宝玉便走近黛玉身边”。

此处文字修改的过程似乎是，庚辰本缺失了这两句话，“庚寅本”抄写时发现此处语句似乎不通，于是参照其他版本，增加了第一句话“若如此更不相和睦了”。但“庚寅本”为何没有增加第二句话“宝玉便走近黛玉身边”？还无法解释。

红楼梦研究所整理的《红楼梦》也发现庚辰本此处的错误，因此“从俄藏本、卞藏本补”。

总结以上9个例子，都是“庚寅本”文字只和庚辰本相同，而和其他版本文字不同。“庚寅本”似乎是根据庚辰本做了修改，“庚寅本”可能是以庚辰本为底本或祖本，它们之间是“父子”关系。

二、和庚辰本等多版本文字相同

“庚寅本”文字除有只和庚辰本一样的情况外，还有一些和庚辰本等多种版本文字相同的例子。下面对这种情况进行分析。

例1．第7回，“庚寅本”和庚辰本、己卯本缺少12字（本书下册第356页）。

寅：话下　　　　　　　　　　那宝玉自　　见了

庚：话下　　　　　　　　　　那宝玉自　　见了

己：话下　　　　　　　　　　那宝玉自　　见了

戊：话下宝玉秦钟二人随便起坐说话那宝玉　只一见

戚：话下宝玉秦钟二人随便起坐说话那宝玉自　一见了

此例中“庚寅本”不只是和庚辰本相同，还和己卯本相同。这种情况很容易理解，因为现在一般认为，庚辰本和己卯本有密切关系。因此，此处和前面一样，庚辰本是来自己卯本，或都来自一个共同祖本。而“庚寅本”又来自庚辰本，因此这三本的文字相同，而和甲戌本、戚序本等其他版本不同。所以“庚寅本”和庚辰本、己卯本是“父子”关系。

例2．第7回，“庚寅本”和庚辰本、己卯本改写（本书下册第361页）。

寅：回了老太太打发你同你秦家侄儿　　　学里去

庚：回了老太太打发你同你秦家侄儿　　　学里

己：回了老太太打发你同你秦家侄儿　　　学里

戚：回了老太太打发你　　　　　　　　　学里

戊：回了老太太打发　　　　　　人往家学里　说明白了

－－－－－－－－－－－－－－－－－－－－－－－－－－－－－

寅：　　　　　　　念书　要紧说着却自回往荣府而来
庚：　　　　　　　念书去要紧说着却自回往荣府而来
己：　　　　　　　念书去要紧说着　自回　荣府而来
戚：　　　　　　　念书去要紧说着　自回　荣府而来
戌：请了秦钟家学里念书去要紧说着　自回　荣府而来

此例和前例略有不同，前例“庚寅本”和庚辰本、己卯本相同，和甲戌本、戚序本不同，但甲戌本和戚序本相同。而此例“庚寅本”也是和庚辰本、己卯本相同，和甲戌本、戚序本不同，但甲戌本和戚序本不相同。这是由于戚序本又做了修改，结果导致戚序本和其他版本文字都不同。

这种情况也很好解释，和前例一样，“庚寅本”和庚辰本、己卯本相同，可能是“父子”关系。

例 3．第 1 回，“庚寅本”、庚辰本、戚序本和甲辰本缺少 3 字（本书下册第 246 页）。

寅：竟过一大石牌坊　　　上　书四个大字乃是太虚幻境
庚：竟过一大石牌坊　　　上　书四个大字乃是太虚幻境
戚：竟过一大石牌坊　　　上　书四　　字乃是太虚幻境
辰：竟过一大石牌坊　　　上大书四　　字乃是太虚幻境
戌：竟过一大石牌坊那牌坊上大书四　　字乃是太虚幻境
己：竟过一大石牌坊那牌坊上大书四　　字乃是太虚幻境

此例和前两例又不同。可分为三种情况。首先，“庚寅本”、庚辰本完全相同，这和前面几例一样。其次，戚序本和甲辰本比较接近。而甲戌本和己卯本完全相同。

从文字合理性看，甲戌本、己卯本多“那牌坊”3 字，而“庚寅本”、庚辰本、戚序本、甲辰本缺此 3 字，似乎甲戌本、己卯本文字更合理，庚辰本、戚序本、甲辰本文字都有缺漏。

此例产生的原因可能是，甲戌本和己卯本文字相同，是保存了原本原貌，这与对这两版本的研究结果是一致的。而“庚寅本”、庚辰本文字相同，原因和前面几例一样，可能是“庚寅本”从庚辰本而来，是“父子”关系。而戚序本、甲辰本文字和庚辰本一样，其原因很复杂，它们可能同样是“父子”关系，也可能是它们有共同祖本，因此文字相同，这就不是“父子”关系，而是“兄弟”关系。本书卷四对戚序本和庚辰本关系有详细的分析。

不管哪种情况，此例再次证明，“庚寅本”的底本很可能是庚辰本。

以上三例中，“庚寅本”文字除和庚辰本相同外，还和其他一些版本文字相同，如己卯本、戚序本、甲辰本等。“庚寅本”和其他版本文字相同的原因很多，因为根据上述论证，“庚寅本”很可能是来自庚辰本，而庚辰本和其他版本文字相同，属于庚辰本和这些版本的关系问题，和“庚寅本”无关，也就不属于本书研究的内容，因此不再做深入的研究。

总结以上两种情况 13 处文字描述的例子，“庚寅本”文字都和庚辰本相同，而和其他版本文字有的相同，有的不同。据不完全统计，在“庚寅本”13 回半中这类文字有近 40 处之多，因此“庚寅本”的底本（或祖本）很可能是庚辰本，它和庚辰本可能是“父子”关系。

三、与庚辰本相同的同词脱文

“庚寅本”和庚辰本文字相同的第三种例子是“同词脱文”，即“庚寅本”和庚辰本有完全相同的“同词脱文”。这很明显是庚辰本在抄写时，因为“同词”，漏抄了整整一行文字。“庚寅本”和庚辰本一样也就漏抄了。

根据脱漏的文字数量，有 16、22、27、32、37 字等不等，为何脱文字数差异很大，原因还有待进一步分析。

根据“同词脱文”的版本情况，可分为两种情况。第一种是只有“庚寅本”和庚辰本有一样的同词脱文。第二种是“庚寅本”和庚辰本、己卯本等版本有一样的同词脱文。

两种情况中，“庚寅本”都和庚辰本有相同的“同词脱文”，因此“庚寅本”应该来自庚辰本，“庚寅本”正文的底本（或祖本）很可能是庚辰本，它们的关系可能是“父子”关系。

下面对这两种情况进行分析。

首先是第一种情况，只有“庚寅本”和庚辰本有一样的同词脱文。第一种情况共有 3 例。

例 1．第 3 回，“庚寅本”和庚辰本有一样的同词脱文，同词为“笑道”，脱 16 字（本书下册第 280 页）。

寅：贾赦之妻邢氏忙也　起身笑

庚：贾赦之妻邢氏忙　亦起身笑

戊：贾赦之妻邢氏忙　亦起身笑　道我带了外甥女过去

己：贾赦之妻邢氏忙　亦起身笑回道我带了外甥女过去

戚：贾赦之妻邢氏忙　亦起身笑回道我带了外甥女过去

－ －

寅：　　　　　　　　道正是呢你也去罢不必过来了

庚：　　　　　　　　道正是呢你也去罢不必过来了

戊：到也便宜贾母笑道正是呢你也去罢不必过来了

己：到也便宜贾母笑道正是呢你也去罢不必过来了

戚：到也便宜贾母笑道正是呢你也去罢不必过来了

例 2．第 1 回，“庚寅本”和庚辰本有一样的同词脱文，同词为“不可胜数”，脱 25 字（本书下册第 241 页）。

寅：或贬人妻女奸淫凶恶不可胜数
庚：或贬人妻女奸淫凶恶不可胜数
戚：或贬人妻女奸淫凶恶不可胜数更有一种风月笔墨其淫
戊：或贬人妻女奸淫凶恶不可胜数更有一种风月笔墨其淫
　－－－－－－－－－－－－－－－－－－－－－－－－
寅：　　　　　　　　　　　　　　　　　　至若佳人才子
庚：　　　　　　　　　　　　　　　　　　至若佳人才子
戚：污秽　臭屠　毒笔墨坏人子弟又不可胜数至若佳人才子
戊：　秽污臭　涂毒笔墨坏人子弟又不可胜数至若佳人才子

此例己卯本缺，只能比较“庚寅本”和庚辰本、甲戌本和戚序本。

例 3．第 4 回，“庚寅本”和庚辰本有一样的同词脱文，“同词”为“母舅”，脱 35 字（本书下册第 303 页）。

寅：却又　闻得母舅
庚：却又　闻得母舅
戊：却又　闻得母舅王子腾升了九省统制奉旨出都查边薛
戚：　　忽闻得母舅王子腾升了九省统制奉旨出都查边薛
己：却又　闻得母舅王子腾升了九省统制奉旨出都查边薛
　——————————————————————————
寅：　　　　　　　　　　　　　　　　　　　　　管辖
庚：　　　　　　　　　　　　　　　　　　　　　管辖
戊：蟠心中暗喜道我正　愁进京去有个　嫡亲的母舅管辖
戚：蟠心中暗喜道我正想　进京去有个　嫡亲　母舅管辖
己：蟠心中暗喜道我正　愁进京去有　个嫡亲的母舅管辖

以下是第二种情况，“庚寅本”和庚辰本、己卯本等版本有一样的同词脱文。第二种情况共有 2 例。

例 4．第 6 回，“庚寅本”和庚辰本、己卯本有一样的同词脱文，同词为“妇人”，脱 22 字（本书下册第 336 页）。

寅：约有一二十妇人
庚：约有一二十妇人
己：约有一二十妇人
戊：约有一二十妇人衣裙悉率渐入堂屋往那边屋内去了
戚：约有一二十妇人衣裙悉率渐入堂　　　　屋内去了
　——————————————————————－－－
寅：　　　　　　都捧捧着　漆　盒
庚：　　　　　　都捧捧着大漆捧盒

己:　　　　　　　　都捧捧着大漆捧盒
戊:又见两三个妇人都捧捧着大漆捧盒
戚:又见两三个妇人都捧捧着大漆捧盒

这种情况很容易理解，因为现在一般认为，庚辰本和己卯本有密切关系。因此，“庚寅本”、庚辰本和己卯本三版本会有一样的同词脱文。

和第一种情况一样，三本文字相同可能是，“庚寅本”来自庚辰本，庚辰本来自己卯本，或庚辰本和己卯本有共同祖本，“庚寅本”和庚辰本、己卯本是“父子”关系。

而甲戌本、戚序本不脱文，则可能是，甲戌本是原文，不脱，而戚序本来自甲戌本，因此也不脱。

由于“庚寅本”和庚辰本有相同的同词脱文，因此“庚寅本”的底本很可能是庚辰本。

例5. 第11回，“庚寅本”和庚辰本、己卯本、甲辰本、北师大本有一样的同词脱文，同词为“不好”，脱22字（本书下册第405页）。

寅:大夫说若是不治怕的是春天不好
庚:大夫说若是不治怕的是春天不好
己:大夫说若是不治怕的是春天不好
辰:大夫说若是不治怕的是春天不好
北:大夫说若是不治怕的是春天不好
杨:大夫说若是不治怕　　春天不好如今才九月半还有四五
戚:大夫说若是不治怕的是春天不好如今才九月半还有四五
蒙:大夫说若是不治怕的是春天不好如今才九月半还有四五
列:大夫说若是不治怕的是春天不好如今才九月半还有四五
舒:大夫说若是不治怕的是春天不好如今才九月半还有四五
– –
寅:　　　　　　　　　　的咱们　若是不能吃人参的
庚:　　　　　　　　　　呢　咱们　若是不能吃人参的
己:　　　　　　　　　　呢　咱们　若是不能吃人参的
辰:　　　　　　　　　　　　咱们　若是不能吃人参的
北:　　　　　　　　　　呢　咱们　若是不能吃人参的
杨:个月的工夫什　　　　　　咱们家若是不能吃人参的
戚:个月的工夫什么病治不好呢　咱们　若是不能吃人参的
蒙:个月的工夫什么病治不好呢　咱们　若是不能吃人参的
列:个月的工夫什么病治不好呢　咱们　若是不能吃人参的
舒:个月的工夫什么病治不好呢　咱们　若是不能吃人参的

由于此例甲戌本缺，为更清楚分析各版本文字差异，增加多种版本进行比对。

从比对结果看，“庚寅本”和庚辰本、己卯本、甲辰本、北师大本有一样的同词脱文，此处的同词脱文可能最先出自己卯、庚辰本，而“庚寅本”和甲辰本、北师大本可能都是来自己卯、庚辰本。

而戚序本、蒙府本、舒序本、杨藏本、列藏本都不脱文，则可能是它们有共同祖本，祖本此处不脱，因此它们都不脱。此例刚好甲戌本缺，从以上分析，很可能甲戌本不脱，它就是不脱本的祖本。

以上5个例子中，“庚寅本”和庚辰本都有相同的“同词脱文”，因此“庚寅本”的正文很可能来自庚辰本，“庚寅本”正文的底本很可能是庚辰本，“庚寅本”和庚辰本很可能是“父子”关系。

四、“庚寅本”和庚辰本有共同祖本？

从以上分析看，“庚寅本”和庚辰本文字有三种情况下都相同，即一些值得研究的文字、很多描述文字和多处同词脱文。由于“庚寅”年（1770 年）是在“庚辰”年（1760 年）之后十年，因此假如“庚寅”确实是“庚寅本”祖本的抄写年代，则“庚寅本”的正文就有可能是来自庚辰本，它们就是“父子”关系。

但仔细分析，这只是一种可能性。理论上“庚寅本”和庚辰本文字多种情况下都相同，除“庚寅本”正文来自庚辰本是一种可能外，还有另外一种可能性，即“庚寅本”和庚辰本有共同的祖本，因此它们的正文就完全相同了。这个“共同祖本”可能是甲戌本，也可能是甲戌本后的另一个版本。这样，“庚寅本”和庚辰本就是“兄弟”关系。

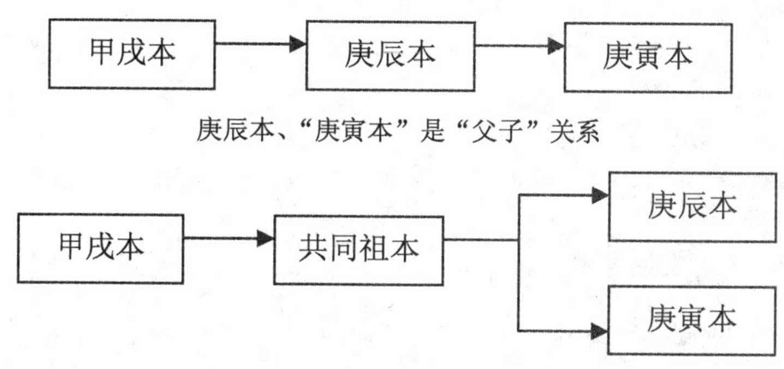

庚辰本、“庚寅本”是“父子”关系

庚辰本、“庚寅本”是“兄弟”关系

戚序本和庚辰本也有类似问题。戚序本和庚辰本文字也有很多相同文字。由于戚序本是有正书局 1911 年刊刻，时间很晚，因此一般认为戚序本正文应该是出自庚辰本，它们是“父子”关系。

但实际撰写戚序的戚蓼生乾隆三十四年（1769 年）中进士，即在庚辰（1760 年）后九年，乾隆五十七年（1792 年）去世。因此戚序本的原本应该出现在庚辰本后不久。

戚序本有多处文字只和甲戌本相同，而和庚辰本不同，这可能是戚序本根据甲戌本做了修改，也可能是由于庚辰本文字做了修改，而戚序本文字未修改，因此戚序本和甲戌本文字相同。

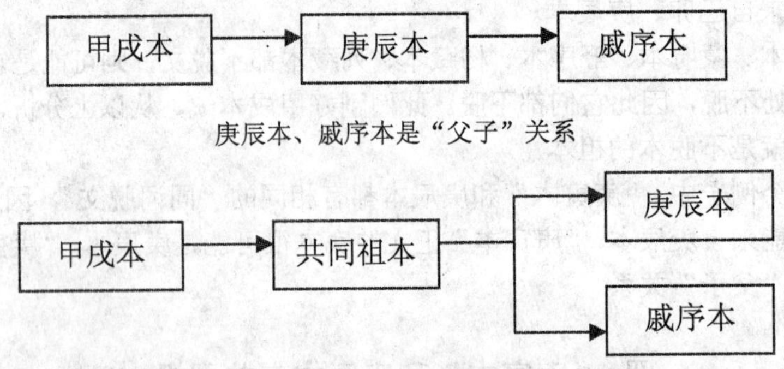

庚辰本、戚序本是“父子”关系

庚辰本、戚序本是“兄弟”关系

所以，戚序本正文出自庚辰本只是一种可能性。戚序本和庚辰本文字相同，理论上除戚序本正文来自庚辰本是一种可能外，还有另外一种可能性，即戚序本和庚辰本有共同的祖本。这个“共同祖本”可能是甲戌本，也可能是甲戌本后的另一个版本。因此，戚序本和庚辰本也有可能是“兄弟”关系。

但仔细比对“庚寅本”和甲戌本，并未发现像戚序本一样，“庚寅本”只和甲戌本文字相同、而和庚辰本不同的例子。因此“庚寅本”和戚序本不同，它和庚辰本似乎不太会有共同的祖本。

所以，根据对目前情况的分析，“庚寅本”和庚辰本是“父子”关系的可能性，比“兄弟”关系的可能性更大。

第四章 “庚寅本”正文不同庚辰本

第一节 “庚寅本”文字同戚序本

一、批语造成文字和庚辰本不同

“庚寅本”和其他版本的文字差异分为三类，上节介绍了第一类，即和庚辰本文字相同，而和甲戌本、戚序本等不同的情况，这种例子数量很多，有近 40 处，这是“庚寅本”可能以庚辰本为底本的重要证据。但也要注意到，除这第一种“庚寅本”和庚辰本相同的文字外，还有第二种情况，即“庚寅本”有少数文字和庚辰本不同，而和其他版本相同。只要利用数字化比对“庚寅本”和其他版本的文字，就可以很容易找出这种例子。

如果按照上节的分析，“庚寅本”文字是以庚辰本为底本，就应该不会出现“庚寅本”文字和庚辰本不同、而和其他版本相同的情况。因此对这种现象必须进行仔细的分析和合理的解释。

通过分析，发现这第二种“庚寅本”文字和庚辰本不同、而和其他版本相同的情况，又可分为两类。

第一类是由于批语所造成的。

第二类是和批语无关的。

首先分析和批语有关的情况。

通过对批语的分析注意到，这些“庚寅本”和庚辰本文字不同之处，“庚寅本”很多处都有批语。前面对于“旨义”的分析中指出，“庚寅本”的批语是抄自俞平伯 1954 年版《脂砚斋红楼梦辑评》。而俞平伯 1954 年版《脂砚斋红楼梦辑评》批语所引的正文，不是庚辰本，而主要是戚序本（俞平伯依据的是戚序本中的有正本），只有少数戚序本没有的正文，是来自甲戌、己卯、戚序、甲辰等本。而“庚寅本”整理者在抄写批语时，有时是直接抄录了俞平伯 1954 年版《脂砚斋红楼梦辑评》的正文，而不是抄录其正文底本庚辰本的正文。这样就导致了这些“庚寅本”的正文和庚辰本正文不同。

直到俞平伯 1963 年修订《脂砚斋红楼梦辑评》，改为 8 回以前正文用甲戌本，以后再以庚辰本居首，因为庚辰本较完整，己卯、甲辰、戚序本次之。

二、“庚寅本”同戚序本

下面分析“庚寅本”中由于有批语，因而根据俞平伯 1954 年版《脂砚斋红楼梦辑评》修改了正文的例子。

如前所述，俞平伯编辑 1954 年版《脂砚斋红楼梦辑评》时，批语的正文基本是采用戚序本的正文，而“庚寅本”抄录批语是根据俞平伯 1954 年版《脂砚斋红楼梦辑评》，因此其正文和庚辰本不同、和戚序本相同的例子最多。

例 1．第 1 回，甄士隐女儿名字是“英莲”，还是“英菊”？（本书下册第 244 页）

寅：只有一女乳名唤作英　莲年方三岁【夹】设云应伶也。
戚：只有一女乳名　　英　莲年方三岁【双】设法应伶也。
戊：只有一女乳名　　英　莲年方三岁【夹】设云应伶也。
庚：只有一女乳名唤作英菊　年方三岁
己：只有一女乳名　　英菊　年方三岁

此处甲戌本、戚序本和“庚寅本”都有批语“设云应伶也”。

在甲戌本、戚序本等所有版本中，甄士隐女儿名字都是“英莲”，只有己卯本和庚辰本中是“英菊”。一般认为，《红楼梦》原本中应该是“英莲”，是己卯本和庚辰本改为了“英菊”，而戚序本保留了甲戌本的“英莲”。

但也有学者认为原本是“英菊”，后来的版本改为了“英莲”，即“应可怜”的谐音。《红楼梦》中常用谐音字，如英莲父亲甄士隐，即“真事隐去”的谐音。但这种说法无法解释，为何甲戌本为“英莲”，而只有己卯、庚辰本为“英菊”？除非现存甲戌本为过录本，抄写者将“英菊”改为了“英莲”。

“庚寅本”中也是“英莲”，和甲戌本、戚序本等版本相同，而和庚辰本不同。

如本书所指出的，“庚寅本”的正文 90%文字都和庚辰本相同，但此处为何要用俞平伯 1954 年版《脂砚斋红楼梦辑评》的“英莲”，而不用庚辰本的“英菊”呢？

如前所述，“庚寅本”所引用的正文是来自俞平伯 1954 年版《脂砚斋红楼梦辑评》的正文，而俞平伯 1954 年版《脂砚斋红楼梦辑评》的正文采用的是戚序本，而不是庚辰本。此处用了戚序本的“英莲”，而没有用庚辰本的“英菊”，这有几种可能。

第一种可能是，此处有夹批：“设云应伶也。”“庚寅本”整理者在抄写夹批时，没有注意俞平伯 1954 年版《脂砚斋红楼梦辑评》“英莲”和庚辰本和“英菊”的文字差异，因此就照抄了俞平伯 1954 年版《脂砚斋红楼梦辑评》的“英莲”，而没有用庚辰本的“英菊”。

第二种可能是，“庚寅本”整理者注意到了俞平伯 1954 年版《脂砚斋红楼梦辑评》“英莲”和庚辰本和“英菊”的文字差异，但认为“英莲”比“英菊”更合适，因此“庚寅本”就把庚辰本中所有的“英菊”，都改为了“英莲”。

此处要特别注意，在此例中，“庚寅本”只是把甄士隐女儿的名字，从庚辰本中“英菊”改为俞平伯 1954 年版《脂砚斋红楼梦辑评》（即戚序本）中的“英莲”。但在此例中，庚辰本和戚序本的其他文字实际是不同的，戚序本并没有“唤作”二字，而“庚寅本”却与戚序本相同，而和庚辰本不同（本书下册第 244 页）。

寅：只有一女乳名唤作英莲　年方三岁。
庚：只有一女乳名唤作英　菊年方三岁。
戚：只有一女乳名　　英莲　年方三岁。

所以，“庚寅本”此处虽然采用了俞平伯 1954 年版《脂砚斋红楼梦辑评》（即戚序本）的“英莲”，但其他文字和俞平伯 1954 年版《脂砚斋红楼梦辑评》（即戚序本）并不相同，仍采用了庚辰本的正文“只有一女乳名唤作英菊年方三岁”。

但在下面其他例子中，“庚寅本”就将庚辰本正文直接改为俞平伯 1954 年版《脂砚斋红楼梦辑评》（即戚序本）的正文。

例 2．第 1 回（本书下册第 243 页）

寅：虽有　指奸责佞贬恶诛邪之语，亦非　　骂世之旨
戚：虽有　指奸责佞贬恶诛邪之语，亦非　　骂世之旨
庚：虽有些指奸责佞贬恶诛邪之语，亦非伤时骂世之旨
戌：虽有些指奸责佞贬恶诛邪之语，亦非伤时骂世之旨
【夹】要紧句。

“庚寅本”没有“伤时”二字，和戚序本相同，而和甲戌、庚辰本不同（己卯本缺此句）。

查此段文字后刚好有批语，俞平伯 1954 年版《脂砚斋红楼梦辑评》的正文和批语如下：

批语正文：“亦非骂世之旨”。甲戌批语【夹】要紧句。

俞平伯 1954 年编《脂砚斋红楼梦辑评》时，根本无法看到甲戌本原文，而陶洙提供的己卯本刚好缺少此句。所以此处的正文实际是戚序本正文。到 1963 年俞平伯修订《脂砚斋红楼梦辑评》时，他可以看到原本甲戌本，因此改为“亦非伤时骂世之旨”。

而“庚寅本”是照抄俞平伯 1954 年版《脂砚斋红楼梦辑评》的批语和正文引文，因此就与庚辰本文字不同了。

例 3．第 2 回（本书下册第 264 页）

寅：生了一位小姐生在大年初一 这就奇了不想后来 又生 一位公子
戚：生了一位小姐生在大年初一日 就奇了不想后来 又生了一位公子
庚：生了一位小姐生在大年初一 这就奇了不想 次年又生 一位公子
戌：生了一位小姐生在大年初一 这就奇了不想 次年又生了一位公子
己：生了一位小姐生在大年初一 这就竒了不想 次年又生了一位公子
【眉】一部书中第一人，却如此淡淡带出，故不见后来玉兄文字繁难。

此例中“庚寅本”和戚序本、舒序本的文字相同，都是“后来”，而其他版本是“次年”。这里“庚寅本”和庚辰本不同，却和戚序本相同的原因，也是由于后面有批语。

俞平伯1954年版《脂砚斋红楼梦辑评》的正文为“不想（次年）又生了一位公子”，此处在“次年”加括弧，是因为戚序本无“次年”，而陶洙过录己卯本中有“次年”，俞平伯手中没有甲戌本，因此只好在“次年”加括弧。俞平伯1963年版《脂砚斋红楼梦辑评》就去掉了括弧。

而“庚寅本”发现此问题，最后选择了戚序本的“后来”。

例4．第3回（本书下册第292页）

寅：也不知道来历听得 说落草时
庚：也不知 来历 上头还有现成的眼儿听得说落草时
己：也不知 来历 听得说落草时
戚：也不知 来历 听得说落草时
戌：也不知 来历 听得说落草时

\- -

寅：是从他口里掏出来的上面 还有现成 穿眼 等我拿来
庚：是从他口里掏出来的 等我拿来
己： 从他口里掏出来的上面 现成的穿眼让 我拿来
戚： 从他口里掏出 上面 有现成 穿眼让 我拿来
戌： 从他口里掏出 上 头 有现成的穿眼让 我拿来
【夹】癞僧幻术，亦太奇矣。

此例中，“庚寅本”文字和其他版本文字相同，是“也不知道来历，听得说落草时是从他口里掏出来的，上面还有现成穿眼”。而庚辰本文字颠倒，把“上头还有现成的眼儿”提前到“也不知来历”后面，变成“也不知来历，上头还有现成的眼儿”。

此处有批语“癞僧幻术，亦太奇矣”。“庚寅本”和甲戌本、戚序本一样，批语是在“听得说落草时是从他口里掏出，上面还有现成穿眼”之后。庚辰本无此批语。

此处“庚寅本”文字和庚辰本不同，而和甲戌本等相同，是由于此句后面有批语“癞僧幻术，亦太奇矣”。俞平伯1954年版《脂砚斋红楼梦辑评》批语和甲戌本、戚序本相同，批语是在“听得说落草时是从他口里掏出，上面还有现成穿眼”之后。

因此“庚寅本”在抄写时，就按照俞平伯1954年版《脂砚斋红楼梦辑评》的正文照抄，批语“癞僧幻术，亦太奇矣”在正文“听得说落草时是从他口里掏出来的，上面还有现成穿眼”之后。因此就导致“庚寅本”文字又和庚辰本文字不同了。

以下各例都和以上两例相似，都是由于正文后有批语，“庚寅本”就照抄了俞平伯 1954 年版《脂砚斋红楼梦辑评》的正文，导致“庚寅本”正文和庚辰本不同。对下面各例就不再逐一进行分析。

例 5．第 3 回（本书下册第 288 页）

寅：贾母笑道更好　好若如此更不相和睦了【双】亦是真话。
庚：贾母笑道更好　好
己：贾母笑道更好更好若如此更　相和睦了
戚：贾母笑道更好更好若如此更　相和睦了
戊：贾母笑道更好更好若如此更　相和睦了【夹】亦是真话。
【双】亦是真话。

例 6．第 7 回（本书下册第 349 页）

寅：惜春命丫环入画来收
庚：惜春　丫
戚：惜春命丫环入画来收
戊：惜春命丫环入画来收
己：惜春命丫环

【夹】曰司棋，曰待书，曰入画，后文补抱琴。琴棋书画四字最俗，上添一虚字，则觉新雅。

例 7．第 7 回（本书下册第 355 页）

寅：弟兄几个　　　　学名唤　甚么方才知道叫秦钟
庚：弟兄几个　　　　学名唤什　么　　　　秦钟
戚：　　　　等事方知他学名　　　　　　叫秦钟
戊：　　　　等事方知他学名唤　　　　　　秦钟
己：弟兄几个　　　　学名唤什　么　　　　秦钟

批语：【夹】设云秦钟。古诗云：“未嫁先名玉，来时本姓秦”，二语便是此书大纲目、大比托、大讽刺处。

例 8．第 6 回（本书下册第 327 页）

戊：觅好书去醒目若谓聊可破闷时待蠢物　逐细言来
戚：觅好书去醒目若谓聊可破闷时待蠢物细　细言来讲
寅：　　　　　若谓聊可破闷时待蠢物细　细言来
庚：　　　　　　　　　　　　　　　　　细

批语:【双】妙谦，是口头口角。

例 9．第 7 回（本书下册第 345 页）

戊：只因我那种病又发了两天所以　　　且静养两日【夹】得空便入
戚：只因我那种病又发了两天所以　　　且静养两日【夹】得空便入
寅：只因我那种病又发了　　所以这两天且静养两日【双】得空便入
己：只因我那种病又发了　　所以这两天
庚：只因我那种病又发了　　所以这两天

以上 9 例，“庚寅本”都是照抄了俞平伯 1954 年版《脂砚斋红楼梦辑评》的批语和正文引文，由于俞平伯 1954 年版《脂砚斋红楼梦辑评》批语的正文引文实际是戚序本，而和庚辰本不同，因此导致“庚寅本”的正文就和庚辰本文字不同了。

第二节 “庚寅本”文字同其他版本

一、“庚寅本”同己卯本

以上各例中，“庚寅本”文字都和戚序本相同，但也有和其他版本相同的例子。

例 1．第 3 回，对林黛玉眉毛和眼睛的描写，各种版本文字差异很大。

此例在《红楼梦》版本研究中很典型，因此做详细分析如下，此处只分析和“庚寅本”有关的版本，对其他版本的分析见第七篇第一章“程前脂后”。

各版本原文文字比对如下，其中甲戌本、己卯本文字有修改，分别刊出未修改和修改后的文字（本书下册第 287 页）。

甲戌原：两湾似蹙非蹙龙烟眉，一双似□非□□□□。
甲戌本：两湾似蹙非蹙笼烟眉，一双似喜非喜含情目。
己卯原：两湾似蹙非蹙胃烟眉，一双似目。
己卯本：两湾似蹙非蹙胃烟眉，一双似笑非笑含露目。
庚辰本：两湾半蹙鹅眉，一对多情杏眼。
戚序本：两湾似蹙非蹙罩烟眉，一双俊目。
辑　评：两湾似蹙非蹙罩烟眉，一双似笑非笑含露目。
庚寅本：两湾似蹙非蹙罩烟眉，一双似笑非笑含情目。

仔细分析上述各种版本文字。

1．甲戌本：

甲戌本底本此处文字不清，原文只有“一双似□非”，后面加了很多空格。而后人又在空格上加了补字。下面以“□”符号表示底本原来的空格，以（）表示补字。

甲戌本底本：两湾似蹙非蹙龙烟眉，一双似□非□□□□。

甲戌本改写：两湾似蹙非蹙（笼）烟眉，一双似（喜）非（喜）（含情目）。

由于甲戌本底本不清，导致其他版本文字也非常混乱。

其他版本第一句除庚辰本外，基本没有太大差异，主要是第二句差异较大。

2．己卯本：

己卯本情况比较复杂，其文字明显曾多次修改。第一句把甲戌本底本“龙”字改为很少见的“胷”字，第二句己卯本原文“一双似目”与甲戌本原文“一双似□非”很接近，文字都不清楚。己卯本文字可能来自甲戌本，或两本有共同祖本。此后第一次修改，有人用墨笔补上“笑非笑含露”，第二句变成“一双似笑非笑含露目”，这样就比较完整了。第二次又有人用朱笔在旁侧加“对多情杏眼”，这样第二句变成“一对多情杏眼”，这明显是来自庚辰本，从笔迹看，有可能是陶洙所补。关键是第一次的修补。是何人修补？是抄写者本人发现抄写错误而修补，还是后人所补？目前难以判别。

3．庚辰本：

可能因为庚辰本底本原文不清，庚辰本抄写者干脆简化缩写为“两湾半蹙鹅眉，一对多情杏眼”。

4．戚序本、蒙府本：

戚序本前一句基本保留甲戌本文字，为“两湾似蹙非蹙罩烟眉”，而后一句可能因为其底本和甲戌本类似，原文都不明，因此和庚辰本相似，就简化为“一双俊目”。

5．俞平伯1954年版《脂砚斋红楼梦辑评》：

由于此处刚好有甲戌本眉批“奇目妙目，奇想妙想”。俞平伯1954年编《脂砚斋红楼梦辑评》时，由于甲戌本被胡适带到美国去了，他根本无法看到甲戌本原文。而他手边只有陶洙提供的己卯本、庚辰本的晒蓝本和戚序本，俞平伯可能比较了这几种描写后觉得，很明显庚辰本描写过于简单，而戚序本两句不对称，只有己卯本的描述即生动，又对称。因此1954年俞平伯整理批语时，最终采用了己卯本的正文“两湾似蹙非蹙胷烟眉，一双似笑非笑含露目”，只是把己卯本的“胷烟眉”，改为戚序本的“罩烟眉”。但加注：“甲戌罩作胷”。而此时俞平伯并未看到甲戌本，他只是根据陶洙过录己卯本编写了此批语并加注。到1963年俞平伯修订《脂砚斋红楼梦辑评》时，他才看到了原本甲戌本，发现了1954年版的错误，就改为和甲戌本完全一样的文字“两湾似蹙非蹙笼烟眉，一双似喜非喜含情目”。

6．“庚寅本”：

“庚寅本”此处为“两湾似蹙非蹙罩烟眉，一双似笑非笑含情目”，和其他任何版本都不同，第二句实际是己卯本的“似笑非笑”和甲戌本的“含情目”的组合。造成这种情况原因又再次和批语的正文有关，这是由于“庚寅本”实际也是来自俞平伯1954年版《脂砚斋红楼梦辑评》。

“庚寅本”是照抄俞平伯1954年版《脂砚斋红楼梦辑评》的批语和正文引文，

“似笑非笑”和己卯本、《脂砚斋红楼梦辑评》相同。但“庚寅本”把《脂砚斋红楼梦辑评》的“含露目”改为“含情目”，却与甲戌本相同，程甲本、程乙本也和甲戌本相同。而“庚寅本”抄写者不可能看到甲戌本，但可能看到程甲本、程乙本。因此可能是“庚寅本”抄写者觉得《脂砚斋红楼梦辑评》的“含露目”，不如甲戌本、程甲本、程乙本的“含情目”表达得更清楚。当然另一种可能是“庚寅本”抄写者手中另有一古本，此处和甲戌本、程甲本、程乙本一样，也是“含情目”，“庚寅本”是来自此古本。

统计上述版本中对林黛玉研究描述（指未修改原本）如下。

表 8. 林黛玉眼睛描写第二句比较（原文）

<table>
<tr><td>分类</td><td>1</td><td colspan="3">2</td><td colspan="2">3</td></tr>
<tr><td>版本</td><td>甲戌</td><td>己卯</td><td>庚辰</td><td>戚序</td><td>辑评</td><td>庚寅</td></tr>
<tr><td>似喜非喜</td><td>◎</td><td rowspan="4">×</td><td rowspan="4">×</td><td rowspan="4">×</td><td></td><td></td></tr>
<tr><td>似笑非笑</td><td></td><td>◎</td><td>◎</td></tr>
<tr><td>似泣非泣</td><td></td><td></td><td></td></tr>
<tr><td>似飘非飘</td><td></td><td></td><td></td></tr>
<tr><td>含情目</td><td>◎</td><td rowspan="2">似目</td><td rowspan="2">多情杏眼</td><td rowspan="2">俊目</td><td></td><td>◎</td></tr>
<tr><td>含露目</td><td></td><td>◎</td><td></td></tr>
</table>

二、“庚寅本”同甲辰本

例 1. 第 2 回（本书下册第 264 页）

辰：长子贾赦袭了　官为人平静中和也不管家务次子贾政自幼酷喜读书
寅：长子贾赦袭　着官为人平静中和也不管家务次子贾政自幼酷喜读书
庚：长子贾赦袭　着官　　　　　　　　　　　次子贾政自　酷甚读书
戚：长子贾赦袭　着官　　　　　　　　　　　次子贾政自幼酷喜读书
戌：长子贾赦袭　着官　　　　　　　　　　　次子贾政自幼酷喜读书
己：长子贾赦袭　着官　　　　　　　　　　　次子贾政自幼酷喜读书

这里“庚寅本”和甲辰本一样，多了一句话“为人平静中和也不管家务”，这是其他版本庚辰本、戚序本、甲戌本、己卯本都没有此句。

造成这种情况原因又和批语正文有关。查俞平伯 1954 年版《脂砚斋红楼梦辑评》，在“也不管家务”之后，刚好有甲辰本的批语【双】伏下贾琏、凤姐当家之文。

俞平伯 1954 年版《脂砚斋红楼梦辑评》正文也和甲辰本相同，为“长子贾赦袭了官，为人平静中和，也不管家务”。

由此可看出，“庚寅本”是照抄了俞平伯 1954 年版《脂砚斋红楼梦辑评》中甲辰本的批语和正文引文，因此与庚辰本文字不同了。

以上举出很多例证中，“庚寅本”与庚辰本文字不同之处的原因是由于在这些正文之后有批语。而此处“庚寅本”批语是以俞平伯1954年版《脂砚斋红楼梦辑评》为底本，并采用了俞平伯1954年版《脂砚斋红楼梦辑评》中的正文。因为俞平伯1954年版《脂砚斋红楼梦辑评》中的正文与庚辰本文字不同，因此导致了“庚寅本”正文就和庚辰本文字不同。类似例证还有很多，不再一一列举。

这些例子充分证明，“庚寅本”的批语是以俞平伯1954年版《脂砚斋红楼梦辑评》为底本的。

三、第8回目后诗“庚寅本”同甲戌本

上节分析“庚寅本”正文和庚辰本不同、和其他版本相同之处，是由于“庚寅本”此处有批语，而批语是以俞平伯1954年版《脂砚斋红楼梦辑评》为底本，并采用了俞平伯1954年版《脂砚斋红楼梦辑评》中的正文所致，因此导致了“庚寅本”正文就和庚辰本文字不同。

“庚寅本”第8回的回目后有一首庚辰本所没有的诗，也是同样是来自俞平伯1954年版《脂砚斋红楼梦辑评》。

“庚寅本”第8回的回目后有诗一首如下（本书下册第363页）：

题曰
古鼎新烹凤髓香　　那堪翠斝贮琼浆
莫言绮縠无风韵　　试看金娃对玉郎

而庚辰本中并没有此诗，检查所有其他《红楼梦》版本第8回都无此诗，此诗只在甲戌本的第8回中出现，文字完全相同。

而此诗作为“回目后批”，也出现在俞平伯1954年版《脂砚斋红楼梦辑评》的批语之中。因此“庚寅本”很可能是根据俞平伯1954年版《脂砚斋红楼梦辑评》抄写了这首诗，而俞平伯1954年版《脂砚斋红楼梦辑评》中甲戌本的这首诗，又是陶洙抄到己卯本上。根据分析，陶洙是根据周汝昌的甲戌本录副本，把甲戌本批语抄写在己卯本上的。

因此，“庚寅本”这首诗的来历是，陶洙先根据周汝昌的甲戌本录副本，把这首诗抄到己卯本上，俞平伯又根据己卯本，把这首诗收入了1954年版《脂砚斋红楼梦辑评》，而“庚寅本”整理者又根据俞平伯1954年版《脂砚斋红楼梦辑评》，抄写了这首诗。第二章对批语的详细分析，证明这个推论是完全成立的。

所以，第8回这首诗又再一次证明，“庚寅本”的部分文字和批语是来自俞平伯1954年版《脂砚斋红楼梦辑评》。

脂硯齋重評石頭記卷之
第八回　比通靈金鶯微露意　探寶釵黛玉半含酸
話說鳳姐和宝玉便回明賈母秦鐘要上家塾之事自己也有了伴讀的朋

庚辰本
第 8 回第 1 页

脂硯齋重評石頭記卷之
第八回　比通靈金鶯微露意　探宝釵黛玉半含酸
題曰
古鼎新烹鳳髓香　那堪翠斝貯瓊漿
莫言綺縠無風韻　試看金娃對玉郎
話說鳳姐和宝玉回家見过衆人宝玉便先回明賈母秦鐘要上家塾之事自

“庚寅本”
第 8 回第 1 页

第八回　薛寶釵小恙梨香院　賈寶玉大醉絳芸軒
題曰
古鼎新烹鳳髓香　那堪翠斝貯瓊漿
莫言綺縠無風韻　試看金娃對玉郎
話說鳳姐和寶玉回家見過衆人寶玉先便回

甲戌本
第 8 回第 1 页

“庚寅本”第 8 回“题曰”诗

第三节　无批语文字同戚序本

一、文字同戚序本，庚辰本文字有缺漏

前面分析“庚寅本”正文和庚辰本不同、和其他版本相同之处，很多是由于后面有批语所致。但“庚寅本”正文和庚辰本不同、和其他版本相同之处，也有些后面并没有批语。这种例子中最多的是和戚序本相同。按照初步统计，这种“庚寅本”正文和庚辰本不同，和戚序本相同的情况约有 17 处。

“庚寅本”正文和庚辰本不同，和戚序本相同的情况中，根据“庚寅本”和其他版本文字异同，以及产生的原因，又可分为四种情况。

第一种情况是，“庚寅本”和戚序本、甲戌本等相同，而只和庚辰本不同，庚辰

本文字有缺漏。第二种情况也是“庚寅本”和戚序本、甲戌本等相同，只和庚辰本不同，但庚辰本文字不是有缺漏，而是有补充或修改。第三种情况是“庚寅本”只和戚序本相同，而和甲戌本、庚辰本等不同。第四种情况是“庚寅本”只和戚序本、己卯本相同，而和甲戌本、庚辰本不同。

为何“庚寅本”文字会不同于庚辰本，而和戚序本的文字相同？其中可能有三种原因。第一种原因是文字巧合所造成的，可称为“巧合”；第二种原因是“庚寅本”的整理者又根据戚序本做了修订，简称“修订”；第三种原因是“庚寅本”和戚序本有共同祖本，简称“共同祖本”。

下面分析“庚寅本”文字不同于庚辰本，而和戚序本的文字相同的四种情况，和产生原因。

第一种，“庚寅本”和戚序本、甲戌本等本文字相同，而只和庚辰本文字不同，是庚辰本文字有缺漏，不太合理。

例 1．第 3 回，“庚寅本”等合理，庚辰本不合理（本书下册第 288 页）。

寅：贾母笑道更好　好若如此更不相和睦了你好好的
戚：贾母笑道更好更好若如此更　相和睦了
戌：贾母笑道更好更好若如此更　相和睦了
庚：贾母笑道更好　　　　　　　　　　　　好的

在此例中，“庚寅本”和戚序本、甲戌本的文字基本相同，也比较通畅。而庚辰本的文字明显有缺漏，这肯定是庚辰本抄漏了。红楼梦研究所整理的《红楼梦》也发现庚辰本此处的问题，因此根据列藏本和卞藏本做了修改，

根据以前分析，“庚寅本”文字底本最接近庚辰本，造成“庚寅本”和庚辰本文字不同有三个原因，即“巧合”“修订”和“共同祖本”，此处是哪个原因呢？从文字分析可以看出，这样长的文字不可能是“巧合”。

而“修订”和“共同祖本”都有可能。首先，“庚寅本”是根据庚辰本整理，但到此处庚辰本的文本明显不通，因此“庚寅本”就根据戚序本文字做了修订，因此“修订”是可能的。

其次，“庚寅本”和戚序本、甲戌本的文字基本相同，也可能是它们有共同的来源，即，“庚寅本”和戚序本的文本可能都来自甲戌本，因此造成 3 种版本的文字基本相同，可参见本书第三章有关戚序本和庚辰本关系的分析，因此“共同祖本”也有可能。

总之，造成此处“庚寅本”和戚序本、甲戌本文字相同，而只和庚辰本不同，可能是“庚寅本”根据戚序本做了修订，也可能是“庚寅本”和戚序本有共同祖本。

下面 3 例和例 1 相同，都是“庚寅本”和戚序本、甲戌本的文字基本相同，也比较通畅，而庚辰本的文字明显抄漏了。这样长的文字缺漏不可能是“巧合”。此处三例可能是“庚寅本”根据戚序本做了修订，也可能是“庚寅本”和戚序本有共同祖本。

到底是哪种情况，仅从此处难以判别。

例2．第3回，“庚寅本”等合理，庚辰本不合理（本书下册第291页）。

寅：伏侍贾母时心中眼中又只有一个贾母如今服侍

戚：伏侍贾母时心中眼中　只有一个贾母　今　　与了

己：伏侍贾母时心中眼中　只有　个贾母　今　　与了

戊：伏侍贾母时心中眼中　只有一个贾母　今　　与

庚：伏侍贾母时心中眼中又只有一个

－－－－－－－－－－－－－－－－－－－－－－－－

寅：宝玉他心中眼中　只有一个宝玉只因宝玉性情乖僻

戚：宝玉　心中眼中　只有一个宝玉只因宝玉情性乖僻

己：宝玉　心中眼中　只有　个宝玉只因宝玉性情乖僻

戊：宝玉　心中眼中又只有　个宝玉只因宝玉性情乖僻

庚：　　　　　　　　　　　　宝玉只因宝玉性情乖僻

此处庚辰本和己卯本、戚序本相比，缺了一段文字，这段文字不可能是己卯本、戚序本增加的，因为开始、结束都有“有一个”三字，这可能是庚辰本的同词脱文。红楼梦研究所根据庚辰本整理《红楼梦》，在此处并未照抄庚辰本，而是和甲戌本、己卯本、戚序本一样，但却未加任何说明。

例3．第8回的开头，庚辰本文字明显有缺失，而“庚寅本”和戚序本等一样没有缺失（本书下册第363页）。

寅：话说凤姐和宝玉回家见过众人宝玉　便回明贾母秦钟

戚：话说凤姐和宝玉回家见过众人宝玉先便回明贾母秦钟

戊：话说凤姐和宝玉回家见过众人宝玉先便回明贾母秦钟

己：话说凤姐和宝玉　　　　　　　　　便回明贾母秦钟

庚：话说凤姐和宝玉　　　　　　　　　便回明贾母秦钟

以上三例和前几例一样，都是庚辰本和己卯本文字有缺漏，而“庚寅本”和甲戌本、戚序本等版本一样，文字没有缺失。红楼梦研究所整理本都根据其他版本补上了这两段文字，并加注。

二、文字同戚序本，庚辰本文字有补充

第二种情况“庚寅本”文本与第一种相同，即和戚序本、甲戌本等本文字相同、而只和庚辰本文字不同；但庚辰本文字不是有缺漏，而明显是庚辰本抄写中做了补充和修改。

例 1．第 3 回，“庚寅本”和庚辰本都合理（本书下册第 292 页）。

寅：也不知道来历　　　　　　　　　听得说落草时
己：也不知　来历　　　　　　　　　听得说落草时
戚：也不知　来历　　　　　　　　　听得说落草时
戌：也不知　来历　　　　　　　　　听得说落草时
庚：也不知　来历上头还有现成的眼儿听得说落草时
－－－－－－－－－－－－－－－－－－－－－－－

寅：是从他口里掏出来的上面　还有现成　穿眼　等我拿来
戚：　从他口里掏出　　上面　　有现成　穿眼让　我拿来
己：　从他口里掏出来的上面　　　现成的穿眼让　我拿来
戌：　从他口里掏出　　上　头　有现成的穿眼让　我拿来
庚：是从他口里掏出来的　　　　　　　　　　　等我拿来

此例文字和第一种情况的相同点是，“庚寅本”和戚序本、甲戌本的文字基本相同，也比较通畅，庚辰本的文字也与其他版本都不同。而此例和第一种情况不同之处在于，第一种情况，庚辰本文字明显有缺漏，而此例中，庚辰本文字并没有脱漏，而是对文字做了修改。

造成“庚寅本”和庚辰本文字不同有三个原因，即“巧合”“修订”和“共同祖本”，此处是哪个原因呢？从文字分析可以看出，和第一种情况相同，此例中“庚寅本”和戚序本、甲戌本的文字基本相同不可能是“巧合”。“庚寅本”是根据庚辰本整理，但此处庚辰本的文本，并没有像第一种情况那样有明显的不通，因此“庚寅本”应该照抄庚辰本，而没有必要去根据戚序本做修订。因此此例中，“修订”说根据不足。

既然“巧合”和“修订”两说都难成立，就只有“共同祖本”说了。也就是说，“庚寅本”和戚序本、甲戌本的文字基本相同，就只可能是它们有共同的来源，即“庚寅本”和戚序本的文本都来自甲戌本，因此造成三种版本的文字基本相同。而庚辰本此处做了修订，因此和其他版本文字不同。对此可参见本书第三章有关戚序本和庚辰本关系的分析，因此“共同祖本”是唯一可能。

下面三例和例 1 相同，都是“庚寅本”和戚序本、甲戌本的文字基本相同，而庚辰本的文字做了修改。这些例子也不可能是“庚寅本”根据戚序本做了修订，而是“庚寅本”和戚序本有共同祖本，而庚辰本此处做了修订。

例 2．第 9 回，庚辰本文字有缺有补（本书下册第 388 页）。

寅：连秦钟的头也打破　了还在这里念什书
戚：连秦钟的头也打破　了还在这里念什书
己：连秦钟的头也打破这　还在这里念什书
庚：连秦钟的头也打破这　还在这里念什书茗烟他也是
－－－－－－－－－－－－－－－－－－－－－－－

寅:　　　　　　　　　　　　李贵劝道
戚:　　　　　　　　　　　　李贵劝道
己:　　　　　　　　　　　　李贵劝道
庚:为有人欺侮我的不如散了罢李贵劝道

例3. 第3回,“庚寅本”和庚辰本都合理(本书下册第292页)。

寅:薛蟠倚　　　扶势力打死人命现在应天府案下审理
戚:薛蟠倚仗　　　势力打死人命现在应天府案下审理
己:薛蟠倚　财仗　势　打死人命现在应天府案下审理
戊:薛蟠　仗财仗　势　打死人命现在应天府案下审理
庚:薛蟠　仗财仗　势　打死人命现在应天府案下审理
－－－－－－－－－－－－－－－－－－－－－－－－－

寅:如今母舅王子腾得了信息故遣　　　　人来告诉这边
戚:如今母舅王子腾得了信息故遣　　　　人来告诉这边
己:如今母舅王子腾得了信息故遣　　　　人来告诉这边
戊:如今母舅王子腾得了信息故遣　　　　人来告诉这
庚:如今母舅王子腾得了信息故遣他家内的人来告诉这边

例4. 第7回,“庚寅本”和庚辰本都合理(本书下册第369页)。

寅:凤姐　道　他是哪咤　　　　　我也要见一见
戚:凤姐　道　他是哪咤　　　　　我也要见一见
戊:凤姐啐道　他是哪咤　　　　　我也要见一见
庚:凤姐　道凭他　　　什么样儿的我也要见一见
己:凤姐　道凭他是　　什么样儿的我也要见一见

下面的例子很特殊,前一句话“庚寅本”和庚辰本、己卯本相同;而后一句话“庚寅本”又和戚序本和甲戌本相同。这等于是把前面的两种情况同时出现了,既有“庚寅本”和庚辰本相同,又有“庚寅本”和戚序本相同。

例5. 第6回(本书下册第327页)。

寅:与荣府有甚瓜葛
庚:与荣府有甚瓜葛
己:与荣府有甚瓜葛
戚:与荣府有甚瓜葛诸公若嫌琐碎粗鄙呢则快掷下此书
戊:与荣府有甚瓜葛诸公若嫌琐碎粗鄙呢则快掷下此书另
－－－－－－－－－－－－－－－－－－－－－－－－－

寅：　　　　　　　　　　若谓聊可破闷时等　蠹物　细细言
庚：　　　　　　　且听　　　　　　　　　　　　　细
己：　　　　　　　且听　　　　　　　　　　　　　细
戚：别觅好书去醒目　　若谓聊可破闷时　待蠹物　细细言
戊：　觅好书去醒目　　若谓聊可破闷时　待蠹物逐细　言

三、文字只同戚序本

第三种，“庚寅本”只和戚序本相同，和甲戌本、己卯本、庚辰本不同。

这很明显是甲戌本、己卯本、庚辰本是原本，而“庚寅本”文字和戚序本相同，可能是“庚寅本”根据戚序本做的修改，也可能是由于“庚寅本”和戚序本有共同祖本所造成的。到底是哪种，目前难以判别。

例 1．第 3 回（本书下册第 281 页）。

寅：贾母处不同黛玉　方知道这　便是正紧正内室
戚：贾母处不同黛玉　方知　这　便是正紧正内室
庚：贾母处不同黛玉便　知　这方　是正紧正内室
己：贾母处不同黛玉便　知　这方　是正紧正内室
戊：贾母处不同黛玉便　知　这方　是正紧正内室

例 2．第 6 回（本书下册第 331 页）。

寅：他的只是许多时不曾往他家去走了　　　　　知道他
戚：他的只是许多时不曾往他家去走了一趟儿过又知道他
庚：他的只是许多时不　　　　　走　　　　　　知道他
戊：他的只是许多时不　　　　　走　　　　　　知道他
己：他的只是许多时不　　　　　走　　　　　　知道他

例 3．第 8 回结尾（本书下册第 378 页）。

寅：那贾家上上下下都是一双富贵眼睛贽见礼必须丰厚一时又不能
戚：那贾家上上下下都是一双富贵眼睛贽见礼必须丰厚一时又不能
庚：那贾家上上下下都是一双富贵眼睛
己：那贾家上上下下都是一双富贵眼睛
戊：那贾家上上下下都是一双富贵眼睛

－－－－－－－－－－－－－－－－－－－－－－－－－－－

寅：　　拿　出　　　　　为儿子的终身大事
戚：　　拿　　出　　　　为儿子的终身大事
庚：容易拿不出来　　　　　儿子的终身大事

己：容易拿不出来　　　　　儿子的终身大事

戊：容易拿不出来又恐误了　儿子的终身大事

例 4．第 9 回（本书下册第 381 页）。

寅：因　　说道你　　　　跟他上了几年学

戚：因　　说道你　　　　跟他上了几年学

庚：因向他　道你们成日家跟他上　　　学

己：因向他　道你们成日家跟他上　　　学

例 5．第 9 回（本书下册第 381 页）。

寅：那怕再念三十本诗经也都是　　　　　　虚应故事而已

戚：那怕再念三十本诗经也都是　　　　　　虚应故事而已

庚：那怕再念三十本诗经也都是掩耳偷铃哄人　　　　而已

己：那怕再念三十本诗经也都是掩耳偷铃哄人　　　　而已

例 6．第 10 回（本书下册第 390 页）。

寅：他母亲胡氏听　他咕咕　　唧唧的说因问道你又要

戚：他母亲胡氏听见他咕咕嘟嘟　　的说因问道你又要

庚：他母亲胡氏听见他咕咕　　唧唧的说因问道你又要

己：他母亲胡氏听见他咕咕嘟嘟　　的说因问道你又要

－－－－－－－－－－－－－－－－－－－－－－－－－

寅：争　什么闲气　　好容易我望你姑妈说了

寅：争　什么闲气　　好容易我望你姑妈说了

庚：　做什么　　闹事好容易我望你姑妈说了

己：　做什么　　闹事好容易我望你姑妈说了

例 7．第 11 回，“庚寅本”和戚序本同词（“贾母说”）脱文 24 字（本书下册第 398 页）。

寅：王夫人向贾母说

戚：王夫人向贾母说

庚：王夫人向贾母说这个症候遇着这样大节不添病就有好

己：王夫人向贾母说这个症候遇着这样大节不添病就有好

－－－－－－－－－－－－－－－－－－－－－－－－－－

寅：　　　　　　　　　可是呢好个孩子要是有些原故

戚：　　　　　　　　　可是呢好个孩子要是有些原故

庚：大的指望了贾母说可是呢好个孩子要是有些原故

己：大的指望了贾母说可是呢好个孩子要是有些原故

四、文字同戚序本、己卯本

第四种情况是，“庚寅本”只和戚序本、己卯本相同，而和甲戌本、庚辰本不同。

例 1．第 9 回，“庚寅本”和庚辰本文字不同，叙述都还合理（本书下册第 388 页）。

戌：还调唆他们打我们
庚：还调唆他们打我们
己：还调唆他们打我们茗烟见　人欺负　我他岂有不为我的他们反打伙儿打了
戚：还调唆他　打我们茗烟见　人欺负　我他岂有不为我的他们反打伙儿打了
寅：还调唆他们打我们茗烟见有人欺　侮我他岂有不为我的他们反打伙　打了
- -
戌：茗烟连秦钟的头也打破　这还在这里念什么书茗烟他也是为有人欺侮我的
庚：茗烟连秦钟的头也打破　这还在这里念什么书茗烟他也是为有人欺侮我的
己：茗烟连秦钟的头也打破　这还在这里念什么书
戚：茗烟连秦钟的头也打破了　还在这里念什么书
寅：茗烟连秦钟的头也打破了　还在这里念什么书
- -
戌：不如散了罢
庚：不如散了罢
己：
戚：
寅：不如散了罢

此处“庚寅本”和戚序本、己卯本相同，而和庚辰本、甲戌本不同，文字不同都是从“茗烟”开始。

为何会出现庚辰本和甲戌本一样，反而和己卯本不同，这说明庚辰本并非抄自己卯本，而是它们有共同祖本，己卯本文字做了修改，而庚辰本文字没有改，因此和甲戌本相同。红楼梦研究所根据庚辰本整理本，在此处并未照抄庚辰本，而是和己卯本、戚序本一样，但却未加任何说明。

至于“庚寅本”文字和戚序本相同，和第三种情况一样，可能是“庚寅本”根据戚序本做的修改，也可能是由于“庚寅本”和戚序本有共同祖本所造成的。到底是哪种，目前难以判别。

以上“庚寅本”正文和庚辰本不同，和戚序本相同，合计有 16 例，平均每回有

1处多。

五、文字同戚序本原因分析

根据以前分析，“庚寅本”文字肯定是以庚辰本为底本，但为何会出现很多与庚辰本文字不同，而和戚序本文字相同的例子？这有三种可能，即“庚寅本”和戚序本相同是“巧合”，或“庚寅本”根据戚序本文字“修订”，以及“庚寅本”和庚辰戚序本有“共同祖本”。

“庚寅本”正文和庚辰本不同，和戚序本相同的情况，可分为四种情况。第一种情况是，“庚寅本”和戚序本、甲戌本等相同，而只和庚辰本不同，庚辰本文字有缺漏。第二种情况也是“庚寅本”和戚序本、甲戌本等相同，只和庚辰本不同，但庚辰本文字不是有缺漏，而是有补充或修改。第三种情况是“庚寅本”只和戚序本相同，而和甲戌本、庚辰本等不同。第四种情况是，“庚寅本”只和戚序本、己卯本相同，而和甲戌本、庚辰本不同。

根据对这四种情况原因的分析，首先这四种情况都不可能是“巧合”造成的。第一、三、四种情况“修订”和“共同祖本”都有可能。而第二种情况，庚辰本文字有修订，因此“庚寅本”根据戚序本去修订不太可能，只可能是“庚寅本”、戚序本和庚辰本有“共同祖本”，而庚辰本文字做了修改，导致“庚寅本”和戚序本文字一样。这是比较合理的解释。

根据上述分析，“庚寅本”文字中出现和庚辰本不同、和戚序本文字相同，其原因可能是“庚寅本”和戚序本有共同祖本。实际，不仅是“庚寅本”和戚序本可能有共同祖本，庚辰本和戚序本也可能有共同祖本。

一般现在认为，庚辰本是作者生前最后改定的版本，而戚序本肯定晚于庚辰本。与庚辰本文字相比，庚辰本缺第64、67回和第22回结尾，戚序本都已补齐。庚辰本第17、18回没有分开，戚序本已经分开。因此戚序本的底本应该是庚辰本，它们是“父子”关系。

这种分析并不错，但实际这只是一种可能性，还有另一种可能性，即戚序本的底本不是庚辰本，戚序本和庚辰本有共同的底本，此共同的底本对甲戌本的文字作了修改，因此庚辰本和戚序本有些文字相同，而和甲戌本不同。而庚辰本和戚序本又分别对其公共底本做了修改，因此出现了戚序本和庚辰本的文字不同。所以它们不是“父子”关系，而是“兄弟”关系。

用“兄弟”关系可以解释为何戚序本有很多文字不同于庚辰本，而与甲戌本相同。

用“兄弟”关系也可以解释为何“庚寅本”中为何有十几处文字和庚辰本不同，而和戚序本相同。

为此，在本书中还详细分析了戚序本和庚辰本之间的关系，认为戚序本和庚辰本有可能有共同的底本（祖本），这就可以解释为何“庚寅本”中为何会同时有庚辰本和戚序本的文字。

按照这种解释，“庚寅本”的底本并非是庚辰本的本身，而是庚辰本和戚序本的公共底本。“庚寅本”中十几处和庚辰本不同，而和戚序本相同的文字，是由于庚辰本对其底本的文字做了修改，而戚序本未修改，“庚寅本”也未修改。因此才出现了十几处“庚寅本”文字和庚辰本不同，而和戚序本相同。

按照这种分析，“庚寅本”的底本有可能不是现在看到的庚辰本，而是和庚辰本文字极为接近的、庚辰本系列中的某个“古本”。这样，“庚寅本”和庚辰本、戚序本可能是“兄弟”关系。

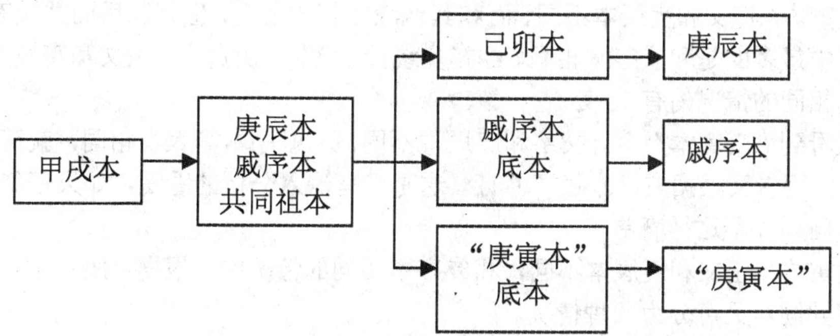

庚辰本、戚序本和“庚寅本”的关系示意图

最终，“庚寅本”和庚辰本是“父子”关系，还是“兄弟”关系，哪个可能性更大，根据现有材料还很难判断。

六、“庚寅本”正文底本总结

只要仔细比对“庚寅本”和庚辰本的正文，就可以看出，其正文基本和庚辰本相同，这是不争的事实。因此其正文的底本肯定是庚辰本系列的版本，这点应该是毫无疑义的。

但“庚寅本”中还有少量文字不同于庚辰本，却和其他版本文字相同。通过分析，发现“庚寅本”文字和庚辰本不同、而和其他版本相同的情况，又可分为两类。

第一类文字差异是由于批语所造成的。

通过对批语的分析注意到，这些“庚寅本”和庚辰本文字不同之处，“庚寅本”很多处都有批语。由于“庚寅本”的批语是抄自俞平伯 1954 年版《脂砚斋红楼梦辑评》。而俞平伯 1954 年版《脂砚斋红楼梦辑评》批语所引的正文，不是庚辰本，而主要是戚序本（俞平伯依据的是戚序本中的有正本），只有少数戚序本没有的正文，是来自甲戌、己卯、戚序、甲辰等本。而“庚寅本”整理者在抄写批语时，有时是直接抄录了俞平伯 1954 年版《脂砚斋红楼梦辑评》的正文，而不是抄录其正文底本庚辰本的正文。这样就导致了这些“庚寅本”的正文和庚辰本正文不同。

所以，“庚寅本”与庚辰本文字不同之处的原因之一，是由于在这些正文之后有批语。而此处“庚寅本”批语是以俞平伯 1954 年版《脂砚斋红楼梦辑评》为底本，并采用了俞平伯1954年版《脂砚斋红楼梦辑评》中的正文。因为俞平伯1954年版《脂砚斋红楼梦辑评》中的正文与庚辰本文字不同，因此导致了“庚寅本”正文就和庚辰本文字不同。

这些例子再一次证明，“庚寅本”的批语是以俞平伯1954年版《脂砚斋红楼梦辑评》为底本的。

第二类文字差异是和批语无关的。

“庚寅本”正文和庚辰本不同、而和其他版本相同之处，也有些后面并没有批语。这种例子中最多的是和戚序本相同。经初步统计，这种“庚寅本”正文和庚辰本不同，和戚序本相同的情况约有16处。

有人看到“庚寅本”中有文字和庚辰本不同，和戚序本等版本相同，就简单地认为，这是抄写者又根据戚序本做了修订。这是没有深入分析的看法，如果仔细分析就可看出，问题并不这样简单。

“庚寅本”正文和庚辰本不同，和戚序本相同的情况中，根据“庚寅本”和其他版本文字异同，又可分为四种情况。

第一种情况是，“庚寅本”和戚序本、甲戌本等相同，而只和庚辰本不同，庚辰本文字有缺漏。第二种情况也是“庚寅本”和戚序本、甲戌本等相同，只和庚辰本不同，但庚辰本文字不是有缺漏，而是有补充或修改。第三种情况是“庚寅本”只和戚序本相同，而和甲戌本、庚辰本等不同。第四种情况是，“庚寅本”只和戚序本、己卯本相同，而和甲戌本、庚辰本不同。

“庚寅本”文字不同于庚辰本，而和戚序本的文字相同，可能有三种原因。

第一种原因是文字巧合所造成的，可称为“巧合”。

第二种原因是“庚寅本”的整理者又根据戚序本做了修订，简称“修订”。

第三种原因是“庚寅本”和戚序本有共同祖本，简称“共同祖本”。

应该再仔细分析这四种情况，分别是三种原因中的哪种原因所造成的。

第一种情况，庚辰本文字有缺漏，“庚寅本”和戚序本、甲戌本等相同，而只和庚辰本不同。有些文字缺漏很长，不可能是“巧合”。而“修订”和“共同祖本”都有可能。首先，“庚寅本”是根据庚辰本整理，但到此处庚辰本的文本明显不通，因此“庚寅本”就根据戚序本文字做了修订，因此“修订”是可能的。

其次，“庚寅本”和戚序本、甲戌本的文字基本相同，也可能是它们有共同的来源，即“庚寅本”和戚序本的文本可能都来自甲戌本，因此造成三种版本的文字基本相同，因此“共同祖本”也有可能。

总之，庚辰本文字有缺漏，而“庚寅本”文字不缺漏，和戚序本、甲戌本文字相同，而只和庚辰本不同，可能是“庚寅本”根据戚序本做了修订，但也可能是“庚寅本”和戚序本有共同祖本。

第二种情况是庚辰本文字不缺漏，而是有补充或修改，“庚寅本”和戚序本、甲戌本等相同，文字有缺漏，和庚辰本不同。

这种“庚寅本”和戚序本、甲戌本的文字基本相同不太可能是“巧合”。

“庚寅本”是根据庚辰本整理，但此处庚辰本的文本，并没有像第一种情况那样有明显的不通，因此“庚寅本”应该照抄庚辰本，而没有必要再去根据戚序本做不合理的修订。因此在此例中，“修订”说根据不足。

当然不排除“庚寅本”抄录时，比对庚辰本和戚序本（不是甲戌本，抄录者看到甲戌本的可能性很小）的文字，觉得庚辰本的文字显得多余而根据戚序本做了删节。但这种可能性似乎比较小。

既然“巧合”和“修订”两说都难成立，就只有“共同祖本”说了。也就是说，“庚寅本”和戚序本、甲戌本的文字基本相同，就只可能是它们有共同的来源，即“庚寅本”和戚序本的文本都来自甲戌本，因此造成三种版本的文字基本相同。而庚辰本此处做了修订，因此和其他版本文字不同。所以“共同祖本”是唯一可能。

第三种情况是“庚寅本”只和戚序本相同，而和甲戌本、庚辰本等不同。

这很明显是甲戌本、己卯本、庚辰本是原本，而“庚寅本”文字和戚序本相同，可能是“庚寅本”根据戚序本做的修改，也可能是由于“庚寅本”和戚序本有共同祖本所造成的。到底是哪种，目前难以判别。

第四种情况是“庚寅本”文字和戚序本、己卯本相同，和第三种情况一样，可能是“庚寅本”根据戚序本做的修改，也可能是由于“庚寅本”和戚序本、己卯本有共同祖本所造成的。到底是哪种，目前难以判别。

分析这四种情况产生的原因。首先这四种情况都不可能是“巧合”造成的。第一、三、四种情况“修订”和“共同祖本”都有可能。而第二种情况，庚辰本文字较合理，而戚序本文字不合理，因此“庚寅本”把合理文字改为不合理可能性很小。只可能是“庚寅本”、戚序本和庚辰本有“共同祖本”，而庚辰本文字有缺漏，导致“庚寅本”和戚序本文字一样。这是比较合理的解释。

按照这样的分析，“庚寅本”正文的底本不可能是庚辰本，也不可能根据戚序本做修订，而很可能是另一个庚辰本系列中我们未知的版本。

换句话说，不能排除“庚寅本”抄写者曾参考某个我们未知的“古本”的可能性。

第四节　“庚寅本”和北师大本、卞藏本

一、“庚寅本”和北师大本

“庚寅本”中除有与庚辰本文字不同、和戚序本等文字相同的例子外，是否还有和其他版本相同的独有文字？为此对比了甲戌本、己卯本、甲辰本、甲辰本、舒序本、列藏本等，都没有发现有和“庚寅本”相同的独有文字。

但是在北师大本中找到了两例，和“庚寅本”文字相同、和其他版本文字不同的例子。

例 1. 第 3 回（本书下册第 278 页）。

寅：黛玉虽　　　　没见过也　曾听见母亲说过　大舅
北：黛玉虽　　　　没见过也　曾听见母亲说过　大舅
庚：黛玉虽不知　　　　　　　曾听见母亲说过　大舅
戚：黛玉虽不　认识　　　　　曾听见母亲说过　大舅
戊：黛玉虽不　　识　　　　亦曾听见母亲说　道大舅
己：黛玉虽不　　识　　　也　曾听见母亲说过　大舅

在此例中，庚辰本是“不知”，甲戌本和己卯本是“不识”，戚序本是“不认识”，“庚寅本”和北师大本都是“没见过”，从内容看似乎没有很大区别。

例2．第4回（本书下册第297页）。

寅：今　告打　人之薛就系丰年大雪之　雪也不单告
北：今　告打死人之薛就系丰年大雪之薛　也不单告
庚：今　告打死人之薛就系丰年大雪之　雪也不单告
戚：　才告打死人之薛就系丰年大雪之薛　也不单　靠
戊：今　告打死人之薛就系丰年大雪之薛　也不单　靠
己：今　告打死人之薛就系丰年大雪之薛　也不单　靠着

\- -

寅：的这薛家就是这三家他的世交亲友　　在都在外者
北：的这薛家就是这三家他的世交亲友　　在都在外者
庚：　　　　　　这三家他的世交亲友　　在都在外者
戚：　　　　　　这三家他的世　　友亲戚在都在外者
戊：　　　　　　这三家他的世交亲友　　在都在外者
己：　　　　　　　三家他的世交亲友　　在都在外者

在此例中，庚辰本、甲戌本和戚序本的文本是“也不单告（靠）这三家，他的世交亲友在都在外者”，而“庚寅本”和北师大本的文本是“也不单告的这薛家，就是这三家他的世交亲友在都在外者”。庚辰本、甲戌本和戚序本的文字也算通顺，但庚辰本的“告”字不通，而甲戌本、戚序本为“靠”字较合理，因为此处的意思是，薛蟠打死人，不单靠薛家，还要靠三家他的世交亲友。红楼梦研究所整理《红楼梦》虽然以庚辰本为底本，但没有采用庚辰本错误的“告”，而采用了甲戌本、戚序本合理的“靠”。但“庚寅本”和北师大本仍采用了庚辰本错误的“告”，但多加了文字“薛家就是这”，这样就把庚辰本的“也不单告这三家”，改为“也不单靠薛家就是这三家”，这样文字整体上就通顺了。

“庚寅本”13 回半中，在其他版本中都没有和“庚寅本”相同的独有文字，而只在北师大本中找到这两例。在这两例中，第一例修改意思不大，而第二例修改更合理。

为何在“庚寅本”中会出现只和北师大本相同的独有文字？这有多种可能。

一种可能是，“庚寅本”和北师大本的改动有可能只是巧合而已。第一例修改巧合可能性很大，而第二例是刻意修改，巧合的可能性也有。

另一种可能性和前面所谈“庚寅本”和戚序本有共同祖本一样，“庚寅本”和北师大本也都出自同一个底本。这底本的文字做了修改，“庚寅本”和北师大本也就都保留了这种修改。“庚寅本”的批语中有“松轩本”和“鹤轩本”，这是否是其底本之一？北师大本是陶洙根据他掌握的几种《红楼梦》版本所整理的。目前没有任何证据和线索证明，陶洙和“庚寅本”有相同的底本。而且如果“庚寅本”和北师大本都出自同一个底本，那么共同的文字修改绝对应该不止这两处。因此这种可能性也很小。

最后一种可能是，“庚寅本”是根据北师大本做了修订。

从“庚寅本”文字整体看，“庚寅本”文字应该是以庚辰本为底本，而北师大本也是陶洙以庚辰本为底本整理的，“庚寅本”和北师大本是否有关系？

从各方面情况看，“庚寅本”和北师大本不可能有什么关系。下面三例“庚寅本”和北师大本文本完全不同，类似例证在“庚寅本”中非常多，这充分说明，“庚寅本”不可能参考北师大本做修订。

例 1．第 4 回（本书下册第 280 页）。

寅：起身　　　　　　　　　　　　　　　　笑道
庚：起身　　　　　　　　　　　　　　　　笑道
北：起身笑　道我带了外孙　女过去到也便宜贾母笑道
戚：起身笑回道我带了外　甥女过去到也便宜贾母笑道

例 2．第 5 回（本书下册第 308 页）。

寅：如宝玉迎春探春惜春三个亲孙女到且靠后便是宝玉
庚：如宝玉迎春探春惜春三个亲孙女到且靠后便是宝玉
戚：如宝玉迎春探春惜春三个亲孙女到且靠后便是宝玉
北：如宝玉　　　　　　　　　　　　　　　便是宝玉

例 3．第 9 回（本书下册第 385 页）。

寅：平心中且又忖度
戚：平心中且又忖度一
庚：
北：平心中且　忖度一番想道金荣贾瑞一秦钟如何肯依自
————————————————————————

寅:　　　　　　　　　　　　　一番想道金荣贯瑞
戚:　　　　　　　　　　　　　　番　金荣贯瑞
庚:　　　　　　不平心中且忖度　一番想道金荣贯瑞
北: 已要挺身出来抱不平心中且忖　席一番想道金荣贯瑞

————————————————————————

寅: 一干人都是薛大叔的相知　向
戚:　　都是薛大叔的相知素来
庚: 一干人都是薛大叔的相知　向
北: 一干人都是薛大叔的相知　向

北师大本是陶洙1949年至1953年间整理的，也是以庚辰本为底本，大约在1955年至1958年期间卖给了中国书店，中国书店1957年又卖给了北师大，其过程经张俊和曹立波考证，已经很清楚了。从这个过程看，北师大本不可能和“庚寅本”有关，“庚寅本”整理者不可能看到过北师大本。

由此可以看出，“庚寅本”确实有两例文字和北师大本完全相同，但如果只是根据这两例文字相同，就武断认为“庚寅本”是根据北师大本抄录的，那就完全错误了，这两例只是两个版本文字巧合而已。《红楼梦》版本中这类例子很多，由此应该吸取教训，决不能根据几个例证就贸然下结论，《红楼梦》版本是非常复杂的。

也有人怀疑，“庚寅本”是否可能就是陶洙所抄写的？陶洙所抄写的北师大本是以庚辰本为底本，前11回没有任何评语。陶洙大约在1953年抄写了北师大本后，是否又想再抄一本仍以庚辰本为底本，但带有各种版本批语的“全本”？“庚寅本”根据批语分析，应该是在1954年俞平伯《脂砚斋红楼梦辑评》出版以后抄写的，这刚好在1953年陶洙抄写完北师大本之后一年。因此，似乎很可能陶洙在抄完北师大本后，看到了俞平伯1954年版《脂砚斋红楼梦辑评》出版，因此想再抄一本批语更全的《红楼梦》。但实际分析，这种可能性基本不存在。

首先是笔迹完全不同，陶洙的笔迹从已卯本和北师大本上看得很清楚，和“庚寅本”笔迹完全不同。据说陶洙在50年代初身体已经很不好，把北师大本卖给中国书店后，估计不会有精力再去整理如此复杂的批语汇集本。

因此，在没有发现新的可靠线索前，可以认为“庚寅本”不可能与陶洙有什么关系。再有从“庚寅本”中很多错误来看，特别是“旨义”中诗位置的移动错误、批语插入正文位置错误等，陶洙不可能犯这样的错误，因此“庚寅本”也不太可能是陶洙整理的。

“庚寅本”中有北师大本独有文字，目前还难以解释。这是《红楼梦》版本中经常出现这种“你中有我”“我中有你”的情况，并不奇怪，这也是《红楼梦》版本的特点和复杂之处。北师大本是以庚辰本为底本，但其中还有文字来源不明，甚至还有人认为北师大本中还有东观阁本的文字。导致这种情况的原因，将在第七节中再做详细的分析。

二、“庚寅本”和卞藏本、北师大本综合比较

“庚寅本”和北师大本、卞藏本是最近出现的三种《红楼梦》版本，下表对这三种版本的主要情况进行了比较。

1．发现时间

这三个版本都是最近十几年来发现的新版本。第一个是2000年发现的北师大本，第二个是6年后2006年由上海华艺艺术品拍卖公司拍卖的卞藏本，第三个是又5年后2011年出现在天津旧货市场的“庚寅本”，三本出现的相隔时间刚好都是5、6年。

2．购入价格

北师大本1957年北师大图书馆从琉璃厂书店购入价格为240元，这相当于当时大学教授的一个月工资。北师大本当时卖出价格不是很高，是由于当时经济情况不好，旧书也就不好卖。卞藏本的拍卖成交价为18万。卞藏本价格较高是由于在2000年时《红楼梦》版本很热，此本品相尚好。“庚寅本”在天津旧货市场购入价位1.6万元。“庚寅本”是因为不知来历，未装订成册，故价格不高。三本价格差异巨大，有多种原因。

3.收藏者

北师大本是陶洙卖给琉璃厂书店，琉璃厂书店再卖给北师大。2000 年曹立波在北师大读博士时，发现了此本。卞藏本是上海收藏家刘文介1948年收购于上海地摊。刘文介去世后，此书去向不明，2006年突然出现在上海华艺艺术品拍卖公司拍卖场，被卞亦文收购。“庚寅本”原来天津版画家江泽藏于家中一小柜中，来历不明。江泽2011年去世后，此本经江泽先生长子赵十月先生处理后，在天津市沈阳道古玩市场拍卖，由天津自由职业者王超以买下。

4．抄写时间

卞藏本现在认为可能抄写于嘉庆前期。北师大本是陶洙在1949—1953年期间所抄写。“庚寅本”因为其收入的批语基本来自俞平伯1954年版《脂砚斋红楼梦辑评》，因此其抄写估计在1954年之后，1963年新版《脂砚斋红楼梦辑评》出版之前。

5．抄写人

三本中，北师大本确认是陶洙所抄写，卞藏本的抄写者不明。而“庚寅本”有可能是天津某个非常热爱《红楼梦》的清朝遗老所抄写。

6．书名

《红楼梦》早期版本书名多是《石头记》，而后期版本书名多为《红楼梦》。北师大本在目录和每回前书名都是《石头记》，“庚寅本”和北师大本一样，在目录和每回前书名都是《石头记》。而卞藏本每回前的书名为《红楼梦》。

7．总回数

北师大本基本完整，有78回，缺63、67两回。卞藏本是残本，只有前10回。“庚寅本”也是残本，只有前13回和第14回半回。

8．批语

北师大本前11回无批语，第12—28回有批语。卞藏本无任何批语。“庚寅本”有五种版本批语，即甲戌本、己卯本、庚辰本、戚序本和甲辰本。

9．“凡例”和“红楼梦旨义”

甲戌本开始有一篇“凡例”（红楼梦旨义），北师大本和卞藏本都没有此“凡例”，而“庚寅本”有此“凡例”，但做了一些修改。

10．值得研究的文字一：英莲、英菊

第1回中写甄士隐的女儿的名字是“英莲”，还是“英菊”，各种版本不同。卞藏本和“庚寅本”是“英莲”，和甲戌本、戚序本、蒙府本等相同。而北师大本是“英菊”，和己卯本、庚辰本相同。

11．值得研究的文字二：迎春父母

第2回中写迎春的父母是谁，各种版本说法不同。北师大本和“庚寅本”为“贾政前妻”，和庚辰本相同。卞藏本为“贾赦之妻”，和甲戌本相同。

其他值得研究的文字还有：第1回中黛玉眉毛、第三、六回中“痰盒”等。

12．主要底本

北师大本的底本是庚辰本，参考了杨藏本、己卯本、甲戌本、戚序本、程本和甲辰本。卞藏本的主要底本可能是列藏本系列某个版本，主要参考本有甲戌本、杨藏本。“庚寅本”正文底本可能也是庚辰本，或庚辰本系列中的某个版本，而批语是来自俞平伯1954年版《脂砚斋红楼梦辑评》。

表9．“庚寅本”和北师大本、卞藏本

	“庚寅本”	卞藏本	北师大本
发现时间	2011年	2006年	2000年
购入价格	1.6万元	18万元	240元
原收藏者	江泽	刘文介	琉璃厂书店
现收藏者	王超	卞亦文	北师大图书馆
抄写时间	1954年后	嘉庆前期	1949—1953
抄写人	?	?	陶洙
书名	石头记	红楼梦	石头记
总回数	13.5	10	78
批语	五种版本批语	无批语	前11回无批语 第12—28回有批语
主要底本	庚辰本	列藏本	庚辰本
参考本	戚序本	甲戌本 杨藏本	己卯本、甲戌本、戚序本、程本、甲辰本
旨义	有	无	无
英莲、英菊	英莲	英莲	英菊
迎春父母	贾政前妻	贾赦之妻	贾政前妻

从整体来看，北师大本和“庚寅本”比较接近，很可能都是庚辰本的录副本，也可能参考了其他版本。它们之间差别也很大，“庚寅本”比北师大本有更多的批语，主要是有大量甲戌本批语。而卞藏本较复杂，它没有明确的底本，文字只是接近列藏本，也没有任何批语。

第五章 独有文字、挖补和底本分析

第一节 “庚寅本”独有文字分析

一、“庚寅本”正文独有文字

“庚寅本”和其他版本的文字差异分为三中情况，上节介绍了第一种情况，即和庚辰本文字相同，而和甲戌本、戚序本等不同的情况，约有近 40 处；第二种情况，即“庚寅本”有少数文字和庚辰本不同，而和其他版本相同，约有十几处。

除这两种情况外，还有第三种情况，即“庚寅本”正文中有很多和庚辰本等其他版本都不相同的独有文字。根据粗略统计，一共约有 111 处之多，大约是和庚辰本相同的第一种情况的近 3 倍，是和其他版本相同的近十倍。

这些“庚寅本”独有文字差异的字数，又有多、有少，有的只有两三个字，有的有大段文字差异。

例 1．第 2 回，“庚寅本”缺“府知”2 字（本书下册第 258 页）。

寅：今已升了本　　府虽才干优长
庚：今已升了本府知府虽才干优长
戚：今已升了本府知府虽才干优长
戌：今已升了本府知府虽才干优长
己：今已升了本府知府虽才干优长

例 2．第 2 回，“庚寅本”缺“试试”“看”3 字（本书下册第 261 页）。

寅：何不进去　　看看想着走入　时　只有一个龙钟　老僧
庚：何不进去试试　　想着走入　时看只有一个龙钟　老僧
戚：何不进去试试　　想着走入看时　只有一个龙　肿老僧
戌：何不进去试试　　想着走入看时　只有一个龙　肿老僧
己：何不进去试试　　想着走入看时　只有一个龙　肿老僧

例 3．第 3 回，“庚寅本”改“服侍”2 字、加“他”1 字（本书下册第 291 页）。

寅：心中眼中只有一个贾母如今　　服侍宝玉他心中眼中
戊：心中眼中只有一个贾母　今与　　　宝玉　心中眼中
己：心中眼中只有　个贾母　今与了　　宝玉　心中眼中
戚：心中眼中只有一个贾母　今与了　　宝玉　心中眼中
庚：心中眼中

－－－－－－－－－－－－－－－－－－－－－－

寅：　只有一个宝玉
戊：又只有　　宝玉
己：　只有　　宝玉
戚：　只有　　宝玉
庚：又只有一个宝玉

例 4．第 1 回，“庚寅本”缺“那道人道”4 字（本书下册第 245 页）。

寅：去了结此案　　　　果　是罕闻
庚：去了结此案那道人道果　是罕闻
戚：去了结此案那道人道果真是罕闻
戊：去了结此案那道人道果　是罕闻
己：去了结此案那道人道果　是罕闻

例 5．第 9 回：“庚寅本”缺“撞见他两个”5 字（本书下册第 384 页）。

寅：金荣只一口咬定说方才明明的　　　　　在后院　里
庚：金荣只一口咬定说方才明明的撞见他两个在后院子里
己：金荣只一口咬定说方才明明的撞见他两个在后院子里
戚：金荣只一口咬定说方才明明的撞见他两个在后院　里

－－－－－－－－－－－－－－－－－－－－－－－

寅：亲嘴摸屁股两个商议　　　定了一对一肏撅草棍儿抽
庚：亲嘴摸屁股両个商议　　　定了一对一肏撅草棍儿抽
己：亲嘴摸屁股両个商议　　　定了一对一肏撅草棍儿抽
戚：　　　　　　　商议着怎么

－－－－－－－－－－－－－－－－－－－－－

寅：长短谁长谁先干金荣只顾　得意乱说却不防还有谁知
庚：长短谁长谁先干金荣只顧　得意乱说却不防还有谁知
己：长短谁长谁先干金荣只　愿得意乱说却不防还有谁知
戚：长短　　　　　金荣只顾　得意乱说却不防还有谁知

例6. 第14回，“庚寅本”缺“上夜照管门户监察”8字（本书下册第432页）。

寅：每日轮流各处　　　　　　　　火烛打扫地方这下剩的
庚：每日轮流各处上夜照管门户监察火烛打扫地方这下剩的
戚：每日轮流各处上夜照管门户监察火烛打扫地方这下剩的
己：每日轮流各处上夜照管门户监察火烛打扫地方这下剩的
戌：每日轮流各处上夜照管门户监察火烛打扫地方这下剩的
辰：每日轮流各处上夜照管门户监察火烛打扫地方这下剩的

“庚寅本”中的文字差异，多数是文字缺失，这种情况非常多，总计约有111处。以近年发现的卞藏本为例，其中有很多文字与现存的各种脂本都不同，刘世德先生对此做了仔细、深入、全面的研究[①]。因此“庚寅本”文字中有大量独有文字就毫不奇怪了。

这些文字差异产生的原因有两种。《红楼梦》脂本由于基本都是手抄本，抄写者在抄写中经常随意改写文字，这很常见，毫不奇怪。还有一种可能是“庚寅本”抄写时有缺失。

但这些文字对于“庚寅本”的来历研究基本没有提供什么有用的线索和帮助。

二、“庚寅本”独有的“同词脱文”

“同词脱文”是抄写中经常发生的情况。“庚寅本”和庚辰本也有相同的“同词脱文”，这很明显是庚辰本抄写时，因为“同词”，漏抄了整整一行，而“庚寅本”就完全照抄了。

“庚寅本”中还有一些“庚寅本”独有的脱文，这是“庚寅本”抄写中的“同词脱文”，而其他版本都不脱。

利用“同词脱文”分析软件，可自动查找两个版本文字之间所有的“同词脱文”，共查出“庚寅本”和庚辰本不同的4个“同词脱文”。

---

① 刘世德：《红楼梦眉本研究》，社会科学文献出版社2013年1月第1版。

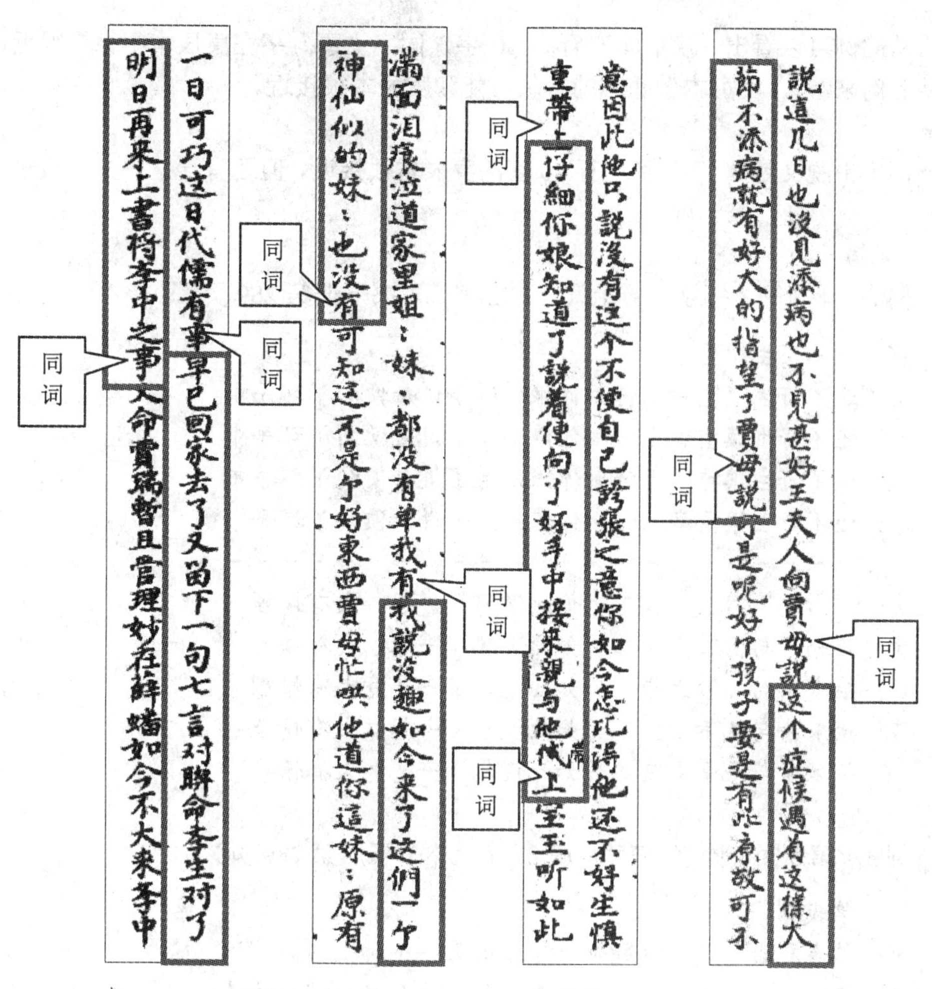

“庚寅本”中四处“同词脱文”

例 1．第 9 回，同字“事”，脱 33 字（本书下册第 383 页）。

寅：这日代儒有事
庚：这日代儒有事早已回家去了又　留下一句七言对联命
戚：这日代儒有事早已回家去了　只留下一句七言对聯命
己：这日代儒有事早已回家去了又　留下一句七言对聯命
辰：这日代儒有事　　回家　　　只留下一句七言对联

－－－－－－－－－－－－－－－－－－－－－－

寅：　　　　　　　　　　　　　　　　　　　又命长孙贾瑞
庚：　学生对　　　了明日再来上书将学中之事又命　　贾瑞
戚：　　　　　　众对了明日再来上书将学中之事又命长孙贾瑞
己：　学生对　　　了明日再来上书将学中之事又命　　贾瑞
辰：令学生　对了明日再来　上书将学中之事又命长孙贾瑞

从此例可以看出，庚辰本一行为 30 字，同字“事”字在庚辰本中靠得很近，因此从此例来看，“庚寅本”底本的行款可能和庚辰本很接近。

例 1 中脱文是 33 字，和一行 30 字的庚辰本很接近。但还有一些脱文字数较少的例子。

例 2．第 3 回，同字“带上”，脱 22 字（本书下册第 289 页）。

寅：还不好生慎重带上
庚：还不好生慎重带上仔细你娘知道了说着便向丫环手中
己：还不好生慎重带上仔细你娘知道了说着便向丫环手中
戚：还不好生慎重带上仔细你娘知道了说着便向丫环手中
戊：还不好生慎重带上仔细你娘知道了说着便向丫环手中
　　－－－－－－－－－－－－－－－－－－－－－－－－
寅：　　　　　　　宝玉听如此说想　一想　大有情理
庚：接来亲与他带上宝玉听如此说想　一想　大有情理
己：接来亲与他带上宝玉听如此说想了一想竟大有情理
戚：接来亲与他带上宝玉听如此说想　一想竟大有情理
戊：接来亲与他带上宝玉听如此说想　一想竟大有情

例 3．第 3 回，同字“有”，脱 23 字（本书下册第 289 页）。

寅：单我有
庚：单我有我　说　没趣如今来了这么一个神仙似的妹妹
己：单我有我　说　没趣如今来了这么一个神仙似的妹妹
戚：单我有我　说无　趣如今来了　　一个神仙似的妹妹
戊：单我有我就　　没趣如今来了这么一个神仙似的妹妹
　　－－－－－－－－－－－－－－－－－－－－－－－－
寅：　　　　可知这不是个好东西
庚：也没　有可知这不是个好东西
己：也没　有可知这不是个好东西
戚：也　无有可知这不是个好东西
戊：也没　有可知这不是个好东西

以上是“庚寅本”和庚辰本的同词脱文，“庚寅本”和戚序本也有同词脱文。

例 4．第 11 回，和戚序本同字“贾母说”，脱 24 字（本书下册第 409 页）。

寅：向贾母说

戚：向贾母说

己：向贾母说这个症候遇着这样大节不添病就有好大的指

庚：向贾母说这个症候遇着这样大节不添病就有好大的指

寅：　　　　　可是呢

戚：　　　　　可是呢

己：望了贾母说可是呢

庚：望了贾母说可是呢

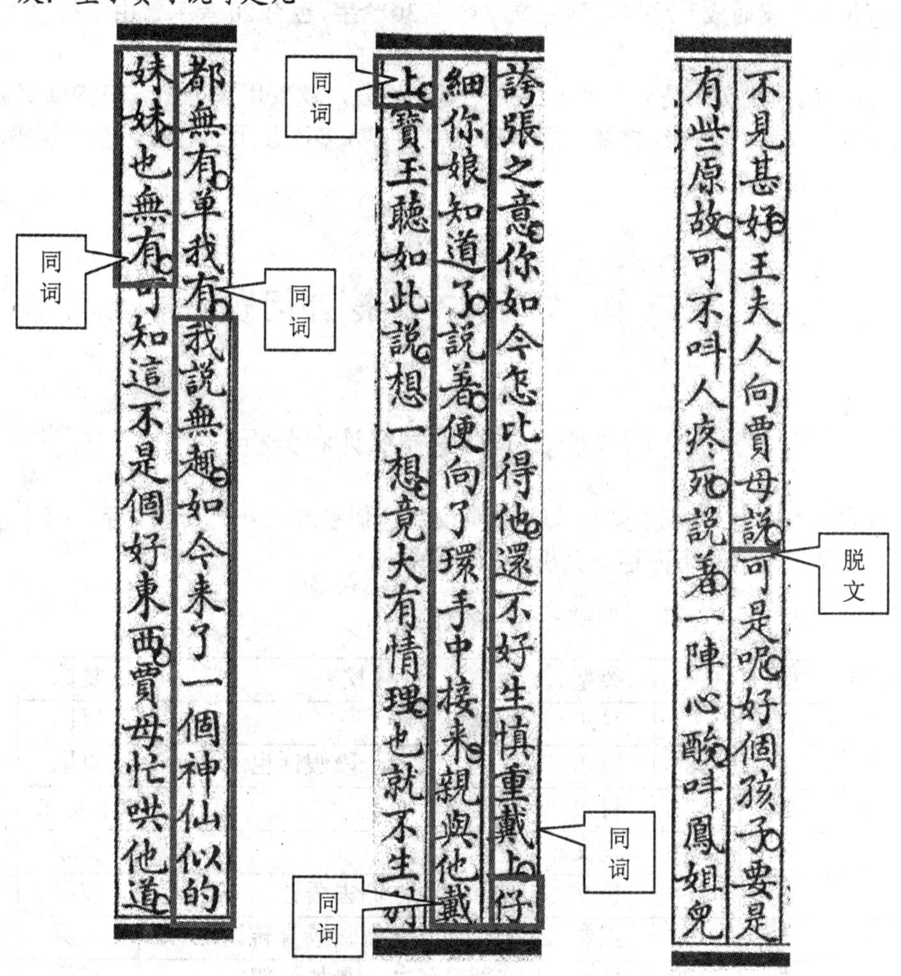

戚序本中三处“同词脱文”

在例 2—4 中脱文 22—24 字，其产生有两种可能：

1. 和庚辰本每行 30 字相比，同字相距较远。这可能不是庚辰本的“同词脱文”，而是一般的抄写遗漏。

2．由于例 2—4 脱文是 22—24 字，因此也可能此处“庚寅本”的底本不是庚辰本，而是一个每列 22—24 字的版本。

特别注意，例 4 中，“庚寅本”、戚序本有相同的“同词脱文”，这是由于“庚寅本”、戚序本有共同的底本。

为何“庚寅本”中有脱 33 字的（第 9 回），也有脱 22—24 字的（第 3、11 回）？是否可能“庚寅本”第 9 回是以庚辰本为底本，而第 3、11 回是以某个 22—24 字为一列的版本为底本的？《红楼梦》同一版本和其他版本比对，各回的文字有很大差异，很多学者注意到这种情况。因此有些学者认为，在同一版本中，各回可能根据不同的底本整理，即用不同版本拼凑而成。“庚寅本”是否有这种情况？“庚寅本”是否是根据不同底本拼凑而成？这样导致脱文字数有 30 余字，也有 20 余字？由于材料太少，还难以判别。

总之，“同词脱文”是分析版本的一个重要手段，魏安用来分析《三国演义》版本，取得很大成功，在《红楼梦》版本研究中也有人多次使用此方法。在“庚寅本”研究中，也应该有帮助。

第二节 “庚寅本”挖补问题

一、“庚寅本”挖补统计和分析

“庚寅本”中有 10 处挖补，即挖去原文字，似乎准备补上其他文字，其中被挖补的原文保留了 8 处。下面逐一分析这 10 处挖补。

表 10.“庚寅本”挖补分回统计表

序号	回目	页数	类型	挖补	复原
1	目录	3	目录	补授应天府	复原
2	1	18	批语	村粗之言，一段假话也	复原
3	3	53	目录	补授应天府	未复原
4	3	66	正文	斗大的	复原
5	3	71	正文	贾母便说你们去罢让	复原
6	5	108	正文	来到宝玉觉得眼旸骨转说好香	复原
7	5	108	批语	刻骨吸髓之，景如何想得	复原
8	8	189	正文	趁势请贾母后日过	复原
9	9	216	正文	鲸卿，秦钟	复原
	9	216	批语	意为情情，亦系卿卿	复原
10	14	297	正文	上夜照管门户监察	复原

这 10 处挖补中有两处是目录，5 处是正文，2 处是批语，1 处是正文、批语混合。因此正文总计有 6 处，批语总计有 3 处。

表 11.“庚寅本”挖补分类统计表

序号	回目	页数	类型	挖补
1	目录	3	目录	补授应天府（庚：賫缘复旧职）
2	3	53		补授应天府（庚：賫缘复旧职）
3	3	66	正文	斗大的
4	3	71		贾母便说你们去罢让
5	5	108		来到宝玉觉得眼吻骨转说好香
6	8	189		趁势请贾母后日过
7	9	216		鲸卿，秦钟
8	14	297		上夜照管门户监察
9	1	18	批语	村粗之言，一段假话（已经复原）
10	5	108		刻骨吸髓之，景如何想得
11	9	216		意为情情，亦系卿卿

这些挖补的原因有以下几种可能。

第一种可能是“庚寅本”抄写后又看到其他版本，想对已经抄录的文字修改，因此做了挖补。

第二种可能是“庚寅本”抄写完后再审查（即书中所言“对清”）时，发现抄写有错误，或对文字不满意，因此想挖补修改。

至于是哪种可能，要仔细分析。

“庚寅本”第 3 回目录上联有挖补，已经在做了详细的分析，不再重复。

下面针对正文和批语的挖补做分析。

二、“庚寅本”正文挖补

“庚寅本”只有 5 处单独的正文挖补，下面逐一分析这 5 处正文挖补。

1．第 3 回（第 66 页）

原文“匾上写着斗大的三个大字是荣禧堂”，“斗大的”3 个字被挖掉，但将补何字不明。查各种版本文字如下（本书下册第 281 页）：

寅：匾上写着　　　三个大字　是荣禧
庚：匾上写着斗大的三个大字　是荣禧
己：匾上写着斗大的三个　字　是荣禧
下：匾上写着斗大的三个　字　是荣禧
杨：匾上写着斗大的三个　字　是荣禧

列：匾上写着斗大的三　　字个是荣禧
舒：匾上写着斗大的三个大字　是荣禧
戌：匾上写着斗大　三个　字　是荣禧
戚：匾上写着斗大　三个　字　是荣禧
蒙：匾上写着斗大　三个　字　是荣禧
辰：匾上写着斗大　三个　字　是荣禧
北：匾上写着斗大　三个　字　是荣禧

从上述比对可看出，此处文字可分两类：

“庚寅本”、庚辰本、己卯本、列藏本、卞藏本、杨藏本和舒序本等完全相同，为“斗大的”。

而甲戌本、戚序本、蒙府本、甲辰本、北师大本等完全相同，为“斗大”两字，只是缺一个“的”字。

从以上比对看，这些版本文字差异极小，只差一个字“的”。似乎“庚寅本”不会由于这一字差异而做挖补。

据说挖下的字条写的是“斗大的”三个字，和其他版本一致。这样只剩下两种可能。

第一个可能是“庚寅本”抄写者抄录完之后，又看到一个和所有已知版本文字都不同的版本，想照此版本文字来修改。

第二个可能是“庚寅本”抄写者自己对现有文字不满意，想做修改，因此挖下此三字。

但原文“斗大的”三字并无不合理之处，其他版本很难想象会是什么文字，为何想要修改，似乎很难解释。

2．第3回（第71页）

原文是：贾母便说：“你们去罢，让我们自在说话儿”。其中“贾母便说你们去罢让”9个字被割下。

此处甲戌本、己卯本、庚辰本、北师大本、戚序本、蒙府本、列藏本、舒序本、杨藏本、甲辰本、卞藏本的文字全部相同没有差异。如“庚寅本”所抄文字也相同，则为何“庚寅本”要挖下此句话？如前所述，唯一可能是“庚寅本”抄写者想做修改。

此句话前后文字为：

“今黛玉见了这里许多事情不合家中之式，不得不随的，少不得一一改过来，因而接了茶。早见人又捧过漱盂来，黛玉也照样漱了口。盥手毕，又捧上茶来，这方是吃茶。贾母便说：‘你们去罢，让我们自在说话儿。’王夫人听了忙起身，又说了两句话”。

此处“贾母便说你们去罢让”9个字很合理，和前例一样，只有两种可能。一个是有一个和所有已知版本文字都不同的版本，“庚寅本”想照此版本文字来修改。第二个可能是“庚寅本”抄写者自己对现有文字不满意，想做修改。但原文并无不合理之处，其他版本很难想象会是什么文字，为何想要修改，似乎很难解释。

3．第5回（第108页）

原文是，秦可卿带宝玉到了自己的卧室，“刚至房门口，有一股细细的甜香袭人”，后面挖去“来到宝玉觉得眼饧骨软说好香”。

此处甲戌本、己卯本、庚辰本、北师大本、戚序本、蒙府本、列藏本、舒序本、杨藏本、甲辰本、卞藏本的文字基本相同，只有很小的差异（本书下册第311页）。

寅：	便有一股细细的甜香袭		人								
庚：	便有一股细细的甜香袭		人		来	到	宝玉			觉得	眼饧骨
北：	便有一股细细的甜香袭		人		来	到	宝玉			觉	眼饧骨
戌：	便有一股细细的甜香袭	了	人		来		宝玉	便	愈	觉得	眼饧骨
己：	便有一股细细的甜香袭		人	而	来		宝玉	便	愈	觉得	眼饧骨
杨：	便有一股细细的甜香袭		人	而	来		宝玉	便		觉得	眼饧骨
戚：	便有一股细细的甜香袭		人				宝玉	便		觉	眼饧骨
蒙：	便有一股细细的甜香袭		人				宝玉	便		觉	眼饧骨
辰：	便有一般细细的甜香袭		人				宝玉	便		觉得	眼饧骨
舒：	便有一般细细的甜香袭		人		来		宝玉			觉得	眼饧骨
卞：	便有一股细细的甜香袭		人				宝玉			觉得	眼饧骨

寅：			入房向壁上看时有唐伯虎画的海棠春睡图
庚：	软连说好香		入房向壁上看时有唐伯虎画的海棠春睡图
北：	软连说好香		入房向壁上看时有唐伯虎画的海棠春睡图
戌：	软连说好香		入房向壁上看时有唐伯虎画的海棠春睡图
己：	软连说好香	进	入房向壁上看时有唐伯虎画的海棠春睡图
杨：	软连说好香	进	入房向壁上看时有唐伯虎画的海棠春睡图
戚：	软连说好香		入房向壁上看时有唐伯虎畫的海棠春睡图
蒙：	软连说好香		入房向壁上看时有唐伯虎画的海棠春睡图
辰：	软连说好香		入房向壁上看时有唐伯虎畫的海棠春睡图
舒：	软连说好香		入房向壁上看时有唐伯虎畫的海棠春睡图
卞：	软连说好香		入房向壁上看时有唐伯虎画的海棠春睡图

各版本的文字，除了戚序与王府二本相同外，各本之间差异很小，这些差异基本无意义。为何“庚寅本”要挖下此句话？是另外有与这些版本不同的版本？还是“庚寅本”抄写者想做修改？但做怎样的修改？似乎都很难解释。

另外要指出的是，此处第5回第102页“庚寅本”除挖下部分正文之外，还挖掉了批语的一部分，将在批语部分中分析。

4．第8回（第189页）

凤姐和宝玉向贾母称赞秦钟，“说的贾母喜欢起来，凤姐又”后面挖掉“趁势请贾母后日过”8个字。

此例和前例相同，此处甲戌本、己卯本、庚辰本、北师大本、戚序本、蒙府本、列藏本、舒序本、杨藏本、甲辰本、卞藏本的文字基本相同，只有很小的差异（本书下册第363页）。

寅：贾母喜 欢 起来凤姐又趁势请贾母后日过去看戏
庚：贾母喜 欢 起来凤姐又 去看戏
北：贾母喜 欢 起来凤姐又趁势请贾母后日过去看戏
己：贾母喜悦 起来凤姐又趁势请贾母后日过去看戏
戌：贾母喜悦 起来凤姐又趁势请贾母后日过去看戏
戚：贾母喜悦 起来凤姐又趁势请贾母后日过去看戏
辰：贾母喜悦 起来凤姐又趁势请贾母后日过去看戏
梦：贾母喜悦 起来凤姐又趁势请贾母后日过去看戏
东：贾母喜悦 起来凤姐又趁势请贾母后日过去看戏
蒙：贾母喜悦 起来凤姐又趁势请贾母后日过去看戏
舒：贾母喜悦 起来凤姐又趁势请贾母后日过去看戏
列：贾母喜悦 起来凤姐又趁势请贾母后日过去看戏
卞：贾母 欢喜起来凤姐 趁势请贾母后日过去看戏

各版本的文字之间差异非常小，这些差异基本无意义。为何“庚寅本”要挖下此句话？可能是另有其他版本？还是“庚寅本”抄写者想做修改？但做怎样的修改？似乎很难解释。

5. 第14回（第297页）

凤姐被借到宁国府临时当家，分派众仆人各司其职，“这三十个每日轮流各处”后割去“上夜照管门户监察”8个字（本书下册第432页）。

寅：这三十个 每日轮流各处 火烛
庚：这三十个 每日轮流各处上夜照管门户监察火烛
戚：这三十个 每日轮流各处上夜照管门户监察火烛
戌：这三十个 每日轮流各处上夜照管门户监察火烛
己：这三十个 每日轮流各处上夜照管门户监察火烛
辰：这三十个 每日轮流各处上夜照管门户监察火烛
杨：这三十个 每日轮流各处上夜照管门户监察火烛
蒙：这三十个 每日轮流各处上夜照管门户监察火烛
北：这三十个 每日轮流各处上夜照管门户监察火烛
列：这三十个人每日轮流各处上夜照管门户监察火烛

舒：这三十个人每日轮流合处上夜照管门户监察火烛

甲戌本、己卯本、庚辰本、北师大本、戚序本、蒙府本、杨藏本、甲辰本都完全相同是“这三十个每日轮流各处上夜，照管门户监察火烛”。舒序本和列藏本只多出一个“人”字，为“这三十个人每日轮流各处上夜，照管门户监察火烛”。而庚寅本挖去的“上夜照管门户监察”8字，各个版本一字不差，为何“庚寅本”要挖去这8字？可能是另有其他版本？还是“庚寅本”抄写者想做修改？但做怎样的修改？似乎很难解释。

以上五处正文挖补文字和所有现有文字没有很大差异，有的还是完全相同，因此为何要挖补这些文字？可能是另有其他版本？还是“庚寅本”抄写者想做修改？但做怎样的修改？似乎很难解释。

三、“庚寅本”批语挖补

“庚寅本”除有5处正文挖补外，还有2处批语挖补，1处是正文、批语都有挖补。因此批语挖补合计为3处。

1．第1回（第18页）

“庚寅本”在正文“别号雨村者”之后，原有双行批语“雨村者，村言粗语也，言以村粗之言，演出一段假话也”。而“庚寅本”把其中双行批语中间并不连接，但四字并列的八字“村粗之言”和“一段假话”挖去。

各版本批语如下（本书下册第121页）：

寅：	雨村者村言粗	语也言以村粗	之言演出一段假话	也
戌：	雨村者村言粗	语也言以村粗	之言演出一段假话	也
戚：	雨村者村言粗言粗	语也言以	粗村之言演出一段假话	
蒙：	雨村者村言粗言粗	语也言以	粗村之言演出一段假话	
辰：	雨村者村言	俗语也言以村粗	之言演出一段假话来也	

“庚寅本”此处只挖补不是整词、整句的挖补，而是在一整句的中间，分别挖去了“村粗之言”和“一段假话”各四字。查其他版本，“一段假话”4字各版本完全相同，不过是夹批。“村粗之言”4字戚序本和蒙府本是“粗村之言”. 由于前面是“村言粗言（语）”，因此应该是“庚寅本”的“村粗之言”更合理。

如此分析，“庚寅本”此处为何挖补不明。是否也和正文一样，是想改为其他版本文字？还是“庚寅本”抄写者自己想做修改？但做怎样的修改？此处和前面的正文挖补一样，似乎也很难解释。

2．第5回（第108页）

原文是，秦可卿带宝玉到了自己的卧室，“刚至房门口，有一股细细的甜香袭人，来到宝玉觉得眼饧骨转说好香”，后面还有双行夹批“刻骨吸髓之情景，如何想得来，又如何写得来”。

“庚寅本”挖去正文“来到宝玉觉得眼旸骨转说好香”，还挖去双行夹批中 5 字并列的批语“刻骨吸髓之”和“景如何想得”。

各版本批语如下（本书下册第 164 页）：

寅：刻骨吸髓　之情景如何想得来又如何写得来

戊：刻骨吸髓　之情景如何想得来又如何写得来

戚：刻骨吸髓　之情景如何想得来又如何写得　出

蒙：刻骨吸　体之情景如何想得来又如何写得来

各版本批语“刻骨吸髓之”和“景如何想得”完全相同，为何“庚寅本”要挖补不明。是否也和正文一样，是想改为其他版本文字？还是“庚寅本”抄写者自己想做修改？但做怎样的修改？此处和前面的正文挖补一样，似乎也很难解释。

3．第 9 回（第 216 页）

这是一个正文和批语都挖补的唯一例子。

原文是说：宝玉对秦钟说不必论叔侄，只论弟兄，“只叫他兄弟，或叫他的表号”。“庚寅本”在此后挖去正文“鲸卿秦钟”4 字，在“鲸卿”和“秦钟”之间还挖去了双行夹批“意为情情，亦系卿卿”。虽然挖去文字总数是 12 个字，但实际是 4 个字的正文，和 4 个字位置的批语，合计 8 个字位置（本书下册第 382 页）。

寅：或　　他　表　号　　　　　　只得　混着乱叫起来

戚：或叫　他的表　号　　　　　也只得　混着乱叫起来

蒙：或叫　他的表　号　　　　　也只得　混着乱叫起来

辰：或叫　他的表字　鲸卿　　　也只得　混着乱叫起来

舒：或叫　他　表字　鲸卿　　　也只得　混着乱叫起来

卞：　　呼他的表字　鲸卿　　他也只得　混着乱叫起来

庚：或　　他的表字　鲸卿秦钟　也　得　混着乱叫起来

己：或叫　他的表字　鲸卿秦钟　也　得　混着乱叫起来

列：或叫　　　表字　鲸卿秦钟　　只得也混着乱叫起来

杨：或叫　他的表字　鲸卿秦钟　也只得　混　　叫起来

北：或　呼他的表字　鲸卿秦钟　也只得　混着乱叫起来

此例挖补的既有正文和批语，是 10 处中唯一的一例。

“庚寅本”挖去正文“鲸卿秦钟”，及之间的双行夹批“意为情情，亦系卿卿”。但又补上夹批“是为情种，得遇卿卿”。

其他版本此处文字可分为三类。

戚序本和蒙府本无“鲸卿秦钟”，甲辰本、舒序本和卞藏本只有“鲸卿”，庚辰本、己卯本、列藏本、杨藏本和北师大本有“鲸卿秦钟”。三种中，最后一种和“庚寅本”最接近。

而“庚寅本”的双行批语“意为情情，亦系卿卿”是其独有，其他版本都没有此批语。挖补的原因可能是“庚寅本”抄录者先抄写了独有的批语“意为情情，亦系卿卿”。但抄录者“对清”这段文字时，觉得他加的这个批语不合适，想删除这段批语，就把正文和批语一起挖去了。而改为夹批“是为情种，得遇卿卿”。“卿卿”即“鲸卿”，是的谐音，即指秦钟。

“庚寅本”中有10处挖补，其中有2处是目录，5处只有正文，2处只有批语，1处是正文、批语混合。因此正文总计有6处，批语总计有3处。

挖补肯定是抄写者觉得这部分文字不满意，又难以修改，只好挖补。挖补肯定会对已经抄好的文本有很大损伤，不是万不得已，抄录者不会进行挖补的。其中2处目录都是第3回目录，“庚寅本”目录和庚辰本目录不同，因此挖补似乎和庚辰本有关。

但其他正文、批语挖补处文字与其他版本文字比较，没有什么特殊之处，也看不出准备挖补的文字是什么文字。

对这些挖补有两种解释。

第一种解释认为，“庚寅本”据以参照的本子挖补处另有异文，不同于目前所看到的任何一个文本。

第二种解释认为，“庚寅本”抄录后对原文本不满意，因此准备替换其他文字。

两种解释都没有证据支持。

仔细分析、比较这些挖补文字和其他版本文字，并无特殊之处，为何“庚寅本”整理者要挖补这些文字？是否整理者又找到其他版本，准备替换？这是目前“庚寅本”中诸多未解之谜中的一谜。

“庚寅本”13回半，全部挖补也只有10处，无论是另有版本，或不满意要再改，都很难解释为何只有这样很少的挖补。

从这些挖补来看，说此本是故意造假的可能性就不大了。因为如果整理者是为造假卖钱，为何要做这样费力不讨好的挖补呢？这只会引起买书人的怀疑。

因此从“庚寅本”的各种情况来看，此本只是某个爱好者出于个人爱好而抄写的可能性最大。

第三节 “庚寅本”正文的底本分析

一、“庚寅本”正文来源的几种可能

以上对“庚寅本”正文作了详细分析，可以看出以下两点基本情况：

第一，从正文整体看，有很多证据证明，“庚寅本”正文最接近庚辰本。

第二，但从个别例证看，“庚寅本”又有和庚辰本不同，而和其他版本相同的正文，如戚序本的正文，甚至还至少有两例是北师大本。

如何解释这种现象？

理论上只有以下几种可能：

1．“庚寅本”以庚辰本为底本，但曾参照戚序本修订正文，因为戚序本有正书局曾正式出版，因此这种可能性很大。但为何只修订了这少量的个别文字？

2．如何解释和北师大本两例相同正文？“庚寅本”整理者不可能看到北师大本，再根据北师大本修订几乎不可能，因此最大可能这两例只是巧合而已。

3．“庚寅本”确实有个“古本”为底本，此“古本”中有和戚序本相同的正文。但此“古本”虽然和戚序本无直接关系，但它们可能是“兄弟”关系，他们有相同正文，是由于他们有共同的祖本所致。

这几种解释哪个可能性更大？目前还难以判别。

以上论述“庚寅本”文本的底本可能是庚辰本，但所谓“庚辰本”实际有多种可能：

1．庚辰本的影印本。

2．庚辰本的排印本。

3．陶洙抄写的北师大本。

4．未知的庚辰本系列的某个“古本”。

下面逐一分析这几种可能。

1．“庚寅本”正文底本是庚辰本的影印本？

庚辰本的影印本第一次出版是1955年9月由文学古籍刊印社出版，为线装彩色印刷一盒，是为配合1954对俞平伯《红楼梦》研究的批判而出版的，也刚好在俞平伯1954年版《脂砚斋红楼梦辑评》出版后的第二年。据说当时售价很高，主要是供单位图书馆，很少有个人购买的。

虽然此书当时印数有限，但还有可能某人通过关系，买到或从某图书馆借到此书。因为要到图书馆中去长时间抄写此书，是非常费事的。

2．“庚寅本”正文底本不可能是庚辰本的排印本

“庚寅本”正文的底本可能是庚辰本，则理论上也可能是庚辰本的排印本。

庚辰本的影印本第一次出版是 1955 年 9 月由文学古籍刊印社出版，而排印本第一次出版是 27 年后的 1982 年 2 月由中国艺术研究院红楼梦研究所校注、人民文学出版社出版。此本是以庚辰本为底本，参校本包括其他 9 种抄本和程甲本、程乙本两种活字本。

此本根据其他参校本对庚辰本中正文作了大量的修订，每回约 10 处左右，并有详细校记，此处不再一一举例了。把这些校记再仔细与“庚寅本”校对，这些正文修订“庚寅本”全部都没有采用。因此，“庚寅本”的正文以 1982 年版庚辰本排印本为底本的可能性很小。

当然理论上不排除，“庚寅本”编者把 1982 年版庚辰本排印本中的修订全部复员为庚辰本的原文。但这样做的工作量极大，几乎不太可能。

另外，从批语辑评来看，这样做的可能性也不大。到目前为止《红楼梦》批语辑校有四种：

1．俞平伯《脂砚斋红楼梦辑评》1954 年、1963 年版；

2．陈庆浩《新编石头记脂砚斋批语辑校》1979 年版；

3．朱一玄《红楼梦脂评校录》1986 年版；

4．郑庆山《红楼梦脂评辑校》2006 年版。

庚辰本排印本首次出版是 1982 年，届时批语辑校中只有俞平伯 1954 年版、俞平伯 1963 年版《脂砚斋红楼梦辑评》，和陈庆浩 1979 年版《新编石头记脂砚斋批语辑校》出版了。陈庆浩《新编石头记脂砚斋批语辑校》中有列藏本和蒙府本批语，而“庚寅本”中没有列藏本和蒙府本批语，因此“庚寅本”肯定没有利用陈庆浩《新编石头记脂砚斋批语辑校》。这样理论上“庚寅本”只可能采用俞平伯 1954、1963 年版的《脂砚斋红楼梦辑评》。但要把此辑评中批语，再抄写到 1982 年版庚辰本排印本中，可能性很小。

3．“庚寅本”正文底本是某个未知的庚辰本系列“古本”？

以上分析“庚寅本”文本三种可能的底本，都有一定问题。

1．1955 年庚辰本影印本很难找到。

2. 庚辰本的排印本第一次出版是 1982 年，时间上太晚，而且排印本有很多修订，与“庚寅本”都不同，因此也不太可能。

3．陶洙抄写的北师大本，更不太可能是“庚寅本”文本的底本。

除以上三种可能外，由于“庚寅本”中有一些其他版本的文字，特别是有戚序本的文字，因此也不排除其正文底本是个未知的庚辰本系列的“古本”的可能性。

总之，由以上分析来看，虽然有种种根据证明，此本正文的底本肯定是庚辰本系列的某个版本，可能性较大的是 1955 年出版的庚辰本影印本，但也无法排除其正文底本是某个未知的“古本”的可能。

二、《红楼梦》版本正文的复杂性

“你中有我”“我中有你”是《红楼梦》版本的最大特点，也是“庚寅本”文字的最大特点。在《红楼梦》版本中经常发现，某个版本中有少量和其他某一个，或某几个版本相同的独有文字。

造成这种混乱局面有多种原因。

第一，《红楼梦》是曹雪芹多年写成，在未写完就流传出去了。而在编写过程中他又不断修改，这样造成流传出去的文稿实际是曹雪芹多次修改的结果，造成文字前后不同。

第二，《红楼梦》流传出去后，很多人加注、加评语，也会修改文字。这是不争的事实。

第三，《红楼梦》流传中很多是“蒸锅本”，所谓“蒸锅本”就是为牟利而雇人抄写的版本，抄写人不认真，不仔细，错误极多，也有少量的文字修改。

由于以上三种原因，造成《红楼梦》版本（特别是早期脂本）中文字差异很大，出现你中有无，我中有你的混乱局面。由于大量抄本并未流传下来，留存的版本只是极少的一部分，因此要利用这极少的版本，理清这些版本的体系和演化过程，是非常困难的。

《红楼梦》版本文字差异多数是个别文字差异，如何看待这些个别文字的差异？对这种情况产生的最简单解释是，只要某个版本有其他版本独有文字，就认为此本曾参考该本，甚至由此画出所有版本的演化图。最典型的例子就是前述的北师大本。北师大本是陶洙在20世纪50年代初，以庚辰本为底本，又据己卯、甲戌、程甲、甲辰等本抄补校改整理而成的，这是毫无疑义的，没有任何人反对。但其中又发现一些舒序、蒙府、杨藏、列藏本独有的文字，陶洙当时不可能看到这些版本，这是巧合，还是别的原因目前还无法解释。甚至还有人找出其中有东观阁本独有的文字，因此就认为北师大本肯定参考了东观阁本整理。这看似是“铁证”，无法推翻，但事实是否如此？本人觉得并非如此简单，限于篇幅此处不再仔细分析了。再如最新发现的卞藏本，其文字也是和哪个版本都不同，其中有列藏本的文字，又有杨藏本的文字，其底本到底是哪个版本，目前还无法判别。从北师大本到卞藏本，都出现“你中有我”“我中有你”的混乱情况，只根据目前所掌握的情况，很难解释，这也是《红楼梦》版本复杂之处。

这种个别文字差异的情况不止出现在《红楼梦》版本中，在其他古代小说版本中也有类似情况。如《三国演义》的夷白堂本中就同时有多种版本的文字，《西游记》明代删节本中也有类似问题，闵斋堂本中就有四种版本的文字。中国古代小说版本遗失得非常多，保留下来的只是很少的一部分。要根据这很少的版本，分清版本演化是非常困难的。因此也就会出现了，我们目前看到的版本文字中“你中有我”“我中有你”的情况。因此，绝不能只根据目前看到的版本，只根据个别例证就对版本演化下结论，这是非常危险的，也是不科学的。

因此，从这个角度看“庚寅本”的正文，就毫不奇怪了。“庚寅本”文本的底本肯定是应该属于庚辰本系列，但具体是哪种庚辰本，目前还难以判别。有可能就是根据北大庚辰本，再参考戚序本等版本整理。也有可能是根据某个未知的庚辰系列版本“古本”整理。

由于资料所限，要一定确定其具体准确的底本目前有一定困难。因此，目前只能确定的是：“庚寅本”的底本肯定是个庚辰本系列的版本，到底是哪个版本，目前还难以确定。也并不排除其底本是个“古本”的可能。

对于《红楼梦》版本研究，本人觉得既要有整体文字研究，也要看到一些个别例证。两者要结合进行分析。由于资料有限，不必深挖，一定要找出底本、画出演化图是不现实的，也会走上邪路。对于“庚寅本”只要判定其底本属于庚辰本系列就可以了，一定要找出具体是哪个底本，本人看已经没有必要了。

在《红楼梦》版本中，要特别注意它和其他小说版本之差异。《红楼梦》版本和其他四大名著版本比较，最大不同在于，其他四大名著都是刻印本，而《红楼梦》版本中的脂本都是手抄本。手抄本和刻印本相比，抄写的随意性更大，因此导致其中情况就更为复杂。“你中有我”“我中有你”的情况更为突出。

因此，在古代小说版本研究中，首先要分析整体情况，也要注意个别例证，要分清两者之间的关系。只根据个别例证就下结论是非常危险的，就如瞎子摸象一样，只摸到大腿，就说大象是个柱子。在古代小说版本研究中一定切记不要犯此类错误。有几分证据，说几分话。

第三编 “庚寅本”批语研究

第一章 “庚寅本”批语整体分析

“庚寅本”研究首先从正文入手。《红楼梦》版本研究中除正文外，批语研究是“庚寅本”研究的一个重要线索，批语研究是非常重要的，对于“庚寅本”尤其如此。“庚寅本”的正文肯定是根据庚辰本系列版本抄录的，但抄写时间很难判断。通过对其批语的分析研究，可知道这些批语是根据哪些版本抄录的，它是如何抄录而成的？何时抄录的，这也是我们研究批语的最终目的。

“庚寅本”批语研究包括 5 部分：

1. 首先从批语的整体研究入手。
2. 然后再研究批语中一个十分重要的附条批语。
3. 其他批语研究。
4. 附加批语研究。
5. 独有批语研究。

第一节 “庚寅本”批语逐回分析

一、“庚寅本”批语总数统计

《红楼梦》“庚寅本”中只有 5 种版本的批语，即甲戌本、庚辰本、己卯本、戚序本和甲辰本。而没有这 5 种版本之外其他版本的批语，如蒙府本、列藏本的批语。

《红楼梦》各种版本的批语在每回中差异很大，因此研究批语必须逐回分别统计，才可看出其中的差异，再进行分析。为此分别统计和“庚寅本”有关的五种版本的批语数量，列表如下。

本书对《红楼梦》各种版本批语的分析和统计，主要参考了两种批语辑评：

1. 俞平伯《脂砚斋红楼梦辑评》（上海文艺联合出版社，1954 年版），根据后面分析，此本可能就是“庚寅本”批语的来源。

2. 陈庆浩《新编石头记脂砚斋评语辑校》（中国友谊出版公司 1987 年版），由于俞平伯 1954 年版《脂砚斋红楼梦辑评》整理较早，收入的批语不完整，而陈庆浩此书收入批语较全，较详细，因此在统计批语时，主要依据此本。

表 12．各种版本前 13 回全部批语逐回统计表

回目	“庚寅”	甲戌	己卯	庚辰	戚序	甲辰
1	127	161	0	0	50	88
2	92	105	1	0	1	18
3	159	176	0	0	88	15
4	86	87	1	0	7	9
5	139	134	0	0	110	16
6	97	96	2	0	0	7
7	94	99	0	0	76	0
8	147	163	2	0	0	22
9	57	0	0	0	45	0
10	13	0	10	0	0	0
11	1	0	0	0	0	0
12	58	0	40	79	30	3
13	65	43	1	56	23	1
总数	1135	1064	57	135	430	179

表 12 统计的是各种版本批语的总数，如庚辰本的批语数量中，不仅包括其独有批语，还包括其中与甲戌本相同的批语。由于此处是研究“庚寅本”批语和其他版本批语之间关系，因此“庚寅本”批语数量是指“庚寅本”中其他版本批语数量，总计为 1,135 条，但不包括“庚寅本”本身的独有批语约 67 条。

“庚寅本”独有批语约有 67 条，如加上这 67 条独有批语，“庚寅本”实际有各种全部批语为 1,135＋67＝1,201 条。由各版本批语总数来看，“庚寅本”虽然只有 13 回半，但批语数量却是最多的，总数为 1,201 条，超过 16 回甲戌本的 1,064 条。

因此研究“庚寅本”要抓住“庚寅本”这个最大特点。

二、“庚寅本”各版本独有批语统计

从各种版本批语总数可以看出各版本批语的整体情况。但由于各版本批语总数中还含有有其他版本批语，要通过批语研究版本演化，必须研究各版本独有批语，这才可以看出各种版本之间关系和演化。

表 13 统计的是各种版本独有批语的总数。

表 13.“庚寅本”中各版本独有批语统计

回目	“庚寅”		独有					
	总计	其他	庚寅	甲戌	己卯	庚辰	戚序	甲辰
1	127	126	1	124	0	0	2	0
2	91	89	2	83	1	0	1	4
3	161	159	7	152	0	0	4	3
4	86	81	5	76	1	0	3	1
5	139	129	10	105	0	0	20	4
6	97	90	7	90	0	0	0	0
7	94	89	5	87	0	0	2	0
8	147	144	3	144	0	0	0	0
9	55	41	14	0	0	0	41	0
10	13	8	5	0	8	0	0	0
11	1	0	1	0	0	0	0	0
12	61	58	3	0	29	29	0	0
13	65	61	4	37	1	22	1	0
	1137	1075	67	898	40	51	74	12

如甲戌本中批语全部是其独有批语。而其他版本根据出现早晚分别统计。如己卯本批语中不包括甲戌本批语，而只有己卯本独有批语。庚辰本的批语中，不包括其中与甲戌本、己卯本相同的批语，而只有庚辰本独有批语。戚序本批语不包括甲戌本、己卯本和庚辰本批语，而只有戚序本独有批语。甲辰本批语不包括其他四种版本批语，而只有甲辰本独有批语。所有版本都是如此统计。

表 14 中逐回统计了“庚寅本”每回中抄录的其他版本的独有批语数量，和其他版本批语的总数量，以及“庚寅本”抄录的批语在此版本批语中的比例。

如在“庚寅本”的第 1 回中，有甲戌本的独有批语 124 条，而甲戌本第 1 回中独有批语总数是 161 条，因此“庚寅本”抄录了甲戌本中 77%的批语。“庚寅本”的第 1 回中，有各种版本的批语 126 条（甲戌本 124 条，戚序本 2 条），而第 1 回其他版本中，甲戌本、戚序本和甲辰本分别各有独有批语 161、15、10 条，第 1 回中其他版本批语总数是 186 条，因此“庚寅本”126 条批语占其他版本独有批语总数 186 条的 68%。

其他各回的统计结果与第 1 回相似。

表 14．各种版本独有批语逐回统计表（前 13 回）

回目		甲戌	庚辰	己卯	戚序	甲辰	合计
1	“庚寅”	124	0	0	2	0	126
	原本	161	0	0	15	10	186
	比例	77%	0	0	13%	0	68%
2	“庚寅”	83	0	1	1	4	89
	原本	105	0	1	1	5	112
	比例	79%	0	100%	100%	80%	79%
3	“庚寅”	152	0	0	4	3	159
	原本	176	0	0	9	8	193
	比例	86%	0	0	44%	38%	82%
4	“庚寅”	76	0	1	3	1	81
	原本	87	0	1	4	2	94
	比例	87%	0	100%	75%	50%	86%
5	“庚寅”	105	0	0	20	4	129
	原本	134	0	0	36	11	181
	比例	78%	0	0	56%	36%	71%
6	“庚寅”	90	0	0	0	0	90
	原本	96	0	0	0	0	96
	比例	94%	0	0	0	0	94%
7	“庚寅”	87	0	0	2	0	89
	原本	99	0	0	5	0	104
	比例	89%	0	0	20%	0	86%
8	“庚寅”	144	0	0	0	0	144
	原本	163	0	0	0	5	168
	比例	88%	0	0	0	0	86%
9	“庚寅”	0	0	0	41	0	41
	原本	0	0	0	50	1	50
	比例	0	0	0	82%	0	82%
10	“庚寅”	0	0	8	0	0	8
	原本	0	0	10	0	0	10
	比例	0	0	80%	0	0	80%
11	“庚寅”	0	0	0	0	0	0
	原本	0	0	0	0	0	0
	比例	0	0	0	0	0	0%

表 14．各种版本独有批语逐回统计表（前 13 回）（续）

回目		甲戌	庚辰	己卯	戚序	甲辰	合计
12	“庚寅”	0	29	29	0	0	58
	原本	0	38	40	2	1	81
	比例	0	76%	73%	0	0	72%
13	“庚寅”	37	22	1	1	0	61
	原本	43	27	1	5	0	76
	比例	86%	81%	100%	20%	0	80%

三、批语逐回统计

上一节对批语做了逐回的详细统计，众所周知，《红楼梦》版本各回的批语差异很大，因此应该逐回进行分析。以下根据上述统计数据，对批语进行逐回分析。

此统计中“庚寅本”不统计其独有批语，只统计其中包含的其他版本批语的总数。

第 1 回：以甲戌本批语为主，只有少量戚序本批语。

- “庚寅本”第 1 回的批语总计 126 条，占原本批语总数 186 条的 68%。
- “庚寅本”第 1 回的批语 126 条中，以甲戌本 124 条为主，占 98%。
- 甲戌本原有批语 161 条中的 124 条，即 77%收入了此本。
- 此本中其他版本批语只有戚序本 2 条，只占“庚寅本”批语总数 126 条的 2%。
- 戚序本 2 条，只分别占戚序本原本总数 15 条批语的 13%。

第 2 回：以甲戌本批语为主，只有少量己卯、戚序本和甲辰本批语。基本和第 1 回相似。

- “庚寅本”第 2 回的批语总计 89 条，占原本批语总数 112 条的 79%。
- “庚寅本”第 2 回的批语 89 条中，以甲戌本 83 条为主，占 93%。
- 甲戌本原有批语 105 条中的 83 条，即 79%收入了此本。
- 此本中其他版本批语只有己卯本 1 条，戚序本 1 条，甲辰本 4 条，只占批语总数 89 条的 7%。
- 己卯本 1 条（原本 1 条）、戚序本 1 条（原本有 1 条），甲辰本 4 条（原本有 5 条），分别占其原本总数批语的 100%，100%和 80%。

第 3 回：以甲戌本批语为主，只有少量戚序本和甲辰本批语。基本和第 1 回相似。

- “庚寅本”第 3 回的批语总计 159 条，占原本批语总数 193 条的 82%。
- “庚寅本”第 3 回的批语 159 条中，以甲戌本 152 条为主，占 96%。
- 甲戌本原有批语 176 条中的 152 条，即 86%收入了此本。
- 此本中其他版本批语只有戚序本 4 条，甲辰本 3 条，只占批语总数 159 条的 4%。
- 戚序本 4 条（原本有 9 条），甲辰本 3 条（原本有 8 条），只分别占其原本总数批语的44%，38%。

第4回：以甲戌本批语为主，只有少量己卯、戚序本和甲辰本批语。基本和第2回相似。

- “庚寅本”第4回的批语总计81条，占原本批语总数94条的86%。
- “庚寅本”第4回的批语81条中，以甲戌本76条为主，占94%。
- 甲戌本原有批语87条中的76条，即87%收入了此本。
- 此本中其他版本批语只有己卯本1条，戚序本3条，甲辰本1条，只占批语总数81条的6%。
- 己卯本1条（原本1条在回末）、戚序本3条（原本有4条），甲辰本1条（原本有2条），只分别占其原本总数批语的100%，75%和50%。

第5回：以甲戌本批语为主，只有少量戚序本和甲辰本批语。基本和第1回相似。

- “庚寅本”第5回的批语总计129条，占原本批语总数181条的71%。
- “庚寅本”第5回的批语129条中，以甲戌本105条为主，占81%。
- 甲戌本原有批语134条中的105条，即78%收入了此本。
- 此本中其他版本批语只有戚序本20条，甲辰本4条，只占批语总数129条的19%。
- 戚序本20条（原本有36条），甲辰本4条（原本有11条），分别占其原本总数批语的比例上升到56%，36%。

第6回：只有甲戌本批语。和其他各回不完全相同。

- “庚寅本”第6回有批语总计90条，占原本批语总数96条的94%。
- “庚寅本”第6回批语90条中，全部是甲戌本批语，占100%。
- 甲戌本原有批语96条中的90条，即94%收入了此本。
- 其他版本批语均没有。

第7回：以甲戌本批语为主，只有少量戚序本批语。基本和第1回相似。

- “庚寅本”第7回的批语总计89条，占原本批语总数104条的86%。
- “庚寅本”第7回的批语89条中，以甲戌本87条为主，占98%。
- 甲戌本原有批语99条中的87条，即88%收入了此本。
- 此本中其他版本批语只有戚序本2条，只占批语总数89条的2%。
- 戚序本2条（原本有5条），只占其原本总数批语的40%。

第8回：全部是甲戌本批语。

- “庚寅本”第8回的批语总计144条，占原本批语总数168条的86%。
- “庚寅本”第8回的批语144条中，全部是甲戌本的批语。
- 甲戌本原有批语163条中的144条，即88%收入了此本。

第9回：甲戌本缺此回，因此只有戚序本批语。

- “庚寅本”第9回的批语只有戚序本的41条，占原本批语总数50条的82%。

第10回：甲戌本缺此回，因此只有己卯本批语。

- “庚寅本”第10回的批语只有己卯本的8条，占原本批语总数10条的80%。

第11回：甲戌本缺此回，此回没有任何评语。

- 甲戌本缺此回，因此无甲戌本批语。
- 此回没有任何批语。

第 12 回：甲戌本缺此回，此回只有庚辰和己卯本的评语。

- “庚寅本”第 12 回的批语总计 58 条，占原本批语总数 81 条的 72%。
- “庚寅本”第 12 回的批语中庚辰本批语 29 条，占原本批语 38 条的 76%。
- “庚寅本”第 12 回的批语中己卯本批语 29 条，占原本批语 40 条的 73%。

第 13 回：以甲戌本和庚辰本批语为主，只有少量己卯本、戚序本批语。

- “庚寅本”第 13 回的批语总计 61 条，占原本批语总数 76 条的 80%。
- “庚寅本”第 13 回的批语中甲戌本批语 37 条，占原本批语 43 条的 86%。
- “庚寅本”第 12 回的批语中庚辰本批语 22 条，占原本批语 27 条的 81%。
- 此本中其他版本批语只有己卯本 1 条，戚序本 1 条，只占批语总数 61 条的 3%。
- 己卯本 1 条（原本有 1 条），戚序本 1 条（原本有 5 条），分别占其原本总数批语的 100%，20%。

四、批语逐回总结

“庚寅本”中批语在 13 回中分布情况总结如下：

- 前 8 回：甲戌本有，且都有批语，前 8 回的批语是以甲戌本批语为主。
- 第 9 回：甲戌本缺，己卯本没有评语，只有戚序本批语。
- 第 10 回：甲戌本仍缺，己卯本有评语。
- 第 11 回：甲戌本仍缺，其他版本也没有任何评语，因此这回就没有任何批语了。
- 第 12 回：甲戌本仍缺，但己卯本有批语，庚辰本也有批语，戚序本只有 2 条批语但没有采用。
- 第 13 回：甲戌本有批语，以甲戌本和庚辰本批语为主。戚序本只有 5 条批语但没有采用。

根据以上分析，此本各回批语来源如表 15 所示。

表 15.“庚寅本”各回批语来源统计表

<table>
<tr><td>1—8 回</td><td>9 回</td><td>10 回</td><td>11 回</td><td>12 回</td><td>13 回</td></tr>
<tr><td rowspan="2">甲戌本为主</td><td>戚序</td><td>己卯</td><td>无</td><td>庚辰
己卯</td><td rowspan="2">甲戌
庚辰</td></tr>
<tr><td colspan="4">甲戌本缺</td></tr>
</table>

从以上分析可以看出，“庚寅本”各回批语的分布情况，基本和现有的版本批语分布比例很接近，所采用的基本都是现有版本批语。“庚寅本”独有批语只有 67 条，只占“庚寅本”批语总数 1,137 条的 6%。到目前为止“庚寅本”是唯一有如此多版

本批语版本，这对于分析“庚寅本”的来历很有帮助。

第二节 “庚寅本”中其他版本独有批语分析

一、“庚寅本”其他版本独有批语比例

“庚寅本”中其他版本独有批语总数和比例统计如下表。

表 16.“庚寅本”中各个版本独有批语总数和比例统计

	甲戌	己卯	庚辰	戚序	甲辰	庚寅	合计
“庚寅本”	898	40	51	74	12	67	1075
原本	1075	57	135	430	179	1134	1344
在原本比例	84%	70%	38%	17%	7%	5%	80%
在“庚寅本”比例	84%	4%	5%	7%	1%	5%	100%

从以上统计表中可以看出，各种版本收入“庚寅本”的批语在原本批语的总体比例为 80%，各版本情况如下。

- 甲戌本比例最大，达到 84%，即甲戌本中有 84%的批语收入了“庚寅本”。
- 己卯本比例排名第二，达到 70%。
- 庚辰本比例排名第三，达到 38%
- 戚序本比例排名第四，为 17%。
- 甲辰本比例排名第五，为 7%。
- “庚寅本”最低，只有 5%。

总结各种版本批语所占比例如下：

1. 甲戌本：甲戌本肯定是此本批语的主体。
- “庚寅本”采用甲戌本批语 898 条，占甲戌本原本 1,064 条的 84%。
- 甲戌本批语占“庚寅本”批语总数 1,075 条的 84%。

2. 己卯本
- “庚寅本”采用己卯本批语 40 条，占己卯本原本 57 条的 70%，多数批语都被采用了。
- 己卯本批语集中在第 12 回。
- 己卯本批语只占“庚寅本”批语总数 1,075 条的 4%。

3. 庚辰本
- “庚寅本”采用庚辰本批语 51 条，占庚辰本原本 135 条的 38%。

- 庚辰本批语集中在第 12、13 回中。
- 庚辰本批语只占“庚寅本”批语总数 1,075 条的 5%。

4．戚序本

- “庚寅本”采用戚序本批语 74 条，占戚序原本 430 条的 17%。
- 戚序本分布很不均衡，第 1—4 和第 7 回中，每回只有 1—4 条。第 5．9 回分别有 20 和 41 条。第 8 和 10—13 回没有。为何前几回中只有极少数戚序本批语，还需要研究。
- 戚序本批语只占庚寅本批语总数 1,075 条的 7%。

5．甲辰本

- “庚寅本”采用甲辰本批语 12 条，占甲辰原本 179 条的 7%。
- 甲辰本批语集中在第 2—5 回，其他几回全部没有。
- 甲辰本批语只占庚寅本批语总数 1,075 条的 1%。

6．“庚寅本”

- “庚寅本”本身独有批语 67 条，占“庚寅本”批语总数 1,142 条的 5%。
- “庚寅本”独有批语占总批语的比例 5%是最低的，比甲辰本的 7%还低。

总计：“庚寅本”采用其他版本批语 1,075 条，占所有版本原本批语总数 1,344 条的 80%。

二、各种版本批语的来源和演变

《红楼梦》各种版本中前 13 回各种批语统计下表，从中可以明显看出各种版本批语的来源和演变过程。

表 17.《红楼梦》各种版本中各种批语统计

序号	版本	总数	甲戌	己卯	庚辰	戚序	甲辰	庚寅
1	甲戌	1064	1064					
2	己卯	76	20	57				
3	庚辰	133	29	39	65			
4	戚序	430	267	40	0	127		
5	甲辰	179	124	5	0	4	42	
6	“庚寅”	1142	898	40	51	74	12	67

《红楼梦》各种版本批语的来源一般包括两部分，第一部分是抄录其他版本的批语，第二部分是抄录者自己所编写的独有批语。

根据《红楼梦》版本的演化，在“庚寅本”前 13 回中，其他五种版本的批语来历如下。

1．甲戌本

“庚寅本”中共有甲戌本批语 1,064 条，全部是甲戌本独有批语，并没有任何其他版本的独有批语，因此甲戌本从批语看，应该是现在看到最早插入批语的版本。

2. 己卯本

“庚寅本”中共有己卯本批语 76 条批语，其中有 20 条和甲戌本相同，可以认为是来自甲戌本。还有 56 条是己卯本独有批语，己卯本除自己独有批语外，只有甲戌本批语，并没有其他版本独有批语，说明己卯本是仅次于甲戌本的早期版本。

3. 庚辰本

“庚寅本”中共有庚辰本批语 133 条批语，其中有 29 条和甲戌本相同，可以认为是来自甲戌本。还有 39 条和己卯本相同。其余 65 条是庚辰本独有，可认为是庚辰本抄写者所增加的。庚辰本中有己卯本的批语，说明庚辰本和己卯本有密切关系，庚辰本批语可能来自己卯本，也可能它们有共同祖本。

4. 戚序本

“庚寅本”中共有戚序本批语 430 条批语，其中有 267 条和甲戌本相同，还有 40 条和己卯本相同。其余 127 条是戚序本独有，可认为是戚序本抄写者所增加的。

特别要注意的是，在“庚寅本”的前 13 回中，戚序本中有己卯本的批语，而没有庚辰本的独有批语。但在其他回中，戚序本有很多庚辰本独有批语，即两本有相同批语，而且出现 4 回为一单元的规律。

5. 甲辰本

“庚寅本”中共有甲辰本批语 179 条批语，其中有 124 条和甲戌本相同，有 5 条和己卯本相同，有 4 条是戚序本相同。还有 42 条是甲辰本独有批语，是甲辰本抄写者所增加的。

同样要注意的是，甲辰本和戚序本一样，也有己卯本的独有批语，而没有庚辰本的独有批语。但和庚辰本不同，在其他回目中也没有甲辰本批语，这说明甲辰本和己卯本有关系，而和庚辰本无关。

6. “庚寅本”

“庚寅本”共有 1,142 条批语，其中有 1,064 条和甲戌本相同，有 56 条和己卯本相同，有 65 条和庚辰本相同,有 127 条是戚序本相同，还有 42 条和甲辰本相同。还有“庚寅本”67 条独有批语，是“庚寅本”抄写者所增加的。

第三节 “庚寅本”未收其他版本批语分析

一、“庚寅本”未收甲戌本批语分析

以上分析了“庚寅本”收入的其他五种版本批语的整体情况，“庚寅本”基本收入了其他版本 80%的批语，但仍有 20%批语未收入。根据后面的研究可以看出，“庚寅本”的批语很可能是根据俞平伯 1954 年版《脂砚斋红楼梦辑评》所抄录的，根据这

种批语汇集本抄录批语是很容易的，已经抄录了 80%批语，剩余的 20%批语为何没有收入？这些“庚寅本”没有收入的 20%批语是什么情况？没有收入这些批语是偶然的，还是有规律的？要证明“庚寅本”的批语可能是根据俞平伯 1954 年版《脂砚斋红楼梦辑评》所抄录的，就很有必要对此问题进行分析研究。

首先分析甲戌本批语，甲戌本中各回批语数量差异很多大，分回统计如下。

第 1 回 161 条，第 2 回 105 条，第 3 回 176 条，第 4 回 87 条，第 5 回 134 条，第 6 回 96 条，第 7 回 99 条，第 8 回 163 条，第 13 回 43 条。

以“庚寅本”第 1 回中未收的甲戌本 22 条批语和正文如下。

1. 但自恨粗蠢，不得已，便口吐人言。

【夹】竟有人问：口生于何处，其无心肝，可笑可恨之极。（本书下册第 114 页）

2. 弟子蠢物。

【夹】岂敢岂敢。（本书下册第 114 页）

3. 弟子质虽粗蠢，性却稍通。

【夹】岂敢岂敢。（本书下册第 114 页）

4. 瞬息间则又乐极生悲，人非物换，究竟是到头一梦，万境归空。

【夹】四句乃一部之总纲。（本书下册第 114 页）

5. 如此也只好跕脚而已。

【夹】锻炼过尚与人跕脚，不学者又当如何？

6. 我如今大施佛法助你助，待劫终之日，复还本质，以了此案。

【夹】妙。佛法亦须偿还，况世人之偿乎。近之赖债者来看此句，——所谓游戏笔墨也。（本书下册第 114 页）

7. 那僧便念咒书符，大展幻术。

【夹】明点幻字，好。

8. 不知赐了弟子那几件奇处。

【眉】昔子房后谒黄石公，惟见一石，子房当时恨不随此石去。余亦恨不能随此石而去也。聊供阅者一笑。（本书下册第 115 页）

9. 第一件无朝代可考。

【夹】先驳得妙。（本书下册第 116 页）

10. 又有何难？

【夹】所以答的好。（本书下册第 116 页）

11. 将这《石头记》。

【夹】本名。（戚序本同）（本书下册第 116 页）

12. 有绛珠草一株。

【夹】点红字。细思“绛珠”二字，岂非血泪乎。（戚序本同，甲辰两评连写）（本书下册第 119 页）

13. 时有赤瑕宫。

【夹】点“红”字“玉”字二。(甲辰同)(本书下册第119页)

14. 恰近日这神瑛侍者凡心偶炽。

【夹】总悔轻举妄动之意。(甲辰同)(本书下册第120页)

15. 你把这有命无运，累及爹娘之物，抱在怀中作甚?

【眉】八个字屈死多少英雄，屈死多少忠臣孝子，屈死多少仁人志士，屈死多少词客骚人，今又被作者将此一把眼泪，洒与闺阁之中，见得裙钗尚遭逢此数，况天下之男子乎。

武侯之三分，武穆之二帝，二贤之恨，及今不尽，况今之草芥乎?

家国君父事有大小之殊，其理其运其数则略无差异。知运知数者则必谅而后叹也。(本书下册第121页)

16. 原系胡州人氏。

【夹】胡诌也。(本书下册第122页)

17. 本贯大如州人氏。

【眉】托言大概如此之风俗也。(本书下册第125页)

第1回“庚寅本”未收的甲戌本批语总结如下。

1. 缺甲戌本2整页批语

其中所缺的第1—7条批语，是由于甲戌本比其他版本多出了400多字的“顽石变美玉”故事，而“庚寅本”正文接近庚辰本，并没有这段文字，自然也就没有相关的批语了。

2. 未收批语数量、比例

甲戌本原本有脂批169条，“庚寅本”未收入17条，占10.0%。

3. 从批语内容分析：

这些缺失的批语基本都是评议性批语，没有什么特色，从内容看，也没有什么规律。

4. 按照批语形式分析

未收入的17条批语中，有夹批14条，占17条总数的82.4%；眉批3条，占总数17条的17.6%。双行批语全部收入，夹批缺失最多，眉批缺失较少。总体来说，“庚寅本”会缺失这17条批语没有什么特殊之处，为何“庚寅本”会缺失这17条批语，原因不明，似乎是抄录者随意而为。其余各回缺失情况相似，不再仔细分析。

二、“庚寅本”未收己卯、庚辰本批语分析

己卯本中各回批语数量差异很多大，分回统计如下。

第1回0条，第2回1条，第3回0条，第4回0条，第5回0条，第6回1条(回前批)，第7回0条，第8回1条，第9回0条，第10回10条，第11回0条，

第12回41条，第13回20条，第14回8条（“庚寅本”无）。

“庚寅本”各回未收的己卯本2条批语和正文如下。

第8回：

不离不弃，芳龄永继。

【夹】“不离不弃”与“莫失莫忘”相对，所谓愈出愈奇。

“芳龄永继”又与“仙寿恒昌”一对。请合而读之。问诸公历来小说中，可有如此可巧奇妙之文，以换新眼目。（本书下册第196页）

第10回：

1. 等我到东府瞧瞧我们珍大奶奶，再向秦钟他姐姐说，叫他评评这个理。

【夹】未必能如此说。（本书下册第211页）

2. 早吓的都丢在爪洼国去了。

【夹】又何必用金母着急？（本书下册第212页）

第12回：

1. 忙又掩住口。

【夹】更奇。（庚辰夹、戚序同）（本书下册第220页）

“庚寅本”未收的己卯本批语总结如下。

- 缺失3条，占总数64条的4.7%。
- 全部是夹批。
- 全部是评论性批语，没有什么特色，从内容看，也没有什么规律。

总体来说，为何“庚寅本”缺失己卯本这3条批语，原因不明，和甲戌本相似，似乎是抄录者随意而为。

庚辰本前11回中没有批语，第12回82条，第13回53条，第14回6条。

“庚寅本”未收的庚辰本7条批语和正文如下。

第12回：

1. 凤姐笑道：“像你这样的人能有几个呢，十个里也挑不出一个来”。

【眉】勿作正面看为幸。畸笏。（本书下册第216页）

2. 其苦万状。

【眉】苦海无边，回头是岸。若个能回头也？叹叹！壬午春，畸笏。（本书下册第217页）

3. 满头满脸浑身皆是尿屎，冰冷打战。

【眉】此一节可入《西厢记》批评内十大快中。畸笏。（本书下册第219页）

4. 诸如此症，不上一年都添全了。

【夹】简捷之至。（本书下册第219页）

第13回：

1. 彼时合家皆知，无不纳罕，都有些疑心。

【眉】可从此批。（本书下册第224页）

2. “那长一辈的”一段。

【眉】松斋云好笔力，此方是文字佳处。（本书下册第224页）

3. 彼时贾代儒、代修……

【夹】将贾族约略一总，观者方不惑。（本书下册第225页）

4.【回后】通回将可卿如何死故隐去，是大发慈悲心也，叹叹！壬午春。（本书下册第242页）

第14回：

1. 凤姐即命彩明钉造簿册。

【眉】彩明系未冠小童，阿凤便于出入使令者。老兄并未前后看明，是男是女，乱加批驳，可笑。

且明写阿凤不识字之故。壬午春。（本书下册第243页）

“庚寅本”未收的庚辰本批语总结如下。

- 缺失9条，占总数141条的6.3%。
- 夹批2条，眉批6条，回后批1条。
- 全部是评论性批语，没有什么特色，从内容看，也没有什么规律。

总体来说，为何“庚寅本”缺失庚辰本这9条批语，原因也不明，和己卯本相似，似乎是抄录者随意而为。

三、“庚寅本”未收戚序、甲辰本批语分析

戚序本中各回批语数量差异很多大，分回统计如下。

第1回15条，第2回1条，第3回9条，第4回4条，第5回36条，第6回0条，第7回5条，第8回5条，第9回50条，第10回0条，第11回0条，第12回12条，第13回5条。

以最多的第9回为例，“庚寅本”未收的戚序本4条批语和正文如下。

1. 宝玉终是不安分守己的人。

【双】写宝玉总作如此笔。（本书下册第207页）

2. 原来是窗友金荣者。

【双】妙名，盖云有金自荣，廉耻何益哉。（本书下册第208页）

3. 这不都动了手吗。

【双】好听煞。（本书下册第209页）

4. 动了兵器了。

【双】好听之极，好看之极。（本书下册第209页）

第9回“庚寅本”未收的戚序本批语总结如下。

- 缺失4条，占总数50条的8%。
- 全部是双行批语。

● 全部是评论性批语，没有什么特色，从内容看，也没有什么规律。

总体来说，为何“庚寅本”缺失戚序本这4条批语，原因也不明，和庚辰本相似，似乎是抄录者随意而为。戚序本其余各回缺失情况相似，不再仔细分析。

甲辰本中各回批语数量差异很多大，分回统计如下。

第1回10条，第2回5条，第3回8条，第4回2条，第5回11条，第6—11回0条，第12回1条，第13回0条，第9回0条，第10回10条，第11回0条，第12回41条，第13回0条。总计37条。

此本有甲辰本批语12条，占甲辰本批语总数37条的32%，即约三分之一。

甲辰本批语特点为：

1. 批语数量少，只有12条。

2. 批语只在第2—5回中的四回中出现，以后各回中再无甲辰本批语。

3. 仔细阅读这12条批语，可以发现，这些批语的内容都很一般，全部摘录如下：

- 第2回双行批：伏下贾琏、凤姐当家之文。（本书下册第133页）
- 第2回双行批：正是宁、荣二处支谱。（本书下册第134页）
- 第2回双行批：贾敬之女。（本书下册第135页）
- 第2回双行批：复续前文未及，正词源三叠。（本书下册第135页）
- 第3回夹批：很露凤姐是个当家人。（本书下册第143页）
- 第3回夹批：未识黛卿能乘此否？（本书下册第144页）
- 第3回夹批：应如此非伤感，还露水也。（本书下册第152页）
- 第4回夹批：不是写冯渊，是写英莲。（本书下册第156页）
- 第5回双行批：用秦氏引梦，又用秦氏出梦，妙。（本书下册第166页）
- 第5回夹批：士隐曾见此匾对，而僧道不能领入，留此回警幻邀宝玉后文。（本书下册第166页）
- 第5回夹朱批：细玩此句。（本书下册第169页）

甲辰本的这些批语也肯定是俞平伯1954年版《脂砚斋红楼梦辑评》中摘录的。但《脂砚斋红楼梦辑评》中也收入了甲辰本第6、8、9、12、13回很多批语，但此本为何全部不再收入？这很令人费解。

再以第5回为例，“庚寅本”未收的甲辰本批语和正文如下。

1. 不想如今忽然来了一个薛宝钗。

【双】欲出宝钗却先叙二玉，然后转出宝钗，三人方可鼎立，行文之法又一变。（本书下册第162页）

2. 并无亲疏远近之别。

【双】如此反谓愚痴，盖从世人眼中写出。（本书下册第163页）

3. 宝玉觉得眼饧骨软，连说“好香！”

【双】进房如梦境。（本书下册第164页）

4. 何必在此打这闷葫芦。

【双】点醒。（本书下册第168页）

5．宝玉别怕，我们在这里。

【双】接得无痕。（本书下册第173页）

第5回“庚寅本”未收的甲辰本批语总结如下。

1．缺失5条，占总数11条的45.5%。

2．全部是双行批语。

3．全部是评论性批语，没有什么特色，从内容看，也没有什么规律。

总体来说，为何“庚寅本”缺失甲辰本这5条批语，原因也不明，和戚序本相似，似乎是抄录者随意而为。甲辰本其余各回中缺失情况相似，不再仔细分析。

四、“庚寅本”未收蒙府、列藏本批语分析

“庚寅本”中收入了五种版本批语，即甲戌本、己卯本、庚辰本和甲辰本。但“庚寅本”为何没有收入蒙府本和列藏本的批语呢？

众所周知，戚序本和蒙府本属于同一系列，文字和批语都极为接近。在“庚寅本”中有72条戚序本批语，这些批语是来自戚序本，还是来自蒙府本，需要研究。

有3个证据证明“庚寅本”中没有蒙府本批语。

第一，仔细检查这72条批语，其中有10条批语在戚序本和蒙府本中的文字是不相同的，由此可判别这些批语到底来自哪个版本。仔细检查这10条批语，发现这些批语的文字完全和戚序本相同，而和蒙府本不同。因此可以判定：这些批语绝对来自戚序本，而不是来自蒙府本。

第二，蒙府本有很多戚序本没有的独有批语，这些批语没有一条收入“庚寅本”。再检查俞平伯1954年版《脂砚斋红楼梦辑评》，也没有一条蒙府本批语，因为蒙府本是20世纪60年代才发现的，不可能被俞平伯收入1954年版《脂砚斋红楼梦辑评》。

第三，第11回中目前只保留了大量蒙府本批语，而没有其他任何版本的批语。而“庚寅本”第11回除1条独有批语外，其他所有蒙府本批语一条都没有。

因此“庚寅本”中是肯定没有蒙府本批语的。

另外，“庚寅本”中也没有收入任何一条列藏本的独有批语。

“庚寅本”没有收入蒙府本和列藏本批语的原因有二种可能。

第一种可能是，蒙府本是1961年才购得，列藏本是1962年才发现，所以俞平伯1954年版《脂砚斋红楼梦辑评》不可能收入这两种版本批语。而“庚寅本”的批语是根据此本整理的，因此也就没有收入这两种版本的批语。

第二种可能是，“庚寅本”的底本本来就没有此两本批语。列藏本批语很特殊，其他版本一般都没有列藏本的批语，因此“庚寅本”的底本也就没有收入列藏本的批语。而蒙府本因出现较晚，因此“庚寅本”底本也未收入其批语。

根据多方面的分析，显然第一种可能性更大。

第四节 “庚寅本”批语三种形式分析

一、“庚寅本”的三种批语

《红楼梦》批语分三种形式：双行批，旁侧夹批和眉批。这三种形式在各种有关批语的书中所用名称不同，见下表。由于本书主要涉及俞平伯《脂砚斋红楼梦辑评》一书，因此也采用了俞平伯所用的名称。

表 18. 戚序、甲辰本批语形式分类

	俞平伯	陈庆浩	朱一玄	郑庆山
双行批	双行批	双行批	夹批	夹批
旁侧夹批	夹批	行间夹批	侧批	行侧批
眉批	眉批	眉批	眉批	眉批

“庚寅本”批语也有这三种形式。对“庚寅本”这三种形式批语，分两方面进行研究。

第一方面是从其他版本角度研究三种批语形式的变化，即研究其他版本三种批语双行、夹批和眉批，到“庚寅本”变成什么形式，就是比较其他版本三种批语和“庚寅本”比较，看原来的三种形式是否有改变，其改变是否有无规律可循。为此对“庚寅本”三种形式批语分回进行统计分析。从统计结果来看，无论是来自哪个版本，无论其原本是何种批语，在“庚寅本”中三种情况都有，“庚寅本”批语的三种形式变得十分混乱，是完全随意的，似乎没有任何规律。

第二方面是从“庚寅本”角度研究三种批语形式的改变，进而研究其抄写过程。一般来说，双行批语是在抄写正文中，和正文一次插入的。而夹批和眉批则一般是正文抄完后，再添加的。“庚寅本”的双行批语肯定也是在抄写正文中，和正文一次抄写的，没有什么可研究的。而“庚寅本”的夹批和眉批肯定是抄写完文字后，另外再以夹批和眉批形式补写的，这样就值得研究，为何这些批语（主要是夹批）不在抄写中一次都以双行批语抄入，而要后来再以夹批形式再抄一次。

下面分别分析这两个问题。

二、三种批语来源的逐回统计分析

1．第 1—8 回三种批语统计分析

第 1 回中三种批语的形式统计如下：

甲戌本批语 142 条，占甲戌本原批语总数 163 条的 87%。其余只有 3 条戚序本和

1 条甲辰本的批语。

第 1 回中甲戌本三种批语变化情况如下：

- 甲戌双行——“庚寅本”双行：原甲戌本中的双行批语，全部仍为双行，没有把双行变为夹批和眉批的情况。
- 甲戌本夹批——“庚寅本”双行批：非常多，没有仔细统计。
- 甲戌本夹批——“庚寅本”夹批：有 24 条，较多。
- 甲戌本夹批——“庚寅本”眉批：完全没有。
- 甲戌本眉批——“庚寅本”双行批：有 4 条。
- 甲戌本眉批——“庚寅本”夹批：很少，只有 2 条。
- 甲戌本眉批——“庚寅本”眉批：19 条，大部分眉批仍保留为眉批。

甲戌本三种形式批语总结如下：

- 甲戌本双行批：“庚寅本”一般保留为双行批。
- 甲戌本夹批：“庚寅本”多数变为了双行批，24 条保留为夹批。
- 甲戌本眉批：“庚寅本”多数保留为眉批，只有 4 条变为双行批，有 2 条变为夹批。

其他两种版本批语：

- 戚序本批语：有 3 条戚序本的双行批语，“庚寅本”分别变成了双行批、夹批和眉批。
- 甲辰本批语：“庚寅本”只有 1 条批语，而且和甲戌本批语重复。甲戌本的眉批，仍是“庚寅本”眉批。而甲辰本中的双行批，变成了“庚寅本”的夹批。

如前所述，甲戌本有第 1—8 回，“庚寅本”第 1—8 回批语也以甲戌本为主。

第 1—8 回中，除个别处以外，如第 7 回曾出现甲戌本双行批变“庚寅本”夹批的个别情况，基本都与第 1 回相同。因为统计分析三种批语极为繁琐，因此未再统计分析。

2．第 9 回三种批语统计分析

第 9 回甲戌本缺，而己卯、庚辰本无批语，“庚寅本”全部采用了戚序本批语。戚序本批语全部是双行批，无夹批和眉批，戚序本 41 条批语处理如下：

- 戚序本中总计有 69 条批语，“庚寅本”只选用了其中的 41 条，占 59%，其余 28 条未采用。
- 41 条批语中 30 条“庚寅本”仍为双行批，占 41 条总数的 73%。
- 41 条批语中有 11 条“庚寅本”从双行批改为夹批。
- 第 9 回和前面 8 回中有大量眉批不同，就没有任何一条眉批。

总结：第 9 回批语完全是根据戚序本整理的。

戚序本和蒙府本是同一系列，很多批语相似。但凡两者批语有不一致处，“庚寅本”批语必然与戚序本相同，而与蒙府本不同。因此可以断定：“庚寅本”的批语只来自戚序本，与蒙府本无关。

3．第 10 回三种批语统计分析

第 10 回中，其他版本只有己卯本和蒙府本有批语，别的版本均无批语。

“庚寅本”第 10 回中只有 8 条己卯本批语，没有蒙府本批语，这又再次说明，“庚寅本”整理时没有参考蒙府本。

“庚寅本”第 10 回批语全部来自己卯本，情况如下：

1．己卯本第 10 回原有 10 条批语，“庚寅本”只用了 8 条，占 80%。

2．己卯本 10 条批语原来都是双行批，“庚寅本”所用 8 条中，有 6 条保留为双行批，占 75%。

3．“庚寅本”所用 8 条中，有 2 条变为夹批，内容都是评论。

4．和第 9 回一样，此回中没有任何眉批。原因是己卯本没有任何眉批，“庚寅本”批语全部来自己卯本，也就没有任何眉批了。

4．第 11 回三种批语统计分析

第 11 回中只有 1 条此本独有的双行批。此外再没有任何其他批语。

原因很简单，此回无甲戌本，而其他版本批语只有戚序本有 30 条双行批，而“庚寅本”没有采用。其他己卯、庚辰本都无批语。

此回独有的 1 条批语看来很可能是整理者自己所写的。

5．第 12 回三种批语统计分析

第 12 回己卯、庚辰本开始有大量批语了，己卯本有 37 条，庚辰本有 40 条。“庚寅本”也采用了其中很多批语。情况统计如下：

1．己卯本原有批语 37 条，“庚寅本”采用了 29 条，占 78%。

2．庚辰本原有批语 40 条，“庚寅本”采用了 29 条，占 73%。

3．己卯、庚辰本批语三种形式：双行批、夹批和眉批都有。“庚寅本”凡采用的，形式全部不变。原本批语是什么形式，“庚寅本”仍保留原来的形式。这充分说明，“庚寅本”的批语很可能是来自己卯、庚辰本。

6．第 13、14 回三种批语统计分析

第 13 回开始有甲戌本了，己卯、庚辰本也有批语，“庚寅本”此回也以甲戌、己卯和庚辰本批语为主。情况总结如下：

1．甲戌本此回本有批语 43 条，“庚寅本”采用了 36 条，占 84%，占“庚寅本”批语总数 61 条的 59%。

2．庚辰本此回原有 27 条批语，“庚寅本”采用了 22 条，占 81%，占“庚寅本”批语总数 61 条的 36%。

3．“庚寅本”此回主要批语来自甲戌和庚辰本，两本合计 58 条，占“庚寅本”批语总数的 95%。

4．“庚寅本”此回只有己卯本 1 条双行批语，原本也只有 1 条双行批语。

5．“庚寅本”只有戚序本 1 条双行批语，原本只有 9 条批语。

6．和第 12 回一样，“庚寅本”61 条批语中，有 58 条批语保持原来形态，即批语形态基本不变。

7．“庚寅本”只有己卯本 1 条批语从夹批变为眉批；有庚辰本 2 条夹批变眉批。这明显是正文处理完后，再补充抄录的。

第 13 回的批语是典型的批语，因为此回是以两种最主要版本甲戌本和庚辰本为核心而编辑。

但可惜“庚寅本”只有第 14 回的前 4 页，全部是甲戌本和庚辰本批语，形式基本不变，只有 1 条甲戌本夹批，改成了双行批。

三、三种批语形式变化整体分析

1．“庚寅本”批语的整体情况

- 甲戌本有前 8 回，此本前 8 回的批语也是全部以甲戌本批语为主。
- 第 9 回甲戌本缺，己卯本没有评语，此本批语基本与戚序本批语相同。
- 第 10 回甲戌本仍缺，己卯本有评语，此本也用己卯本批语。从此回开始，即便戚序本有批语，也没有再继续采用。
- 第 11 回甲戌本仍缺，此回只有一条独有批语，再没有任何其他版本（如戚序本）的评语。从上回开始就不再采用戚序本批语。
- 第 12 回甲戌本仍缺，但己卯本、庚辰本有批语，此本也有己卯本、庚辰本批语。而戚序本批语仍没有采用。
- 第 13 回有甲戌本，此本也以甲戌本和庚辰本批语为主。
- 此本第 1—5 回中还有少量甲辰本批语。
- 此本中有几十条独有批语，这些批语是来自一个未知底本，还是抄录者自己所写，目前难以判断。

2．批语形式的变化

三种批语形式变化总结如下：

- 在第 1—8 回中，批语形式变化很多，甲戌本很多夹批，在此本中变成了双行批。
- 第 9 回也有 11 条戚序本夹批改变为双行批。
- 第 10 回就下降到只有 2 条己卯本夹批改变为双行批。
- 第 11 回无批语。
- 第 12 回批语形式无任何改变。
- 第 13 回也只有 1 条甲戌本批语和 2 条庚辰本批语改变了形式。

从以上统计中可以看出，批语形式的改变是越来越少的，直至第 12 回不做任何改变，和第 13 回只有极少批语改变。这似乎表明，开始时整理者是认真地整理批语，对很多批语的形式，都做了一些仔细的修改。但如此整理会极为费力，因此从第 12 回以后就基本不再改变批语形式了。

表 19．庚寅本各回批语分类统计

	1—8 回	9 回	10 回	11 回	12 回	13 回
批语来源	甲戌本为主	戚序	己卯	0	庚辰 己卯	甲戌 庚辰
批语形式	很多夹批 变双行	少量夹批 变双行	2 条改变	0	无变化	极少变化

四、三种批语形式变化的原因

从以上对 3 种批语形式分析可以看出，“庚寅本”和原本相比，3 种形式的批语变化很大，似乎没有任何规律。

如果“庚寅本”是根据五种版本批语来整理，一般来说似乎应该基本保持原本批语的形式，而“庚寅本”中这种没有规律的 3 种批语形式的改编，似乎很难解释。

“庚寅本”批语的来历有 3 种可能。一是直接根据五种版本批语来整理，二是根据某一个老版本来整理，第三种可能是根据某种批语汇集本来整理。而“庚寅本”中批语形式改版，也有多种可能。可能是其底本就已经改变了，“庚寅本”整理者只是照抄底本而已。也可能是“庚寅本”整理者在抄写中，自己随意根据自己的意愿而随意改变。

如果只根据批语形式改变本身来分析，很难判断是上述 3 种可能的哪一种。由于“庚寅本”中同时有 5 种版本批语，要同时找到这 5 种版本，再根据这 5 种版本来整理的可能性很小。而根据某一个老版本来整理，则此底本要同时有 5 种版本批语，这种可能性也很小。而“庚寅本”如果是根据某种批语汇集本来整理就很容易了。

根据后面多方面分析来看，第 3 种可能，即根据某种批语汇集本来整理的可能性最大。“庚寅本”整理者在抄写中，对批语形式没有特别注意，所以批语形式随意改变可能性很大。

下面详细分析“庚寅本”批语是根据某种批语汇集本来整理的可能性。

第二章 “庚寅本”批语和俞平伯《辑评》

第一节 “庚寅本”和俞平伯《辑评》

一、“庚寅本”批语来源的几种可能

“庚寅本”中同时有其他5种版本的独有批语，可以认为“庚寅本”批语实际可以看成是现有5种版本批语的汇总。这绝非巧合，而是肯定有深层原因的。

产生这种情况只有三种可能：

第一，“庚寅本”中同时有5种版本批语，其中一种可能是，“庚寅本”是早期版本，这5种版本的批语是初期版本就存在的。而甲戌本、己卯本、庚辰本、戚序本和甲辰本5种版本的批语都来自此本。但这种可能性极小，基本不可能。

第二，这5种版本批语不是一次抄录而成，是从早期版本逐步演变而成。如某人先抄写了甲戌本批语，后又有人抄写了己卯、庚辰本批语，后又有人抄写了戚序本批语，最后有人抄入了甲辰本批语。但这如此复杂的抄写过程存在的可能性极小。

第三，“庚寅本”有5种版本批语，可能是抄录者找到5种版本再整理而成，但这种可能性极小。

第四，“庚寅本”批语也可能是根据某本《红楼梦》批语汇总编辑而成。通过后面的分析可以看出，“庚寅本”批语是根据俞平伯1954年版《脂砚斋红楼梦辑评》整理而成的可能性最大。

由于前三种可能性很小，不值得分析。下面着重分析第四种可能，即“庚寅本”批语是根据俞平伯1954年版《脂砚斋红楼梦辑评》整理的，而不是根据各个版本批语分别整理而成的，看这种可能性到底有多大，是否可以圆满解释“庚寅本”批语中的很多问题。如果解释圆满，则这种可能性就很大。

二、几种《红楼梦》批语辑评

众所周知，各种脂本《红楼梦》中有大量批语，这些批语对研究《红楼梦》有很大意义。到目前为止将《红楼梦》这些批语汇集成册单独出版的《红楼梦》批语辑评

有四种：

1．俞平伯，《脂砚斋红楼梦辑评》，上海文艺联合出版社，1954 年版，古典文学出版社 1957 年版，中华书局 1960 年版第 1 次印刷，1963 年第 2 次印刷新 1 版，1963 年 9 月第 2 次印刷新 2 版。

2．陈庆浩，《新编石头记红楼梦脂砚斋评语辑校》，中文大学新亚书院，1972 年版；联经出版事业公司，1979 年版；增订本，中国友谊出版公司，1987 年版。

3．朱一玄，《红楼梦脂评校录》，齐鲁书社，1986 年版。

4．郑洪枫、郑庆山，《红楼梦脂评辑校》，北京图书馆出版社，2006 年版。

由于“庚寅本”只抄录了 5 种版本的批语，即甲戌本、己卯本、庚辰本、戚序本（即有正本）和甲辰本，而没有列藏本、蒙府本批语。而陈庆浩、朱一玄和郑洪枫、郑庆山 3 种批语辑评出版较晚，除收入这 5 种版本批语外，还收入了以后发现的列藏本和蒙府本的批语，而“庚寅本”中并没有蒙府本、列藏本批语，因此“庚寅本”不太可能以 3 种汇评为底本进行编辑。

只有俞平伯《脂砚斋红楼梦辑评》出版较早，只收入了甲戌本、己卯本、庚辰本、戚序本和甲辰本这 5 种版本批语，没有列藏本、蒙府本批语，因此“庚寅本”如根据辑评整理，只有俞平伯《脂砚斋红楼梦辑评》一种可能。

但俞平伯《脂砚斋红楼梦辑评》有多个版本，到底“庚寅本”是根据哪个版本整理的，还要仔细分析。

三、俞平伯《脂砚斋红楼梦辑评》批语来源

俞平伯的《脂砚斋红楼梦辑评》有 4 个版本，即 1954 年由上海文艺联合出版社出版第 1 版，1957 年古典文学出版社第 1 版（与 1954 年由上海文艺联合出版社第 1 版完全相同），1960 年 2 月修订后由中华书局出版新 1 版，1963 年 9 月第 2 次印刷又重新修订，为新 2 版。

4 个版本的差异在于，俞平伯 1954 年版《脂砚斋红楼梦辑评》是第 1 本《红楼梦》批语的汇集，此版中甲戌本批语是根据陶洙在己卯本上过录的甲戌本批语整理的，有很多错误。1960 年新 1 版对庚辰本做了补正，但因甲戌本尚未影印，仍无法修订。1963 年 9 月的新 2 版根据台湾 1961 年影印的甲戌本，对 1960 年新 1 版中甲戌本批语做了很多修订，为此俞平伯在此版引言的最后做了说明：

> 原印甲戌本系根据过录，讹缺甚多，兹查对影印本重新订补，承戈润之先生相助，并志感谢。1963 年 1 月。

俞平伯在此书“引言”中对此书的编辑做了详细介绍。

俞平伯整理辑评时，主要依据当时他可以收集到的 5 个版本：

1．甲戌本：乾隆甲戌（1754）脂砚斋重评本（凡 16 回，1 至 8，13 至 16，25 至 28）。

甲戌本当时被胡适带到美国去了，1954 年俞平伯整理时还没有影印本（台湾第一次影印是 1961 年）。俞平伯当时辑录甲戌本批语，是根据陶洙过录在己卯本上的甲戌本脂评。由于陶洙把甲戌本批语抄在已经抄录完的己卯本上，为地位行款所限，最需要区别的双行批注和行间夹批便分不清楚。因此甲戌本的双行批语就无法再插入己卯本的正文中，陶洙只好在插入双行批语的正文旁，再插入"<"等记号。

但俞平伯整理时，似乎没有注意这个记号，因此在俞平伯 1954 年版《脂砚斋红楼梦辑评》中，很多双行批语的位置发生了错误。最终，俞平伯 1954 年版《脂砚斋红楼梦辑评》记录甲戌本批语时，只注明"总评"和"眉批"两种，而双行批注和夹批无法因为分别，就都通称为"甲戌"。这样导致俞平伯 1954 年版《脂砚斋红楼梦辑评》中的甲戌本批语错误很多。1960 年修订后由中华书局出版新 1 版，只对庚辰本做了补正。后来到 1961 年，甲戌本在台湾影印出版，俞平伯 1963 年获得甲戌本影印本后，立即针对甲戌本批语做了大量的修订，1963 年出版了此书的新 2 版，并加以注解："原印甲戌本系根据过录，讹缺甚多。兹查对影印本重新订补，承戈润之先生相助，并志感谢。1963 年 2 月"[①]

虽然俞平伯在此书"引言"中称甲戌本批语是根据"近人"把甲戌本批语过录到己卯本上的[②]，此"近人"就是陶洙，因为陶洙在日本占领北平时期曾为日伪工作，被称为"臭名昭著的叛国者（汉奸）"，所以俞平伯不提他的名字。但实际上，俞平伯还曾参考自己过录到戚序本上的甲戌本批语。

根据俞平伯日记记载，他 1931 年借到甲戌本后，曾把甲戌本批语过录到他的《红楼梦》（即戚序本）上。

俞平伯 1931 年 3 月 26 日的《秋荔亭日记》记载：

> 是晚始节抄脂砚斋评在我的《红楼梦》上（第一卷毕）。

仅两天后就抄完 3 回（甲戌本上"回"称为"卷"），3 月 28 日记载：

> 抄《石头记》凡三卷毕。

这说明，俞平伯确实在 1931 年曾把甲戌本批语过录到他自己的戚序本上。但后来再未见到俞平伯先生有关抄录甲戌本批语的记载了。俞平伯是否继续抄了？抄到哪回为止？都再无记录了。但根据后面的分析，俞平伯可能确实只抄录了甲戌本前三回的批语。

本人曾联系俞平伯亲属，但至今尚未查到俞平伯的戚序本《红楼梦》在何处，无法核实此事。

所以，1954 年俞平伯整理《脂砚斋红楼梦辑评》时，除依据陶洙的己卯本外，肯定会参考自己 1931 年的抄本。

在 1954 年俞平伯整理《脂砚斋红楼梦辑评》和"庚寅本"中出现了陶洙己卯本

---

① 俞平伯：《脂砚斋红楼梦辑评》，中华书局 1960 年 2 月新 1 版，1963 年 9 月上海第 2 次印刷，第 12 页。

② 俞平伯：《脂砚斋红楼梦辑评》，上海文艺联合出版社 1954 年版，第 8 页。

没有的批语，即第3回中一条批语：

【正文】极恶读书。

【甲戌眉】这是一段反衬章法。黛玉心用猜度蠢物等句对着去，方不失作者本旨。

当时俞平伯手中没有甲戌本，为何俞平伯1954年整理《脂砚斋红楼梦辑评》时，会出现了陶洙己卯本没有的甲戌本批语？这只可能是由于俞平伯手中有自己过录的甲戌本前3回的批语。他虽然看到陶洙的己卯本没有此批语，但自己过录到戚序本上的批语中有此批语，因此才会把此批语收入1954年版《脂砚斋红楼梦辑评》。

2．己卯本：乾隆己卯（1759年）冬月脂砚斋四阅评本，凡38回，第1至20回，第31至40回，第61至70回，内缺第64、67两回，后经抄配。己卯本是俞平伯从陶洙处借到的原本，没有问题，上面有陶洙从周汝昌甲戌本录副本过录的甲戌本批语。

3．庚辰本：乾隆庚辰（1760年）秋脂砚斋四阅评本（凡78回，缺64、67两回）。庚辰本当时已经由北京大学收藏，但俞平伯从陶洙处借到此书的照片，即晒蓝本。由于不是原本，庚辰本批语原有批语中，双行批语是墨批，而眉批和夹批有朱批和墨批，照片无法区分，因此也带来一些问题。

4．甲辰本：乾隆甲辰（1784年）菊月梦觉主人序本（80回）。甲辰本1953年发现，当时暂在俞平伯手中保存。

5．戚序本：有正书局石印戚蓼生序本，80回，原以为其底本已毁，1975年发现上半部40回，称“戚沪本”。有正书局两次出版戚序本，有大字和小字之别，大字本稍好。南京图书馆还有一种戚序本，又称“戚宁本”。戚序本是民国时期1911年正式出版的，俞平伯一直对其评价较高，俞平伯整理的八十回本《红楼梦》就是以戚本为底本。

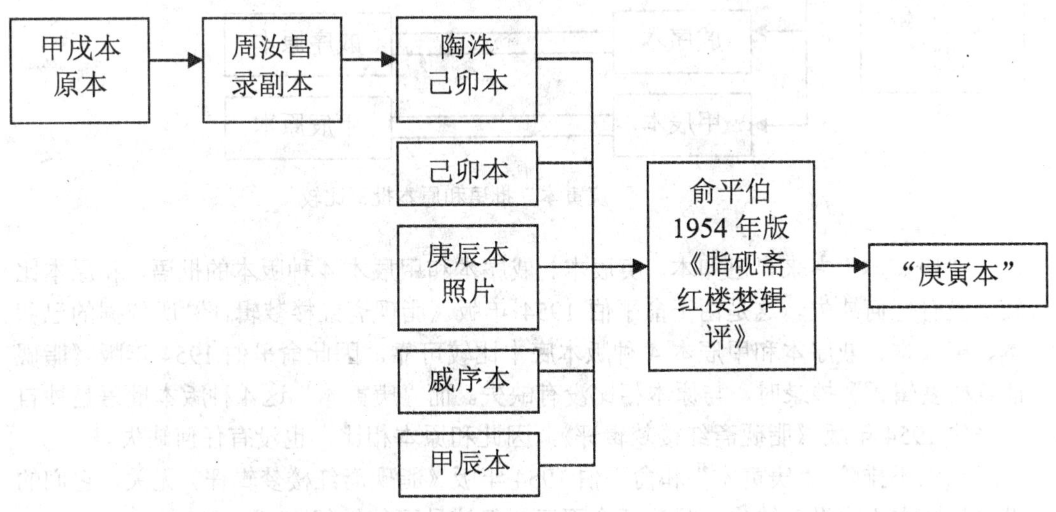

俞平伯1954年版《脂砚斋红楼梦辑评》和“庚寅本”批语来源示意图

俞平伯1954年版《脂砚斋红楼梦辑评》的5种底本中，己卯本、甲辰本和戚序本都是原本，无问题。但甲戌本和庚辰本都不是原本，因此这两种版本就都打了折扣，对于俞平伯整理辑评工作有些影响。特别是甲戌本的批语中问题最多，“庚寅本”中诸多问题就出在此处。

第二节 “庚寅本”缺失批语分析

一、“庚寅本”几种缺失的批语

根据以上分析，“庚寅本”批语很可能是来自俞平伯1954年版《脂砚斋红楼梦辑评》，对此将“庚寅本”、俞平伯1954年版《脂砚斋红楼梦辑评》批语和原本批语进行比较，发现如下情况。

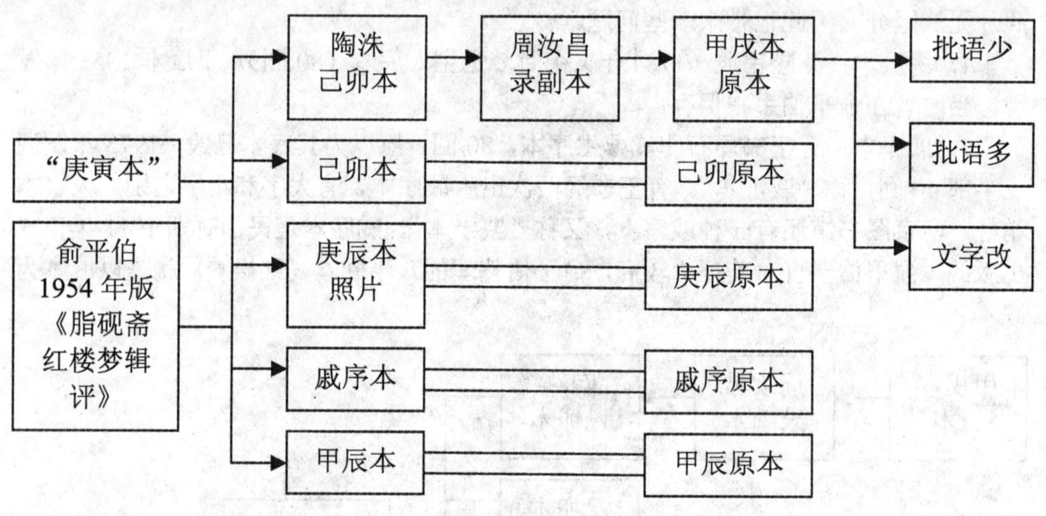

“庚寅本”批语和原本批语比较

“庚寅本”中来自己卯本、庚辰本、戚序本和甲辰本4种版本的批语，和原本比较，没有任何缺失。这是由于俞平伯1954年版《脂砚斋红楼梦辑评》所依据的己卯本、庚辰本、戚序本和甲辰本4种版本底本比较可靠，因此俞平伯1954年版《脂砚斋红楼梦辑评》抄录时，与原本相比没有缺失。而“庚寅本”这4种版本批语是抄自俞平伯1954年版《脂砚斋红楼梦辑评》，因此和原本相比，也没有任何缺失。

当然不排除，“庚寅本”和俞平伯1954年版《脂砚斋红楼梦辑评》无关，它们的批语和原本相比没有缺失，只是巧合而已。但这种可能性很小。

而甲戌本则大不相同了，“庚寅本”、俞平伯1954年版《脂砚斋红楼梦辑评》和甲戌本原本相比，批语有很多缺失，也有增加，也有文字修改。而且“庚寅本”、俞平伯1954年版《脂砚斋红楼梦辑评》“庚寅本”、俞平伯1954年版《脂砚斋红楼梦辑评》两本批语的缺失、增加和文字修改完全相同。

1. 批语缺失

“庚寅本”、俞平伯1954年版《脂砚斋红楼梦辑评》批语和甲戌本原本相比，批语有相同的缺失。

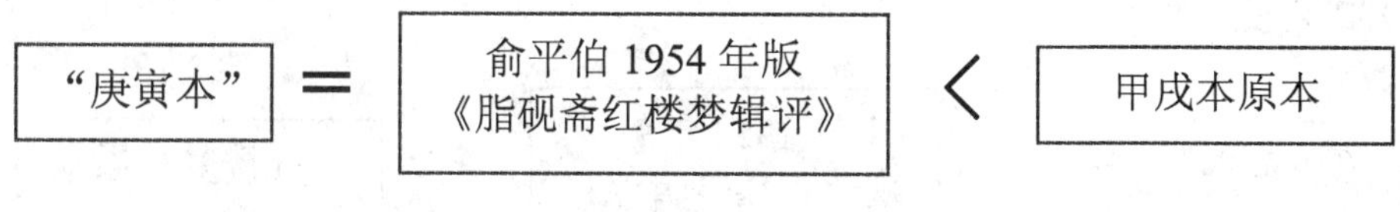

“庚寅本”批语减少

造成批语缺失的原因可能有两种。

首先，这可能只是巧合而已，“庚寅本”和俞平伯1954年版《脂砚斋红楼梦辑评》的批语，都是分别来自甲戌本原本，都没有收入某些批语。在这种情况下，“庚寅本”批语和俞平伯1954年版《脂砚斋红楼梦辑评》无关。

其次，不可否认，造成这种情况的原因也可能是，“庚寅本”批语就是来自俞平伯1954年版《脂砚斋红楼梦辑评》，而俞平伯1954年版《脂砚斋红楼梦辑评》批语是来自陶洙过录己卯本，陶洙过录己卯本又抄自周汝昌甲戌本录副本（但缺乏证据），录副本又抄自甲戌本原本。

2. 批语增加

“庚寅本”、俞平伯1954年版《脂砚斋红楼梦辑评》的批语，不止有相同的缺失批语，有时还有相同的、比甲戌本原本增加的批语。

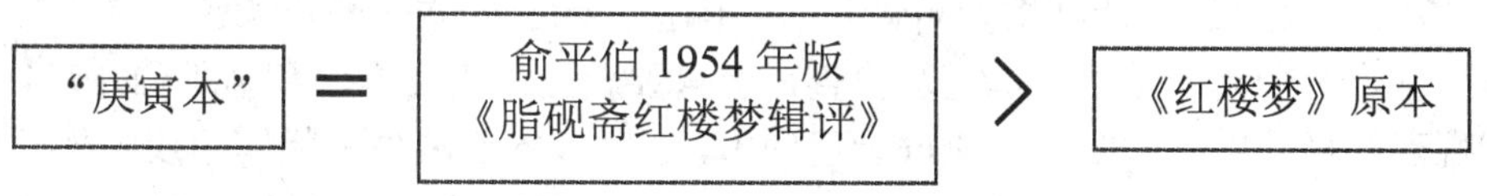

“庚寅本”批语增加

造成批语增加和缺失原因一样，也可能有两种。

首先，增加和缺失一样，可能只是巧合而已，这样“庚寅本”和俞平伯1954年版《脂砚斋红楼梦辑评》的批语，都是分别来自某个共同的祖本，“庚寅本”批语就和俞平伯1954年版《脂砚斋红楼梦辑评》无关。两本同时增加完全相同批语的可能性存在，但这种可能性很小。

增加和缺失一样，“庚寅本”和俞平伯1954年版《脂砚斋红楼梦辑评》同时增加了文字完全相同的批语，则要么是它们都来自共同底本，要么就是“庚寅本”批语是来自俞平伯1954年版《脂砚斋红楼梦辑评》，似乎后者可能性更大。由于甲戌本原本并无此批语，则俞平伯1954年版《脂砚斋红楼梦辑评》批语来自何处，就要再仔细研究了。增加批语的典型例子就是甲戌本的附条批语。

3．批语文字修改

“庚寅本”和俞平伯1954年版《脂砚斋红楼梦辑评》批语和甲戌本原本批语相比，还出现了文字修改。如果“庚寅本”和俞平伯1954年版《脂砚斋红楼梦辑评》批语文字修改完全相同，说明“庚寅本”批语来自俞平伯1954年版《脂砚斋红楼梦辑评》的可能性很大。

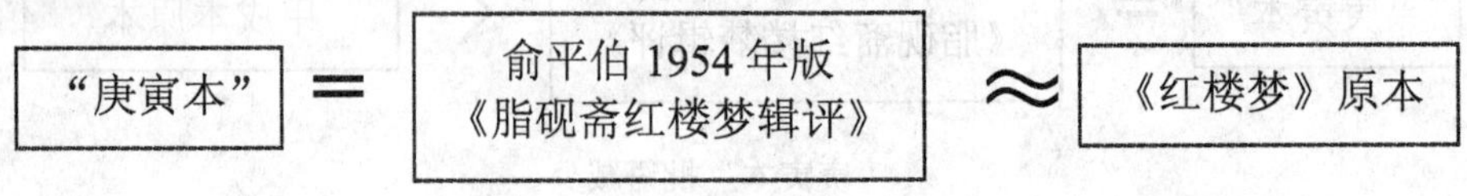

“庚寅本”批语文字修改

本章只分析第一种批语缺失的情况，即“庚寅本”和俞平伯1954年版《脂砚斋红楼梦辑评》的批语相比，批语有相同的缺失。

而批语增加和批语文字修改在后续的章节中再分析。

二、“庚寅本”和《辑评》同时缺失的批语

如前所述，“庚寅本”、俞平伯1954年版《脂砚斋红楼梦辑评》批语和甲戌本原本相比，有的批语两本同时都缺失了，其原因可能只是巧合而已，但也可能是“庚寅本”批语是来自俞平伯1954年版《脂砚斋红楼梦辑评》，因此还是值得分析。

“庚寅本”中甲戌本批语来源比较复杂。“庚寅本”中甲戌本批语的来源是：俞平伯1954年版《脂砚斋红楼梦辑评》——陶洙过录已卯本——周汝昌过录本——甲戌本原本。由于周汝昌过录本无法检查，但只要查出“庚寅本”和俞平伯1954年版《脂砚斋红楼梦辑评》以及陶洙过录己卯本，3种版本都缺失了相同甲戌本批语，就证明上述过程是正确的，即“庚寅本”甲戌本批语很可能是来自俞平伯1954年版《脂砚斋红楼梦辑评》。

“庚寅本”和俞平伯1954年版《脂砚斋红楼梦辑评》以及陶洙过录己卯本，3本和甲戌本相比，2本或3本同时都缺失了的甲戌本批语统计如下。

第1回：4处，3本都缺失。

【正文】喜不能禁。

【甲戌眉】昔子房后谒黄石公，惟见一石。子房当时恨不随此石去。余亦恨不能随此石而去也。聊供阅者一笑。（本书下册第115页）

【正文】“你把这有命无运、累及爹娘之物，抱在怀内作甚”一段。

【甲戌眉】武侯之三分，武穆之二帝，二贤之恨，及今不尽，况今之草芥乎？

家国君父事有大小之殊，其理其运其数则略无差异。知运知数者则必谅而后叹也。（本书下册第121页）

【正文】原系胡州人氏。

【甲戌夹】胡诌也。（本书下册第 122 页）

第 2 回：21 处，己卯本全部有。

【正文】一局输赢料不真，香销茶尽尚逡巡。欲知目下兴衰兆，须问旁观冷眼人。

【甲戌夹】只此一诗便妙极！此等才情，自是雪芹平生所长，余自谓评书非关评诗也。

【甲戌眉】故用冷子兴演说。（本书下册第 128 页）

【正文】又问外孙女儿。

【甲戌夹】细。（本书下册第 128 页）

【正文】本自怯弱多病的。

【甲戌夹】又一染。（本书下册第 130 页）

【正文】子兴叹道：“老先生休如此说”。

【甲戌夹】叹得怪。（本书下册第 132 页）

【正文】倒是老先生你贵同宗家。

【甲戌眉】同性即同宗出，可发一叹。（另一手笔）

【正文】宁国公。

【甲戌夹】演。（本书下册第 132 页）

【正文】荣国公。

【甲戌夹】源。（本书下册第 132 页）

【正文】 贾代化袭了官。

【甲戌夹】第二代。（本书下册第 133 页）

【正文】只剩了次子贾敬袭了官。

【甲戌夹】第三代。（本书下册第 133 页）

【正文】幸而早年留下一子，名唤贾珍。

【甲戌夹】第四代。（本书下册第 133 页）

【正文】长子贾代善袭了官。

【甲戌夹】第二代。（本书下册第 133 页）

【正文】长子贾赦，次子贾政。

【甲戌夹】第三代。（本书下册第 133 页）

【正文】这政老爹的夫人王氏。

【甲戌夹】记清。（本书下册第 133 页）

【正文】头胎生的公子，名唤贾珠，十四岁进学，不到二十岁就取了妻，生了子。

【甲戌夹】此即贾兰也。至兰第五代。（本书下册第 133 页）

【正文】一病死了。

【甲戌眉】略可望者即死，叹叹！（本书下册第 133-134 页）

【正文】皆应劫而生者。

【甲戌夹】此亦略举大概几人而言。（本书下册第134页）

【正文】便要凿牙穿腮等事。

【甲戌夹】恭敬，罪过。（本书下册第135页）

【正文】其妾又生了一个。

【甲戌夹】带出贾环。（本书下册第136页）

【正文】长名贾琏，今已二十来往了，亲上作亲，娶的就是政老爹夫人王氏之内侄女。

【甲戌夹】另出熙凤一人。（本书下册第136页）

【正文】雨村向窗外看道。

【甲戌夹】画。（本书下册第136页）

第3回：8处中有7处己卯本有，只有1处己卯本无。

【正文】题奏之日，轻轻谋了一个复职候缺。

【甲戌夹】《春秋》字法。（本书下册第138页）

【正文】不上两个月，金陵应天府缺出，便谋补了此缺。

【甲戌夹】《春秋》字法。（本书下册第138页）

【正文】于是三四人争着打起帘笼。

【甲戌夹】真有是事，真有是事！（本书下册第139页）

【正文】黛玉忙起身迎上来见礼。

【甲戌夹】此笔亦不可少。（本书下册第140页）

【正文】不免贾母又伤感起来。

【甲戌夹】妙！（本书下册第140页）

【正文】极恶读书。

【甲戌眉】这是一段反衬章法。黛玉心用猜度蠢物等句对着去，方不失作者本旨。（己卯本无）（本书下册第147页）

第4回：5处，己卯本均有。

【正文】贾不假，白玉为堂金作马。

【甲戌夹】宁国、荣国二公之后，共十二房分。除宁、荣亲派八房在都外，现原籍住者十二房。（本书下册第155页）

【正文】阿房宫，三百里，住不下金陵一个史。

【甲戌夹】保龄侯尚书令史公之后，房分共十八。都中现任者十房，原籍现居八房。（本书下册第155页）

【正文】东海缺少白玉床，龙王来请金陵王。

【甲戌夹】都太尉统制县伯王公之后，共十二房。都中二房，馀……。（本书下册第155页）

【正文】丰年好大雪，珍珠如土金如铁。

【甲戌夹】隐“薛”字。紫微舍人薛公之后，现领内府帑银行商，共八房分。

（本书下册第155页）

【正文】雨村评冯渊英莲一段。

【甲戌眉】使雨村一评，方补足上半回之题目。所谓此书有繁处愈繁，省中愈中省；又有不怕繁中繁，只要繁中虚；不畏省中省，只要省中实。此则省中实也。（本书下册第157页）

第5回：1处。

【正文】名“群芳髓”。

【甲戌眉】群芳髓可对冷香丸。（另一人手笔）

第6回：1处。

【正文】有个老奶奶来找你呢。

【甲戌眉】毕竟真孩子气。（另一人手笔）

第7回：12处。

【正文】宝玉与周瑞家的说话一段。

【甲戌眉】余观“才从学里来”几句，忽追思昔日形景，可叹！想纨裤小儿，自开口云“学里”，亦如市俗人开口便云“有些小事”，然何常真有事哉？此掩饰推托之词耳。宝玉若不云“从学房里来凉着”，然则便云“因憨顽时凉着”者哉？写来一笑，继之一叹。（本书下册第188页）

【正文】有女儿之态。

【甲戌夹】伏笔也，不可不知。（另一手笔）

【正文】心中亦自思道。

【甲戌夹】所谓两情脉脉。（另一手笔）

【正文】再读书一事，必须有一二知己为伴。

【甲戌夹】眼。（本书下册第191页）

【正文】先骂大总管赖二。

【甲戌夹】来了。（另一手笔）

【正文】连贾珍都说出来。

【甲戌夹】来了。（另一手笔）

【正文】这些畜生来。

【甲戌夹】来了。（另一手笔）

【甲戌眉】一部红楼淫邪之处，恰在焦大口中揭明。（另一手笔）

【正文】装作没听见。

【甲戌夹】是极。（另一手笔）

【正文】因问凤姐道。

【甲戌夹】问得妙。（另一手笔）

【正文】醉汉嘴里混唚。

【甲戌夹】答得妙。（另一手笔）
【正文】好兄弟。（庚辰、己卯本无此文字）
【甲戌夹】哄的妙。（另一手笔）

第8回：7处。

【正文】一面又问老太太、姨娘安，别的姐妹们都好。
【甲戌夹】这是口中如此。（本书下册第194页）
【正文】我听这两句话，倒像和姑娘的项圈上的两句话是一对儿。
【甲戌夹】金针度矣。（另一手笔）
【正文】原来姐姐那项圈上也有八个字，我也赏鉴赏鉴。
【甲戌夹】又惊又喜。（另一手笔）
【正文】你别听他的话。
【甲戌夹】写宝钗身份。（另一手笔）
【正文】因笑问：“姐姐这八个字倒真与我的是一对”。
【甲戌夹】明明是一对。（另一手笔）
【正文】便嗔他不去倒茶。
【甲戌夹】写宝钗身份。（另一手笔）
【正文】薛姨妈笑道：“老货”。
【甲戌夹】二字如闻。（本书下册第197页）

由于甲戌本只有第1—8、第13—16、第23—28回，而“庚寅本”只有前13回半。因此除前8回外，只有第13回两本都有。但第13回中没有发现三本都缺失的甲戌本批语。

表20.“庚寅本”缺失的甲戌本批语分回、分类统计

回		1	2	3	4	5	6	7	8	合计	比例%
己卯本	己卯本无	4	0	1	0	1	1	12	7	26	45
	己卯本有	0	20	7	5	0	0	0	0	32	55
批语形式	眉批	3	3	1	1	1	1	2	0	12	21
	夹批	1	17	7	4	0	0	10	7	46	79

从以上统计可以看出，“庚寅本”和俞平伯1954年版《脂砚斋红楼梦辑评》以及陶洙过录己卯本3本批语和甲戌本原本相比，同时缺失的批语很复杂。

（1）3本都缺失：

从陶洙过录己卯本看，有的批语陶洙过录己卯本也缺失，即3本都没有此批语，这明显是陶洙过录到己卯本时缺失。而俞平伯1954年版《脂砚斋红楼梦辑评》批语是来自陶洙过录己卯本，也缺失。“庚寅本”批语是来自俞平伯1954年版《脂砚斋红楼梦辑评》所以也缺失。这样3本都没有此批语这说明。前8回合计26处。

（2）己卯本不缺失：

“庚寅本”和俞平伯 1954 年版《脂砚斋红楼梦辑评》缺失，但己卯本没有缺失的批语有 32 处，占总数的 55%。

“庚寅本”和俞平伯 1954 年版《脂砚斋红楼梦辑评》批语缺失，但己卯本不缺失的批语，只分布在第 2、3、4 这 3 回中。为何会出现这种情况？可能是俞平伯 1954 年版《脂砚斋红楼梦辑评》漏抄，但为何俞平伯 1954 年版《脂砚斋红楼梦辑评》单单只是这 3 回漏抄了，而其他 5 回都没有出现这样情况？仔细分析，一种可能是，第 1 回是俞平伯亲自根据已卯本整理的，因此没有出现漏抄的情况。而第 2、3、4 这三回俞平伯委托其他人整理，整理人不仔细，因此出现了很多漏抄的情况。第 5、6、7、8 回可能是俞平伯又亲自整理，或委托整理者很认真，因此没有出现漏抄的情况。

己卯本有批语，而俞平伯 1954 年版《脂砚斋红楼梦辑评》和“庚寅本”中却缺失的另一个可能是。如前所述，俞平伯 1931 年曾把甲戌本前 3 回批语过录到自己的《红楼梦》即戚序本上。因此他 1954 年整理甲戌本批语时，虽然看到陶洙的己卯本有批语，但自己过录到戚序本上的批语中却没有批语，因此俞平伯可能就没有把此批语收入 1954 年版《脂砚斋红楼梦辑评》，“庚寅本”也无此批语。

（3）批语形式：

从批语形式看，眉批有 12 处，夹批有 46 处。眉批按说是很明显的，为何己卯本上有，而俞平伯 1954 年版《脂砚斋红楼梦辑评》会漏抄，这也很奇怪。

（4）俞平伯 1963 年版《脂砚斋红楼梦辑评》：

俞平伯 1954 年版《脂砚斋红楼梦辑评》缺失的批语，在俞平伯 1963 年版中都补充上了，说明俞平伯发现 1954 年版的缺失而做了补充。

总之，从甲戌本批语缺失来分析，“庚寅本”批语很可能是来自俞平伯 1954 年版《脂砚斋红楼梦辑评》，但这不是铁证，理论上这也可能是巧合，但这样的巧合概率实在太小了。

要证明这一点，还要再找其他证据。如“庚寅本”和俞平伯 1954 年版《脂砚斋红楼梦辑评》同时都增加的批语，这比缺失的批语更有说服力。

第三章 “庚寅本”批语来自《辑评》

本章继续从多方面研究“庚寅本”和俞平伯1954年版《脂砚斋红楼梦辑评》的关系，研究结论是“庚寅本”批语很可能是来自俞平伯1954年版《脂砚斋红楼梦辑评》。

1．关于“庚寅本”中“血泪盈腮”批语；

2．“庚寅本”中和俞平伯1954年版《脂砚斋红楼梦辑评》批语相同，而和原本不同的批语。

3．“庚寅本”中重复出现的批语。

4．“庚寅本”中出现甲戌本后人所加墨笔批语。

5．“庚寅本”和《脂砚斋红楼梦辑评》不同批语。

6．“庚寅本”双行批语插入正文位置。

第一节 和《脂砚斋红楼梦辑评》相同批语

一、附条批语和“血泪盈腮”批语

“庚寅本”中出现了现存甲戌本没有的、而出现在俞平伯1954年版《脂砚斋红楼梦辑评》上的附条批语，这是“庚寅本”批语出自俞平伯1954年版《脂砚斋红楼梦辑评》的有力证据。

甲戌本附条批语只存在以下几个版本，因此“庚寅本”中的附条批语也只可能来自这些版本。

1．1927年的甲戌本，但只有残存的一角。因现存甲戌本中附条批语已经不存，所以“庚寅本”抄自甲戌本几乎不可能。

2．1948年7月周汝昌兄弟抄入甲戌本录副本。录副本到目前为止，周汝昌只曾借给陶洙，“庚寅本”抄自录副本几乎不可能。

3．1949年陶洙抄录在己卯本上。“庚寅本”抄自己卯本可能性也很小。

4．1954年俞平伯收入《脂砚斋红楼梦辑评》，“庚寅本”抄自此本可能性最大。

由于此附条批语比较复杂，在此不详细分析，详见本书的第四篇。

“庚寅本”中除附条批语外，还有一些和甲戌本批语文字不同，而和俞平伯 1954 年版《脂砚斋红楼梦辑评》文字相同的批语，其中典型的例子是“血泪盈腮”问题。

经陈庆浩先生指出：第 13 回最后，即甲戌本第 11 页 b 面，在正文“凤姐分析宁府弊端”处有一批语：“旧族后辈受此五病者颇多，余家更甚，三十年前事见书于三十年后，令余想恸血泪盈”。此处甲戌本的“血泪盈”后似缺一字。

对此批语最后一字有争议，俞平伯先生在 1954 年版《脂砚斋红楼梦辑评》中补上了一个“腮”字[1]，“庚寅本”在此处也补“腮”字，为“血泪盈腮”。

和上述前例一样，“腮”字又是首先出现在陶洙抄录在己卯本上。（注：以下引用己卯本页数均采用人民文学出版社 2010 年版）

舊族後輩受此五病者頗多余家更甚三十年前事見書于三十年後令余想慟血淚盈

此回只十頁因刪去天香樓一節少卻四五頁也

太太只管請回去我須得先理出一個頭緒來纔回去得呢王夫人聽說先同邢夫人等回去不在話下這裏鳳姐來至三間一所抱廈內坐了因想頭一件是人口混雜遺失東西第二件事無專執臨期推委第三件需用過費濫支冒領第四件任無大小苦樂不均第五件家人豪縱有臉者不服鈐束無臉者不能上進此五件實是寧國府中風俗不知鳳姐如何處治且聽下回分解正是

金紫萬千誰治國　裙釵一二可齊家

秦可卿淫喪天香樓作者用史筆也老朽因有魂托鳳姐賈家後事二件嫡是安富尊榮坐享人能想得到處其事雖未漏其言其意則令人悲切感服姑赦之因命芹溪刪去

甲戌本第 13 回“血泪盈”批语（第 13-11b 页）

此后，俞平伯又照抄陶洙过录己卯本，收入 1954 年版《脂砚斋红楼梦辑评》。而“庚寅本”又照抄俞平伯 1954 年版《脂砚斋红楼梦辑评》，也增加了“腮”字。陶洙是从周汝昌兄弟的甲戌本上过录的，至于在周氏兄弟录副本上，是什么字，目前就不得而知了。

---

[1] 俞平伯：《脂砚斋红楼梦辑评》，上海文艺联合出版社 1954 年版，第 214 页。

此例又成为“庚寅本”的批语是来自俞平伯 1954 年版《脂砚斋红楼梦辑评》的一个证据。

当然理论上不排除，“庚寅本”、俞平伯 1954 年版《脂砚斋红楼梦辑评》和陶洙过录己卯本都各自加了“腮”，只是巧合而已。但这种可能性实在太小。

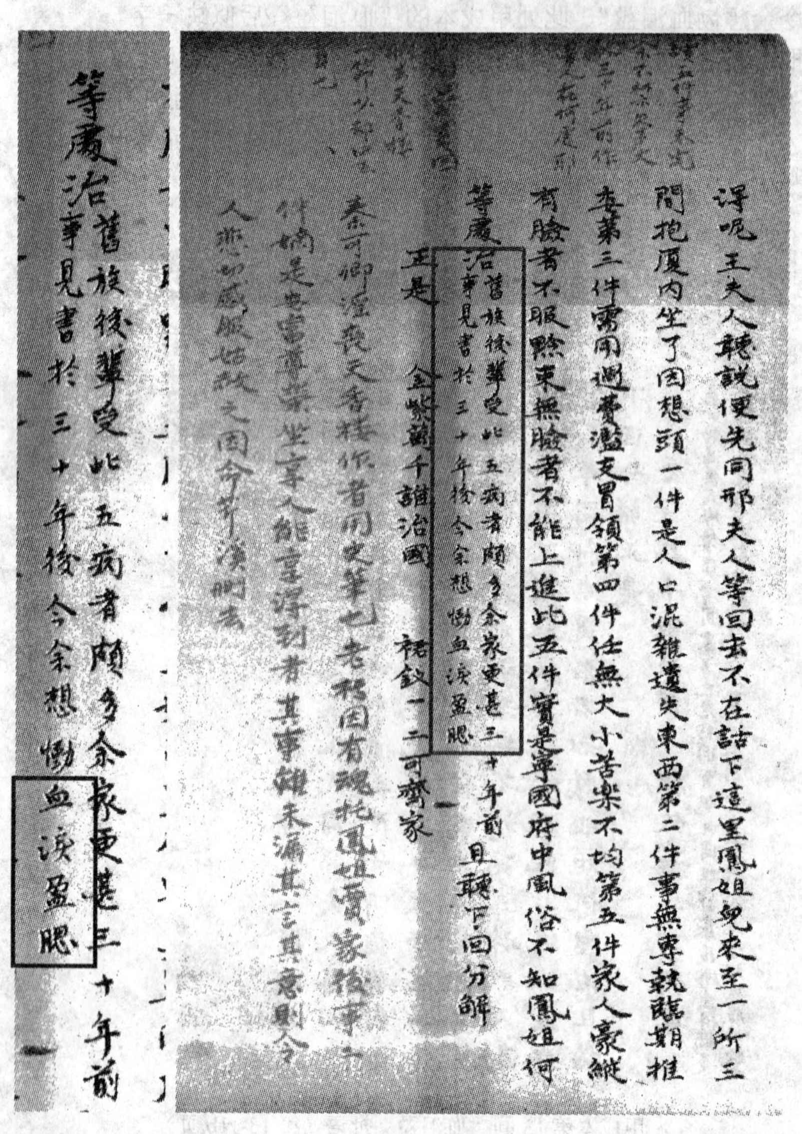

評呢王夫人聽說便先同邢夫人等回去不在話下這里鳳姐兒來至一所三
間抱廈內坐了因想頭一件是人口混雜遺失東西第二件事無專執臨期推
委第三件需用過費濫支冒領第四件任無大小苦樂不均第五件家人豪縱
有臉者不服鈐束無臉者不能上進此五件實是寧國府中風俗不知鳳姐何
等處治 且聽下回分解

舊族後輩受此五病者頗多余家更甚三十年前事見書於三十年後今余想慟血淚盈腮

正是 金紫萬千誰治國 裙釵一二可齊家

秦可卿淫喪天香樓作者用史筆也老朽因有魂托鳳姐賈家後事二
件嫡是安富尊榮坐享人能想得到者其事雖未漏其言其意則令
人悲切感服姑赦之因命芹溪刪去

等處治舊族後輩受此五病者頗多余家更甚三十年前事見書於三十年後今余想慟血淚盈腮

“庚寅本”第 13 回“血泪盈腮”批语

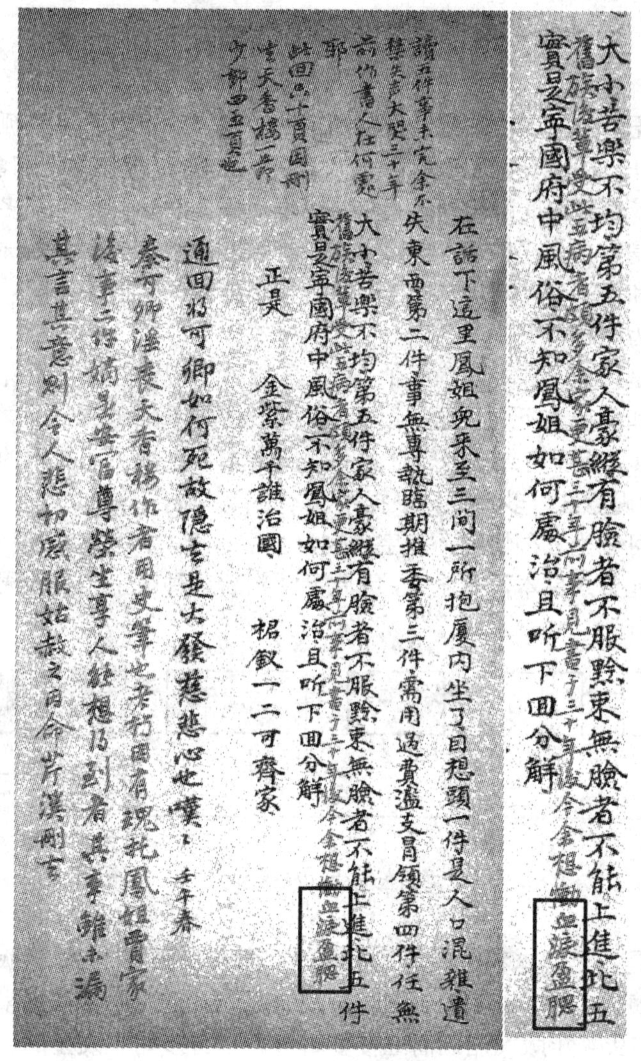

第 13 回“血泪盈腮”批语（己卯本，人民文学出版社 2010 年版，第 274 页）

另外顺便指出，在靖藏本是补“面”字，即为“血泪盈面”。在脂砚斋批语中，除此第 13 回中出现“血泪盈”之外，在甲戌本第 3 回第 10b 页中另一条批语中，也出现了“血泪盈面”，即夹批“四字是血泪盈面，不得已无奈何而下四字，是作者痛哭”。

请注意：这里是“血泪盈面”，而不是“血泪盈腮”。而且和第 13 回的“血泪盈”三字相比，笔迹很相似。因此这样看来，第 13 回遗漏的可能是“面”字，靖藏本补“面”字为“血泪盈面”，似乎比补“腮”字更为合理，而补“腮”字似乎不合理。

二、己卯本批语文字与甲序本不同

类似上述“腮”的补字、缺字、改字的情况，在“庚寅本”不是孤例。经仔细比较，除“腮”字外，在“庚寅本”中，与“腮”字类似，“庚寅本”和俞平伯 1954 年版《脂砚斋红楼梦辑评》批语相同，而和甲戌本批语文字不同还有很多例，这也成为“庚寅本”批语是抄自俞平伯 1954 年版《脂砚斋红楼梦辑评》的又一批证据。

“庚寅本”和俞平伯 1954 年版《脂砚斋红楼梦辑评》批语相同，而和甲戌本批语文字不同可分为两种情况。

第一种情况是，“庚寅本”、俞平伯 1954 年版《脂砚斋红楼梦辑评》和陶洙的己卯本都相同，而和甲戌本不同。这样很明显，修改是从陶洙过录己卯本开始发生的，俞平伯 1954 年版《脂砚斋红楼梦辑评》和“庚寅本”延续了己卯本的错误。而俞平伯 1963 年版《脂砚斋红楼梦辑评》根据甲戌本影印本做了修订。

这种情况又可分为三种情况：补字 4 例，少字 5 例，改字 12 例，合计 21 例。

由于周汝昌兄弟录副本没有出版，因此无法判断这种改字是否在周汝昌的录副本中就出现了。

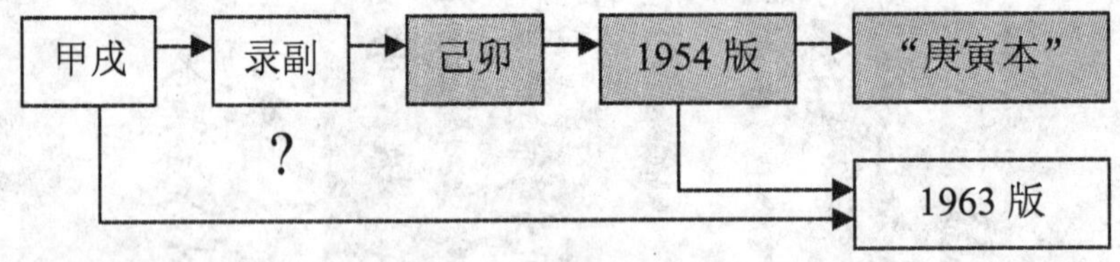

己卯本文字开始修改

第二种情况是，己卯本和甲戌本是相同的，而和俞平伯 1954 年版《脂砚斋红楼梦辑评》及“庚寅本”不同，有 10 例。这种情况中，这些修正不是来自陶洙的己卯本，而是俞平伯 1954 年版《脂砚斋红楼梦辑评》本身抄写中发生的，而“庚寅本”又照抄了。因此这并不影响“庚寅本”批语文字是来自俞平伯 1954 年版《脂砚斋红楼梦辑评》的分析判断。

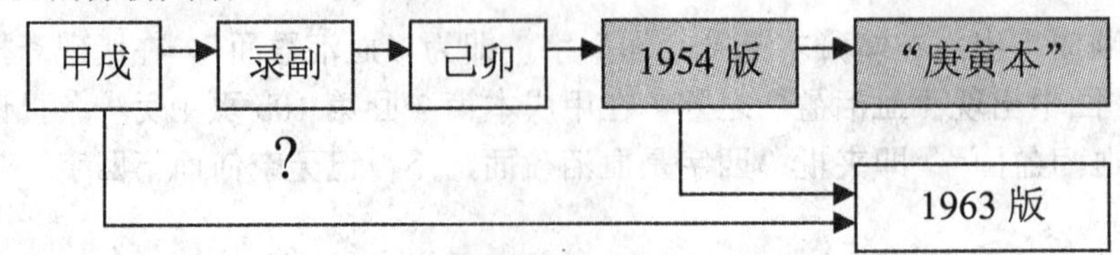

1954 年版《脂砚斋红楼梦辑评》文字开始修改

以下逐一分析这种批语文字修改的例证。为简化叙述，将俞平伯 1954 年版《脂砚斋红楼梦辑评》简称“1954 年版”，将俞平伯 1963 年版《脂砚斋红楼梦辑评》简称“1963 年版”。

第一种，己卯本、1954年版、“庚寅本”比甲戌本多字，共4例。

例1．第1回。

正文：自经锻炼之后灵性已通。

甲戌本第1-5a页，1963年版第3页：

【夹】甚哉人生不能学也。

己卯本第10页，1954年版第35页，“庚寅本”第7页：

【双】甚哉人生不能不学也。

改：己卯本、1954年版、“庚寅本”比甲戌本多“不”字。

例2．第1回。

正文：至若离合悲欢，兴衰际遇。

甲戌本第1-7a页，1963年版第7页：

【眉】有间架，有曲折，有顺逆。

己卯本第14页，1954年版第39页，“庚寅本”第10页：

【眉】有间架，有曲折，有顺有逆。

改：己卯本、1954年版、“庚寅本”比甲戌本多“有”字。

例3．第8回。

正文：次日醒来。

甲戌本第8-13b页，1963年版第141页：

【侧】此回收法，与前数不同矣。

1954年版第178页，己卯本第185—186页，“庚寅本”第208页：

【侧】此回收法，与前数回不同矣。

改：己卯本、1954年版、“庚寅本”比甲戌本多“回”字。

例4．第8回。

正文：那贾家上上下下，都是一双富贵眼睛。

甲戌本第8-14b页，1963年版第143页：

【侧】为天下读书一哭，寒素人一哭。

己卯本第187页，1954年版第180页，“庚寅本”第210页：

【侧】为天下读书人一哭，寒素人一哭。

改：己卯本、1954年版、“庚寅本”比甲戌本多“人”字。

以上是己卯本、俞平伯1954年版《脂砚斋红楼梦辑评》和“庚寅本”都比甲戌本批语多字的4例，这些修改肯定是来自陶洙的己卯本。由于无法与周汝昌兄弟录副本核对，因此无法肯定是否来自周汝昌兄弟录副本。

第二种，1954年版、“庚寅本”比甲戌本少字，而己卯本不少，共4例。

例1．第1回。

正文：明且看石上是何故事。

甲戌本第1-8b页，1963年版第8页：

【眉】后文如此处者不少。

己卯本第16页，1954年版第40页，“庚寅本”第12页：

【夹】后文如此处不少。

改：己卯本、1954年版、“庚寅本”缺“者”字。

例2．第5回。

正文：大书七字云“金陵十二钗正册”。

甲戌本第5-6b页，1963年版第84页：

【夹】正文题。

己卯本第106页，1954年版第117页，“庚寅本”第114页：

【夹】正文。

改：己卯本、1954年版、“庚寅本”缺“题”字。

例3．第7回。

正文：冷笑道，我就知道别人不挑剩下的，也不给我。

甲戌本第7-8a页，1963年版第114页：

【夹】吾实不知……再看一看上仿神。

己卯本第157页，1954年版第153页，“庚寅本”第174页：

【夹】吾实不知……再看一看上神。

改：己卯本、1954 年版、“庚寅本”少“仿”字。

例 4．第 8 回。

正文：我生怕别人贴坏了。我亲自爬高上梯的贴上。

甲戌本 8-11b ，1963 年版第 138 页：

【夹】全是体贴一人。

己卯本第 183 页，1954 年版第 174 页，“庚寅本”第 205 页：

【夹】全是体贴人。

改：己卯本、1954 年版、“庚寅本”缺“一”字。

第三种，1954 年版、“庚寅本”比甲戌本改字，而己卯本不改，共 13 例。
例 1．第 8 回“娇养”和“娇大”。

正文：堪陪宝玉读书。

甲戌本第 8-13b 页，1963 年版第 141 页：

【夹】娇养如此溺爱如此。

己卯本第 186 页，1954 年版第 178 页，“庚寅本”第 11 页：

【双】娇大如此溺爱如此。

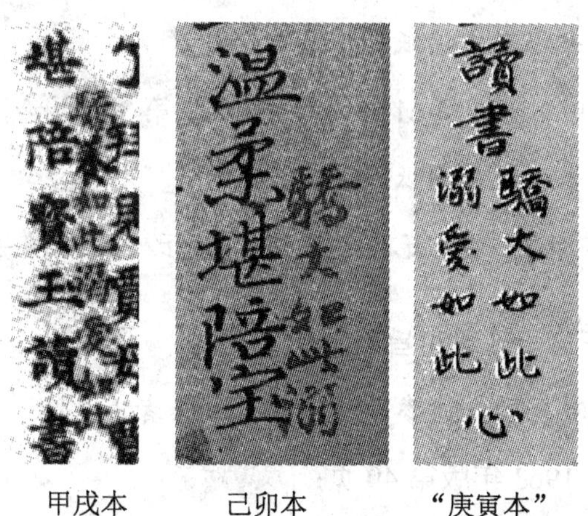

甲戌本　　己卯本　　“庚寅本”

此处的错误很奇怪。在“庚寅本”也是“大”字，明显是来自陶洙过录己卯本的“大”字。但查甲戌本，此字是被墨笔描过的“养”字，而原朱笔已经看不清楚了，但似乎不像“大”字。因此“养”字肯定是后人用墨笔改过的。

从通顺来说，“娇养如此”绝对比“娇大如此”合理。但如果是这样，为何陶洙会抄成“大”字？“大”和“养”差异很大，陶洙不太可能抄错。由于陶洙是从周汝昌兄弟录副本上抄的，是否是周氏录副本就错了？或是甲戌本原本确实是“大”字，是周汝昌兄弟过录时，觉得“大”字不对，而用墨笔在甲戌本上修改了？为此只有查验此处录副本到底是如何抄写的，才可判断此“大”到底来自何处。如果录副本也是“养”字，则是陶洙抄错了。如果录副本是“大”字，则可能是周汝昌抄错了。由此又可看出影印出版周汝昌兄弟录副本的重要性。

总之，此字很值得研究。

例 2．第 1 回，“离骚庄子”和“庄子离骚”。

正文：也不愿世人称奇。

1963 年版第 7 页，甲戌本第 1-7b 页：

【眉】则是离骚庄子之亚。

己卯本第 15 页，1954 年版第 39 页，“庚寅本”第 11 页：

【眉】则是庄子离骚之亚。

改：己卯本、1954 年版、“庚寅本”《离骚》和《庄子》颠倒。

例 3．第 2 回，“可笑”改“可叹”。

正文：且又见他聪明清秀，便也欲使他读书。

甲戌本第 2-4b 页，1963 年版第 29 页：

【夹】可笑近来小说中满纸天下无二。

己卯本第 40 页，1954 年版第 61 页，“庚寅本”第 36 页：

【双】可叹近来小说中满纸天下无二。

改：己卯本、1954 年版、“庚寅本”把“笑”字改为“叹”字。

例 4．第 3 回，“正言”改“正旨”。

正文：乃是当日同僚一案参革的，号张如圭者。

甲戌本第 3-1a 页，1963 年版第 40 页：

【夹】亦非正人正言。

己卯本 55 页，1954 年版第 71 页，“庚寅本”第 48 页：

【双】亦非正文正旨。

改：己卯本、1954 年版、“庚寅本”把“正人正言”，改为“正文正旨”。

例 5．第 3 回，“居止”改“举止”。

正文：细看形容与众不同。

甲戌本第 14a 页，1963 年版第 58 页：

【眉】不写衣裙妆饰，……黛玉之居止容貌亦是宝玉。

1954 年版第 89 页，己卯本第 74 页，“庚寅本”第 74 页：

【眉】不写衣裙妆饰，……黛玉之举止容貌亦是宝玉。

改：己卯本、1954 年版、“庚寅本”把“居”，改为“举”。

例 6．第 3 回，“子”改“于”。

正文：宝玉看罢，因笑道。

甲戌本第 3-14b 页，1963 年版第 59 页：

【眉】黛玉见宝玉写一惊字，……可见文子下笔。

己卯本第 74 页，1954 年版第 91 页，“庚寅本”第 74 页：

【眉】黛玉见宝玉写一惊字，……可见文于下笔。

改：己卯本、1954 年版、“庚寅本”把“子”，改为“于”。

例 7．第 5 回，“亦”改“一”。

正文：如今且说林黛玉。

甲戌本第 5-1a 页，1963 年版第 76 页：

【眉】不叙宝钗，……行文之法又亦变体。

己卯本第 100 页，1954 年版第 108 页，“庚寅本”第 105 页：

【眉】不叙宝钗，……行文之法又一变体。

改：己卯本、1954 年版、“庚寅本”把“亦”字改为“一”字。

例 8．第 6 回，加“欲”字。

正文：今儿既来了瞧瞧我们，是他的好意思，也不可简慢了他。

甲戌本第 6-14b 页，1963 年版第 107 页：

【眉】王夫人数语，令余几□哭出。

己卯本第143页，1954年版第142页，“庚寅本”第157页：

【眉】王夫人数语，令余几欲哭出。

改：己卯本、1954年版、“庚寅本”加“欲”字，甲戌本似有“□”，1963年版加注称：应加“欲”字。

例9．第7回，“一”改“之”。

正文：只见惜春正同水月庵的小姑子智能儿两个一处顽笑。

1963年版第114页，甲戌本第7-5b页：

【眉】闲闲一笔，却将后半部线索提动。

己卯本第153页，1954年版第150页，“庚寅本”第170页：

【眉】闲闲之笔，却将后半部线索提动。

改：己卯本、1954年版、“庚寅本”把“一”字改为“之”字。

例10．第7回，“事”改“语”。

正文：有宝玉问他读什么书。

甲戌本第7-11b页，1963年版第120页：

【夹】宝玉问读书，亦想不到之大奇事。

己卯本第162页，1954年版第156页，“庚寅本”第179页：

【夹】宝玉问读书，亦想不到之大奇语。

改：己卯本、1954年版、“庚寅本”把“事”字改为“语”字。

例11．第7回，“都”改“却”。

正文：别委屈着他，到比不得跟了老太太来就罢了。

甲戌本第7-5b页，己卯本第159页，1963年版第118页：

【夹】委曲二字极不通，都是至情，写愚妇至矣。

1954年版第154页，“庚寅本”第177页：

【夹】委曲二字极不通，却是至情，写愚妇至矣。

改：己卯本、1954年版、“庚寅本”把“都”字改为“却”字。

例12．第13回，“玉”改“之”。

正文：只觉心中似戳了一刀的，不忍哇的一声，喷出一口血来。

甲戌本第13-3b页，1963年版第114页：

【夹】……焉得不有此血？为玉一叹。

己卯本第262页，1954年版第207页，“庚寅本”第282页：

【夹】……焉得不有此血？为之一叹。

改：己卯本、1954年版、“庚寅本”把“玉”字改为“之”字。

例13．第13回，“处”改“者”。

正文：且听下回分解。

甲戌本第13-3b页，1963年版174页：

【回后】……嫡是安富尊荣坐享人能想得到处。

己卯本第274页，1954年版第214页，“庚寅本”第294页：

【回后】……嫡是安富尊荣坐享人能想得到者。

改：己卯本、1954年版、“庚寅本”把“处”字改为“者”字。

以上介绍了己卯本、俞平伯1954年版《脂砚斋红楼梦辑评》和“庚寅本”批语和甲戌本不同的三种情况，共计22例，很明显都是由于己卯本文字发生改变而引起的。

三、《脂砚斋红楼梦辑评》与甲序本不同

前面介绍了“庚寅本”、俞平伯1954年版《脂砚斋红楼梦辑评》和己卯本批语相同，而和甲戌本批语文字不同的22例，这些修改肯定是来自陶洙的己卯本。

下面介绍“庚寅本”和俞平伯1954年版《脂砚斋红楼梦辑评》批语相同，而与甲戌本、己卯本不同的14例，这些修改肯定不是出于己卯本，而是出于俞平伯1954年版《脂砚斋红楼梦辑评》。

这种情况同样可分为两类：

1．“庚寅本”、俞平伯1954年版《脂砚斋红楼梦辑评》比甲戌本少字，而己卯本不少，共5例。

2．“庚寅本”、俞平伯1954年版《脂砚斋红楼梦辑评》比甲戌本改字，而己卯本不改，共10例。

这些明显都是俞平伯1954年版《脂砚斋红楼梦辑评》发生的。

第一种，“庚寅本”、1954年版比甲戌本少字，而己卯本不少，共5例。

例 1．第 2 回，缺“可”字。

正文：因看见姣杏那丫头买线。

甲戌本第 2-2b 页，己卯本第 37 页，1963 年版第 25 页：

【夹】满纸“红拂”“紫烟”之可比。

1954 年版第 57 页，“庚寅本”第 33 页：

【双】满纸“红拂”“紫烟”之比。

改：1954 年版、“庚寅本”缺“可”字。

例 2．第 2 回，无“也”字。

正文：政老爷之女名元春。

甲戌本第 2-12a 页，己卯本第 50 页，1963 年版第 37 页：

【夹】原也。

1954 年版第 68 页，“庚寅本”第 48 页：

【双】原。

改：1954 年版、“庚寅本”无“也”字。类似少“也”字还有“迎春”“探春”“惜春”。

例 3．第 5 回，缺“又”字。

正文：却说薛家母子在荣国府中寄居等事，略已表明，此回则暂不能写矣。

甲戌本第 5-1a 页，己卯本第 99 页，1963 年版第 76 页：

【夹】此等处，实又非别部小说之熟套起法。

1954 年版第 108 页，“庚寅本”第 105 页：

【双】此等处，实非别部小说之熟套起法。

改：1954 年版、“庚寅本”缺“又”字。

例 4．第 8 回，缺“十”字。

正文：过日他还来拜老祖宗等语，说的贾母喜悦起来。

甲戌本第 7-5b 页，己卯本第 153 页，1963 年版第 114 页：

【夹】止此便十成了，不必繁文再表。

1954年版第160页，“庚寅本”第189页：

【夹】止此便成了，不必繁文再表。

改：1954年版、“庚寅本”缺“十”字。

例5．第8回，缺“在”字。

正文：前儿在一处看见二爷写的斗方，字法越发好了，多早晚赏我们几张贴贴。

甲戌本第8-2b页，己卯本第171页，1963年版第126页：

【眉】向余作此语之人在侧，观其形已皓首驼腰矣。

1954年版第162—163页，“庚寅本”第191—192页：

【眉】向余作此语之人，侧观其形已皓首驼臂矣。

改：1954年版、“庚寅本”缺“在”字。

第二种，“庚寅本”、1954年版比甲戌本改字，而己卯本不改，共10例。

例1．第1回，“三千假”改“三个假”。

正文：在镌上数字，使人一见便知是奇物方妙。

甲戌本第1-5b页，己卯本第12页，1963年版第4页：

【夹】：世上原宜假不宜真也。谚云：“一日卖了三千假，三日卖不出一个真”。信哉！

1954年版第34页，“庚寅本”第8页，改“三千假”为“三个假”。

在《红楼梦》有关文献中，有五种文献有此记录，这五个记录中有三个“三千假”和两个“三个假”，按照时间排序，是从“三千假”——“三个假”——“三千假”。即：甲戌本、陶洙1949年抄录己卯本的“三千假”——俞平伯1954年版《脂砚斋红楼梦辑评》、“庚寅本”的“三个假”——俞平伯1960、1963年版《脂砚斋红楼梦辑评》的“三千假”。

对上述版本“三千假”“三个假”的分析如下：

1．甲戌本——“三千假”：

此为最初版本，故为“三千假”。

2．陶洙1949年抄录己卯本——“三千假”：

陶洙是根据周汝昌甲戌本的录副本抄写的，和甲戌本相同，估计录副本也为“三千假”。

3．俞平伯1954年版《脂砚斋红楼梦辑评》——“三个假”：

俞平伯 1954 年版《脂砚斋红楼梦辑评》是根据两本整理的，即陶洙的己卯本，和俞平伯自己 1931 年把甲戌本批语抄到自己的有正大字本。陶洙的己卯本是“三千假”，而俞平伯 1954 年版《脂砚斋红楼梦辑评》改为“三个假”。陶洙的己卯本是“三千假”，为何俞平伯 1954 年版《脂砚斋红楼梦辑评》要改为“三个假”？这是否参考俞平伯自己 1931 年抄本？这种修改在俞平伯 1954 年版《脂砚斋红楼梦辑评》中很多。

4．“庚寅本”——“三个假”：

“庚寅本”根据对批语分析，是抄自俞平伯 1954 年版《脂砚斋红楼梦辑评》，自然也是“三个假”。

5．俞平伯 1960 年版《脂砚斋红楼梦辑评》——“三千假”：

俞平伯 1960 年重新整理辑评时，甲戌本尚未影印，他可能对此批语又仔细进行了分析，还是觉得随便修改原文不好，因此最终放弃了自己修改的“三个假”，而还是采取了陶洙己卯本的“三千假”，1963 年版也保持了“三千假”。

以下各例修改上例类似。

例 2．第 1 回，“后”改“则”。

正文：后因曹雪芹于悼红轩中披阅十载，增删五次。

甲戌本第 1-8b 页，己卯本第 19 页，1963 年版第 8 页：

【眉】然后开卷至此。

1954 年版第 40 页，“庚寅本”第 12 页：

【夹】然则开卷至此。

改：1954 年版、“庚寅本”把“后”字改为“则”字。

例 3．第 2 回，“清”改“得”。

正文：如今这宁荣两门也都萧疏了，不比先时的光景。

甲戌本第 2-6b 页，己卯本第 43 页，1963 年版第 32 页：

【夹】记清此句。

1954 年版第 61 页，“庚寅本”第 40 页：

【双】记得此句。

改：1954 年版、“庚寅本”把“清”字改为“得”字。

例 4．第 3 回，“定”改“走”。

正文：只听后院中有人笑声，说：“我来迟了，不曾迎接远客”。

甲戌本第 3-5b 页，己卯本第 615 页，1963 年版第 47 页：

【夹】第一笔，阿凤三魂六魄，已被作者拘定了。

1954 年版第 79 页，“庚寅本”第 60 页：

【双】第一笔，阿凤三魂六魄，已被作者拘走了。

改：1954 年版、“庚寅本”把“定”字改为“走”字。

例 5. 第 3 回，“占”改“夹”。

正文：是这家里的混魔王。

甲戌本第 3-10b 页，己卯本第 68 页，1963 年版第 54 页：

【夹】占绛洞花王为对看。

1954 年版第 86 页，“庚寅本”第 68 页：

【夹】与绛洞花王为对看。

改：1954 年版、“庚寅本”把“占”字改为“夹”字。

例 6. 第 3 回，“无”改“为”。

正文：王夫人忙携了黛玉从后房门由后廊往西。

甲戌本第 3-12b 页，己卯本第 71 页，1963 年版第 56 页：

【眉】或饮一口，不无荣婢所诮乎。

1954 年版第 88 页，“庚寅本”第 71 页：

【眉】或饮一口，不为荣婢所诮乎。

改：1954 年版、“庚寅本”把“无”字改为“为”字。

例 7. 第 3 回，“有”改“在”。

正文：何等眼熟到如此。

甲戌本第 3-13a 页，己卯本第 72 页，1963 年版第 58 页：

【夹】正是。想必有灵河岸上三生石畔曾见过。

1954 年版第 89 页，“庚寅本”第 73 页：

【夹】正是。想在有灵河岸上三生石畔曾见过。

改：1954 年版、“庚寅本”把“有”字改为“在”字。

例 8．第 5 回，“非生”改“生非”。

正文：玉带林中挂，金簪雪里埋。

甲戌本第 5-7b 页，己卯本第 108 页，1963 年版第 85 页：

【夹】寓意深远，皆非生其地之意。

1954 年版第 118 页，“庚寅本”第 116 页：

【夹】寓意深远，皆生非其地之意。

改：1954 年版、“庚寅本”改“非生”为“生非”。

例 9．第 7 回，“笑”改“笑（哭）”。

正文：若再说别的，咱们白刀子进去，红刀子出来。

甲戌本第 7-5b 页，己卯本第 153 页，1963 年版第 122 页：

【夹】特为天下世家一笑。

1954 年版第 158 页，“庚寅本”第 170 页：

【夹】特为天下世家一（笑）哭。

改：1954 年版将“笑”改为“笑（哭）”，意思是正文为“笑”，实际应该为“哭”；而“庚寅本”为“哭”字。

例 10．第 8 回，“腰”改“臂”。

正文：前儿在一处看见二爷写的斗方，字法越发好了，多早晚赏我们几张贴贴。

甲戌本第 8-2b 页，己卯本第 171 页，1963 年版第 126 页：

【眉】向余作此语之人在侧，观其形已皓首驼腰矣。

1954 年版第 162—163 页，“庚寅本”第 191—192 页：

【眉】向余作此语之人，侧观其形已皓首驼臂矣。

1954 年版、“庚寅本”把“腰”字改为“臂”字。

以上 15 例己卯本和甲戌本文字相同，而和俞平伯 1954 年版《脂砚斋红楼梦辑评》及“庚寅本”文字不同，因此这些文字修改是从俞平伯 1954 年版《脂砚斋红楼梦辑评》开始的，由此证明“庚寅本”的批语很可能是来自俞平伯 1954 年版《脂砚斋红楼梦辑评》。

以上分析了己卯本、俞平伯 1954 年版《脂砚斋红楼梦辑评》和“庚寅本”及甲戌本文字不同的情况。“庚寅本”文字的修改分别来自己卯本，或俞平伯 1954 年版《脂砚斋红楼梦辑评》。但理论上也不排除，俞平伯 1954 年版《脂砚斋红楼梦辑评》和“庚寅本”中文字相同，而和甲戌本文字不同，完全是巧合而已。但这样的巧合实在概率太低了！几乎是不可能的。

因此根据这些大量相同的文字的异同，只能认为：“庚寅本”批语最大可能是来自俞平伯 1954 年版《脂砚斋红楼梦辑评》。

四、“庚寅本”中重复批语问题

“庚寅本”批语中还出现了重复批语，由此可以证明“庚寅本”批语是抄自俞平伯 1954 年版《脂砚斋红楼梦辑评》的可能性很大。下面分析其中的三例。

1．第 1 回批语“写士隐如此豪爽，又全无一此粘皮带骨之气相，愧杀近之读书假道学矣”。

这是“庚寅本”附条批语前的批语，是“庚寅本”第 1 回总第 23 页的眉批。而“庚寅本”同页还有一条夹批，和此眉批实际为同一条批语，只是来自不同版本中。眉批来自甲戌本，而夹批来自甲辰本。两条批语文字几乎完全一样：

甲戌本眉批：

写士隐如此豪爽，又全无一些粘皮带骨之气相，愧杀近之读书假道学矣。

甲辰本双行批：

写士隐如此豪人，全无一些粘皮骨（带）骨气。

“庚寅本”眉批：

写士隐如此豪爽，又全无一此粘皮带骨之气相，愧杀近之读书假道学矣。

“庚寅本”夹批：写士隐豪杰如此，全无一此粘皮带骨之气。

“庚寅本”眉批和夹批实际是重复批语，“庚寅本”眉批来自甲戌本眉批，而“庚寅本”夹批来自甲辰本双行批。

2．第 4 回“不是写冯渊，正是写英莲”。

甲戌本夹批（第 4-4a 页）：

最厌女子，仍为女子丧生，是何等大笔。不是写冯渊，正是写英莲。

甲辰本双行批（第 4-4b 页）：

不是写逢渊，正是写英莲。

“庚寅本”（第 88 页）夹批：

不是写冯渊，正是写英莲。

“庚寅本”双行批：

最厌女子，仍为女子丧生，是何等大笔。不是写逢渊，正是写英莲。

此处“庚寅本”收入的甲戌本双行批和甲辰本夹批中，有重复批语：

不是写冯（逢）渊，正是写英莲。

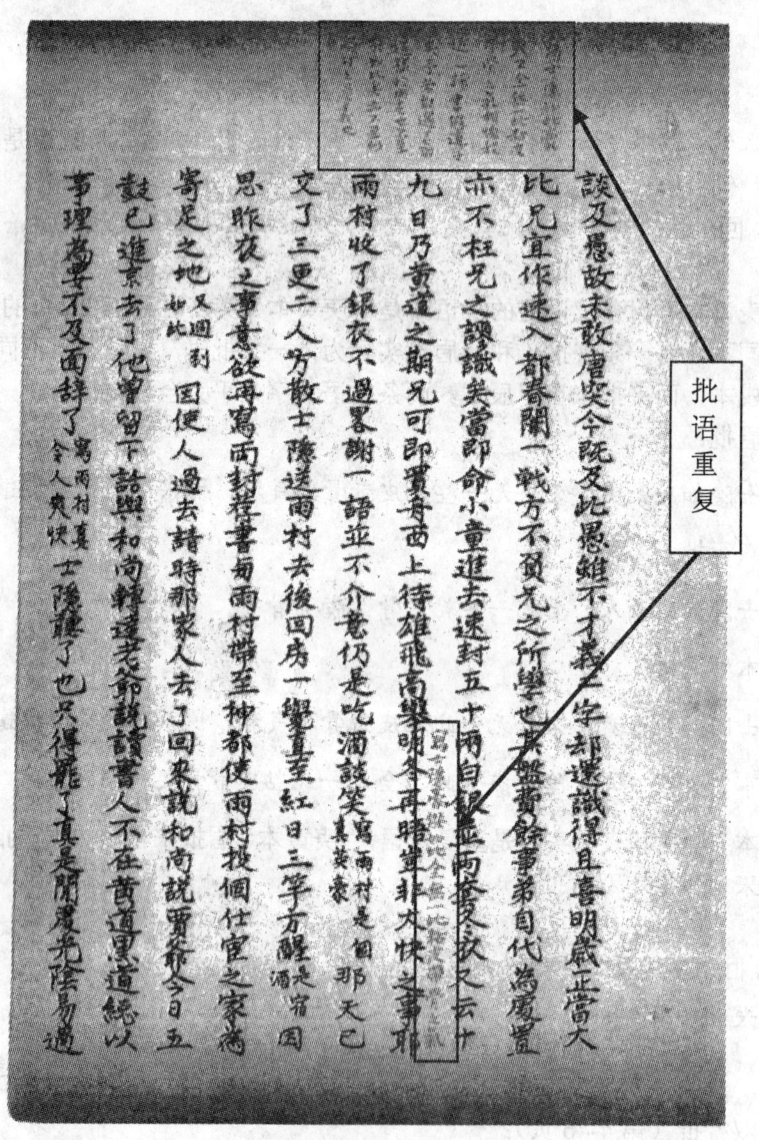

談及愚故未敢唐突今既及此愚雖不才義二字却還識得且喜明歲正當大比兄宜作速入都春闈一戰方不負兄之所學也其盤費餘事弟自代為處置亦不枉兄之謬識矣當即命小童進去速封五十兩白銀並兩套冬衣又云十九日乃黃道之期兄可即買舟西上待雄飛高舉明冬再晤豈非大快之事耶雨村收了銀衣不過畧謝一語並不介意仍是吃酒談笑寫雨村是個真英豪那天已交了三更二人方散士隱送雨村去後回房一覺直至紅日三竿方醒是宿酒因思昨夜之事意欲再寫兩封薦書與雨村帶至神都使雨村投個仕宦之家為寄足之地又週到如此因使人過去請時那家人去了回來說和尚說賈爺今日五鼓已進京去了他曾留下話與和尚轉達老爺說讀書人不在黃道黑道總以事理為要不及面辭了寫雨村真令人爽快士隱聽了也只得罷了真是閑處光陰易過

“庚寅本”重复批语（第 23 页）

3．第 5 回“与树倒猢狲散作反照”。

甲戌本第 5 回（第 5-16a 页）有夹批“与树倒猢狲散反照”。而戚序本第 5 回（第

5-20a 页），没有甲戌本上述批语，但在上述批语前，却有一条类似批语“与树倒猢狲散作反照”。文字几乎相同，只是戚序本多一个“作”字。很明显，这是戚序本把甲戌本相同的批语改换了地方。而“庚寅本”（第 129 页）却把这两条批语全部收入了，这明显是“庚寅本”没有注意这两条批语是相同的。

上述三例中，“庚寅本”中为何会同时收入甲戌本和甲辰、戚序本中几乎相同的批语？理论上只有两种可能：

第一种可能，“庚寅本”是分别根据甲戌本和甲辰、戚序本两本批语整理而成的，整理者没有注意，把同一条批语，抄写了两次。由于甲辰本是 1953 年发现，因此如果要同时看到这两种版本，只能在此之后，而决不可能在此之前。这种整理方法费力费时，可能性很小。

第二种可能，此本是根据俞平伯 1954 年版《脂砚斋红楼梦辑评》整理的，因为上述三例俞平伯 1954 年版《脂砚斋红楼梦辑评》都同时收入了这两种批语。因此“庚寅本”整理者就根据俞平伯 1954 年版《脂砚斋红楼梦辑评》，把这两条相同批语抄写了两遍，同时都收入了。

“庚寅本”整理者根据俞平伯 1954 年版《脂砚斋红楼梦辑评》收入了重复批语，这又是“庚寅本”批语是来自俞平伯 1954 年版《脂砚斋红楼梦辑评》的又一证据。

第二节 甲戌本后人所加墨笔批语

“庚寅本”中有一些和甲戌本墨笔批语相同的批语。

这些墨笔批语又可分为夹批和眉批两种。初步统计甲戌本中的墨笔眉批数量：第 1 回有 3 条，第 2 回有 2 条，第 3、4 回各有 1 条，第 5 回有 21 条，第 6 回有 6 条，第 7 回有 5 条，第 8 回 4 条，总计 43 条墨笔眉批。墨笔夹批数量：第 3 回有 6 条，第 5 回 1 条，总计 11 条墨笔夹批。这些批语文字有长有短，短批语只有几个字，长批语有的是一句话，有的是好几句话，第 3 回有 3 条是长夹批。其中很多墨笔批语是孙桐生所批，其中最长、最有名的是“同治丙寅季冬月左绵痴道人记”的长篇批语。

这些墨笔眉批都集中在前 8 回，而墨笔夹批更是集中在第 3、5 两回。这说明，甲戌本中这些墨笔批语可能是后人所加的批语，而不是甲戌本原有的批语。墨笔批语只存在前 8（5）回中，可能是批者只批到第 8（5）回就没有继续批下去。

在以上所有甲戌本墨笔批语中，有 6 条夹批和 2 条眉批，在“庚寅本”和俞平伯 1954 年版《脂砚斋红楼梦辑评》中完全相同。这些批语有如下特点：

1．甲戌本上这些批语都是墨笔批语，一般认为是后人所加。

2．在“庚寅本”、俞平伯 1954 年版《脂砚斋红楼梦辑评》、陶洙抄录在己卯本上，都有这些甲戌本墨笔批语；

3．但在俞平伯 1963 年版《脂砚斋红楼梦辑评》上却没有这些甲戌本墨笔批语。

4．在其他《红楼梦》批语辑校，如陈庆浩本、朱一玄本、郑庆山本，可能是认为甲戌本上的这些墨笔批语是后人所批，因此都不收这些墨笔批语。

这是这些墨笔批语的共同特点。

经过下面分析可以看出，“庚寅本”中这些甲戌本墨笔批语的来源和以前分析是一致的：

甲戌本有墨笔批语——陶洙抄录的己卯本有墨笔批语——俞平伯 1954 年版《脂砚斋红楼梦辑评》有墨笔批语——“庚寅本”有墨笔批语——俞平伯 1963 年版《脂砚斋红楼梦辑评》删除了墨笔批语。

下面逐一分析这 6 条墨笔夹批和 2 条墨笔眉批。

一、甲戌本墨笔夹批

甲戌本中的 6 条墨笔夹批又可分为两类。第一类 3 条是甲戌本、己卯本、俞平伯 1954 年版《脂砚斋红楼梦辑评》和“庚寅本”的墨笔夹批文字完全相同。第二类 3 条是这几种版本的墨笔夹批的文字略有不同。

下面先分析第一类 3 条墨笔夹批，再分析第二类 2 条墨笔夹批。

1．第 1 条墨笔夹批（第 3 回）

正文：来了一个赖头和尚。

【墨夹】唯宝玉是更不可见之人。

甲戌本第 3-5b 页、己卯本第 61 页、1954 年版第 77 页、“庚寅本”第 60 页都收入此批语。但“庚寅本”从夹批改为双行批。俞平伯 1963 年版《脂砚斋红楼梦辑评》第 46 页也收入了此夹批，但加注“系墨笔批”。

这条批语的来历估计可能是，周汝昌兄弟录副本根据甲戌本收入了此批语，陶洙无法与甲戌本核对，因此也收入了此条墨笔批语，随后俞平伯 1954 年版《脂砚斋红楼梦辑评》也收入，“庚寅本”也就照抄了这条后人墨笔的批语。俞平伯 1963 年版《脂砚斋红楼梦辑评》发现此评语是后人所加，因此虽保留，但加注“系墨笔批”。

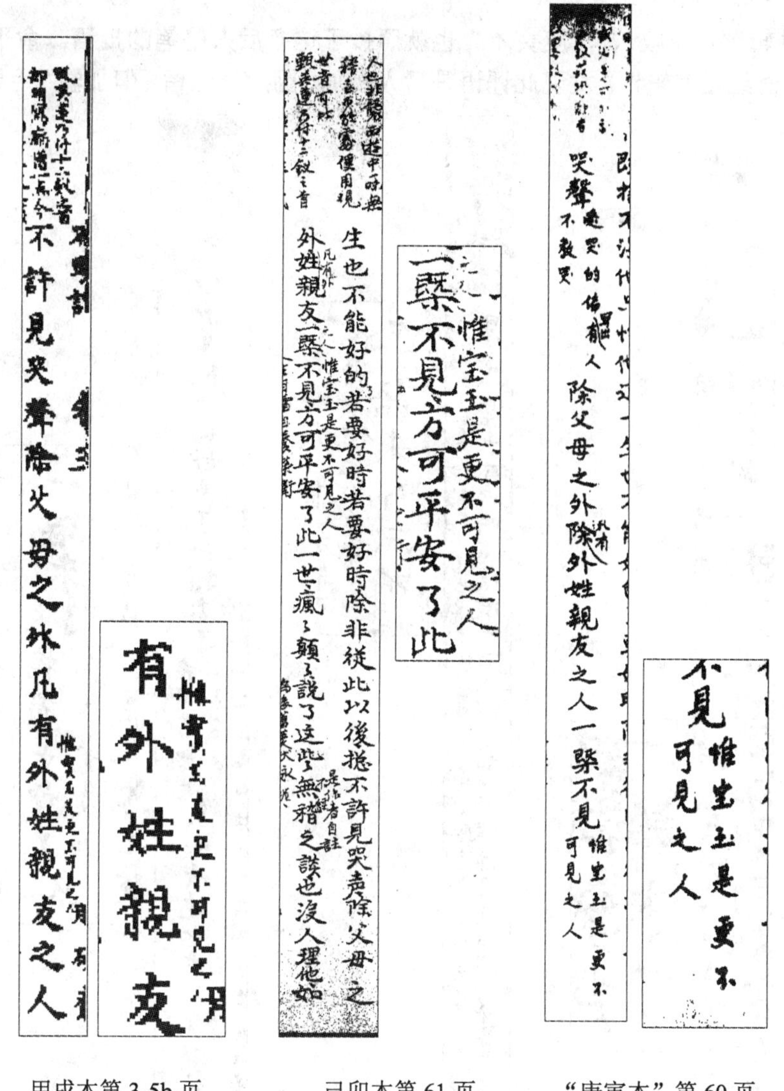

甲戌本第 3-5b 页　　己卯本第 61 页　　“庚寅本”第 60 页

第 1 条墨笔夹批（第 3 回）

2．第 2 条墨笔夹批（第 3 回）

正文：一语未了。

【墨夹】为后菖菱伏脉。

甲戌本第 3-5b 页、己卯本第 61 页、1954 年版第 78 页、“庚寅本”第 60 页都收入此批语。但“庚寅本”从夹批改为双行批。俞平伯 1963 年版《脂砚斋红楼梦辑评》第 47 页也收入了此夹批，但加注“用墨笔批”。

这条批语的来历和前例一样，可能是周汝昌兄弟录副本根据甲戌本收入了此批语，陶洙无法与甲戌本核对，因此也收入了此条墨笔批语，随后俞平伯 1954 年版《脂砚斋红楼梦辑评》也收入，“庚寅本”也就照抄了这条后人墨笔的批语。俞平伯 1963 年版《脂砚斋红楼梦辑评》发现此评语是后人所加，因此虽保留，但加注“用墨笔批”。

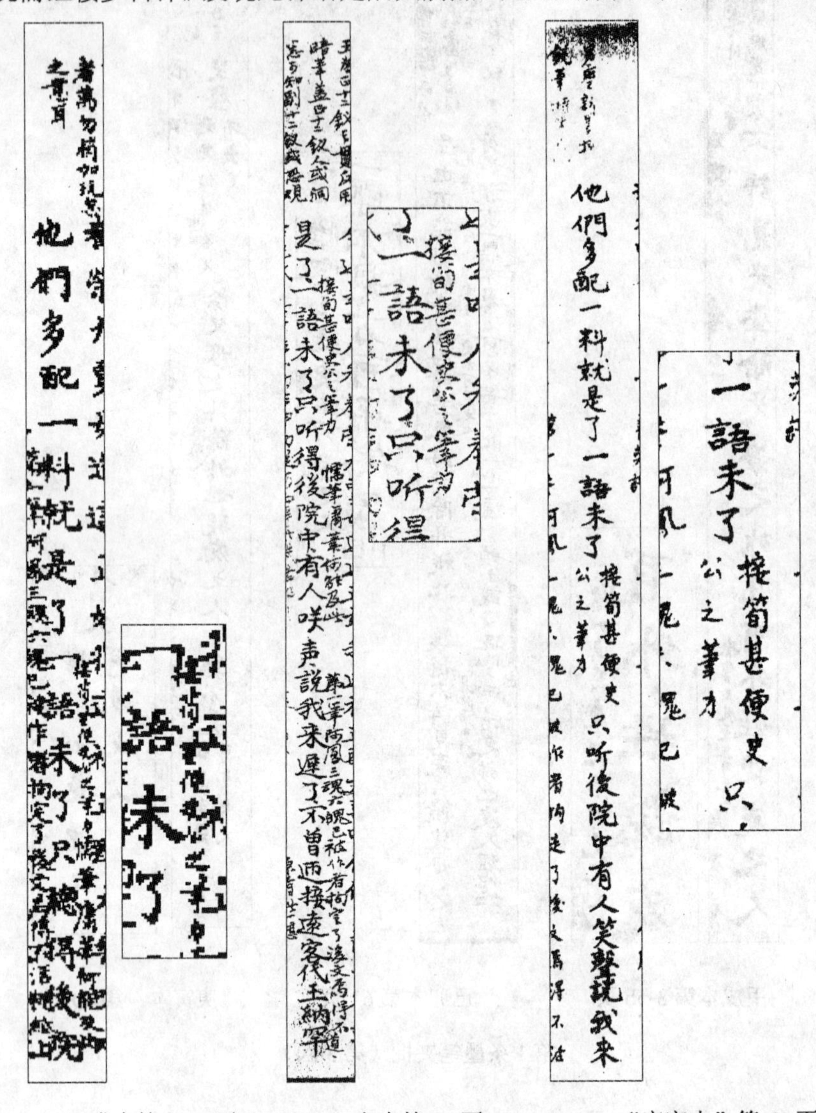

甲戌本第 3-5b 页　　　　己卯本第 61 页　　　　“庚寅本”第 60 页

第 2 条墨笔夹批（第 3 回）

3．第 3 条墨笔夹批（第 5 回）

正文：因此也不察其原委，问其来历，就暂以此释闷而已。

【墨夹】此结是读《红楼梦》之要法。

甲戌本第 5-12b 页、己卯本第 115 页、1954 年版第 118 页、“庚寅本”第 116 页，都有此批语。和前例不同，此例“庚寅本”仍是夹批，没有从夹批改为双行批。

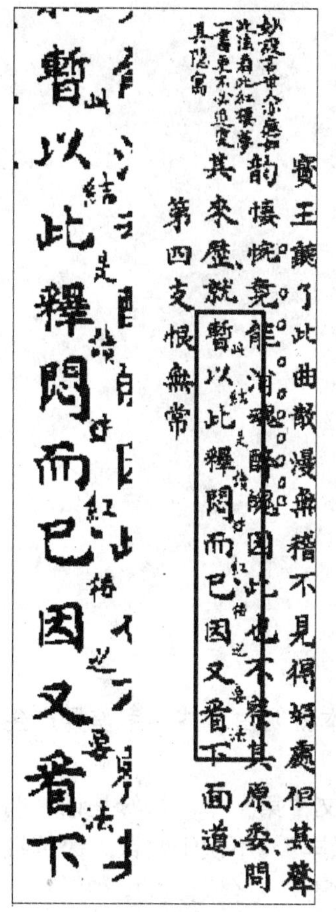

甲戌本第 5-12b 页

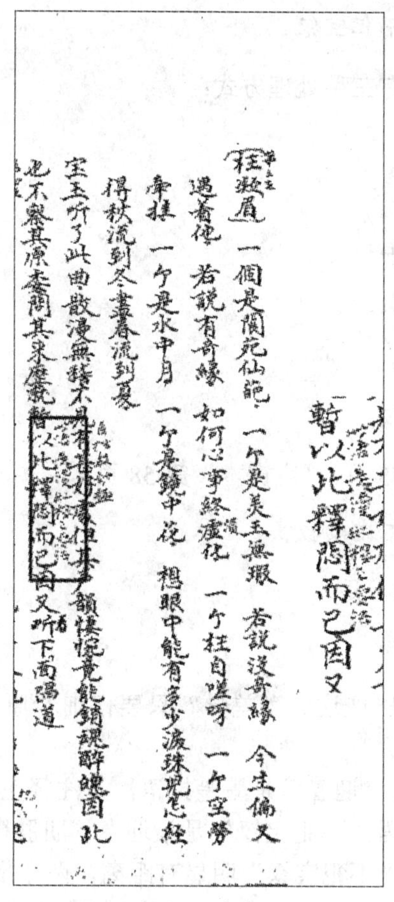

己卯本第 115 页

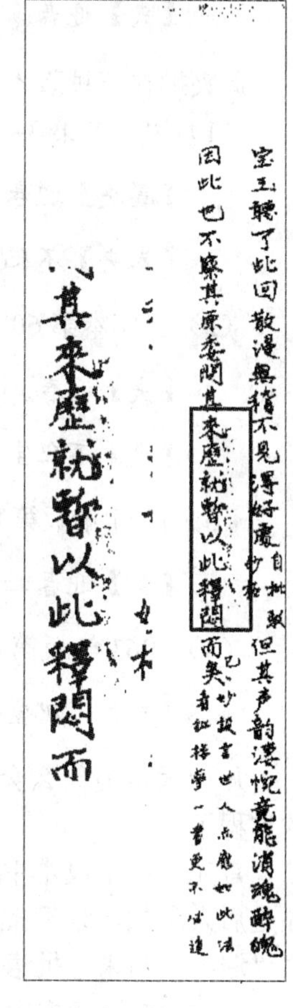

“庚寅本”第 116 页

第 3 条墨笔夹批（第 5 回）

但俞平伯 1963 年版《脂砚斋红楼梦辑评》第 85 页无此批语，可能是俞平伯认为此批语可能为后人所加，因此俞平伯 1963 年版《脂砚斋红楼梦辑评》不收。

此例和前例一样，这条批语的来历可能是，周汝昌兄弟录副本根据甲戌本收入了此批语，陶洙无法与甲戌本核对，因此也收入了此条墨笔批语，随后俞平伯 1954 年版《脂砚斋红楼梦辑评》也收入，“庚寅本”也就照抄了这条后人墨笔的批语。俞平伯 1963 年版《脂砚斋红楼梦辑评》发现此评语是后人所加，因此就删除了。

以上 3 例是第一类夹批，即甲戌本、己卯本、俞平伯 1954 年版《脂砚斋红楼梦辑评》和“庚寅本”，墨笔夹批文字完全相同。下面分析第二类的 3 例，这几种版本的墨笔夹批的文字略有不同。

4．第 4 条墨笔夹批（第 3 回）

正文：第一个肌肤微丰。

【夹】迎春。不犯宝钗。

此夹批在五种版本有三种处理方式：

（1）甲戌本第 3-4b 页。

【墨夹】迎春。

【朱夹】不犯宝钗。

（2）己卯本第 60 页。

【夹】迎春。

【夹】不犯宝钗。

（3）1954 年版第 75 页，“庚寅本”第 58 页。

【双】迎春，不犯宝钗。

（4）1963 年版第 44 页。

【夹】不犯宝钗。

几种版本为什么会出现这细微差异？只要仔细看原本就明白这些文字差异产生的过程了。

首先，在甲戌本中，“迎春”是墨笔批语，是注释正文“第一个”姊妹是谁，明显是后人所加。朱笔批语“不犯宝钗”是指迎春“肌肤微丰”，不次于宝钗。墨笔批语“迎春”与朱笔批语“不犯宝钗”明显有距离，两个批语是完全无关的。

其次，在己卯本中，两批语与甲戌本基本相同，但陶洙都是用墨笔抄写，没有区分朱笔和墨笔。这可能是由于周汝昌兄弟录副本没有注明，所以己卯本就没有区分。

在俞平伯 1954 年版《脂砚斋红楼梦辑评》中，俞平伯由于手头没有甲戌本，就把朱批和墨批两个评语连抄在一起了，产生了错误。

“庚寅本”和俞平伯 1954 年版《脂砚斋红楼梦辑评》一样，也把朱批和墨批两个批语连抄在一起，还改成了双行批，把本来两条无关批语连在一起了，这就是错上加错了。

俞平伯 1963 年版《脂砚斋红楼梦辑评》俞平伯看到甲戌本原貌，发现 1954 年版的错误。因为“迎春”是墨笔后人所加评语，这类评语俞平伯全部不收，因此就删除了墨笔批语“迎春”二字，而只保留了朱笔的“不犯宝钗”。

因此这条批语的来历估计可能是，周汝昌兄弟录副本根据甲戌本收入了此批语，陶洙无法与甲戌本核对，因此也收入了此条墨笔批语，随后俞平伯 1954 年版《脂砚斋红楼梦辑评》也收入，“庚寅本”也就照抄了这条后人墨笔的批语。俞平伯 1963 年版《脂砚斋红楼梦辑评》发现此评语是后人所加，因此就删除了。

另外，在甲戌本和己卯本中，除墨笔“迎春”外，还有墨笔“探春”和“惜春”。但俞平伯 1954 年版《脂砚斋红楼梦辑评》都未抄，而“庚寅本”也就没有抄了。

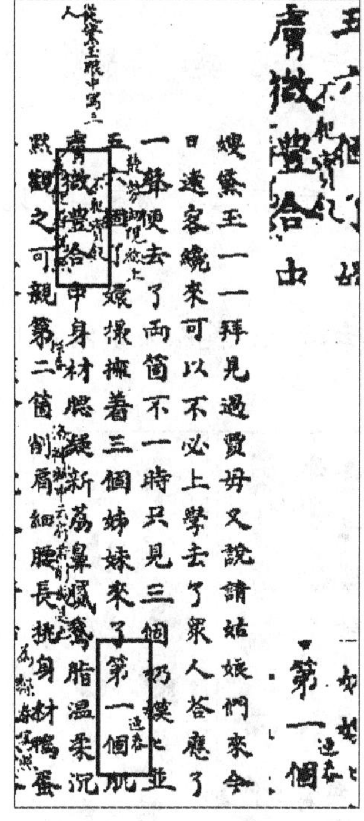
玉六個……
膚微豐合中
嬤紫玉一一拜見過賈母又說請姑娘們來今
日遠客纔來可以不必上學去了衆人答應了
一聲便去了兩個不一時只見三個奶嬤並
五六個丫嬛簇擁着三個姊妹來了第一個肌
膚微豐合中身材腮凝新荔鼻膩鵝脂溫柔沉
默觀之可親第二個削肩細腰長挑身材鴨蛋

甲戌本第 3-4b 页

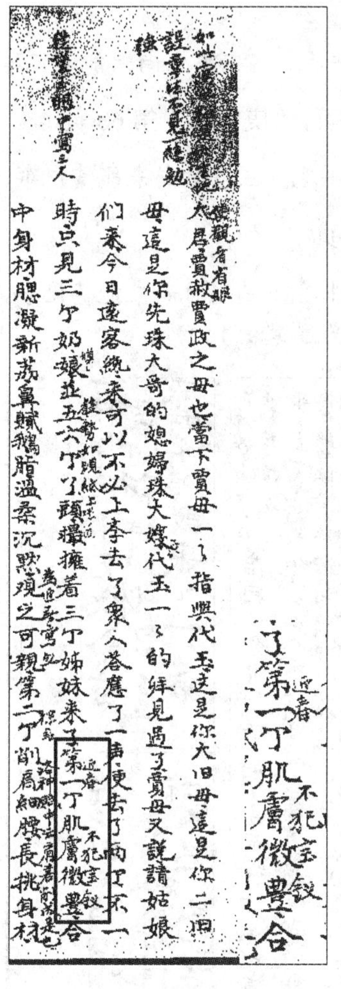
太夫人賈赦賈政之母也當下賈母一一指與代玉這是你大舅母這是你二舅
母這是你先珠大哥的媳婦珠大嫂代玉一一的拜見過了賈母又說請姑娘
們來今日遠客纔來可以不必上學去了衆人答應了一聲便去了兩个不一
時只見三个奶嬤并五六个丫鬟簇擁着三个姊妹來了第一个肌膚微豐合
中身材腮凝新荔鼻膩鵝脂溫柔沉默觀之可親第二个削肩細腰長挑身材
第一个肌膚微豐合 迎春 不犯宝钗

己卯本第 60 页

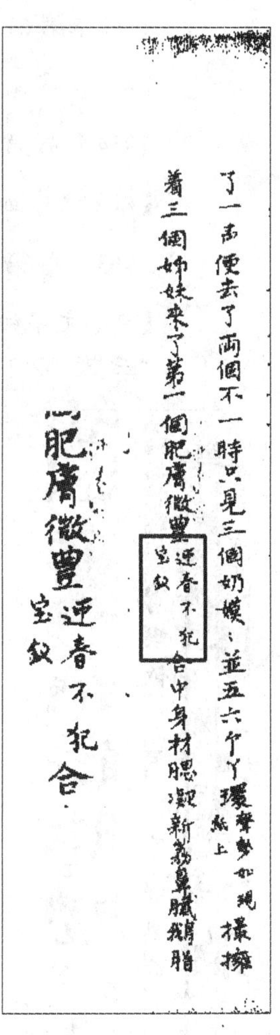
了一聲便去了兩個不一時只見三個奶嬤并五六个丫鬟簇擁
着三個姊妹來了第一個肥膚微豐迎春不犯宝钗合中身材腮凝新荔鼻膩鵝脂
肥膚微豐 迎春不犯宝钗合

“庚寅本”第 58 页

第 4 条墨笔夹批（第 3 回）

5. 第 5 条甲戌本墨笔夹批（第 3 回）

正文：来了一个赖头和尚。

夹批：文字细如牛毛。

三岁时尚未能甚记事，故云听说，莫以为亲闻亲见。

此夹批在五种版本处理方式不同：

（1）甲戌本第 3-5a 页

【朱夹】文字细如牛毛。

【墨夹】三岁上尚未能甚记事，故云听说，莫以为亲闻亲见。

（2）己卯本第 61 页

【夹】文字细如牛毛。 三岁上尚未能甚记事，故云听说，莫以为亲闻亲见。

（3）1954 年版第 77 页，“庚寅本”第 60 页

【双】文字细如牛毛。三岁时尚未能甚记事，故云听说，莫以为亲闻亲见。

（4）1963 年版第 46 页

【夹】文字细如牛毛。三岁时尚未能甚记事，故云听说，莫以为亲闻亲见。（从“三岁”以下均为墨笔批）

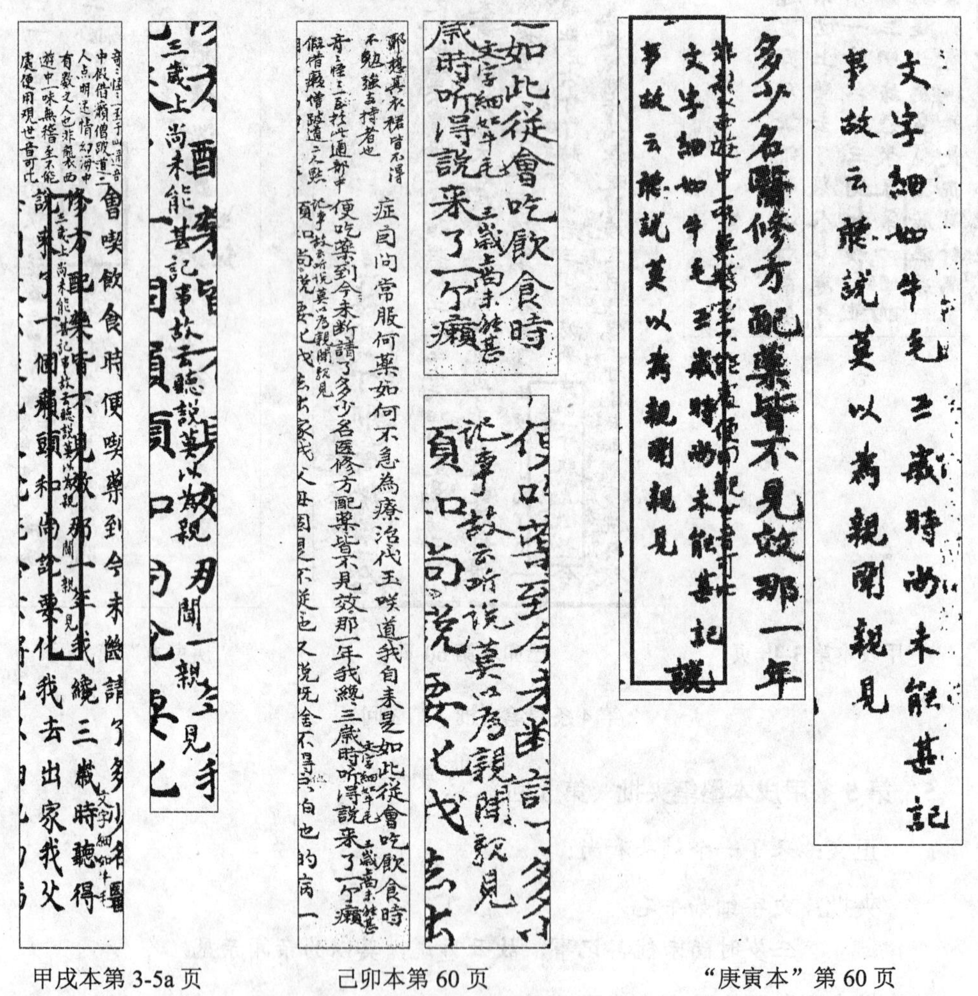

甲戌本第 3-5a 页　　己卯本第 60 页　　“庚寅本”第 60 页

第 5 条墨笔夹批（第 3 回）

几种版本之所以会出现这些差异，原因和前例一样。

首先，在甲戌本中，“文字细如牛毛”是朱笔夹批。而“三岁上尚未能甚记事，

故云听说，莫以为亲闻亲见”是墨笔夹批，与朱笔批语有明显距离，两个批语是完全无关的。

其次，在己卯本中，和前例一样，两批语都是夹批，但陶洙都是用墨笔抄写，没有区分朱笔和墨笔。这可能是由于周汝昌兄弟录副本没有注明，所以己卯本就没有区分。两条批语之间没有甲戌本那样远，而是只有一个空格而已。

但在俞平伯 1954 年版《脂砚斋红楼梦辑评》中，俞平伯由于没有甲戌本，就把朱批和墨批两个评语连抄在一起了。

“庚寅本”和俞平伯 1954 年版《脂砚斋红楼梦辑评》一样，也把朱批和墨批两个批语连抄在一起，还改成了双行批。

1963 年俞平伯看到甲戌本原貌，发现朱批和墨批的差异，因此俞平伯 1963 年版《脂砚斋红楼梦辑评》虽然保留了这两条夹批，但加注“从‘三岁’以下均为墨笔批”。

因此这条批语的来历可能是，周汝昌兄弟录副本根据甲戌本收入了此批语，陶洙无法与甲戌本核对，因此也收入了此条墨笔批语，随后俞平伯 1954 年版《脂砚斋红楼梦辑评》也收入，“庚寅本”也就照抄了这条后人墨笔的批语。俞平伯 1963 年版《脂砚斋红楼梦辑评》发现此评语是后人所加，因此就删除了。

6. 第 6 条墨笔夹批（第 5 回）

正文：看着猫儿狗儿打架。

和前例类似，五种版本此条批语有三种方式：

（1）甲戌本第 5-3b 页

【夹】寓言（墨笔），细极（朱笔）。

（2）己卯本 103 页，1954 年版第 114 页

【夹墨】寓言，细极。

（3）“庚寅本”第 109 页

【夹墨】寓言，极细。

（4）1963 年版第 81 页

【夹墨】细极。

甲戌本（第 5-12b 页）正文中此处有朱笔批语“细极”，各种版本都保留。而甲戌本正文在“细极”前有墨笔批语“寓言”，应该是后人所加批语。

陶洙过录己卯本（第 115 页）把甲戌本墨笔“寓言”和朱笔“细极”两条批语，用墨笔抄写在一起，成为“寓言，细极”。

俞平伯 1954 年版《脂砚斋红楼梦辑评》（第 118 页）、“庚寅本”（第 109 页）也都保留了甲戌本这两条批语。1954 年版《脂砚斋红楼梦辑评》和己卯本完全相同，但“庚寅本”将“细极”改为“极细”。

俞平伯 1963 年版《脂砚斋红楼梦辑评》注意到甲戌本中“寓言”是墨笔，是后人所加，因此在正文中删除了此墨笔批语，只保留了朱笔批语“细极”，但加注“甲戌上有‘寓言’二字，墨笔”。

因此，这条批语的来历估计可能是，周汝昌兄弟录副本根据甲戌本收入了此批语，陶洙无法与甲戌本核对，因此也收入了此条墨笔批语，随后俞平伯 1954 年版《脂砚斋红楼梦辑评》也收入，“庚寅本”也就照抄了这条后人墨笔的批语。俞平伯 1963 年版《脂砚斋红楼梦辑评》发现此评语是后人所加，因此就删除了。

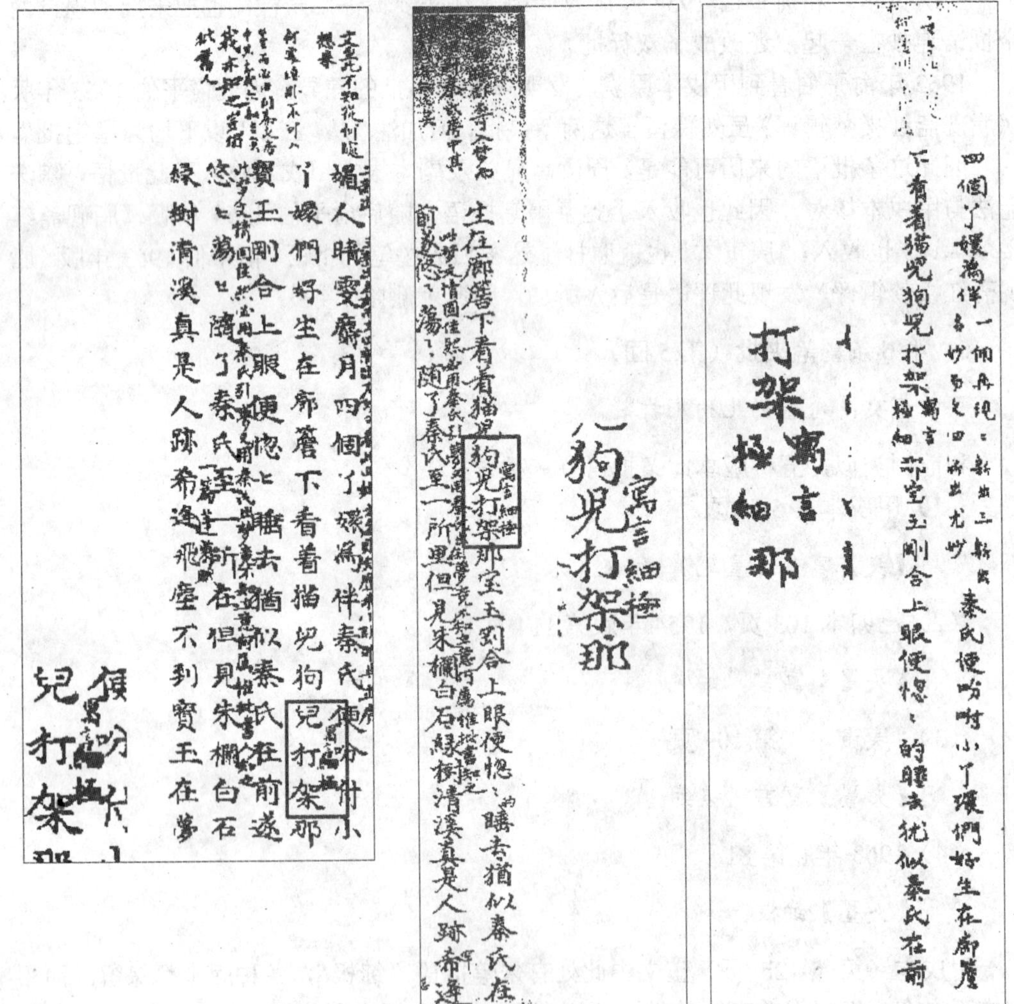

甲戌本第 5-3b 页　　己卯本第 103 页　　“庚寅本”第 109 页

第 6 条墨笔夹批（第 5 回）

以上 6 例甲戌本的墨笔批语都是夹批，下面分析甲戌本的 2 条墨笔眉批。

二、甲戌本墨笔眉批

1. 第1条墨笔眉批（第5回）

正文：只留下袭人、媚人、晴雯、麝月四个丫鬟为伴。

甲戌本有3条眉批：

【眉朱】文至此，不知从何处想来。

【眉墨】何处睡卧不可入梦。而必用到秦氏房中，其意我亦知之矣。

【眉墨】我亦知之矣，岂独批书人。

甲戌本第5-3b页有此3条眉批，而己卯本第102—103页、1954年版第113页、“庚寅本”第109—110页，只有前2条朱批和墨批，没有第3条墨批。

但1963年版第81页不同，只有第1条朱笔眉批“文至此，不知从何处想来”，没有第2、3条墨笔眉批，说明俞平伯后来发现第2、3条评语明显是后人所批，因此删除了。

为何甲戌本正文中此处批语有3条，而其他版本处理不同，下面逐一分析。

第1条批语“文至此，不知从何处想来”是朱笔批语，各种版本都保留。

第2条为针对第1条朱批的细笔墨笔“何处睡卧不可入梦。而必用到秦氏房中，其意我亦知之矣”，己卯本、1954年版和“庚寅本”都予以保留。

第3条为再针对第2条细笔墨笔的、粗笔墨笔“我亦知之，岂独批书人”，除甲戌本外，其他所有版本都未采用。

甲戌本第2、3条的墨笔批语明显是后人所加，因此多数各种批语的整理本，如陈庆浩、朱一玄、郑庆山等编辑的《红楼梦》脂评汇集，也都未收第2、3条墨笔批语。

因此“庚寅本”中这条批语的来历估计有可能是，周汝昌兄弟录副本根据甲戌本收入了第2条墨笔批语，陶洙无法与甲戌本核对，因此也收入了此条墨笔批语，随后俞平伯1954年版《脂砚斋红楼梦辑评》也收入，“庚寅本”也就照抄了这条后人墨笔的批语。但俞平伯1963年版《脂砚斋红楼梦辑评》发现第2条墨笔评语是后人所加，因此就删除了。

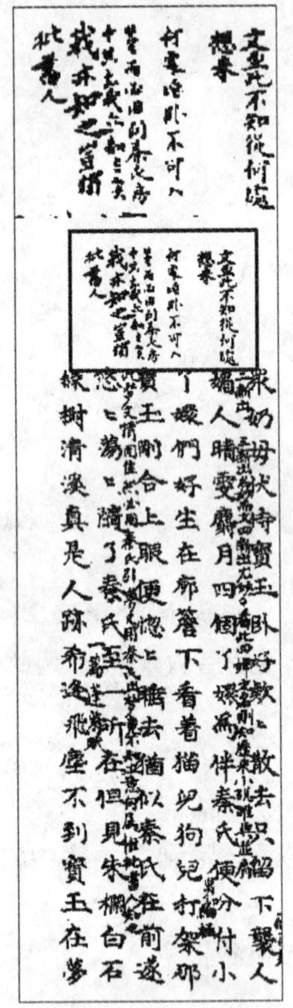
甲戌本第 5-3b 页

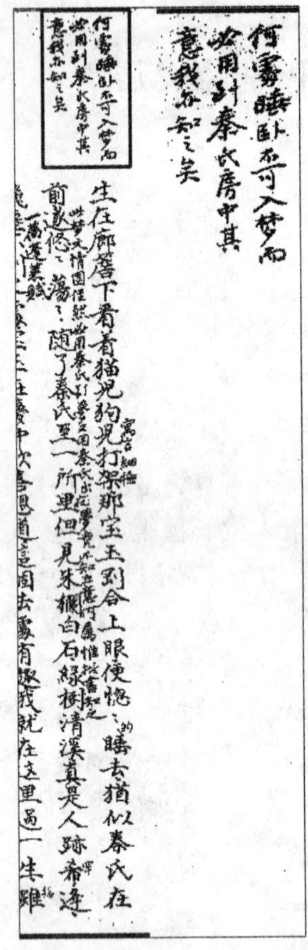
己卯本第 102—103 页

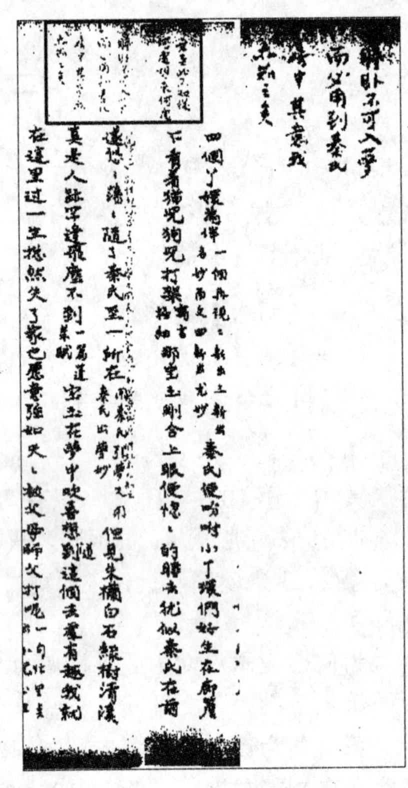
“庚寅本”第 109—110 页

第 1 条墨笔眉批（第 5 回）

2. 第 2 条墨笔眉批（第 5 回）

正文：警幻便说道，此曲不比尘世中所填传世之曲。

【眉墨】此语乃是作者自负之辞，然亦不为过谈。

这是 1 条墨笔眉批，甲戌本第 5-11b 页、己卯本第 114 页、1954 年版第 122 页、“庚寅本”第 123 页，都有此眉批。此墨笔眉批明显是后人所加，因此 1963 年版不收此批语。

所以这条批语的来历估计和前面第 1 条墨笔眉批一样，可能是，周汝昌兄弟录副本先收入了此批语，陶洙无法与甲戌本核对，因收入了己卯本，随后俞平伯 1954 年版《脂砚斋红楼梦辑评》也收入，“庚寅本”也照抄了这条后人墨笔眉批。俞平伯 1963 年版《脂砚斋红楼梦辑评》发现此评语是后人所加，因此删除。

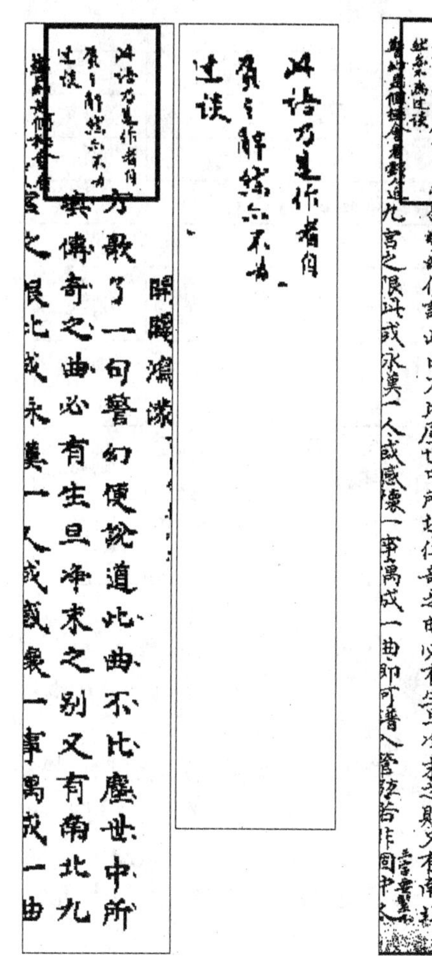

此語乃是作者自負之辭然亦不爲過談

開闢鴻濛

方歌了一句警幻便說道此曲不比塵世中所

填傳奇之曲必有生旦净末之別又有南北九

宮之限此或咏嘆一人或感懷一事偶成一曲

此語乃是作者自負之辭然亦不爲過談

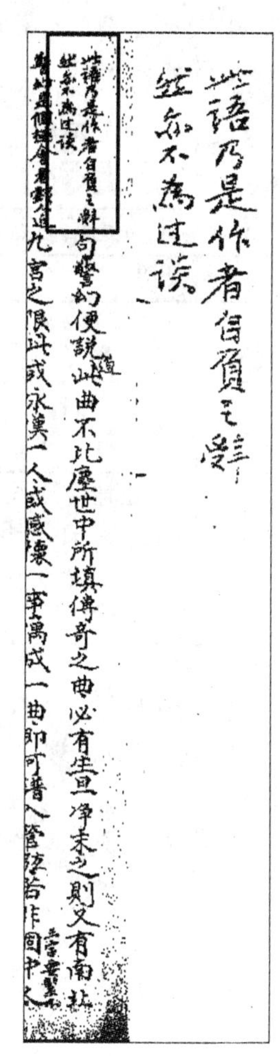

此語乃是作者自負之辭然亦不爲過談

方歌了一句警幻便說道此曲不比塵世中所填傳奇之曲必有生旦淨末之則又有南北

宮之限此或咏嘆一人或感懷一事偶成一曲即可譜入管弦若非個中人

此語乃是作者自負之辭然亦不爲過談

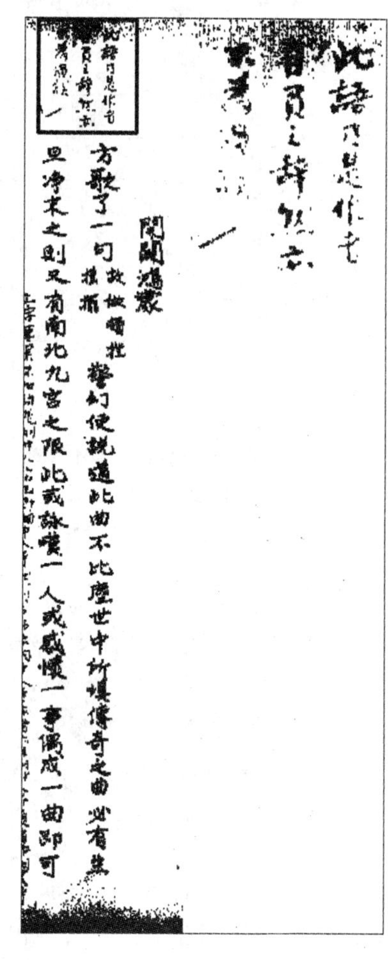

此語乃是作者自負之辭然亦不爲過談

開闢鴻濛

方歌了一句 故作頓挫 警幻便說道此曲不比塵世中所填傳奇之曲必有生

旦淨末之則又有南北九宮之限此或詠嘆一人或感懷一事偶成一曲即可

甲戌本第 5-11b 页　　己卯本己卯本第 114 页　　“庚寅本”第 123 页

第 2 条墨笔眉批（第 5 回）

三、甲戌本墨笔批语总结

以上分析了“庚寅本”中出现的、甲戌本墨笔夹批和眉批，列表如下。

表 21.“庚寅本”中出现的、甲戌本墨笔夹批和眉批

<table>
<tr><th>序号</th><th>类型</th><th>文字</th><th>回目</th><th>墨笔批语</th><th>63 版</th></tr>
<tr><td>1</td><td rowspan="6">夹批</td><td>相同</td><td>3</td><td>唯宝玉是更不可见之人。</td><td>加注</td></tr>
<tr><td>2</td><td>相同</td><td>3</td><td>为后菖菱伏脉。</td><td>加注</td></tr>
<tr><td>3</td><td>相同</td><td>5</td><td>此结是读《红楼梦》之要法。</td><td>删除</td></tr>
<tr><td>4</td><td>不同</td><td>3</td><td>迎春。</td><td>删除</td></tr>
<tr><td>5</td><td>不同</td><td>3</td><td>三岁时尚未能甚记事，故云听说，莫以为亲闻亲见。</td><td>加注</td></tr>
<tr><td>6</td><td>不同</td><td>5</td><td>寓言。</td><td>删除
加注</td></tr>
<tr><td>7</td><td rowspan="2">眉批</td><td>相同</td><td>5</td><td>何处睡卧不可入梦。而必用到秦氏房中，其意我亦知之矣。</td><td>删除</td></tr>
<tr><td>8</td><td>相同</td><td>5</td><td>此语乃是作者自负之辞，然亦不为过谈。</td><td>删除</td></tr>
</table>

这 8 条墨笔批语一般都认为是后加的批语。而“庚寅本”所保留的这些少量甲戌本的墨笔批语，和俞平伯 1954 年版《脂砚斋红楼梦辑评》完全相同，俞平伯 1954 年版《脂砚斋红楼梦辑评》发生了错误，“庚寅本”也和其完全相同。

上述“庚寅本”中所出现的甲戌本墨批的来历可能是，周汝昌兄弟录副本先收入了这些墨笔批语，陶洙无法与甲戌本核对，因收也收入了己卯本，随后俞平伯 1954 年版《脂砚斋红楼梦辑评》根据陶洙过录己卯本也收入，“庚寅本”就照抄了这些后人墨笔的批语。而俞平伯 1963 年版《脂砚斋红楼梦辑评》发现此评语是后人所加，有的加注为“系墨笔批语”，有的就删除了。

根据以上对“庚寅本”中墨笔批语的分析，再次证明“庚寅本”中的批语是来自俞平伯 1954 年版《脂砚斋红楼梦辑评》。

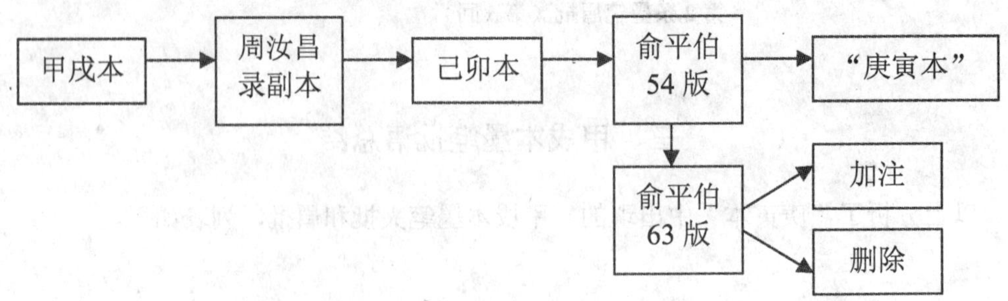

甲戌本墨笔批语演化示意图

理论上也有可能“庚寅本”收入的这些甲戌本的墨笔批语，是来自某个“古本”，而不是来自陶洙过录己卯本和俞平伯 1954 年版《脂砚斋红楼梦辑评》。这“古本”也只收录这几条批语，与陶洙过录己卯本和俞平伯 1954 年版《脂砚斋红楼梦辑评》完

全相同，只是巧合而已。但这样的巧合实在概率太低了！几乎是不可能的。因此只能认为：由于“庚寅本”和俞平伯1954年版《脂砚斋红楼梦辑评》都有相同的墨笔批语，因此“庚寅本”的批语很可能就是来自俞平伯1954年《脂砚斋红楼梦辑评》。

四、甲戌本上墨笔附注

甲戌本上有一些墨笔附注，其中有几处很值得研究。

在第1回第4页b面的页眉上有如下附注：

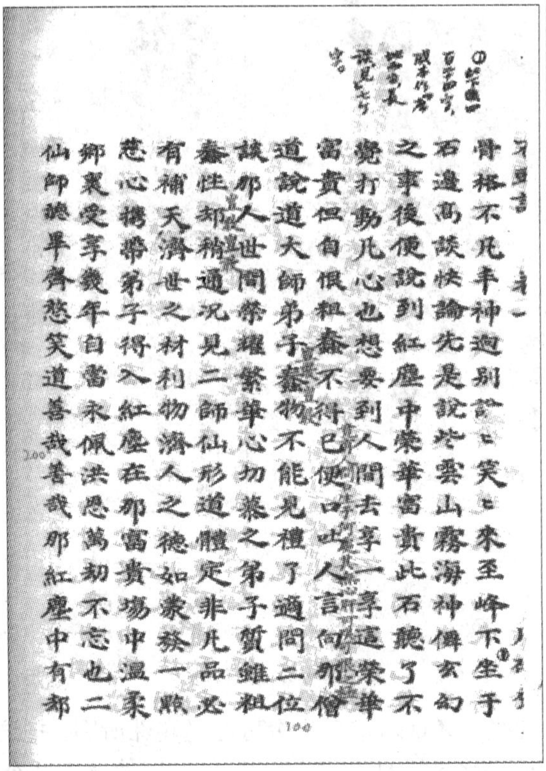

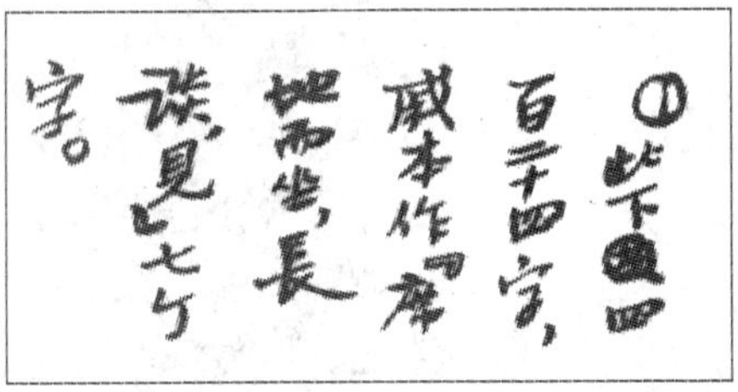

①此下四百二十四字戚本作“席地而坐，长谈，见”七个字。

在第1回第8页b面的页眉上，也有如下附注：

①此下十五字戚本无。

甲戌本第1回第4页b面

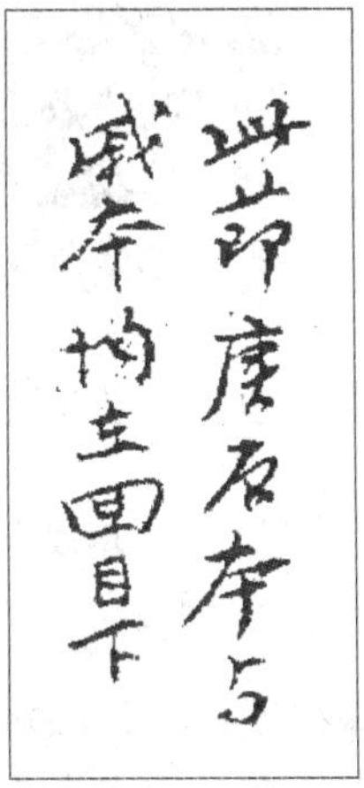

陶洙抄己卯本“凡例”第2页附条

附注者看来本意是想把甲戌本和戚本文字做个仔细校对，但只写了两处附注后就发现，两本的文字差异很大，要在甲戌本上以这种附注形式逐一注出，非常困难，因此就没有继续注下去。

由于这些附注是和戚本相比，因此肯定是在戚本出版之后写的，因此是较晚的附注。

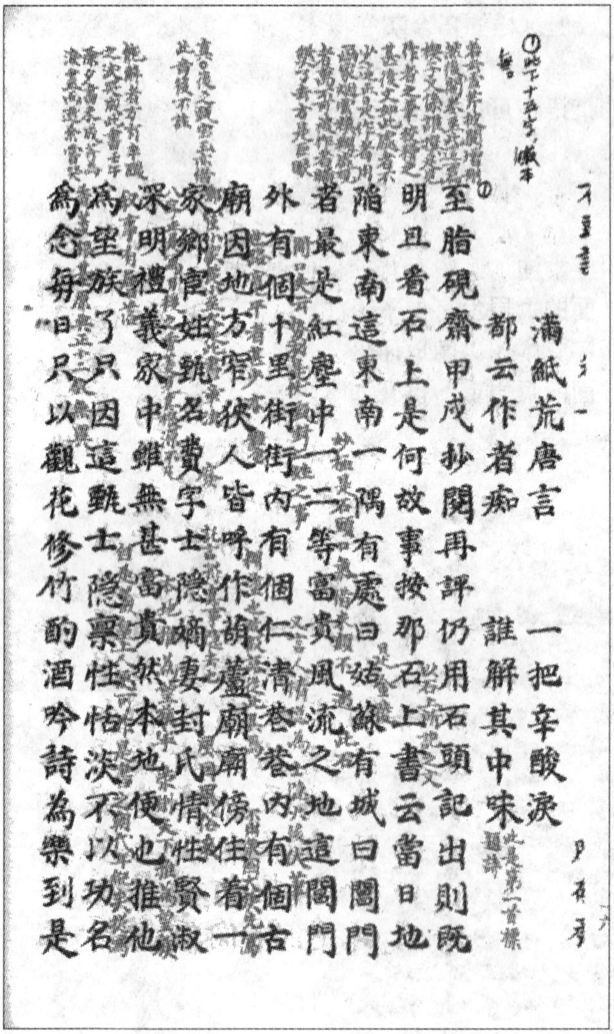

甲戌本第 1 回第 8 页 a 面

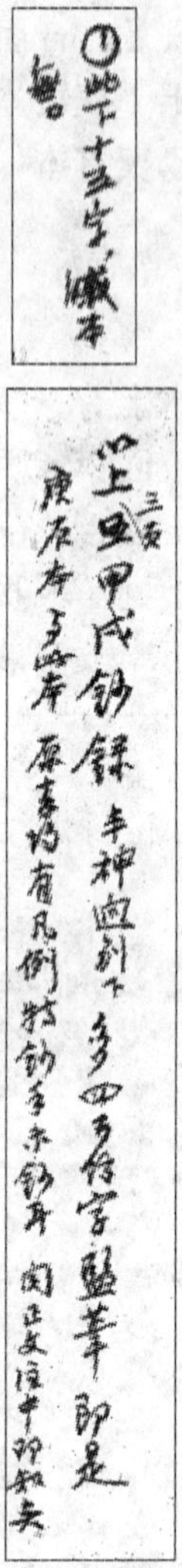

陶洙抄己卯本“凡例”第 6 页附条

由于陶洙很爱在各种版本上涂改，有些人怀疑这些字是否可能是陶洙所写。把这两条附注和陶洙在己卯本上附条字迹相比，字迹明显不同。尤其是“此”“本”几个字，写法完全不同。这说明这些附注并非陶洙所写。

甲戌本在 1928 年胡适收藏后，1931 年曾借给俞平伯，并请俞平伯写了长篇跋语。俞平伯又曾把甲戌本借给浦江清。俞平伯一直对戚本评介很高，看到甲戌本后评价不高，认为此书是后人过录，指出 3 处“此书价值亦有可商榷者”。仔细核对俞平伯跋语的笔迹和上述笔迹也不同，尤其是“此”字完全不同。因此，此附注也并非俞平伯所写。1950 年胡适将此书带到美国后，还曾借给翻译《红楼梦》的王际真先生。

此附注既不是陶洙所写，也不是俞平伯所写，是何人所写待查。

甲戌本台湾 1961 年第 1 次影印时，胡适删去了周汝昌的题记及俞平伯的题记，以及时胡适自己的3条题记。而大陆以前影印甲戌本等版本，不仅对己卯本大杀大砍，对甲戌本也是一样，人为故意删除了很多文字和批语，包括上述墨笔附记。最近人民文学出版社重印《红楼梦》版本，完全照原样影印出版，这对于研究版本有极大好处。

这些曾经被删除的文字的出现，给研究也带来的新的问题，要彻底搞清楚这些文字的来历还是非常困难的。但只要有线索，就应该探索下去。

第三节 和《脂砚斋红楼梦辑评》不同批语

一、和《脂砚斋红楼梦辑评》不同批语

以上从多角度分析“庚寅本”批语，包括对“庚寅本”和甲戌本、俞平伯1954年版《脂砚斋红楼梦辑评》的所有批语，逐一进行了分析，从中查出了所有“庚寅本”大量批语和俞平伯1954年版《脂砚斋红楼梦辑评》完全相同。还通过“庚寅本”中有一些甲戌本的墨笔批语，也和俞平伯1954年版《脂砚斋红楼梦辑评》相同。这些都证明，“庚寅本”批语的底本基本肯定是俞平伯1954年版《脂砚斋红楼梦辑评》。

但在比对中，也发现一些“庚寅本”和俞平伯1954年版《脂砚斋红楼梦辑评》不同的特殊批语，对此仔细分析如下。

首先看“庚寅本”和甲戌本不同的批语。

1. 第4回，“庚寅本”修改批语——三个“奸雄”

甲戌本（第4-6b页）、己卯本（第89页）、俞平伯1963年版《脂砚斋红楼梦辑评》（第70页）的批语都是三个“奸雄”，位置也基本一样。而俞平伯1954年版《脂砚斋红楼梦辑评》（第102页）是两个批语“奸雄”。“庚寅本”（第92页）也是三个批语“奸雄”，但在第一个批语“奸雄”后还加了“假话”二字。

此处“庚寅本”的批语不仅和俞平伯1954年版《脂砚斋红楼梦辑评》批语不同，而且和其他版本批语也不完全相同。

戌：雨村道：“你说的何尝不是。但事关人命，蒙皇上隆恩，
己：雨村道：“你说的何尝不是。但事关人命，蒙皇上隆恩，
54：雨村道：“你说的何尝不是。但事关人命，蒙皇上隆恩，
寅：雨村道：“你说的何尝不是。但事关人命，蒙皇上隆恩，
——————————————————————————

戌：起复委用（奸雄），　　　实是重生再造，正当殚心（奸雄）
己：起复委用（奸雄），　　　实是重生再造，正当殚心（奸雄）
54：起复委用（奸雄），　　　实是重生再造，正当殚心
寅：起复委用（奸雄，假话），实是重生再造，正当殚心

———————————————————————————————

戊：竭力图报之时，　　　　岂可因私（奸雄）而废法？
己：竭力图报之时，　　　　岂可因私（奸雄）而废法？
54：竭力图报之时（奸雄），岂可因私　　　　而废法？
寅：竭力图报之时（奸雄），岂可因私　　　　而废法？

———————————————————————————————

戊：是我实不能忍为者。
己：是我实不能忍为者。
54：是我实不能忍为者。
寅：是我实不能忍为者（奸雄）。

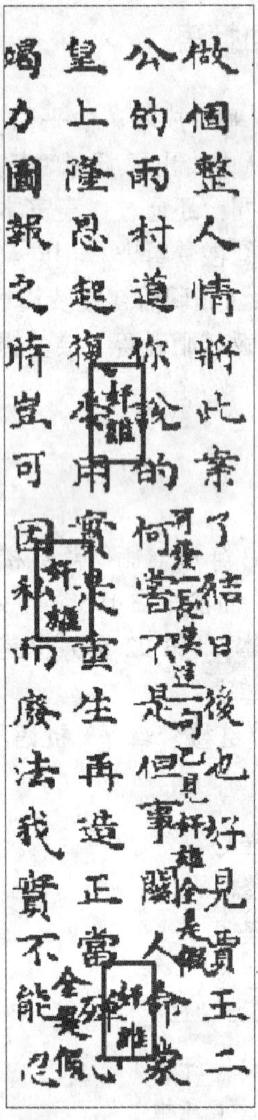

甲戌本第4-6b页 三个“奸雄”批语

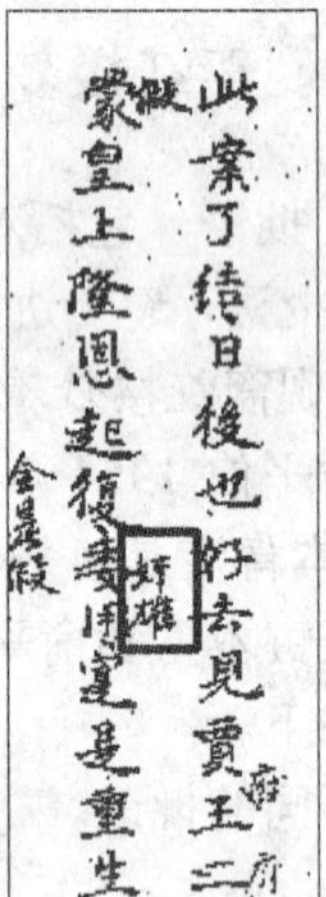

己卯本第70页 三个“奸雄”批语

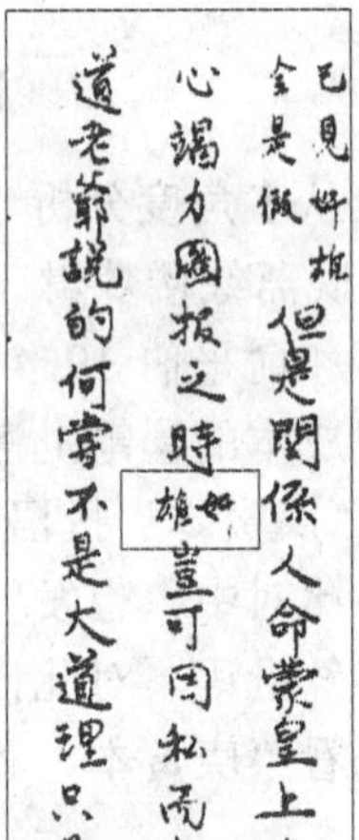

“庚寅本”第92页 三个“奸雄”批语

能看出，从甲戌本到“庚寅本”，三个“奸雄”批语的转变。甲戌本和己卯本三个“奸雄”位置完全相同，说明陶洙抄写时，位置还是比较准确的。

但俞平伯从己卯本上过录到俞平伯 1954 年版《脂砚斋红楼梦辑评》时，发生了两个错误。第一个错误是把第二个“奸雄”抄错了位置，第二个错误是漏抄了第三个“奸雄”。

“庚寅本”抄写第一个“奸雄”时，随手写了一个评语“假话”。随后，“庚寅本”照抄了俞平伯 1954 年版《脂砚斋红楼梦辑评》第二个“奸雄”。俞平伯 1954 年版《脂砚斋红楼梦辑评》本来没有第三个“奸雄”，“庚寅本”可能很有感触，因此又增加了第三个“奸雄”，而这个位置的“奸雄”是其他版本都没有的。此例再次证明“庚寅本”批语很可能是来自俞平伯 1954 年版《脂砚斋红楼梦辑评》。

2．“庚寅本”修改批语的其他例子

（1）第 5 回。

正文：谁为情种。

甲戌本第 5-12a 页，1963 年版第 89 页：

【夹】非作者为谁？余又曰：亦非作者，乃石头耳。

己卯本第 114 页，1954 年版第 123 页：

【夹】非作者为谁？余又曰：亦非者，乃石头耳。

“庚寅本”第 123 页：

【夹】非作者为谁？余又曰：非作者，乃石头耳。

改：己卯本、1954 年版缺“作”字，庚寅本缺“亦”字，而其他版本不缺此两字。

解释：此可能是“庚寅本”抄写时遗漏“亦”字。

（2）第 6 回。

正文：手内拿着小铜火炷儿。

甲戌本第 6 回 10b—11a 页，己卯本第 138 页，1954 年版第 139 页：

【夹】至平□实至奇，稗官中未见此笔。

1963 年版第 105 页：

【夹】至平，实至奇，稗官中未见此笔。

“庚寅本”第 152 页：

【双】至平庸实至奇，稗官中未见此笔。

改：“庚寅本”比己卯本、1954 年版多“庸”字。

解释：可能是“庚寅本”抄写时，认为原话“至平，实至奇”不通，因此填补“庸”

字成“平庸”更合理。

（3）第8回。

正文：前儿在一处看见二爷写的斗方，字法越发好了，多早晚赏我们几张贴贴。

甲戌本第8-2b页，己卯本第153页，1963年版第126页：

【眉】向余作此语之人在侧，观其形已皓首驼腰矣。

1954年版第162—163页：

【眉】向余作此语之人，侧观其形已皓首驼矣。

“庚寅本”第191—192页：

【眉】向余作此语之人，侧观其形已皓首驼臂矣。

改：甲戌本、己卯本都为“驼腰”，1954年版遗漏“在侧”和“腰”字，而“庚寅本”改“腰”字为“臂”字。

解释：“庚寅本”认为这里缺字，又不知原本是有“腰”字，因此加了一“臂”字。

以上是“庚寅本”和甲戌本及俞平伯1954年版《脂砚斋红楼梦辑评》不同的批语，都是“庚寅本”做了修改。

除甲戌本外，在“庚寅本”第12、13回中也出现了一些和庚辰本及俞平伯1954年版《脂砚斋红楼梦辑评》不同的批语，就不再一一举例。这些例子和甲戌本批语一样，也都是“庚寅本”做了修改。

二、批语“脂砚”署名问题

“庚寅本”中有些批语末有“脂砚”署名，而其他版本都没有此署名。

1.“庚寅本”第1回第15页正文“如今虽已有一半落尘，然犹未全集”之侧有夹批：

若从头逐个写去，成何文字。《石头记》得力处在此。丁亥春脂砚。

但其他版本“丁亥春”后并无“脂砚”二字。

2.“庚寅本”第1回第17页一条双行批语（在甲戌本中是眉批）也增加“脂砚”署名：

看他所写开卷之第一个女子，便用此二语以订终身，则知托言寓意之旨。谁谓独寄兴于一“情”字也？脂砚。

而在甲戌本中没有此“脂砚”署名。

3.“庚寅本”第2回第46页双行批也增加“脂砚”署名：

> 甄家宝玉，仍上半部不写者，故此处极力表明，以遥照贾家之宝玉。凡写贾宝玉之文，则正为真宝玉传影。脂砚斋。

最后的署名“脂砚斋”在甲戌本中是没有的。

4.“庚寅本”第3回第72页有一条夹批也增加“脂砚”署名：

> 少年色嫩不坚牢，以及非夭即贫之语，余犹在心，今阅至此，放声一哭。脂砚。

此批语在甲戌本中本是眉批，而且最后也没有“脂砚”二字。

5.“庚寅本”第5回第120页眉批也增加“脂砚”署名：

> 奇笔摅奇文。作书者视女儿珍贵之至，不知今时女儿可知？为作者痴心一哭，又为近之自弃自败之女儿一恨。脂砚。

对此“脂砚斋”的署名问题有多种看法。

第一种看法认为，这些“脂砚”署名是后人所加，因为此时脂砚斋已不在世了。因此对此本的真伪提出质疑[1]。

第二种看法认为这就是脂砚斋所写。赵建忠先生认为：[2]

若从头逐个写去，成何文字。《石头记》得力处在此。丁亥春 脂砚。

“丁亥春，脂砚”批语

> 国家图书馆于鹏发现庚寅本中有“丁亥春脂砚”的批语署名，认为与畸笏叟批语中“前批知者聊聊，今丁亥夏，只剩朽物一枚，宁不痛乎”相抵牾。因为据畸批，曹雪芹、脂砚斋那时都已谢世，“只剩朽物一枚”，于鹏认为“丁亥春脂砚”的批语恰是庚寅本乃伪造的铁证。其实，这样理解是很成问题的，因为畸笏叟的批语是写在“丁亥夏”，而庚寅本的批语却写在“丁亥春”，脂砚斋在夏天去世前写下此条批语，并不存在矛盾抵牾的问题。

赵先生认为脂砚斋在丁亥春可能在世，所以此批语可能为脂砚斋所写，这是第二种可能性。

---

[1] 沈治钧：真假红学卮谈，《乌鲁木齐职业大学学报》2012年第4期。

[2] 赵建忠：新发现的《石头记》“庚寅”本，《河北学刊》2014年第2期。

第三种可能是来自“庚寅本”的底本，或其参考本，或就是“庚寅本”抄写者所加。

我认为以上看法中，最大可能是“庚寅本”的抄写者所加。考虑到其他版本都没有“脂砚”署名，俞平伯 1954 年版《脂砚斋红楼梦辑评》也没有“脂砚”，而只有“庚寅本”中有“脂砚”署名。所以可能是“庚寅本”抄写者并不清楚“脂砚”的底细，在抄写俞平伯 1954 年版《脂砚斋红楼梦辑评》时，随意增加了“脂砚”的署名。因此“脂砚”或“脂砚斋”是“庚寅本”抄写者自己所加的可能性很大。

总之，以上找到一些“庚寅本”和俞平伯 1954 年版《脂砚斋红楼梦辑评》不同的批语，无论是甲戌本还是庚辰本的批语，仔细分析，其原因都可能是“庚寅本”对批语做了修改所致。因此这些例子不能成为推翻“庚寅本”批语的底本是俞平伯 1954 年版《脂砚斋红楼梦辑评》的结论。

第四节 双行批语插入正文位置研究

一、双行批语插入位置

以上对“庚寅本”批语文字中的一些问题进行了分析，因此认为“庚寅本”批语的底本很可能是俞平伯 1954 年版《脂砚斋红楼梦辑评》。本文继续对“庚寅本”的批语进行分析，主要从双行批语插入正文的位置入手，再次论证上述结论。

《红楼梦》版本批语一般分三种形式：双行批、夹批和眉批。双行批是插入正文的双行字批语，肯定是在抄书过程中抄入的。而夹批和眉批可能是抄完正文和双行批后，再抄写的。由于双行批是抄写在正文之后，其位置是非常固定的，而眉批和夹批的位置就不十分明确了。

因此可以根据双行批在正文中位置，判断版本的演化。如双行批位置相同，说明它们之间有密切关系。如位置不同，说明它们之间没有关系。

由于陶洙把甲戌本批语过录到己卯本上时，眉批和夹批可以基本抄在甲戌本原有的位置。但对于双行夹批却无法把批语再插入己卯本的正文，因此陶洙就只好把双行批也抄成了夹批。这样在俞平伯 1954 版《脂砚斋红楼梦辑评》中，对甲戌本的双行批注和夹批无法区分，统称“甲戌”。陶洙为注明双行夹批的插入位置，陶洙就在己卯本正文应插入处加了一些符号，如“¬、＜、＼”等，注明此批语应插入的位置。但有时陶洙标记不清楚，俞平伯也可能未注意，导致有的双行批的位置和甲戌本一致，而有的双行批语插入位置和甲戌本不一致。

而“庚寅本”可能又是完全根据俞平伯 1954 年版《脂砚斋红楼梦辑评》，把部分批语又抄成了双行批。这样就可能导致，“庚寅本”中有的双行批的位置和甲戌本一致，而有的双行批位置就和甲戌本不一致了。

所以可以比对“庚寅本”和甲戌本、己卯本、俞平伯1954年版《脂砚斋红楼梦辑评》双行批在正文中的位置，可以判断处“庚寅本”的批语是否是根据俞平伯1954年版《脂砚斋红楼梦辑评》整理的。

理论上有三种可能：

1.“庚寅本”双行批在正文位置和甲戌本位置、俞平伯1954年版《脂砚斋红楼梦辑评》都完全一致，这样就无法判断“庚寅本”的双行批的来源是甲戌本，还是俞平伯1954年版《脂砚斋红楼梦辑评》。

2.“庚寅本”双行批在正文位置和甲戌本位置不同，而和俞平伯1954年版《脂砚斋红楼梦辑评》却完全一致，就说明“庚寅本”的双行批很可能来自俞平伯1954年版《脂砚斋红楼梦辑评》。

3.“庚寅本”双行批位置和甲戌本相同，而和俞平伯1954年版《脂砚斋红楼梦辑评》却不同，就说明“庚寅本”的双行批有可能不是来自俞平伯1954年版《脂砚斋红楼梦辑评》。

不仅对于甲戌本可以进行分析，对于“庚寅本”批语的其他版本，如己卯本、庚辰本、戚序本和甲辰本，都可以用此方法判断。

因此，我们可以根据“庚寅本”双行批语在正文中的位置，判断“庚寅本”是否是根据俞平伯1954年版《脂砚斋红楼梦辑评》抄录的。

而眉批、夹批由于和正文位置不十分确定，因此无法由此进行分析判断，所以只能分析双行批。

下面分别分析对比“庚寅本”和甲戌本、己卯本、庚辰本、戚序本、甲辰本批语插入正文的位置。首先对比甲戌本。

二、甲戌本双行批语插入正文位置

甲戌本前5回和第13回的抄写者把所有夹批和双行批都抄成夹批，没有双行批，因此无法判别。只有第6、7、8三回中有双行批，可以进行分析。因此本文只对甲戌本这3回中的双行批进行分析。

比对的4个版本是：

1. 甲戌本原本；

2. 陶洙抄在己卯本上的甲戌本批语；

3. 俞平伯1954年版《脂砚斋红楼梦辑评》(简称“1954年版”)；

4.“庚寅本”中甲戌本批语。

为使读者了解双行批在各种版本的本来面貌，更清楚双行批与正文之间的关系，只在例1中插入了甲戌本、己卯本和“庚寅本”的图片。为节省篇幅，以后各例就只列出文字，就不再列出图片。

例 1. 双行批语，第 6 回。

【双】伏下晴雯。

正文：甲戌本第 6-2a 页、己卯本第 126 页。

自此宝玉视袭人更与别人不同。(批语)。袭人待宝玉更为尽心暂且别无话说。

正文：1954 年版第 132 页、“庚寅本”第 131 页。

自此宝玉视袭人更与别个不同。袭待宝玉更为尽心，暂且别无话说。(批语)

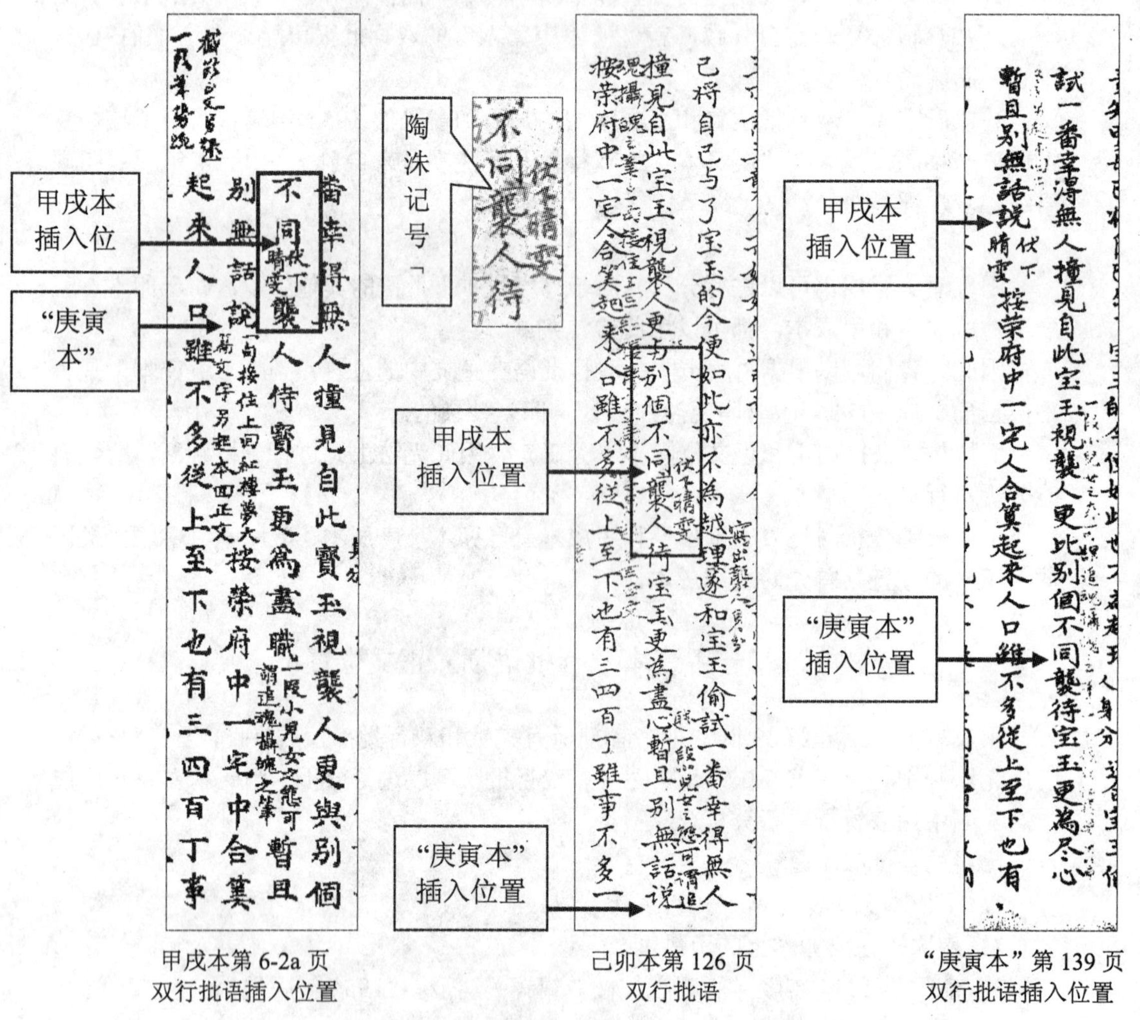

甲戌本第 6-2a 页
双行批语插入位置

己卯本第 126 页
双行批语

“庚寅本”第 139 页
双行批语插入位置

说明：甲戌本批语在正文“与别人不同”之后，陶洙抄录在己卯本批语的位置和甲戌本一样，并在“别个不同”之后加了标记符号“¬”。但可能俞平伯没有注意这个符号，因此俞平伯 1954 年版《脂砚斋红楼梦辑评》把此批语改到正文“别无话说”之后了。而“庚寅本”和俞平伯 1954 年版《脂砚斋红楼梦辑评》批语位置完全相同，因此“庚寅本”批语很可能就是来自俞平伯1954年版《脂砚斋红楼梦辑评》。

而同一页还有三条双行批语，批语在甲戌本、己卯本和俞平伯1954年版《脂砚斋红楼梦辑评》的位置都一样，这是由于己卯本标注很清楚。因为俞平伯1954年版《脂砚斋红楼梦辑评》没有错误，“庚寅本”照抄俞平伯1954年版《脂砚斋红楼梦辑评》，也就都没有错误。

例2. 双行批语，第6回。

【双】妙谦，是石头口角。

正文：甲戌本第6-2b页、己卯本第127页。

若谓聊可破闷时，待蠢物（批语）逐细言来。

正文：1954年版第132页、“庚寅本”第140页。

若谓聊可破闷时，待蠢物细细言来。（批语）

说明：甲戌本批语在正文“待蠢物”之后，己卯本原缺此段正文，陶洙补抄了这段文字，批语的位置和甲戌本一样，也是在正文“待蠢物”之后。但俞平伯1954年版《脂砚斋红楼梦辑评》误把此批语改到正文“细细言来”之后了，并把正文“逐细言来”改为“细细言来”。“庚寅本”批语位置和正文都和俞平伯1954年版《脂砚斋红楼梦辑评》相同。

例3. 双行批语，第6回。

【双】《石头记》中公勋世宦之家，以及草莽庸俗之族，无所不有，自能各得其妙。

正文：甲戌本第6-3a页、己卯本第127页。

只有其子小名狗儿，狗儿亦生一子，小名板儿。嫡妻刘氏又生一女，名唤青儿。（批语）

正文：1954年版第132页、“庚寅本”第140页。

只有其子小名狗儿，狗儿亦生一子，小名板儿。（批语）嫡妻刘氏又生一女，名唤青儿。

说明：甲戌本批语在正文“名唤青儿”之后，陶洙抄录在己卯本批语的位置和甲戌本相同，并用符号“—”做了标记。但俞平伯未注意此标记，发生错误，导致俞平伯1954年版《脂砚斋红楼梦辑评》把此批语提前到正文“小名板儿”之后了。而“庚寅本”批语位置和俞平伯1954年版《脂砚斋红楼梦辑评》相同，也在“小名板儿”之后。

例4. 双行批语，第6回。

【双】病。此病人不少，请来看狗儿。

正文：甲戌本第 6-3a 页、己卯本第 128 页。

家中冬事未办，狗儿未免心中烦虑，吃了几杯闷酒，在家闲寻气恼。（批语）刘氏也不敢顶撞。

正文：1954 年版第 133 页、“庚寅本”第 141 页。

家中冬事未办，狗儿未免心中烦虑，吃了几杯闷酒，在家闲寻气恼。刘氏也不敢顶撞（批语）

说明：甲戌本批语在正文“在家闲寻气恼”之后，陶洙抄录在己卯本批语的位置和甲戌本相同，并用符号“＼”做了标记。但俞平伯未注意此标记，发生错误，导致俞平伯 1954 年版《脂砚斋红楼梦辑评》误把此批语推后到正文“刘氏也不敢顶撞”之后了。而“庚寅本”批语位置和俞平伯 1954 年版《脂砚斋红楼梦辑评》一样。

例 5. 双行批语，第 6 回。

【双】妙称，何肖之至。

正文：甲戌本第 6-3b 页、己卯本第 128 页。

托着你那老的福。（批语）吃喝惯了。

正文：1954 年版第 133 页、“庚寅本”第 141 页。

托着你那老之福，吃喝惯了。（批语）

说明：甲戌本批语在正文“托着你那老的福”之后，陶洙抄录在己卯本批语的位置和甲戌本相同，并用符号“＼”做了标记。但俞平伯未注意此标记，发生错误，导致俞平伯 1954 年版《脂砚斋红楼梦辑评》误把此批语推后到正文“吃喝惯了”之后。而“庚寅本”批语位置和俞平伯 1954 年版《脂砚斋红楼梦辑评》一样。

例 6. 双行批语，第 6 回。

【双】街名。本地风光，妙。

正文：甲戌本第 6-5b 页、己卯本第 131 页。

找至宁荣街。（批语）来至荣府大门口。

正文：1954 年版第 134 页、“庚寅本”第 144 页。

找至宁荣街来。（批语）至荣府大门口。

说明：甲戌本批语在正文“找至荣宁街”之后，陶洙抄录在己卯本批语的位置和甲戌本相同，并用符号“＼”做了标记。但俞平伯未注意此标记，发生错误，导致俞平伯 1954 年版《脂砚斋红楼梦辑评》断句不同，把“来”字断为前句末字，因此把此批语推后到正文“来”字之后了。而“庚寅本”批语位置和俞平伯 1954 年版《脂砚斋红楼梦辑评》一样。

例 7．双行批语，第 6 回。

【双】在今世，周瑞妇算是个怀情不忘的正人。

正文：甲戌本第 6-7a 页、己卯本第 133 页

心中难却其意，（批语）二则也要显弄自己体面。

正文：1954 年版第 135 页、“庚寅本”第 146 页

心中难却其意，二则也要显弄自己的体面。（批语）

说明：甲戌本批语在正文“心中难却其意”之后，陶洙抄录在己卯本批语的位置和甲戌本相同，并用符号“＼”做了标记。但俞平伯未注意此标记，发生错误，导致俞平伯 1954 年版《脂砚斋红楼梦辑评》误把此批语推后到正文“二则也要显弄自己的体面”之后了。而“庚寅本”批语位置和俞平伯 1954 年版《脂砚斋红楼梦辑评》一样。

例 8．双行批语，第 6 回。

【双】一丝不乱。

正文：甲戌本第 6-8a 页、己卯本第 134 页。

便唤小丫头子到倒厅上。（批语）悄悄的打听打听。

正文：1954 年版第 136 页、“庚寅本”第 148 页。

便唤小丫头子到倒厅上，悄悄的打听打听。（批语）

说明：甲戌本批语在正文“到倒厅上”之后，陶洙抄录在己卯本批语的位置和甲戌本相同，并用符号“＼”做了标记。但俞平伯未注意此标记，发生错误，导致俞平伯 1954 年版《脂砚斋红楼梦辑评》误把此批语推后到正文“悄悄的打听打听”之后了。而“庚寅本”批语位置和俞平伯 1954 年版《脂砚斋红楼梦辑评》一样。

例 9．双行批语，第 6 回。

【双】1．着眼。这也是书中一要紧人，《红楼梦》内虽未见有名，想亦在副册内者也。【双】2．名字真极，文雅则假。

正文：甲戌本第 6-8b 页、己卯本第 135 页。

先找着了凤姐的一个心腹通房大丫头。（批语 1）名唤平儿的。（批语 2）

正文：1954 年版第 136 页、“庚寅本”第 149 页。

先找着了凤姐的一个心腹通房大丫头。名唤平儿的。（批语 1．2）

说明：甲戌本本有两句批语。第一句批语在正文“心腹通房大丫头”之后，第二句批语在“名唤平儿的”之后。陶洙抄录在己卯本把两句批语连在一起，而且位置不明显，也用符号“＼”做了标记。但俞平伯未注意此标记，搞不清楚两句批语的位置，

发生错误，导致俞平伯 1954 年版《脂砚斋红楼梦辑评》把两句连起来，误把两句批语都推后到正文"名唤平儿的"之后了。而"庚寅本"批语位置和俞平伯 1954 年版《脂砚斋红楼梦辑评》一样。

例 10．双行批语，第 6 回。

【双】暗透平儿身分。

正文：甲戌本第 6-9a 页、已卯本第 136 页。

平儿听了，便作了主意，叫他们进来，先在这里坐着就是了。（批语）

正文：1954 年版第 137 页、"庚寅本"第 149 页。

平儿听了，便作了主意，叫他们进来，（批语）先在这里坐着就是了。

说明：甲戌本批语在正文"先在这里坐着就是了"之后，陶洙抄录在已卯本批语的位置和甲戌本相同，并用符号"＼"做了标记。但俞平伯未注意此标记，发生错误，导致俞平伯 1954 年版《脂砚斋红楼梦辑评》误把此批语提前到正文"叫他们进来"之后了。而"庚寅本"批语位置和俞平伯 1954 年版《脂砚斋红楼梦辑评》一样。

例 11．双行批语，第 6 回。

【双】一段阿凤房室起居器皿，家常正传。奢侈珍贵好奇贷注脚，写来真是好看。

正文：甲戌本第 6-10b 页、已卯本第 138 页。

那凤姐儿家常代着秋板貂鼠昭君套，围着攒珠勒子，穿着桃红撒花袄石青刻丝灰鼠披风，大红洋绉银鼠皮裙，粉光脂艶端端正正坐在那里。（批语）

正文：1954 年版第 139 页、"庚寅本"第 152 页。

那凤姐儿家常代着秋板貂鼠昭君套，围着攒珠勒子，（批语）穿着桃红撒花袄石青刻丝灰鼠披风，大红洋绉银鼠皮裙，粉光脂艶端端正正坐在那里。

说明：甲戌本批语在正文"端端正正坐在那里"之后，陶洙抄录在已卯本批语的位置和甲戌本相同，并用符号"＼"做了标记，但此标记和批语距离较远。因此俞平伯未注意此标记，发生错误，导致俞平伯 1954 年版《脂砚斋红楼梦辑评》就误把此批语提前到正文"围着攒珠勒子"之后了。而"庚寅本"批语位置和俞平伯 1954 年版《脂砚斋红楼梦辑评》一样。

例 12．双行批语，第 6 回。

【双】又一笑，凡六。自刘姥姥来，凡笑五次，写得阿凤乖滑伶俐，合眼如立在前。○若会说话之人便听他说了，阿凤利害处正在此。○问看官：常有将挪移借贷已说明白了，彼仍妆聋妆哑，这人为阿凤若何？呵呵一叹。

正文：甲戌本第 6-14a 页、已卯本第 142 页。

因笑止道。（批语）不必说了。

正文：1954年版第142页、“庚寅本”第156页。

因笑止道，不必说了。（批语）

说明：甲戌本批语在正文“因笑止道”之后，陶洙抄录在己卯本批语的位置和甲戌本相同，并用符号“＼”做了标记。但俞平伯未注意此标记，发生错误，导致俞平伯1954年版《脂砚斋红楼梦辑评》误把此批语推后到正文“不必说了”之后了。而“庚寅本”批语位置和俞平伯1954年版《脂砚斋红楼梦辑评》一样。

例13．双行批语，第7回。

【双】卿不知从那里弄来，余则深知是从放春山采来，以灌愁海水和成，烦广寒玉兔捣碎，在太虚幻境空灵殿上炮制配合者也。

正文：甲戌本第7-2a页、己卯本第149页。

不知是那里弄来的。他说发了时吃一丸就好。到也奇怪，这到效验些。（批语）

正文：1954年版第146页、“庚寅本”第165页。

不知是那里弄来的。（批语）他说发了时吃一丸就好。到也奇怪，这到效验些。

说明：甲戌本批语在正文“这到效验些”之后，陶洙抄录在己卯本批语的位置和甲戌本相同，并用符号“＜”做了标记。但俞平伯未注意此标记，发生错误，导致俞平伯1954年版《脂砚斋红楼梦辑评》误把此批语提前到正文“不知是那里弄来的”之后了。而“庚寅本”批语位置和俞平伯1954年版《脂砚斋红楼梦辑评》一样。

例14．双行批语，第7回。

【双】又虚贴一个于老爷，可知所尚僧尼者，悉愚人也。

正文：甲戌本第7-5b页、己卯本第153页。

我师傅见过太太就往于老爷府里去了，叫我在这里等他呢。（批语）

正文：1954年版第150页、“庚寅本”第170页。

我师傅见过太太就往于老爷府里去了，（批语）叫我在这里等他呢。

说明：甲戌本批语在正文“叫我在这里等他呢”之后，陶洙抄录在己卯本批语的位置和甲戌本相同，并用符号“＜”做了标记，但此标记和批语距离较远。俞平伯未注意此标记，发生错误，导致俞平伯1954年版《脂砚斋红楼梦辑评》误把此批语提前到正文“往于老爷府里去了”之后了。而“庚寅本”批语位置和俞平伯1954年版《脂砚斋红楼梦辑评》一样。

例15．双行批语，第7回。

【双】“委曲”二字极不通，却是至情，写愚妇至矣。

正文：甲戌本第 7-10a 页、己卯本第 159 页。

别委屈着他，到比不得跟了老太太来就罢了。（批语）

正文：1954 年版第 154 页、“庚寅本”第 177 页。

别委屈着他，（批语）到比不得跟老太太过来便罢了。

说明：甲戌本批语在正文“跟了老太太来就罢了”之后，陶洙抄录在己卯本批语的位置比甲戌本提前，用符号“<”做了标记，但此标记和批语距离较远。俞平伯未注意此标记，发生错误，导致俞平伯 1954 年版《脂砚斋红楼梦辑评》仿照己卯本，把此批语提前到正文“别委屈着他”之后了。而“庚寅本”批语位置和俞平伯 1954 年版《脂砚斋红楼梦辑评》一样。

例 16．双行批语，第 7 回。

【双】一人不落，又带出强将手下无弱兵。

正文：甲戌本第 7-11a 页、己卯本第 161 页。

拿了一疋尺头，两个状元及第的小金锞子，交付与来人送过去。凤姐犹笑说太简薄等语，秦氏等谢毕。一时吃过饭，尤氏凤姐秦氏等抹骨牌，不在话下。（批语）

正文：1954 年版第 155 页、“庚寅本”第 178 页。

拿了一疋尺头，两个状元及第的小金锞子，交付与来人送过去。（批语）凤姐犹笑说太简薄等语，秦氏等谢毕。一时吃过饭，尤氏凤姐秦氏等抹骨牌，不在话下。

说明：甲戌本批语在正文“不在话下”之后，陶洙抄录在己卯本批语的位置和甲戌本相同，并用符号“＼”做了标记。但俞平伯未注意此标记，发生错误，导致俞平伯 1954 年版《脂砚斋红楼梦辑评》误把此批语提前到正文“交付与来人送过去”之后了。而“庚寅本”批语位置和俞平伯 1954 年版《脂砚斋红楼梦辑评》一样。

例 17．双行批语，第 8 回。

【双】偏与邢夫人相犯，然却是各有各传。

正文：甲戌本第 8-1b 页、己卯本第 169 页。

王夫人本是好清净的。（批语）见贾母回来，也就回来了。然后凤姐坐了首席。

正文：1954 年版第 161 页、“庚寅本”第 190 页。

王夫人本是好清净的。见贾母回来，也就回来了。然后凤姐坐了首席。（批语）

说明：甲戌本批语在正文“好清净的”之后，此处批语很多，导致陶洙抄录在已卯本批语的位置，和甲戌本差异较大，虽陶洙加了符号“╲”，但俞平伯未注意此标记，发生错误，导致俞平伯1954年版《脂砚斋红楼梦辑评》仿照已卯本，把此批语推后到正文“凤姐坐了首席”之后了。而“庚寅本”批语位置和俞平伯1954年版《脂砚斋红楼梦辑评》一样。

例18．双行批语，第8回。

【双】又顺笔带出一个妙名来，洗尽“春花”“腊梅”等套。

正文：甲戌本第8-8a页、已卯本第178页。

雪雁道：紫鹃姐姐。（批语）怕姑娘冷使我送来的。

正文：1954年版第170页、“庚寅本”第200页。

雪雁道：紫鹃姐姐，怕姑娘冷使我送来的。（批语）

说明：甲戌本批语在正文“紫鹃姐姐”之后，陶洙抄录在已卯本上时，把此批语和上一条批语“鹦哥改名已”连抄在一起了，虽然陶洙加了符号“╲”，但不明显。俞平伯未注意此标记，发生错误，导致俞平伯1954年版《脂砚斋红楼梦辑评》把此批语推后到正文“使我送来的”之后了。而“庚寅本”批语位置和俞平伯1954年版《脂砚斋红楼梦辑评》一样。

例19．双行批语，第8回。

【双】1.妙名。业者孽也，盖云情因孽而生也。【双】2. 官职更妙。设云因情孽而缮此一书之意。

正文：甲戌本第8-14a页、已卯本第186页。

他父母秦业。（批语1）现任营缮郎。（批语2）

正文：1954年版第179页、“庚寅本”第209页。

他父母秦业，现任营缮郎。（批语1．2）

说明：甲戌本两条批语分别在正文“他父母秦业”和“现任营缮郎”之后，陶洙抄录在已卯本时，因位置狭小，虽用符号“╲”做了标记，但批语的位置还是不清楚，导致俞平伯不清楚此两句批语的准确位置，因此俞平伯1954年版《脂砚斋红楼梦辑评》就把此两条批语推后到正文“现任营缮郎”之后了。而“庚寅本”批语位置和俞平伯1954年版《脂砚斋红楼梦辑评》一样。

三、甲戌本双行批语插入正文位置总结

以上介绍了“庚寅本”中甲戌本双行批语插入正文位置，和甲戌本不同的19例。

甲戌本中只有第6、7、8三回中有双行批，初步统计如下：

第6回：有53条双行批，位置不同的有12条，占22.64%。

第7回：有41条双行批，位置不同的有4条，占9.76%。

第8回：有38条双行批，位置不同的有3条，占7.89%。

总计有132条双行批语，位置不同的有19条，占14.39%。

从比例看，批语位置不同的不多，说明大部分双行批语的插入位置都和甲戌本相同，只有少数批语位置不同。因此，陶洙把甲戌本批语过录到己卯本上的位置多数还是对的，俞平伯也多数标记对了。

“庚寅本”和俞平伯1954年版《脂砚斋红楼梦辑评》双行批语插入正文位置完全相同，而和甲戌本不同的19条批语说明，“庚寅本”批语不太可能是直接根据甲戌本整理的，而是根据俞平伯1954年版《脂砚斋红楼梦辑评》整理的可能性很大。

“庚寅本”和俞平伯1954年版《脂砚斋红楼梦辑评》双行批语插入正文位置完全相同的虽然只有19条，产生这种情况只有两种可能：

第一可能是“庚寅本”批语的底本就是俞平伯1954年版《脂砚斋红楼梦辑评》，这和前面几篇文章的分析结果相同。这种可能性非常大。

第二种可能是，位置相同只是巧合而已。“庚寅本”的底本另有所本。但不止有插入位置相同，还有前文所介绍的各种批语文字错误相同，这些都是巧合的概率实在太低了！

因此，总结对“庚寅本”批语的分析，无论是从批语文字修改相同，还是双行批语插入位置相同，都证明，“庚寅本”批语的底本是俞平伯1954年版《脂砚斋红楼梦辑评》的可能性极大。

四、其他版本双行批语插入正文位置

以上分析了“庚寅本”中甲戌本双行批语在正文中的插入位置，“庚寅本”中除有大量甲戌本的双行批语外，还有很多其他版本的双行批语，如己卯本、庚辰本、戚序本和甲辰本。由于俞平伯在整理1954年版《脂砚斋红楼梦辑评》时，和甲戌本不同，他手中都有这些版本的原本或照片，因此这些版本双行批语的插入位置应该和原本一样。

如“庚寅本”中其他版本的双行批语插入正文的位置，确实和其原本一样，就说明上述对俞平伯1954年版《脂砚斋红楼梦辑评》甲戌本双行批插入位置分析是对的，“庚寅本”批语的底本是俞平伯1954年版《脂砚斋红楼梦辑评》的可能性极大。

为此逐一统计了其他4个版本（己卯本、庚辰本、戚序本和甲辰本）中的双行批语在其原本和“庚寅本”中插入的位置。经过仔细分析，这四种版本双行批语在其原

本和“庚寅本”中插入的位置基本相同。

这是由于俞平伯整理俞平伯 1954 年版《脂砚斋红楼梦辑评》时，己卯本是依据陶洙提供的己卯本原本，那时他手中有庚辰本的照片和甲辰本的原本，戚序本是有正书局出版的大字本。因此这 4 种版本双行批语在其原本和“庚寅本”中插入的位置基本相同。而“庚寅本”又是根据俞平伯 1954 年版《脂砚斋红楼梦辑评》整理的，因此所有批语的位置都相同。

只有在甲辰本双行批语中出现了几例批语位置和“庚寅本”位置不同的例子。

例 1．第 1 回，批语。

自是羲皇上人，便可作是书之朝代年纪矣。总写香菱根基，原与正十二钗无异。

几种版本批语的位置不同：

1．甲戌本第 1-8b 页、陶洙过录己卯本第 19 页为夹批，在正文“士隐禀性恬淡，不以功名为念。每日只以”之侧：

正文：

因这甄士隐禀性恬淡，不以功名为念。（批语）每日只以观花修竹酌酒吟诗为乐。

2．甲辰本第 1-6b 页为双行批，在正文“吟诗为乐”之后：

因这甄士隐禀性恬淡，不以功名为念。每日只以观花修竹酌酒吟诗为乐。（双行批）

3．俞平伯 1954 年版《脂砚斋红楼梦辑评》第 43 页、“庚寅本”第 13 页为双行批，在正文“不以功名为念”之后：

因这甄士隐禀性恬淡，不以功名为念。（双行批）每日只以观花修竹酌酒吟诗为乐。

说明：造成甲辰本和“庚寅本”批语位置不同的根本原因，实际是甲辰本和俞平伯 1954 年版《脂砚斋红楼梦辑评》批语位置不同。甲辰本双行批语是在正文“酌酒吟诗为乐”之后，而俞平伯 1954 年版《脂砚斋红楼梦辑评》和“庚寅本”此批语提前到正文“不以功名为念”之后。仔细分析原因，这是因为此批语实际来自甲戌本（第 1-8b），而甲戌本和己卯本此批语都是夹批。俞平伯 1954 年版《脂砚斋红楼梦辑评》是根据陶洙过录到己卯本的位置，插在正文“不以功名为念”之后，与甲辰本处理不同。而“庚寅本”又是根据俞平伯 1954 年版《脂砚斋红楼梦辑评》整理的，因此批语的位置就和俞平伯 1954 年版《脂砚斋红楼梦辑评》一样，而和甲辰本不同了。

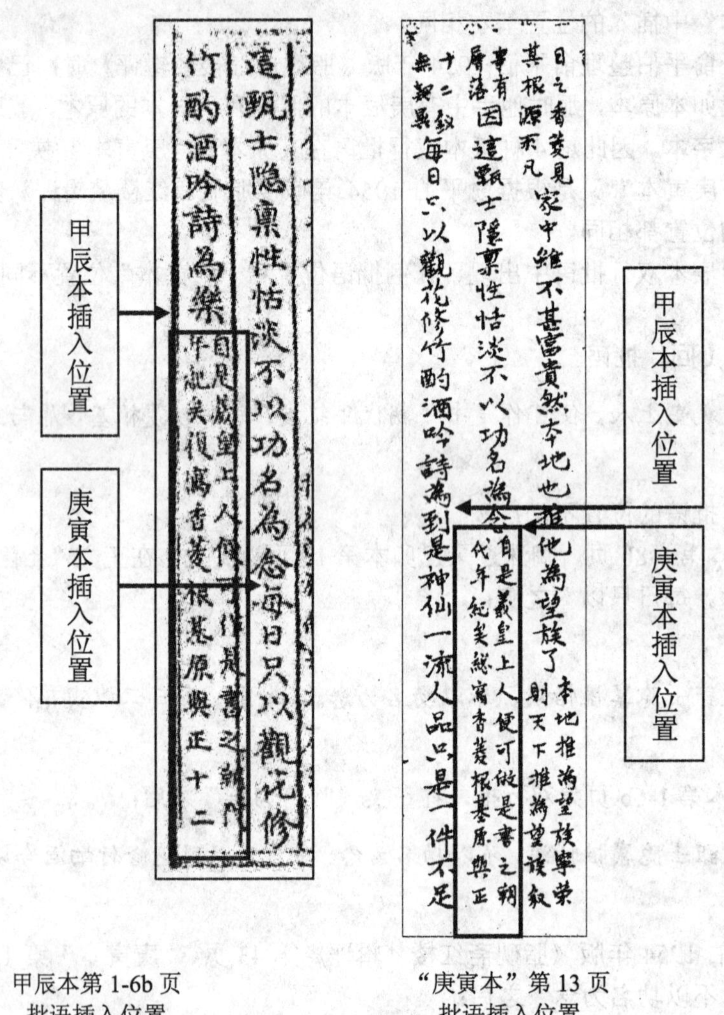

甲辰本第 1-6b 页
批语插入位置

“庚寅本”第 13 页
批语插入位置

例 2．第 1 回，批语。

余不及一人者，盖全部之主，惟二玉二人也。

1．甲戌本第 1-10a 页、陶洙过录己卯本第 21 页为夹批，在正文“赔他们去了结此案”之侧：

因此一事，就勾出多少风流冤家来，赔他们去了结此案。

2．甲辰本第 1-8a 页为双行批，在正文“了结此案”之后：

因此一事，就勾出多少风流冤家来，赔他们去了结此案。（双行批）

3.《脂砚斋红楼梦辑评》第 45—46 页、“庚寅本”第 15 页为双行批，在正文“风流冤家来”之后：

因此一事，就勾出多少风流冤家来（双行批），赔他们去了结此案。

例 3．第 1 回，批语。

四字新而含蓄最广，若必指明，则又落套矣。

1．甲戌本第 1-14b 页、陶洙过录己卯本第 28 页为夹批，在正文“言若论时尚之学晚生”之侧：

非晚生酒后狂言，若论时尚之学，晚生也或可去充数沽名。

2．甲辰本第 1-8a 页为双行批，在正文“时尚之学”之后：

非晚生酒后狂言，若论时尚之学，（批语）晚生也或可去充数沽名。

3．《脂砚斋红楼梦辑评》第 51 页、“庚寅本”第 22 页为双行批，在正文“充数沽名”之后：

非晚生酒后狂言，若论时尚之学，晚生也或可去充数沽名。（批语）

出现甲辰本和“庚寅本”批语插入正文的位置不同的根本原因和例 1 相同，都是由于这些双行批语实际来自甲戌本的夹批，陶洙过录到己卯本也是夹批，而甲辰本把甲戌本夹批变成双行批，和俞平伯 1954 年版《脂砚斋红楼梦辑评》标记的位置不同，因此最终导致“庚寅本”插入正文位置就与甲辰本不同了。

这 3 例都是甲辰本和“庚寅本”（实际是俞平伯 1954 年版《脂砚斋红楼梦辑评》）批语从夹批改为双行批时，插入正文的位置不同。仔细分析这两种插入位置，似乎是甲辰本比“庚寅本”（实际是俞平伯 1954 年版《脂砚斋红楼梦辑评》）更为合理。

因此这些例证中，虽然“庚寅本”批语插入正文位置和甲辰本不同，但和俞平伯 1954 年版《脂砚斋红楼梦辑评》还是相同。因此根据这些例证，也进一步证明：“庚寅本”中的批语实际是来自俞平伯 1954 年版《脂砚斋红楼梦辑评》。

第五节 “庚寅本”批语研究总结

总结“庚寅本”的批语有如下特点。

1．“庚寅本”中有其他五种版本的批语

- 此本有 5 种脂本批语，即甲戌本、己卯本、庚辰本、戚序本和甲辰本。
- 5 种版本都是 20 世纪 50 年代前就出现的版本。
- 20 世纪 60 年代出现的列藏本和蒙府本的批语（指独有批语）1 条都没有。
- 同时有《红楼梦》5 种版本批语，在《红楼梦》版本中前所未有，某个“古本”要同时有这 5 种版本批语几乎不太可能。
- 5 种脂本批语刚好和俞平伯 1954 年版《脂砚斋红楼梦辑评》相同。

2.“庚寅本”中出现和甲戌本没有的附条批语

- “庚寅本”中有唯一的一条所谓的“附条批语”，俞平伯 1954 年版《脂砚斋红楼梦辑评》也有。
- 此附条批语在己卯本上也有，说明俞平伯 1954 年版《脂砚斋红楼梦辑评》是抄自己卯本。
- 此批语在周汝昌兄弟录副本上也有，说明己卯本是抄自周汝昌兄弟录副本。
- 在现存甲戌本上找到此附条批语撕掉后的痕迹，说明甲戌本原本上确实有此批语。
- 此批语的来历很清楚：甲戌本原本——录副本——己卯本——俞平伯 1954 年版《脂砚斋红楼梦辑评》——“庚寅本”。
- 此附条批语是“庚寅本”批语来自俞平伯 1954 年版《脂砚斋红楼梦辑评》的有力证据。

3. 和俞平伯 1954 年版《脂砚斋红楼梦辑评》错误相同的批语

- 俞平伯 1954 年版《脂砚斋红楼梦辑评》中很多批语有错误。
- “庚寅本”批语和俞平伯 1954 年版《脂砚斋红楼梦辑评》批语错误完全相同。
- “庚寅本”批语和俞平伯 1954 年版《脂砚斋红楼梦辑评》两本同时出现完全相同错误概率很小。

4. 甲戌本后人所加墨笔批语

- 甲戌本中有很多后人所加墨笔批语。
- 俞平伯 1954 年版《脂砚斋红楼梦辑评》中收入部分墨笔批语。
- “庚寅本”和俞平伯 1954 年版《脂砚斋红楼梦辑评》一样有这些墨笔批语。
- 也有这些后人墨笔批语。
- “庚寅本”和俞平伯 1954 年版《脂砚斋红楼梦辑评》同时出现和甲戌本完全相同的墨笔批语概率很小。

5. 双行批语插入正文位置和俞平伯 1954 年版《脂砚斋红楼梦辑评》相同

- 俞平伯 1954 年版《脂砚斋红楼梦辑评》中很多双行批语插入正文的位置和甲戌本不同。
- “庚寅本”这些双行批语插入正文位置和甲戌本不同，却和俞平伯 1954 年版《脂砚斋红楼梦辑评》完全相同。
- “庚寅本”和俞平伯 1954 年版《脂砚斋红楼梦辑评》两本同时出现双行批语插入正文的位置不同的概率很小。

“庚寅本”的批语多处惊人地和俞平伯 1954 年版《脂砚斋红楼梦辑评》相同，只有两种可能。要么完全是巧合而已，但如此多的巧合的概率实在太小了。

因此最大可能是，“庚寅本”的批语是来自俞平伯 1954 年版《脂砚斋红楼梦辑评》。

第四章 独有批语、松轩本、鹤轩本、“庚寅”研究

第一节 “庚寅本”独有批语情况

一、独有批语分回整理

“庚寅本”的独有批语根据初步统计，正文内有约 67 条。在装订线外还有 5 条批语。

正文内的独有的批语分回目统计如下。

第 1 回 1 条（第 18 页）

1. 夹批：“愚蠢也。”（第 18 页）

此外还有 2 条批语文字后加“脂砚”二字。

1. 夹批：“丁亥春”后加“脂砚。”（第 15 页）
2. 夹批：“一情字也”后加“脂砚。”（第 17 页）

第 2 回 2 条（第 39、41 页）

1. 双行批：“此乃假话。”（第 39 页）
2. 夹批：“勿当是个翻过觔斗来者同看。”（第 41 页）

第 3 回 7 条（第 58、59、61、62、67 页）

1. 夹批：“如见。”（第 58 页）。
2. 夹批：“细想黛卿自何而来，当必如此也。”（第 59 页）
3. 夹批：“身。”（61 页）
4. 夹批：“容。”（61 页）
5. 夹批：“何转得快也，真真写煞。”（第 62 页）

6. 夹批：“写得确。”（第 67 页）

7. 夹批：“可知黛玉度其房内阶级陈设之文乃必写之文也。”（第 67 页）

第4回5条（第92、93、94、101页）

1. 双行批：“点明原委。”（第 92 页）

2. 双行批：“诚然事态。”（第 92 页）

3. 夹批：“僧道本行，不忘出身。”（第 93 页）

4. 夹批：“与后文雨村下场遥遥相照。”（第 94 页）

5. 双行批：“把宁国府竟翻了过来。”（第 101 页）

第5回10条（第107、108、109、117、119、120、121、123、124 页）

1. 双行批：“放心。”（第 107 页）

2. 双行批：“极妥当。”（第 107 页）

3. 双行批：“袅娜纤巧。”（第 107 页）

4. 双行批：“温柔。”（第 107 页）

5. 夹批：“可知下人之传闻宁府秽事之由。”（第 108 页）

6. 双行批：“以人名而渐入梦。”（第 109 页）

7. 夹批：“令人痛煞。”（第 117 页）

8. 夹批：“遥影宝、林之香。”（第 121 页）

9. 眉批：“此语乃是作者自负之辞，然亦不为过谈。”（第 123 页）

10. 夹批：“此结是续红楼梦之要法。”（第 124 页）

第6回7条（第138、148、153、156、157页）

1. 双行批：“补明狗儿所云周瑞先时曾和他父亲交过的一件事。”（第 146 页）

2. 夹批：“从周瑞家的口中写阿凤之才略。”（第 148 页）

3. 夹批：“又一笑，凡五。”（第 153 页），此处批语本是“三笑”，“庚寅本”误为“又一笑，凡五。”与第 155 页同一批语重复。这是由于此批语前正文都是“凤姐笑道”，因此“庚寅本”抄错了。

4. 夹批：“传神之笔。” （第 156 页）

5. 双行批：“毕肖。”（第 156 页）

6. 双行批：“毕肖。”（第 156 页）

7. 夹批："阿凤，阿凤，如此乖猾伶俐！说得若大家私，手下仅仅此二十两矣。岂不将这姥姥骗了？"。（第 157 页）

第 7 回 5 条（第 165、167、171、175 页）

1. 双行批："此作者意，为何意耶？与宝玉之从胎里带来的一块通灵宝玉相映。成何拟意？为与数十回后之文伏脉，乃千里伏脉之笔。"（第 165 页）

2. 夹批："乃王家常称。"（第 167 页）

3. 夹批："此批原鹤轩本在贾琏笑声之下，因以补此。庚寅春日对清。"（第 171 页）

4. 双行批："想作者胸中多少丘壑，下文岂为写尤氏请阿凤之文哉，实欲点焦大胡骂罪宁之文也。"（第 175 页）

5. 夹批："却不知为玉锺初会。"（第 175 页）

第 8 回 3 条（第 193、197、201 页）

1. 夹批："宝钗之传由宝玉眼中写来。"（第 193 页）

2. 夹批："黛卿之香系自身草卉之香，宝钗乃食草卉之香，作者是何意旨，余亦知之。"（第 197 页）

3. 双行批："确真为不知黛卿心中意中有何丘壑者。"（第 201 页）

第 9 回 14 条（第 211、212、213、214、218、216、217 页）

1 夹批："玉卿自己心中所忖度。"（第 211 页）

2 夹批："系袭卿自己心中忖度之理。"（第 211 页）

3 双行批："二字恰合石兄经历。"（第 211 页）

4. 夹批："不忘颦卿。"（第 212 页）

5. 夹批："不可少。"（第 212 页）

6. 夹批："今听此话仍欲惶悚。"（第 213 页）

7. 夹批："活画下人不解宦途世情和政老欲石兄所学者。"（第 214 页）

8. 夹批："有是语。"（第 214 页）

9. 夹批："不可少之笔。"（第 214 页）

10. 夹批："一副慵妆士女图。"（第 215 页）

11. 双行批："可见玉卿之日课矣。"（第 215 页）

12. 夹批："青山易改，秉性难易。"（第 216 页）

13. 夹批：“是为情种，得遇卿卿。”（第216页）

14. 双行批：“意为情情，亦系卿卿。”（第216页）

15. 夹批：“原来薛呆子尽下此等工夫。”（第2页）

第10回5条（第231、236、237、244页）

1. 双行批：“我们。”（第231页）

2. 双行批：“可卿之死之病不从直写，且从贾璜入宁府，从尤氏语中叙出，再后由冯紫英断之。”（第236页）

3. 双行批：“山峦绵连不断之法。”（第237页）

4. 眉批：“荣宁世家未有不尊家训者，虽贾珍当奢岂明逆父哉，故写者不管然后恣意方见笔笔迴到。“（第237页）

5. 回末诗：“诗曰：一步行来错，回顾已百年。古今风月鉴，多少泣黄泉。”（第244页）

第11回1条（第249页）

1. 双行批：“记清宝玉也在此然也，必在此。”（第249页）

第12回3条（第273、277页）

1. 夹批：“可怕。”（第273页）

2. 夹批：“致死不悟，可怜，可叹！”（第273页）

3. 回末：“此回可卿梦阿凤，盖作者大有琛意存焉，可惜生不逢时奈何奈何！然必写出自可卿之意，则又有他意写焉。

荣宁府世家未有不尊家训者，虽贾珍当奢岂能逆父哉。故写敬老不管然后姿意方见笔笔周到。

诗曰：

一步行来错，回首已百年。
古今风月鉴，多少泣黄泉。”（第277页）

第13回4条（第281、288、293页）

1. 双行批：“千里伏脉之笔，也见狱神庙一大回文字。”（第281页）

2. 双行批：“只因闻喜则喜。”（第281页）

3. 眉批：“松轩本中伏史湘云四字系正文，仍误抄也。”（第288页）

4. 夹批：“概写凤姐治家有无限丘壑在焉。”（第293页）

二、独有批语分回、分形式统计

1. 独有批语分回统计

表 22. 庚寅本独有批语分回统计

回目	1	2	3	4	5	6	7	8
庚寅	1	2	7	5	10	7	5	3
总数	129	91	269	86	139	97	94	147
比例	1%	2%	2%	6%	6%	6%	5%	2%

回目	9	10	11	12	13	总数
庚寅	14	5	1	3	4	63
总数	50	10	1	60	64	761
比例	28%	40%	100%	5%	6%	8%

“庚寅本”13 回中独有批语分布情况如下。

（1）在前 8 回中此本批语以甲戌本批语为主，数量较大，从 81 条到 262 条不等。而独有批语在 9 条以下，因此所占比例较小，在 1%—6%之间。

（2）在第 9、10 回中，因甲戌本缺失，批语转以己卯、戚序本为主，数量急剧下降到 50 条和 10 条。而独有批语仍有 14 条和 4 条，所占比例就急升至 28%和 40%。

（3）第 11 回此本只有 1 条批语，也是独有批语。

（4）第 12、13 回中，又以庚辰、己卯和甲戌本批语为主，独有批语不多，只分别有 3 条和 4 条，所占比例也下降到 5%和 6%。

（5）独有批语占批语总数的 8%。

对这些独有批语的来源如何看待？理论上有两种可能：

第一，这些批语是整理者自己所编写的。

第二，这些批语中全部，或部分来自某些未知的版本。

哪种可能性更大，也有不同看法，本人觉得两种说法目前都还没有可靠的证据。

2. 独有批语分形式统计

这些独有批语按照批语一般三种形式：双行批、夹批和眉批，也可分为三类。

（1）双行批：20 条。

按照回目统计：2（1），3（1），4（3），5（3），6（3），7（2），8（1），9（2），10（3），13（1）。

（2）夹批：36 条。

按照回目统计：1（2），2（1），3（5），4（2），5（4），6（3），7（3），8（2），9（9），12（2），13（3）。

（3）眉批：2 条。

按照回目统计：5（1），13（1）。

三种形式中，双行批和夹批数量分别为 20 条和 36 条，差不多。而眉批很少，只有 2 条，各在第 5 回和第 13 回。

一般双行批语是在抄写正文时就抄入了，独有批语中有 20 条批语是双行批语，说明在抄写正文时就有独有批语。

而眉批和夹批肯定是正文抄写完再批的。

至于眉批和夹批是抄书时所抄，还是抄完又后补的，尚未仔细分析。从夹批和眉批的字迹看，似乎和正文笔迹不同，是否是同一人所写，难以确定。因为正文抄写很正规，而批语抄写比较随便，笔迹难以比较。

三、独有批语按照内容分类

1．评论和情节批语

这些独有批语根据内容可分为三类。

第一类是评论性质，数量最多，对于版本研究价值不大。

第二类是联系到《红楼梦》中一些其他情节，有一定意义。

第三类是和版本有关的批语，有研究价值。

- 第 7 回双行批（第 165 页）：

此作者意，为何意耶？与宝玉之从胎里带来的一块通灵玉相映。成何拟意？为与数十回后之文伏脉，乃千里伏脉之笔。

- 第 7 回双行批（第 175 页）：

想作者胸中多少丘壑，下文岂为写尤氏请阿凤之文哉，实欲点焦大胡骂罪宁之文也。

- 第 13 回双行批（第 281 页）：

千里伏脉之笔，也见狱神庙一大回文字。

请注意这里有些用词（“千里伏脉”“狱神庙”）在其他版本中也曾出现过。

（1）“千里伏脉之笔”

“庚寅本”有 2 处：

- 第 7 回双行批（第 165 页）：

此作者意，为何意耶？与宝玉之从胎里带来的一块通灵玉相映。成何拟意？为与数十回后之文伏脉，乃千里伏脉之笔。

- 第 13 回双行批（第 281 页）：

千里伏脉之笔，也见狱神庙一大回文字。

其他版本也有 2 处“伏脉千里”：

- 第 17 回：

正文：又值人来回，有雨村处遣人回话。

【夹】又一紧，故不能终局也。此处渐渐写雨村亲切，正为后文地步。**伏脉千里**，横云断岭法。（己卯、庚辰、戚序、蒙府）

- 第 19 回：

正文：与几个外甥女儿。

【夹】一树千枝，一源万派，无意随手，**伏脉千里**。（己卯、庚辰、戚序、蒙府）

这 2 处“千里伏脉”似乎只是用词相同而已，好像没有直接的关系。

（2）“狱神庙”

“庚寅本”有 1 处：

- 第 13 回双行批（第 281 页）：

千里伏脉之笔，也见狱神庙一大回文字。

此处是秦可卿告诫凤姐，盛宴必散，那时恐后悔无益。“庚寅本”加双行独有批语，提及“御神庙”一回文字。所谓“御神庙”之事，是现有 80 回《红楼梦》中没有的文字，据说是被“借阅者迷失”。故事是说：80 回后，贾府因事败被“抄没”，宝玉和凤姐等人都被捕下狱。是宝玉和凤姐当年的婢女茜雪和红玉等人设法打通关节，贿赂狱吏和公差，借祭奉狱神的机会，得以和宝玉、凤姐等在庙中见面，并最终设法把他俩搭救出来。这就是所谓“狱神庙”的主要情节内容。

其他版本也有 3 处“狱神庙”：

- 第 20 回：

正文：将当日吃茶茜雪出去与昨日酥酪等事。

【庚辰夹】茜雪至**狱神庙**方呈正文。袭人正文标昌“花袭人有始有终”。余只见有一次誊清时，与**狱神庙**慰宝玉等五六稿，被借阅者迷失，叹叹。丁亥夏，畸笏叟。

- 第 26 回：

正文：认为芸儿害相思也。（庚辰眉末有“己卯冬”三字）

【庚辰眉】**狱神庙**红玉茜雪一大回文字，惜迷失无稿。

- 第27回：

正文：出入上下，大小的事，也得见识见识。

【甲戌夹】且系本心本意，狱神庙回内。

- 第27回：

正文：篆儿，便是却证。作者又不得可也。己卯冬夜。

【庚辰眉】此系未见抄没、狱神庙诸事，故有是批。丁亥夏，畸笏。

“庚寅本”中独有批语也提及了“狱神庙”。特别要注意，其他版本的“狱神庙”批语都是在眉批和夹批中，说明是后加的。而“庚寅本”却是在双行批中，就是在正文抄写中插入的。这说明“庚寅本”整理者事先就看到了“狱神庙”相关文字。但他是如何得知“狱神庙”一事，是看到其他版本的批语？还是看到遗失了原稿，就不得而知了。

这类批语似乎不值得再进一步深入研究。

2．与版本有关批语

第三类是与版本有关的批语，对版本研究很有意义。如：

- 第7回（第171页）：

【夹】此批原鹤轩本在贾琏笑声之下，因以补此。庚寅春日对清。

- 第13回（第288页）：

【眉】松轩本中伏史湘云四字系正文，仍误抄也。

其中谈到了“鹤轩本”“松轩本”和“庚寅春日对清”，是本文研究的重点。

- 第14页：

正文：如今虽已有一半落尘，然犹未全集。

【夹】若从头逐个写去，成何文字。《石头记》得力处在此。丁亥春。脂砚

其他版本“丁亥春”后并无“脂砚”二字。

总之，以上三类批语中，第一、二类批语是评论性，及与情节有关批语，研究价值不大，本文也不对其进行深入的研究。而第三类批语提供了一些与版本有关的抄写线索，如“鹤轩本”“松轩本”和“庚寅”等，这是本文重点深入研究的内容。

四、装订线外批语

此本并未装订而是散页，在此本装订线之外有5条批语，分别是：

- 第4回（第89页）：

有如我挥泪抄此书者乎？予与玉兄同肝胆也。

- 第 6 回（第 155 页）：
  乾隆庚寅秋日。
- 第 8 回（第 193 页）：
  庚寅春日抄鹤轩先生所本。
- 第 12 回（第 267 页）：
  苦。
- 末页（第？回）（第 299 页）：
  乾隆庚寅春日。

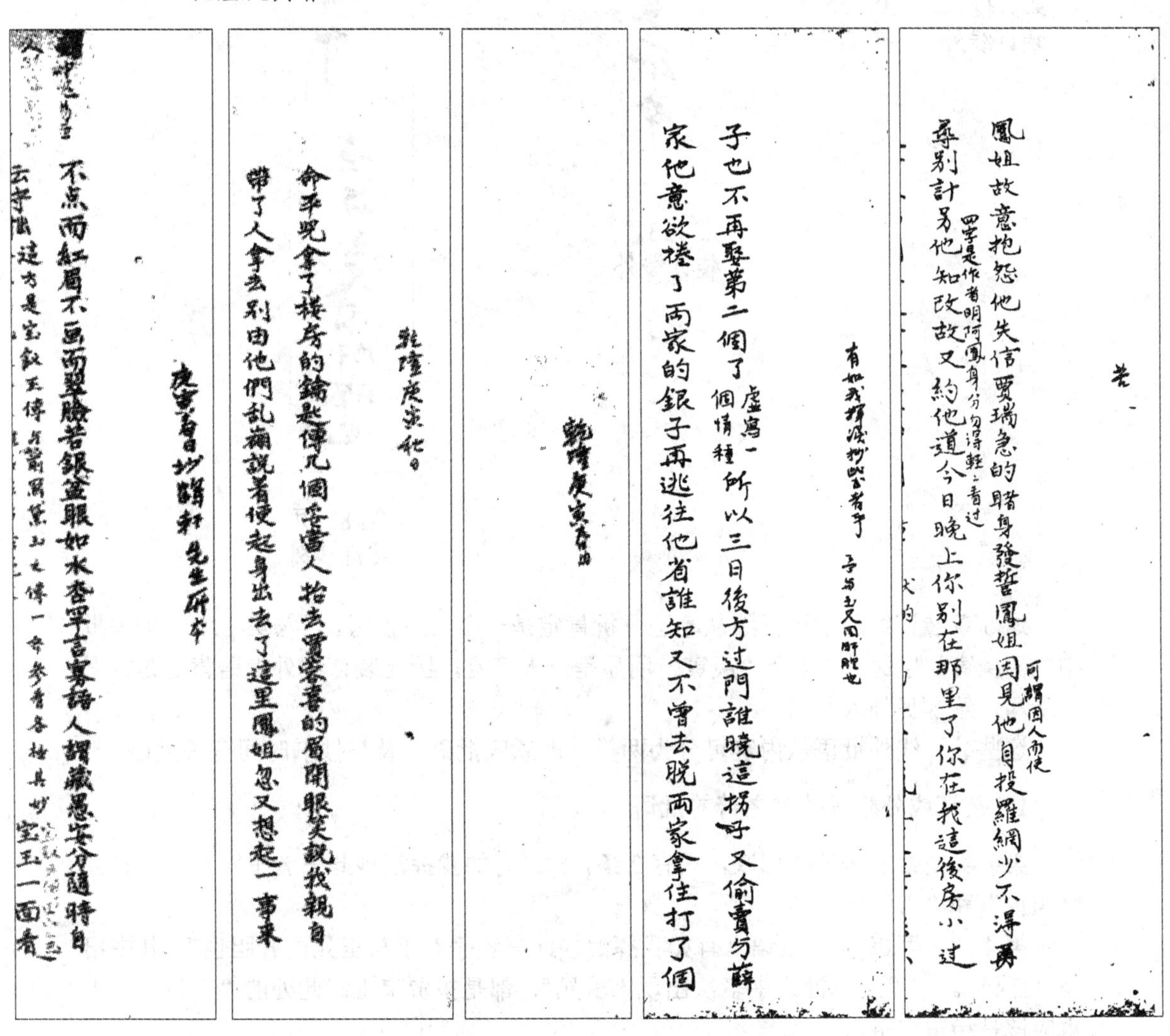

庚寅春日抄鶴軒先生所本
不点而紅眉不画而翠臉若銀盆眼如水杏罕言寡語人謂藏愚安分隨時自
云守拙 這方是宝釵正傳 …… 宝玉一面看

乾隆庚寅秋日
命平兒拿了樓房的鑰匙傳几個妥當人抬去賈蓉喜的眉開眼笑說我親自
帶了人拿去别由他們乱碰說着便起身出去了這里鳳姐忽又想起一事來

乾隆庚寅春日

有如我揮淚抄此書者乎 予與玉兄同肝胆也
子也不再娶第二個了 虛寫一個情種 所以三日後方过門誰曉這拐子又偷賣与薛
家他竟欲携了兩家的銀子再逃往他省誰知又不曾去脱兩家拿住打了個

苦
鳳姐故意抱怨他失信賈瑞急的賭身發誓鳳姐因見他自投羅網少不得再 可謂因人而使
尋别計另他知改故又約他道今日晚上你别在那里了你在我這後房小过 四字是作者明阿鳳身分勿得輕〻看过

装订线外文字“乾隆庚寅春日抄鹤轩先生所本”

装订线外文字“乾隆庚寅秋日”

末页，装订线外文字“乾隆庚寅春日”

装订线外文字“有如我挥泪抄此书者乎？予与玉兄同肝胆也。”

装订线外文字“苦”

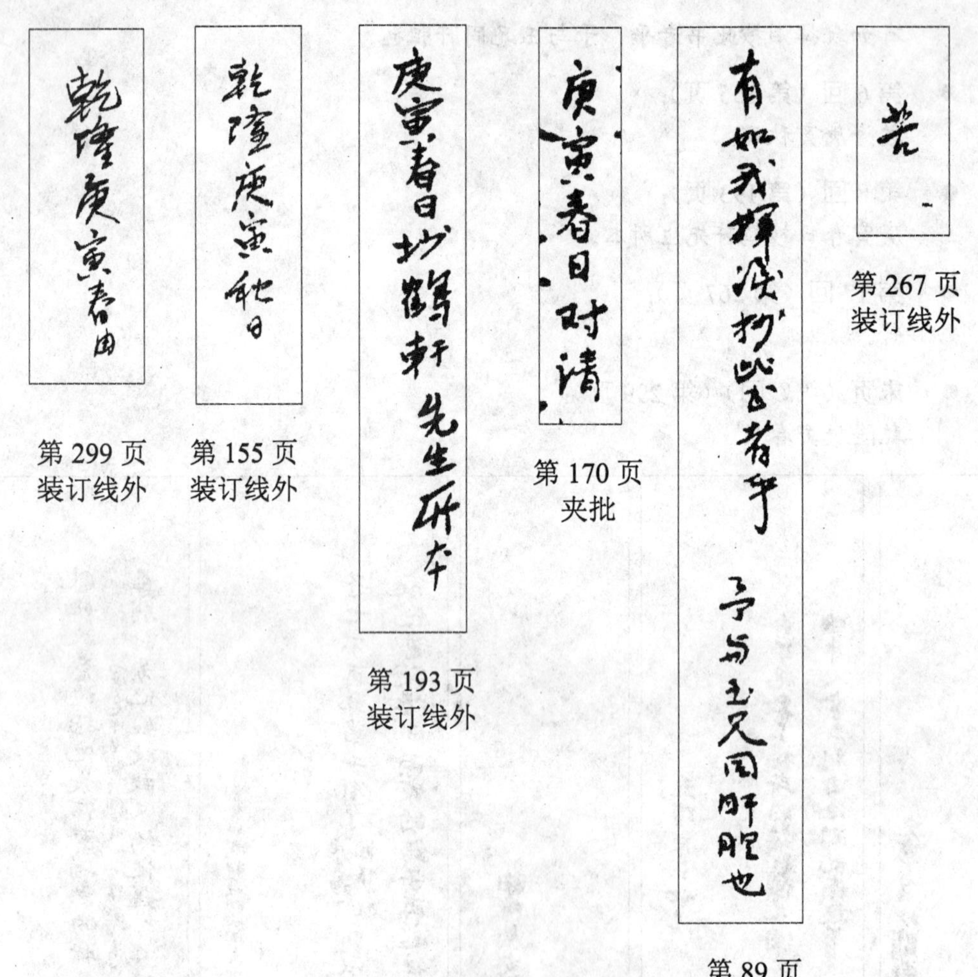

第 299 页 装订线外　第 155 页 装订线外　第 193 页 装订线外　第 170 页 夹批　第 89 页 装订线外　第 267 页 装订线外

这 5 条装订线外批语仔细从笔迹分析肯定是一个人所抄写。再与第 170 页的夹批中的“庚寅”字比较，4 个“庚寅”明显是一人笔迹，因此装订线外批语肯定是抄书人所写，绝非另外人所写。

这些装订线外批语从内容可分为两类，即感叹批语，及与抄书时间有关批语。

1. 装订线外感叹抄书之苦的批语

第一类是抄书辛苦的感叹，只有 2 条，即“有如我挥泪抄此书者乎？予与玉兄同肝胆也”和“苦”。

第 4 回（第 89 页）批语“有如我挥泪抄此书者乎？予与玉兄同肝胆也”。其中出现“玉兄”。在甲戌本批语中多次出现“玉兄”，都是指贾宝玉。此处的“玉兄”似乎也应该是指贾宝玉。

首先，此批语明确指出，写此批语者是“抄此书者”。但这是“庚寅本”祖本上的批语，还是“庚寅本”本身的批语，还难以判别。

本人觉得这两条批语都是“庚寅本”本身“抄此书者”所抄写、感叹抄书之“苦”的批语。

此书要把正文和批语汇总在一起，是非常费力的，因此抄写者在抄写到第 4 回时，深深感到抄写之艰辛，因此发出感叹“有如我挥泪抄此书者乎？予与玉兄同肝胆也”。到第 12 回时再次感叹“苦”，到 13 回半就没有继续抄了。

在装订线外的第一类感叹批语，都是附言，抄写者认为不宜写入正文，因此写在装订线外。抄写者知道将来装订后被掩盖，但觉得只是一些附言也无妨。

2．装订线外与抄写时间、底本有关的批语

装订线外第二类批语是抄写时间、底本批语，是记录版本和原本抄写时间的。这些批语在原本上是什么形态？首先，这些批语不可能在原本的装订线外，那样过录者看不到，也无法抄写。那么这些批语在原本上是在什么位置？就很难解释了。这是“庚寅本”的一大问题。

这类记录抄书时间和底本批语中，“乾隆庚寅秋日”“庚寅春日抄鹤轩先生所本”“乾隆庚寅春日”其中的“庚寅”“鹤轩本”在此本独有批语中也曾出现过，见本章第三节“松轩本”“鹤轩本”“庚寅”问题的分析。两者结合起来值得研究。

“庚寅本”三处装订线外与时间有关的批语是：

- 第 6 回装订线外批语（第 156 页）：

  乾隆庚寅秋日。

- 第 8 回批语装订线外批语（第 194 页）：

  庚寅春日抄鹤轩先生所本。

- 末页（第？回）装订线外批语（第 299 页）：

  乾隆庚寅春日。

三处批语都和时间有关：

- 三处都有“庚寅”字样。
- 三处中有两处有“乾隆”字样。
- 三处中有一处有“春日”字样，一处有“秋日”字样。

其他《红楼梦》抄本都装订好了，无法判别是否也有装订线外批语。

3．装订线外批语待解的问题

“庚寅本”中装订线外批语有以下问题需要研究。

为何要在装订线外加批语？

这些批语是否是造假产物？

首先我们认定，此本不可能是“乾隆庚寅”原抄本，而是一个过录本。因此装订线外加批语肯定是抄写者所写。

其次，三处装订线外批语中出现的“乾隆”“庚寅”，假如是有出处，其出处在底

本上何处？不太可能也在装订线外，那样就必须拆散才看得到。如不在装订线外，则又在何处？

再次，这些装订线外批语在抄录完装订后，肯定是看不到的，抄写者肯定很清楚这一点，为何要在装订线外加批语？是否只是抄写者一些注释而已？

由于装订线外批语很难解释，因此就有人认为装订线外批语正是“庚寅本”故意造假的证据。

目前对这些装订线外的批语没有很合理的解释。

第二节 史湘云出场问题

一、各种版本的史湘云出场描写

本节特别分析“庚寅本”独有的一条和故事情节有关的重要批语，即第13回的一条眉批（第288页）：

正文：原来是忠靖侯史鼎的夫人来（双行批：伏史湘云），王夫人邢夫人凤姐等刚迎入上房。（眉批：松轩本中伏史湘云四字系正文，仍误抄也。）

这是与故事情节有关的一条批语，其中提及“松轩本”和史湘云出场问题，本节先讨论史湘云出场问题。

大家知道，史湘云是《红楼梦》中的主要人物之一，是仅次于林黛玉、薛宝钗的第三号女主人公，周汝昌先生甚至认为她就是脂砚斋。因此她的出场虽然不会像林黛玉出场那样隆重，也应该是很重要的情节，作者应该非常认真地设计她的出场。

但很遗憾，在所有脂本和程甲、程乙本正文中，她的正式出场都没有认真的描写，而且各种版本还有所不同。在所有脂本正文中，她的正式出场是在第20回。按照小说描述，史湘云是在毫无预兆、毫无出场介绍的情况下突然出现的，也未做任何介绍，她是谁家女儿，什么出身。读者如不了解，根本不知道她的来历。按照第20回她第一次出场的描写，她是先来到了贾母处，贾宝玉和薛宝钗听人来报后，才一同来贾母处看望她，林黛玉也在此，见贾宝玉和薛宝钗一起来，还因此生气。史湘云这样的出场似乎很不合理，似乎是作者的疏忽，在此之前应该单独安排史湘云出场的描写。

目前看到第20回史湘云的描写应该是《红楼梦》原本的描述，而后来的批评者（不一定是脂砚斋），发现了这个问题，于是在第13回中忠靖侯史鼎夫人出场时，加了批语，以便对史湘云做个铺垫。

和“庚寅本”有关版本对此描写单位文字对比如下，（）内为双行批语：

戌：原来是忠靖侯史鼎的夫人来了
己：原来是忠靖侯史鼎的夫人来了　伏史湘云
庚：原来是忠靖侯史鼎的夫人来　　伏史湘云
戚：原来　忠靖侯史鼎的夫人来了（伏史湘云一笔）那
寅：原来是忠靖侯史鼎的夫人来了（伏史湘云）

－－－－－－－－－－－－－－－－－－－－－－

戌：王夫人邢夫人凤姐等刚迎至　上　房
己：王夫人邢夫人凤姐等刚迎　入上　房
庚：王夫人邢夫人凤姐等刚迎　入上　房
戚：王夫人邢夫人凤姐等刚迎　入上　房
寅：王夫人邢夫人凤姐等刚迎　入上　房

各版本上批语不同：
甲戌本夹批：

史小姐湘云，消息也。

己卯本眉批：

伏史湘云，系小注。

庚辰本眉批：

伏史湘云，应系注解。

戚序本眉批：

伏史湘云一笔六字乃小注，今本仍误，将史湘云三字列入王夫人、邢夫人之上谬甚。

庚寅本眉批：

松轩本中伏史湘云四字系正文，仍误抄也。

甲戌　　己卯　　庚辰　　戚序　　“庚寅”

各种版本的“伏史湘云”

松軒本中伏史湘云四字係正文仍誤抄也

厮答應了戴權也就告辭了賈珍十分款留不住只得送出府門臨上轎賈珍因問銀子還是我到部兑還是一並送入老相府中戴權道若到部里你又吃虧了不如平準一千二百銀子送到我家就完了賈珍感謝不盡只説待服滿後親帶小犬到府叩謝于是作別接着便又聽喝道之声原來是忠靖侯史鼎（史小姐湘云消息也）的夫人來了（伏史湘雲）王夫人邢夫人鳳姐等剛迎入上房又見錦鄉侯川寧侯壽山伯三家祭禮擺在灵前少時三人下轎賈政等忙接上大廳如此親朋你來我去也不能勝數只這四十九日（君蔭多繁）寧國府街上一條白漫漫人來人往（是有服親朋並家下人丁之戚）花簇簇官去官來（是來往祭弔之戚）賈珍命賈蓉次日換了吉服領憑回來靈前供用執事等物俱按五品職例灵牌疏上皆寫天朝誥授賈門秦氏恭人之靈位會芳園臨街大門洞開旋在兩邊起了鼓樂廳兩班青衣按時奏樂一

“庚寅本”第 13 回眉批“松轩本中伏史湘云四字系正文，仍误抄也”

二、各种版本的史湘云出场分析

史湘云是忠靖侯史鼎的侄女，第 13 回写秦可卿去世，忠靖侯史鼎夫人来吊唁，但史湘云却并未出现。批者就借此以批语形式来介绍史湘云。但各种版本的批语不同，从中可以看出各种版本中此批语的演化过程。

和“庚寅本”有关的几种版本版本对此描述可分为三种情况。

1. 甲戌本：这是目前看到的最早版本，在正文中并没有记述史湘云，也没有双行批，只有一夹批“史小姐湘云消息也”。其含义是指，此处虽然史湘云没有出场，但内含史湘云的消息。

2. 戚序本和“庚寅本”：正文无“史湘云”，加双行批“伏史湘云一笔”。这些版本的编写者觉得此处应有史湘云，因此在抄写正文时，加入了双行批，说明此处本来应该有史湘云的一笔介绍。戚序本的刊刻者还再加眉批，对双行批再说明：“伏史湘云一笔六字乃小注，今本仍误，将史湘云三字列入王夫人、邢夫人之上谬甚”。此处“今本”明显是指程甲本（可能还有甲辰本等）把“将史湘云三字列入王夫人、邢夫人之上”的版本。

3. 己卯本、庚辰本：正文中有“伏史湘云”“伏史湘云”四字。很明显，这四字不应该是正文，而是把批语误为正文。因此说明己卯本和庚辰本共同祖本的编者发现此错误，加注“伏史湘云”。但被己卯本和庚辰本过录者误抄为正文了。对此后人发现问题，把此四字勾出，又都分别再加入了眉批“伏史湘云系小注”（己卯本）和“伏史湘云应系注解”（庚辰本）。

“庚寅本”文字本来是接近庚辰本，但此处却和戚序本相同。只是把双行批“伏史湘云一笔”中“一笔”字样删除了。并特别加注眉批“松轩本中伏史湘云四字系正文，仍误抄也”，指出松轩本中有错误，把应该是批语的“伏史湘云”误为正文了。

以上四种情况列表表表示如下。

表 23. 各种版本中史湘云出场

<table>
<tr><th>分类</th><th>版本</th><th>正文</th><th>批语</th></tr>
<tr><td>一</td><td>甲戌本</td><td>（无）</td><td>（无）</td></tr>
<tr><td rowspan="2">二</td><td>戚序本</td><td rowspan="2">（无）</td><td>伏史湘云一笔</td></tr>
<tr><td>“庚寅本”</td><td>伏史湘云</td></tr>
<tr><td rowspan="2">三</td><td>己卯本</td><td rowspan="2">伏史湘云</td><td rowspan="2">（无）</td></tr>
<tr><td>庚辰本</td></tr>
</table>

从上表可以清楚看出，“伏史湘云”文字的修改其演化过程是：没有——批语注解——误入正文。

1. 甲戌本——没有：一般认为是现在看到最早的版本，开始此处是没有任何有关史湘云出场的描写。

2．戚序本和“庚寅本”——批语：批语中加“伏史湘云”，正文中没有。

3．己卯本和庚辰本——误入正文：都在正文中出现“伏史湘云”，是把注解误抄入了正文。

三、“庚寅本”史湘云出场分析

以上详细分析了各种脂本和程本对史湘云出场的描写，其目的是为进一步分析“庚寅本”的描写。

“庚寅本”在史湘云出场的文字如下“原来是忠靖侯史鼎的夫人来了【双】伏史湘云”。此处四字和任何版本都不同。己卯本、庚辰本也是“伏史湘云”四字，但是正文，不合理。而戚序本等改为双行批“伏史湘云一笔”，将正文改为双行批。而“庚寅本”“伏史湘云”四字和己卯本、庚辰本相同，但不是正文，而是双行批。戚序本等也是双行批“伏史湘云一笔”，“庚寅本”少了“一笔”两字。很明显，“庚寅本”此处文字可能是介于己卯本、庚辰本和戚序本之间，更接近戚序本。

以前通过文字比对，可以证明“庚寅本”文本和庚辰本最接近。但此处史湘云出场的描写却不是和庚辰本最接近，而是和戚序本最接近。这是因为此处庚辰本“伏史湘云”为正文，明显不合理。因此“庚寅本”做了修改，还特别在眉批中说明“松轩本中伏史湘云四字系正文，仍误抄也”。因此“伏史湘云”是“庚寅本”和庚辰本文字不同的特例之一。另一个特例是第7回一夹批“此批原鹤轩本在贾琏笑声之下，因以补此”，见后面的分析。

第三节 “松轩本”分析

一、“松轩本”和“庚寅本”关系

以上对各种版本中对史湘云出场的描写进行了梳理和统计分析，在“庚寅本”第13回正文中没有史湘云出场的描写，只有批语“伏史湘云”，并还有眉批：

> 松轩本中伏史湘云四字系正文，仍误抄也。（第288页）

此批语的含义是指：当时有个版本“松轩本”的正文中仍有“伏史湘云”四字，“庚寅本”整理者批评这仍然是“误抄”。

眉批“松轩本中伏史湘云四字系正文，仍误抄也”中有个“仍”字，说明在其他版本中“伏史湘云”四字系正文，这样才可称松轩本为“仍”。而“庚寅本”将“伏史湘云”改为了双行批语。

关键是眉批中的“松轩本”是指哪个版本？和“庚寅本”是什么关系？理论上有

两种可能。

第一种可能，松轩本就是“庚寅本”整理者的底本。

第二种可能，松轩本不是“庚寅本”整理者的底本，而是“庚寅本”抄写时的某个参考版本。

两种可能中，松轩本是“庚寅本”的底本，还是“庚寅本”的参考本，还要仔细分析。

松轩本如果是“庚寅本”的底本，其中“伏史湘云”四字系正文，抄写者认为松轩本“仍误抄也”，因此抄写者在“庚寅本”中改为了双行批语。这种解释可以成立。

但松轩本也可能不是“松轩本”的底本，而是“庚寅本”的一个参考本，其“伏史湘云”四字系正文，而“庚寅本”底本改为双行批语，因此称松轩本为“仍误抄也”。这种解释也可以成立。

这两种对“松轩本”的解释，都可以解释此批语“松轩本中伏史湘云四字系正文，仍误抄也”，但目前都没有更为可靠的证据来证明哪种可能性更大。

二、“松轩本”分析

1. 松轩本属于庚辰本系列

松轩本中“伏史湘云”四字系正文，而庚辰本此处“伏史湘云”四字恰好是正文。又根据对正文的分析，“庚寅本”的正文也最接近庚辰本。

因此，从多个角度分析，松轩本都应该是属于庚辰本系列的版本。

除松轩本外，“庚寅本”批语中还出现了一种鹤轩本，批语的抄写时间明确为“庚寅春日对清”。但“松轩本”批语中没有“庚寅”字样，所以此批语的编写时间目前难以确定。

2. “松轩本”和“立松轩本”

郑庆山先生等人曾提出和分析过“立松轩本”，这和“松轩本”只有一字之差，很多人认为“庚寅本”中“松轩本”就是“立松轩本”，是同一个版本。这里有两个问题。

所谓“立松轩本”是指戚序本每回末都有总评，而第41回的总评开首署名为“立松轩”。此总评只有戚序本系列有，甲戌、己卯、庚辰本等本都没有，因此郑庆山认为存在一种增加了立松轩总评的“立松轩”本。由于“立松轩”署名刚好出现在第41回，在前40回中有大量双行批语，都是较早的批语。而从第41回开始，以后的40回中，除第64回可能是配抄而有2条双行批语外，其余39回都没有双行批语。因此，一般认为“立松轩”是从第41回开始才开始加入自己的批语的。而前40回和“立松轩”无关[①]。

而此处的“松轩本”是出现在第13回，和上述情况不同，由此来看，“松轩本”

---

① 郑庆山：《立松轩本石头记考辩》，中国文联出版社1992年版，第17页。

和“立松轩本”应该没有关系。

第二，按照此批语“松轩本中伏史湘云四字系正文，仍误抄也”，则“松轩本”中“伏史湘云”四字系正文。而有立松轩本的戚序本中“伏史湘云一笔”已经不是正文了，而改成了双行批了。因此“庚寅本”此批语不可能来自有“立松轩”字样的戚序本系列。

3．俞平伯1954年版《脂砚斋红楼梦辑评》

根据前面分析，“庚寅本”多数批语是根据俞平伯1954年版《脂砚斋红楼梦辑评》，而此处“庚寅本”有眉批“松轩本中伏史湘云四字系正文，仍误抄也”，既然此处是批语，因此还可考虑，此处所说的“松轩本”，是否可能是指俞平伯1954年版《脂砚斋红楼梦辑评》？

俞平伯1954年版《脂砚斋红楼梦辑评》此处批语辑录如下：

正文：

原来忠靖侯史鼎的夫人来了。

（庚辰正文）伏史湘云。（甲戌同，亦作正文）

（庚辰眉批）伏史湘云，应系注解。（殆后人加批）

（甲戌夹批）史小姐湘云消息也。

（甲辰）伏下文史湘云（“史湘云”三字作正文）

（有正）伏史湘云一笔。

首先要说明，此处由于俞平伯当时手中并没有甲戌本原本，只有陶洙过录到己卯本上的批语，因此他所作的注“甲戌同，亦作正文”是错误的，实际甲戌本中并无此文字。

如前所述，“庚寅本”此处为双行批（伏史湘云），严格说和哪个版本都不完全一致，但和庚辰本文字最接近。

因此“庚寅本”此处所说“松轩本”是否是指俞平伯1954年版《脂砚斋红楼梦辑评》？但为何要称之为“松轩本”，是抄写者从名为“松轩”者手中借来此书？所以，说“松轩本”是指俞平伯1954年版本《脂砚斋红楼梦辑评》的可能性较小。

4．为何只有一处？

在“庚寅本”13回半的文本中，“松轩本”只出现了1次，而下面的“鹤轩本”出现了2次。为何“松轩本”只出现这唯一的一次？

首先要注意到，如前所述，批语所谈的史湘云出场是个特殊情节，各种版本的描写还不同，这是一个比较特殊之处。因此抄写者注意到这些问题，并与松轩本作了比较，从而写下了此批语。

其次，由于其他批语中还有“鹤轩先生本”的字样，因此“松轩”很可能和“鹤轩”一样，是抄写者从松轩先生处借来了一本《红楼梦》的抄本。

可能由于此本是借来的，因此无法仔细核对，抄写者就只核对了史湘云出场这一个比较突出的情节，而没有再仔细核对其他文字。

如果按照此思路，则松轩本是个参考本的可能性更大。

总之，根据现有资料，我们只能认为，所谓“松轩本”是指松轩先生的一个藏本，其正文中有“伏史湘云”四字。因为庚辰本中正文同样有“伏史湘云”四字，因此“松轩本”很可能是庚辰本系列的一个版本。从多方面综合分析，“松轩本”可能不是“庚寅本”的底本，而是抄写者从松轩先生处借来的一个参考本。

第四节 “鹤轩本”和“庚寅”分析

一、“鹤轩本”“庚寅”和“乾隆庚寅”

“庚寅本”中有四处提及“庚寅”，两处提及“乾隆庚寅”，这也是此本一般称为“庚寅本”的来源。

这四处“庚寅”中，有两处和“鹤轩本”有关。

第一，“庚寅本”中有两处同时提到“鹤轩本”和“庚寅”。

1．第7回有夹批（第171页）：

此批原**鹤轩本**在贾琏笑声之下，因以补此。**庚寅**春日对清。

2．第8回批语装订线之外有批语（第193页）：

庚寅春日抄**鹤轩先生**所本。

第二，“庚寅本”装订线外又两次提到“乾隆庚寅”。

1．第6回（第158页）：

乾隆庚寅秋日。

2．末页（第？回）（第299页）：

乾隆庚寅春日。

表 24.“鹤轩本”和“庚寅”统计表

批语原文	回目	鹤轩本	庚寅	乾隆庚寅	春日、秋日	形式
此批原鹤轩本在贾琏笑声之下，因以补此。庚寅春日对清	7	鹤轩本	庚寅		春日	夹批
庚寅春日抄鹤轩先生所本	8	鹤轩本	庚寅		春日	装订线外
乾隆庚寅秋日	6			乾隆庚寅	秋日	装订线外
乾隆庚寅春日	?			乾隆庚寅	春日	装订线外

第 7 回夹批“鹤轩本”和“庚寅春日对清”

装订线外文字“乾隆庚寅春日抄鹤轩先生所本”

装订线外文字“乾隆庚寅秋日”

末页，装订线外文字“乾隆庚寅春日”

“鹤轩本”“庚寅”和“乾隆庚寅”

以上四条批语主要涉及四个概念“鹤轩本”“庚寅”“乾隆庚寅”和“春日”、“秋日”。

第一，“鹤轩本”和“庚寅”。

批语“此批原鹤轩本在贾琏笑声之下，因以补此。庚寅春日对清”指出了两个问题：

1.“庚寅本”对“鹤轩本”的一个主要修改是，“庚寅本”改变了“鹤轩本”第7回原有批语的位置。

2.“庚寅本”整理者根据鹤轩先生所本，在“庚寅春日”对清了此本。因此“鹤轩本”应该就是“庚寅本”（整本或部分）的底本。

这两处都提到“庚寅”和“鹤轩本”，绝非偶然，值得仔细分析。

此处“鹤轩本”到底是指什么版本？

“庚寅”是指哪一年？

第二，“乾隆庚寅”。

这两处“乾隆庚寅”为何都在装订线外？

“乾隆庚寅”和前述的“庚寅”是否有关系？

“春日”和“秋日”含义到底是什么？

现在末页的“乾隆庚寅”本来是在哪一页？是否可能并非最后一页？

第三，“春日、秋日”。

四处批语中有三处是“春日”，一处是“秋日”。

“春日”和“秋日”的先后顺序之间是什么关系？

第四，同一人所批。

从笔迹可以明确看出，此四批语虽然都是一个人所写。

这样由“庚寅”为核心，组成了下述的链接：

“鹤轩本”——“庚寅”——“乾隆庚寅”。

因此需要把以上这些因素联系起来综合进行分析。

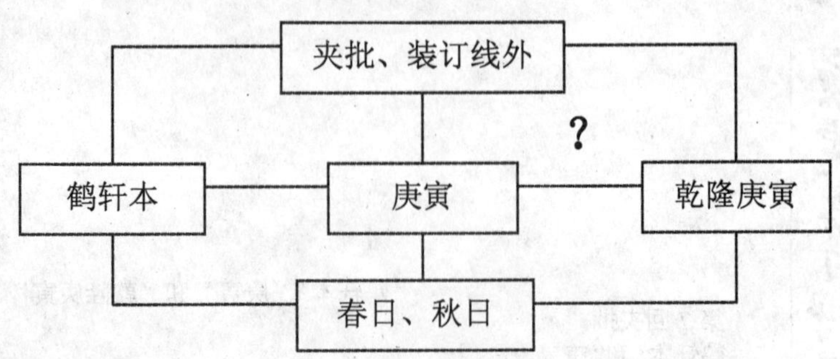

“鹤轩本”“庚寅”“乾隆庚寅”和“春日、秋日”关系

下面分几方面进行分析：

1．鹤轩本、庚寅。

2．庚寅、乾隆庚寅。

3．春日、秋日。

二、批语在“贾琏笑声之下”的“鹤轩本”

首先分析和“鹤轩本”“庚寅”有关的批语“此批原鹤轩本在贾琏笑声之下，因以补此。庚寅春日对清”。

第7回在正文“叫丰儿舀水进去”。之后，有夹批语：

> 妙文奇想。阿凤之为人，岂有不着意于“风月”二字之理哉？若直以明笔写之，不但唐突阿凤声价，亦且无妙文可赏；若不写之，又万万不可。故只用柳藏鹦鹉语方知之法，略一皴染，不独文字有隐微，亦且不至污渎阿凤之英风俊骨。所谓此书无一不妙。

“庚寅本”（第171页）在此夹批之后，还有“庚寅本”独有夹批：

> 此批原鹤轩本在“贾琏笑声”之下，因以补此。庚寅春日对清。

此独有批语有如下特点。

（1）此独有批语所指的前面批语“妙文奇想……”，只有甲戌本和戚序本系列有，且都是双行批语。而其他己卯、庚辰本都没有此批语，这是由于这两个版本在第11回前全部没有双行批语，估计是抄写者没有抄写，而戚序本却保留了。

（2）前面批语“妙文奇想……”批语在甲戌本和戚序本、蒙府本中文字略有不同。

甲：妙文奇想。阿凤之为人，岂有不着意于“风月”二字之理哉？若之，又万万
戚：妙文奇想。阿凤之为人，岂有不着意　“风月”二字之理哉？若　，又万万
蒙：妙文奇想。阿凤之为人，岂有不着意　“风月”二字之理哉？若之，又万万

甲：直以　明笔写之，不但唐突阿凤声价，亦且无妙文可赏；若不写不可。
戚：直以　明笔写之，不但唐突阿凤声价，亦且无妙文可赏；若不写不可。
蒙：　以以明笔写之，不但唐突阿凤声价，亦且无妙文可赏；若不写不可。

甲：故只用柳藏鹦鹉语方知之法，略一皴染，不独文字有隐微，
戚：故只用柳藏鹦鹉语方知之法，略一皴染，不独文字有隐微，
蒙：故只用柳藏鹦鹉语方知之法，略一皴染，不独文字有隐微，

甲：亦且不至污渎阿凤之英风俊骨。所谓此书无一不妙。
戚：亦且不至污渎阿凤之英风俊骨。所谓此书无　不妙。
蒙：亦且不至污渎阿凤之英风俊骨。所谓此书无　不妙者也。

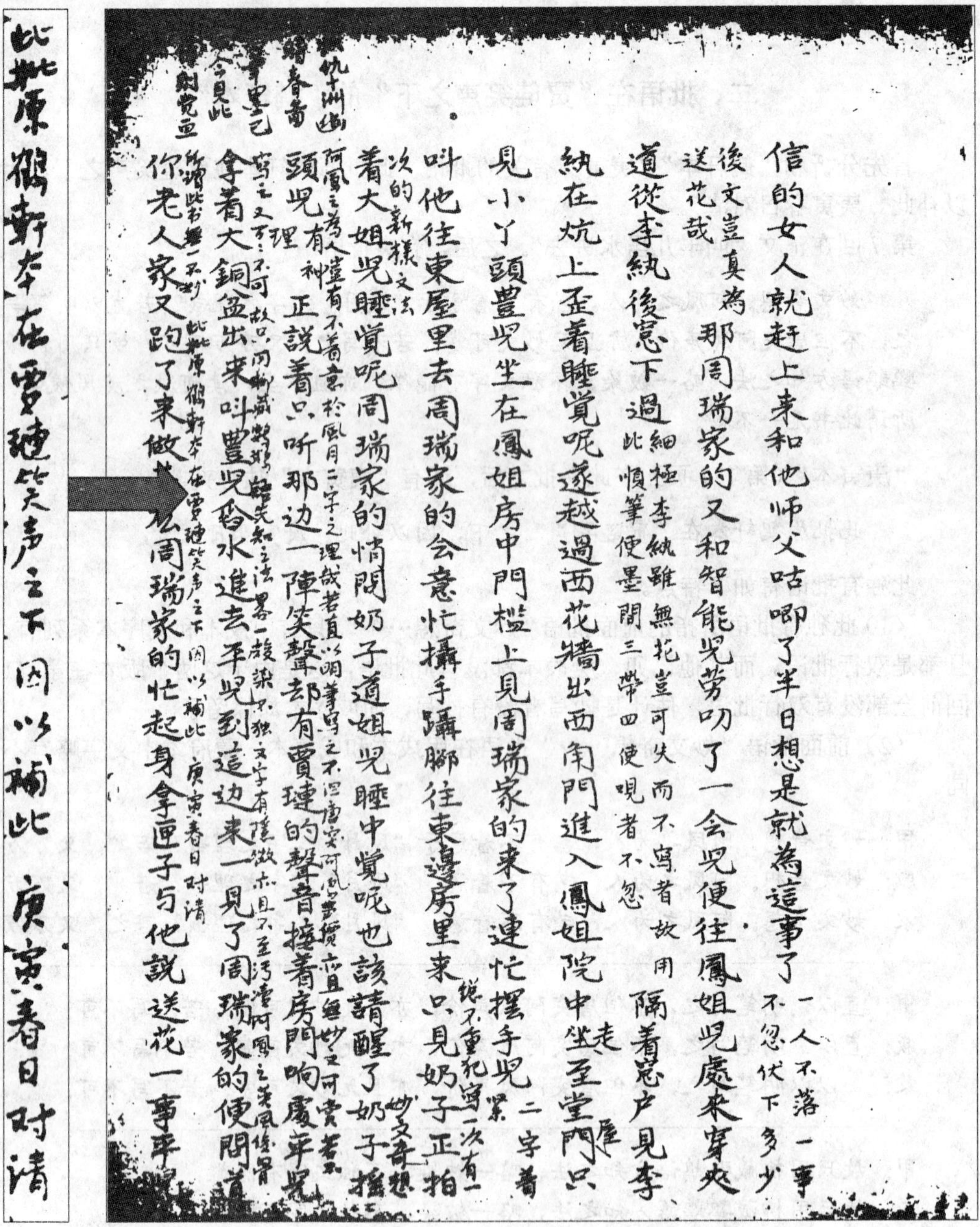

夹批“此批原鹤轩本在贾琏笑声之下，因以补此。庚寅春日对清”

“庚寅本”文字和甲戌本几乎完全一样，而和戚序本、蒙府本不同。只有甲戌本中的“皴”字，“庚寅本”为一异体字，左右偏旁位置交换。

（3）“庚寅本”中前面的批语“妙文奇想……”不是像甲戌本和戚序本是双行批，而是改为了夹批。这不奇怪，“庚寅本”改变了很多其他版本的批语形式，把双行批改为夹批等。

（4）批语“妙文奇想……”后面的“庚寅本”独有夹批“此批原鹤轩本在‘贾琏笑声’之下，因以补此。庚寅春日对清”中，提及到“鹤轩本”和“庚寅”，这是研究的关键之处。

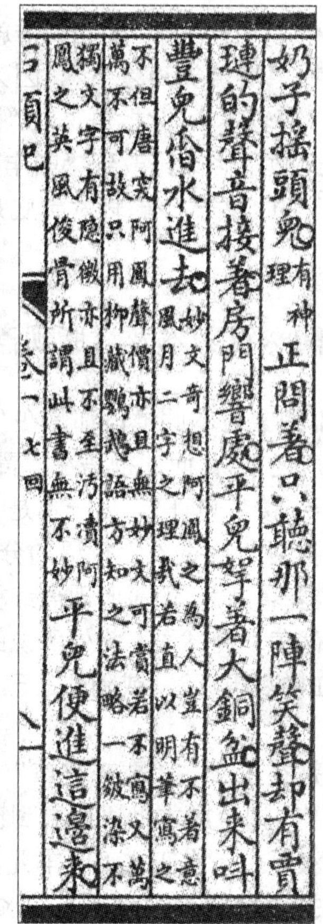
奶子搖頭兒有神理正問着只聽那一陣笑聲却有賈
璉的聲音接着房門響處平兒拏着大銅盆出来叫
豐兒舀水進去妙文奇想阿鳳之為人豈有不着意風月二字之理哉若直以明筆寫之
不但唐突阿鳳聲價亦且無妙文可賞若不寫又萬萬不可故只用柳藏鸚鵡語方知之法略一皴染不
獨文字有隱微亦且不至污瀆阿鳳之英風俊骨所謂此書無不妙平兒便進這邊来
石頭記 卷一 七回

甲戌本第 7 回　　戚序本第 7 回　　蒙府本第 7 回

“妙文奇想……”批语在“叫丰儿舀水进去”之后

下面分析鹤轩本中对此批语位置的修改。

批语“此批原鹤轩本在‘贾琏笑声’之下，因以补此。庚寅春日对清”的意思是：在原鹤轩本中，此批语是在贾琏笑声之下。“庚寅本”此处特地做了修改，改为补到“叫丰儿舀水进去”之后了。

根据此批语，在“庚寅本”所提及的“原鹤轩本”中，此批语不是在“叫丰儿舀水进去”之后，而是在“贾琏笑声之下”的。

此批语奇怪之处在于：现存没有任何一个版本此批语是在“贾琏笑声”之下的。甲戌本、戚序本和蒙府本都是在“叫丰儿舀水进去”之后，而己卯、庚辰本都没有此批语。

在“贾琏笑声”之下的鹤轩本到底是什么版本？理论上只有三种可能。

第一，确实曾存在一个批语在“贾琏笑声之下”的“鹤轩本”，这又有多种可能。

第二，“鹤轩本”是指俞平伯1954年版《脂砚斋红楼梦辑评》，或陶洙的己卯本。

第三，根本不存在过一个“鹤轩本”，只是抄写者随意杜撰出的一个版本。

先分析第一种确实存在过一个“鹤轩本”，则此批语就不是在甲戌本、戚序本的“叫丰儿舀水进去”之后，而是在“贾琏笑声之下”。因为己卯本、庚辰本此处没有此批语，因此不排除确实是有个“鹤轩本”，此批语是在“贾琏笑声”之下。“庚寅本”整理者看到后，觉得不合适，因此做了修改，改到“叫丰儿舀水进去”之后了。

但此批语在“贾琏笑声之下”的“古本”鹤轩本到底是个什么版本，还是没有答案。

三、“鹤轩本”和陶洙己卯本及《脂砚斋红楼梦辑评》

到目前为止，甲戌本、戚序本和蒙府本此批语都是在“叫丰儿舀水进去”之下的，没有任何脂本此批语在“贾琏笑声之下”。而此批语在“贾琏笑声之下”的只有两本，一本是俞平伯1954年版《脂砚斋红楼梦辑评》，另一本是《脂砚斋红楼梦辑评》的底本、陶洙所抄写的己卯本。而根据对“庚寅本”批语的分析，“庚寅本”的批语是来自俞平伯1954年版《脂砚斋红楼梦辑评》，而《脂砚斋红楼梦辑评》的底本是陶洙所抄写的己卯本。因此，理论上也存在“庚寅本”此处所说的改变批语位置的版本，实际是俞平伯1954年版《脂砚斋红楼梦辑评》，或陶洙的己卯本。

1．陶洙的己卯本。

陶洙的己卯本上此批语基本是在正文在“贾琏笑声”之下。

由于陶洙是在1949—1950年间把甲戌本批语过录到己卯本，但把原甲戌本的双行批都改为了夹批。甲戌本原文双行批是在正文“叫丰儿舀水进去”之后，陶洙也在此作了一个“＜”记号，表示此批语应插入“叫丰儿舀水进去”。但从表面看，此批语似乎是在“贾琏笑声”之后。

而陶洙整理己卯本时可能在“庚寅”年的1950年前后，时间也符合。

2．俞平伯1954年版《脂砚斋红楼梦辑评》（第151页）。

俞平伯1954年版《脂砚斋红楼梦辑评》中，甲戌本此批语确实是在正文在“贾琏笑声”之下，原文如下：

> 正问着，只听那一阵笑声却有贾琏的声音。

到俞平伯1963年新2版《脂砚斋红楼梦辑评》第115页，仍没有改，还是在“贾琏笑声”之下。

这是由于俞平伯 1954 年版《脂砚斋红楼梦辑评》甲戌本批语是来自陶洙的己卯本。甲戌本原文双行批是在正文“叫丰儿舀水进去”之后，陶洙也在此作了一个“<”记号，表示此批语应插入“叫丰儿舀水进去”。但由于记号不明显，俞平伯未注意到，因此就把此批语错误地记在“贾琏笑声”之下了。直到 1963 年俞平伯看到甲戌本原本做了修改时，仍未注意此错误，仍未修改。

因此，理论上“鹤轩本”有可能是俞平伯 1954 年版《脂砚斋红楼梦辑评》，或陶洙的己卯本。

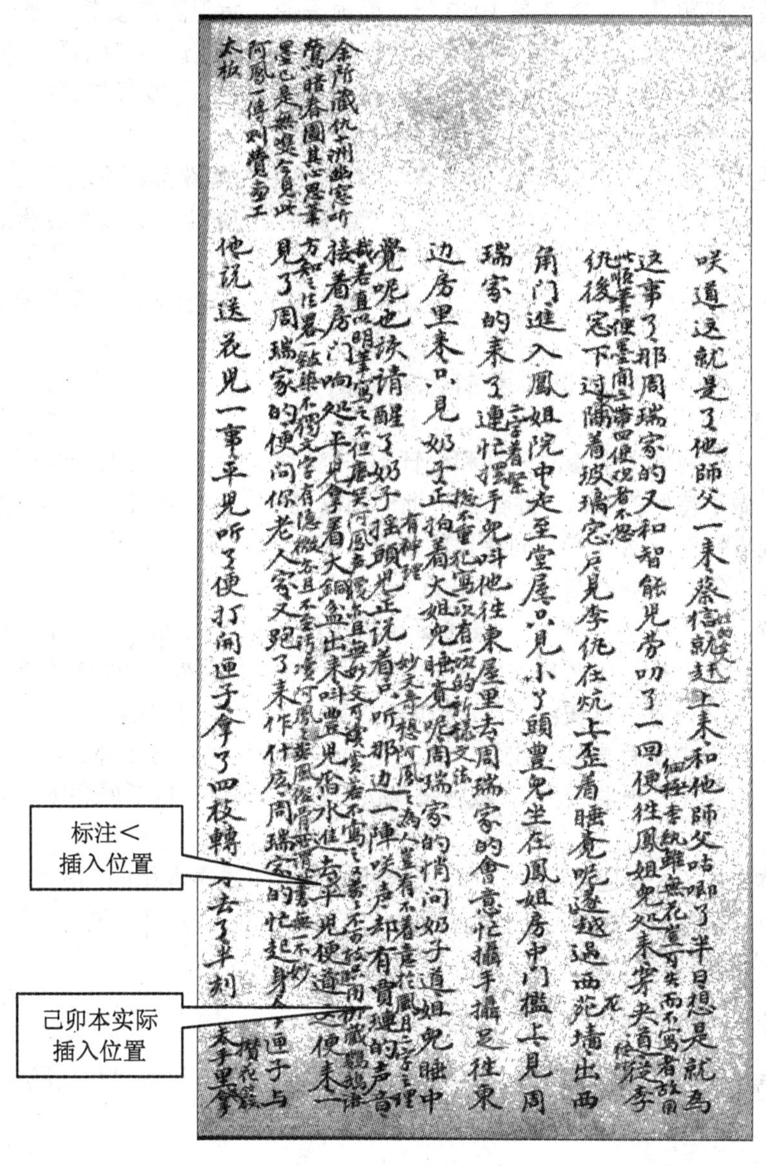

己卯本第 7 回“妙文奇想”批语（第 154 页）

但仔细分析后可知，这两种可能性基本不存在。

1. 从未听说陶洙把己卯本出借给其他人，周汝昌把甲戌本录副本借给陶洙后，也要求借己卯本，但陶洙以种种理由没有借，导致周汝昌一直没有见到己卯本，他后来的文章中还对此深表遗憾。由此可知，陶洙是不会轻易出借己卯本的。因此“庚寅本”整理者在“庚寅”1950年看到陶洙过录己卯本的可能性很小。

2. 庚寅1950年甲辰本还未出现，俞平伯《脂砚斋红楼梦辑评》尚未出版，似乎也未动笔整理，而“庚寅本”中确实有甲辰本的批语。因此“庚寅本”整理者要看到《脂砚斋红楼梦辑评》手稿也根本不可能。

此说的最大问题是，如庚寅是1950年，而俞平伯《脂砚斋红楼梦辑评》是1954年出版，“庚寅春日”实际已经是1951年春天，查俞平伯年谱，那时俞平伯似乎尚未开始整理《脂砚斋红楼梦辑评》。即便开始整理，“庚寅本”的抄写者要在庚寅 1950年看到俞平伯的手稿也完全不可能，所以此说基本不成立。

3. 此本在“庚寅本”中被称为“鹤轩本”，而俞平伯和陶洙都没有被称为“鹤轩”。

因此，“鹤轩本”不可能是陶洙的己卯本，或俞平伯1954年版《脂砚斋红楼梦辑评》。

总之，批语在“贾琏笑声之下”的鹤轩本到底是个什么版本，还是没有答案。

四、松轩本和鹤轩本总结

“庚寅本”有两处文字修改分别和松轩本、鹤轩本有关，这两处修改都是针对松轩本和鹤轩本做了特殊的修改，并都加了批语加以说明。这两处前面都分别作了详细的分析，此处再针对这两处有共同特点的修改，做一次总结。

“庚寅本”第一处修改是史湘云出场。

《红楼梦》各个版本在第13回史湘云出场中描写都不相同，可分为四类。

第一类，正文、批语中都根本没有提史湘云，包括甲戌本、列藏本和舒序本。

第二类，正文中有“伏史湘云”，无批语，包括己卯本、庚辰本。

第三类，正文中就有史湘云出场，包括甲辰本、程甲本和程乙本。

第四类，正文无“史湘云”，有双行批“伏史湘云一笔”，包括戚序本、蒙府本和“庚寅本”。

“庚寅本”文字本来是接近庚辰本，但此处却基本和戚序本相同，正文都没有“史湘云”，但加双行批“伏史湘云一笔”。而“庚寅本”批语删去“一笔”，变成“赴史湘云”，并特别加注眉批：

> 松轩本中伏史湘云四字系正文，仍误抄也。

这里明确指出，“松轩本”此处有错误，把本来应该是批语的“伏史湘云”，误为了正文。

“庚寅本”第二处修改是“庚寅本”第7回一夹批之后，加了一“庚寅本”独有批语：

此批原鹤轩本在“贾琏笑声”之下，因以补此。庚寅春日对清。

此批语含义是，在“鹤轩本”中，此批语和“庚寅本”不同，是在“贾琏笑声”之下，而“庚寅本”改到了正文“叫丰儿舀水进去”之后。

甲戌本和戚序本都是在“叫丰儿舀水进去”之后，现存没有任何一个版本此批语是在“贾琏笑声”之下的，己卯、庚辰本都没有此批语。此批语在“贾琏笑声”之下的鹤轩本是什么版本？

这两处都是“庚寅本”和其他版本（松轩本和鹤轩本）批语的位置不同。史湘云出场，松轩本误把“伏史湘云”当作正文了，“庚寅本”改为批语。鹤轩本原来一批语是在“贾琏笑声”之下，而“庚寅本”改到正文“叫丰儿舀水进去”之后。这两处修改“庚寅本”都特别加注予以说明。

这是“庚寅本”中特别加以说明的两处涉及版本的重要修改，一个涉及松轩本，一个涉及鹤轩本。但这两个版本到底是什么版本？目前没有可靠的解释，很值得重视和继续研究。

第五节 “庚寅”“乾隆庚寅”

一、“松轩本”“鹤轩本”和“庚寅”“乾隆庚寅”

1．“松轩本”“鹤轩本”和“庚寅”“乾隆庚寅”都是真实存在的。

对“松轩本、鹤轩本、庚寅、乾隆庚寅”有两种看法：

第一种看法认为这些都是真实有据的，虽然目前无法圆满解释。

第二种看法认为这都是杜撰的，不值得研究。

下面先分析第一种看法。

（1）“松轩本、鹤轩本”都是存在过的某个真实版本。

“松轩本”误将批语“伏史湘云”抄为正文。

“鹤轩本”批语“妙文奇想……”在正文中位置与其他版本不同。

这两本应该分别是松轩先生和鹤轩先生所收藏的版本，但它们到底是什么版本，和“庚寅本”是什么关系等种种疑问，目前尚无定论。

（2）“庚寅、乾隆庚寅”都来自是真实的时间记录，就是说，这些批语都来自某些未知的版本，这些版本可能就是“庚寅本”的底本，或其某个参考本。

2．“松轩本”“鹤轩本”和“庚寅”“乾隆庚寅”都是杜撰的。

由于“松轩本”“鹤轩本”和“庚寅”“乾隆庚寅”中有很多问题无法解释。因此也可能根本不存在过这些“松轩本、鹤轩本、庚寅、乾隆庚寅”，这都是抄写者随意杜撰出来的。

但抄写者为何要如此去杜撰？此本目前没有任何故意造假的痕迹，因此抄写者故意去杜撰“松轩本”“鹤轩本”和“庚寅”“乾隆庚寅”，似乎完全没有此必要。

二、“庚寅”和“乾隆庚寅”无关

“庚寅本”中有四处提及“庚寅”，这也是此本一般称为“庚寅本”的来源。

1. 此批原鹤轩本在贾琏笑声之下，因以补此。庚寅春日对清。（第7回夹批）
2. 庚寅春日抄鹤轩先生所本。（第8回夹批）
3. 乾隆庚寅秋日。（第6回装订线外批语）
4. 乾隆庚寅春日。（末页装订线外批语）

此处的四个“庚寅”和两个“乾隆庚寅”是什么关系？有两种可能。

第一种可能是，“庚寅”就是“乾隆庚寅”，即前两条批语的“庚寅”就是后两条批语中的“乾隆庚寅”，是指此“庚寅本”的底本或祖本，抄录于“乾隆庚寅”，即乾隆三十五年庚寅（1770）。

但“庚寅”就是“乾隆庚寅”有如下问题。

1. 形式不同：“庚寅”都是夹批，而“乾隆庚寅”都是装订线外批语，形式完全不同。

2. 内容不同：“庚寅”明确是“庚寅本”的抄写和“对清”时间，而“乾隆庚寅”没有明确记录时间的含义。两者之间没有任何关系。

3. 春日、秋日矛盾：第6回是“乾隆庚寅秋日”，而第7、8回反是“庚寅春日”，回目顺序和时间倒置，很不合理。

第二种可能是，“庚寅”和“乾隆庚寅”无关。

根据上述“庚寅”和“乾隆庚寅”的分析，以及对后面对“春日、秋日”的分析，“庚寅”不太可能是“乾隆庚寅”。换句话说，“庚寅本”的抄写和“对清”时间“庚寅”就不是“乾隆庚寅”的乾隆三十五年庚寅（1770）。这样，“庚寅”就可能是乾隆三十五年庚寅（1770）之后，60年一周期的其他三个“庚寅”，即道光十年庚寅（1830）和光绪十六年（1890），甚至是1950年庚寅。

虽然“庚寅”和“乾隆庚寅”无关，但仍不能排除“庚寅”和“乾隆庚寅”是“庚寅本”不同时期的祖本。即“乾隆庚寅”是最早的祖本，而“庚寅”是“乾隆庚寅”的过录本。《红楼梦》脂本，除舒序本是乾隆五十四年（1789）的抄本，是唯一的原抄本，其他脂本都是多次过录本。因此也不排除“庚寅”和“乾隆庚寅”都是“庚寅本”的祖本。

至于“庚寅”到底是四个时间中的哪个？下面再详细分析。

三、四个“庚寅”时间

“庚寅本”中的“庚寅”和版本的关系有两种可能。

第一，“庚寅”就是“庚寅本”的抄写时间。但由于“庚寅本”批语肯定抄自俞平伯1954年版《脂砚斋红楼梦辑评》，因此要在1954年前抄写此书是根本不可能的。

第二，根据批语研究，“庚寅本”应该是抄写在1954年后，这样“庚寅”只可能是指“庚寅本”正文底本或祖本，这个版本如确实存在过，就可能是个“古本”。

这个“庚寅本”的“庚寅”是什么时间呢？理论上只有四种可能：

1．“乾隆庚寅”乾隆三十五年庚寅（1770）。

2．道光十年庚寅（1830）。

3．光绪十六年庚寅（1890）。

4．1950年庚寅。

下面逐一仔细分析。

1．“乾隆庚寅”乾隆三十五年庚寅（1770）。

根据对“庚寅”正文分析，“庚寅本”最接近庚辰本，即乾隆二十五年庚辰（1760），因此其底本或祖本在庚辰本之后十年，理论上也可能。根据前面对“庚寅”和“乾隆庚寅”的分析，以及对后面对“春日、秋日”的分析，虽然“庚寅”可能不是“乾隆庚寅”，但两个都可能分别是“庚寅本”的祖本。

2．道光十年庚寅（1830）。

《红楼梦》抄本中的列藏本是道光十二年（1832）传入俄罗斯，其抄录时间应该在道光年间，因此在道光年间抄录《红楼梦》是有可能的。

3．光绪十六年庚寅（1890）。

目前脂本抄写时间都在光绪之前，但不排除光绪年间抄写《红楼梦》的可能性。

4．1950年庚寅。

根据批语研究，“庚寅本”应该是抄写在1954年后，但“庚寅”正文底本或祖本抄录在庚寅1950年也是有可能的。

至于1950年60年以后的庚寅是2010年，那是基本不可能的。

所以“庚寅”只能是上述四个“庚寅”之一，但到底是哪个“庚寅”，还没有任何证据，因此就无法判断“庚寅”到底是何年。

四、“乾隆庚寅”分析

“庚寅本”装订线外两次提到“乾隆庚寅”：

1．第6回（第158页）：

乾隆庚寅秋日。

2．末页（第？回）（第299页）：

乾隆庚寅春日。

对这两处“乾隆庚寅”分析如下。

第一，“乾隆庚寅秋日”和“乾隆庚寅春日”不可能是“庚寅本”本身抄写时间，就只能是指其底本或祖本的抄写时间。

第二，为何这两条“乾隆庚寅”批语都抄写在装订线外？这样将来装订后是看不到的。

在此本装订线之外有5条批语，分别是：

- 有如我挥泪抄此书者乎？予与玉兄同肝胆也。（第4回，第89页）
- 苦。（第12回，第267页）
- 庚寅春日抄鹤轩先生所本。（第8回，第193页）
- 乾隆庚寅秋日。（第6回，第155页）
- 乾隆庚寅春日。（末页，第299页）

5条装订线外批语中前2条是感叹抄写之辛苦，装订后是看不到无所谓。

而“庚寅春日”和2条“乾隆庚寅”都是说明其底本或祖本的抄写时间，应该是十分重要的信息，装订后看不到是很遗憾的。因此抄写者为何把这样重要批语抄写在装订线外是很奇怪？

第三，如前分析，这两条批语不可能抄自“乾隆庚寅”，而肯定是来自“庚寅本”的底本。但“乾隆庚寅”在其底本是什么形态？如是双行批、夹批或眉批，“庚寅本”应该照抄，为何要改到装订线外？

上述有关“乾隆庚寅”的疑问，都还没有令人信服的答案。

五、“庚寅”和“春日、秋日”分析

“庚寅本”中不同回目中多次提到“庚寅”时，多处有“春日”和“秋日”，按照回目排列如下：

1．秋日：第6回装订线外（第155页）：

乾隆庚寅秋日。

2．春日：第7回夹批（第171页）：

此批原鹤轩本在贾琏笑声之下，因以补此。庚寅春日对清。

3．春日：第8回批语装订线外有语（第193页）：

庚寅春日抄鹤轩先生所本。

4．春日：末页（第？回）装订线外（第299页）：

乾隆庚寅春日。

表 25.“庚寅”“春日”“秋日”和回目关系

序号	回目	页码	形式	纪年	时间	内容
1	7	171	夹批		春日	庚寅春日对清
2	8	193	装订线外		春日	庚寅春日抄鹤轩先生所本
3	6	156	装订线外	乾隆	秋日	乾隆庚寅秋日
4	?	299	装订线外	乾隆	春日	乾隆庚寅春日

仔细分析时间、回目和页码之间的关系。

1．两个春日。

第 7 回“庚寅春日抄鹤轩所本”和第 8 回“庚寅春日抄鹤轩先生所本”，都是在“春日”对清和抄写，时间也相同，回目也确实是相邻，因此这两个“春日”记录基本可信。

2．“乾隆庚寅”和“庚寅”。

第 6 回装订线外记录是“乾隆庚寅秋日”，第 8 回装订线外记录是“庚寅春日”。即“秋日”抄写到第 8 回，而“春日”却倒回去抄写第 6 回，这明显不合理。因此第 7、8 回的夹批的“庚寅”不会是装订线外的“乾隆庚寅”，两个“庚寅”无关。

3．“庚寅”。

虽然夹批的“庚寅”和装订线外的“乾隆庚寅”无关。但第 6、8 回的“庚寅”仍然有可能是在乾隆庚寅之后的三个“庚寅”，即道光十年庚寅（1830）、光绪十六年（1890）和 1950 年庚寅。

4．末页装订线外“乾隆庚寅春日”。

装订线外批语“乾隆庚寅春日”在“庚寅本”影印本末页，即第 299 页是空白页。但因为“庚寅本”是散页，未装订，所以此页不一定是末页。由于第 6 回是“秋日”，而末页是“春日”，又都在乾隆庚寅年，则影印本末页的“春日”应在第 6 回“秋日”之前。此空白页到底是哪回还是无法确定。

六、“松轩本”“鹤轩本”“乾隆庚寅”总结

1.“松轩本”“鹤轩本”和“乾隆庚寅”特点总结

总结和版本有关的独有批语：

“松轩本”和“鹤轩本”：3 条

此批原鹤轩本在贾琏笑声之下，因以补此。庚寅春日对清。（第 7 回夹批，第 171 页）。

松轩本中伏史湘云四字系正文，仍误抄也。（第 13 回眉批，第 288 页）。

庚寅春日抄鹤轩先生所本。（第 8 回装订线外，第 193 页）

“乾隆”“庚寅”：3 条

乾隆庚寅秋日。(第 6 回装订线之外批语，第 156 页)：

庚寅春日抄鹤轩先生所本。(第 8 回装订线之外批语，第 193 页)

乾隆庚寅春日。末页（第？回装订线之外批语，第 299 页）

以上 5 条批语有三个问题值得研究：

1.“松轩本”：正文“伏史湘云”应为批语；

2.“鹤轩本”：在“鹤轩本”中，批语是在贾琏笑声之下；

3.“乾隆庚寅”：装订线外有 2 处批语中有“乾隆庚寅”。

表 26.“松轩本”“鹤轩本”和“庚寅”特点总结

版本名	数量	回目	形式	庚寅	内容
松轩本	1	13	眉批	无	正文“伏史湘云”为批语
鹤轩本	2	7	眉批	有	批语是在贾琏笑声之下
		8	装订线外	有	庚寅春日抄鹤轩先生所本

分别总结以上批语特点如下：

（1）松轩本：

- 松轩本误将批语“伏史湘云”抄为正文；
- 庚辰本“伏史湘云”为正文，与松轩本相同；
- 松轩本未提及“庚寅”。

（2）第 7 回夹批“鹤轩本”和“庚寅春日”：

- 第 7 回和第 8 回两处提到“鹤轩本”；
- 第 7 回“鹤轩本”夹批指批语“妙文奇想……”是在贾琏笑声之下；
- 批语位置与现有此批语的甲戌本、戚序本位置都不同；
- 庚辰本无此批语，无法判断；
- 俞平伯《脂砚斋红楼梦辑评》和陶洙的己卯本此批语位置错误，但却和鹤轩本相同；
- 批语最后注明“庚寅春日对清”，说明此批语修订是在“庚寅”年。

（3）第 8 回装订线外批语“庚寅春日抄鹤轩先生所本”

- 在第 7 回“鹤轩本”之后第 2 次提到“鹤轩本”；
- 与第 7 回“庚寅春日对清”时间一致。

（4）庚寅、乾隆庚寅：

- 有 2 处“庚寅”和 2 处“乾隆庚寅”；
- “庚寅”1 处在夹批，1 处在装订线外；
- “乾隆庚寅”2 处都为装订线外批语；
- “庚寅”和“乾隆庚寅”无关；
- 第 6 回为“乾隆庚寅秋日”，第 13 回为“乾隆庚寅春日”；
- 第 8 回“乾隆庚寅秋日”在前，末页“乾隆庚寅春日”在后；

- 2 处“庚寅”抄写和对清都是在“春日”。
- 2 出“乾隆庚寅”，一处在“春日”，一处在“秋日”，之间是什么关系不明。

2.“松轩本”“鹤轩本”和“乾隆庚寅”的疑问

（1）松轩本：

- “松轩本”和“庚寅本”是什么关系？工作底本？参考底本？

“工作底本”是指“庚寅本”抄写的底本，“参考底本”不是抄写的底本，而是“工作底本”之外的参考的底本。“松轩本”是“庚寅本”的参考本可能性较大。

- “松轩”是何人？

“松轩本”可能和“鹤轩先生本”一样，就是“松轩先生”的藏本。

- “松轩本”批语的抄写时间？

此批语从“松轩本”抄到“庚寅本”的时间没有注明，目前也无法确定。

- “松轩本”是庚辰系列某版本？

根据对“庚寅本”文本的分析，其底本肯定是庚辰系列版本，“松轩本”可能也属于庚辰本系列。

（2）鹤轩本：

- “鹤轩本”和“庚寅本”是什么关系？工作底本？参考底本？

和松轩本一样，“鹤轩本”是“庚寅本”的工作底本？还是参考底本？无法确定。

- “鹤轩本”是庚辰系列某现在不知的版本？

和松轩本一样，根据对“庚寅本”文本的分析，其底本肯定是庚辰系列版本，“鹤轩本”也应属于庚辰本系列。

（3）松轩本、鹤轩本：

- 为何只有“松轩本”和“鹤轩本”两条批语？

无论“松轩本”和“鹤轩本”是工作底本，还是参考底本，为何都各只有一处批语？这是个疑问。

（3）庚寅、乾隆庚寅：

- 2 处批语“庚寅”是否就是装订线外的“乾隆庚寅”？

2 处“庚寅”和 2 处装订线外批语“乾隆庚寅”无关。

- “庚寅”属于 4 个“庚寅”年中哪年？

“庚寅”可能属于 4 个“庚寅”年之一，即乾隆三十五年庚寅（1770）、道光十年庚寅（1830）、光绪十六年（1890）和 1950 年庚寅。

- “乾隆庚寅”为何在装订线外？

2 处“乾隆庚寅”为何都写在装订线外？其底本写在何处？从未有这种情况，这很难解释。

第六节 "庚寅本"批语总结

一、"庚寅本"独有批语总结

1．独有批语很常见

有人认为，如果"庚寅本"是抄录自俞平伯的《脂砚斋红楼梦辑评》，就应该完全照抄《辑评》中的批语，就不应该有如此之多的独有批语，有如此之多的独有批语肯定抄录者另有所本。

持这种看法的人是完全不了解《红楼梦》版本中的批语情况。

《红楼梦》各种版本批语常被统称为"脂批"，意思是"脂砚斋批语"，包括俞平伯、陈庆浩等人的批语汇集，书名都有"脂砚斋"字样。实际严格讲，这是完全错误的。《红楼梦》各种版本的几千条批语中，只有极少数批语可能是所谓的"脂砚斋"批语，而绝大部分批语是后人随意所加的即兴评论，和脂砚斋完全无关。

换句话说，每种《红楼梦》版本中，都多多少少会有一些此本抄录者自己随意所加的独有批语，各种版本中出现了独有批语并不奇怪。赵建忠、任少东所写的序言中逐一列出的 69 条批语，这些批语和其他版本的独有批语一样，大部分是随意性的评论批语，和版本研究关系不大，没有多大价值。"庚寅本"的抄录者在抄录过程中，有感而发，随意写一些批语是很自然的。

2．有版本研究价值的独有批语来源不明

当然，这些批语中也有一些和版本有关有价值的批语，如史湘云出场、松轩本、鹤轩本、庚寅、乾隆庚寅等。但这些批语的其来源不明，有两种可能。

第一种可能是，此本确实参考某个未知的"庚寅本""松轩本"和"鹤轩本"。

第二种可能是，所谓"庚寅本""松轩本"和"鹤轩本"，都是抄录者故弄玄虚。

本人也曾对"史湘云出场、松轩本、鹤轩本、庚寅、乾隆庚寅"等，做了仔细的分析，但实际这些分析最终也没有肯定的结论。

所以本人认为，仅根据这些独有批语的文字本身，暂还难以判别其来源。

3．天津出版的"庚寅本"序言所列出的批语中有误

天津百花文艺出版社出版的"庚寅本"序言中列出了 69 条独有批语，但这些独有批语中有误。

所列出的第一条"庚寅本"第 14 面批语"全用幻情……"批语并非此本独有批语，在甲戌本第 9 页 A 面也有此批语。为何"序言"会出现此错误？"序言"称是根据俞平伯《脂砚斋红楼梦辑评》1960 年版和陈庆浩《新编石头记脂砚斋评语辑校》1987 年版整理。经检查发现前者第 11 页和后者第 17 页都收入了此批语。但后者注甲戌本是第 10 页 A 面，而实际应该是第 9 页 A 面。可能是"序言"编写根据陈庆浩《新

编石头记脂砚斋评语辑校》所注“甲戌本第10页A面”，但在甲戌本第10页A面上并未找到此批语，因此就误认为甲戌本无此批语，而是“庚寅本”所独有。

“序言”中还遗漏一些独有批语：第18页夹批“愚蠢也”，第58页夹批“如见”，第244页回末诗“诗曰：一步行来错，回顾已百年。古今风月鉴，多少泣黄泉”，第277页回末“此回可卿梦阿凤，盖作者大有琛意存焉，可惜生不逢时奈何奈何！然必写出自可卿之意，则又有他意写焉。荣宁府世家未有不尊家训者，虽贾珍当奢岂能逆父哉。故写敬老不管然后姿意方见笔笔周到。诗曰：一步行来错，回首已百年。古今风月鉴，多少泣黄泉”。

分辨独有批语要逐一和各种版本批语比较，虽然利用现已出版的各种批语汇编本可减少工作量，但仍容易出错。以上是本人粗略检查的结果，可能也会有误。

天津百花文艺出版社出版的“庚寅本”序言中这些独有批语的统计错误，对“庚寅本”的研究并没有影响。

二、“庚寅本”批语的来源

以上针对“庚寅本”中的批语，进行了分析，总结如下。

1. 甲戌本原本中原有一条附条批语，但后来被撕掉了，但周汝昌兄弟抄录在录副本上，又被陶洙抄在己卯本上，俞平伯收入1954年版《脂砚斋红楼梦辑评》，最终收入“庚寅本”。此批语未收入任何版本，却在“庚寅本”中出现，证明“庚寅本”批语的底本肯定是俞平伯1954年版《脂砚斋红楼梦辑评》。

2.“庚寅本”中批语“血泪盈”之后添字“腮”和俞平伯1954年版《脂砚斋红楼梦辑评》相同，这也说明“庚寅本”很可能是以俞平伯1954年版《脂砚斋红楼梦辑评》为底本。

3.“庚寅本”批语和甲戌本批语相比，有大量添字、少字、改字，和俞平伯1954年版《脂砚斋红楼梦辑评》完全相同。这也说明“庚寅本”很可能是以俞平伯1954年版《脂砚斋红楼梦辑评》为底本。

4. 在甲戌本30多条后人所加的墨笔批语中，“庚寅本”和俞平伯1954年版《脂砚斋红楼梦辑评》一样，只保留了5条。这也说明“庚寅本”很可能是以俞平伯1954年版《脂砚斋红楼梦辑评》为底本。

5. 根据双行批语插入正文的位置入手，发现“庚寅本”和俞平伯1954年版《脂砚斋红楼梦辑评》双行批语插入正文位置完全相同、而和甲戌本不同的有19条，这说明“庚寅本”批语不太可能是直接根据甲戌本整理的，而是根据俞平伯1954年版《脂砚斋红楼梦辑评》整理的可能性很大。

因此“庚寅本”批语的来源只有以下几种可能。

1. 早期“古本”：

“庚寅本”中有5种版本批语，理论上有可能是一个早期“古本”中本来就有这5种版本批语。现存5种版本的批语都来自此本。但这种“古本”基本不可能存在过。

2. 后期“古本”：

“庚寅本”批语也可能是根据某个晚期“古本”整理的，此“古本”陆续抄入了这5种版本的批语。在后期版本中出现前期版本批语在《红楼梦》中很常见，最多的是甲戌本批语出现在己卯本、庚辰本、戚序本、蒙府本和甲辰本中。但在一个版本中同时出现5种版本批语，到目前为止从未出现过这种情况，因此这种可能性非常小。

3．根据5种版本整理：

特别要指出，“庚寅本”中只有5种版本批语，即甲戌本、己卯本、庚辰本、戚序本和甲辰本。而这些版本都是在1954年以前发现的版本，“庚寅本”中没有1961年出现的蒙府本和1962年出现的列藏本等版本的任何批语。特别是蒙府本很多批语和戚序本接近，但有区别，而此本文字完全同戚序本，而不同于蒙府本，因此不可能根据蒙府本整理。所以此本不太可能出现在20世纪60年代蒙府本、列藏本出现以后，而只可能出现在列藏本、蒙府本出现之前的20世纪50年代。因此理论上也可能是20世纪50年代某人根据这5种版本批语来整理的。但在20世纪50年代要同时找到这5种版本，是非常困难的。而再整理5种版本的这些批语，更是十分麻烦的事。

4．俞平伯1954年版《脂砚斋红楼梦辑评》：

此本最大可能是根据批语汇校本整理。到目前为止《红楼梦》批语辑校有四种：

（1）俞平伯，《脂砚斋红楼梦辑评》，1954年、1960、1963年版；

（2）陈庆浩，《新编石头记红楼梦脂砚斋评语辑校》，1979年版；

（3）朱一玄，《红楼梦脂评校录》，1986年版；

（4）郑洪枫、郑庆山，《红楼梦脂评辑校》，2006年版。

“庚寅本”只有前5种版本批语，而没有列藏本、蒙府本批语。而上述4种批语辑校中，后3种出版较晚，都有列藏本、蒙府本批语，只有俞平伯《脂砚斋红楼梦辑评》没有列藏本、蒙府本批语，因此如根据辑评整理，只有俞平伯《脂砚斋红楼梦辑评》一种可能。

其他《红楼梦》评语汇集本，如陈庆浩本、朱一玄本、郑庆山本等，都收录了以后发现的其他版本的批语，如蒙府本、列藏本等。而“庚寅本”中都没有任何这些版本的批语。戚序本和蒙府本有些批语文字很相似，但“庚寅本”文字都和戚序本相同，而和蒙府本不同。这也证明，“庚寅本”不可能以这些版本和批语汇评本为底本进行编辑。

仔细把“庚寅本”批语和俞平伯1954年版《脂砚斋红楼梦辑评》逐条核对，可以明显看出两者非常接近，因此“庚寅本”批语是根据俞平伯1954年版《脂砚斋红楼梦辑评》整理的可能性极大。

5．“古本”+俞平伯1954年版《脂砚斋红楼梦辑评》：

“庚寅本”批语中主要来自俞平伯1954年版《脂砚斋红楼梦辑评》，但有几十条批语是“庚寅本”独有批语，这些批语在俞平伯1954年版《脂砚斋红楼梦辑评》中也没有。这些批语来自何处？有可能是整理者自己所写，也有可能来自某个“古本”。如是后者，则“庚寅本”批语的底本可能有两种：俞平伯1954年版《脂砚斋红楼梦辑评》和某个“古本”。目前还难以判别。

第五章 “庚寅本”的来历和总结

第一节 “庚寅本”正文、批语研究总结

一、“庚寅本”正文研究框图

“庚寅本”的研究分正文和批语两部分。

正文研究方法如下图所示。

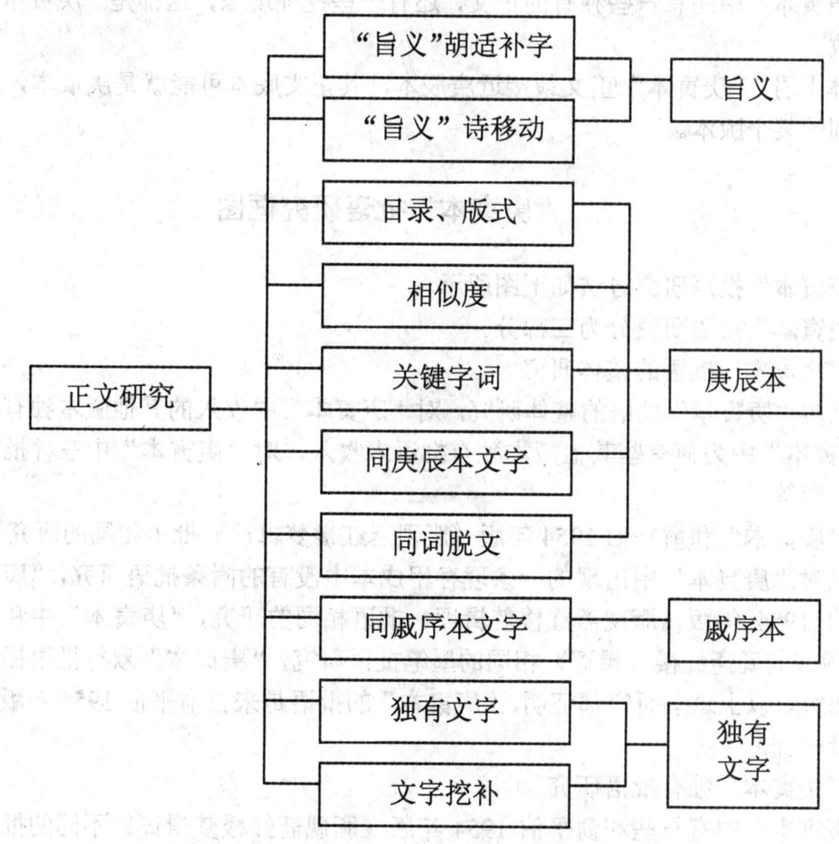

“庚寅本”正文研究框图

“庚寅本”正文研究分为四部分，即“红楼梦旨义”研究、“庚寅本”和庚辰本正文相同研究，“庚寅本”和戚序本正文相同研究，以及“庚寅本”独有正文研究。

1.“红楼梦旨义”研究

对“庚寅本”中“红楼梦旨义”的研究主要包括两个问题。一是胡适补字问题，二是“红楼梦旨义”中的一首诗移动到第 1 回中问题。这两个问题都可以从俞平伯 1954 年版《脂砚斋红楼梦辑评》中得到解释，因此“庚寅本”很可能参考了俞平伯 1954 年版《脂砚斋红楼梦辑评》。

2.“庚寅本”和庚辰本正文相同研究

“庚寅本”的目录、版式和庚辰本基本相同，“庚寅本”正文相似度和庚辰本最高，“庚寅本”中一些值得研究的字词和庚辰本相同，“庚寅本”中大量文字和庚辰本相同，“庚寅本”和庚辰本有很多相同的同词脱文，这些都表明“庚寅本”和庚辰本正文最接近。

3.“庚寅本”和与戚序本正文相同研究

“庚寅本”除和庚辰本有很多正文相同外，也有部分正文和戚序本相同，产生这种情况有多种可能。

4.“庚寅本”独有正文研究

“庚寅本”中还有一些独有的正文，还有一些挖补现象，这都是“庚寅本”抄写者的修改。

总体上看，“庚寅本”正文最接近庚辰本，其正文底本可能就是庚辰本，或是庚辰本系列的某个版本。

二、“庚寅本”批语研究框图

“庚寅本”批语研究方法如下图所示。

“庚寅本”批语研究分为三部分。

1.“庚寅本”批语的整体研究

包括对“庚寅本”批语的整体研究，对“庚寅本”中收入的其他版本独有批语研究，“庚寅本”中为何有些其他版本独有批语未收入，对“庚寅本”中三种批语形式的分析研究等。

2.“庚寅本”和俞平伯 1954 年版《脂砚斋红楼梦辑评》批语相同的研究

包括对“庚寅本”中出现的一条现存甲戌本中没有的附条批语研究，“庚寅本”和俞平伯 1954 年版《脂砚斋红楼梦辑评》批语相同的研究，“庚寅本”中和俞平伯 1954 年版《脂砚斋红楼梦辑评》相同的墨笔批语研究，“庚寅本”双行批语插入正文位置的研究。以上这些研究都证明，“庚寅本”的批语是来自俞平伯 1954 年版《脂砚斋红楼梦辑评》。

3.“庚寅本”独有批语研究

“庚寅本”中有一些和俞平伯 1954 年版《脂砚斋红楼梦辑评》不同的批语，还有近 60 条独有批语，这些批语来源不明，可能是抄写者自己所写，也可能另有所本。

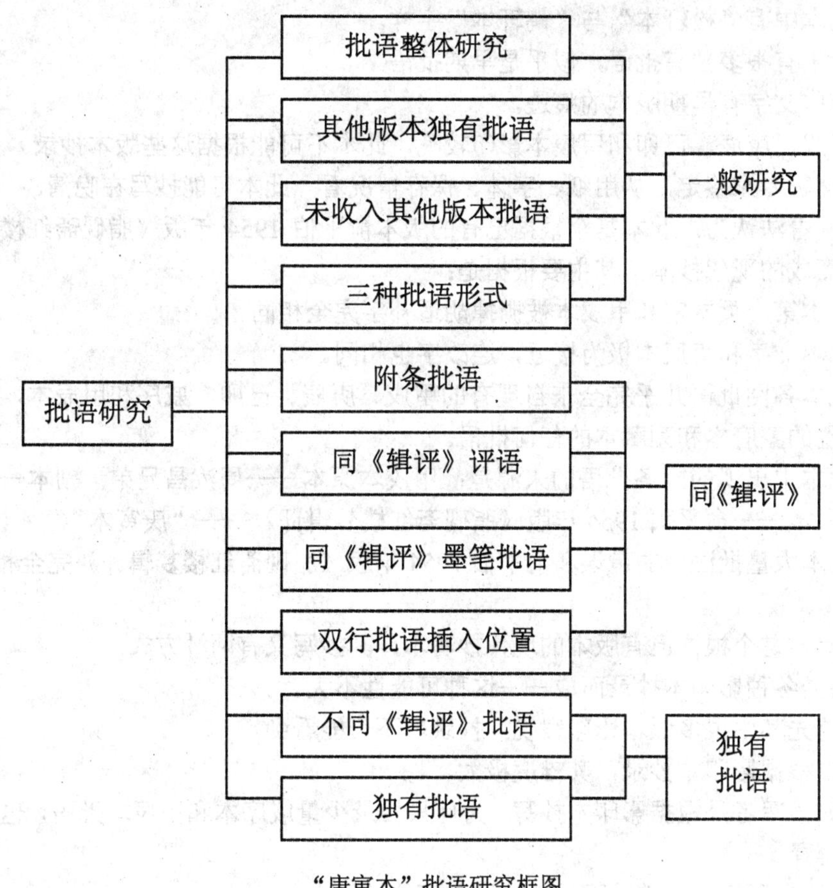

“庚寅本”批语研究框图

第二节 “庚寅本”底本和整理过程

一、“庚寅本”来历的几种看法

目前对此本的来历大体上可分为两种看法：

第一种看法认为：此本是早期版本，或是晚清抄写本，而其底本可能是个古本。

第二种看法认为：此本是个现代抄本，是根据已有的版本和俞平伯 1954 年版《脂砚斋红楼梦辑评》整理而成。但也不排除抄写者手中还有某个古本的可能。

下面分别介绍双方的根据。

第一种看法认为此本是早期版本的主要根据是：

1．此本中有“乾隆庚寅”的文字。

2．此本中有“松轩本”与“鹤轩本”字样。

3．此本有很多独有批语，似乎是早期批语。

4．有些文字有早期版本的痕迹。

5．甲戌、庚辰、己卯和甲辰本影印较晚，此本不可能根据这些版本抄录。

6. 经文物专家鉴定，从用纸、字体、保存情况看，此本可能抄写在晚清。

第二种看法认为：此本是个根据已有的版本俞平伯 1954 年版《脂砚斋红楼梦辑评》整理而成的现代抄本，其主要根据是：

1．此本第一页文字和甲戌本被撕掉胡适补字完全相同。

2．此本文字和庚辰本极为接近，连改字也相同。

3．此本各回批语几乎完全来自现有的甲戌、庚辰、己卯、戚序和甲辰本，而没有较晚发现的蒙府本和列藏本的任何批语。

4．此本中出现的附条批语的来源是：甲戌本原本——周汝昌兄弟录副本——陶洙过录己卯本——俞平伯 1954 年版《脂砚斋红楼梦辑评》——“庚寅本”。

5．此本大量批语中的错误和俞平伯 1954 年版《脂砚斋红楼梦辑评》完全相同。

如果此本是个根据已有版本的现代抄写本，其抄写又有两种方式：

1．根据各种影印本抄录而成——这种可能性不大。

- 首先其中很多版本影印很晚，抄录者不可能看到。
- 如根据影印本抄录，其难度极大。
- 如抄写者是根据影印本抄写，为何只抄录少量戚序本和甲辰本批语，也很难解释。

2．根据批语汇集本整理而成——这种可能性很大。

- 上述影印本出版很晚，但各种版本评语整理出版很早。俞平伯 1954 年版的《脂砚斋红楼梦辑评》中，已经收录了上述甲戌、己卯、庚辰、戚序和甲辰本的全部批语。
- 根据评语汇集本整理，比根据影印本整理要容易得多。
- 四种批语汇集本，即俞平伯、陈庆浩、朱一玄和郑庆山的整理本。
- 陈庆浩本是以蒙府本为主，也注明有正本（戚序本）的文字差异。但此本的批语绝对是根据戚序本，而不是蒙府本，因此不太可能采用陈庆浩本。
- 朱一玄本也无甲辰本，因此也不太可能。
- 郑庆山本出版很晚，也不太可能。
- 只有俞平伯 1954 年版《脂砚斋红楼梦辑评》符合此本批语的全部特点：有戚序本和甲辰本批语，很多墨笔批语相同，第 1 回中有现有甲戌本没有的附条批语。

因此，如此本是根据批语辑评整理，最大可能是根据俞平伯 1954 年版《脂砚斋红楼梦辑评》整理。

以上早期和现代抄本的两种可能都有其一些依据，也各自有一些目前难以解释的问题。

第一种看法认为此本是早期抄本，难以解释的是：

- 为何此本“红楼梦旨义”中“此书版本极多”和胡适补字完全相同？
- 为何第13回批语“血泪盈腮”和胡适的修改、俞平伯《脂砚斋红楼梦辑评》中完全一样？
- 为何第1回中会出现俞平伯1954年版《脂砚斋红楼梦辑评》中、陶洙抄录的甲戌本附条批语？
- 为何此本的正文、批语和目前已知版本如此相似？批语为何有很明显的拼凑痕迹？

第二种看法认为是现代抄本，难以解释的是：

- 此本还有一些文字和庚辰本不同，却和戚序本等版本相同。这是巧合？还是有其内在的版本演化的原因？
- 如何解释此本中60条左右独有批语？是抄写者自己所写，还是来自某个不知道的“古本”。
- 在这些独有批语中，最突出的是“松轩本”“鹤轩本”，以及“庚寅春日”和“乾隆庚寅”等字样，至今还没有较合理的解释。

总之，此本从抄写时间看，此本最大可能是现代抄本，而不是“古抄本”。但不排除抄写者手中真有一部“古本”，甚至就是“庚寅本”，或其录副本的可能性。此本虽不是“古抄本”，但根据现有资料，要断定此本肯定有“古底本”的根据尚不足，尚未找到铁证证明抄写者手中确实还有其他“古底本”，而且理论上也可能永远找不到这类的铁证。

因此，两种解释都有不足之处，还需要深入分析研究。

二、晚清抄本和现代假本的问题所在

总结以上有关“庚寅本”来历的几种说法。

认为此本是“古本”的根据最不可靠，几乎没有人支持，天津百花文艺出版社出版的序言中也不支持这种说法。

认为此本为晚清抄本和认为现代假本的问题主要是，两种看法看问题都过于片面和简单，没有进行深入的综合分析所致。

认为此本为晚清抄本的主要根据是文物鉴定，这很不可靠。

只根据文物鉴定就做判断，而根本不顾其文字，是肯定有问题的，肯定是不可靠的。何况对于此本的多次鉴定也还有不同看法。根据文字比对，固然也会有多种可能。如胡适补字，就有可能就确实存在过和胡适补字一样的“古本”，而附条批语也可能抄写者确实见过带此附条的甲戌本，至于此本和俞平伯1954年版《脂砚斋红楼梦辑评》评语文字相同，也可能是巧合，其他内容文字上的分析，理论上也都可能是巧合。但这么多巧合集中在一个版本上，这种概率是极低的。

而认为此本为彻底的现代抄本，主要是简单地根据是其内容，如胡适补字、凡例、大量多版本批语等，就轻易下结论认为此本为假，而并未对文字进行仔细深入的分析。如仔细分析其文字，就会发现其中还是有些文字难以解释的。

因此本人经过仔细深入的分析后认为，“庚寅本”肯定是抄录于1954年之后，其批语主要来自俞平伯1954版的《脂砚斋红楼梦辑评》，因此“庚寅本”肯定是个现代抄本。其正文很可能来自某个庚辰系列的版本，但由于还有些文字来源难以解释，因此不排除抄写者手中有个“古本”的可能性。

《红楼梦》版本极其复杂，主要有两个问题。

第一是其文本非常复杂，你中有我，我中有你，很难理清其演变脉络。

第二是现有版本多数是过录本，其文字就有真有假，真假难辨。如果是假的，费很大力气去研究，岂不白费时间和精力？

因此有些专门研究小说文献版本的学者就不研究《红楼梦》的版本，这完全可以理解的。

但从另一个角度看，越是有问题的版本，也越值得去研究。即便是假本，揭露其如何造假，对于以后判别真假也是有益的。如果是真本，虽然这些研究会有不同看法，最终肯定无法得出大家都承认的结果，但只要是科学合理的探索，肯定还是有意义的。

我觉得，对“庚寅本”研究的意义也就在于此。

三、“庚寅本”是现代抄本，但可能参考某个古本

由于“庚寅本”的批语基本来自俞平伯1954年版《脂砚斋红楼梦辑评》，因此“庚寅本”肯定是个现代抄本是没有太大问题的。

因此，有人就认为，此本完全是个现代抄本，主要是以庚辰本为底本，又参考戚序本做了修订，并没有参考过任何“古本”。

但此本中仍有部分独有批语，和部分正文来源不明，因此不能就排除抄写者曾参考某个“古本”的可能性。

此古本可能就是“庚寅本”，也可能是“松轩本”或“鹤轩本”。

正如前面所分析的，如只简单根据胡适补字，正文基本同庚辰本，少量和戚序本相同，就很容易下结论：正文主要是以庚辰本为主要底本，有参考戚序本做了修订。

但正如前面所分析，有些文字庚辰本并不缺漏，戚序本等版本文字有缺漏，而“庚寅本”却和通顺的庚辰本不同，而和不通顺的戚序本却相同。这种情况，就无法用以庚辰本为主要底本、参照戚序本修改来解释了。

因此不能完全排除抄写者曾参考某个“古本”的可能性。

所以，在《红楼梦》版本研究中，因为情况非常复杂，在对所有问题都解释清楚之前，我们不应该排除各种可能性，不应轻易就下结论。

四、“庚寅本”的整理过程

根据前面的分析，本人认为“庚寅本”的整理过程如下。

1. 底本

整理者手中可能有两个底本：

（1）批语底本：俞平伯1954年版《脂砚斋红楼梦辑评》，此书有如下特点：

抄录了甲戌本“凡例”，但删去了收入其他版本中的372字，而保留了后面的诗。

批语收录了五种版本批语：甲戌本、庚辰本、己卯本、戚序本和甲辰本，但没有蒙府本和列藏本的批语。

批语前正文为一般为戚序本的正文。

（2）正文底本：某种庚辰本。

庚辰本没有“凡例”，直接从第1回开始。

具体是哪种庚辰本，目前还难以确定。

2. 整理者目的

在20世纪五六十年代，《红楼梦》庚辰本出版后，俞平伯的《脂砚斋红楼梦辑评》也出版，其中汇集了五种版本的批语，其中很多当时并未出版过版本的批语，如己卯本、甲辰本等。

某位《红楼梦》爱好者看到上述资料，很有兴趣，想既有原本又有批语汇集，自己就可以做一本带有全部批语的《红楼梦》抄本，即把主要批语都抄录在某个版本文字中，就可以整理出一本各种批语汇集、正文完整的《红楼梦》。

3. 整理思路

以某种庚辰本为文字底本，把俞平伯1954年版《脂砚斋红楼梦辑评》中的批语插入文字底本中。

此爱好者选择了庚辰本为底本，因为当时只有庚辰本的文字较完整。其批语不是根据影印本，而是完全根据俞平伯1954年版《脂砚斋红楼梦辑评》而整理的。批语的整理思路是，先后以甲戌、戚序和庚辰本为主，并少量加入甲辰本批语，由于是利用批语辑评来抄写，因此较容易。

抄写者只是对《红楼梦》爱好，而绝非是要“造假”。

4. 整理过程

（1）“庚寅本”根据俞平伯1954年版《脂砚斋红楼梦辑评》中第1回中“甲戌本凡例”，整理“红楼梦旨义”：

- 俞平伯1954年版《脂砚斋红楼梦辑评》中在“题名极多”之后，原有两个空格□□。而“庚寅本”整理者没有注意，省略了。
- “庚寅本”照抄了甲戌本的“凡例”中从开始文字至“又不得谓其不备（也）”，这几百字文字。
- 俞平伯1954年版《脂砚斋红楼梦辑评》中在此后注解：“下接此书‘开卷第

1 回也’一段凡 372 字略同有正本”。“庚寅本”未抄录。

- “庚寅本”整理者没有甲戌本，不知道删除的甲戌本 372 字在庚辰本是在何处。错误把应保留在“旨义”中的诗，却移动到庚辰本第 1 回 310 字之后。

（2）“庚寅本”根据某个庚辰本和俞平伯 1954 年版《脂砚斋红楼梦辑评》整理文本和批语：

- 此庚辰本没有“旨义”，直接从第 1 回开始整理文本和批语。
- 把俞平伯 1954 年版《脂砚斋红楼梦辑评》中的批语，逐一插入庚辰本底本文字中，三种批语处理没有固定规律，比较随意。但双行批一般抄成双行批，但也有部分抄成夹批。夹批一般抄成夹批。眉批一般抄成眉批，但也有抄成夹批。
- 批语前正文有时没有采用底本庚辰本的文字，而换成了俞平伯 1954 年版《脂砚斋红楼梦辑评》中的正文，即戚序本的正文。

五、“庚寅本”的整理者

“庚寅本”是何人整理的？目前看来有几种可能。

第一，据说原藏书人江泽的祖上曾为官，因此有人认为此本是其祖上抄写流传下来的。

根据本人对批语的分析，此本的批语肯定是以俞平伯 1954 年版《脂砚斋红楼梦辑评》为底本整理的，所以此本抄写时间应该在 20 世纪 50 年代。这样此本是江泽祖上传下来可能性极小。

第二，江泽本人整理。这种可能性也几乎没有。因为据说江泽本人的专业是版画，对《红楼梦》没有研究。而整理此书的人对《红楼梦》版本应极为有兴趣，并有深入研究。

第三，最大可能是，此本是江泽某个亲戚或朋友整理的，未整理完就去世，而留给江泽。江泽对《红楼梦》无研究，也无兴趣，就随便置于小柜中，并告知儿女，小柜中物品无太大价值。本人认为这种可能性最大。

因此，此本的抄写人可能是位晚清遗老，他喜爱《红楼梦》，在 1954 年后看到俞平伯 1954 年出版的《脂砚斋红楼梦辑评》一书，从而萌发了将这些评语一并抄写到《红楼梦》正文中去的想法。他因为书写的习惯，因此在晚清旧纸上，用传统的翰林体，抄写了此本“庚寅本”。

第四，“庚寅本”思路和陶洙当年整理北师大本的思路十分相似。由此甚至可以联想，“庚寅本”和北师大本既然整理思路都相同，“庚寅本”是否可能是陶洙整理的？

北师大收购此本是 1957 年，陶洙卖到中国书店估计在此之前不久。陶洙大约是在 1959 年去世。这样从 1954 年到 1959 年陶洙是有时间再整理出一个本子的。

但仔细分析后，这种可能几乎不存在。

1．字迹完全不同，无论是正文还是批语，“庚寅本”字迹都和陶洙不同。可仔细比较陶洙抄写的甲戌本“凡例”，就可看出，陶洙的字比“庚寅本”的字要漂亮的多。

而陶洙请人代为抄写的可能性也几乎没有。

2. 陶洙对《红楼梦》甲戌本、己卯本、庚辰本、戚序本等各种版本都很熟悉，绝对不会发生本文介绍的“旨义”中这样的低级错误。

3. “庚寅本”正文和批语中还有很多错误，这不可能是陶洙所为。

4. 考虑到1954年以后陶洙已是七十多岁老人，生活来源困难，再做一本抄本要耗费极大精力，估计可能性也不大。

到目前为止，此本的抄写者还无法确定。

此本为何会抄写在拆散的旧纸上？

抄写在拆散的旧纸上可能是抄写者想等全部抄完再装订。

为何抄写纸上有装订线？

抄写纸上有装订线有多种可能。可能这些散装纸是一册曾装订过书的空白纸，因此有装订线。也可能是抄写者抄写过程中曾装订过，后又拆散了。

此本为何只整理了13回半，又有多种可能：

整理者如此整理设想很好，但实际工作量极大，也极为复杂。整理了13回后就放弃了。

整理者由于一些其他原因，如年事已高，疾病，甚至突然死亡等，抄写突然中止，所以此本未抄完，最终流传到画家江泽手中。

第三节 “庚寅本”抄写时间的鉴定

一、“庚寅本”的几次鉴定

对“庚寅本”曾做过几次鉴定。

第一次是在2012年9月24日，现藏书人王超请天津市古籍书店总经理尹振谦先生对此书纸质鉴定，认为此书所用纸应为清代中晚期生产，为出自南方的竹纸。根据墨色及纸质沉淀分析鉴定，此书可能为清晚期所抄。

第二次是本人联系了国家图书馆古籍部的专家，2012年10月24日对此本进行了目验。两位专家目验后的初步意见如下：

- 对此纸是晚清到民国的竹纸，他们无异议。
- 一位专家认为抄写时间为晚清到民国。
- 另一位专家认为有可能到新中国成立初期20世纪50年代。
- 他们共同的依据是认为此本抄写文字痕迹明显较新。
- 他们两位都曾参加卞藏本的检验，他们一致认为，此本和卞藏本相比，字迹明显偏新，而卞藏本明显抄写时间较早。

- 他们虽然不是红学家，但他们指出，此本的抄写款式和庚辰本等已知版本过于接近。而此前的各种《红楼梦》抄本，没有任何两种抄本的款式是如此相近的，他们提醒我们研究人员注意。

他们表示，虽然这只是他们的目验意见，但他们认为，根据他们多年从事古籍研究的经验，目验结果已经很明显了，没有必要再做高倍显微镜检测。最后，他们一再表示，这只是他们个人看法，仅供我们参考。

本人感觉，古籍鉴定完全是经验，不能作为最后判定抄写时间的依据，但他们的意见很值得我们参考。

第三次是在 2013 年 5 月，天津红学会会长赵建忠先生，请天津著名文物鉴定家、国家文物鉴定委员会委员刘光启先生做了鉴定。赵建忠先生对此的记述如下：

> 不久前，笔者曾同王超一起携此抄本拜会过中国著名文物鉴定家刘光启，他研究后认为，该抄本应该是光绪时的文物，根据是纸张、字体风格都同那个年代的特征相契合。通过对字体的进一步鉴定，刘光启还指出，“字体是标准的翰林体。这位抄手，就大范围而言，应该是河北一带人”。[①]

总结国图专家和刘光启先生的鉴定意见，他们看法有所不同。国图两位专家从墨迹的新旧分析，一位专家认为抄写时间在晚清到民国，另一位认为有可能到新中国成立的 20 世纪 50 年代。而天津专家认为抄写时间是晚清，不到民国，更不到新中国成立之后。

因此三次鉴定的共同点都认为，此本抄写时间上限有可能到晚清，而分歧点在于此本的下限是否可能到 20 世纪 50 年代。

此外，任晓辉先生曾从现收藏者处获赠“庚寅本”的一些空白页，他把这些空白页送故宫博物院文物鉴定中心鉴定其纸张。经在 300 倍放大镜下观看，其纤维很清楚，和清代竹纸纤维非常相近。因此其纸张肯定是清代的古纸。

对于其抄写时间，如果采集其墨迹可用碳十四进行分析，但其误差为 200 年，这对于《红楼梦》抄写时间就无意义了。因为从晚清到 20 世纪 50 年代还不到 200 年。

二、文物鉴定和文本研究

对“庚寅本”有两种看法，一种看法认为是晚清抄本，根据主要是文物鉴定，一种看法认为是现代抄本，根据主要是内容和文字。

由于两种方法得出完全相反的结论，哪种说法更可靠？是文物鉴定更可靠，还是内容文字分析更可靠？

此本赵建忠、任少东“序言”中称：“我们认为，除了在文本方面应与现存的《石头记》脂本进行文字比勘外，最好由文物专家根据纸质和墨色沉淀分析鉴定，并据此‘断代’”。“仅从文字去判断真伪，这样得出的结论就很可能招致一些人的非议”，因

---

① 赵建忠：新发现的《石头记》“庚寅”本，《河北学刊》2014 第 2 期。

此文物鉴定结论“更具参考价值”。

对此本人不能认同。下面仔细分析文物鉴定在版本研究中的问题。

1．根据文物鉴定判断抄写时间不可靠。

根据文物鉴定判断“庚寅本”的抄写时间有三个要素：

一是纸张，但根据纸张很难判断抄写时间，因为到20世纪50年代也可能用晚清的纸抄写，这是很简单的道理。

二是笔迹、字体，到20世纪50年代，某个晚清遗老也可能抄写此本，笔迹、字体都是清代流行的，很难判断具体抄写时间，这也很明显。

三是墨迹，这是唯一判断抄写时间的要素。目前认为此本抄写时间肯定是在晚清到20世纪50年代，晚清至今约百年，20世纪50年代至今不到百年。现在根据墨迹用碳十四进行分析，但其误差为 200 年，因此无法判断此本是抄写在晚清，还是在20世纪50年代。至于人工判断墨迹时间更不可靠了。

所以我觉得，文物鉴定可供参考，但不可盲目相信文物鉴定结论。

2．文物鉴定是经验判断，可能会有失误，甚至故意造假。

天津曾请文物专家对此本做过几次鉴定，但据一位天津的朋友讲，他们找的所谓鉴定家是不可靠的。现在文物鉴定，常有人根据出钱的多少来出鉴定意见，很多文物鉴定都商业化了。我对文物鉴定毫无经验，也不了解天津文物鉴定的情况，对天津的鉴定无法判断。

3．文物鉴定不同人有不同看法，因人而异。

文物鉴定一个更大问题是受主观看法影响极大，不同鉴定家经验不同，看法很多不同，这很普遍和自然。

前面介绍，对“庚寅本”曾做过几次鉴定，几次鉴定意见相比，上限相同，都认为可到晚清。但下限意见不同，有认为可能到20世纪50年代，也有人认为在民国初年。

本人感觉，古籍鉴定完全是经验，不能作为最后判定抄写时间的依据，但他们的鉴定意见很值得我们参考。

4．文物鉴定和文本分析的矛盾。

“庚寅本”文物鉴定和内容文字分析，存在巨大矛盾，结论完全相反。

如果按照天津文物鉴定意见，抄写时间是在晚清，这又如何去解释此本批语和文本中的诸多问题？如果是在晚清抄写，在晚清就出现了五种版本的批语，这种可能性很小；此本诸多批语和俞平伯 1954 年版《脂砚斋红楼梦辑评》完全相同，就只有是巧合；此本中出现甲戌本附条批语，是由于抄写者看到了附条批语还未被撕掉前的甲戌本。这些情况只是理论上的可能，其概率是极低的。

因此，根据文物鉴定判断其抄写于晚清，和根据内容文字的分析的结果存在极大的矛盾，这很难解释。

5．文物鉴定和文字分析哪种更可靠。

赵建忠和任少东在此本序言中称：

> 我们认为，除了在文本方面应与现存的《石头记》脂本进行文字比勘外，最好由文物专家根据纸质和墨色沉淀分析鉴定，并据此“断代”。……仅从文字去判断真伪，这样得出的结论就很可能招致一些人的非议。

文字分析确实也有多种可能性，如前所述，理论上可能在晚清就出现了五种版本的批语，此本诸多批语和俞平伯 1954 年版《脂砚斋红楼梦辑评》完全相同，可能是巧合，此本中出现甲戌本附条批语是由于抄写者看到了附条批语还未被撕掉前的甲戌本。但这种可能实在太小了。

因此，我认为，和文物鉴定相比，内容文字比对结果更为可靠。

所以我觉得，前面所引用的“仅从文字去判断真伪，这样得出的结论就很可能招致一些人的非议”，应该相反改为“仅由文物专家根据纸质和墨色沉淀分析鉴定从文字去判断真伪，并据此‘断代’，这样得出的结论就很可能招致一些人的非议”。

当然主张此本抄写于晚清的学者，可能还会继续坚持文物鉴定比内容文字分析更可靠，这种不同看法要完全统一怕还很难。

三、“庚寅本”和卞藏本对照

赵建忠、任少东在百花文艺出版社出版此本影印本的“序言”中除主张由文物专家根据纸质和墨色沉淀分析鉴定，并据此来“断代”，并声称《红楼梦》版本中有争议的卞藏本的最终裁决就是运用的此种方法。还举出王鹏对卞藏本的研究证明他们的看法。所以他们认为仅从文字去判断真伪，这样得出的结论就很可能招致一些人的非议，因此文物鉴定结论更具参考价值。

赵建忠先生在另一篇文章中也曾论述了根据纸质和墨色沉淀分析鉴定抄本的“断代”方法，并和卞藏本做了比较[①]：

> 除了在文本方面应与现存的《石头记》脂本进行文字比勘外，最好由文物专家首先根据纸质和墨色沉淀分析鉴定进行抄本载体的“断代”。《红楼梦》版本中有争议的卞藏本的最终裁决，运用的就是此种方法，而且比较有效。笔者注意到《红楼梦学刊》2012 年第 1 期上王鹏的文章，针对卞藏本上“眉盦题记”文字，并结合《莫愁湖志》古籍中“上元刘氏图书之印”钤印和书中“眉道人”笔迹等信息，认为眉盦即是刘文介，从而否定了卞藏本系伪造的论点。由此可见，红学“圈”外人不带任何成见，通过对抄本物质层面即纸质、笔迹、墨色进行鉴别，所提供的结论或许更具参考价值。而业内的红学版本研究专家虽熟悉《红楼梦》文字源流的演变，但也会有先入之见，且仅从文字去判断版本真赝，这样的方法很有可能会聚讼纷纭。当然，不同的文物鉴定专家也会持不同看法，对于相反的

---

① 赵建忠，新发现的《石头记》“庚寅”本，《河北学刊》2014 第 2 期。

不同意见，仍应采取综合互参的态度。

赵先生也承认鉴定可能会有分歧，这次“庚寅本”鉴定就有分歧，而且无法“综合互参”。

上述说法实际完全混淆了对卞藏本研究和鉴定原委，卞藏本的鉴定和“庚寅本”的鉴定根本不可相提并论，卞藏本的鉴定和“庚寅本”的鉴定完全是两回事。

卞藏本真伪的争论和“庚寅本”完全不同。

第一，卞藏本的争论主要集中在此本前的收藏者刘文介的题记真伪，而不是卞藏本本身的真伪。最后是王鹏找到刘文介收藏此本的证据，证明刘文介确实收藏过此本，从而证实此本为真。而根本不是根据对卞藏本本身的纸张、笔迹、墨色鉴定，来判断其真伪。而“庚寅本”原是由天津版画家江泽收藏，但江泽又是从何处获得此本，至今没有任何线索。

第二，卞藏本和“庚寅本”本身也确实都做过鉴定，但鉴定情况刚好相反。

卞藏本的鉴定确实认为此本是古本，而不是现代抄本。而对卞藏本内容文字分析，和“庚寅本”完全不同。卞藏本的正文几乎和任何版本文字都不同，最接近的只有列藏本。卞藏本没有批语，只有正文，完全没有“庚寅本”批语中出现那样多的问题。因此可以说，卞藏本的文字分析和文物鉴定是一致的，之间没有矛盾。所以卞藏本的文物鉴定，实际是更支持了其是古本的结论。

而“庚寅本”则完全不同，其文字分析，和文物鉴定之间存在巨大矛盾。在“庚寅本”中，特别是其批语中大量证据，证明批语是来自俞平伯 1954 年版《脂砚斋红楼梦辑评》，这是此本为现代抄本的重要证据，而文物鉴定却对此很难解释。

所以，卞藏本和“庚寅本”的情况完全不同。卞藏本对刘文介题记的鉴定，和“庚寅本”的鉴定是根本不同的。不能用卞藏本的鉴定，来肯定对“庚寅本”的鉴定，这根本是完全不同的两回事。硬要把这两件事相比，是完全错误的。

赵先生认为《红楼梦》版本中有争议的卞藏本的最终裁决，运用的就是文物鉴定方法。但实际卞藏本最终判定是古本，并非只靠文物鉴定，而是笔迹鉴定、题记鉴定和文本分析三方面结合而确定的。在笔迹鉴定方面确定了卞藏本是清道光之前版本，在题记方面查出了题记作者、原收藏者刘文介的藏书目录中确实有此本，而在文本研究方面也证实此本是个古本。根据三方面的研究，才最后判定此本确实是个古本。

在卞藏本笔迹鉴定方面，也曾请国家图书馆善本部的杜伟和赵前先生对卞藏本做了鉴定[①]。杜伟先生从卞藏本中出现的黄斑，及蔓延几页的情况判定此本应在道光之前。赵前先生用高倍放大镜看了墨渗透到纸里的情况，认为如果是现代人抄写的，很难达到这种吃墨的效果。

我们也曾请赵前先生来鉴定“庚寅本”，他认为此本上限可到晚清，下限到 20 世纪 50 年代。但赵前先生一再强调，笔迹鉴定只是人工相对的鉴定，不能以此为据就认定其年代。

---

① 《中华读书报》2007 年 6 月 20 日。刘世德，《红楼梦眉本研究》，社会科学文献出版社 2013 年版，第 15 页。

本人既看过卞藏本，也看过"庚寅本"，卞藏本的古旧程度十分明显，而"庚寅本"和卞藏本相比，墨迹确实明显很新。当然本人不是鉴定专家，无法确定其具体抄写时间。

在卞藏本研究中最有争论的此书前面的题记，有人认为此题记为伪造，从而认定此本为伪造。于鹏等对题记和印章做了深入研究，最终查出题记图章是藏书家刘文介的图章，在刘文介的藏书目录中也确实有此书，从而最后认定此本并非伪造。

在文本研究方面，刘世德先生做了非常仔细的研究，将卞藏本和其他脂本的文字逐回、逐字进行了比对。在10回中有6回文字最接近列藏本，其余4回分别与甲戌本和杨藏本接近，如列藏本佚失的2回也和卞藏本接近，则10回中列藏本就占有8回。

因此卞藏本无论是笔迹鉴定、题记鉴定，还是文本研究，都比较一致认定是古本，三种分析研究之间并没有矛盾。

而"庚寅本"和卞藏本完全不同，在文本研究和文物鉴定有一些矛盾。"庚寅本"笔迹鉴定认为此本上限可到晚清，下限到20世纪50年代。而"庚寅本"文本和批语研究，尤其是和俞平伯1954年版《脂砚斋红楼梦辑评》批语、正文有非常多的相同，这很难用巧合来解释，只能认为是抄自1954年版《脂砚斋红楼梦辑评》。如此本抄写于晚清，则无法解释这些现象。但"庚寅本"正文基本与庚辰本相同，但又少数文字和戚序本相同，又有一些独有批语，和"乾隆庚寅""鹤轩本""松轩本"等字样，因此又不排除此本有个"古本"为底本。

因此对"庚寅本"的抄写时间，不像卞藏本那样没有矛盾，而是存在一些矛盾现象，存在多种可能。但综合分析，"庚寅本"是现代抄本的可能性更大。

四、20世纪50年代抄写可能性

有些学者对于"庚寅本"可能抄写于20世纪50年代表示质疑，认为在20世纪50年代，不可能有人会用这种旧纸、毛笔、旧体字去如此费力地抄写《红楼梦》，因此"庚寅本"不可能是现代抄本，只可能是晚清的抄本。此看法似乎有道理。但持这种看法的人完全不了解20世纪50年代的情况。

新中国建立后，虽然开展了新文化运动，使用毛笔和旧体字来写字的人少了，但不可否认，到20世纪50年代，仍有很多老人是从旧社会过来的，他们从小接受中国传统文化教育，还是习惯用毛笔写旧体字。因此，在20世纪50年代，有某个晚晴遗老用毛笔和旧体字抄写《红楼梦》是完全有可能的。

此处最有力的证据就是陶洙在20世纪50年代抄写的北师大本。据张俊和曹立波考证对北师大的研究，北师大本是陶洙1949年至1953年间整理的，也是以庚辰本为底本，大约在1955年至1958年期间卖给了中国书店，中国书店1957年又卖给了北师大，其过程已经很清楚了。

既然陶洙在20世纪50年代抄写了北师大本，也就有可能还有人像陶洙一样去抄写《红楼梦》，他们抄写《红楼梦》可能是自娱其乐，也可能抄写后是为了卖钱。总之，陶洙抄写北师大本就是铁证，不能排除这种可能性。

当然从字迹上看，“庚寅本”绝对不可能是陶洙所为。

第四节 “庚寅本”研究总结

一、“庚寅本”研究中的问题

目前对“庚寅本”的研究价值有几种看法，而随之而来的有些问题值得研究。

第一种看法认为，此本是一个现代抄本，因此没有任何研究的价值。对这种看法，本人不能苟同。

首先，有人根据“旨义”中与胡适补字相同，就简单认为此本是现代抄本，根本就不需要再做研究了。经过本人详细分析，这个判断的确不错，但也有一定片面性。

同样，有人根据批语是来自《脂砚斋红楼梦辑评》，就判断此本是现代抄本，根本就不需要再做研究了。经过本人详细分析，这个判断的确也不错，但也有一定片面性。

上述判断的片面性在于，都只抓住了此本的一些突出问题，但并未仔细分析此本的文本。从文本看，此本的底本肯定属于庚辰本系列，但其正文和批语都有不同于其他版本的独有文字，当然这可能是抄写者所为，但也不排除此本另有某“古本”为底本的可能性。

第二种看法则截然相反，认为此本，或其底本是难得的“古本”，价值非常高。对这种看法，本人也不能苟同。

这种看法只根据此本中部分独有文字就下结论，而对此本中大量和俞平伯 1954 年版《脂砚斋红楼梦辑评》相同之处却视而不见，这也不合理。根据对正文和批语的综合分析，此本可以肯定是 20 世纪五六十年代的抄本，此本绝对不可能是个“古本”。但此本的底本是否曾参考过某个“古本”，甚至其底本就是个“古本”，目前还难以判别。

要彻底查清此本的来历，目前由于资料缺乏很困难。但在其研究中，产生的一些问题很有启发意义。“庚寅本”的学术价值不在于其具体抄写时间，而在于其对《红楼梦》版本研究方法和《红楼梦》研究史上的价值。

二、“庚寅本”研究方法的意义

在对“庚寅本”的研究中，其研究方法也是有普遍意义的。本人始终认为，对此本的分析，要不带任何偏见，从事实出发，逐步分析。结论只能产生于分析之后。而不能先有倾向性意见，再去找证据。在这里，“大胆假设，小心求证”是极其危险的。

本人对“庚寅本”的研究采取了如下方法。

第一，利用数字化文字比对。这样可以快速、清楚地查明“庚寅本”和其他版本的文字差异，对于进一步的分析研究打下了很好的基础。

第二，在数字化文字比对的基础上，分析这些文字差异产生的几种可能性。要做到各种可能性都要研究，而不是只分析其中一种，或几种可能性。

第三，版本研究必须综合考虑，仔细分析多种可能，仔细分析哪种可能性更大。决不能带着有色眼镜去分析“庚寅本”，任何先入为主，“大胆假设，小心求证”，都是完全错误的，这样是会把研究引入歧途的。

第四，对“庚寅本”的分析一定要全面，决不能只根据几个证据（如胡适补字等），就轻易下结论，否定此本有“古本”为底本的可能。

第五，分析问题，应该既要有宏观的分析，又要有微观的研究。整体分析研究和细节分析研究，必须结合进行。既要看到森林，又要看到树木。

从大处入手，就是从文字和批语的总体分析入手。通过对文本和批语的整体分析，研究此本的整理过程，研究整理者的思路，进而研究此本是如何产生的，由此再去判断此本的底本和演化。

细节和微观的分析也很重要，有时一个细微的证据可能成为“铁证”，这在古代小说版本研究中已有很多例证。但在细节研究中，又绝不能只看到一些细微的差异，就轻易下结论。这就犹如只见树木，而不见森林。这是目前古代小说，特别是《红楼梦》版本研究中最常见的问题。

“庚寅本”是真是假，是谁抄写的，本人觉得都不重要，重要的是要严格采用正确的分析方法，去逐步分析，此本是如何抄写的。抄写过程分析彻底了，其结论就自然产生了。这也是”庚寅本”研究中最重要的地方。

三、“庚寅本”和《红楼梦》版本研究的复杂性

“庚寅本”研究很多问题尚未解决，这又一次体现了《红楼梦》版本研究中的最大特点——很多疑点都没有完全肯定的结论。

《红楼梦》版本研究可能是所有古代小说版本研究中最复杂的。主要原因是，《红楼梦》脂本都是手抄本，因此抄写文字随意修改很多。这样导致各种版本之间关系十分复杂，各种版本之中“你中有我，我中有你”，虽然主体演变过程大致清楚了，但仍有很多细节不明，还有争论。这就是版本研究方法上的整体和细节问题，通俗说就是“森林”和“树木”问题。

以最新出现的北师大本和卞藏本，以及“庚寅本”来说，都有这类同样的问题。

以北师大本为例，此本肯定是陶洙以庚辰本为底本所抄录的，从文字整体来看，这是毫无意义的。但此本的文本中，还有一些个别文字不同于庚辰本，而和程甲本、甲辰本等其他版本相同，陶洙是否曾参考这些版本？最近有学者甚至提出：北师大本中有些文字只和东观阁本相同，因此认为陶洙曾参考过东观阁本。理论上陶洙有可能看到东观阁本，但他抄写北师大本的本意是要抄录一本脂本，为何一定要去参考一个程本的翻刻本？这很值得怀疑，但其有些文本确实和东观阁本又完全相同，如何解释？能不能只根据这些个别文字就对版本演化做出结论？

在卞藏本研究中也有类似问题。经刘世德先生仔细比对，卞藏本 10 回中，有 6 回文字接近列藏本，如果列藏本缺失的 2 回文字也和卞藏本最接近的话，就有 8 回文字和列藏本最接近。其余 2 回最接近的是杨藏本。也就是说，虽然卞藏本文字和列藏本可能最接近，但其底本到底是哪个版本还难以判别。因此还有人因此质疑卞藏本的真伪。

同样问题也出现在“庚寅本”中，此本文字和庚辰本最接近，但其中也有些文字只和戚序本等版本相同，甚至有 2 处文字只和北师大本文字相同。“庚寅本”整理者是否参考了其他版本？他几乎不太可能看到北师大本，如何解释这些相同的文字？此本中还有一些独有批语没有很合理的解释。

要仔细追究其中的根由，可以说这是由于目前资料不足而至。《红楼梦》版本散失非常多，目前看到的版本只是很少的一部分，要从这些有限的版本中，恢复原版的演化，是非常困难，甚至是不太可能的。

因此，本人觉得对于《红楼梦》中一些问题，只要把握了整体情况，有个整体分析即可。至于细节分析，在现有信息不足的情况下，可以尽可能做深入分析，直到穷尽为止。但由于资料所限，要彻底把这些情况搞清楚，有时是完全做不到的，也是完全不可能的。北师大本、卞藏本和“庚寅本”都是如此。用通俗的话说，就是在资料不足时，只要看到森林就可以了，要搞清楚每棵树的来历是不可能的。

对于这些细节问题，虽然由于资料缺乏，我们不太可能得出肯定的结论，但我们仍可以探讨各种细节的各种可能性，理论上也是各种可能性都存在。但我们还是要看这些推理的可能性有多大。有些推论看似合理，但仔细分析，其中实际可能性并不大。当然我们不能反对有些人去做这类推理和分析，但片面扩大这些所谓的“证据”，并得出一些结论，是犯了方向上的错误。在北师大本、卞藏本、“庚寅本”研究中也都有这类问题。

四、“庚寅本”在《红楼梦》研究史的学术价值

此本虽然是现代抄本，但其批语的来历应该是：甲戌本原本——周汝昌兄弟录副本——陶洙过录到己卯本——俞平伯 1954 年版《脂砚斋红楼梦辑评》——“庚寅本”。在此现代抄本上，还出现了甲戌本原本上的附条批语（当然此附条的抄写时间目前难以确定），这对于甲戌本的研究也是有意义的。这充分说明，即便是现代抄本，有时

对于古本研究也是有意义的。

即便最终证明“庚寅本”只是根据庚辰本的现代影印本，和俞平伯1954年版《脂砚斋红楼梦辑评》整理而成的，不是根据任何“古本”为底本而抄写的，但从《红楼梦》版本发展来看，现代抄本就不值得研究吗？我们研究分析“庚寅本”是如何抄写而成的，对于《红楼梦》版本发展史，本人觉得也是很有意义的事情。这再一次证明，《红楼梦》的手抄本是有传统的，即便到了20世纪50年代，仍然有爱好者去抄写《红楼梦》，这本身也是值得研究的。

因此本人认为，绝不能因为此本是现代抄本而轻视它的价值，认为不值得去研究。

所谓“学术研究”并不是只包含古抄本的研究，《红楼梦》研究从古抄本，直到现代抄本，都是值得研究的。《红楼梦》研究史，即包括古代版本研究，也包括现代版本研究。陶洙当年抄写了北师大本，一直不为人所知，经过张俊、曹立波等人研究，证明其虽然是陶洙的现代抄本，但也是一个重要的抄本，也很值得研究，相关研究文章也很多，一度成为《红楼梦》版本研究热点。至今仍有学者认为，对于陶洙的研究还不够，还有研究空间。

现在很多图书馆中还保留很多120回本的抄本，有些抄本的抄写时间很晚，但其中是否有可能含有120回程本之前的《红楼梦》初期版本的痕迹呢？现在有学者就在从事这方面的研究，并将出版研究专著①。

这些例子都说明，即便是《红楼梦》现代抄本，有时也是有研究价值的。既然陶洙的北师大本值得研究，在同时期出现的，抄写思路基本相同的“庚寅本”不是也值得研究吗？

在《红楼梦》研究中“厚古薄今”是不合适的，当然对于只热衷于研究“古抄本”，对于现代抄本、现代《红楼梦》研究史根本不感兴趣的学者来说，“庚寅本”这种非“古抄本”的学术生命确实结束了。但对整个红学研究领域来说，其学术生命是否结束了，那就未必了。目前确实很多学者对“庚寅本”研究不感兴趣，因为它不是古抄本。这很容易理解，也不可能苛求此本研究会成为《红楼梦》版本的研究热点。

对《红楼梦》大家都热衷于寻找“古本”，而认为只要是现代抄本，就毫无价值，这种看法是有问题的。从《红楼梦》研究史来看，现在抄本《红楼梦》和现在整理本《红楼梦》都有研究价值。从这些现代抄本中，可以看出《红楼梦》的发展历史和延续，《红楼梦》的写作和研究是从清代到近代、到现代，都是值得研究的。近来对现代《红楼梦》的研究史是越来越重视了，因此“庚寅本”也应该引起我们的注意。

本人相信，随着“庚寅本”的正式出版，随着“庚寅本”研究的深入，对此本有兴趣的学者还是会有的，此本研究对《红楼梦》版本研究的意义，还是会逐步被人们认识。

---

① 张庆善：《红楼梦》一百二十回抄本初探，《红楼梦学刊》2014年第2辑，第272—275页。

第四编　甲戌本附条批语研究

第一章 甲戌本附条现存形态和研究历程

第一节 甲戌本附条批语现存形态

一、甲戌本附条批语现存的几种形态

所谓“甲戌本附条批语”，只出现在现存的《红楼梦》五种版本中。

1．1927年的甲戌本，但只有残存的一角。

2．1948年7月周汝昌兄弟抄入甲戌本录副本，但具体形态还不明。

3．1949年陶洙抄录在己卯本上。

4．1954年俞平伯收入《脂砚斋红楼梦辑评》。

5．1954年以后收入“庚寅本”。

另外与此有关的相关情况是：

1．1931年俞平伯曾把甲戌本批语前三回的批语抄入自己的《红楼梦》版本中，应该是戚序本。但此本目前没有找到，是否根据甲戌本收入此附条批语不明。

2．1961年甲戌本首次影印，以及后来历次甲戌本的影印本中都没有此批语。

3．1963年俞平伯看到甲戌本影印本，发现影印本上无此批语，重新整理1954年版《脂砚斋红楼梦辑评》，删除了1954年版《脂砚斋红楼梦辑评》中的附条批语。

下面分别介绍上述五种版本和几种情况中附条批语的形态。

二、在甲戌本中的形态

与“甲戌本附条批语”有关的批语实际是第1回的两条眉批。

在甲戌本上这两条眉批和对应文字，都分别在第1回第15页A、B两面上，前一条批语在A面，后一附条批语在B面。

前一条眉批是在甲戌本的A面，对应的正文是讲述甄士隐赞助贾雨村，眉批是称赞甄士隐的义举。

【正文】（甄士隐）当下即命小童进去速封五十两白银并两套冬衣，又云：“十九日乃黄道之期，兄可即买舟西上，待雄飞高举，明冬再晤，岂非大快之事

耶！”

【眉批】写士隐如此豪爽，又全无一些粘皮带骨之气相，愧杀近之读书假道学矣。

而后一条眉批是在现存甲戌本的 B 面。根据录副本及陶洙在己卯本上的记录，后一条批语是贴在一个附条上，应该是：

【正文】因思昨日之事，意欲再写两封荐书与雨村带至神京，使雨村投谒个仕宦之家为寄足之地，因使人过去请时，那家人去了回来说：和尚说贾爷今日五鼓已进京去了，也曾留下与和尚转达老爷说：读书人不在黄道黑道，总以事理为要，不及面辞了。士隐听了也只得罢了。

【附条】予若能遇士翁这样的朋友，也不至于如此矣，亦不至似雨村之负义也。

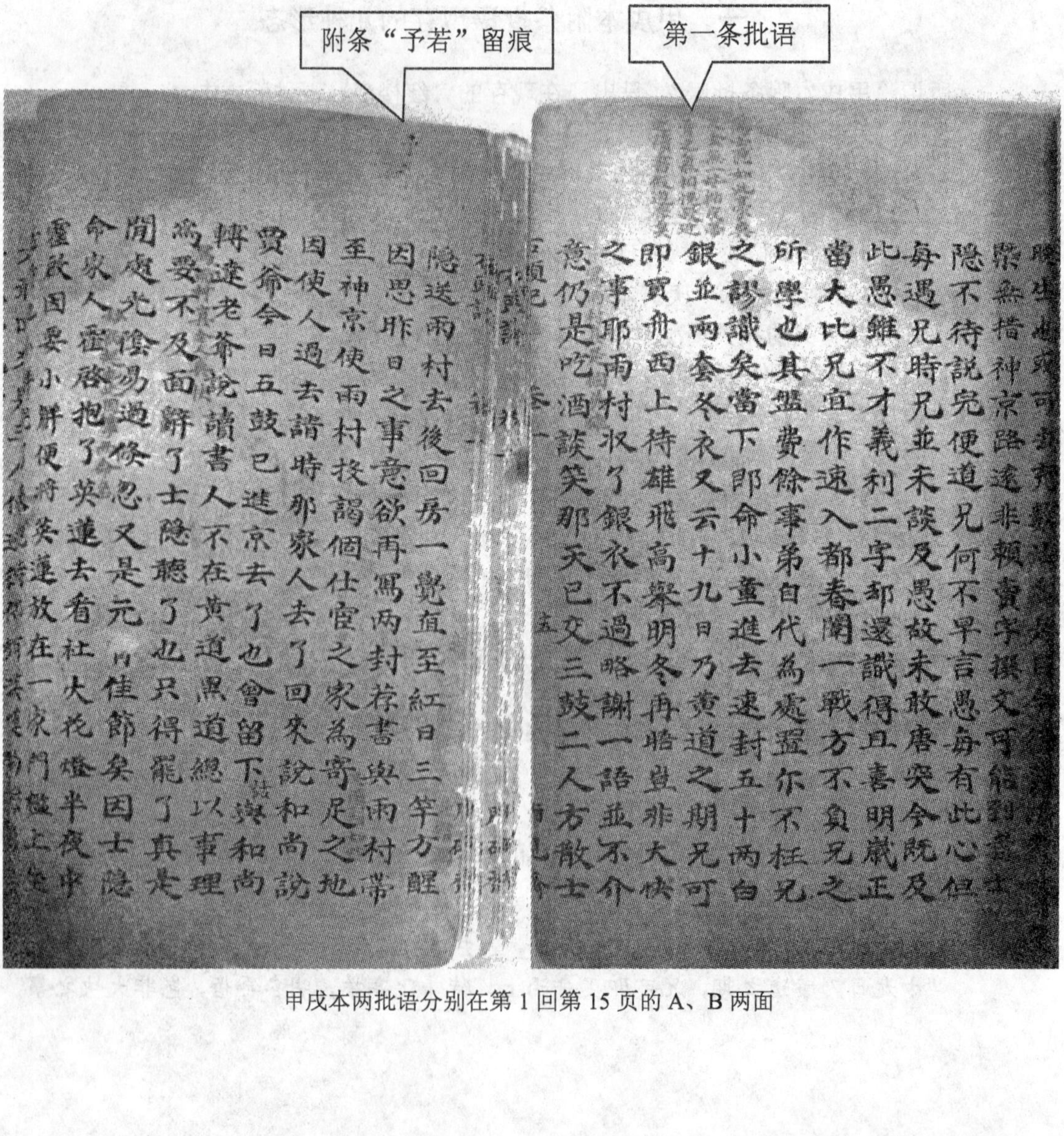

附条“予若”留痕

第一条批语

甲戌本两批语分别在第 1 回第 15 页的 A、B 两面

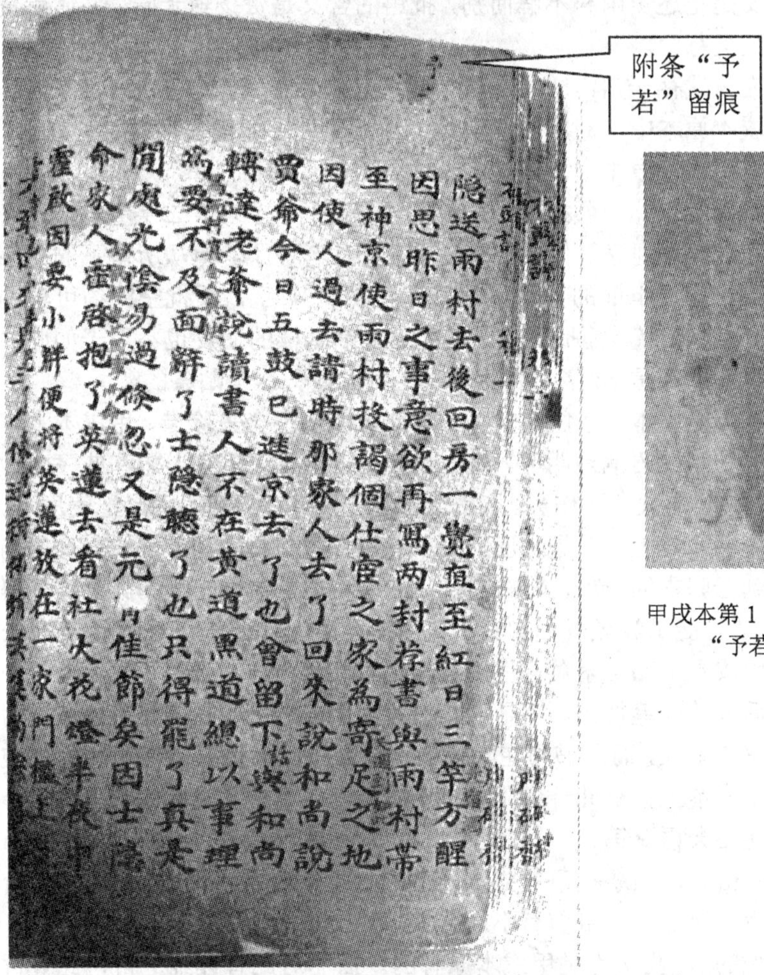

附条“予若”留痕

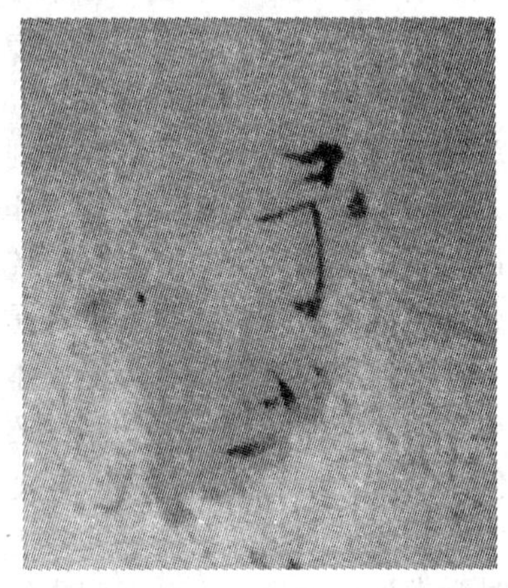

甲戌本第1回第15页B面的附条“予若”留痕及放大图

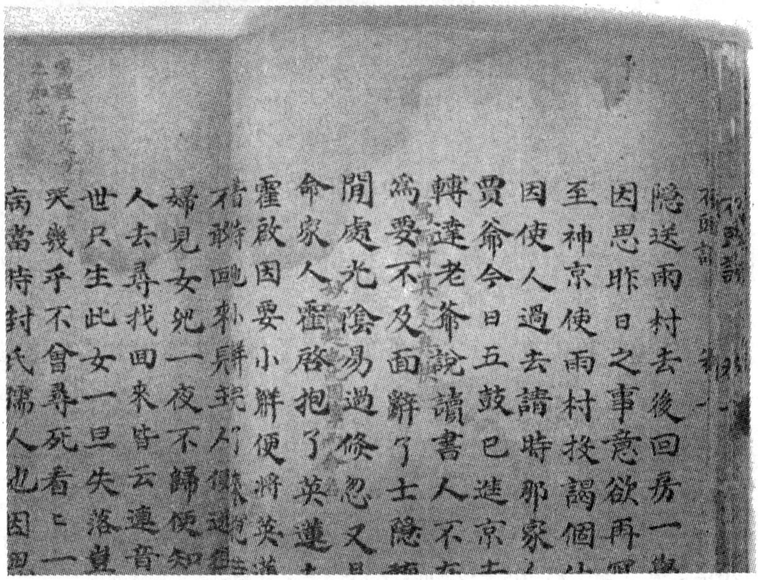

甲戌本第1回第15页B面的附条“予若”留痕

此批语对应的正文是记述贾雨村不辞而别，批语的含义是赞扬甄士隐，并谴责贾雨村不辞而别是“负义”行为。

但此附条批语现在只残存一角，即“予若（此字只保留了‘艹’字头）”。

前一条批语在甲戌本原本中，对应的正文是“当下即命小童进去”。

后一条附条批语在甲戌本原本中，对应的正文是“因思昨日之事”。

现在甲戌本上原本确实有此附条批语，从此批语保留的“予若”二字看，批语肯定是从右向左竖着书写。批语到底是什么形态，现在无从考证了。但从所留下的二字大小来看，如附条高度不盖住下面的正文，则每行可放下 4 字，眉批空间约可容纳 10 行字，总共可放下最多 40 字。而批语“予若能遇士翁这样的朋友也不至于如此矣亦不至似雨村之负义也”一共是 28 字，因此是肯定可以放下这个贴条的。

以前甲戌本收藏者可能根本不了解其价值，因此可能也不会去珍惜，甲戌本上有很多后人随便发议论的墨笔批语就是明证。第 1 回第 4 页 B 面，还有人想和戚序本做仔细校勘，后来发现文字差异太大而作罢。陶洙当年在己卯本上随便加注，把庚辰本、甲戌本的批语都过录到己卯本上，就是明证。很多后人大肆指责陶洙破坏古籍，但当时学术界还没有认识到己卯本的价值，陶洙的行为情有可原，这总比将其弃之要好得多吧。所谓“靖藏本”就可能是收藏者不知其价值而抛弃了，因此产生一个无头案件。因此，某个收藏者在甲戌本上贴个附条，发个议论是很可能的，毫不奇怪。

甲戌本上有很多后人的墨笔批语，都是直接书写在甲戌本上，从未见有附条。为何此人不直接书写在甲戌本上，而是书写在附条上？是否是此人怕书写在甲戌本上破坏了原书？目前所知甲戌本上只有此一条附条批语，既然有人在甲戌本上贴上这样一条附条批语，是否可能还会再贴第二、第三条批语？这些都是待解的问题。

现存甲戌本上确实留有此附条批语的痕迹，但此附条批语是甲戌本 1927 年卖给胡适前就有的，还是后人所加的，目前有不同看法。

有学者认为是后加的[①]，我认为是甲戌本原有的。后面对此有详细分析，此处暂不分析。

甲戌本附条明显是后来被撕掉了，或脱落了。一般认为最大可能是在甲戌本影印前被胡适撕掉了。

三、在甲戌本录副本中的形态

此附条批语除在甲戌本上残存一角外，还出现在周氏兄弟 1948 年 7 月抄录的甲戌本录副本上。

根据周伦玲女士对录副本上批语的描述，其记载如下（无标点，繁体字从右往左竖写）：

写士隐如此豪爽，又全无一此粘皮带骨之气，相愧杀近之读书假道学矣。

---

① 沈治钧：真假红学续谈，《红楼梦研究辑刊》2014 年第八辑，第 268—283 页。沈治钧：再谈甲戌本附条，《红楼梦辑刊》2014 年第九辑，第 308—325 页。

（附条）

予若能遇士翁这样的朋友，也不至于如此矣，亦不至似雨村之负义也。

此后人笔墨不必存玉言。

此两批语都是周祜昌所抄。如前所述，因为周祜昌看到附条批语是在附条上，而录副本不宜再做附条，只好加括号（附条）。之后是周汝昌写的注：“此后人笔墨不必存。玉言”，玉言是周汝昌的字号。

前一条批语“写士隐如此豪爽，又全无一此粘皮带骨之气相，愧杀近之读书假道学矣”，是称赞甄士隐赞助贾雨村。而后面附条批语“予若能遇士翁这样的朋友，也不至于如此矣，亦不至似雨村之负义也”，除进一步赞扬甄士隐外，还认为贾雨村不辞而别是“负义”行为，予以了谴责。

在甲戌本上这两部分文字和批语是分别在 A、B 两面上。由于录副本没有公布，只能估计其形态。录副本是记录在大账本上，根据公布的录副本第 1 页的版式，比甲戌本增大，从甲戌本的 12 行 18 字，增大到 17 行 21 字。

这样录副本上和批语对应的文字就更集中了，从甲戌本的 12 行，减小到 10 行。这样留给眉批的地方也会缩小。因此这两条批语估计中间没有分割开。

写士隐如此豪爽
又全无一此粘皮
带骨之气相愧杀
近之读书假道学
矣
（附条）
予若能遇士翁这
样的朋友也不至
于如此矣亦不至
似雨村之负义也

当下即命小童进去速封五十两白银并两套冬衣又
云十九日乃黄道之期兄可即买舟西上待雄飞高举
明冬再晤岂非大快之事耶雨村收了银衣不过略谢
一语并不介意仍是吃酒谈笑那天已交三鼓二人方
散士隐送雨村去后回房一觉直至红日三竿方醒因
思昨日之事意欲再写两封荐书与雨村带至神京使
雨村投谒个仕宦之家为寄足之地因使人过去请时
那家人去了回来说和尚说贾爷今日五鼓已进京去
了也曾留下与和尚转达老爷说读书人不在黄道黑
道总以事理为要不及面辞了士隐听了也只得罢了

甲戌本录副本两批语和正文在同一页（估计）

在录副本上，这两条批语实际分为四句：

第一句是第一条批语。

第二句是（附条），说明后面的批语在一附条上。

第三句是附条批语。

第四句是周汝昌写的附注，说明此批语是后人所写，不必存。

四、在己卯本中的形态

这两条眉批也出现在陶洙1949年过录的己卯本上，有如下特点。

第一，两批语在同一页。

己卯本和录副本一样，由于和批语对应的这两部分文字都在同一面上，因此这两批语也是在同一页上。

写士隐如此豪爽，又全无一此粘皮带骨之气，相愧杀近之读书假道学矣。

予若能遇士翁这样的朋友，也不至于如此矣，亦不至似雨村之负义也。

第二，没有周汝昌附注。

和录副本相比，只有周祜昌所抄的两条批语，而没有周汝昌的附注“此后人笔墨不必存。玉言”。

第三，两台批语和甲戌本一样，是完全分开的。

第四，批语和正文对应关系。

根据两条批语的内容，再仔细比较甲戌本和己卯本批语和正文的位置关系。

（1）前一条批语位置

在甲戌本原本中，前一条批语对应的正文是“当下即命小童进去”。

陶洙过录己卯本上，前一条批语在“当下即命小童进去”之后退后一行。

两本的批语在两页，与正文对应基本一致。

（2）附条批语位置

甲戌本原本上，附条批语对应的正文是“因思昨日之事”。

陶洙过录己卯本上，附条批语也在正文“因思昨日之事”之后退后一行。

两本的批语在同一页，但有距离，与正文对应也基本一致。

因此，甲戌本原本和陶洙过录己卯本，批语和正文虽然甲戌本在两页，己卯本在同一页，但对应基本一致，两条批语位置都刚好推后一行。

寫士隱如此豪爽又全無一些粘皮帶骨之氣相愧殺近之讀書假道学矣

予若能遇士隱這樣的朋友亦不至於如此矣亦不至似雨村之負義也

言愚每有此意但每遇兄時兄並未談及愚故未敢唐突今既及此愚虽不才
義利二字却还識得且喜明歲正当大比兄宜作速入都春闈一战方不負兄
之所亭也其盤費餘事弟自代為處置亦不枉兄之謬識矣当下即命小童進
去速封五十两白艮並两套冬衣又云十九日乃黄道之期兄可即買舟西上
待雄飛高舉明冬再晤豈非大快之事也雨村收了艮衣不過畧謝一語並不
介意仍是吃酒談笑那天已交三鼓二人方散士隱送雨村去後回房一覺直
至紅日三竿方醒因思昨夜之事意欲寫两封荐書与雨村帯至神都使雨村
投謁个仕宦之家為寄足之地因使人過去請時那家人去了回來說和尚説
賈爷今日五鼓已進京去了也曽留下話与和尚轉達老爺說讀書人不在黄
道黑道總以事理為要不及面辭了士隱听了也只得罢了真是閒処光阴易

陶洙过录己卯本两批语和正文之间关系

五、俞平伯1931年抄本的形态

俞平伯1931年借到甲戌本后，曾把甲戌本批语过录到他的《红楼梦》（即有正大字本）上。

俞平伯的《秋荔亭日记》记载，1931年3月26日的日记上记载：

> 是晚始节抄脂砚斋评在我的《红楼梦》上（第一卷毕）。

仅两天后就抄完3回（甲戌本上“回”称为“卷”），3月28日记载：

> 抄《石头记》凡三卷毕。

这说明，俞平伯确实在1931年曾把甲戌本批语过录到他自己的戚序本上。但后来再未见到俞平伯先生有关抄录甲戌本批语的记载了。俞平伯是否继续抄了？抄到哪回为止？都再无记录了。

根据后面的分析，俞平伯可能确实只抄录了甲戌本前三回的批语。

但1931年俞平伯是否看到了附条？主张附条是后加的学者根据胡适、俞平伯都从没有题记甲戌本上有附条，因此认为甲戌本上原来没有附条，附条是后加的。而我认为胡适、俞平伯看到了附条，但认为附条明显是后人所加，因此都认为不值一提，所以就没有说明。

由于俞平伯至少把前三回批语过录到戚序本，而附条批语是在第1回，这样只要找到俞平伯的戚序本，看1931年俞平伯是否录入此附条批语，就可彻底解决附条问题了。

如果俞平伯抄本上有附条批语，则此事就板上钉钉了，就是铁证，就不需要再辩论了，肯定甲戌本原本是有附条的。

当然如果没有附条批语，则还不能肯定甲戌本原本就一定没有附条。因为也可能俞平伯看到批语是在附条上，认为是后人所为，没有价值，就不抄了。

总之，找到俞平伯的戚序本至少可解决一半问题。

但俞平伯的戚序本现在何处不明，要找到俞平伯当年的戚序本一时还很困难。

俞平伯在研究《红楼梦》时使用的是有正书局的大字本，即戚序本，所以俞平伯肯定是把甲戌本批语抄在大字本上。

俞平伯1931年抄写时这两条批语是什么样子的？因为俞平伯的大字本目前还未找到，只好根据大字本的情况进行分析。

查大字本这段文字，是在大字本的同一页上，因此俞平伯1931年抄写这两条批语时，也应该都抄在戚序本的同一页上。

由于戚序本页眉空白不大，就得把本来甲戌本前后两页的眉批合并在一页中，空白还比较小。因此估计俞平伯1931年抄写时，可能为节省地方以便可以放下两条批语，因此就把两条眉批连起来抄了。“写士隐如此豪爽，又全无一些粘皮带骨之气相，愧杀近之读书假道学矣。□予若能遇士翁这样的朋友，也不至于如此矣，亦不至似雨村之负义也”。

而且这两条批语都谈到了甄士隐，连起来也有一定道理。

综合以上分析，俞平伯 1931 年抄写这两条批语时，很可能会把这两条批语连接在一起了。

写士隐如此豪爽，又全无一些粘皮带骨之气相，愧杀近之读书假道学矣。□予若能遇士翁这样的朋友，也不至于如此矣，亦不至似雨村之负义也。

俞平伯 1931 年可能的批语抄写方式

喜明歲大比兄宜作速入都春闈一戰方不負兄之
所學也其盤費餘事弟自代為處置亦不枉兄之謬
識矣當下即命小童進去速封五十兩白銀並兩套
冬衣又去十九日乃黃道之期兄可即買舟西上待
雄飛高舉明冬再晤豈非大快之事耶雨村收了銀
衣不過略謝一語並不介意仍是吃酒談笑那天已
交三鼓二人方散士隱送雨村去後回房一覺直至
紅日三竿方醒因思昨夜之事意欲再寫兩封書與
雨村帶至神都使雨村投謁個仕宦之家為寄足之

俞平伯戚序本上附条批语的设想

六、俞平伯 1954 年版《脂砚斋红楼梦辑评》中形态

俞平伯 1954 年版《脂砚斋红楼梦辑评》第 51 页中也出现了这两条批语，但文字形态和甲戌本、己卯本完全不同。

最大差异是，在此本上这两条批语是完全连接在一起的，只是有一个空格“□”。

【正文】当下即命小童进去速封五十两白银并两套冬衣，又云：“十九日乃黄道之期，兄可即买舟西上，待雄飞高举，明冬再晤，岂非大快之事耶！”

【眉】写士隐如此豪爽，又全无一些粘皮带骨之气相，愧杀近之读书假道学矣。□予若能遇士翁这样的朋友，也不至于如此矣，亦不至似雨村之负义也。

请注意，俞平伯 1954 年版《脂砚斋红楼梦辑评》上这两条批语的位置和甲戌本、己卯本完全不同。甲戌本、己卯本上两批语不连，各自对应两部分正文，两本对应也基本相同。

而俞平伯 1954 年版《脂砚斋红楼梦辑评》上这两条批语是连在一起，中间没有正文，只有一个空格“□”。这批语只和甲戌本、己卯本上前一批语对应正文相同。

俞平伯 1954 年版《脂砚斋红楼梦辑评》中甲戌本批语是依据己卯本，为何己卯本两批语是不连的，但在俞平伯 1954 年版《脂砚斋红楼梦辑评》却连接在一起？查己卯本上其他不连接的眉批，在俞平伯 1954 年版《脂砚斋红楼梦辑评》中，都不连接。所以，俞平伯 1954 年版《脂砚斋红楼梦辑评》改变己卯本的形态，肯定另有依据。这个依据不可能来自别处，只可能来自俞平伯 1931 年自己的批语抄本。

因此，俞平伯 1954 年整理《脂砚斋红楼梦辑评》时，肯定更相信自己的抄本。而俞平伯是把甲戌本批语抄在戚序本上的，查戚序本，这两部分正文正好都在同一页上，和甲戌本、己卯本分在两页上完全不同。

这样就非常完美地解释了俞平伯 1954 年整理《脂砚斋红楼梦辑评》中，为何会把两条批语连在了一起。这也就证明，1931 年俞平伯抄写甲戌本批语时，甲戌本原来就有此附条批语。因此才会导致俞平伯 1954 年整理《脂砚斋红楼梦辑评》时，没有照抄己卯本把两批语分开，而是参考了自己的抄本，改成两批语连接在一起了。

七、甲戌本附条批语在“庚寅本”中的形态

附条批语不止出现在俞平伯 1954 年版《脂砚斋红楼梦辑评》中，还出现在“庚寅本”中。“庚寅本”中出现了甲戌本第 1 回中所没有，而在俞平伯 1954 年版《脂砚斋红楼梦辑评》却出现的附条批语，是对“庚寅本”批语研究的突破。经仔细检查，这是“庚寅本”和俞平伯 1954 年版《脂砚斋红楼梦辑评》都有，而现存甲戌本原本中却没有的唯一一条批语。这是“庚寅本”批语来自俞平伯 1954 年版《脂砚斋红楼梦辑评》的一个更有力的证据，不仅对“庚寅本”研究有意义，对甲戌本研究也很有意义。

“庚寅本”第 1 回第 23 页上，眉批“写士隐如此豪爽，又全无一此粘皮带骨之气相，愧杀近之读书假道学矣”和附条批语“予若能遇士翁这样的朋友，也不至于如此矣，亦不至似雨村之负义也”，不仅和俞平伯 1954 年版《脂砚斋红楼梦辑评》一样是连在一起的，而且俞平伯 1954 年版《脂砚斋红楼梦辑评》两句之间的空格“□”，在“庚寅本”上也是没有的。“庚寅本”的抄写者把这两条批语完全抄在一起了。

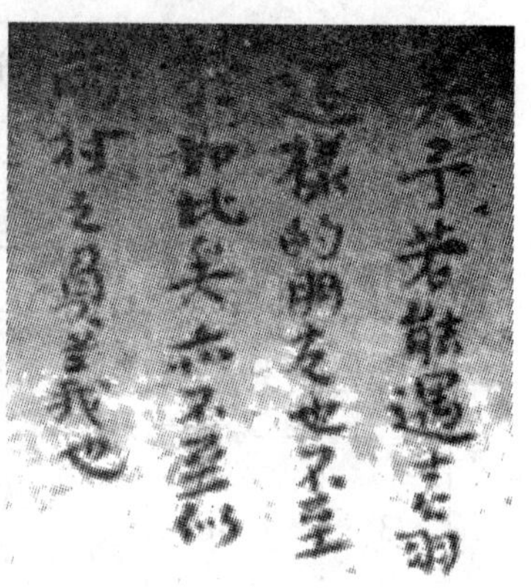

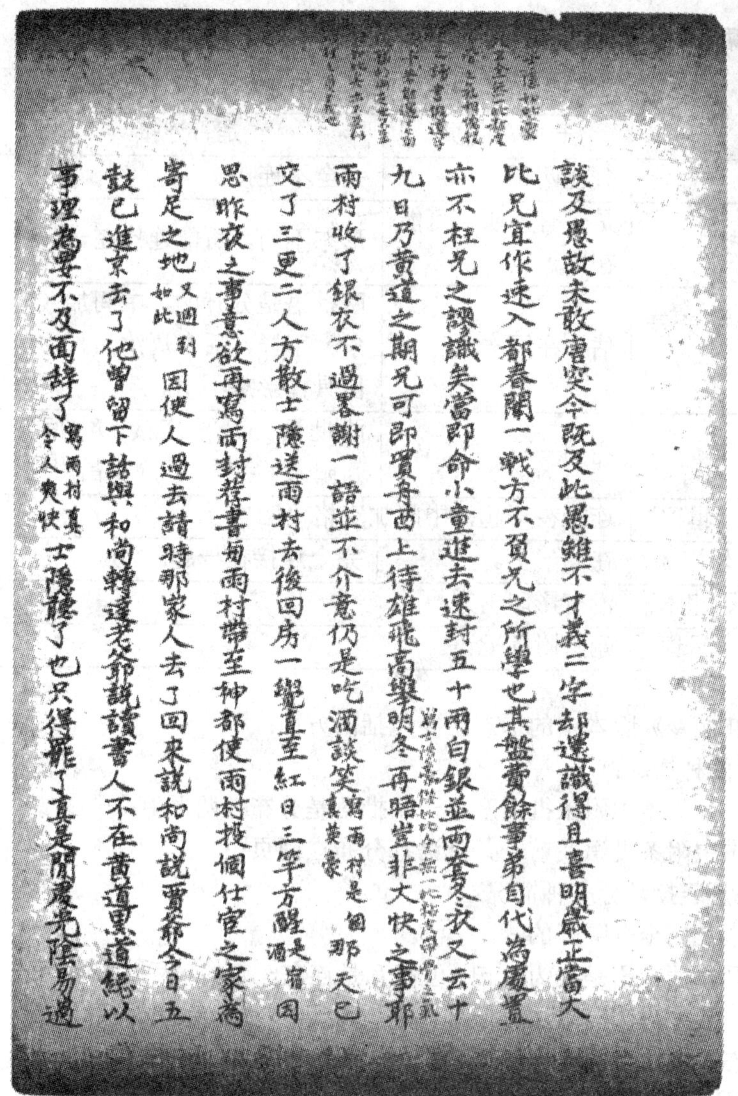

談及愚故未敢唐突今既及此愚雖不才義二字却還識得且喜明歲正當大
比兄宜作速入都春闈一戰方不負兄之所學也其盤費餘事弟自代為處置
亦不枉兄之謬識矣當即命小童進去速封五十兩白銀並兩套冬衣又云十
九日乃黃道之期兄可即買舟西上待雄飛高舉明冬再晤豈非大快之事耶
雨村收了銀衣不過畧謝一語並不介意仍是吃酒談笑寫雨村真是英豪那天已
交了三更二人方散士隱送雨村去後回房一覺直至紅日三竿方醒是宿酒因
思昨夜之事意欲再寫兩封薦書與雨村帶至神都使雨村投個仕宦之家為
寄足之地又迴到如此因使人過去請時那家人去了回來說和尚說賈爺今日五
鼓已進京去了也曾留下話與和尚轉達老爺說讀書人不在黃道黑道總以
事理為要不及面辭了寫雨村真令人爽快士隱聽了也只得罷了真是閒處光陰易過

"庚寅本"第1回附条批语

八、甲戌本附条批语形态变化总结

以上介绍了附条批语在现存的各种《红楼梦》版本中的形态，总结如下表。

表 27．附条批语在各种《红楼梦》版本中的形态

序号	时间	版本	附条批语形态	
			一页、两页	是否连接
1	1927	甲戌本	分在两页。	完全不连接。
2	1931	俞平伯抄本	是否有不明，可能在同一页。	形态不明，可能连接在一起。
3	1948	周汝昌兄弟录副本	估计在同一页。	两批语是分开的，中间加（附条）字样，后有周汝昌附注。但具体形态不明。
4	1949	陶洙己卯本	在同一页。	两批语分开不连接，中间无（附条）字样，无周汝昌附注。
5	1954	俞平伯《辑评》	连接在一起，中间加空格“□”。	
6	1954 后	“庚寅本”	在同一页。	完全连接在一起。
7	1962	甲戌本影印本	没有影印出来。	
8	1963	俞平伯《辑评》	删除附条批语。	

附条批语在各种《红楼梦》版本中的形态主要包括两方面：

1．一页、两页，分两种情况：

- 只有在甲戌本一个版本中附条批语及前一条批语是分布在两页中；
- 其他所有的版本中附条批语及前一条批语都分布在两页中。

2．两条批语分开还是连接，分多种情况：

- 甲戌本和己卯本是完全分隔开的。
- 周汝昌兄弟录副本两批语是分为几句，但相互是连在一起的，两批语中间加（附条）字样，后有周汝昌附注。但具体形态不明。
- 俞平伯抄本形态不明，可能是连在一起。
- 俞平伯 1954 年版《脂砚斋红楼梦辑评》是连在一起，中间加空格“□”。
- “庚寅本”是完全连接在一起，中间并没有空格“□”。

总体来看：

- 从甲戌本的一页，到其他版本的两页。
- 从甲戌本和己卯本两批语完全分隔开，到两批语连接起来，直到“庚寅本”完全连接在一起。

第二节　甲戌本附条批语的出现和发现

一、甲戌本附条批语出现过程

根据前一节的介绍，有甲戌本附条的版本，按照时间顺序排列如下：

1927 年甲戌本——1931 年俞平伯抄本（待查）——1948 年周汝昌兄弟录副本——1949 年陶洙己卯本——1954 年俞平伯《脂砚斋红楼梦辑评》——“庚寅本”。

当然这并非附条批语的出现顺序。

根据以后的分析可知，甲戌本附条的出现过程如下。

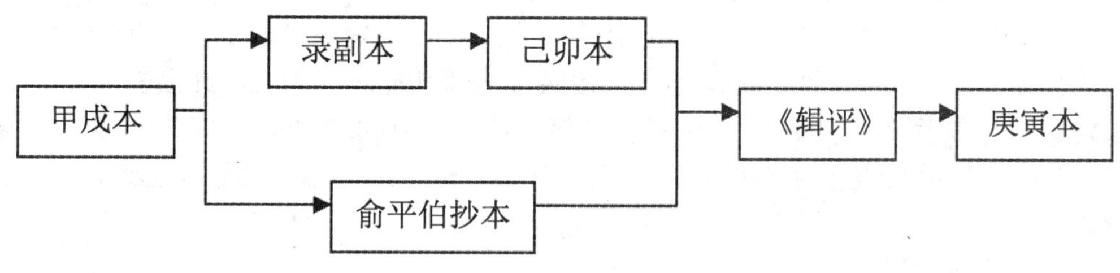

附条批语出现过程

根据对前述附条批语来历的研究，“庚寅本”中附条批语是来自俞平伯 1954 年版《脂砚斋红楼梦辑评》，其来历再简述如下。

1．1927 年甲戌本

附条批语和前一条批语分在现存的甲戌本的两页上，附条批语原本是在甲戌本的一个附条上，现存的甲戌本上只存留一角，只有一完整的“予”字和“若”字的草字头“艹”。对于附条批语在甲戌本上出现时间，还有不同看法。我认为在 1927 年胡适买下甲戌本时就有此附条批语了。也有人认为甲戌本附条“产生时间是 1948 年秋冬之际”，书写粘贴者可以“锁定周氏兄弟和陶洙”，“陶洙嫌疑实难彻底排除”。

甲戌本附条明显是后来被撕掉了，或脱落了。一般认为最大可能是在甲戌本影印前被胡适撕掉了。

2．1931 年俞平伯抄本

1927 年胡适买下甲戌本后，曾把甲戌本借给俞平伯，俞平伯 1931 年 3 月 26 日和 28 日的日记上记载，他曾把甲戌本前三回的批语抄到他的《红楼梦》（即有正大字本）上。由于俞平伯 1954 年版《脂砚斋红楼梦辑评》中收入了附条批语，因此 1931 年俞平伯很可能抄入了此附条批语。1931 年俞平伯奉胡适之请，在甲戌本上写了跋语，但未提及附条批语，估计是因为跋语只一页纸，不可能提及。

3．1948 年周汝昌兄弟录副本

1948 年 6 月底到 7 月底，周汝昌委托他四哥周祜昌抄录甲戌本录副本时，周祜昌完整记录了附条批语和前一条批语，并注明（附条），即此附条批语是在一个附条上。周汝昌加了附注说明“此后人笔墨不必存。玉言”，意思是此为后人所为不必存。这附条批语到目前为止第一次完整的记录。

4．1949 年陶洙己卯本

1949 年陶洙从周汝昌处借来甲戌本录副本（有学者认为是甲戌本，本人认为应是录副本），把甲戌本批语用蓝笔抄写了到己卯本上了。附条批语和前一条批语都完整记录在己卯本上。由于此时胡适已经把甲戌本携带到境外，甲戌本当时也未影印，因而陶洙无法与甲戌原本去核对。

5．1954 年俞平伯《脂砚斋红楼梦辑评》

1954 年俞平伯整理出版了《脂砚斋红楼梦辑评》，其中完整记录了附条批语和前一条批语。俞平伯在《脂砚斋红楼梦辑评》的“引言”中说明的很清楚，俞平伯辑评中甲戌本的批语并不是抄录自甲戌本，“我那时有的是近人（指陶洙）将那本（指甲戌本——编者注）脂评过录在己卯本上的”。但俞平伯未提及自己 1931 年的抄本，估计是因为他只抄了前三回，因此不提。1954 年俞平伯整理《脂砚斋红楼梦辑评》时，肯定会同时参考这两本抄本，只有两本都有的批语，他才会收入。因此，1931 年俞平伯抄本中也就应该有附条批语。《脂砚斋红楼梦辑评》1960 年修订本也还保留了此批语。

6．“庚寅本”

“庚寅本”中批语是来自俞平伯 1954 年版《脂砚斋红楼梦辑评》，因此“庚寅本”中也完整抄录了附条批语和前一条批语。

7．1961 年甲戌本影印本

1961 年台湾影印出版甲戌本，但没有附条批语。估计最大可能是，胡适觉得此批语是后人所批，因此就撕去了。虽然有残存的痕迹，但影印时也除去了。

8．俞平伯 1963 年版《脂砚斋红楼梦辑评》

1961 年台湾影印了甲戌本，俞平伯 1963 年仔细核对了甲戌本的影印本，发现 1954 年版《脂砚斋红楼梦辑评》的甲戌本批语由于不是直接来自甲戌本，而是间接来自陶洙抄录在己卯本上的甲戌本批语，因此中有很多错误。其中此附条批语就是很突出的一例，在真正的甲戌本上实际并无此批语，因此中华书局 1963 年再版时，俞平伯就删除了此批语。以后其他所有《红楼梦》评语汇校本也都没有收入此评语。

以上是附条批语在现存《红楼梦》版本中的留存情况和演变情况，基本上还是比较清楚的。此附条批语的来历是：甲戌本原本——周汝昌兄弟录副本——陶洙录副本——俞平伯收入 1954 年版《脂砚斋红楼梦辑评》——“庚寅本”抄录。

所以，此批语最早是出现在甲戌本原本，后被周汝昌抄录在录副本，陶洙又把此批语录入己卯本，俞平伯 1954 年版《脂砚斋红楼梦辑评》又根据陶洙过录己卯本收入此批语，最后“庚寅本”抄写者再根据此书，抄写了此批语。

二、甲戌本附条批语发现过程

附条批语最初是在“庚寅本”上发现的。

“庚寅本”第23页第1回有一眉批“写士隐如此豪爽，又全无一此粘皮带骨之气相，愧杀近之读书假道学矣”。后面还有一句批语：

予若能遇士翁这样的朋友，也不至于如此矣，亦不至似雨村之负义也。

但现有所有甲戌本的影印本都只有前面一句批语，都没有后面这条批语。

此批语来自何处？

本人利用俞平伯1954年版《脂砚斋红楼梦辑评》仔细审核“庚寅本”所有批语，在此本《脂砚斋红楼梦辑评》第51页上，赫然发现此批语的记载。这再次说明“庚寅本”此批语可能是来自俞平伯1954年版《脂砚斋红楼梦辑评》。而在俞平伯1963年版《脂砚斋红楼梦辑评》中删去了此批语，肯定是俞平伯后来发现在甲戌本影印本中并没有此评语，因此删除了此批语。

梅节先生早在2011年7月15日在香港《城市文艺》第五十四期发表文章《周汝昌、胡适“师友交谊”抉隐——以甲戌本的借阅、录副和归还为中心》（又收入《海角红楼——梅节红学文存》，国家图书馆出版社，2013年版第395页），首先指出此批语是陶洙用蓝笔抄在己卯本上的，现摘录如下：

陶洙在原甲戌本上留下“雪鸿之迹”。现在有的研究者指几个脂本为陶洙所造，这是高估了他；但是己卯、庚辰、甲戌三本都受到他的涂毒，却完全被低估。庚辰、己卯本他接触很早，可推至抗战前。庚辰本晒蓝，应是其所为（赵万里本则为其所赠）。己卯本第一回甄士隐欲为雨村写荐书，上竟有陶洙校改的蓝笔眉批：“予若能遇士翁这样的朋友，亦不至于如此矣。亦不至似雨村之负义也”。这使人怀疑现存己、庚本脂批，是否有陶某借汁下面的私货。

俞平伯在1954年版《脂砚斋红楼梦辑评》的引言中说明，此书的甲戌本批语是来自陶洙在己卯本上所抄录的批语。所以此批语应该是来自陶洙的己卯本。

周汝昌女儿周伦玲女士在网络看到有关“庚寅本”本中出现此批语的报道后，她告知梁归智先生，此批语是周汝昌兄弟从甲戌本过录时所抄写的，梁先生马上在博客中公布了此事。此批语在周汝昌兄弟录副本上记载如下（无标点，繁体字从右往左竖写）：

写士隐如此豪爽，又全无一此粘皮带骨之气，相愧杀近之读书假道学矣。

（附条）

予若能遇士翁这样的朋友，也不至于如此矣，亦不至似雨村之负义也。

此后人笔墨不必存。玉言。

根据周伦玲女士对此的说明，（附条）后的批语“予若能遇……”是周祜昌所抄，（附条）是指批语，（附条）之后是周汝昌写的注：“此后人笔墨不必存。玉言”，玉言是周汝昌的字号。

这样此批语的来历似乎很清楚了，此批语先出现在周汝昌的录副本，然后陶洙抄录在己卯本上，俞平伯又据己卯本再编入1954年版《脂砚斋红楼梦辑评》，最后被抄写在“庚寅本”中。如此这条批语的来历似乎解决了，但实际并非如此，这只是对此批语考察的开始。

此批语被证实是来自周汝昌的录副本，但问题随之又来了，附条是何意？周汝昌的录副本上第二条批语又来自何处？是甲戌本原有的？还是后人所加的？

在周伦玲女士做出解释后，当时对此附条有两种看法：

一种看法认为：附条是指第二条批语是直接写在甲戌本上的，“附”是指附在前一“条”批语之后的批语。前一条批语在甲戌本上是朱笔，而后一条批语可能是墨笔，因此注明为（附条），后一条批语也是甲戌本上原有的批语。而现有影印本都无此批语，是影印时被删除了。

本人认为此解释有问题。甲戌本影印多次，台湾1961年第一次影印时，胡适删去了周汝昌的题记及俞平伯的题记，以及时胡适自己的三条题记，其余部分未加任何删节。而大陆以前影印甲戌本时大杀大砍，人为故意删除了很多文字和批语。最近人民文学出版社重印《红楼梦》版本，完全照原样影印出版，胡适删去的周汝昌、俞平伯和胡适自己三条题记，也全部照原样影印。但所有任何一本影印本都没有此批语，因此说是影印时把此批语删除可能性很小。

因此本人当时认为，附条不是指第二条批语是“附录”在前一“条”批语之后的批语，附条是指此批语并未抄在甲戌本上，而是抄写在一个附条上。抄写了此批语的附条当时应该是贴在了前一条批语的旁边，因此周祜昌特别用（附条）加以说明，周汝昌又在此附条批语之后，再加注“此后人笔墨不必存。玉言”。现在甲戌本上没有此批语，是由于后来此批语的附条被撕掉，或遗失了。

在古籍中贴上这样附条的情况很常见，在庚辰本和己卯本中都曾有这样的附条，因此在甲戌本中出现附条并不奇怪。

两种分析哪种正确？要彻底解决此问题，只有到上海博物馆查看甲戌本原书。

甲戌本原本现存在上海博物馆，2013年12月9日本人通过清华大学同学、曾任上海博物馆信息中心主任、现退休在京的祝敬国，联系了上海博物馆书画研究部研究馆员陶喻之，请他查验甲戌本。12月12日陶先生亲自到善本库房查看了甲戌本，告知本人甲戌本上并没有这条批语。

本人经过仔细思考，认为虽然陶先生第一次在甲戌本上并未发现此批语，在这种情况下，理论上还有两种可能：

第一，批语是在甲戌本上原有的附条上，而此附条又有两种可能：

1．甲戌本上原有贴条，此批语在贴条上。

——但甲戌本上从未有贴条，胡适、周汝昌等也从未提及甲戌本有贴条。为此本人再次联系陶先生，请他们再仔细检查甲戌本上是否有贴条痕迹？

2．此批语不是写在贴条上，而是写在一夹条上，夹在甲戌本中，庚辰本、己卯本中就曾有这样的夹条。

——但胡适、周汝昌等也从未提及甲戌本有夹条。

第二，甲戌本从未有此批语，此批语是周汝昌兄弟所写。这同样又有两种可能。

1. 此批语是周祜昌自己所发感言，因此加了（附条）二字。

——但周祜昌当时只是想抄录一个副本，在其中再插入自己的批语，似乎可能性不大。

2. 此批语不是周祜昌所写，而是周汝昌本人所写。

——但周伦玲认为从字迹看，此批语为周祜昌所写，后一句“此后人笔墨不必存。玉言”才是周汝昌所写。

本人清华老同学祝敬国得知第一次未查到批语后，也来信认为：“古籍附条似乎有两种可能：或夹或粘。倘若粘贴，则时间也可能早一些。建议在查看时是否看到有粘贴的痕迹？”他的意见和本人的分析完全一致。

本人于是在2013年12月13日马上再次致信陶先生，请他再仔细检查甲戌本上是否有粘贴痕迹。17日，即第一查验后一周之后，陶先生再次入库查验甲戌本，终于发现粘贴痕迹，及残留“予若”字样。其来信如下：

文业先生惠鉴：

适才专程入库复检甲戌本。按你提醒，果然在第十五页另一面上部发现有粘贴纸条痕迹，残留“予若”两字；也亏得这两字线索，证明果曾有粘贴纸条。疑已脱落或撕裂（遍寻未着），仅残存“予若”二字，“若”字下半也无存；但据你提供文字分析，对号入座，端倪可察。感谢你的研究和提醒！我已嘱库房复印你信所录文字，以备后之研究者参考备案。

专此奉复，即颂

着安

陶喻之

致此，有关此（附条）争论终于水落石出。

以上介绍甲戌本附条的发现过程，几乎刚好和出现经过相反：

“庚寅本”——俞平伯1954年版《脂砚斋红楼梦辑评》——陶洙1949年己卯本——周汝昌1948年录副本——甲戌本———俞平伯1931年抄本（待查）。

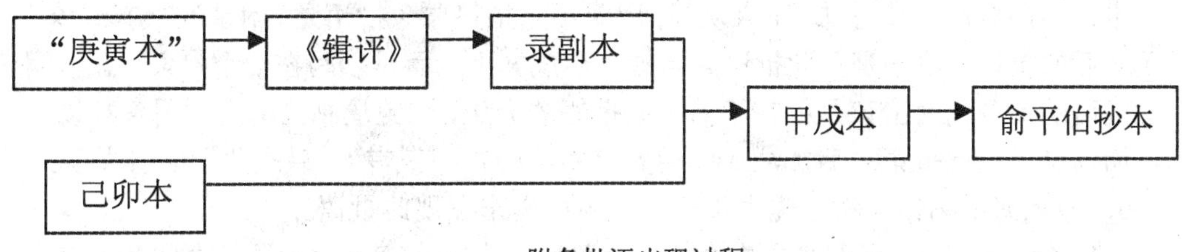

附条批语出现过程

三、甲戌本附条批语研究历程

甲戌本附条批语的研究历程可谓艰辛，其过程犹如过山车一番，大起大落，本以为山穷水尽，不料柳暗花明，最终结果虽然大出意外，但回想也是在预料之中。现回顾如下。

1．在“庚寅本”上发现批语。

“庚寅本”出现后，首次介绍此本的梁归智先生仔细统计了此本的独有批语，发现一条批语“予若能遇士翁这样的朋友，也不至于如此矣，亦不至似雨村之负义也”，因为梁先生是利用俞平伯 1963 年版《脂砚斋红楼梦辑评》，在这本《脂砚斋红楼梦辑评》中没有这条批语记载，因此梁先生把此批语列入“庚寅本”的独有批语。

2．本人利用俞平伯 1954 年版《脂砚斋红楼梦辑评》重新仔细审核“庚寅本”所有批语，在此本《脂砚斋红楼梦辑评》第 51 页上，也赫然发现此批语的记载。说明“庚寅本”此批语来自俞平伯 1954 年版《脂砚斋红楼梦辑评》。而在俞平伯 1963 年版《脂砚斋红楼梦辑评》中删去了此批语，是由于俞平伯发现在甲戌本影印本中并无此评语。

3．梅节指出此批语来自陶洙过录己卯本。

梅节 2011 年 7 月 15 日在香港《城市文艺》第五十四期发表文章《周汝昌、胡适“师友交谊”抉隐——以甲戌本的借阅、录副和归还为中心》，其中提到此批语，认为此批语为陶洙在己卯本上的校改。梁归智先生以前没有注意梅节先生的这篇文章，因此不知。

4．周伦玲指出此附条批语来自周汝昌兄弟录副本。

周伦玲得知此事后指出：附条后的批语“予若能遇……”是周祜昌所抄，（附条）之后是周汝昌写的注：“此后人笔墨不必存。玉言”玉言是周汝昌的字号。但周伦玲认为附条是指第二条批语是直接写在甲戌本上的，“附”是指附在前一“条”批语之后的批语。前一条批语在甲戌本上是朱笔，而后一条批语可能是墨笔，因此注明为附条，后一条批语也是甲戌本上原有的批语。而现有影印本都无此批语，是影印时被删除了。

5．本人认为此附条是在一个附条上。

本人不同意周伦玲看法，本人认为，附条不是指第二条批语是“附录”在前一“条”批语之后的批语，附条是指此批语并未抄在甲戌本上，而是抄写在一个附条上。抄写了此批语的附条当时应该是贴在了前一条批语的旁边，因此周祜昌特别用附条加以说明，周汝昌又在此批语之后加注“此后人笔墨不必存。玉言”。后来此批语遗失了。

6．经上海博物馆陶喻之先生第一查验甲戌本未发现此批语。

2013 年 12 月 12 日陶喻之先生第一查验甲戌本，未查到此批语。由此马上有人认为“庚寅本”附条批语的贴条之观点不能成立。但本人仍坚持认为有可能原就贴有附条，但后来被撕掉或遗失了，假设如此，甲戌本上应该有粘贴痕迹，为此请陶先生再次查验。

7．经陶喻之先生再次查验甲戌本证明有此附条留痕。

2013 年 12 月 17 日陶先生第二查验甲戌本，终于发现粘贴痕迹和“予若”二字的留痕。至此，甲戌本上原有此附条批语终于尘埃落定了。

以上介绍了附条批语的发现经过，目前对附条批语的来历还有不同看法。下面仔细分析各种看法。

第二章 甲戌本附条批语和俞平伯

第一节 俞平伯 1931 年是否看到甲戌本附条批语

一、有关甲戌本附条批语的争论

甲戌本附条批语主要有三个问题：

第一，甲戌本原本是否有附条？

第二，甲戌本附条是谁所写？

第三，甲戌本附条是谁撕掉的？

每个问题有如下几种可能：

第一，甲戌本原本可能没有附条，也可能有附条。

第二，如果原本没有附条，则基本肯定附条是周汝昌所为。

第三，甲戌本附条可能是胡适撕掉的，也可能是周汝昌撕掉的。

这样附条三个问题组合起来，理论上总计主要有三种可能：

第一种可能是，甲戌本原来就有附条，附条不是周汝昌所为，是周汝昌归还后，被胡适撕掉了。

第二种可能是，甲戌本原来没有附条，附条是周汝昌所为，也是被周汝昌所撕掉的。

第三种可能是，甲戌本原来没有附条，附条是周汝昌所为，是周汝昌归还后，被胡适撕掉。

我认为第一种可能性最大，其次是第二种可能，第三种可能性最小。

当然理论上还有其他可能，如甲戌本原就有附条，附条不是周汝昌所为，但是被周汝昌归还前撕掉了。还有，甲戌本原没有附条，附条是陶洙所为等。但这些可能性都很低，不值得一提了。

甲戌本附条和胡适、俞平伯和周汝昌三位红学大师都有关，也是一件奇事了，值得仔细分析其中原委。

附条批语和俞平伯有关的是两个问题。

第一，俞平伯 1931 年有没有看到附条？有人认为他没有看到，因为他从未提及甲戌本有附条。我认为俞平伯没有提附条，不是他没有看到附条，而是因为他认为附条明显是后人所加，不值一提。我又根据俞平伯 1954 年把附条批语收入 1954 年版《脂砚斋红楼梦辑评》，因此推论俞平伯 1931 年应该看到了附条。

第二，为何俞平伯 1954 年把附条批语收入《脂砚斋红楼梦辑评》？我认为是由于俞平伯 1931 年抄本和陶洙己卯本上都有此批语，因此俞平伯 1954 年才会把附条批语收入了《脂砚斋红楼梦辑评》。

附条批语和周汝昌有关的是，有人认为甲戌本附条是周汝昌兄弟所为，而我认为附条是甲戌本原有的，周汝昌兄弟只是据甲戌本抄录到录副本。

附条批语和胡适有关的是，附条是谁撕掉的。现在看来附条是胡适撕掉的可能性最大，但不排除其他可能性。

二、研究俞平伯和附条批语的思路

俞平伯 1931 年借到甲戌本后，曾把甲戌本批语过录到他的《红楼梦》(即戚序本）上。

俞平伯的《秋荔亭日记》记载，1931 年 3 月 26 日的日记上记载：

> 是晚始节抄脂砚斋评在我的《红楼梦》上（第一卷毕）。

仅两天后就抄完 3 回（甲戌本上“回”称为“卷”)，3 月 28 日记载：

> 抄《石头记》凡三卷毕。

这说明，俞平伯确实在 1931 年曾把甲戌本批语过录到他自己的戚序本上。但后来再未见到俞平伯先生有关抄录甲戌本批语的记载了。俞平伯是否继续抄了？抄到哪回为止？都再无记录了。

但根据后面的分析，俞平伯可能确实只抄录了甲戌本前三回的批语。

下面再分析附条批语问题。俞平伯 1954 年整理《脂砚斋红楼梦辑评》时，确实收入了附条批语。但 1931 年俞平伯是否看到了附条？由于俞平伯至少把前三回批语过录到戚序本，而附条批语是在第 1 回，这样只要找到俞平伯的戚序本，看 1931 年俞平伯是否录入此附条批语，就可彻底解决附条问题了。

如果俞平伯抄本上也有附条批语，就是铁证，肯定甲戌本原本是有附条的。

当然如果俞平伯抄本上没有附条批语，则还不能肯定甲戌本原本就一定没有附条。因为也可能俞平伯看到批语是在附条上，认为是后人所为，没有价值，就不抄了。

总之，找到俞平伯的戚序本至少可解决一半问题。

但俞平伯的戚序本现在何处不明，要找到俞平伯当年的戚序本一时还很困难，因此我采取迂回战术。

研究俞平伯1954年版《脂砚斋红楼梦辑评》中出现的附条批语，是来自己卯本，还是来自俞平伯自己的抄本，有两种方法。

1．附条批语本身

第一个方法是，只研究俞平伯1954年版《脂砚斋红楼梦辑评》中附条批语文字本身的面貌，看从中可否判别出此附条的来源，是来自己卯本，还是可能来自俞平伯的抄本。这种方法比较简单。

如果俞平伯1954年版《脂砚斋红楼梦辑评》中附条形态和己卯本不同，就证明俞平伯1954年版《脂砚斋红楼梦辑评》可能参考了他自己1931年的甲戌本批语抄本。

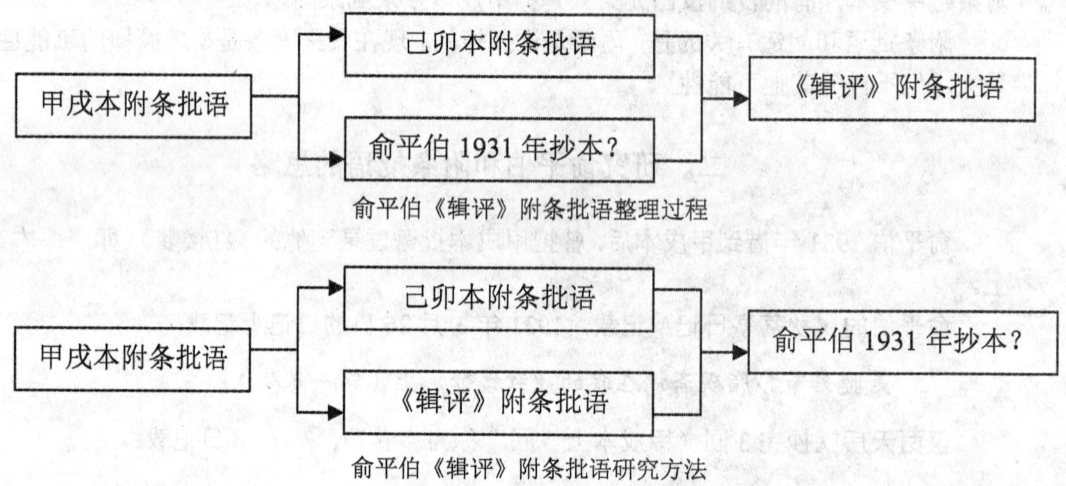

俞平伯《辑评》附条批语整理过程

俞平伯《辑评》附条批语研究方法

2．己卯本有、俞平伯1954年版《脂砚斋红楼梦辑评》缺失的眉批

第二个方法是，对比己卯本和俞平伯1954年版《脂砚斋红楼梦辑评》之间的甲戌本眉批，找出己卯本有、而俞平伯1954年版《脂砚斋红楼梦辑评》缺失的批语。再分析俞平伯1954年整理《脂砚斋红楼梦辑评》时是否可能参考过自己1931年的抄本。

既然俞平伯1954年把附条写入《脂砚斋红楼梦辑评》，他手中又有自己1931年抄的评语，又有己卯本批语，这样1954年俞平伯整理《脂砚斋红楼梦辑评》时，手中就有两部甲戌本批语抄本，一部是自己所抄，一部是陶洙抄在己卯本上的。

俞平伯在整理甲戌本批语时，肯定是两本都要参考的。一本是自己整理的，但看来由于俞平伯未抄完，只有前3回，所以《脂砚斋红楼梦辑评》的“引言”中未提及他自己的抄本。由于己卯本批语比较完整，所以“引言”中只提到陶洙的己卯本

俞平伯整理的原则肯定是两本都有的批语，他才会收入的。因此，既然附条批语是被收入了《脂砚斋红楼梦辑评》，则应该是两本都有的。当然由于没有看到俞平伯抄本，无法断定俞平伯抄本是否肯定有。但由于己卯本和《脂砚斋红楼梦辑评》都有附条批语，因此俞平伯抄本有附条的可能性很大。

但如果两本不一致，有的有，有的没有，则俞平伯如何处理？

我估计，如果俞平伯本有，己卯本没有，由于1954年到1931年十三年，但他应该还有记忆，应该相信自己，可能会收入。

但如果俞平伯本没有，己卯本却有（附条己卯本肯定有），他可能无法确定陶洙所抄批语是否准确，他就可能不收。所以，即便己卯本有附条批语，而俞平伯自己的抄本却没有，则俞平伯是不会收入附条批语的。

因此，在找不到俞平伯的戚序本前，仔细比对统计甲戌本和己卯本有、俞平伯《脂砚斋红楼梦辑评》缺失的批语，就可初步判断俞平伯整理的情况。

如果发现有己卯本有、而俞平伯1954年版《脂砚斋红楼梦辑评》缺失的批语，说明俞平伯整理时是很认真的，只有两本都有，他认为很可靠的批语，他才收入的。假如俞平伯本没有，己卯本却有，他就不收。

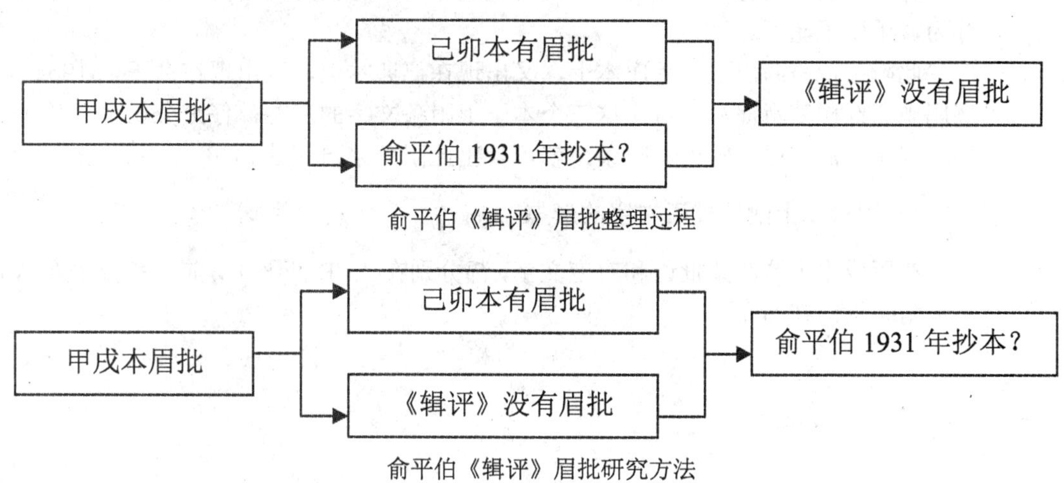

俞平伯《辑评》眉批整理过程

俞平伯《辑评》眉批研究方法

这样分析，即便找不到俞平伯的戚序本，根据以上两种分析：

第一，俞平伯1954年版《脂砚斋红楼梦辑评》附条文字形态和己卯本不同，则俞平伯1954年版《脂砚斋红楼梦辑评》附条有可能来自俞平伯1931年自己的抄本。

第二，既然俞平伯1954年版《脂砚斋红楼梦辑评》和己卯本都收入了附条，则肯定他抄本和己卯本都有此批语，他才决定收入。这样分析，1931年俞平伯就应该是看到了附条，因此才把附条批语抄入自己的戚序本。如果只有己卯本有附条批语，而俞平伯自己的抄本却没有，出于谨慎，他是不会把此附条批语收入《脂砚斋红楼梦辑评》的。

第三，如果己卯本中确有一些批语并未收入《脂砚斋红楼梦辑评》，而附条在两本中都有，则甲戌本就应该有附条批语。

这样，即便找不到俞平伯的戚序本，这个推理还是合理的。

三、对比三本分析附条批语来源

甲戌本上附条批语和其前面批语之间的关系如下。

前一条批语

写士隐如此豪爽，又全无一此粘皮带骨之气相，愧杀近之读书假道学矣。

是称赞甄士隐赞助贾雨村。

而后面附条批语：

予若能遇士翁这样的朋友，也不至于如此矣，亦不至似雨村之负义也。

有承前启后的意思，除进一步赞扬甄士隐外，还认为贾雨村不辞而别是“负义”行为，予以了谴责。

此附条批语即出现在甲戌本上，又出现在己卯本上，还出现在俞平伯1954年版《脂砚斋红楼梦辑评》。对比这三个本子上附条文字的形态，仔细分析俞平伯1954年版《脂砚斋红楼梦辑评》附条，就可找出此附条来自何处。

1. 甲戌本上附条批语文字的形态

在甲戌本上这两条批语和对应文字，都分别在A、B两面上，前一条批语在A面，后一附条批语在B面。

附条“予若”留痕

第一条批语

甲戌本两批语在两页

2．己卯本上附条批语文字形态

在陶洙过录己卯本上，由于这两部分文字都在同一面上，因此这两批语是在同一页上。

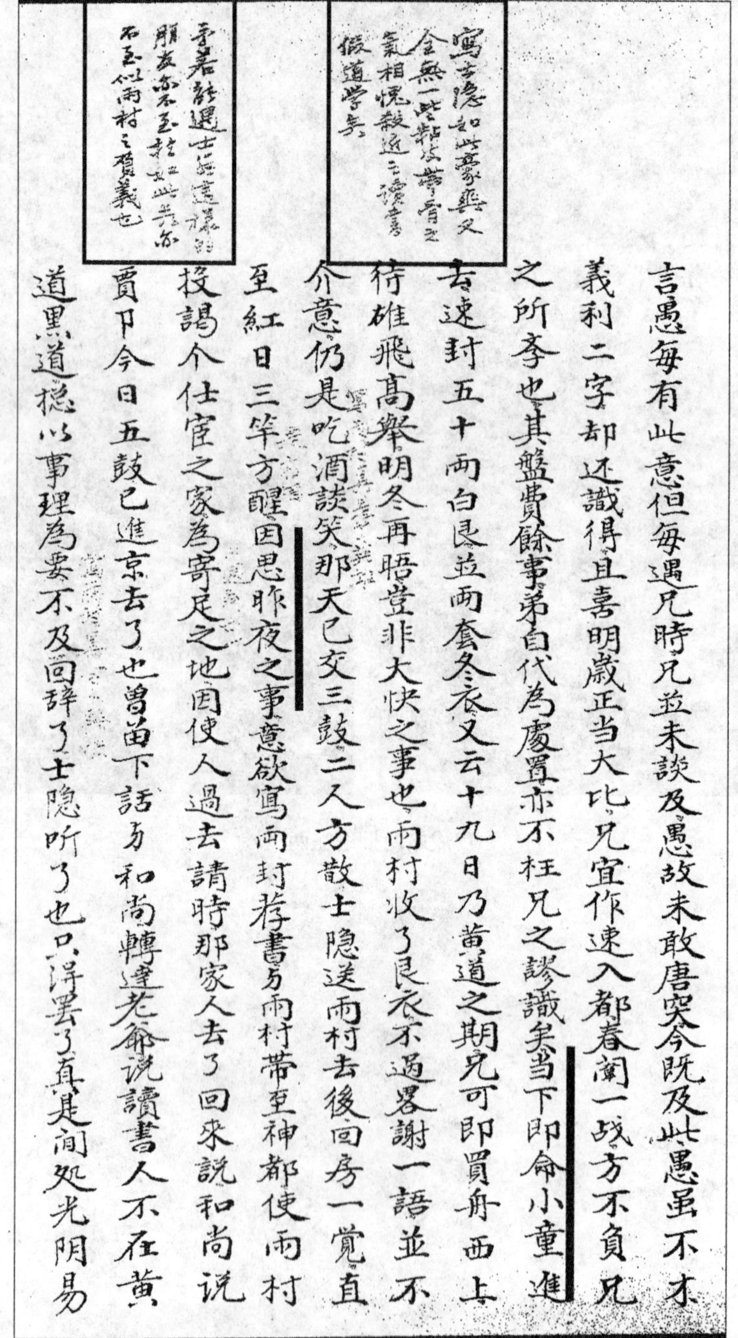

寫士隱如此豪爽又全無一些粘皮帶骨之氣相愧殺近之讀書假道學矣

世人若能遇士隱這樣的朋友亦不至於如此矣亦不至似雨村之負義也

言愚每有此意但每遇兄時兄並未談及愚故未敢唐突今既及此愚虽不才
義利二字却还識得且喜明歲正当大比兄宜作速入都春闈一战方不負兄
之所望也其盤費餘事弟自代為處置亦不枉兄之謬識矣当下即命小童進
去速封五十两白銀並两套冬衣又云十九日乃黃道之期兄可即買舟西上
待雄飛高舉明冬再晤豈非大快之事也雨村收了銀衣不過畧謝一語並不
介意仍是吃酒談笑那天已交三鼓二人方散士隱送雨村去後回房一覺直
至紅日三竿方醒因思昨夜之事意欲寫兩封荐書与雨村帶至神都使雨村
投謁个仕宦之家為寄足之地因使人過去請時那家人去了回來說和尚说
賈爷今日五鼓已進京去了也曾留下話与和尚轉達老爺說讀書人不在黃
道黑道總以事理為要不及面辭了士隱听了也只得罢了真是閒处光阴易

陶洙过录己卯本两批语和正文之间关系

根据两条批语的内容，再仔细比较批语和正文的位置关系。

（1）前一条批语位置：

在甲戌本原本中，前一条批语对应的正文是“当下即命小童进去”。

陶洙过录己卯本上，前一条批语在“当下即命小童进去”之后退后一行。

两本的批语在两页，与正文对应基本一致。

（2）附条批语位置：

甲戌本原本上，附条批语对应的正文是“因思昨日之事”。

陶洙过录己卯本上，附条批语也在正文“因思昨日之事”之后退后一行。

两本的批语在同一页，但有距离，与正文对应也基本一致。

因此，甲戌本原本和陶洙过录己卯本，批语和正文虽然有的在两页，有的在同一页，但对应基本一致，两条批语位置都刚好推后一行。

3．俞平伯1954年版《脂砚斋红楼梦辑评》上附条批语文字形态

俞平伯1954年版《脂砚斋红楼梦辑评》附条批语的文字形态和甲戌本、己卯本完全不同。

最大差异是，在此本上这两条批语是完全连接在一起的。

> 【正文】当下即命小童进去速封五十两白银并两套冬衣，又云：“十九日乃黄道之期，兄可即买舟西上，待雄飞高举，明冬再晤，岂非大快之事耶！”
>
> 【眉】写士隐如此豪爽，又全无一些粘皮带骨之气相，愧杀近之读书假道学矣。□予若能遇士翁这样的朋友，也不至于如此矣，亦不至似雨村之负义也。

请注意，俞平伯1954年版《脂砚斋红楼梦辑评》上这两条批语的位置和甲戌本、己卯本完全不同。甲戌本、己卯本上两批语不连，各自对应两部分正文，两本对应也基本相同。

而俞平伯1954年版《脂砚斋红楼梦辑评》上这两条批语是连在一起，中间没有正文，只有一个空格“□”。这批语只和甲戌本、己卯本上前一批语对应正文相同。

俞平伯1954年版《脂砚斋红楼梦辑评》中甲戌本批语是依据己卯本，为何己卯本两批语是不连的，但在俞平伯1954年版《脂砚斋红楼梦辑评》却连接在一起？查己卯本上其他不连接的眉批，在俞平伯1954年版《脂砚斋红楼梦辑评》中，都不连接。所以，俞平伯1954年版《脂砚斋红楼梦辑评》改变己卯本的形态，肯定另有依据。这个依据不可能来自别处，只可能来自俞平伯1931年自己的批语抄本。

因此，俞平伯1954年整理《脂砚斋红楼梦辑评》时，肯定更相信自己的抄本。而俞平伯是把甲戌本批语抄在戚序本上的，查戚序本，这两部分正文正好都在同一页上，和甲戌本、己卯本分在两页上完全不同。

这样俞平伯1931年抄写这两条批语时，就应该都抄在戚序本的同一页上。

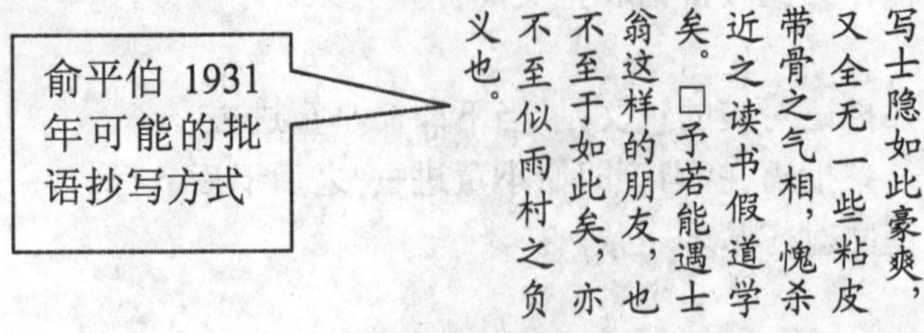

喜明歲大比兄宜作速入都春闈一戰方不負兄之
所學也其盤費餘事弟自代為處置亦不枉兄之謬
識矣當下即命小童進去速封五十兩白銀並兩套
冬衣又云十九日乃黄道之期兄可即買舟西上待
雄飛高舉明冬再晤豈非大快之事耶雨村收了銀
衣不過略謝一語並不介意仍是吃酒談笑那天已
交三鼓二人方散士隱送雨村去後回房一覺直至
紅日三竿方醒因思昨夜之事意欲再寫兩封書與
雨村帶至神都使雨村投謁個仕宦之家為寄足之

俞平伯戚序本上附条批语的设想

但还要解释为何俞平伯抄写这两条批语基本连在一起了，只多一个空格“□”？

写士隐如此豪爽，又全无一些粘皮带骨之气相，愧杀近之读书假道学矣。□予若能遇士翁这样的朋友，也不至于如此矣，亦不至似雨村之负义也。

我觉得 1931 年俞平伯在戚序本上抄写眉批时，由于戚序本页眉空白不大，就得把本来甲戌本前后两页的眉批合并在一页中，空白还比较小。因此俞平伯 1931 年抄写时，可能为节省地方以便可以放下两条批语，因此就把两条眉批连起来抄了。

可能还有一个原因，这两条批语都谈到了甄士隐，连起来也有一定道理。

综合以上两个原因，俞平伯抄写时错误地把这两条批语连接在一起了。但为区分两条批语，就在中间加了一个空格“□”。

这样就非常完美地解释了俞平伯 1954 年整理《脂砚斋红楼梦辑评》中，为何会把两条批语连在了一起。这也就证明，1931 年俞平伯抄写甲戌本批语时，甲戌本原来就有此附条批语。因此才会导致俞平伯 1954 年整理《脂砚斋红楼梦辑评》时，没有照抄己卯本把两批语分开，而是参考了自己的抄本，改成两批语连接在一起了。

第二节 俞平伯 1954 年版《辑评》分析

一、对比统计研究三本的眉批，不统计夹批

以上仔细分析了附条批语的来龙去脉，俞平伯因为参考了自己 1931 年甲戌本批语抄本，从而在 1954 年整理《脂砚斋红楼梦辑评》时抄录了附条批语。

但这只是一条批语，是否还有类似情况，即俞平伯 1954 年整理《脂砚斋红楼梦辑评》，除以己卯本为底本，还曾参考过自己 1931 年抄本？为此必须仔细再对比甲戌本、己卯本和俞平伯 1954 年版《脂砚斋红楼梦辑评》三本书。

由于研究的附条批语是眉批，为简化统计，就略去其他双行批和夹批，只统计眉批。

因为，夹批中出现有己卯本有，但在《脂砚斋红楼梦辑评》缺失的批语，无论俞平伯抄本是否有此批语，都有可能是俞平伯 1954 年整理时疏忽，因此就没有统计，没有研究。

而眉批和夹批不一样，夹批可能是疏忽所致，但眉批很清楚，俞平伯不太可能因为疏忽没有看到非常明显的眉批。因此如果出现己卯本有，而《脂砚斋红楼梦辑评》缺失的情况，很可能是俞平伯 1931 年抄本中没有此眉批。因此俞平伯 1954 年整理《脂砚斋红楼梦辑评》时，曾参考自己 1931 年抄本，有些自己 1931 年抄本没有的眉批就可能没有收。

所以，夹批等在抄写事也很容易遗漏，而眉批很突出，一般不会遗漏，因此只研究眉批，不研究夹批。

下面只列出甲戌本、己卯本都有，而俞平伯 1954 年版《脂砚斋红楼梦辑评》缺失的所有眉批。统计的目的是看俞平伯整理甲戌本眉批是否全部收入了，是否有没有收入的。如果有，分析为何不收。由此可判断俞平伯整理甲戌本眉批是否有遗漏，从而间接判定俞平伯 1954 年版《脂砚斋红楼梦辑评》收入附条批语是否可靠，最终目的是间接判定 1931 年他是否看到过附条批语。

统计时要注意以下问题。

第一，根据俞平伯日记，他只抄录了甲戌本前三回批语，在统计批语时如发现问题，就要注意这些问题是否只在前三回中出现。如果只在前三回中出现，就说明他日记记载是对的，俞平伯1954年整理时，很可能参考自己1931年抄本，这样就很值得研究了。

第二，甲戌本有16回，分前8回，和后8回（第13—16和第25—28回），前8回中甲戌本批语很多，很突出。而后8回中甲戌本批语大大减少，而庚辰本批语增多。陶洙在己卯本中对甲戌本前8回和后8回批语编辑方法不同。对此要注意，看看俞平伯1954年整理前8回和后8回是否有差异。

二、俞平伯1954版《辑评》没有的眉批例证之一

甲戌本第1回中有一个三段文字组成的长眉批，在己卯本中也很完整。但在俞平伯1954年版《脂砚斋红楼梦辑评》中遗漏了中间一段批语。下面仔细分析这个例子，此例再次证明，俞平伯1954年整理《脂砚斋红楼梦辑评》时，肯定参考了自己1931年的甲戌本批语抄本。

1．甲戌本中的三段眉批，第1回11b—12a

第一段眉批：

八个字屈死多少英雄？屈死多少忠臣孝子？屈死多少仁人志士？屈死多少词客骚人？今又被作者将此一把眼泪洒与闺阁之中，见得裙钗尚遭逢此数，况天下之男子乎？

看他所写开卷之第一个女子便用此二语以订终身，则知托言寓意之旨，谁谓独寄兴于一情字耶？

第二段眉批：

武侯之三分，武穆之二帝，二贤之恨，及今不尽，况今之草芥乎？（下页）家国君父事有大小之殊，其理其运其数则略无差异。知运知数者则必谅而后叹也。

第三段眉批：

佛以世谓劫。凡三十年为一世。三劫者，想以九十春光寓言也。

这三段批语在甲戌本上是在两页上。

2．己卯本中的三段眉批，己卯本第24—25页

己卯本中三段眉批都很完整，和甲戌本一样分两页三段。与正文对应也基本相同。

《辑评》遗漏的批语

八個字屈死多少英雄，屈死多少忠臣孝子，屈死多少仁人志士，屈死多少詞客騷人，今又被作者將此一把眼淚灑與閨閣之中，見得裙釵尚遭逢此數，況天下之男子乎。看他所寫開卷之第一個女子便用此二語以訂終身，則知託言寓意之旨，誰謂獨寄興于一情字耶。

武侯之三分，武穆之二帝，二賢之恨，及今不盡，況今之草芥乎。

家國君父事有大小之殊，其理其運其數則略無差異。知運知數者則必諒而後嘆也。

佛以世謂劫，凡三十年為一世，三劫者想以九十春光寓言也。

僧則癩頭跣足，那道則跛足蓬頭，瘋瘋顛顛，揮霍談笑而至。及到了他門前，看見士隱抱着英蓮，那僧便哭起來（奇。所謂情僧也），又向士隱道：施主，你把這有命無運、累及爹娘之物，抱在懷内作甚？士隱聽了，知是瘋話，也不去採他。那僧還說：捨我罷，捨我罷。士隱不奈煩，便抱着女兒撤身進去。那僧乃指着他大笑，口内念了四句言詞道是：

慣養嬌生笑你痴（為天下父母痴心一哭），菱花空對雪澌澌（生不遇時，遇又非偶）。
好防佳節元宵後（前後一樣，不直云前而云後，是諱知者），便是烟消火滅時（伏後文）。

士隱聽得明白，心下猶豫，意欲問他們來歷，只聽道人說道：你我不必同行，就此分手，各幹營生去罷。三劫後，我在北邙山等你，會齊了同往太虛幻境銷號。那僧道：妙妙妙。說畢，二人一去，再不見個踪影了。士隱心中此時自忖：這兩個人必有來歷，該試一問，如今悔却晚也。這士隱

甲戌本上分两页的三段眉批

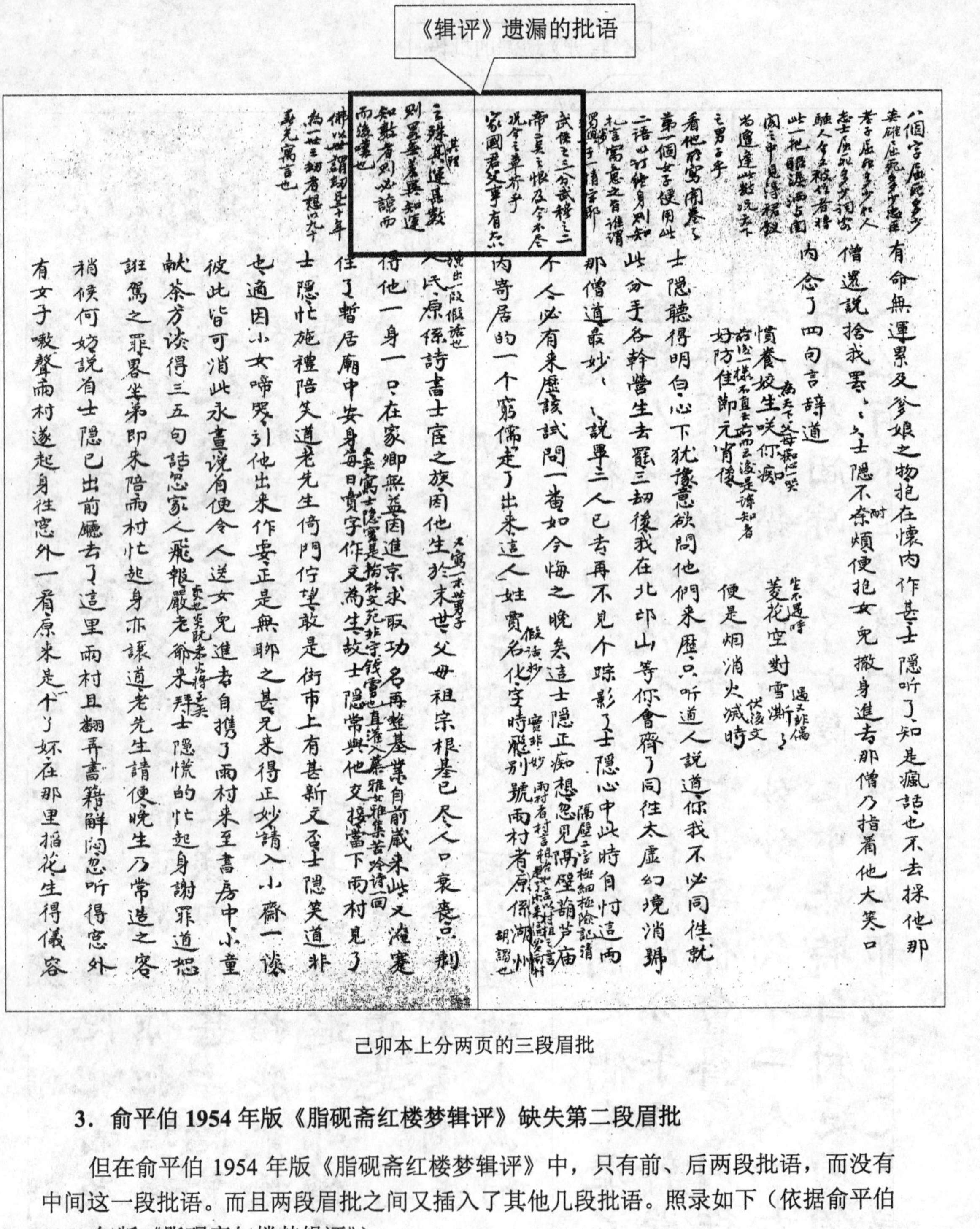

《辑评》遗漏的批语

己卯本上分两页的三段眉批

3. 俞平伯1954年版《脂砚斋红楼梦辑评》缺失第二段眉批

但在俞平伯1954年版《脂砚斋红楼梦辑评》中，只有前、后两段批语，而没有中间这一段批语。而且两段眉批之间又插入了其他几段批语。照录如下（依据俞平伯1963年版《脂砚斋红楼梦辑评》）。

【正文】你把这有命无运、累及爹娘之物，抱在怀内作甚？

【眉】 八个字屈死多少英雄？屈死多少忠臣孝子？屈死多少仁人志士？屈

死多少词客骚人？今又被作者将此一把眼泪洒与闺阁之中，见得裙钗尚遭逢此数，况天下之男子乎？

看他所写开卷之第一个女子便用此二语以订终身，则知托言寓意之旨，谁谓独寄兴于一情字耶？

武侯之三分，武穆之二帝，二贤之恨，及今不尽，况今之草芥乎？

家国君父事有大小之殊，其理其运其数则略无差异。知运知数者则必谅而后叹也。

【正文】惯养娇生笑你痴。

【夹】为天下父母痴心一哭。

【正文】菱花空对雪澌澌。

【夹】生不遇时。遇又非偶。

【正文】好防佳节元宵后。

【夹】前后一样，不直云前而云后，是讳知者。

【正文】便是烟消火灭时。

【夹】伏后文。

【正文】三劫后，我在北邙山等你。

【眉】佛以世谓劫。凡三十年为一世。三劫者，想以九十春光寓言也。

按照道理，俞平伯是根据己卯本来整理的，就应该收入这段批语，为何俞平伯1954年版《脂砚斋红楼梦辑评》却没有这段批语？这很奇怪。这段批语在己卯本上很明显，不太可能是俞平伯疏忽了。

为何俞平伯1931年抄在戚序本上会遗漏这第二段批语呢？主要原因是这三段眉批是连在一起的。但实际对应了两段正文，中间还应插入了很多夹批，这样抄写时又要抄眉批，又要抄夹批，整理时就很容易出错。

至于出错的过程，又有两种可能。

第一种可能是，俞平伯1931年抄写到戚序本时并没有遗漏，而1954年整理时遗漏。

第二种可能是，俞平伯1931年抄写时就遗漏了这段眉批，1954年整理时就没有收入1954年版。

哪种可能性更大呢？我们依据戚序本再仔细分析一下。

第一种可能是，俞平伯1931年抄写到戚序本时并没有遗漏，而1954年整理时，整理第一段眉批本应该到“……知运知数者则必谅而后叹也”，然后转去抄夹批。但俞平伯没有仔细分析眉批内容，提前在“谁谓独寄兴于一情字耶”后面就转“为天下父母痴心一哭”等四段夹批。再回头录入眉批时，把第二段眉批“武侯之三分，……知运知数者则必谅而后叹也”遗漏了，而直接从眉批“佛以世谓劫”开始，导致遗漏了这第二段眉批。

按照这种可能，则俞平伯在1931年抄写在戚序本上的眉批设想如下图。

八个字屈死多少英雄屈死多少忠臣孝子屈死多少仁人志士屈死多少词客骚人今又被作者将此一把眼泪洒与闺阁之中见得裙钗尚遭逢此数况天下之男子乎看他所写开卷之第一个女子便用此二语以订终身，则知托言寓意之旨，谁谓独寄兴于一情字耶

武侯之三分武穆之二帝二贤之恨及今不尽况今之草芥乎家国君父事有大小之殊其理其运其数则略无差异知运知数者则必谅而后叹也

佛以世谓劫凡三十年为一世三劫者想以九十春光寓言也

奶母正抱了英蓮来士隱見女兒越發生得粉粧玉琢乖覺可喜便伸手来抱在懷中鬬他頑耍一回又帶至街前看那過會的熱鬧方欲進来時只見從那邊来一僧一道那僧則癩頭跣足那道則跛足蓬頭（此是幻像）瘋瘋顛顛揮霍談笑而至及到了他門前看見士隱抱着英蓮那僧便大哭起来又向士隱道施主你把這有命無運累及爹娘之物抱在懷中作甚士隱聽了知是瘋話也不去睬他那僧還說捨我罷捨我罷士隱不耐煩便抱女兒要進去那僧指着他大

石頭記 卷一 一回

笑口念了四句言詞道

慣養嬌生笑你癡　菱花空對雪斯斯
好防佳節元宵後　便是烟消火滅時

士隱聽得明白心下猶豫意欲問他来歷只聽得道人說道你我不必同行就此分手各幹營生去罷三劫後我在北邙山等你會齊了同往太虛幻境銷號那僧道妙極妙極說畢二人一去再不見個踪跡士隱心中此時自忖這兩個人必有来歷該試一問如令悔却晚也這士隱正癡想忽見葫蘆廟内寄居一

俞平伯戚序本上没有遗漏第二段眉批的设想

第二种可能是，俞平伯 1931 年抄写时，由于要同时抄写眉批和夹批，非常复杂，一时疏忽，就遗漏了这段眉批。1954 年整理时，可能他看到了己卯本的眉批，但他更相信自己的抄本。或他没有仔细看己卯本，而是完全按照自己的抄本整理。因此遗

漏了这第二段眉批。

按照这种可能，则俞平伯在 1931 年遗漏第二段眉批，在戚序本上的抄写情况设想如下图。

八个字屈死多少英雄屈死多少忠臣孝子屈死多少仁人志士屈死多少词客骚人今又被作者将此一把眼泪洒与闺阁之中见得裙钗尚遭逢此数况天下之男子乎

看他所写开卷之第一个女子便用此二语以订终身，则知托言寓意之旨，谁谓独寄兴于一情字耶

佛以世谓劫凡三十年为一世三劫者，想以九十春光寓言也

奶母正抱了英蓮來士隱見女兒越發生得粉粧玉琢乖覺可喜便伸手來抱在懷中鬪他頑耍一回又帶至街前看那過會的熱鬧方欲進來時只見從那邊來一僧一道那僧則癩頭跣足那道則跛足蓬頭此是幻像瘋瘋顛顛揮霍談笑而至及到了他門前看見士隱抱著英蓮那僧便大哭起來又向士隱道施主你把這有命無運累及爹娘之物抱在懷中作甚士隱聽了知是瘋話也不去睬他那僧還說捨我罷捨我罷士隱不耐煩便抱女兒要進去那僧指著他大

石頭記 卷一 一回 十

笑口念了四句言詞道

慣養嬌生笑你癡 菱花空對雪澌澌

好防佳節元宵後 便是烟消火滅時

士隱聽得明白心下猶豫意欲問他來歷只聽得道人說道你我不必同行就此分手各幹營生去罷三刼後我在北邙山等你會齊了同往太虛幻境銷號那僧道妙極妙極說畢二人一去再不見個踪跡士隱心中此時自忖這兩個人必有來歷該試一問如今悔却晚也這士隱正癡想忽見葫蘆廟內寄居一

俞平伯戚序本上遗漏第二段眉批的设想

不管是什么原因，总之俞平伯 1954 年版《脂砚斋红楼梦辑评》是遗漏了第二段眉批。此例这说明，俞平伯 1954 年整理《脂砚斋红楼梦辑评》时还是可能有遗漏的。

而附条批语俞平伯 1954 年整理《脂砚斋红楼梦辑评》时没有遗漏，说明己卯本和俞平伯 1931 年抄本都应该有附条批语，所以他在 1954 年版《脂砚斋红楼梦辑评》才会抄入了附条批语。

三、俞平伯 1954 版《辑评》没有的眉批例证之二

例证之一是甲戌本大段眉批被遗漏，而下面两例都是甲戌本很短的眉批和夹批被遗漏，下面逐一分析这些眉批被遗漏的现象和原因。

例 1．第 2 回，甲戌本第 2 回 2a，己卯本 36 页

此例有一条眉批和一段夹批在俞平伯 1954 年版《脂砚斋红楼梦辑评》中没有。

【正文】一局输赢料不真，香销茶尽尚逡巡。欲知目下兴衰兆，须问旁观冷眼人。

【眉】故用冷子兴演说。

【夹】只此一诗便妙极！此等才情，自是雪芹平生所长，余自谓评书非关评诗也。

此眉批和夹批在甲戌本和己卯本中都中很清楚、明显。俞平伯 1954 年版《脂砚斋红楼梦辑评》是根据己卯本来整理的，本应该收入这句批语，但很奇怪，俞平伯 1954 年版《脂砚斋红楼梦辑评》却没有这两段批语。

再在查俞平伯所抄批语的戚序本对应页，也看不出有何不收此眉批的原因。

仔细分析，俞平伯 1963 年版《脂砚斋红楼梦辑评》没有收入两批语原因可能有二。

第一，遗漏。

俞平伯 1931 年抄录甲戌本批语时疏忽，遗漏了此批语。虽然陶洙己卯本有此批语，但俞平伯更相信自己的抄本，因此 1954 年版《脂砚斋红楼梦辑评》不收。

第二，有意不抄。

本人注意到，俞平伯 1963 年版《脂砚斋红楼梦辑评》在此眉批下加按语："此批'旁观冷眼人'者"，意思是，批语"故用冷子兴演说"是指"旁观冷眼人"。这是否和俞平伯 1931 年或 1954 年没有收这两段批语是否有关？

不管什么原因，总之 1954 年版《脂砚斋红楼梦辑评》是没有收这两段批语。

而附条批语在俞平伯 1954 年整理《脂砚斋红楼梦辑评》时仍然保留，没有像此处被遗漏，说明己卯本和俞平伯 1931 年抄本都应该是有附条批语，所以他在 1954 年版《脂砚斋红楼梦辑评》才会仍抄入此附条批语。

《辑评》没有的眉批

試用冷子興演說

中說出實雖寫而却未寫觀其後文可知此
一回則是虛敲傍鑿之文筆則是反逆隱回
之筆 詩云 只此一詩便妙極此等才情自是雪芹平生所長 余自謂評書非關評詩也
一局輸贏料不真 香銷茶盡尚逡巡
欲知目下興衰兆 須問傍觀冷眼人
却說封肅因聽見公差傳喚忙出來陪笑啓問
那些人 一絲不亂 只嚷快請出甄爺來封肅忙陪笑道小
人姓封並不姓甄只有當日小婿姓甄今已出
家一二年了不知可是問他那些公人道我們
也不知什麼真假 點睛妙筆 因奉太爺之命來問他既是
你女婿便帶了你去親見太爺面稟省得亂跑
說着不容封肅多言大家推擁他去了封家人

《辑评》没有的夹批

《辑评》没有收两批语的甲戌本

《辑评》遗漏眉批

故用冷子興演說

已死是特使黛玉入榮府之速也通灵宝玉于士隐夢中一出今又于子興口
中一出阅者已洞然矣然後于黛玉宝釵二人目中極精極細一描則是文章
鎖合處蓋不肯下筆直下有若放閘之水燃信之爆竹使其精華一洩而無餘
也究竟此玉原應出自釵黛目中方有照應今預從子興口中説出實雖寫而
却未寫觀其後文可知此一回則是虚敲旁擊之文筆則是反逆隐曲之筆詩
云　一局輸贏料不真　香銷茶盡尚逡巡（只此一詩便妙極此等才情自是雪芹平生所長余自謂評書非關評詩也）
欲知目下興衰兆　須問傍觀冷眼人（一絲不亂）
却説封肅因听見公差傳喚忙出来陪笑啓問那些人只嚷快请出甄爺来封
肅忙陪笑道小人姓封並不姓甄只有当日小婿姓甄（點睛妙筆）今已出家一二年了不
知可是问他庅那些公人道我们也不知什庅真假因奉太爺之命来问他既

《辑评》没有的夹批

《辑评》没有收两批语的己卯本

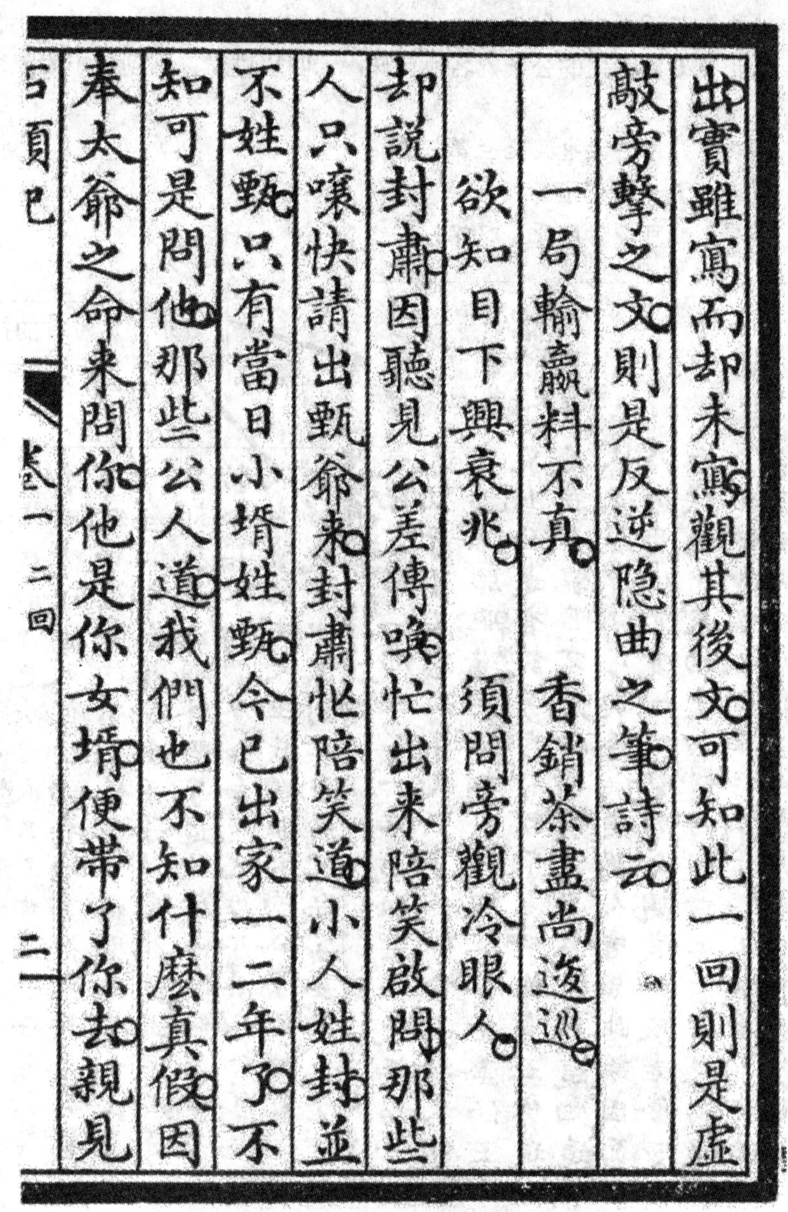
出實雖寫而却未寫觀其後文可知此一回則是虚敲旁擊之文則是反逆隐曲之筆詩云
一局輸贏料不真香銷茶盡尚逡巡
欲知目下興衰兆須問旁觀冷眼人
却說封肅因聽見公差傳喚忙出来陪笑啟問那些人只嚷快請出甄爺来封肅忙陪笑道小人姓封並不姓甄只有當日小婿姓甄今已出家一二年了不知可是問他那些公人道我們也不知什麼真假因奉太爺之命来問你他是你女婿便帶了你去親見
石頭記 卷一 二回 二

《辑评》没有批语的戚序本

四、俞平伯1954版《辑评》没有的眉批例证之三

例 2．甲戌本第 2 回 8b，己卯本 45 页

此例有二条夹批和一段眉批在甲戌本、己卯本中都有，但俞平伯 1954 年版《脂砚斋红楼梦辑评》中都没有。

【正文】这政老爹的夫人王氏。

【夹】记清。

【正文】头胎生的公子，名唤贾珠，十四岁进学，不到二十岁就取了妻生了子。

【夹】此即贾兰也。至兰第五代。

【正文】一病死了。

【眉】略可望者即死，叹叹！

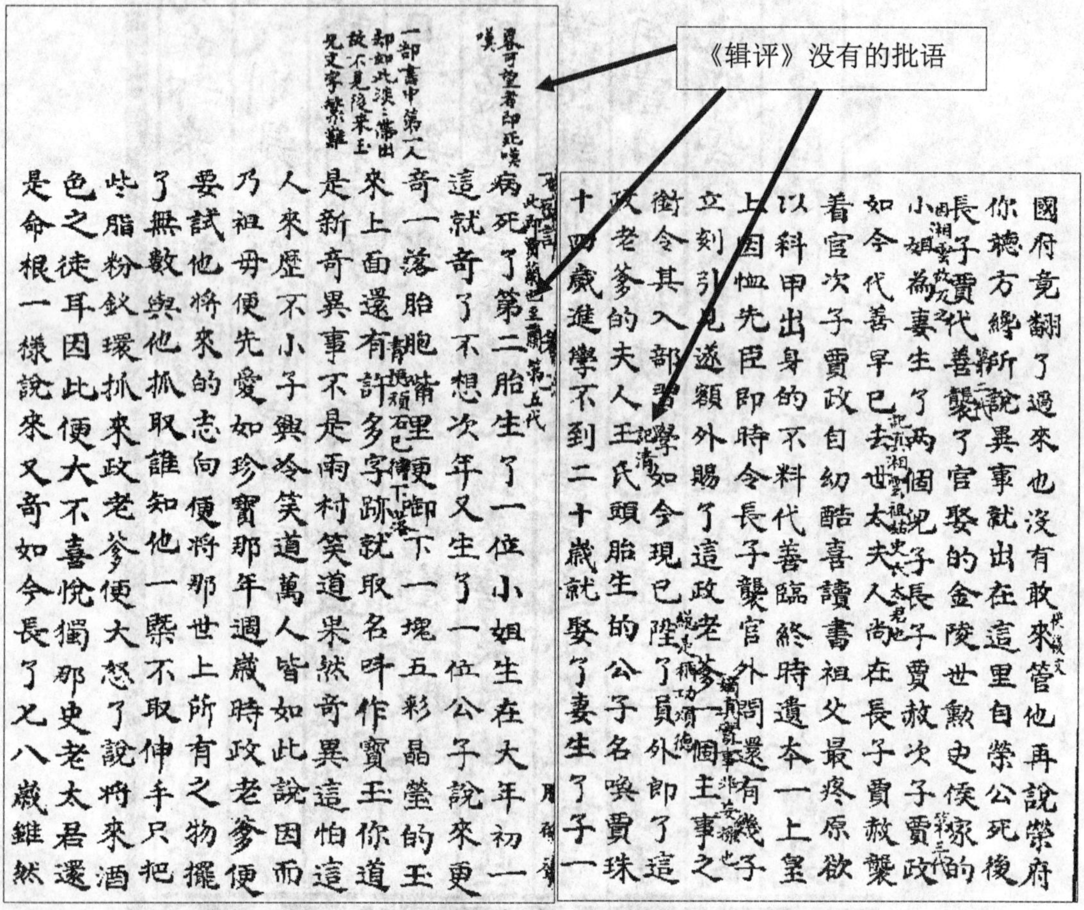

《辑评》没有的批语

《辑评》没有收三批语的甲戌本

《辑评》没有的批语

方終所說異事就出在这里自榮公死後長子賈代善襲了官娶的是金陵世勳史侯家的小姐爲妻生了兩个兒子長名賈赦次名賈政如今代善早已去世太夫人尚在長子賈赦襲着官次子賈政自幼酷喜讀書祖父最疼原要以科甲出身的不料代善臨終时遺本一上皇上因恤先臣即时令長子襲官又問还有几子立刻引見遂特賜了这政老爺一个主事之職令其入部習學如今現已陞員外郎了这政老爺的夫人王氏頭生的公子名喚賈珠十四歲進學不到二十歲就娶了妻生了子一病死了第二胎生了一位小姐生在大年初一这就奇了不想次年又生了一位公子説来更奇一落胎胞嘴里便啣一塊五彩晶瑩的玉来上面还有許多字跡就取名叫作宝玉你道是新奇異事不是雨村咲道果然奇異怕这人来歷不小子興冷咲道万人皆如此說因

畧可望者即死

一部書中第一人卻如此淡淡帶出故不見後来玉兄文字繁難

《辑评》没有收三批语的己卯本

此例和前一例类似，三批语都很明显，1954 年版《脂砚斋红楼梦辑评》不收，只可能是 1931 年俞平伯抄本或 1954 年版《脂砚斋红楼梦辑评》疏忽遗漏。

不管什么原因，总之 1954 年版《脂砚斋红楼梦辑评》是没有收这三批语。如此说明俞平伯 1954 年整理《脂砚斋红楼梦辑评》时还是会有遗漏的。

而附条批语在俞平伯 1954 年整理《脂砚斋红楼梦辑评》时仍然保留，没有像此处批语被遗漏，说明己卯本和俞平伯 1931 年抄本都应该是有附条批语，所以他在 1954 年版《脂砚斋红楼梦辑评》才会抄入此附条批语。

五、俞平伯 1954 版《辑评》缺失眉批统计

1. 俞平伯 1954 年主要根据己卯本整理甲戌本 16 回批语

本文主要是统计己卯本有、俞平伯 1954 年版《脂砚斋红楼梦辑评》缺失的批语，因此首先是以己卯本有的批语为主要研究对象。

在统计中发现，己卯本中甲戌本批语的前 8 回，陶洙是把甲戌本的批语用蓝笔抄在己卯本上，很清楚。而有甲戌本批语的后 8 回，即第 13—16、第 25—28 回中，出现了大量庚辰本批语，陶洙是用朱笔抄录的。而甲戌本和庚辰本同时都有的批语，陶洙只是在朱笔上加一个蓝笔的圈，表示此批语在甲戌本中也有。但如甲戌本批语和庚辰本批语文字不同，陶洙就只能以庚辰本文字为主，再以蓝笔表示其文字的差异。

因此虽然陶洙用不同方法记录了甲戌本 16 回的批语，但还是很仔细和认真的，甲戌本的批语基本保留了。因此俞平伯 1954 年就根据己卯本上的甲戌本批语，整理出包括甲戌本批语在内的全部五个版本的批语。

2. 俞平伯 1954 年版《脂砚斋红楼梦辑评》统计方法

为研究甲戌本中附条批语，以上只统计了甲戌本和己卯本有、俞平伯 1954 年版《脂砚斋红楼梦辑评》缺失的眉批。由于本文是研究附条批语，因此需要说明两点。

第一，如前所述，除眉批外，还有一些甲戌本的夹批也出现己卯本有，而俞平伯 1954 年版《脂砚斋红楼梦辑评》缺失的情况，因为附条是眉批，不是夹批，而本文是研究附条批语，因此对夹批就没有统计。

第二，以上是统计甲戌本的夹批也出现己卯本有，而俞平伯 1954 年版《脂砚斋红楼梦辑评》缺失的批语，还有一些甲戌本有，而己卯本和俞平伯 1954 年版《脂砚斋红楼梦辑评》都缺失的批语，这种情况原因复杂，但和研究附条批语无关，因此没有统计，也不讨论。

3. 因为只有前两回的三例缺失，证明俞平伯 1931 年确实只抄录前三回甲戌本批语

经过仔细比对己卯本和俞平伯 1954 年版《脂砚斋红楼梦辑评》16 回中所有甲戌本的眉批（未统计夹批），只发现上述三例己卯本有、俞平伯 1954 年版《脂砚斋红楼梦辑评》缺失的眉批。以上三例特点如下：

例 1 是第 1 回中，三段长眉批中缺失了中间一段。

例 2 是第 2 回中，缺失了一句眉批和一长句夹批。

例 3 是第 2 回中，缺失一句眉批和 2 句夹批。

以上三例己卯本有、俞平伯 1954 年版《脂砚斋红楼梦辑评》缺失的眉批，全部出自前两回。这和俞平伯 1931 年的《秋荔亭日记》记载完全一致。他日记中也记载，他 1931 年曾只抄录了前三回的甲戌本批语，以后的日记再未谈及抄录甲戌本批语一事。所以俞平伯 1931 年抄本可能确实只抄了前三回。也证明，俞平伯 1954 年版《脂砚斋红楼梦辑评》很可能参考了自己 1931 年的抄本。

己卯本中有、俞平伯 1954 年版《脂砚斋红楼梦辑评》缺失的甲戌本批语，只限于前两回，这也证实了俞平伯 1931 年确实只抄了前三回。所以俞平伯 1954 年整理《脂砚斋红楼梦辑评》时，就没有提曾参考他自己 1931 年的抄本，因为他的抄本不全，而陶洙抄本全。

其实俞平伯 1931 年抄甲戌本批语的想法，实际和十几年后，陶洙根据周汝昌借他的甲戌本录副本，把甲戌本批语全部过录到己卯本上思路完全一样。只是俞平伯过录的本子不是己卯本，而是戚序本，因为他手中只有戚序本。

至于为何俞平伯只抄了前三回就不抄了，以我估计主要是工作量太大，又有三种批语，尤其是双行批和夹批，要录入到戚序本的行间，非常麻烦。俞平伯平日工作又很繁忙，因此就中途停止了。

第三节　俞平伯和甲戌本附条分析总结

一、俞平伯 1931 年看到附条——甲戌本原有附条

俞平伯 1954 年版《脂砚斋红楼梦辑评》这三例批语缺失的原因，是 1931 年俞平伯漏抄了，还是 1954 年俞平伯整理辑评时漏抄了，由于没有找到俞平伯抄录的戚序本，无法最终确定。

但从前两回的三例来看，俞平伯肯定是没有完全盲从陶洙的己卯本。这三个例子中，不管是什么原因，最终还是有些己卯本上甲戌本的批语，俞平伯 1954 年版《脂砚斋红楼梦辑评》却没有收入。

俞平伯 1954 年版《脂砚斋红楼梦辑评》出现遗漏的批语，就反证出，俞平伯 1954 年版《脂砚斋红楼梦辑评》收入的第 1 回中的附条批语是可靠的，1931 年俞平伯的抄本中就应该有此附条。因为，如果 1931 年俞平伯抄本中无附条，即便陶洙己卯本中有附条，他 1954 年整理时也不会收入附条的。

因此，甲戌本附条应该在 1931 年俞平伯就看到了，换句话说，此附条是甲戌本原有的，而不是周汝昌所写所粘贴的。

以上推理过程再复述如下。

1. 比较甲戌本、己卯本和俞平伯1954年版《脂砚斋红楼梦辑评》三本中附条批语的形态。注意到，附条批语在俞平伯1954年版《脂砚斋红楼梦辑评》与甲戌本、己卯本不同，两条批语是连在一起的，只加了一个空格“□”区分。这是其特点，也是分析其来源的一个重要的线索。

2. 统计己卯本有、俞平伯1954年版《脂砚斋红楼梦辑评》缺失的眉批，前两回有三例。

3. 根据俞平伯日记，说他只抄了前三回甲戌本批语。而1954年版《脂砚斋红楼梦辑评》只有前两回的三例，证明他确实只抄了前三回甲戌本批语。因此1954年俞平伯整理辑评时，就没有提他曾抄过甲戌本批语。

4. 俞平伯1954年版《脂砚斋红楼梦辑评》前两回中发现有三例批语缺失，证明俞平伯1954年整理甲戌本批语时，在前三回中肯定是参考了他1931年所抄的甲戌本批语，因此才会在前两回中出现三例己卯本批语缺失。

5. 在前两回中出现三例己卯本有、俞平伯1954年版《脂砚斋红楼梦辑评》缺失的眉批，为何会遗漏这些批语，是1931年俞平伯漏抄了，还是1954年俞平伯整理遗漏了，现在无法判别。

6. 俞平伯1954年版《脂砚斋红楼梦辑评》有三处批语遗漏，而附条批语在己卯本和俞平伯1954年版《脂砚斋红楼梦辑评》都没有遗漏，因此俞平伯1931年应该是看到了此附条批语的。

7. 既然俞平伯抄了甲戌本前三回批语，他1954年整理时肯定会参考他自己的抄本。如果俞平伯1931年抄本没有附条批语，则俞平伯肯定不会收入1954年版《脂砚斋红楼梦辑评》。

8. 既然1931年俞平伯看到了附条批语，就说明附条批语是甲戌本原有的，而不是周汝昌所写所贴的。

总结以上推理，俞平伯1954年整理《脂砚斋红楼梦辑评》的前两回中出现三例己卯本没有的批语。而俞平伯1931年曾抄录甲戌本前三回的批语，因此俞平伯整理1954年版《脂砚斋红楼梦辑评》，肯定是很仔细地参考了1931年他自己的抄本。己卯本有附条批语，如果俞平伯1931年抄本无此批语，则俞平伯1954年整理《脂砚斋红楼梦辑评》肯定不会收入此附条批语的。既然俞平伯1954年版《脂砚斋红楼梦辑评》收入了附条批语，说明俞平伯1931年的甲戌本批语抄本中肯定有附条批语，否则他不会把附条收入。这样甲戌本原本中就应该有附条批语。

当然以上只是推理，由于没有找到俞平伯的戚序本批语抄本，无法最终核实1931年俞平伯甲戌本批语抄本是否收入附条批语。但根据以上分析和推理，甲戌本原本中应该有附条批语是很合理的。

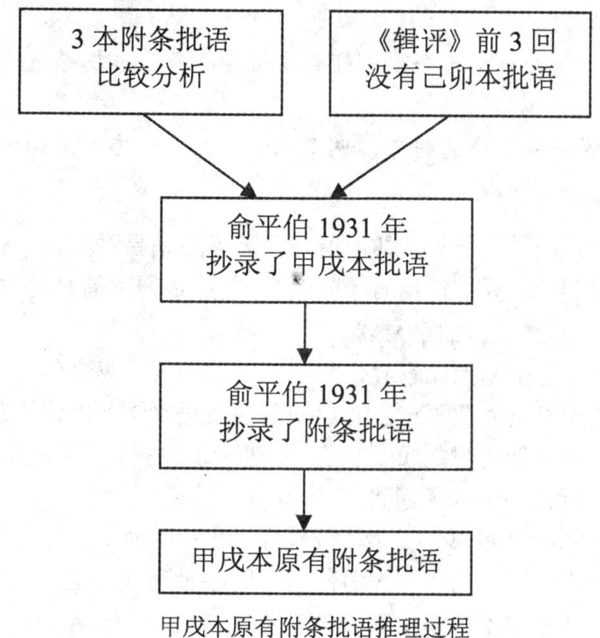

甲戌本原有附条批语推理过程

二、陶洙、俞平伯没有“附条”字样分析

周汝昌兄弟的录副本抄写附条批语时加注（附条）字样，但俞平伯 1954 年版《脂砚斋红楼梦辑评》的批语没有“附条”字样，不仅俞平伯书中没有，陶洙抄到己卯本上的批语也没有“附条”字样。只是周汝昌的录副本上有（附条）字样。但俞平伯没有写“附条”两字，并不表示他对附条毫无印象。

首先，俞平伯完全可能 1931 年看到过附条，但认为此乃后人所为，因此就没有特别提及附条，这是完全合理的，可能性更大。

其次，俞平伯确实没有提过“附条”，但俞平伯和陶洙抄录的附条批语的文字，和周汝昌附条批语的文字是完全一样的。既然周汝昌说这是“附条”批语，而俞平伯 1954 年版《脂砚斋红楼梦辑评》的批语虽然没有“附条”字样，但文字是完全一样的，这不是俞平伯所抄批语就是附条批语的证据吗？如果俞平伯 1954 年版《脂砚斋红楼梦辑评》的批语不是“附条”批语，那是从何而来的批语？

最后，甲戌本现在残留的批语撕掉后的保留下的痕迹，也是“予若（此字只保留了‘艹’字头）”，这也证明甲戌本和俞平伯和陶洙抄录都是同一条附条批语，虽然俞平伯和陶洙没有写“附条”字样。

因此，俞平伯 1954 年版《脂砚斋红楼梦辑评》的批语就是“附条”批语，只是他没有写“附条”2 字而已。

陶洙和俞平伯确实都抄录了附条批语，但为何都没有写“附条”字样呢。

为此就要仔细分析陶洙、俞平伯是如何抄录此附条批语的。

根据周伦玲女士对录副本上批语的描述，其记载如下（无标点，繁体字从右往左竖写）：

> 写士隐如此豪爽，又全无一此粘皮带骨之气，相愧杀近之读书假道学矣。
> （附条）
> 予若能遇士翁这样的朋友，也不至于如此矣，亦不至似雨村之负义也。
> 此后人笔墨不必存。玉言。

此两批语都是周祜昌所抄。如前所述，因为周祜昌看到附条批语是在附条上，而录副本不宜再做附条，只好加括号（附条）。之后是周汝昌写的注："此后人笔墨不必存。玉言。"玉言是周汝昌的字号。

前一条批语"写士隐如此豪爽，又全无一此粘皮带骨之气相，愧杀近之读书假道学矣"是称赞甄士隐赞助贾雨村。而后面附条批语"予若能遇士翁这样的朋友，也不至于如此矣，亦不至似雨村之负义也"，除进一步赞扬甄士隐外，还认为贾雨村不辞而别是"负义"行为，予以了谴责。

由于在甲戌本上这两部分文字，分别在 A、B 两面上，因此这两条批语也是分别在 A、B 两面上，前一条批语在 A 面，后一附条批语在 B 面。

前一条批语在甲戌本原本中对应的正文是"当下即命小童进去"。

甲戌本原本上，附条批语对应的正文是"因思昨日之事"。

在陶洙过录己卯本上，由于这两部分文字都在同一面上，因此这两批语是在同一页上。

在陶洙过录己卯本上，前一条批语在"当下即命小童进去"之后退后一行。

在陶洙过录己卯本上，附条批语也在正文"因思昨日之事"之后退后一行。

己卯本和甲戌本的批语与正文对应退后了一行，基本是一致的。

所以，从附条批语和正文的对应来看，并不是连续编写的。周祜昌所写（附条）只是说明后一条批语是在一个"附条"上。两条批语在甲戌本是在两页上，而在己卯本上这两条批语是在同一页上，因为要和正文相对，之间也有距离。陶洙把附条批语抄录到己卯本上时，已经正确理解了附条批语本身的含义，所以就没有抄写录副本上的（附条）两字。

俞平伯 1954 年整理《脂砚斋红楼梦辑评》时，可能和陶洙想法一样，也就没有加"附条"两字，这很自然。

因此，己卯本和俞平伯 1954 年整理《脂砚斋红楼梦辑评》都没有"附条"字样是很合理的。

附条“予若”

甲戌本原本

寫士隱如此豪爽又全無一些粘皮帶骨之氣相愧殺近之讀書假道學矣

寻着能遇士隱這樣的朋友亦不至於如此矣亦不至似雨村之負義也

言愚每有此意但每遇兄時兄並未談及愚故未敢唐突今既及此愚虽不才
義利二字却还識得且喜明歲正当大比兄宜作速入都春闈一战方不負兄
之所奉也其盤費餘事弟自代為處置亦不枉兄之謬識矣当下即命小童進
去速封五十兩白良並兩套冬衣又云十九日乃黄道之期兄可即買舟西上
待雄飛高舉明冬再晤豈非大快之事也雨村收了艮衣不過畧謝一語並不
介意仍是吃酒談笑那天已交三鼓二人方散士隱送雨村去後回房一覺直
至紅日三竿方醒因思昨夜之事意欲寫兩封荐書与雨村帶至神都使雨村
投謁个仕宦之家為寄足之地因使人過去請時那家人去了回來說和尚说
賈卩今日五鼓已進京去了也曽留下話与和尚轉達老爺说讀書人不在黄
道黑道總以事理為要不及面辭了士隐听了也只得罢了真是閒处光阴易

陶洙过录己卯本批语和正文之间关系

三、俞平伯1954年版收入附条批语分析

根据本人前面的分析，俞平伯1931年应该看到了附条批语，并把附条批语抄入自己的戚序本中。但由于没有找到此戚序本，这不是铁证。

根据俞平伯日记，他1931年肯定是抄录过甲戌本批语，即便当时抄写时无此批语，1954年他看到陶洙己卯本上附条批语，而自己抄本无此批语，他应该存疑不收，而不应该收此附条批语。他既然收了，就是他判断甲戌本是确实有此批语的。

所以，俞平伯1954年整理《脂砚斋红楼梦辑评》时既然收入了附条，并没有删除附条批语，虽然1954年俞平伯手中没有甲戌本原本，但有他自己1931年亲手抄录的甲戌本批语。他1954年整理辑评时，肯定会参考他自己亲手抄的批语的。

虽然我们目前没有找到俞平伯先生亲手抄录的甲戌本批语抄本，但在他1954年版《脂砚斋红楼梦辑评》中发现了三例甲戌本批语缺失，说明如果他1931年抄录甲戌本批语时没有附条批语，就不会收入1954年版《脂砚斋红楼梦辑评》。换句话说，俞平伯1931年应该看到了附条，甲戌本原本也是应该是有附条的。

所以，俞平伯1954年整理《脂砚斋红楼梦辑评》时既然收入了附条批语，他1931年就应该看到了此批语，否则他不会收入此批语的。

根据俞平伯日记，俞平伯1931年是曾抄录过甲戌本批语前三回，但可惜我们目前还没有找俞平伯先生抄录了甲戌本批语的戚序本。

即便找到俞平伯1931年的抄本，如果抄本上也没有此附条批语，仍不能确定甲戌本上就没有附条。因为理论上也可能俞平伯1931年确实看到了批语，只是认为批语是后人所批，不值得收录。

实事求是，甲戌本是否原有附条存在多种可能。由于没有铁证，目前严格讲还是推测。

认为俞平伯没有谈过附条，因此甲戌本就没有附条。但如上所述，这种推理还是有一些情况无法解释。

而通过间接分析认为——既然俞平伯1931年抄录过批语，而1954年版《脂砚斋红楼梦辑评》中确有附条，则1931年俞平伯就应该看到了附条。这样1954年版《脂砚斋红楼梦辑评》收入附条等后面很多情况都可以圆满解释。

哪个推理更科学？可能性更大？应该很明显了。

俞平伯没有提附条，因此他就没有看到附条，这是问题的一种可能性，还有其他可能性——俞平伯完全可能因为附条明显是后人所批，因此不值得一提。因此，事情最怕认真，认真分析这个问题，答案就顺理成章了。

第三章 甲戌本附条批语和周汝昌、胡适

第一节 周汝昌、胡适交往

上一节介绍了俞平伯和甲戌本附条中的一些问题，下面介绍有关周汝昌、胡适和甲戌本附条中的三个问题：

第一，甲戌本附条是原有的，还是后加的？

第二，甲戌本附条是否是周氏兄弟和陶洙所为？

第三，甲戌本附条是否是胡适撕掉的？

对上述有关周汝昌、胡适和甲戌本附条的问题，有不同看法：

有人认为甲戌本附条是后加的，是周氏兄弟和陶洙所为。我认为附条是甲戌本原有的，附条是胡适撕掉的可能性很大，但不排除其他可能性。

本来，在上节谈俞平伯与甲戌本附条中，本人已经详细论证了，甲戌本中不可能有附条。因此本文中有关附条中与周汝昌和胡适有关的问题，实际就不值得去研究和讨论了。但既然有这些问题还是应该做仔细分析。

要分析周汝昌、胡适与附条批语的关系，必须仔细分析他们之间的初期交往，而他们之间交往最可靠、最重要的证据是他们之间的通信。

一、周汝昌致胡适书信（与甲戌本有关部分）

整理说明：周汝昌致胡适有8封书信，都是苗怀明老师整理提供的。以下只选登其中与甲戌本有关的部分书信，其余和甲戌本无关的，如讨论曹雪芹家史部分都删除了。一些特殊情况苗老师在文句后加以解释说明，并标明“整理者注”，以与原文相区别。下划线是本人认为比较重要的文字。

第二封：1948年7月11日

适之前辈先生赐鉴：

<u>前造谒，蒙不弃款谈，并慨然将极珍罕的书拿出，交与一个初次会面陌生的</u>

青年人，凭他携去。我觉得这样的事，旁人不是都能作得来的。此匆匆数分钟间与先生一面，使我感到欣幸光宠；归来后更是有许多感慨，这个复杂的情绪不是几个字所能表达。先生如能体会我的意思，我便不想再说什么。只是，从我自己一方面讲，我觉得这次去谒，给予先生的印象一定不好。一、一年以来，不知何故，双耳忽然患重听，十分利害，自觉个人的灵机，便去了一半，不但先生看我有些钝鲁，就是先生所说的话，我也有未曾听清的地方。二、彼时正当大考，那一次进城，是百忙中的奔波；因暑与劳，我身体本不好，竟患了腹疾，又引发痔疮，同时又热伤风，精神体力着实不支，形容因之益加憔顇，而时间又是那样仓卒，我要说的话，一句也说不出来。

脂批本携来以后，我已细细的看过一遍了，我还待看第二、第三遍，海内孤本，黄脆的纸，我看时是如何的加小心，不忍略加损害，先生可以放心，这个本子确是一个宝物（“宝物”二字下作者加有着重号——整理者注），我觉得先生虽已作了一篇长文专记此本；但先生不过撮要大概一叙，其余可资论证者尚多，自是而后，一直便藏在先生书房里，不再加以讨论，使其发扬光大，这是很可惜的。（在这段文字上方，有作者的补充说明：“虽仅十六回，但仍比八十回徐藏本价值为高”——整理者注）。我现在正写原来计划的小书（已和先生说过），但我已准备要写一篇专文，叙论脂本的价值，从此本所能窥见的奥秘，和个人对他的意见。这件事先生也许不反对我。其次，我觉得集本校勘（“集本校勘”四字下有作者所加着重号——整理者注），这件事太重要了（“件事太重要了”下有作者所加着重号——整理者注）。为什么将近廿年之久，这中间竟无人为此呢？我决心要作这件事，因自觉机缘所至，责无旁贷，不如此，此书空云流传炙脍，终非雪芹之旧本来面目，依然朦胧模糊。我计划：以下面三本作主干：

（一）尊藏脂评十六回本。

（二）徐藏脂评八十回本。

（三）有正刊行戚蓼生本。

再参以“程甲”“程乙”二本，则本来真面，大致可见，东亚（当为亚东——整理者注）虽已多次排印，但都未能脱离开高兰墅的烟幕，未免令人耿耿也。

关于此事，先生斩荆披棘，草创开荒，示人以周行；然先生太忙，又岂能以此为专务？耕稼经营，正须要有人追踪先生，继续工作。先生如不以我为谫陋不可教，希望指导我，赞助我，提携我，且此亦不过诸事之一，其余治学作人，我既识（以下四字被遮看不清——整理者注）需先生之指教提掖，先生肯不弃吗？

徐星署先生之八十回本，现无恙否？如果将来我要集勘时，先生能替我借用吗？此事极关紧要，虽然冒昧，但我不能不先在此提出来向先生请示的，希望先生能先加开示。

署中天热事多，诸希珍卫，谨此致候。且脂本携来多日，我也应当向先生报告一声的。先生事情一定很忙，但若能抽空赐一复函，实感光宠，不胜延伫倾渴之至！草草，敬请夏安。

晚周汝昌再拜　卅七年七月十一日

郭恭三先生乞代候。

赐讯请寄：天津海河咸水沽同立号。

此信首有胡适的眉批：卅七，七，廿，回信，许他“一切可能的帮助”。

第三封：1948年7月25日

适之前辈先生：

快件奉到，厚意实感谢不尽！

对集本校勘一事，先生既抱同样意见，又惠然允予一切援助，情词恳挚，我尤感高兴！此事诚为笨重之工作，但实不能因其笨重即畏难而止，一任搁置下去。我既有此意，又已获得先生赞助，无论如何，决心力任此业。关于集校时实际上应注意之点，及正当之方法，仍希续加指示。

……

随函附呈拙文《跋脂本》一小册，原是为给赵万里先生写的，预备在《民国日报·图书》刊上发表后，再寄给先生。昨接斐云先生书（与大札同时到），谓该刊即将停出，故无法刊登。我现在直接寄给先生，请求指正，并希设法介绍他报刊登。拙文本无可观，而我必欲披露者，一则觉脂本实实可宝，不得不加以表扬，使天下人知此本之价值；二则屡次抛砖者，实亦希望能再引起普遍的兴趣，广结墨缘，多得几个同志。譬如我如不因谈《红楼》，如何得与先生相识呢？

……

希仍赐讯。盼盼。

晚周汝昌再拜

卅七年七月廿五日

第四封：1948年9月11日

适之前辈先生：

……

七日我又回到校中了，最引以为慰的事是甲戌珍本又随我平安回来了。自借得以后，我便时时怕有闪错，那时没法见您的面。不过有两点我必须先向您请罪：

一，《论学近著》原来很新，经一暑期三人阅读，（我的两个长兄也十分爱看您的书，）却已变旧了。但只是封面，我很后悔自始不先包一个书皮，那硬面看去很坚固，但脊侧却禁不得翻弄。

二，脂本是毫无零损，新整如故的，我心里还稍舒服些；可是我们未曾征求先生同意便录出一个副本来。原故固然是由于第一我们太喜爱太需要这本子了；但第二实亦因为原本过于珍贵，纸已黄脆，实实不忍看他经过翻弄而受损害。我们虽然加了十二分小心（二个多月，只有二人的手摸过他），但多翻一次便眼看着他多一次危险；若要充分利用而又同时珍惜这本子，唯一的办法便是录副。若是先写信征求先生同意，往返耽搁，我暑假满后一来平，这件事便没法办了。我四兄在家，一手移录（我在写别的，不能兼顾，只作了校仇的工夫），专人之力，一心不二用，整整两月才完工。这真是把握千载难逢的良机，稍一犹移，立失交臂了！有了副本，原本才遭受了最低限度的翻弄。我们的冒昧是不待言的，苦心也用得不小，现在特向先生声明，或者能你谅（“你谅”语义不通，或为笔误——整理者注）下衷而不怪责。这副本将来是要和原本一同送去，请求先生审鉴题记，以志流传授受，渊源踪迹。如果先生不愿意不同意我们的擅自录副，也不要紧，我们也准备着把副本一并送给先生，反正先生的书也肯借我用的。总之，这一点宝爱珍本的原意是如愿以偿了。

……

专上敬颂

道祺。

后学周汝昌再拜　卅七，九，十一

眼昏笔秃，不恭之至，乞谅。

第六封：1948年9月19日

适之前辈先生：

十五日接到先生一信，承你慨然许诺副本为我所有，并允为作题记，真使我万分高兴！《论学近著》翻旧了，你也概不加罪，我只有感佩。我觉得学者们的学问见识固然重要，而其襟怀风度也同样要紧。我既钦先生前者，尤佩先生后者！

巧得很，次日一早，先生第一信亦由舍间转到。先生这样不弃，谆谆教导，迥非常情所及，我如非糊涂人，定感知遇。先生怕我生气，怕我失望，我告诉先生说，绝不会的。彼此初交，先生当然无由知我详细，我已不复是稚气的孩子或盛气的少年，也是三十开外的中年人了。我的学运极坏：自幼在小学便连遭内战，败兵流军，扰村驻校是常事，中学时将要毕业，就是芦沟国变，校舍被轰（南开），大学刚入不久，则又是珠湾战起，八年沦混不算。还加上绑匪水灾种种一再的耽误，言不能悉。先后同级学子，不少境外归来，次者也早在国内作了大学教授，唯有我还是“一介青衿”，但凡略无勇气，早已更行改节，不再作念书打算了。故人中有很多疑我在燕大是执教，一提还是“当学生”，无不哑然！但我私自想想，现在还是沾了学生身份的便宜，因为假如换个地位，先生也许就要委蛇谦抑，而不肯如此开明亲切（“开明亲切”后有作者所加着重号——整理者注）的指导了。我如何“生气”，如何“失望”？（“生气”“失望”后有作者所加着重号——整理者注）我只有惊宠，庆幸。

……

诸归原题，我现在既有了一个新副本，翻索研求，可以方便大胆得多！因此可以更彻底地检看，所以那篇跋文确须遵从先生所嘱须要重加精密的好好写一下，发表不发表，实实无关紧要，我那也是一时的念头，先生不必认真。

……

我一定等先生回平再去拜谒借书。旅途风霜，诸乞为道珍重！

周汝昌谨上　卅七，九，十九

第七封：1948年10月23日

适之前辈先生：

多日阔别，此时当已安返故都了。谅先生此行一方面为学术定能宣扬教化，一方面为了自己作研考工作，也一定收获丰富。公私咸洽，式符臆颂。先生临行之前，想象是在怎样百忙之下，还连接为我而写两封信，那样恳挚指导，中心藏写，迄不能忘。我曾把先生的信都寄给家兄——手抄脂本的人——看过，他回信的话，更使我感动。他一再申说先生的友谊的可宝贵，而在相交不久之下，便获得了先生那样亲切的信，已是自己人的信（“自己人”下作者加着重号——整理者注），不再是写给生人外人的信了（“生人外人”下作者加着重号——整理者注），这是极为难得的事。同时他担心我一向心直口快不会世故的习性，热诚太过，有时便不免使人误会作不虚心的人；他提醒我注意不要给先生以不好的印象，因为他是最了解我的人，才能说出这些话。我有了先生这样的师友，又有这样知己弟兄，心中真是说不出的欣慨交集。我兄弟四人中，这个兄长与我两人最相契，他赋性孤洁，与世多忤，作了许多年的事，现在萧然归田，岑寂索莫，我唯有时常与他诗句倡和，或搜些精神食粮给他，以稍解其苦闷，他在脂本副本之后，有一篇抄后记，不久先生会看得到的。

……

要和先生说的话，真是多得很，但顺笔而写，已满四纸，恐先生嫌絮烦，不得不止于此了。专此敬祝

先生安好

周汝昌拜手敬启　卅七，十，廿三

第八封：1948年10月29日

适之前辈先生：

……

脂原本本想立即归还，但因先生提议给孙子书先生看，我想等和《四松堂集》一并奉还吧。先生如果能不时晤及孙先生，可否仍托他把先生允借的大字戚本也带给我一用？（“大字戚本”四字后作者加着重号——整理者注）如无困难，乞不吝，盼甚感甚！

……

家国学校，无一处不使先生忙碌劳神，心境也未必常得宁贴，我时时以极不

要紧的闲事来琐渎清神，实感不安之至。天道乍寒，诸祈为道自重。

晚周汝昌再拜　卅七，十，廿九

二、周汝昌和胡适早期往来

以上选登了周汝昌致胡适几封书信，请注意都是周汝昌刚结识胡适不久，1948年7月至10月之间的。周汝昌和胡适早期交往，即从1947年12月7日胡适写第一封信给周汝昌，至1948年12月15日胡适离开北京为止，共计1年多一点时间。在这一段时间内，周汝昌对胡适先后有两种截然相反的态度。

对此，苗怀明先生在《风起红楼》中对此有详细分析。

一方面，周汝昌开始对胡适出借给他甲戌本确实是非常感激的。

1947年12月7日胡适写第一封信给周汝昌，1948年6月27日把甲戌本慷慨借给周汝昌，周汝昌兄弟用1个月时间在未得到胡适同意下，就抄录了录副本。9月11日周汝昌去信告知了胡适，并表示："如果先生不愿意不同意我们的擅自录副，也不要紧，我们也准备着把副本一并送给先生，反正先生的书也肯借我用的"。胡适9月15日立即回信表示同意他们做录副本，并表示可以写题记。9月19日周汝昌回信表示"万分高兴"和"定感知遇"。1948年10月24日周汝昌在甲戌本空白页写下题记。1948年底（具体时间不明）周汝昌入城把甲戌本归还胡适。胡适1948年12月1日在甲戌本上写跋记，说明周汝昌兄弟做了副本。1948年12月15日胡适携甲戌本离开北京。

另一方面，周汝昌在这段时间的后期，因《跋脂文》及程本等与胡适发生学术争论，私下又对胡适有些不满和怨言。

据苗怀明先生在《风起红楼》中对此的介绍，争论有如下问题。

一是曹雪芹卒年问题。周汝昌1947年12月5日发表有关曹雪芹卒年文章，胡适12月7日给周汝昌回信提出不同意见，1948年2月22日发表，周汝昌于1948年3月18日再回信，5月21日发表。但胡适并未回信，因此在此问题上两人不存在争论。

二是年表问题。周汝昌于1948年3月18日给胡适信中列出一个小说和历史的年表，7月20日胡适给周汝昌回信，劝他收起年表。7月25日周汝昌给胡适回信，对胡适劝告"实在高兴得了不得"。因此两人也并未发生争论。

三是《红楼梦》的版本问题。周汝昌推崇脂本，而对程本十分反感，因此和胡适在程本上发生很大分歧和争执。但苗怀明先生在两人当时来往通信中找不到任何有关记载，因此他认为这是周汝昌记忆错误。

四是周汝昌《跋脂文》问题。1948年7月25日周汝昌借到甲戌本后，写了一篇有关脂本考证问题，邮寄给胡适。胡适看后不满意，1948年8月7日写了一信，但直到1948年9月12日才邮寄给周汝昌，在其中部分文字上胡适打了"×"，表示应删除。周汝昌1948年9月19日和10月29日两次回信表示感谢，并加眉批认为打×是"删之亦得"。但周汝昌在1948年10月29日和31日两次写的附记中，对胡适的批评还是有不满情绪。至于后来周汝昌回忆与前面的记述大相径庭，但由于这是以后的事情，和附条无关，就不记述了。

总结以上问题，两人当时的交往总体上是友善、融洽、愉快的。

第二节 甲戌本附条和周汝昌

一、周汝昌刚借到甲戌本不可能贴附条

根据以上分析，甲戌本附条应该在周祜昌1948年7月初抄写录副本时就抄入了，因此它出现在甲戌本只能是在1948年7月初。

这是因为，根据周伦玲的描述，附条批语和前面一条批语，从笔迹看，都是周祜昌所抄。而前面一条批语肯定是周祜昌在1948年7月初抄写录副本就抄录了，而附条批语也是周祜昌的笔迹，他似乎不会去补抄附条批语。因此附条批语只能出现于周祜昌抄写录副本的1948年7月初。

这样理论上只有两种可能。

第一种可能是，周汝昌6月27日拿到甲戌本，后就很快写了附条批语并贴上去，这样周祜昌才可能把附条批语抄录到录副本上。

第二种可能是，周汝昌把甲戌本给周祜昌时，甲戌本上还没有附条。这样附条批语就只可能是周祜昌在抄写录副本时所写的了。

下面再逐一分析上述周汝昌、周祜昌和陶洙所为的三种可能性。

首先，周汝昌所为的可能很小，其次周祜昌是基本不可能，而陶洙所为更不可能，因为他从未看到过甲戌本。

在以上甲戌本附条前后有关的全部记录中，我们要特别注意与附条有关的几个关键时间点。

第一，周汝昌兄弟开始抄写录副本时间是1948年6月27日周汝昌借到甲戌本后的第三天，费时1个月（周祜昌所言），约7月底抄完。9月11日周汝昌给胡适去信，告知他们录制了录副本。周祜昌抄录了附条批语，而附条在第1回，因此周祜昌抄写时间肯定在7月初。附条批语在甲戌本上出现时间应该在抄写时间之间，最迟也是在7月初。因此就可能为周汝昌所为（理论上周祜昌也可为，后面再分析）。

但周汝昌1948年7月11日给胡适去信：

> 海内孤本，黄脆的纸，我看时是如何的加小心，不忍略加损害，先生可以放心，这个本子确是一个宝物（“宝物”二字下作者加有着重号——整理者注）。

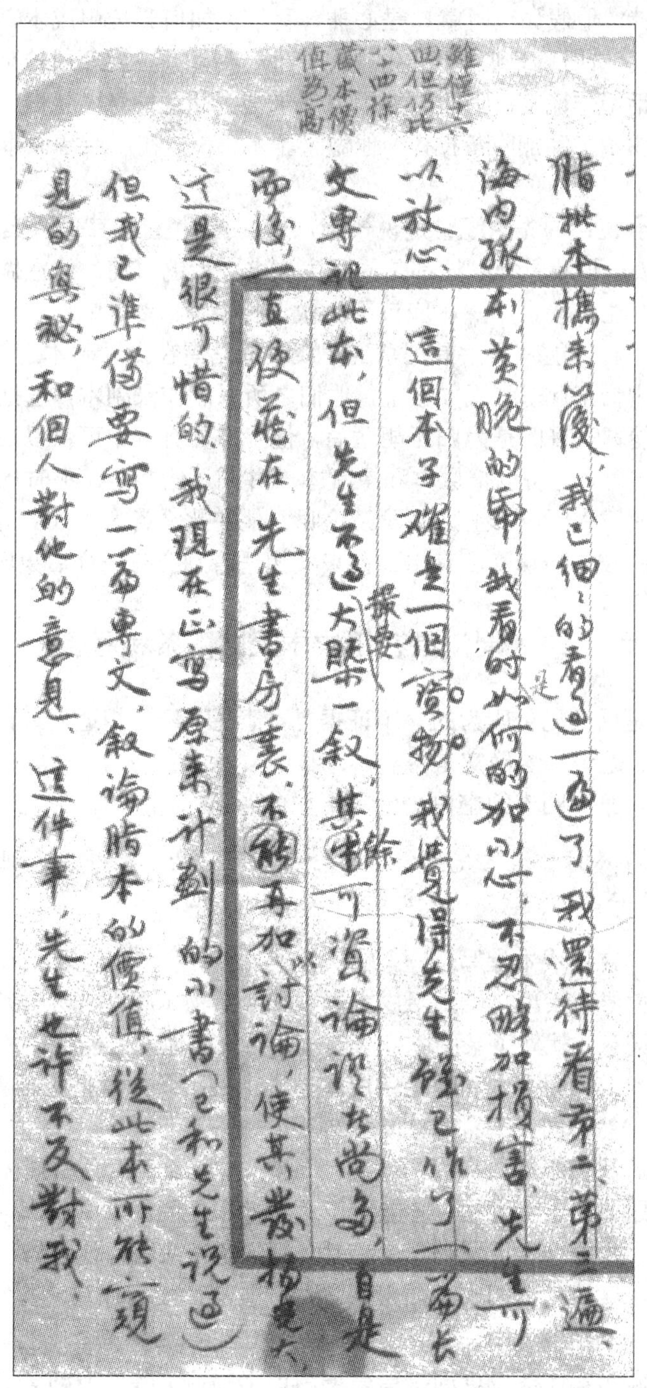
脂批本攜来以後，我已细细的看過一遍了，我還待看第二、第三遍，海内孤本，[illegible]晚的事，我看时如何的加小心，不忍稍加損害，先生所以放心。這個本子確是一個寶物，我覺得先生雖已作了一篇長文專親此本，但先生不過摘要大略一敘，其餘可資論證者尚多，自是而後，一直使[illegible]在先生書房裏，不能再加討論，使其發揚光大，這是很可惜的。我現在正寫原来計劃的小書（已和先生說過），但我已準備要寫一篇專文，敘論脂本的價值，從此本所發現見的奥秘，和個人對他的意見。這件事，先生也許不反對我，

周汝昌致胡适信，1948 年 7 月 11 日

这类的话在周汝昌给胡适信中说了不止一次。我觉得周汝昌当时的话还是真心话，并非口是心非。他还是个大学生，还未进入社会，他要在社会立足，必须得到胡

适这些名人支持，他假如当时就口是心非，写信说如何爱护甲戌本，而背后又随便在甲戌本上贴条，让胡适看到，不会生气吗？他今后还想立足于社会吗？因此我认为，当时周汝昌的话绝非谎言。因此不能因为他未得到胡适同意，就做了录副本，而认为他就可能在甲戌本上乱加附条批语。他做录副本，和他在甲戌本原本上贴附条批语是两回事。

当然有人会说：周先生经常是说一套，做一套，“曹雪芹佚诗案”《爽秋楼歌句》案等，都是事实。但我觉得，这都是周先生成名之后的事情。他在做录副本时，只是一个普通的大学生，涉世不深，应该不会做这种事情。

所以附条一种可能是周汝昌刚拿到甲戌本周祜昌在做录副本之前所贴，当时周氏兄弟刚从胡适中借来此书，视如珍宝，他们之所以制作录副本，也是怕不断翻动对此书有害，但可能真正目的是为归还胡适后，他手中还有一本可供以后研究。他也曾表示，如胡适不同意，他可以把原本和录副本一并归还给胡适。那时周汝昌刚拿到甲戌本，他怎么敢随便在甲戌本上贴条发议论呢？他在此“黄脆的纸”上贴附条，就没有考虑到对此本的破坏吗？就没有想到将来被胡适看到会有怎样后果吗？

二、周汝昌在甲戌本上贴附条和写题记

认为附条是周氏兄弟所为的一个证据是，他在不经过胡适允许，就私自在甲戌本原本空白页加了题记，这确实是事实。

周汝昌是在第4回末的空白页上写下如此题记：

> 卅七年八月，适之先生借得与祜昌兄同看两月，并为录副。周汝昌谨识。卅七、十、廿四。

根据周汝昌在甲戌本上写题记，就认为他们会在甲戌本上贴附条，我基本不赞同这种看法。我觉得周汝昌在借到甲戌本后视如“宝物（周汝昌所言）”，因此不能因为他未得到胡适同意，就做了录副本，写题记，而认为他就可能在甲戌本上乱加附条批语。他做录副本、写题记，和他在甲戌本原本上贴附条批语是两回事。

两种看法截然不同，哪种看法更合理呢？

我觉得对此我们不能根据表面情况就下结论，而要仔细分析周汝昌兄弟制作录副本和周汝昌写题记的全部过程，才能看出这两件事之间的关系。简单说，因为周汝昌兄弟做录副本，并周汝昌写题记，他们就会写附条；或因为他们做录副本、写题记和附条本质不同，就认为他们不会贴附条。两种看法都没有仔细分析研究其中的细节，都过于简单了。

为此，我们先要仔细通过周汝昌给胡适的书信，了解他们的交往过程。然后再分析如果是周氏兄弟所为，是何时所为？而周汝昌写题记是何时？仔细分析周汝昌和胡适交往中，他对胡适从感激到不满的整个过程。最后再看附条和题记的关系，这才是分析问题的正确方法。

三、周汝昌写题记是贴附条后三个月不可类比

有人把附条和周汝昌写题记并列来看，认为周汝昌在不得到胡适同意下，就在甲戌本上写题记。所以他也完全可能在没有得到胡适同意下就贴附条。这看似是十分合理的推理，但他们没有注意这两件事的前后和时间差。

如前所述，如果是周汝昌贴附条，肯定是在周祜昌抄录录副本之前，即 1948 年 7 月初。而周汝昌写题记是在 1948 年 10 月 24 日，即贴附条之后三个多月。这个时间差对附条来源的判别非常重要。

如果是周汝昌贴附条，应该是周汝昌刚借到甲戌本时，而周汝昌写题记是在三个月后。我们把这三个月中与附条和题记有关的事情，按照时间顺序列表如下。

1. 7 月初：周汝昌写附条贴到甲戌本上。

2. 7 月初，周祜昌开始抄录录副本，并抄写了周汝昌的附条批语。

3. 7 月 25 日：周汝昌写《跋脂文》邮寄给胡适。

4. 7 月底，周祜昌抄完录副本。

5. 9 月 11 日：周汝昌告知胡适他做了录副本。

6. 9 月 12 日：胡适给周汝昌回信，对周汝昌《跋脂文》不满意，在《跋脂文》打“×”。

7. 9 月 15 日：胡适给周汝昌回信，表示同意他们做录副本，并表示可以写题记。

8. 9 月 19 日：周汝昌回信表示感谢。

9. 10 月 24 日：周汝昌在甲戌本上写题记。

10. 10 月 29 日：周汝昌再次回信表示感谢。但同一天在附记中对胡适表示不满。

11. 10 月 31 日：周汝昌再次写附记对胡适不满。

从这个时间表可看出，如前所述，7 月初周汝昌贴附条时，周汝昌刚借到甲戌本，对甲戌本非常爱护，不太可能贴附条。

周汝昌写题记是在贴附条之后的三个月，期间两人因《跋脂文》发生不合。9 月 12 日胡适给周汝昌回信，对周汝昌《跋脂文》不满意，并在《跋脂文》上打“×”。周汝昌 10 月 29 日在附记中对胡适表示了不满：

> 胡先生只嫌吾行文芜杂拖沓，而阅乎意见是否正确，全无一语评按，冷静过于常人，不似其是是而非非勇于奖人之素性。文中曾提汪原放印“程乙本”之非当与“白话文学史”一词，甚望此二事并未予胡先生以任何不良感觉耳。

10 月 31 日附记中言辞更为不满：

> 若摭播字句，则任何名家文章，亦可吹毛而削改，不第拙文也。如胡先生《跋乾隆庚辰本脂砚斋重评石头记抄本》一文写得最乱，字句尤多未佳，我亦可得而笔削。

这段文字中周汝昌对胡适不满之意十分明显，和他刚借到甲戌本时，对胡适极为

尊重的态度，实在是大相径庭了。

而周汝昌写题记是在 10 月 24 日，就在 29 日附记前 5 天，那时周汝昌应该已经对胡适有所不满了。周汝昌 10 月 24 日写题记时，早已完成了录副本了，早就不是 7 月初那时对甲戌本视如珍宝的态度了。而且胡适已经在一个月前的 9 月 15 日就回信同意他们做录副本，并表示愿意在录副本上写题记。因此周汝昌在甲戌本上写题记，也不以为奇了。

所以，周汝昌 7 月初刚借到甲戌本时，十分珍爱，不太可能立即就会去贴附条。而三个月后，周汝昌完成了录副本，再加上胡适批评他的《跋脂文》，并同意他们做录副本，他已经完成了录副本，三个月后，周汝昌对甲戌本态度和开始刚借到时绝对不同了，因此他在甲戌本写题记是完全可以理解的。

因此不能周汝昌拿三个月后写题记一事，和三个月前贴附条相类比，这两件事相差三个月，周汝昌对胡适态度有很大改变，两件事根本没有可比性。所以说，不能因为三个月后周汝昌写了题记，就认为三个月前周汝昌就会去贴附条。虽然三个月后周汝昌敢在甲戌本上写题记，但三个月前，他还是不敢在甲戌本上贴附条的。

四、周汝昌在甲戌本上写题记和贴附条本质不同

以上我们根据时间进度，分析周汝昌贴附条和写题记相差三个月，认为两者不可类比。下面再分析周汝昌写题记本身的性质。

首先，在此之前，俞平伯也在甲戌本原本的空白页上也写了跋。俞平伯跋语末尾说得很清楚，这是“适之先生名为跋语”，是胡适亲自让俞平伯作跋。

而周汝昌 9 月 11 日告知胡适他做了录副本，胡适在 9 月 15 日给周汝昌回信，表示同意做录副本，并表示可以写题记。9 月 19 日周汝昌回信表示感谢。

既然胡适同意周汝昌做录副本，周汝昌又看到俞平伯写了跋语，于是 10 月 24 日他就在甲戌本的空白页做题记，说明他从胡适处借得此书，并录副，记录在案，这很自然。

我们还应注意，周汝昌所写的题记不是在甲戌本正文的空白页。甲戌本第 4 回末页 A 面有文字，而 B 面残缺，是胡适补上了。然后后面又增加了一张空白页，这张空白页是甲戌本原本就有，还是胡适重装之后插入的，从影印本上看不出来。

周汝昌所写题记就在这张空白页上。而且从时间上看，这是在周汝昌 9 月 15 日已经收到胡适回信，同意他做录副本之后约一个月。在得到胡适同意他们录副后，周汝昌觉得应该把他们做了录副本，并已经得到胡适同意一事记录在案，于是就在甲戌本此增加的空白页上，恭恭敬敬地写了题记，说明此事。

因此我认为，写题记是在录副和“贴附条”之后三个月，题记只是简单叙述他们做了录副本，并未出格。而三个月前，周汝昌还视甲戌本如珍宝，如果周汝昌在甲戌本上随便贴附条，妄加评议，就很出格了。如周汝昌贴附条是在写题记前三个月，那时他们胆子还没有大到三个月后写题记那样大，他还不敢在甲戌本上随便写附条批语。俞平伯这样大学者也只是在甲戌本后加了跋，也不敢在甲戌本上妄加批语，何况

一个燕京大学普通大学生呢？

总之，根据周汝昌当年抄录录副本前后给胡适的书信，从中看出周汝昌对胡适还是非常尊重的，对胡适借给他甲戌本是非常感激的。所以根据书信的情况，在甲戌本上随便贴附条不像是周汝昌当年所为。

而周汝昌写题记是在"贴附条"之后三个月，那时周汝昌对胡适已经有些不满了，因此才敢在甲戌本上写题记。不能根据周汝昌三个月后写了题记，就认为他在三个月前会贴附条。两件事有三个月时间差，周汝昌三个月前后对胡适态度有很大不同，两件事完全不可类比。把附条和题记类比是没有注意这两件事的时间差，没有注意周汝昌在这两件事中对胡适的态度，结果把两件背景完全不同的事情混为一谈了。

从此例可以再次看出，对任何问题的分析不能过于简单，不能只看表面现象。而必须仔细分析其背景和相关的所有线索。

1931 年俞平伯抄录了甲戌本批语也是一例，此事实对于判断俞平伯 1954 年办《脂砚斋红楼梦辑评》中附条批语的来源有很大意义，由此可证明，1931 年俞平伯应该看到了此附条批语。

五、周汝昌和胡适交往的转变

由于甲戌本附条问题，引起了对周汝昌 1948 年前后和胡适交往过程的仔细研究。并由此看出周汝昌和胡适交往中的转变。

从周汝昌一生和胡适交往的历程来看，早期交往中周汝昌基本是比较尊敬胡适的。到 20 世纪 50 年代，周汝昌由于政治形势而严词批判胡适，直到其晚年对胡适常有很多不敬之词。周汝昌一生对胡适态度的转变，很多人做了深入研究，苗怀明先生 2005 年开始著文研究两人的关系，到 2006 年出版《风起红楼》专著，全面完整梳理两人交往和周汝昌前后对胡适态度的反复变化。这已经是不争的事实了。

从 1947 年 12 月 7 日胡适写第一封信给周汝昌，至 1948 年 12 月 15 日胡适离开北京为止，共计 1 年多一点时间内，周汝昌对胡适态度也有一个转变过程，开始是极为尊敬，对胡适借给他甲戌本、不断提供各种资料、直言不讳指出其问题，并尽力提携他，周汝昌开始确实是感激涕零的。但随着二人争论渐起，周汝昌对胡适也渐渐有所不满。苗先生书对此也有介绍和分析。

而附条一事也证明这一点。只在短短三个月内，周汝昌对胡适态度就有所变化。

1948 年 7 月，周汝昌刚从胡适处借到甲戌本时，确实是视为珍宝，因此他绝不敢在上面题词。而两个月后，周汝昌在《红楼梦》和曹雪芹研究上有所进步，到 1948 年 9 月，主要因为周汝昌《跋脂文》一文被胡适批评，他和胡适发生争论。期间周汝昌表面上书信来往中，对胡适虽然还是十分尊敬，但内心深处已经开始对胡适有所不满。因此到 10 月 24 日，周汝昌就敢在甲戌本上公然题写题记，这就不足为奇了。

我们对附条，一定要放到这三个月中周汝昌对胡适态度的转变中分析，才可得出正确的结论。而不是只看到周汝昌三个月之后，敢在甲戌本上写题记，就认为三个月之前，他就敢在甲戌本上贴附条。这种时间颠倒的分析不符合周汝昌在三个月内对胡适态度的转变，是不合理的。

分析问题、研究问题必须仔细、认真，这样才可以得出正确的结论。甲戌本附条的研究是个很好的启示。

六、附条批语字迹分析

附条批语“予若能遇士翁这样的朋友，亦不至于如此矣，亦不至似雨村之负义也”中的“予”字就是“我”的意思，“予”可以假借为“余”。但一般来说，现在通行使用“余”，而只有古人才会用“予”字。

我在查周先生大约同时期所写的“跋胡藏脂砚斋重评石头记”一文中写道：“今夏余从胡先生借来”，其中用的是“余”字，而非“予”字。

虽然“予”是“余”假借字，但现在一般人使用“余”，而不是“予”字。一般使用是“余”还是“予”字，应该有固定习惯。如附条批语是周汝昌所写，而同时期所写的“跋胡藏脂砚斋重评石头记”一文是用“余”字，则似乎不太可能又用“予”字。

当然以上只是推论，用“余”，又同时用“予”也有可能。

第二，上海博物馆中保存的甲戌本原本中附条批语“予若能遇士翁这样的朋友”，只保留了“予”字和“若”字的字头，如下图。

再从周汝昌的信中找到两个“予”字，仔细比较，周汝昌信中两个“予”写法完全一致，但和附条批语的“予”字写法则完全不同。

甲戌本附条批语

周汝昌信

这三个字有工整和潦草之差别，周汝昌信写得比较潦草，而批语写得比较工整。由于这个字笔画很少，可能无论谁书写，都差不多。我完全不懂书法，但从起笔、落笔看，怎么看，怎么觉得这不像一个人所写。我觉得只有一个字，怕很难做结论，还不能成为“铁证”。

总之，当然目前缺乏铁证证明附条是谁所为，但根据各种线索进行分析附条是谁所为，还是有必要的。

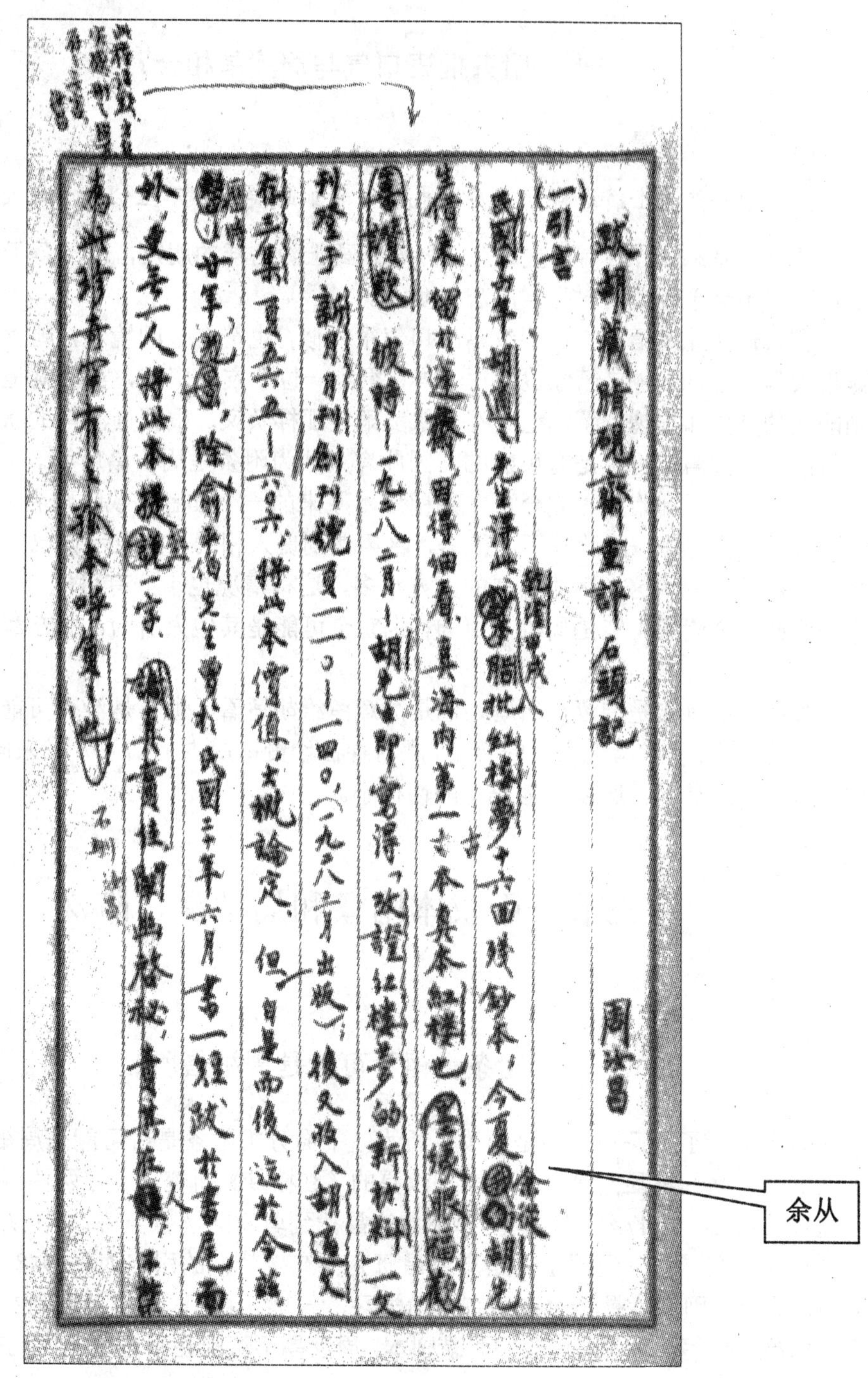

跋胡藏脂硯齋重評石頭記　周汝昌

(一)引言

民國十六年胡適之先生得此乾隆甲戌脂批紅樓夢十六回殘鈔本，今夏余從胡先

生借來，留於燕齋，因得細看，真海內第一古本真本紅樓也。暑假無聊

書跋 彼時一九二八年一月一胡先生即寫得「考證紅樓夢的新材料」一文

刊登于新月月刊創刊號頁一一〇—一四〇（一九二八年三月出版），後又收入胡適文

存三集頁五六五—六〇六，將此本價值，大概論定。但自是而後，迄於今茲

整廿年，除俞平伯先生曾於民國二十年六月書一短跋於書尾而

外，更無一人將此本提說一字，其真價值湮沒無聞

周汝昌《跋胡藏<脂砚斋重评石头记>》首页中“余从”

七、附条批语口气与周汝昌相合？

附条批语原文是：

予若能遇士翁这样的朋友，也不至于如此矣，亦不至似雨村之负义也。

其含义是：批者目前状况不佳，如遇到甄士隐这样的朋友，也不至于到今日这个地步，也不至于像贾雨村那样的忘恩负义。

有人认为此批语口气和周汝昌的口气很相似，也符合他的境遇，周汝昌当时只是燕京大学学生，希望自己像贾雨村一样，得到一位朋友的资助，实际就是暗指希望得到胡适的支持和提携，而他绝对不会像贾雨村那样负义。根据周汝昌的状况，写这种口气的附条批语似乎也是有可能的，因此有人认为附条是周汝昌所为。

但实际上，此附条也完全可能是甲戌本原来的一个读者（或收藏者）境遇不佳，看到此处十分感慨，因此写下此批语，希望遇到贵人相助，并表示自己一定会好好报答。在旧社会中，这类怀才不遇的文人很多，这种情况也十分有可能。

因此这个附条可能是周汝昌所为，也完全可能是其他人所为，双方都没有任何证据。

如果附条确实是周汝昌所写，他是故意留给胡适看，也不是没有可能。但这种表白也太幼稚了，周汝昌把自己的希望，用这种在珍贵甲戌本上贴条方式来向胡适表白，这也太过于想象了。所以我觉得可能性很小。

第三节　甲戌本附条和周祜昌、陶洙

一、附条批语不可能是周祜昌所为

以上分析了附条不可能是周汝昌所为，下面分析附条是否可能是周祜昌所为。

周祜昌是周汝昌四哥，在早期周汝昌的《红楼梦》研究中，在两件事上周祜昌给予他很大帮助。1947年在他的提示下周汝昌找到敦敏的《懋斋诗钞》，从此走上《红楼梦》的研究，可以说周祜昌是周汝昌研究《红楼梦》的引路人。1948 年周汝昌借到甲戌本后，因周汝昌当时在燕京大学学习，学业很忙，因此就把录副本工作全部交由周祜昌去抄写。没有周祜昌抄写录副本，周汝昌不可能在很短时间内就在《红楼梦》研究中取得成绩。

附条批语到现在为止，虽然甲戌本有残留一角，但目前所看到的完整记录，也确实是周祜昌第一次抄到录副本上的记录。这样，理论上也可能附条是周祜昌所为。但这只是理论上的可能性而已，实际这种可能性极小。

第一，甲戌本是胡适借给周汝昌的，是周汝昌让周祜昌来抄的。周汝昌开始对甲戌本视如珍宝，肯定会告诫周祜昌抄写时务必小心。此时周汝昌还未与胡适打招呼，如出一旦抄写中出现问题，损坏原本，周汝昌肯定是不好向胡适交代的。他今后还指望胡适提携，那样肯定会影响他一生今后的前途，周汝昌不会不明白这一点的。所以他肯定会仔细叮嘱周祜昌抄写时要小心，如抄写时不要沾污原本等话，我相信周汝昌是会当面告诫周祜昌的。

第二，在周祜昌的谆谆告诫下，周祜昌抄写时肯定会十分小心的。不可设想，在未得到周汝昌同意情况下，他会私自随便大发议论，在甲戌本上乱贴附条，这几乎是完全不可能的事情。我相信，如周汝昌知道周祜昌未和自己打招呼，就在甲戌本上贴附条，会很生气的。

第三，退一万步，即便附条是周祜昌大发议论，自己所贴，但他做录副本是为他们自己研究，而贴附条只是抒发周祜昌自己情绪，他怎么会把自己的附条也抄入录副本呢？这又不是要出售作假。因此即便附条是周祜昌有感而发，但他也不会把自己写的附条再抄入甲戌本的录副本中，这是基本常识。据说周祜昌对古籍很热爱和熟悉，做学问水平并不比周汝昌差。把自己写的附条再抄入自己的录副本这样荒谬的事情，周祜昌绝对不会做的。

第四，周汝昌看到周祜昌把附条抄入了录副本，他肯定会比对甲戌本原本，发现附条明显是后人所贴，因此他加注“此后人笔墨不必存”。表面看，此“后人”可能是指外人，也可能是暗指周祜昌。分辨周汝昌“后人”是指谁，要看周汝昌的话是对谁说的。如果是对外人说的，可能暗指周祜昌。但录副本是周氏兄弟自己使用，当时绝对不会示人，所以周汝昌的话不可能是对外人说的，而是对周祜昌说：此附条是其他人所写，不应抄下来。所以，此处丝毫没有意思说此附条是周祜昌所为，“后人”不可能是指周祜昌。因此周汝昌并不认为附条是周祜昌所抄。

根据以上分析，周祜昌贴附条的可能性基本没有。

二、附条批语不可能是陶洙所为

认为附条不排除附条是陶洙所为，其主要根据是梅节先生一篇文章，即 2011 年 7 月 15 日在香港《城市文艺》第五十四期文章《周汝昌、胡适“师友交谊”抉隐——以甲戌本的借阅、录副和归还为中心》[1]。此文认为周汝昌借给陶洙的是甲戌本原本，而不是录副本。这里涉及周汝昌借给陶洙的是甲戌本原本，还是录副本。周汝昌自己和梅节两方说法不一。周汝昌自己说是录副本，梅节先生说是甲戌本原本。

梅先生对周汝昌借给陶洙的整个过程做了详细的“梳理、推考”。这些看似十分合理，但最大问题是——所有“梳理、推考”都没有注明出处，没有任何说明来源。这可能只是梅先生个人的“梳理、推考”，也可能是其他人告知梅先生，梅先生不便说明。

[1] 梅节：《海角红楼——梅节红学文存》，国家图书馆出版社 2013 年版，第 395 页。

梅节认为陶洙借到的是甲戌本，他提出的唯一证据是——甲戌本上有陶洙涂改文字的痕迹。他在甲戌本上找到了7处陶洙涂改的字迹。对这些涂改是否是陶洙所为，本人和北师大本及己卯本上陶洙批语同一字比对，证明这些字迹并非是陶洙所改。

因此我认为梅节先生的分析根据不足。

周汝昌声称借给陶洙的是录副本，还有一个有力的证据是——录副本上有十几处陶洙的涂改。这是周先生出借给陶洙的是录副本的有力证据。

周汝昌多次指出，陶洙曾对他经手的各种版本都随意做涂改，包括己卯本、庚辰本等。周汝昌在甲戌录副本上，周汝昌也发现有陶洙的涂改。他在为王毓林先生《论石头记己卯本和庚辰本》（书目文献出版社，1987 年）一书所写序言中指出："我在自己的《甲戌》过录本上发现了陶先生借用时留下的笔迹——加字，甚至描改"[①]周汝昌先生在每处陶校字书页的眉端皆作有注语，以明其出处。

王毓林《论石头记己卯本和庚辰本》一书中有一节专谈"关于周汝昌先生抄藏的甲戌本和陶洙对该本的涂改情况"[②]，王先生曾借阅周的录副本，发现陶洙对录副本的涂改，大约有十余处。王先生举出了其中的4个例子，确实是陶洙对录副本做了修改，这是铁证，证明陶洙确实曾借阅并"涂改"了录副本。由此可见，陶洙确实曾借阅并"涂改"了录副本。

由于我没有看到录副本，周汝昌所言陶洙对录副本的涂改，我无法验证。

既然周汝昌借给陶洙的是录副本，而不是甲戌本原本，这样陶洙就自始至终根本就没有见过甲戌本原本。那么附条就不可能是陶洙所为，陶洙就可以被排除在外。

有关附条批语问题，我早在一年前就曾在"中国古代小说网"上发表文章详细论述，有兴趣读者可上网阅读。

《周汝昌借给陶洙甲戌本录副本考（上）》，2013年12月15日，

http://www.zggdxs.com/Article/xlhy/mqxs/hlm/201312/6163.html。

《周汝昌借给陶洙甲戌本录副本考（下）》，2013年12月15日，

http://www.zggdxs.com/Article/xlhy/mqxs/hlm/201312/6164.html。

《周汝昌借给陶洙甲戌本录副本考（浓缩版）》，2013年12月15日，

http://www.zggdxs.com/Article/xlhy/mqxs/hlm/201312/6162.html。

2014年中和年底，到2015年初，本人又在"中国古代小说网"上发表文章讨论此问题，有兴趣读者可上网阅读。

《〈红楼梦〉红楼梦甲戌本附条批语和周汝昌录副本图章问题——答沈治钧先生》，2014年7月28日。http://www.zggdxs.com/Article/xlhy/mqxs/hlm/201407/6971.html。

《〈红楼梦〉甲戌本附条批语是周汝昌所为吗？——再答沈治钧先生》，2014年7月28日，http://www.zggdxs.com/Article/xlhy/mqxs/hlm/201407/6973.html。

---

① 周汝昌：《论石头记己卯本和庚辰本》序，王毓林《论石头记己卯本和庚辰本》，书目文献出版社1987年版，第3页。

② 王毓林：《论石头记己卯本和庚辰本》，书目文献出版社1987年版，第123-126页。

《谈俞平伯和甲戌本附条——三答沈治钧先生》，2014 年 12 月 26 日，http://www.zggdxs.com/Article/xlhy/mqxs/hlm/201412/7411.html。

《谈周汝昌、胡适和甲戌本附条——四答沈治钧先生》，2014 年 12 月 29 日，http://www.zggdxs.com/Article/xlhy/mqxs/hlm/201412/7419.html。

《谈“庚寅本”、甲戌本录副本“造假”——五答沈治钧先生》，2015 年 1 月 1 日，http://www.zggdxs.com/Article/xlhy/mqxs/hlm/201501/7427.html。

第四节 甲戌本附条撕掉和影印

一、撕掉批语的几种可能

现在铁的证据证明甲戌本上原本确实有此附条批语，此批语当然是后人所加。从批语目前只保留“予若”字迹看，此批语有可能是自然脱落，也有可能是被人撕掉的。

由于现在只保留原字条右上角的“予若”二字，因此这附条应该原来也只粘了右上角一个角。因为附条只粘了一角，粘贴未必牢靠，而原纸也可能脆弱，因此是否可能后来脱落了？甲戌本在 1948 年底周汝昌还给胡适，胡适带去美国后，胡适也曾借给翻译《红楼梦》的王际真先生等人看，直到 1961 年台湾第一次影印，这中间又过去了 13 年之久。甲戌本上的附条在这辗转流传中，完全有可能脱落了。

此附条除去可能是脱落外，也有可能是被人故意撕掉了。如是被人故意撕掉的，则为何要撕掉此批语？谁撕掉了此批语？

这里又有多种可能。

第一种可能，附条原有，胡适撕掉。

这种情况的过程是，附条在胡适得到甲戌本时已经存在了，借给周汝昌时也存在，因此被周汝昌抄入录副本。周汝昌归还给胡适后，在影印前，胡适认为此附条明显是后人所为，因此撕掉了。本人持这种看法。

第二种可能，附条是周氏所为，归还前被周氏自己撕掉。

有人认为，附条在甲戌本原本上没有，是在借给周汝昌后出现的，而且最大可能是周汝昌所为。假设这看法成立，附条最大可能是周汝昌本人所为。那样他把甲戌本归还胡适时，就应该自己先撕掉。因为他很清楚此附条是他所为，胡适原本是没有的，而且此附条太明显了，如不撕掉就归还胡适，肯定会被胡适发现的。他在空白页写跋语说明借书和做录副本，胡适后来也同意了，因此不会太生气。但他如随意乱贴附条，肯定会惹怒胡适的。因此，假如附条是周汝昌所为，他竟然会不除去附条就归还胡适，这很难理解。

第三种可能，附条是周氏所为，归还后被胡适撕掉。

假如附条是周汝昌所为，归还胡适时没有撕去，归还后才被胡适撕掉，理论上只有以下几种情况。

第一，周汝昌归还时因为匆忙，忘记了。按照周汝昌自己回忆，当时解放军已经围城，形势很紧急，周汝昌是匆忙之间归还胡适的，因此不排除忘记了附条的可能性。但我觉得可能性似乎不大。

第二，周汝昌认为贴附条无所谓，因为他曾在甲戌本上写过题记。所以就没有除去附条就归还给胡适。这种可能性也存在，但我觉得可能性似乎也不大。

第三，周汝昌对他写的批语很得意，故意留下来给胡适看。有人认为附条口气是周汝昌希望得到胡适的支持和提携，如果确实是周汝昌所写，他因此故意留给胡适看，也不是没有可能。但这种表白也太幼稚了，把自己的希望，用这种在珍贵甲戌本上贴条方式来表白，似乎不会是周汝昌所为，这也过于想象了。所以我觉得可能性也很小。

总之，认为附条是周汝昌所为，而又认为是胡适撕掉，就是承认周汝昌归还甲戌本时，周汝昌并没有把自己贴上去的附条除去，这很不合理。

第四种可能，胡适给他人看时被撕掉。

1950 年胡适将此书带到美国后，还曾借给翻译《红楼梦》的王际真先生。是否可能是其他人所撕掉？本人觉得这种可能性也很小。其他学者都知道此书的珍贵，不会轻易撕去此批条。

第五种可能，1961 年台湾影印时撕掉。

胡适 1948 年 12 月 15 日把此书带走后，又带到美国，此书一直没有影印。直到 1961 年胡适才同意由台湾影印出版。台湾第一次影印时，是否可能考虑此批语是后人所加，因此在得到胡适同意后，撕掉了此批语，也就随之除去了撕掉附条后留下的痕迹。

第六种可能，古籍中常有这种贴条，一般是影印两次，先影印带贴条，然后再去掉贴条影印一次。是否甲戌本原来也准备如此影印两次，但撕掉附条时撕坏了，无奈只好把留下的痕迹也除去了。

六种可能中，附条原有、胡适撕掉这种可能性最大。

二、附条批语痕迹为什么没有影印出来？

现在铁的证据证明，甲戌本上原本确实是有此附条批语的撕掉痕迹，但为何多次影印都没有影印出来？

胡适 1948 年 12 月 15 日把此书带走后，又带到美国，此书一直没有影印。直到 1961 年胡适才同意由台湾影印出版。甲戌本台湾 1961 年第一次影印时，胡适删去了胡适自己的三条题记和周汝昌、俞平伯的题记，据说其他未作任何修改。大陆 1962 年第一次影印，俞平伯还为此著文介绍。大陆影印古籍经常做“技术处理”，不仅影印己卯本对陶洙的笔迹大杀大砍，对甲戌本也是一样，人为故意删除了很多文字和批语。最近人民文学出版社重印《红楼梦》版本，完全照原样影印出版，恢复了台湾 1961 年版删除的上述胡适、俞平伯和周汝昌的几篇题记。但这些甲戌影印本都无此附条批语。

因此，本人觉得目前最大可能是 1961 年台湾第一次影印时就没有影印此批语。至于其原因又有几种可能。

第一种可能是无意中技术处理的结果，一时疏忽未影印出来。

如果熟悉甲戌本原貌的人就知道，甲戌本上有很多污痕，很明显。如果影印时不做技术处理，则影印出的版本不清楚，对阅读很不利。因此，影印时都会对原本做技术处理。请仔细对比本文刊载的甲戌本照片上有很多污痕，而人民文学出版社等影印的同一页面上十分干净。同样，新版《周汝昌与胡适》一书第 223 页有甲戌本第一页的原貌，上面的污痕十分明显。而所有影印本都对此做了技术处理，把这些污痕都去掉了。

而贴条痕迹“予若”字很浅，和污痕很接近。这样对污痕等技术处理时，有可能就把贴条痕迹和这两字都一并处理掉了。但经本人实际试验，在处理背景污痕时，要么处理较深，这样污痕是处理掉了，但其他朱笔批语和此批语字迹也会处理掉。如处理较浅，但背景污痕就处理不干净。因此，本人经实验后觉得，技术处理时无意中去掉此痕迹的可能性不大。

第二种可能是故意删除。

经过本人的实验，即便在技术处理背景污痕后，此粘贴痕迹和两字都还可以看出，如不加技术处理，批语痕迹是不可能消除的。因此，更大可能还是在台湾第一次影印时，觉得此批语是后人所加，没有价值，因此经胡适同意后，删除了此批语的痕迹。

要彻底搞清楚此问题，只有到台湾去调查影印过程。但从 1961 年出版至今已经过去 54 年了，当年操办此事的人怕都作古了，估计很难搞清楚了。

第五节　甲戌本附条批语研究总结

一、甲戌本附条批语讨论总结

有关甲戌本附条批语问题总结如下。

1. 俞平伯 1931 年是否看到甲戌本附条？

一种看法认为：

（1）俞平伯从未谈及甲戌本附条。

（2）因此俞平伯 1931 年没有看到甲戌本附条。

（3）所以甲戌本原本没有附条。

我的分析：

（1）俞平伯从未谈及甲戌本附条，不是他没有见到附条，而是他认为附条是后人所贴，不值得一提。

（2）俞平伯 1931 年日记说他抄录了前三回甲戌本批语。

（3）俞平伯 1954 年版《脂砚斋红楼梦辑评》收入了附条批语，但两批语连抄。

（4）俞平伯 1954 年整理辑评时，肯定同时参考了陶洙己卯本和自己的抄本。

（5）只有两本都有的批语，俞平伯 1954 年整理时才会收入辑评。

（6）由于俞平伯 1954 年版辑评有附条批语，因此 1931 年俞平伯抄写甲戌本批语肯定也有附条批语。

（7）俞平伯 1954 年版辑评连抄两批语，是由于他 1931 年把此两批语抄到戚序本上时，页眉地方不够，因此就连在一起了。

（8）俞平伯和陶洙抄录附条批语时都没有"附条"字样，是由于他们觉得没有必要加注。

2．甲戌本附条产生时间？

一种看法认为：

（1）甲戌本原本没有附条。

（2）所以甲戌本附条产生在周汝昌借到甲戌本和归还甲戌本之间。

我的分析：

（1）甲戌本原来实际就有附条。

（2）假设甲戌本原来没有附条，而在周祜昌的录副本上却出现了附条。因此附条只能是在 1948 年 6 月底周祜昌抄录副本前出现。

3．甲戌本附条是何人所为？

一种看法认为：

（1）甲戌本附条锁定周氏兄弟和陶洙，不必仔细研究是谁所为，都有可能。

（2）周汝昌曾在甲戌本上写题记，因此就可能在甲戌本上贴附条。

（3）附条口气符合周汝昌当时的境遇，他需要高人提携他。

（4）据梅节研究，周汝昌曾把甲戌本借给陶洙，因此陶洙嫌疑不可排除。

我的分析：

（1）甲戌本原来实际就有附条，是谁所为很难判别。最大可能是卖给胡适前的最后一个收藏者所为，如包括卖给胡适的人，及撕去第一页右下一角的人。他境遇不好，心情不好，因此写下此附条批语。因为如果此批语是更早的收藏者所批，后来的收藏者一般会撕去此批语。

（2）假设如附条是周汝昌所为，则肯定是在他 1948 年 6 月 27 日刚拿到甲戌本之后，到给周祜昌抄录副本之前，即最迟在 1948 年 7 月初。

（3）周汝昌刚借到甲戌本视如珍宝，不可能随便贴附条。

（4）1948 年 6 月 27 日周汝昌借到甲戌本，而 1948 年 10 月 24 日他在甲戌本上写题记，是三个月之后，之间周汝昌对胡适态度有些改变。

（5）三个月前周汝昌对胡适很尊敬，绝不敢贴附条。但三个月后，那时他抄录副本已经得到胡适的同意，他和胡适又发生争论，他对胡适有所不满。因此这时他写题记毫不奇怪，也与三个月前完全不同。

（6）附条口气是符合周汝昌当时的境遇，但这种口气在旧社会中某文人怀才不遇，都会有类似境遇而发此议论。

（7）如附条是周祜昌所为，应该最迟在 1948 年 7 月初，他在抄写时先贴上附条，并自己又抄入录副本。

（8）但周祜昌受周汝昌所托只是做录副本，他熟悉古籍，知道此本的珍贵，他不可能自己先在上面随便贴条，又抄入录副本。

（9）周汝昌借给陶洙的是甲戌本录副本，而不是甲戌本原本，因此陶洙嫌疑可以排除。

4．甲戌本附条是谁撕掉？

最大可能是，甲戌本附条是周汝昌归还胡适后，被胡适撕掉。

如附条是周汝昌所为（实际是原有），则在他归还胡适前，应该他自己撕掉。

如附条是周氏兄弟或陶洙所为，周汝昌归还胡适后被胡适撕掉较合理。

以上是对甲戌本附条不同看法的分析。

二、讨论促进了研究深入

以上对有关甲戌本附条的不同看法一一进行了分析，有关甲戌本附条有不同看法有一个好处——促进了对甲戌本附条的深入研究，并进而还促进了对俞平伯、周汝昌和胡适的深入研究。

例一，有人认为俞平伯 1931 年没有看到附条，这是论证附条是周氏兄弟所为的重要依据。但我找到俞平伯 1931 年曾抄录甲戌本批语，但一时找不到俞平伯当年的《红楼梦》戚序本。而俞平伯 1954 年整理《脂砚斋红楼梦辑评》时，却收入了此附条批语。这说明俞平伯 1954 年整理时，不仅要根据陶洙的己卯本，也肯定会查看自己的甲戌本批语抄本。他应该是看到了自己抄写批语中也有附条，才会把附条收入辑评一书。如果俞平伯在自己抄写的甲戌本批语中没有找到此附条批语，只看到陶洙己卯本上的附条批语，他绝对不会把附条批语收入辑评的。

这个推理是很清楚的，而认为 1931 年俞平伯没有看到附条批语的推理缺乏有力的证据。

例二，关于周汝昌是否可能抄写附条问题。有人认为周汝昌敢在甲戌本上写题记，就敢在甲戌本上写附条批语。这是没有仔细分析附条批语出现时间和题记出现时间相差了 3 个月。附条批语肯定是 1948 年 7 月周祜昌抄写录副本时就有了，当时周汝昌刚从胡适处借到甲戌本，视如珍宝，根本不敢在上面随便贴条。而周汝昌写题记是 3

个月后的事情。在这 3 个月中，周汝昌和胡适就一些问题发生争论，周汝昌对胡适开始不满，不像 3 个月前那样尊重了。再加之胡适已经同意他抄录副本，因此 1948 年 10 月 24 日，周汝昌在甲戌本上写题记就很自然了。

因此质疑、讨论、争鸣是有好处的，真理只有越辩越明。学术辩论是有好处的，实话说，附条的发现本身也就是辩论的结果。

在周伦玲公布了附条批语后，对周汝昌加了括号的（附条），就有两种解释。一种解释认为附条是表示后一条批语是“附在”前一条批语之后，我不赞同这种看法，而是认为附条可能是写在一个“附条”上。但所有影印本中都没有这个“附条”，这是困扰这种解释的难题。为此我通过上海博物馆的同学。请馆中工作人员去查验甲戌本原本，第一次查验没有看到，我又请他第二次仔细查验，才发现附条被撕掉的残留，最终证明甲戌本上曾有过此附条。

但问题随之又出现了，附条是何时附在甲戌本上的？是原有的，还是后加的？是谁所为？是周汝昌所为，还是另有人所为？这个问题由于当事人胡适、俞平伯、周汝昌等都不在了，看来无法说清楚了。

即便当事人在，也可能说不清楚。如周汝昌借陶洙是甲戌本，还是录副本？周汝昌在世时，梅节就提出是甲戌本，不是录副本。而周汝昌自己就一再声明，他所借的是录副本，而不是甲戌本。又指出陶洙在己卯本上所写题记的时间记错了，而陶洙又不在了，无法去和陶洙核实此事了。

俞平伯日记说他抄录了甲戌本批语，我根据分析，认为他确实应该抄入了附条批语。但没有找到俞平伯的抄本前，无法最终确定俞平伯抄本是否有附条批语。

历史就是如此，很多事情由于各种原因没有定论，可能永远也没有定论。有多种可能，哪种可能性更大？哪种可能性会被人们接受？怕是辩论方各自都会坚持认为：自己看法的可能性更大，对方看法有漏洞，有问题。这就是仁者见仁，智者见智的事了。

虽然争鸣可能没有结果，但把事情尽可能说清楚，还是个进步。所以不能悲观，也不能乐观。只要有研究余地，就应坚持研究下去。

三、附条批语的研究价值

此附条来历基本搞清楚了，此批语还是值得研究的，包括以下几点：

第一，加深了对甲戌本批语和来历的了解。

甲戌本上目前保存有形形色色的各种批语，不止有朱笔批语，还有很多墨笔批语，但附条批语这还是第一次发现。目前所知甲戌本上只有此一条附条批语，既然有人在甲戌本上贴上这样一条附条批语，就可能还会再贴第二、第三条批语。可能以前根本没有考虑到会有附条批语，今后如有机会，希望上海博物馆人员可以再仔细查验全书，看是否还有其他贴条的痕迹。

这样看来，甲戌本批语前后应该有三类：

第一类是三种朱笔批语，是和正文同时抄录的。

第二类是多种墨笔批语，主要是眉批，少数夹批。

第三类是这次发现的附条批语，这类批语应该是最后增加的批语，应该是晚期某个收藏者所加。

因此，由此批语可知，对甲戌本的研究还有进一步挖掘的空间，如对此附条批语的来源有进一步深入的发现，可能会对甲戌本的来历有更深入的了解。

第二，确认了“庚寅本”的来历。

本人认为“庚寅本”是现代抄本，不是“古抄本”，也不是晚清抄本。

经过对“庚寅本”中甲戌本批语的多方研究，本人认为“庚寅本”中甲戌本批语的来历是：甲戌本原本——周汝昌兄弟录副本——陶洙过录到己卯本——俞平伯 1954 年版《脂砚斋红楼梦辑评》——“庚寅本”。甲戌本此批语的发现，再次证明这个证据链是正确的。因此“庚寅本”是在 1954 年俞平伯《脂砚斋红楼梦辑评》出版之后抄录的可能性极大。

第三，确认了周汝昌出借陶洙的是录副本。

由此批语可以断言：陶洙在己卯本上抄录的甲戌本批语，肯定是根据周汝昌兄弟录副本上抄写的。因此周汝昌借给陶洙的肯定也就是录副本，而不可能是甲戌本原本。梅节先生认为周汝昌借给陶洙是甲戌本原本的看法是错误的。

由此可以看出，这样一条曾经出现、后又消失了的小小批语，对于《红楼梦》版本研究还是很有价值和意义的。

四、出版录副本的重要性

通过这条批语可以看出，周汝昌兄弟录副本是非常有价值的，如没有录副本，我们怕永远不会知道甲戌本上曾有附条批语。录副本正介于甲戌本和陶洙过录己卯本之间，因此录副本对研究陶洙的己卯本也有价值。因此影印出版周汝昌兄弟录副本很重要，出版此本的主要目的是：

1．和影印出版的甲戌本核对；

2．和陶洙整理的己卯本核对。

第一，和甲戌本核对，如发现两本不一致，则有如下可能。

1．影印甲戌本删改：

因为周汝昌先生抄写时甲戌本尚未影印，而后来影印甲戌本时，常常对原本做删改、变更的处理，此附条批语被撕掉未影印出，就是一个典型例证。因此录副本可用来分析影印本是否准确。如发现两本不一致，可考虑是否是甲戌本影印本有删改处理。

2．甲戌本原本被删改：

出版影印录副本如发现和甲戌本原本不一致，不止可能是甲戌本的影印本被删改、变更，也有可能是原本在周汝昌抄写录副本后被修改，此附条批语被撕掉就是一个典型例证。

3．录副本抄写错误：

录副本和原本不同的另一种可能是录副本抄写中的错误，对此周汝昌先生本人也不排除这种可能，并先后做了三次校对，并对抄写错误用铅笔做了校注。

第二，将录副本和陶洙整理的己卯本，及甲戌本原本，三本共同核对，如发现三本有不一致之处，再分析这些不同之处来自何本？从中可解决很多问题。

从“庚寅本”的分析可看出，录副本在《红楼梦》版本中曾起了很大作用。周汝昌曾把录副本借给陶洙，陶洙把录副本中甲戌本的文字抄写到己卯本上，俞平伯又利用陶洙过录己卯本，编辑了1954年版的《脂砚斋红楼梦辑评》，并由此生出很多错误。而“庚寅本”中很多错误都可能是来自俞平伯1954年版《脂砚斋红楼梦辑评》。因此影印录副本，再和甲戌本、陶洙整理的己卯本比对，可验证上述说法是否正确。

另外，梅节认为周汝昌借给陶洙的是甲戌本原本，而不是录副本。影印录副本后，仔细比对这三个版本，就可证明，梅节的说法是否正确。

从以上分析可以看出，录副本在《红楼梦》版本研究中是个重要的资料，不止对甲戌本研究很有价值，通过对“庚寅本”的研究可以看出，录副本对其他版本，如陶洙过录己卯本等的研究都有很大价值，出版录副本肯定对《红楼梦》版本研究会有很大的帮助和意义。

因此应该尽早出版录副本，以便供大家研究。

周汝昌先生也主张出版录副本。根据2013年出版《周汝昌与胡适》中补缀“校甲戌副本》一文，周汝昌在2012年2月20日口授：

> 有人会问：人家甲戌本原书多年来已经有好几种影印本了，你们这个简陋的副本还有什么价值可言，谁会给你影印这样的“假古董”？我说：不要把事情看得这样简单，说不定有了这个副本来印证，还能发现和证明今日正本影印版也会存在某种问题，这不是我的顾虑，因为事实上已经发生过《石头记》的影印本被人删改、变更的例子，所以这个录副本可起一些旁证的作用，它是有重要价值的。[①]

以前大陆影印甲戌本有删改，这次又不幸被周先生再言中，果然再次出现了影印本被人删改、变更的例子。由此可以看出，周汝昌先生生前很清楚录副本的价值，主张出版此书的呼吁是正确的。

对于周汝昌借给陶洙的是甲戌本原本，还是录副本，目前还有争论。要破解此“公案”的一个关键是周汝昌先生的录副本，查清录副本将有助于厘清此“公案”。如最终证明周先生借给陶洙的确实是录副本，而不是梅节先生认为的甲戌原本，就证明周先生生前所言是事实，这只对周先生是有益而无害。

周汝昌和周祜昌先生都已经去世，经与他们的后人联系，他们表示可以考虑出版录副本，但还有一定困难。如将来有条件和机会，将尽可能争取出版此本，以促进《红

---

① 周汝昌著，周丽苓、周伦玲编：《周汝昌与胡适》，百花文艺出版社2013年9月第1版，第225页。

楼梦》版本研究。

五、附条批语研究历程的教训

从附条批语的研究历程，人们可以得出很多有益的教训。

第一，在版本研究中，要特别重视看原本。

从这个甲戌本上曾经出现、而现在又消失了的小小批语中，我们可以看出，研究版本有时一定要看原本的重要性。对此问题的教训怕是很多了。

《红楼梦》卞藏本中刘文介题字和藏书章，哪个在先，哪个在后，曾有激烈争论。主张此本为假者，认为是先盖章，后题字。从复印本上看，似乎确实是字在章上。但只要看到原件，字在图章下面一目了然，此争论就和此附条批语一样，只要看到原件就不攻自破了。对此，刘世德先生专著《红楼梦眉本研究》一书中，专门有一节“两方蹊跷的印章”，专门谈这个问题，有兴趣读者可参考。[①]

还有一个例子是《金瓶梅》研究，在 2013 年在复旦大学召开的中国古代小说、戏曲文献暨数字化研讨会上，黄霖教授发表论文《台北故宫博物院藏〈金瓶梅词话〉读后》一文，着重谈及《金瓶梅》原本问题。

《金瓶梅》词话本现在存世的词话本只有三部半：台北故宫博物院、日本日光山轮王寺的慈眼堂与德山市毛利氏家栖息堂各一部，另外京都大学藏有约半部残本。当20 世纪 60 年代日本发现毛利本并接着影印慈眼堂大安本后，一些学者只比较影印本，给学者们造成了错觉，认为毛利本、慈眼堂本及影印的大安本比较好，而藏于台北故宫博物院的中土本较差。但黄霖先生亲自去台北故宫博物院查验了中土本后，发现情况完全相反！实际是台北藏本品相最佳！他目睹了毛利本与中土本之后，从其纸张、墨色等完整性、清晰性等各方面来看，毛利本的整体品相远不能与中土本相比。当他看到台北故宫的原刊本后，更觉得中土本之美好。不论是看当初的印刷质量，还是看后来的保存，中土本都属上乘。因此，他心里禁不住惊叹：想不到这部《金瓶梅词话》竟是这样的完好！完全颠倒了以前只看影印本的印象。

这类例子在古代小说版本研究中非常多，所以要彻底研究版本，一定要尽量去看原本。只根据影印本就写文章，有时是会出问题的。甲戌本的附条批语就是一个惨痛的教训！

第二，影印要绝对保持原貌。

影印古籍一个最大毛病是随意删改。《红楼梦》己卯本影印时，把当时认为是陶洙涂改的文字全部删除，但后来研究证明其中有些删除未必正确。这样会严重误导读者，对于研究己卯本本身也是非常不利。

黄霖教授在前述论文《台北故宫博物院藏〈金瓶梅词话〉读后》中，结合《金瓶梅》的影印，也谈及此问题。他指出：

> 《金瓶梅词话》台湾联经影印本与原刊还是有很大的距离。当大家看不到原

[①] 刘世德：《红楼梦眉本研究》，社会科学文献出版社 2013 年版，第 20-26 页。

本时，会觉得联经本印得很漂亮，似乎忠实于原刊，但当开放而让人见到真相之后，联经影印本在我心中的的价值，简直是一落千丈。其实，这个问题又何尝是联经影印本如此，早在20世纪30年代古佚小说刊行会影印时，就已删落了大量的批改文字，所以，以后据古佚小说刊行会影印本翻印的所有本子，也就是现在所见的所有据中土本的影印本，都非忠实于原貌。这是十分遗憾的事情。因此，行文至此，我禁不住又要重复在《毛利本<金瓶梅词话>读后》的最后一句话："希望在有生之年能看到一种真实地影印中土本的《金瓶梅词话》"。

第三，研究一定要彻底、深入，对于任何线索都不要随便放弃。

对古代小说版本研究，经常出现的大问题是不求甚解，研究不够深入。以此附条批语为例，如果本人和有些人一样，不求甚解，轻易相信别人的判断，而自己不再去深入探索，就会盲目地认为，甲戌本上就是没有此批语。假设如此，那么这个谜将还会延续下去，不知何时可以揭开，甚至是永远不会揭开。有那么多人看过甲戌本原本，胡适带到美国后，冯其庸也曾亲自去康奈尔大学，还把甲戌本带回旅馆仔细查验，都没有发现这个附条的痕迹。这又一次说明，我们对版本研究有时还是不够深入，我们有时常常会认为，版本研究已经是山穷水尽了，没有可能再深入了。但从此例来看，有时我们还是会有疏忽，研究还不够深入，这是又一次教训。

对此附条批语研究的一个教训是，研究就要有坚持不懈的精神。本人在发现此附条批语后，坚持不懈地，一次又一次托人去查验甲戌本原本，最后终于得到了一个满意的结果。

第四，要考虑多种可能性，哪个可能性最大。

从附条的研究过程可以看出，如果一个问题可以找到像附条留痕这样的"铁证"，结论就无话可说了。但大部分情况下很难找到这样的铁证，只能通过各种现象，分析各种可能性。

从对附条批语的研究过程可以看出，对任何问题的研究，应该随时都要设想有多种可能性，而不是只考虑一两种可能。然后再从这多种可能中，从多个角度分析，看哪种可能性更大。而不是轻易相信任何一种可能。

判别哪种可能性更大，关键是看哪种可能性可以全面充分地解释所有的矛盾现象。哪种解释的越全面，哪种可能性自然就越大。本人认为这才是真正科学的分析问题方法。

如附条是原有的，还是后来贴的？有些人认为是后来出现的，周汝昌嫌疑最大。本人通过仔细分析，周汝昌所为的可能性不大，附条是原有的可能性最大。

最后，在甲戌本附条研究中，首先要感谢最早研究"庚寅本"的梁归智先生，如没有他不断提供各种线索，和周伦玲女士牵线搭桥，附条批语来历不会搞清楚。当然也要感谢周伦玲女士，不是她主动告知此批语来自录副本，此批语研究就无法进行下去。还要感谢上海博物馆的祝敬国和陶喻之先生，他们两次到善本部仔细查验，最终证明此批语确实来自甲戌本。现在去上海博物馆看甲戌本很难，陶先生来信称"善本不对社会开放而利于保护，但其社会公器属性，绝不应成为阻止共同研究探讨的搪塞理由”。

第五编　庚辰本和戚序本关系研究

第一章　戚序本和庚辰本的关系

第一节　戚序本的祖本是庚辰本？

一、两组版本关系

根据上述对“庚寅本”正文的研究，和“庚寅本”关系最密切的是庚辰本和戚序本，“庚寅本”正文最接近庚辰本，但也有一些文字和戚序本相同，因此“庚寅本”的正文很可能是来自庚辰本和戚序本。要搞清楚“庚寅本”和庚辰本、戚序本之间关系，就要先搞清楚庚辰本和戚序本之间的关系。因为一般认为，庚辰本和戚序本都是来自甲戌本，要分析庚辰本和戚序本之间的关系，就要注意这两个版本和甲戌本之间的关系。因此要研究“庚寅本”和庚辰本、戚序本的关系，就必须研究庚辰本、戚序本和甲戌本三者之间的关系，这就是本编要研究的内容。

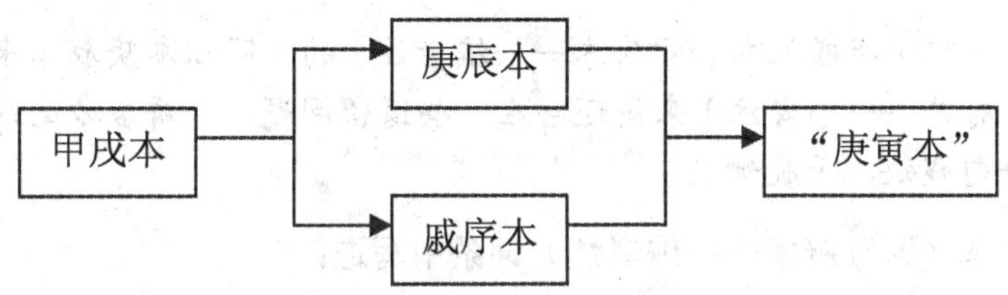

甲戌本、庚辰本、戚序本和“庚寅本”关系示意图

如多个版本（如版本甲、乙、丙）文字有差异，则其产生的原因可能有两种可能。一种可能是版本乙来自版本甲，而版本丙来自版本乙，它们的关系是“父子”关系。另一种可能是，版本乙和版本丙都来自版本甲，它们的关系是“兄弟”关系。

判别几个版本的演化关系，就是分清版本之间是“父子”关系，还是“兄弟”关系，这是研究版本演化的关键。

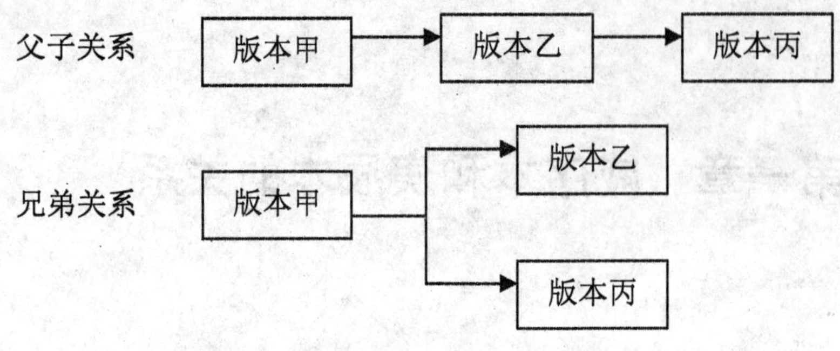

共同异文的两种产生原因

二、戚序本和庚辰本多处相同

《红楼梦》脂本可分为几个系列，即甲戌本系列（目前只有一本），己卯、庚辰系列，戚序、蒙府系列，和舒序、甲辰、列藏、杨藏、郑藏、卞藏本等（这些版本还可再分，此处不研究这些版本，就不再细分）等。一般认为甲戌本是最早的版本，己卯本、庚辰本来自甲戌本，这是基本没有争议的。

戚序本和蒙府本是一个系列是毫无问题的，一般认为其祖本是庚辰本。这种观点在主流红学中已经成为共识，如冯其庸、林冠夫等著名红学家都持此观点。

此看法最权威的论述是在2010年出版的《红楼梦大辞典（增订本）》中，由冯其庸和林冠夫合编的有关戚序本和蒙府本的词条里，明确认为戚序本和蒙府本的共同祖本是己卯、庚辰本。

在“戚张本”词条中写道：

> 对于它们（指戚张本和蒙府本——编者注）的共同祖本庚辰本来说，在王府本（即蒙府本——编者注）来说还存在一些遗留问题，如娇杏命运的叙述，因夺文而使语句残缺，干脆删去。[①]

在“王府本（即蒙府本——编者注）词条中写道：

> 王府本的文字特点是：一，与现存的己卯本或庚辰本相校，颇多特殊的相同之处，说明王府本和己卯本、庚辰本有密切的渊源关系，其最初祖本来自己卯、庚辰本。[②]

对此看法最全面、详细的论述来自林冠夫先生。

林先生1979年发表论文《论<石头记>王府本与戚序本》[③]、经过详细分析后认为：

---

① 冯其庸、李希凡主编：《红楼梦大辞典（增订本）》，文化艺术出版社 2010 年 8 月第 1 版，第 407 页。

② 冯其庸、李希凡主编：《红楼梦大辞典（增订本）》，文化艺术出版社 2010 年 8 月第 1 版，第 408 页。

③ 林冠夫：论《石头记》王府本与戚序本，《红楼梦学刊》1979 年年第 2 期，第 110—125 页。

> 府本和各“戚序本”同出于一个共同的祖本。这个祖本是以庚辰本（传抄过程中某个本子）为底本的整理本。

林先生1981年再次发表论文《论王府本——〈红楼梦版本论〉之一》[①]，再次论述蒙府、戚序本的祖本是庚辰本，而不是甲戌本。

这两篇文章经修订后，又收入林冠夫2007年出版的专著《红楼梦版本论》中。[②]

林先生的依据主要在两方面。

首先，林先生认为戚序本有诸多文字只和庚辰本相同，而和甲戌本不同。因此戚序本不可能以甲戌本为祖本，而只可能以庚辰本为祖本。

此书中有关王府本的章节中写道：

> 当庚辰本与各早期脂本发生异文时，府本则往往表现出同庚辰而异各本的现象。由此可以说：府本的祖本从总的看是从庚辰本而来的。[③]

> 在这个情节上（指第五回宝玉梦游太虚幻境——编者注），府本除个别字的差异外，大体上是异甲戌而同己卯庚辰本。[④]

> 府本的开头（指“凡例”和第1回开始的一段描述——编者注）同庚辰而异甲戌，也很值得注意。
>
> 以上，从庚辰本和甲戌本几个重要的版本差异中，看到府本的倾向。由此即排除了府本的祖本来自甲戌本的可能，又表现出它与己卯、庚辰本的渊源关系。[⑤]

> 从以上的例子里，我们大致可以看到府本在己庚二本异文中的倾向。作为一个整体，它更接近于庚辰本。由此我们可以说府本的祖本，是在庚辰本的基础上整理而的。[⑥]

此书中有关王府本与戚序本的章节中认为：府正宁三本（即戚张本、戚正本、戚宁本——编者注）的祖本是以庚辰本为底本的整理本。[⑦]

> 三本也往往同今存的庚辰本。以甲戌本为底本更不可能。因为三本大量存在的版本现象，既排除了甲戌本的可能，又从中看到庚辰本的依稀面貌。[⑧]

下面此书举出了六个方面的例证，最后得出结论：

---

① 林冠夫，论王府本——《红楼梦版本论》之一，《红楼梦学刊》1981年第1期，第177—206页。
② 林冠夫：《红楼梦版本论》，文化艺术出版社2007年1月第1版，第221—305页。
③ 林冠夫：《红楼梦版本论》，文化艺术出版社2007年1月第1版，第240页。
④ 林冠夫：《红楼梦版本论》，文化艺术出版社2007年1月第1版，第242页。
⑤ 林冠夫：《红楼梦版本论》，文化艺术出版社2007年1月第1版，第243页。
⑥ 林冠夫：《红楼梦版本论》，文化艺术出版社2007年1月第1版，第250页。
⑦ 林冠夫：《红楼梦版本论》，文化艺术出版社2007年1月第1版，第281页。
⑧ 林冠夫：《红楼梦版本论》，文化艺术出版社2007年1月第1版，第282页。

上述六方面，都表现了府正宁三本与庚辰本的一致性。这种一致性正说明了三本（祖本）所据以整理的底本，就是庚辰本。[①]

总结以上论述，认为戚序本的祖本是庚辰本的主要理由如下：

1. 一般认为庚辰本是作者生前最后改定的版本，而戚序本和蒙府本肯定晚于庚辰本，因此戚序本和蒙府本的祖本应该是庚辰本。

2. 甲戌本和庚辰本相比，有几处明显的文字差异：

（1）甲戌本正文前的“凡例”，在庚辰本中变成了第1回中的楔子。

（2）甲戌本第1回中有石头变宝玉的429字描述，是庚辰本所没有的。

（3）第5回结尾宝玉和秦可卿梦游迷津的大段描写，甲戌本和庚辰本完全不同。

甲戌本和庚辰本还有很多文字差异，而这些文字差异，在戚序本和蒙府本都完全和庚辰本相同，而和甲戌本完全不同。

3. 己卯、庚辰本第17、18回没有分开，而蒙府、戚序本第17、18回已经分开了。

除林冠夫外，还有一些学者也提出相同了相同的看法。如季稚跃先生2004年发表论文《蒙古王府本〈石头记〉余论》[②]，从文字和批语两方面比较了蒙府本和庚辰本。

在文字方面，该文指出：

蒙古王府本与庚辰本的正文基本相同，且有相同的错字。

在批语中也有很多相同的例证：

是回中的句下双行小字批基本相同，仅三处微有出入，但所有的”脂砚”和“脂砚斋”的字样全部删去。

因此该文认为：

确如已有研究者指出的那样，该抄本祖本的编者所依据的底本是庚辰本，即存世庚辰本的底本。……以上对两抄本进行宏观和微观两方面考察后，可以证实：蒙古王府本祖本的编者所依据的底本主要是庚辰本。

根据以上情况，所以红学主流看法认为：由于戚序本和蒙府本有诸多文字只和庚辰本相同，而和甲戌本不同，因此戚序本和蒙府本的祖本不可能是甲戌本，而肯定是庚辰本。

但这种看法的漏洞在于，虽然戚序本和蒙府本有诸多文字只和庚辰本相同，而和甲戌本不同，但产生这种情况有两种可能。如前所述，一种可能是，戚序本、蒙府本文字只和庚辰本相同，而和甲戌本不同，因此它们的祖本是庚辰本。但还有另外还有一种可能，即戚序本、蒙府本和庚辰本文字相同，而和甲戌本不同，并不是由于戚序本和蒙府本的祖本是庚辰本，而是由于它们有共同的祖本。此共同祖本对甲戌本的文

---

① 林冠夫：《红楼梦版本论》，文化艺术出版社2007年1月第1版，第290页。

② 季稚跃：蒙古王府本《石头记》余论，《红楼梦学刊》2000年第4辑，第244—268页。

字作了修改，而庚辰本和戚序本和蒙府本都继承了这些修改，因此导致戚序本和蒙府本和庚辰本的文字相同，而和甲戌本不同。下面对此看法进行分析，看是否可以成立。

三、戚序本和甲戌本相同

前述分析了戚序本和蒙府本中，和庚辰本文字相同，而和甲戌本不同的情况，在戚序本中还有一些和上述情况完全相反的情况，即戚序本的文字和庚辰本不同，却和甲戌本相同。对此林冠夫先生也注意到了，并也做出了他自己的解释。他认为这可能是戚序本的祖本又根据甲戌本做了修改。

> 我们所说府本的最初祖本来自庚辰本，这是指这个本子的整体而言，并不排斥书中某些回别有所本的可能。……今府本第六至第八回，表现出既有庚辰本的特点，又包含甲戌本的某种成分。很可能，整理这个最初祖本时，操觚者也参校过诸如甲戌本这样的本子。①

但如果是这样，在戚序本和蒙府本祖本的整理者手中，就要同时有甲戌本和庚辰本（但实际不一定就是这两本本身），这十分困难，可能性不大。

因此，针对上述两种情况，即戚序本和庚辰本文字相同和不同的两种情况，林先生都做了详细的分析，这种分析论述看似很严密，似乎无懈可击，但仔细分析，仍有两点疑问。

第一，戚序本和庚辰本虽然有很多文字、批语相同，这可能是由于戚序本来自庚辰本，但也可能是它们有共同祖本所致。

第二，戚序本有一些正文与甲戌本相同，这固然可以用戚序本又参考甲戌本做修订，但用它们有共同祖本解释更简单。

因此，必须认真分析戚序本和庚辰本有共同祖本的可能性。

众所周知，蒙府本和戚序本同属一个系列，文字略有差别，它们肯定有共同祖本。此处讨论的是两本的祖本和庚辰本的关系，为简化研究，以下将主要以戚序本为主。

① 林冠夫：《红楼梦版本论》，文化艺术出版社 2007 年 1 月第 1 版，第 251 页。

第二节 戚序本和庚辰本有共同祖本

一、赵卫邦的研究

除主流看法外，还有少数学者看法与上述主流看法相反，认为戚序本和蒙府本有诸多文字只和庚辰本相同，而和甲戌本不同的原因在于：戚序本、蒙府本和庚辰本有共同的祖本。

提出这个看法先后主要有三位先生，即赵卫邦（1980年）、周汝昌（1998年）和杨传镛（2007年）。下面分别介绍这三位学者的看法和分析。

最早提出这种看法的是赵卫邦先生，他早在1980年就发表论文《〈红楼梦〉三个脂本的关系》[①]，指出：

> 庚、戚相同是由于它们同出一个母本，二本是同辈行的关系。……戚本过去多不重视，以为是一个晚出的本子，依上文比较结果，它的辈行并不晚于庚辰本，且应与己卯本并论。

该文“试比较三本的异同，由评语至正文，以探索其间的辈行关系”。

首先他对评语进行了分析，在批语中只选择了双行批语，这是由于：

> 只有正文和双行小字评语可以认为是它们的最初底本已有的，因为行间、眉端的文字都可能是后来写上去的。

该文先比较庚辰本和戚本的双行小字评语，经过仔细比对后，该文认为：

> 两本最初底本特征的双行小字评语是绝大部分相同，而又有小异。因此可以认为，在脂本系统中庚、戚二本最初底本的辈行关系是同出于一个母本的同辈关系。但不是一本过录另一本者。
>
> ……
>
> 通过三本双行小字评语的比较，其最初底本间的关系已可以看出一个眉目。庚辰本和戚本是同辈行的关系，同出一个母本；甲戌本早于庚、戚二本，是庚、戚二本的前辈，其由来所自。这可说是本文的一个初步结论。

该文认为：由于庚辰本和戚序本的双行批语基本相同，因此应该出于同一母本，而不可能是一本来自另一本。

这种看法未必合理。如前所言，两本的批语相同，有两种可能。即可能是由于出于同一祖本，也可能是其中一版本出自另一个版本，这两种情况都可能导致两本批语

---

① 赵卫邦：《红楼梦》三个脂本的关系，《红楼梦学刊》1980 年第 3 辑，第 267-294 页。

相同。

因此，必须找到戚序本和甲戌本相同，而和庚辰本不同的批语，这样才能证明戚序本批语可能不是来自庚辰本，而是直接来自甲戌本。可是根据本人的仔细比对，没有找到这类的证据，本编后面对此有详细分析。

所以只根据批语，无法判别庚辰本和戚序本是“父子”关系，还是“兄弟”关系。

此文第二部分是对正文的比较。该文把三本的文字差异分为三类：

> 三本正文比较结果，最突出的异文是庚辰本与戚本相同，而异于甲戌本者，今称为第一类异文。其次是庚辰本与戚本互异，而其中有一本同于甲戌本者，称为第二类异文。此外三本各异者亦有之，然而不多，称为第三类异文。

对第一类异文，即戚序、庚辰本相同，而和甲戌本不同，该文认为这两本文字相同证明它们有共同祖本，是“兄弟”关系。

> 异文中，庚辰本和戚本相同而与甲戌本异的文字（第一类异文），最可注意，所以举例比较多：庚、戚相同是由于它们同出一个母本，二本是同辈行的关系，这是与上节的结论完全相符合的。但是这里发生了一个新问题：庚、戚二本是经过分别整理的，为什么会是庚、戚相同而又异于甲戌本了呢？为了解释这一问题，必须对上节的初步结论加以补充。即庚辰本和戚本并非直接出自甲戌本，而是有一个庚辰本和戚本的共同母本才是直接出自甲戌本的。庚、戚二本相同而异于甲戌者，乃是在中间一代——庚戚的共同母本已经改了的文字。甲戌本与庚、戚二本的关系，不是母子关系，而是祖辈与孙辈的关系。

这里很奇怪，对于相同的情况——戚序本和庚辰本文字相同，有两种截然相反的分析结论。

林冠夫认为：两本文字相同，证明戚序本是来自庚辰本，两本是“父子”关系。而赵卫邦却认为：两本文字相同，却证明戚序本和庚辰本有共同祖本，两本是“兄弟”关系。

为何同样情况却会出现两种截然相反的结论呢？本质是由于这种情况，两种看法都可以解释，因此各自都说有理。戚序本和庚辰本文字相同，而和甲戌本不同，也就是甲戌本有独有异文，本编后面有详细的分析。

此文第二类异文是指戚序本和庚辰本的文字有一种和甲戌本相同，而另一种不同。对此该文看法如下：

> 庚辰本和戚本彼此也有异文，而其中有一本同于甲戌本（第二类异文）者，乃由于庚、戚二本并非过录关系，而是经过分别整理产生的结果。盖此等处，其共同母本并未改动甲戌本的文字，而是在分别整理过程中有一本改动了母本文字。因而有一本还同于祖本的面貌，而另一本不同。

此处该文的分析较为简单，应该再仔细分析，这类情况实际又可分为两种。

第一种是庚辰本和甲戌本相同，而戚序本做了修改，即戚序本有独有异文。这种情况可以看成是戚序本以庚辰本为祖本做了修改，而庚辰本没有改，因此两本是“父子”关系。但也可以认为是戚序本是以甲戌本为祖本做了修改，而庚辰本没有改，这样两本就是“兄弟”关系。因此对这种情况，“父子”关系和“兄弟”两关系种解释都成立。本编后面有详细的分析。

第二种是戚序本和甲戌本相同，而庚辰本做了修改，即庚辰本有独有异文。对这种情况，认为戚序本以庚辰本为祖本就很难解释，为何庚辰本做了修改，而戚序本却不改，还和甲戌本相同？因此“父子”关系很难解释这种情况。而认为戚序本是以甲戌本为祖本，则就很好解释，这是由于戚序本做了修改，而庚辰本没有改，这样两本就是“兄弟”关系。因此对这种情况，两种解释就差异很大了，“兄弟”关系可以解释，而“父子”关系就解释困难。本编后面对此有详细的分析。

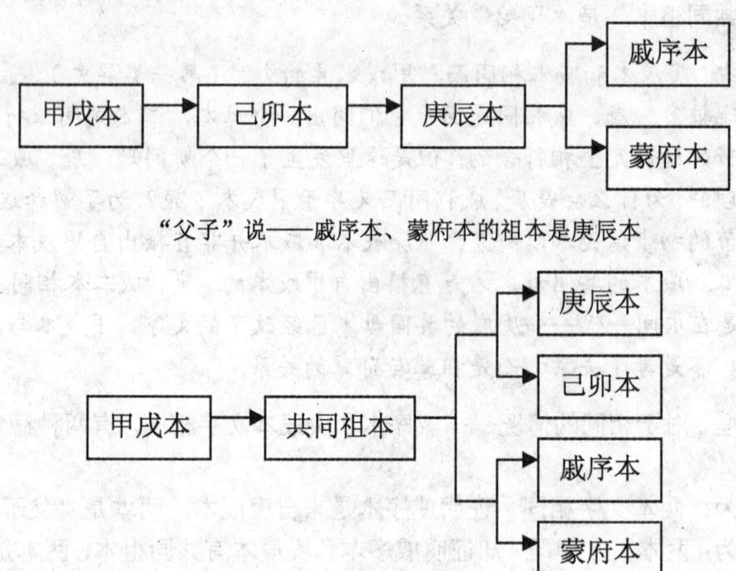

“父子”说——戚序本、蒙府本的祖本是庚辰本

“兄弟”说——戚序本、蒙府本和庚辰本有共同祖本

此文的第三类异文是指戚序、庚辰、甲戌本三本文字都不同。对此类异文该文的结论如下：

> 至于三本互异的文字（第三类异文）则或是庚、戚的共同母本已有改动，而其中一本又有改动；或是共同母本虽未改动甲戌本的文字，而庚、戚在分别整理中都有改动。

这种情况很明显是戚序本、庚辰本各自做了修改，无论是“父子”关系和“兄弟”关系两种解释都成立。

总之，赵卫邦文章提出了与主流看法不同的看法，认为甲戌本与庚、戚二本之间必然还有一个过渡的本子。此本就是庚辰本、戚序本的共同祖本。这种看法是很有道理的，但赵文的分析不够严密，也没有引起人们注意。本编后面就此问题做了更为详尽的分析，可参看。

二、周汝昌、杨传镛的看法

在1980年赵卫邦文章发表后的18年，1998年周汝昌出版《红楼真本——蒙府、戚序、南图本<石头记>之特色》，其中认为："蒙戚系"本编订年代比甲戌、己卯、庚辰晚，但其所据的底本却比己卯、庚辰本犹早。[1]周先生也曾指出戚序本有80多处文字和甲戌本相同，而和庚辰本不同。

除赵卫邦和周汝昌外，2007年出版的已故学者杨传镛的遗著《红楼梦版本辩源》中，画图表示出所有脂本之间的关系。[2]

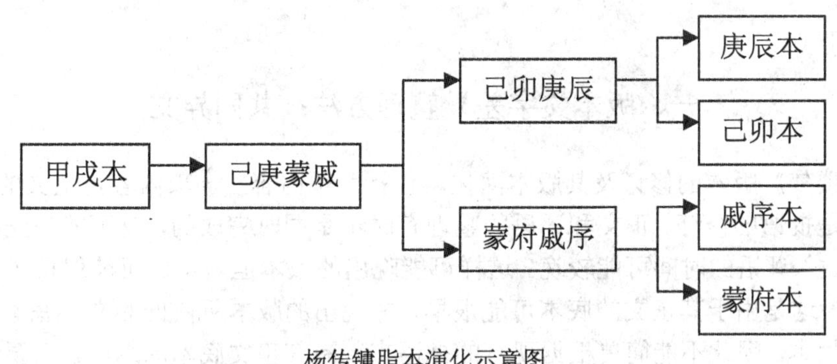

杨传镛脂本演化示意图

杨传镛在书中对脂本的演变看法如下：

> 甲戌本……是初始面貌，甲戌本退变成了"己卯·庚辰"本；"己卯·庚辰"本又分蘖成两个支系：己庚蒙戚——蒙舒库杨。两个支系在传播中，各自又有分蘖：己庚蒙戚一系有己庚，有蒙戚；……直到最后，才形成每一单个本子的现存形态。

根据此演化图，戚序本、蒙府本和己卯、庚辰本有共同的祖本"己庚蒙戚本"，它们是"兄弟"关系，而不是"父子"关系。但可惜书中并未对戚序本和庚辰本的关系做更详细的分析。

根据以上介绍的情况，对于戚序本和蒙府本和庚辰本的关系有两种看法，一种是主流看法，认为戚序本和蒙府本来自庚辰本，它们是"父子"关系。另一种是非主流看法，认为戚序本、蒙府本和庚辰本都来自甲戌本，它们是"兄弟"关系。

此问题的本质是，戚序本、蒙府本的祖本，是庚辰本？还是甲戌本？以下就围绕此问题进行深入的分析。

---

[1] 周汝昌：《红楼真本——蒙府、戚序、南图本<石头记>之特色》，北京图书馆出版社 1998 年 10 月第 1 版，第 106 页。

[2] 杨传镛：《红楼梦版本辩源》，北京图书馆出版社 2007 年 7 月第 1 版，第 123-125 页。

第二章 戚序本和庚辰本关系研究方法

第一节 共同异文研究法

一、版本文字差异整理方法：共同异文

《红楼梦》版本的修订及其版本演化，包括两项内容，一项内容是正文的改变，一项内容是批语的修订。正文和评语的整理有时不是同时完成的，有可能是先整理了正文，而插入评语的时间可能较晚。这样可能晚出的版本但其正文可能保持了早期版本的文字，这是由于其正文的底本可能很早，即晚出的版本所依据的文字底本，可能是早期的版本。因此不能简单根据现有的批语来判断其正文底本的迟早，主要还是要分析正文的本身。

研究戚序本和庚辰本的关系分两步进行。首先研究正文的演变，而不涉及评语，然后再研究批语的演变。在研究正文时所谈的某个版本，都是指此版本正文的“底本”，而不是指现有带批语的版本。如本文先从正文研究“戚序本”，就只是指戚序本的正文，而不是指现在看到的有评语的戚序本。所以从正文研究“戚序本”是指现在看到的戚序本正文的底本，而不是现在看到带批语的戚序本。

研究《红楼梦》版本演化，可以分别从正文和批语两个角度分别进行研究。不仅对戚序本是如此，对“庚寅本”也是先研究“庚寅本”的正文，然后再研究“庚寅本”的批语。

研究版本正文就是研究各种版本之间的文字差异，第一编中曾介绍，研究文字差异时有两种方法。一种是“异文法”，即统计研究几个版本之间不同的文字。另一种是“同文法”，即“共同异文”法，即统计分析不同版本之间的共同异文，即几个版本文字相同，而和其他版本文字不同。凡有共同异文的版本之间必然有密切关系，而与没有共同异文的版本之间肯定关系较远。

对“庚寅本”正文研究采用了共同异文法，对戚序本和庚辰本的关系，也采用了共同异文法。

各个版本正文中，除有共同异文外，还有一些版本的独有异文，即只有某个版本

独有的文字，一般来说独有异文肯定是这个版本的文字单独做了修改所致。这对于版本演化研究也很有意义。

所以，研究几个版本的正文差异，包括共同异文和独有异文两方面。

二、用共同异文分析版本的文字差异

采用共同异文法分析版本关系的基本思路分为四步。

第一步，首先利用数字化比对，整理出相关版本的所有文字差异。

第二步，在文字差异中查出共同异文和独有异文。

第三步，对这些异文分类，分析其产生原因。

第四步，根据“父子”关系和“兄弟”关系这些异文进行分析，看哪种可能性大。

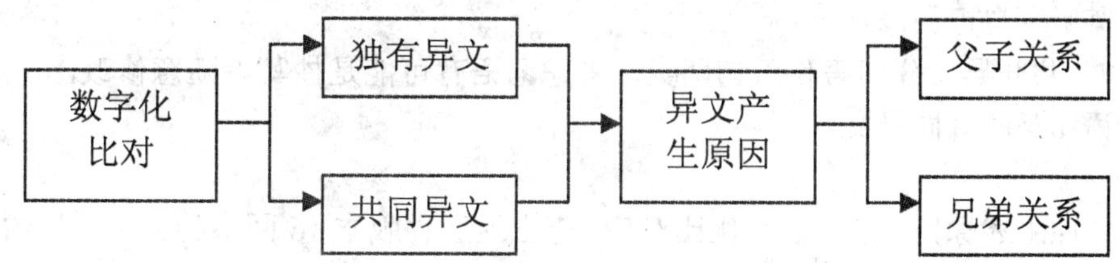

用共同异文法分析版本关系的基本思路

根据以上思路，分析研究的具体步骤如下。

1．因为是只研究正文，因此首先把所有版本的批语全部删除。

2．然后再利用数字化比对方法，仔细整理出 5 种版本（甲戌本、蒙府本、戚序本、己卯本、庚辰本）正文中所有的文字差异。

3．比对中发现文字差异后，再将版本扩大到其他脂本，如卞藏本、舒序本、甲辰本、列藏本、杨藏本等，但只研究蒙府、戚序本和己卯、庚辰本。

4．由于甲戌本只有前 16 回（第 1—8、13—16、25—28 回），因此这 5 种版本也只整理各个版本前 16 回的文字差异。

5．其他回虽然可以看出蒙府、戚序本和己卯、庚辰本的文字差异，但由于没有甲戌本，无法判断相互关系，因此比较这些文字就没有意义了。

6．文字差异有多种，有的是抄写错误，没有研究价值，因此只寻找有意修改的文字差异。

7．在整理出的文字差异中寻找共同异文，并进行分类、统计。

8．对各类共同异文分别进行分析。

9．分析方法是分别用“父子”关系和“兄弟”关系两种观点，对各种异文进行检验，看是否都可以解释。

10．如有的观点可以对全部共同异文都可以做合理的解释，则这种观点的可能性较大。

11．如有的观点对有些共同异文解释有困难，则这种观点的可能性就较小。

对文字差异的共同异文统计，制定了如下实施原则：

1．分组：甲戌本、蒙府本、戚序本、己卯本、庚辰本 5 种版本，实际是按照 3 组整理文字差异、寻找共同异文，即甲戌本单独一组，戚序本、蒙府本一组，己卯本、庚辰本一组。

2．只统计文字的字义上有差别的例子。

3．繁体字、简化字认为是同一字，如甲戌、戚序和蒙府本一般都用繁体字，如：個、宝、黛、問、亂等，而己卯、庚辰本一般都用简化字，如：个、宝、代、听、乱等。

4．异体字、俗体字认为是同一字。

5．同音字一般也认为是同一字，《红楼梦》版本中有一些同音字，有学者认为是一人读，多人抄写所造成的。

6．按照上述 3 组进行统计分析，某个版本独有的特殊文字，并非共同异文，可能是某版本自己的修订。

7．共同异文分词语和语句两类，考虑词语有可能是抄写者随意修改，因此重点分析语句类的共同异文。

按照上述原则，正文数字化比对后，查出这五种版本 16 回中的文字差异约有 500 多处。这些文字差异主要分为 7 类，即：

1．甲戌本独有异文，蒙府、戚序本和己卯、庚辰本有共同异文，约 164 处；

2．蒙府、戚序本有共同异文，甲戌本和己卯、庚辰本有共同异文，约 170 处；

3．己卯、庚辰本有相同共同异文，甲戌本和蒙府、戚序本有共同异文，约 111 处；

4．甲戌、己卯本有共同异文，蒙府、戚序本和庚辰本有共同异文，只有 2 处。

5．己卯本有独有异文，甲戌、蒙府、戚序本和庚辰本有共同异文，有 20 处。

6．庚辰本独有异文，甲戌、蒙府、戚序本和己卯本有共同异文，有 33 处。

7．各个版本独有异文，即各版本文字都不同，数量非常多。

这 7 类文字差异可以按照不同情况再分类进行分析。

第二节 共同异文的三类情况

对于七类文字差异有 3 种分析方法。

1．根据独有异文和共同异文分类；

2．根据异文出现次数分类；

3．根据“父子”关系、“兄弟”关系分类。

下面逐一分析这三种情况，首先根据独有异文和共同异文分类。

一、根据独有异文和共同异文分类

根据独有异文和共同异文分类，是指某一个版本的独有异文，和几个版本的共同异文。

以下分别介绍这两种异文，及异文产生的原因。

表 28. 根据独有异文和共同异文分类

次序	分类	文字差异	次数
1	独有异文	甲戌本独有异文 蒙府、戚序本和己卯、庚辰本有共同异文	164
2		己卯本独有异文 甲戌、蒙府、戚序本和庚辰本有相同共同异文	20
3		庚辰本独有异文 甲戌、蒙府、戚序本和己卯本有相同共同异文	33
4		各个版本独有异文	很多
5	共同异文	己卯、庚辰本有共同异文 甲戌本、戚序本、庚辰本有共同异文	111
6		蒙府、戚序本有共同异文 甲戌本、己卯本、庚辰本有共同异文	170
7		甲戌、己卯本有共同异文 蒙府、戚序本和庚辰本有相同共同异文	2

1. 独有异文版本分为四种

（1）甲戌本有独有异文，蒙府、戚序本和己卯、庚辰本有共同异文，有 164 处。

这是因为甲戌本之后的所有版本的文字都做了修改，也就是说，除甲戌本外的所有版本很可能有一个共同的祖本，这个版本对甲戌本的文字做了修改，因此以后的版本都保持了这种修改。

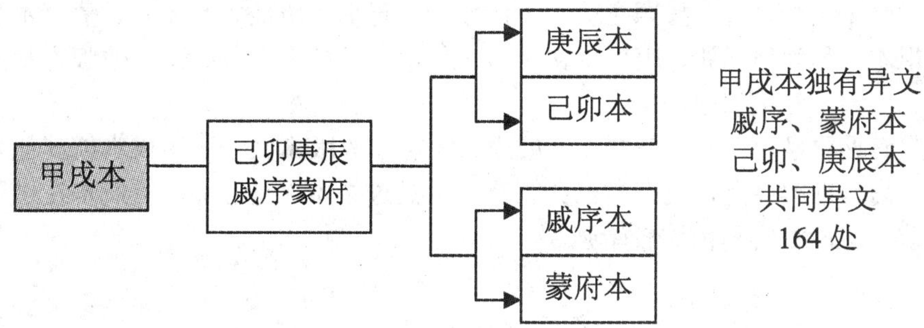

（2）己卯本有独有异文，有 20 处。

这明显是由于只有己卯本做了独有的修订。

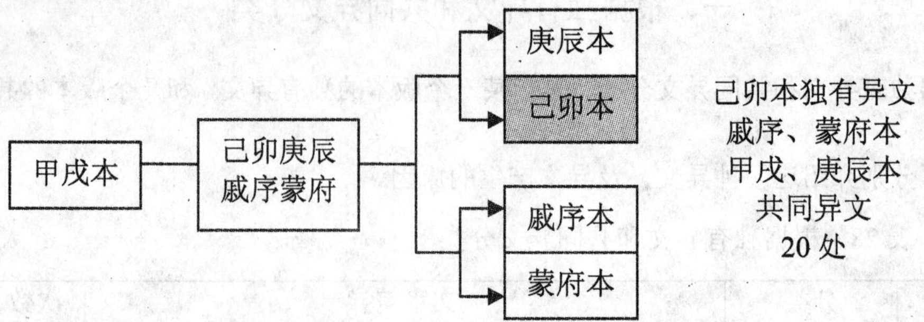

（3）庚辰本有独有异文33处。

这明显是由于庚辰本做了独有的修订。

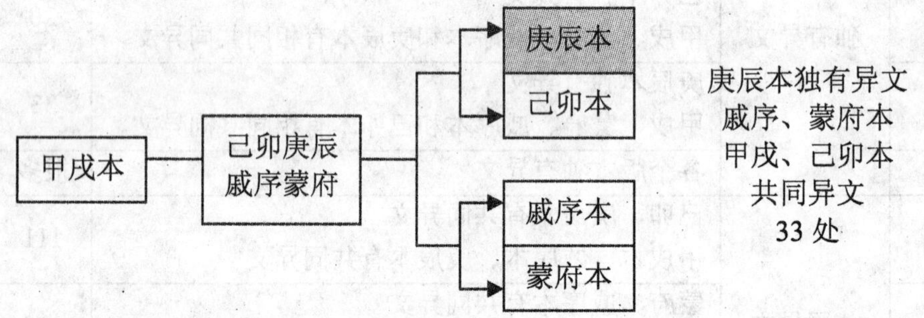

（4）各个版本独有异文，即各个版本的文字都不同。

典型的是第16回末秦钟之死，有些学者想根据这些文字差异分析版本演化。笔者认为，这种文字差异是各个版本分别各自做的修订，要从中判别其演化是很困难而不一定科学的。

2．共同异文版本分为三种

共同异文是两组版本各有各自的共同异文，即两个有密切关系的版本有共同异文，其他版本也有共同异文。共同异文又可分为三种。

（1）己卯、庚辰本有共同异文，甲戌本、戚序本、庚辰本有共同异文，111处。

这是由于己卯、庚辰本共同底本做了修改，而其他版本并未修改。

但这就带来一个问题，按照主流红学的观点，己卯、庚辰本是戚序、蒙府本等其他版本的祖本，那为何己卯、庚辰本文字做了修改，而戚序、蒙府本其他版本却没有继承己卯、庚辰本这类修改呢？

对此只有两种解释。一种解释是，戚序、蒙府本等版本又参照甲戌本或其他版本做了修订。另一种解释是，现有的己卯、庚辰本是过录本，是己卯、庚辰本在过录中又做了修改。这两种解释都比较牵强。

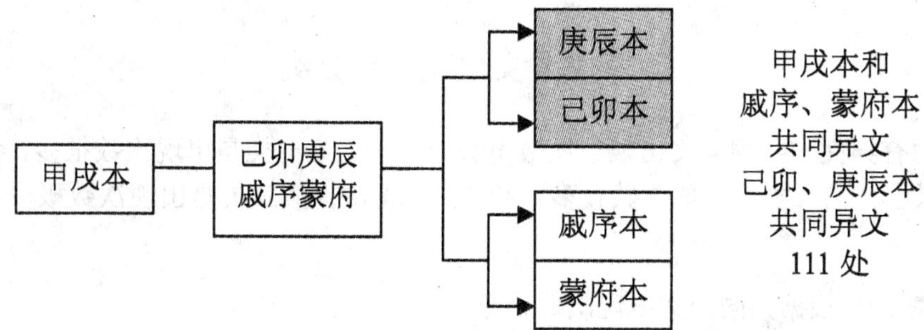

（2）蒙府、戚序本有独有异文，甲戌本和己卯、庚辰本有共同异文，170 处，最多。

这是由于戚序和蒙府本的共同祖本做了修改，而其他版本没有修改。这种共同异文 170 处是最多的，由此说明戚序和蒙府本的修改还是比较多的。

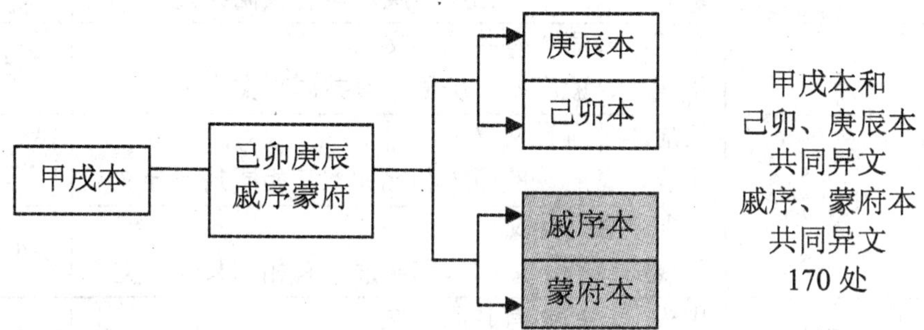

（3）甲戌、己卯本有共同异文，蒙府、戚序本和庚辰本有共同异文，出现次数极少，只有 2 次。

这种情况原因有多种解释。甲戌本和己卯本文字相同，是由于己卯本没有改变甲戌本的文字，而庚辰本对甲戌本的文字做了修改。此处的问题在于，为何戚序和蒙府本和庚辰本文字相同？一种解释是庚辰、戚序和蒙府本还有一个共同祖本，因此文字相同。另一种解释是，庚辰本是戚序、蒙府本的祖本，因此文字相同。这是所有情况中最难解释的，也是次数最少的，因此不排除这是巧合而已。

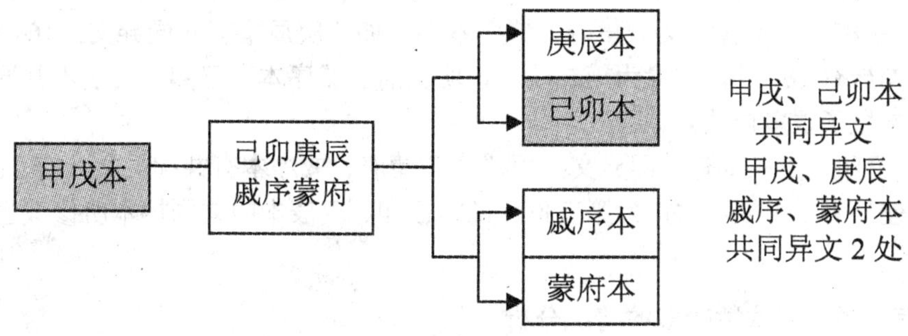

二、根据异文出现次数分类

根据独有异文和共同异文出现的次数可分为三类。第一类是出现次数很多，都在100多次以上；第二类是出现次数较多，约20—30次；第三类是出现次数极少，只有几次。

表29. 根据共同异文出现次数分类

次序	分类	文字差异	处
1	出现很多	蒙府、戚序本有共同异文 甲戌本、己卯本、庚辰本有共同异文	170
2		甲戌本独有异文 蒙府、戚序本和己卯、庚辰本有共同异文	164
3		己卯、庚辰本有共同异文 甲戌本、戚序本、庚辰本有共同异文	111
4	出现较多	庚辰本独有异文 甲戌、蒙府、戚序本和己卯本有相同共同异文	33
5		己卯本独有异文 甲戌、蒙府、戚序本和庚辰本有相同共同异文	20
6	出现极少	甲戌、己卯本有共同异文 蒙府、戚序本和庚辰本有相同共同异文	2

1. 第一类出现次数多达上百次的情况分析

第一类出现次数多达上百次的情况，又可分为三种。

（1）蒙府、戚序本有共同异文，甲戌本和己卯、庚辰本有共同异文，170处，最多。

这种差异170处最多，这说明戚序和蒙府本的共同祖本做了修改，而其他版本没有修改的情况是最多的。

（2）甲戌本有独有异文，蒙府、戚序本和己卯、庚辰本有共同异文，164处。

这种差异有164处，数量为第二位，说明蒙府、戚序本和己卯、庚辰本共同的祖本对甲戌本做了很多修改。

（3）己卯、庚辰本有共同异文，甲戌本和蒙府、戚序本有共同异文，有111处。

这种差异有111处，数量为第三位，说明己卯、庚辰本的共同祖本所修改也是比较多的。

2. 第二类出现次数较多的情况分析

第二类情况是出现次数没有第一类多，有几十次，这又可分为两种。

（1）庚辰本有独有异文33处。

这种庚辰本独有的修订不是很多。

（2）己卯本有独有异文 20 处。

这种己卯本独有的修订比庚辰本独有修订还少。

3．第三类出现次数很少的情况分析

第三类是出现次数极少，只有 2 次。这种情况只有一种，即甲戌、己卯本有共同异文，蒙府、戚序本和庚辰本有共同异文。其原因也可以有多种解释。

三、根据“父子、兄弟”关系分类

以上 7 类文字差异中，各版本独有文字是各个版本独自修改，和其他版本无关，在研究版本关系中，没有深入研究的价值。而对其他六类文字差异，分析其产生的原因，以及如何解释其产生的原因。无非是两种可能，即“父子”关系和“兄弟”关系。再分别按照“父子”关系和“兄弟”关系，对这 6 类文字差异逐一再进行分析，看这 6 类文字差异中，哪些是“父子”关系和“兄弟”关系都可以解释，哪些是“父子”关系可以解释，而“兄弟”关系解释困难。哪些相反，是“父子”关系解释困难，而“兄弟”关系可以解释。

表 30．根据“父子”关系、“兄弟”关系分类

次序	文字差异	产生原因	次数	父子关系	兄弟关系
1	甲戌本独有异文 己卯、庚辰、蒙府、戚序本有共同异文	己卯、庚辰、蒙府、戚序祖本修改	164	可解释	可解释
2	己卯本独有异文 甲戌、庚辰、蒙府、戚序本有共同异文	己卯本修改	20	可解释	可解释
3	蒙府、戚序本独有异文 甲戌本、己卯本、庚辰本有共同异文	蒙府、戚序祖本修改	170	可解释	可解释
4	庚辰本独有异文 甲戌、己卯、蒙府、戚序本有共同异文	庚辰本修改	33	解释困难	可解释
5	己卯、庚辰本独有异文 甲戌本、戚序本、庚辰本有共同异文	己卯、庚辰祖本修改	111	解释困难	可解释
6	甲戌、己卯本独有异文 蒙府、戚序本和庚辰本有共同异文	蒙府、戚序本庚辰本修改	2	可解释	解释困难

根据“父子”关系和“兄弟”关系，将以上6类情况再分为3类。第一类是“父子”关系和“兄弟”关系都可以解释，包括了3种情况，合计有354处。第二类是“父子”关系解释困难，而“兄弟”关系可以解释，包括两种情况，合计有144处。第三类是“父子”关系可以解释，而“兄弟”关系解释困难，只有1种情况，2例。

根据以上分析，最终可以判别戚序本和庚辰本之间的关系，到底是“父子”关系可能性大，还是“兄弟”关系可能性大。

总结以上情况，“父子”关系可以解释的有356处，占总数500处的67.2%，解释困难的144处，占总数500处的28.8%。而“兄弟”关系可以解释的有498处，占总数500处的99.6%，而解释困难的只有2处，只占总数500处的0.2%。因此，戚序本和庚辰本之间的关系，应该是“兄弟”关系比“父子”关系可能性更大。

以上介绍了6种文字差异的3种分类方法，研究文字差异最后还是要研究其产生的原因，产生原因无非是“父子”关系和“兄弟”关系两种可能。下面就分别根据“父子”关系和“兄弟”关系，对六种文字差异逐一进行仔细分析。

四、“父子、兄弟”关系研究方法

研究戚序本和庚辰本之间是“父子”关系，还是“兄弟”关系，其基本思路如下图所示。

甲戌本之后，己卯、庚辰、蒙府、戚序本有个共同祖本，简称“己庚蒙戚本”。

从己卯、庚辰、蒙府、戚序本的共同祖本“己庚蒙戚本”，又演化出两个祖本，其中一个是己卯和庚辰本的共同祖本，简称“己卯庚辰本”。

从己卯、庚辰、蒙府、戚序本的共同祖本“己庚蒙戚本”，还演化出另一个祖本，即蒙府和戚序本的共同祖本，简称“蒙府戚序本”。

从己卯和庚辰本的共同祖本“己卯庚辰本”，再分别演化出己卯本和庚辰本。

从蒙府和戚序本的共同祖本“蒙府戚序本”，再分别演化出蒙府本和戚序本。

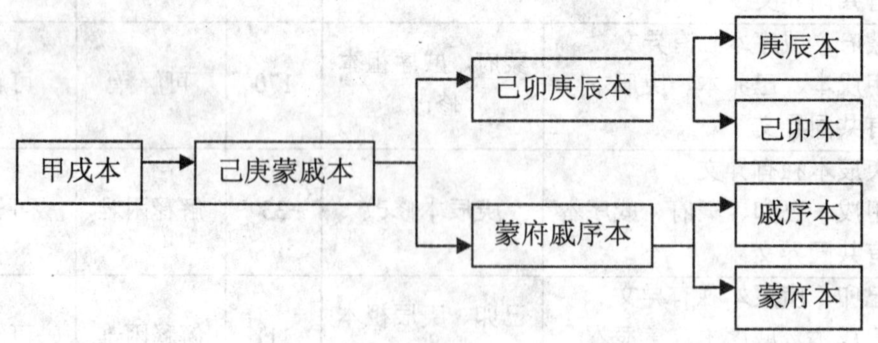

庚辰、己卯、戚序、蒙府本演化示意图

以上3个祖本中，己卯、庚辰、蒙府、戚序本有共同祖本“己庚蒙戚本”，和蒙府和戚序本有共同祖本“蒙府戚序本”，一般没有什么分歧。但对于己卯和庚辰本的关系，则有“父子”关系和“兄弟”关系两种完全不同的看法。

冯其庸先生认为己卯和庚辰本是“父子”关系，庚辰本是己卯本的过录本，虽然有很多学者对此提出了质疑，但冯先生坚持此看法。

另一种看法是认为己卯和庚辰本是“兄弟”关系，它们有共同祖本“己卯庚辰本”。林冠夫等人持这种看法。

本人比较认同后者，即己卯和庚辰本是“兄弟”关系，它们有共同祖本“己卯庚辰本”，以下分析同时考虑这两种看法。

第三章 “父子”和“兄弟”关系研究

第一节 “父子、兄弟”都可解释的异文

一、甲戌本独有异文，己庚蒙戚本修改
——“父子”“兄弟”均可解释异文之一

甲戌本独有异文也就是己卯、庚辰、蒙府、戚序本有文字完全相同的共同异文，而和甲戌本文字不同，有164处。

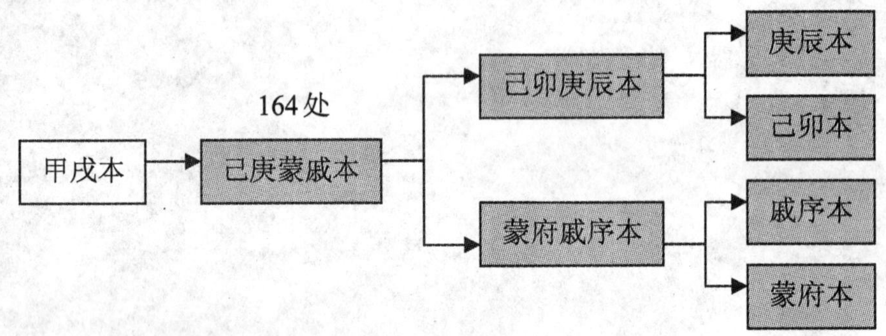

戚序、蒙府本和己卯、庚辰本有文字相同的共同异文164处

这类文字中最明显的是大段的共同异文，即众所周知的3个典型例子。

1．甲戌本正文前的“凡例”，在蒙府、戚序、己卯、庚辰四种版本本中都变成了第1回中的楔子。

2．甲戌本第1回中有石头变宝玉的429字描述，在蒙府、戚序、己卯、庚辰4种版本中都没有。

3．第5回结尾宝玉和秦可卿梦游迷津的大段描写，甲戌本和蒙府、戚序、己卯、庚辰4种版本都完全不同。

很多学者早已注意到这些例子，并做了仔细分析，此处不再复述。他们都认为这些例子中蒙府、戚序本和庚辰本相同，而和甲戌本不同，因此蒙府、戚序本明显是以

庚辰本为底本。

除这些典型例子以外，笔者用数字化比对，还发现很多这类例子，是所有 6 类共同异文中最多的两类之一，约有 164 处。

这些蒙府、戚序本和己卯、庚辰本共同异文又可分为几种。

第一种情况是与甲戌本相比，蒙府、戚序、己卯、庚辰本等版本文字都有删节和改写，典型例子如下。

例 1．第 7 回，甲戌本（和甲辰本）有独有文字（本书下册第 361 页）。

戌：宝玉连忙央告　好姐姐我再不敢说这　话了　　　　　　　　凤姐亦忙回
辰：宝玉连忙央告　好姐姐我再不敢说这些话了　　　　　　　　凤姐
己：宝玉　忙央告道好姐姐我再不敢　　　　了凤姐道这才是呢
庚：宝玉　忙央告道好姐姐我再不敢　　　　了凤姐道这才是呢
戚：宝玉连忙央告　好姐姐我再不敢　　　　了凤姐道　　　　这
蒙：宝玉连忙央告　好姐姐我再不敢　　　　了凤姐道　　　　这
列：宝玉连忙央告　　姐姐我再不敢　　　　了凤姐道这才是呢

戌：色哄　道好兄弟这才是等回去咱们　　　回了老太太打发　　　人往家学
辰：　哄他道好兄弟这才是等回去咱们　　　回了老太太打发　　　人往家学
己：　　　　　　　　　　等　　咱们到了家回了老太太打发你同你
庚：　　　　　　　　　　等　　咱们到了家回了老太太打发你同你
戚：　　　　　　　　才是等回去咱们　　　回了老太太打发你
蒙：　　　　　　　　才是等回去咱们　　　回了老太太打发你
列：　　　　　　　　　　等回去咱们　　　回了老太太打发你

戌：里说明白了请了秦钟家　　学里念书去要紧
辰：里说明　了请了秦钟家　　学里念书去要紧
己：　　　　　　　秦　家侄儿学里念书去要紧
庚：　　　　　　　秦　家侄儿学里念书去要紧
戚：　　　　　　　　　　　　学里念书去要紧
蒙：　　　　　　　　　　　　学里念书去要紧
列：　　　　　　　　　　　　学里念书去要紧

上述例子中，蒙府、戚序本和己卯、庚辰本文字比甲戌本文字少，似乎像蒙府、戚序本和己卯、庚辰本文字做了删节。因此在这种情况里，似乎甲戌本保持了原本的形态。

“父子”关系的解释是：己卯、庚辰本先对甲戌本文字做了删节，蒙府、戚序本来自庚辰本，没有再对的文字做任何修改，因此蒙府、戚序本和己卯、庚辰本的文字就完全相同了。这种解释很合理。

“兄弟”关系的解释是：蒙府、戚序本和己卯、庚辰本有共同的祖本，即己庚蒙戚本，此共同祖本对甲戌本文字做了删节，而蒙府、戚序本和己卯、庚辰本它们对祖本的文字都没有做任何修改，因此它们的文字完全相同。这种解释也同样合理。

因此“父子”和“兄弟”关系都可以解释。

其他版本都和蒙府、戚序、己卯、庚辰本一样，唯独只有甲辰本和其他版本不同，而和甲戌本相同。其原因只可能是甲辰本曾参考甲戌本。

第二种情况相反，是甲戌本文字有缺失，典型例子如下。

例 2. 第 25 回，甲戌本有文字缺失（本书下册第 463 页）。

戊：婶　子要带什么东西

己：婶婶　要　什么东西吩咐我　开个　账　给蔷　兄弟带了去

庚：婶　子要　什么东西吩付我　开个　账　给蔷　兄弟带了去

戚：婶婶　要　什么东西吩咐我　开个　账　给蔷　兄弟带了去

蒙：婶婶　要　什么东西吩咐我　开个　账　给蔷　兄弟带了去

舒：婶婶　要　什么东西吩咐　　开　了账　给蔷　兄弟挐了去

辰：婶婶　要　什么东西吩咐　了开个　账儿给　我兄弟带　去

列：婶婶　要　什么东西吩咐　　开　了账　给蔷　兄弟挐了去

梦：婶娘　要　什么东西吩咐我　开个　账　给蔷　兄弟带了去

– –

戊：　　　　　　　　凤姐笑道

己：叫他按账置办了来凤姐笑道

庚：叫他按账置办了来凤姐笑道

戚：叫他按账置办了来凤姐笑道

蒙：叫他按账置办了来凤姐笑道

舒：叫他按账置办了来凤姐笑道

辰：　　按账置办了来凤姐笑

列：叫他按账置办了来凤姐笑道

梦：叫他按账置办了来凤姐笑道

这种例子中，或是甲戌本文字有缺失，或是蒙府、戚序本和己卯、庚辰本的祖本，即己庚蒙戚本的文字有补充。

这有两种可能。第一种可能是，目前看到的甲戌本是个过录本，对原本做过删节，造成现在看到的甲戌本和蒙府、戚序本、己卯、庚辰本等相比文字有缺失。而蒙府、戚序本和己卯、庚辰本保存的可能是真正原始文字。

第二种可能是，甲戌本文字是原本，而蒙府、戚序本、己卯、庚辰本的共同祖本，即己庚蒙戚本的文字有补充。

从文字来看，很明显，第一种可能性更大。

这些例子都是甲戌本和其他几种版本的文字完全不同，即蒙府、戚序、己卯、庚辰本等都有共同异文。无论蒙府、戚序、己卯、庚辰本等是“父子”关系，还是“兄弟”关系，都可以对这类文字差异做出合理解释。

对前面所提到的3个典型例子，即甲戌本正文前的“凡例”、甲戌本第1回中石头变宝玉的429字描述、第5回结尾宝玉和秦可卿梦游迷津的大段描写，甲戌本和蒙府、戚序、己卯、庚辰本等4种版本都完全不同。很多学者都认为这些个例子都是蒙府、戚序本以庚辰本为底本的证据，证明它们是“父子”关系。

认为是“父子”关系的说法认为：蒙府、戚序本来自庚辰本，此处蒙府、戚序本没有对庚辰本的文字做任何修改，因此蒙府、戚序本和己卯、庚辰本的文字完全相同。这种解释很合理。

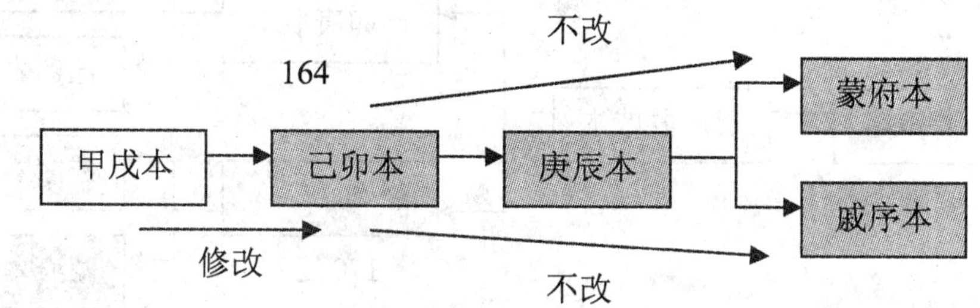

戚序本、蒙府本祖本是庚辰本

但认为是“兄弟”关系也可以解释上述现象，这种说法认为：蒙府、戚序本和己卯、庚辰本等版本有共同的祖本，即己庚蒙戚本，此本文字做了修改。而蒙府、戚序本和己卯、庚辰本等版本，对祖本的文字都没有做任何修改，因此蒙府、戚序本和己卯、庚辰本等版本的文字完全相同。这种解释也同样合理。

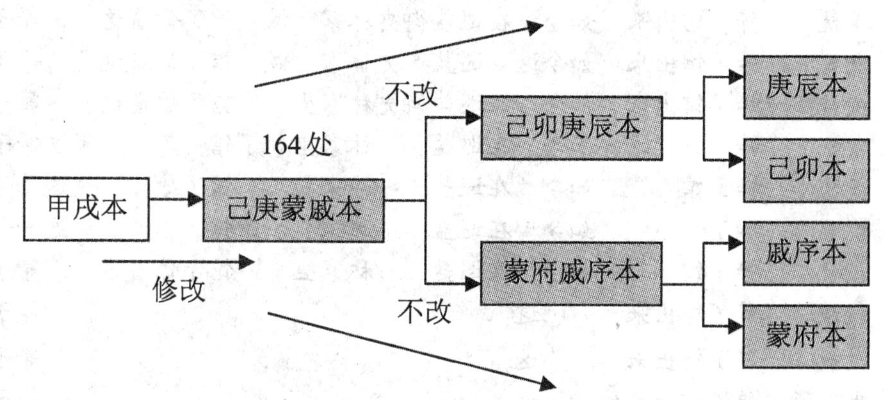

戚序本、蒙府本和庚辰本有共同祖本

无论是对前面的3个典型例子，还是对数字化比对找出的164个例子，认为是“兄弟”关系的说法都可以解释，而且也很合理。

总之，这类文字差异是甲戌本有独有异文，而蒙府、戚序本和己卯、庚辰本有完全相同的共同异文，和甲戌本的文字不同。“父子”关系和“兄弟”关系的两种解释都成立，根据这类共同异文，无法判断哪种可能性更大。

二、甲戌、己庚本有共同异文，蒙戚本修改

——“父子”“兄弟”均可解释异文之二

蒙府、戚序本独有异文就是甲戌本和己卯、庚辰本文字相同，而和蒙府、戚序本文字不同，约有170处。

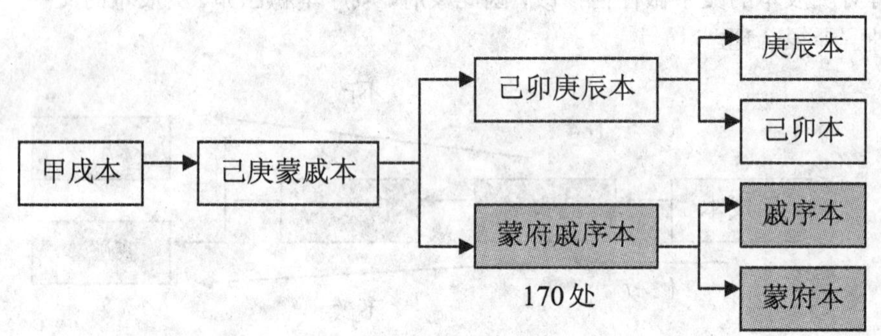

甲戌本和己卯、庚辰本文字相同，有共同异文170处

这类共同异文又可分为几种情况。

第一种情况是甲戌本和己卯、庚辰本文字相同而完整，而蒙府、戚序本有删节，典型例子如下。

例1．第2回，蒙府、戚序、甲辰本的文字有缺失（本书下册第268页）。

戌：我就　辞了馆出来　如今　在巡盐御史林家　做　馆了你看这　等子弟
庚：我就　辞了馆出来　如今这　巡盐御史林家　做　馆了你看这　等子弟
舒：我就　辞了馆出来　如今　在巡盐御史林家坐　馆了你看这　等子弟
己：我就　辞了馆　如今　在巡盐　林家坐　了馆　你　说这等子弟
列：我就　辞了馆　如今　在巡盐　林家坐　馆了你　说这等子弟
杨：我就　辞了馆　如今　在巡盐　林家坐　了馆　你　说这等子弟
卞：我就　辞了馆　如今　在巡盐　林家坐　馆了你看这　等子弟
蒙：我説　辞了馆出来　这　等子弟
戚：我就　辞了馆出来　这　等子弟
辰：我　所以辞了馆出来的　这　等子弟

例2．第16回，蒙府、戚序本的文字有缺失（本书下册第286页）。

戌：黛玉道只刚念了四书黛玉又　问姊妹们读　何书贾母道读　的
己：黛玉道只刚念了四书黛　玉又问姊妹们读　何书贾母道读　的

庚：黛玉道只刚念了四书黛　玉又问姊妹们读　何书贾母道读　的
舒：黛玉道只刚念了四书黛玉又　问姊妹们读　何书贾母道读了
列：黛玉道只刚念了四书黛玉又问　姊妹们读　何书贾母道读　的
杨：黛玉道只刚念了四书双　　　问姊妹们　念何书贾母道读　的
卞：黛玉道只刚念了四书黛玉又　问姊妹们读　何书贾母道读　的
辰：黛玉道　刚念了四书黛玉又　问姊妹们读　何书贾母道读
蒙：黛玉道只刚念了四书
戚：黛玉道只刚念了四书
　　- - -　- -

戌：是什么书不过是认得两　个字不是睁眼的瞎子　罢了
己：是什么书不过是认得　几个字不是睁眼的瞎子就罢了
庚：是什么书不过是认得两　个字不是睁眼的瞎子　罢了
舒：是什么书不过是认　两　个字不是睁眼的瞎子　罢了
列：是什么书不过是认得　几个字不是睁眼的瞎子　罢了
杨：是什么书不过是认得　几个字不是睁眼的瞎了就罢了
卞：是什么书不过是认得　几个字不是睁眼　瞎子就罢了
辰：　什么书不过　认　　几个字　　　　　　　　罢了
蒙：　　　　　　　　　　　　　　是睁睁　瞎子　罢了
戚：　　　　　　　　　　　　　　是睁眼　瞎子　罢了

上述例子中，甲戌本文字和己卯、庚辰本等版本相同，而蒙府、戚序本文字比甲戌本文有缺失或删节。这似乎是由于蒙府、戚序本的共同祖本，即蒙府戚序本，对甲戌本的文字做了删节。因此在这种情况里，似乎甲戌本和己卯、庚辰本等版本的文字保持了原本的形态。

“父子”关系对此的解释是：甲戌本和己卯、庚辰本文字相同，是原貌。而蒙府、戚序本来自庚辰本，文字做了删节。这种解释很合理。

“兄弟”关系的解释是：己卯、庚辰本和蒙府、戚序本有共同的祖本，即己庚蒙戚本，此对甲戌本文字没有做任何修改，而蒙府、戚序本的共同祖本，即蒙府戚序本，对甲戌本文字作了删节。这种解释也同样合理。

第二种情况相反，蒙府、戚序本文字比甲戌本、己卯、庚辰本多一些。

例 3．第 5 回，各版本中蒙府、戚序本文字比其他版本文字多一些（本书下册第 308 页）。

戌：品格端方容貌丰美　人多谓黛玉　所不及
己：品格端方容貌丰美　人多谓黛玉之所不及
庚：品格端方容貌丰美　人多谓黛玉　所不及
卞：品格端方容貌丰美　人多谓黛玉　所不及
舒：品格端方容貌丰美　人多谓黛玉　所不及
辰：品格端方容貌　美丽人　谓黛玉　所不及
杨：品格端方容貌丰美　人多谓黛玉之所不及
蒙：品格端方容貌丰美　人多谓黛玉　所不及想世人目中各有所取也按黛玉宝
戚：品格端方容貌丰美　人多谓黛玉　所不及想世人目中各有所取也按黛玉宝

- -

戌：而且
己：而且
庚：而且
卞：而且
舒：而且
辰：而
梦：而且
蒙：钗二人一如娇花一如纤柳各极其妙此乃世人性分甘苦不同之故耳而且
戚：钗二人一如娇花一如纤柳各极其妙此乃世人性分甘苦不同之故耳而且

这类例子中，蒙府、戚序本文字比甲戌、己卯、庚辰本的文字多一些。

这有两种可能。第一种可能是，甲戌、己卯、庚辰本文字是原本，而蒙府、戚序本的文字有补充。

第二种可能是，目前看到的甲戌本是个过录本，对原本做过删节，己卯、庚辰本的文字和甲戌本相同，也有缺失。而实际蒙府、戚序本保存的是真正原始文字。

从此例看，似乎第一种可能更大。

无论这些文字差异是如何产生的，从“父子”和“兄弟”关系看，都可以解释，和第一种解释类似。

这些例子都是甲戌本和己卯、庚辰本的文字相同，而和蒙府、戚序本文字不同。对这种文字差异，无论蒙府、戚序本和己卯、庚辰本是“父子”关系，还是“兄弟”关系，都可以对这类文字差异做出合理解释。

认为是“父子”关系的说法认为：己卯、庚辰本来自甲戌本，因此文字相同。而蒙府、戚序本虽来自庚辰本，但蒙府、戚序本的祖本对庚辰本的文字做了修改，因此蒙府、戚序本和己卯、庚辰本的文字不相同。这种解释很合理。

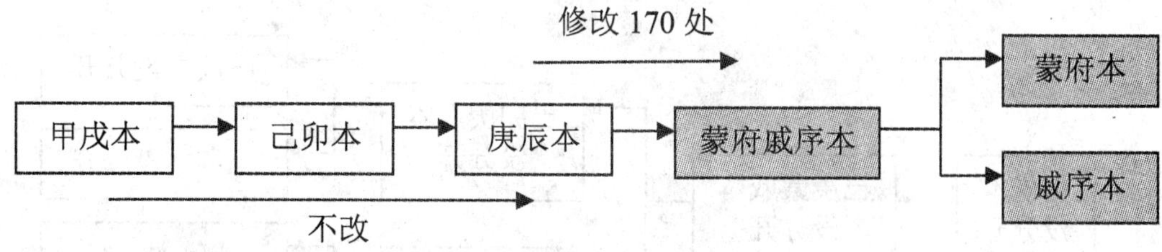

戚序本、蒙府本文字做修改

而认为是“兄弟”关系的说法认为：蒙府、戚序本和己卯、庚辰本有共同的祖本，己卯、庚辰本对祖本的文字没有做任何修改，因此蒙府、戚序本和甲戌本的文字完全相同。而蒙府、戚序本对甲戌本文字做了修改，因此和甲戌本文字不同，这种解释也同样合理。

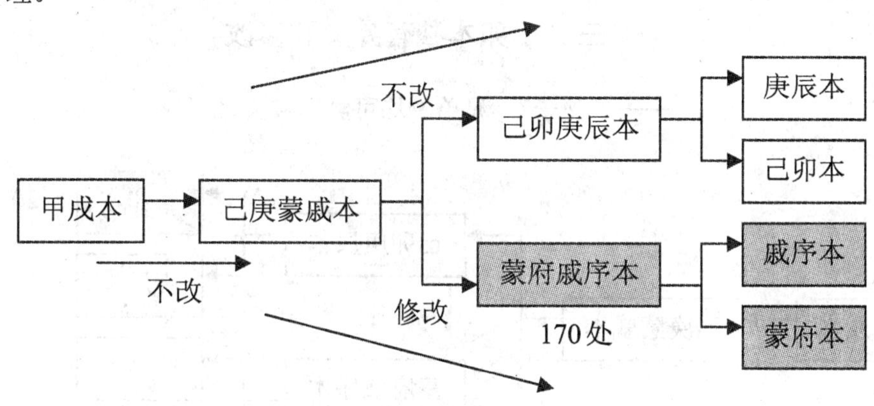

戚序本、蒙府本文字有修改

总之，甲戌本和己卯、庚辰本相同，而和蒙府、戚序本不同，而“父子”关系和“兄弟”关系的两种解释都成立，根据这种文字差异，无法判断哪种可能性大。

己卯、庚辰本和蒙府、戚序本相比，还有一个明显差异是，己卯、庚辰本第 17、18 回没有分开，似乎保留着较原始的面貌。而蒙府、戚序本第 17、18 回已经分开了，似乎应该是来自庚辰本。甲戌本缺第 17、18 回，但估计应该和己卯、庚辰本一样，第 17、18 回也没有分开。这也成为己卯、庚辰本是蒙府、戚序本的祖本的另一个铁证。

但仔细分析，己卯、庚辰本第 17、18 回没有分开，确实说明己卯、庚辰本保存了较原始的面貌，而蒙府、戚序本第 17、18 回已经分开，确实是蒙府、戚序本做了修订。这并不能证明，己卯、庚辰本肯定就是蒙府、戚序本的祖本。还有另一可能是，蒙府、戚序本的共同祖本将第 17、18 回分开了，而与己卯、庚辰本无关，也会产生这种结果。

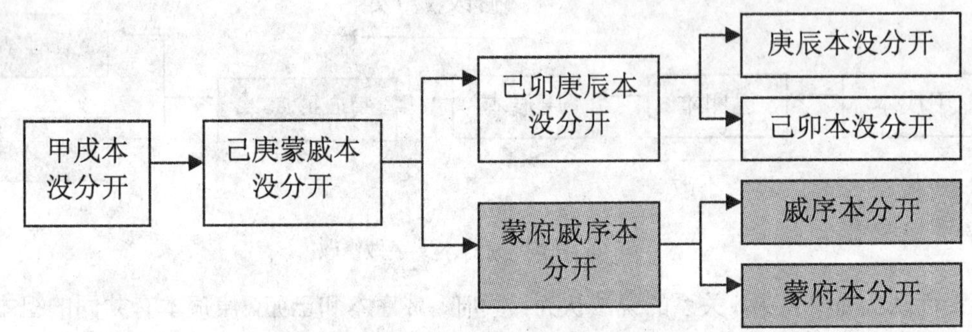

戚序、蒙府本共同祖本第 17、18 回分开

三、己卯本独有异文和修改

——“父子”“兄弟”均可解释异文之三

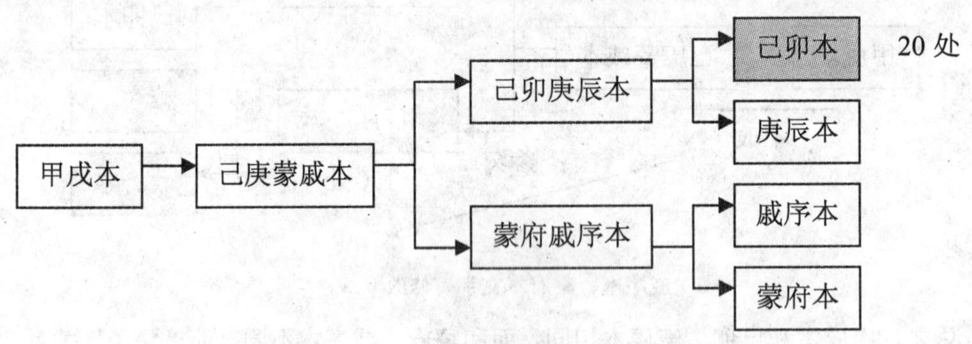

己卯本独有异文 20 处

所谓己卯本独有异文就是己卯本和其他版本文字都不同，也就是庚辰本和蒙府、戚序本文字相同，而和己卯本不同。这种例子成为庚辰本是蒙府、戚序本底本的重要依据[①]。但持这种看法的学者忽视了一个重要事实：蒙府、戚序本不仅只和庚辰本相同，也和甲戌本相同，甚至和其他版本也相同。这说明，蒙府、戚序本可能不是以庚辰本为底本，而是以甲戌本为底本。

考虑到有些词语可能是抄录时偶尔发生的错误，因此不考虑这类异文。而只考虑长句子发生的异文。这种己卯本独有的长句子异文，在甲戌本所有的 16 回中，共有 20 处。根据异文的增删，20 处可分为两种。

第一种是己卯本文字有补充。

例 1．第 3 回，己卯、杨藏、列藏本文字有补充（本书下册第 279 页）。

---

① 林冠夫：《红楼梦版本论》文化艺术出版社 2007 年版，第 247-251 页。

己：又忙携代玉之手问几岁了黛玉答道十三岁了又问道可也上过学现吃什么药
杨：又忙携代玉之手问几岁了黛玉答道十三岁了又问道可也上过学现吃什么药
列：又忙携黛玉之手问几岁了　　　　　　　　　　　可也上　学现吃什么药
戌：又　携黛玉之手问几岁了　　　　　　　　　　　　　上过学现吃什么药
庚：又忙携黛玉之手问几岁了　　　　　　　　　　　可也上过学现吃什么药
蒙：又忙携黛玉之手问几岁了　　　　　　　　　　　可也上过学现吃什么药
戚：又忙携黛玉之手问几岁了　　　　　　　　　　　可也上过学现吃什么药
卞：又忙携黛玉之手问几岁　　　　　　　　　　　　可也上过学现吃什么药
舒：又忙携黛玉之手问几岁了　　　　　　　　　　　可　上过学现吃什么药
辰：又忙携黛玉之手问几岁了　　　　　　　　　　　可也上过学现吃什么药

己：又黛玉一一回答又说道在这里不要想家
杨：　　　　　　　　　　在这里不要想家
列：又黛玉一　回答又说道在这裡不要想家
戌：　　　　　　　　　　在这里不要想家
庚：　　　　　　　　　　在这　不要想家
蒙：　　　　　　　　　　在这　不要想家
戚：　　　　　　　　　　在这　不要想家
卞：　　　　　　　　　　在这里不要想家
舒：　　　　　　　　　　在这　不要想家
辰：　　　　　　　　　　在这里不要想家

例 2．第 5 回，己卯、杨藏本有补充（本书下册第 31 7 页）。

己：真是好一个　所在宝玉正在观之不尽忽　听警幻笑呼道
杨：真是好　个　所在宝玉正在观不尽忽　　听警幻　呼道
戌：真　好　个　所在　　　　　　　　　又听警幻笑　道
庚：真　好　个　所在　　　　　　　　　又听警幻笑　道
蒙：真　好一个　所在　　　　　　　　　又听警幻笑　道
戚：真　好一个　所在　　　　　　　　　又听警幻笑　道
卞：真　好　个　所在　　　　　　　　　又听警幻笑　道
舒：真　好　个　所在　　　　　　　　　又听警幻笑　道
辰：真　　　个好　　　所在　　　　　　又听警幻笑　道

产生这种异文的原因，第一，表面看似乎是己卯本过录时的补充。第二，也可能是甲戌本过录时删节或遗漏了文字，而其他版本都和甲戌本一样，因此甲戌本和其他版本是原本。

总之，这里蒙府、戚序本和庚辰本文字相同，但又和甲戌本相同，有多种可能的原因，因此这绝不能成为庚辰本是蒙府、戚序本底本的根据。

再者，这两个例子里，杨藏本和己卯本一样文字有补充，也很值得研究，限于篇幅不在此分析。

第二种是己卯本有缺文。

例 1．第 3 回，己卯、杨藏本有缺文（本书下册第 272 页）。

己：忽遇见雨村　　　　　　　　　　　　　　　　　　　　　雨村自是欢喜
杨：忽遇见雨村　　　　　　　　　　　　　　　　　　　　　　　自是欢喜
戌：忽遇见雨村故忙道喜二人见了礼张如圭便将此信告诉雨村雨村自是欢喜
庚：忽遇见雨村故忙道喜二人见了礼张如圭便将此信告诉雨村雨村自是欢喜
蒙：忽遇见雨村故忙道喜二人见了礼张如圭便将此信告诉雨村　　自是欢喜
戚：忽遇见雨村故忙道喜二人见了礼张如圭便将此信告诉雨村　　自是欢喜
卞：忽遇见雨村故忙道喜二人见了礼张如圭便将此信告诉雨村　　自是欢喜
舒：忽遇见雨村故忙道喜二人见了礼张如圭便将此信告诉雨村雨村自是欢喜
辰：忽遇见雨村故忙道喜二人见了礼　如圭便将此信告知雨村雨村　　欢喜
列：忽遇见雨村故忙道喜二人见了礼张如圭便将此信告诉雨村雨村自是欢喜

例 2．第 5 回，己卯、杨藏本有缺文（本书下册第 310 页）。

己：因春冷芳气袭人是酒香　　　　　　　　　　　　　　　　　一边摆着
杨：因春冷芳气袭人是酒香　　　　　　　　　　　　　　　　　一边摆着
戌：因春冷芳气袭人是酒香案上设着　武则天当日镜室中设　着宝镜一边摆着
庚：因春冷芳气袭人是酒香案上设着　武则天当日镜室中设的　宝镜一边摆着
蒙：因春冷芳气袭人是酒香案上设着　武则天当日镜室中设的　宝镜一边摆着
戚：因春冷芳气袭人是酒香案上设着　武则天当日镜室中设的　宝镜一边摆着
卞：因春冷芳气袭人是酒香案上设着是武则天当日镜室中设得　宝镜一边摆着
舒：因春冷芳气袭人是酒香案上设着　武则天当日镜室中设的　宝镜一边摆着
辰：因春冷芳气袭人是酒香案上设着　武则天当日镜室中设的　宝镜一边摆着

产生这种异文的原因，明显是己卯本过录时有删节或遗漏了文字，杨藏本也和己卯本一样。而其他版本文字和甲戌本一样，没有修改。

按照“父子说”，蒙府、戚序本和庚辰本文字相同，而和己卯本不同，因此虽然己卯本文字做了修改，因为蒙府、戚序本是以庚辰本为底本，而不是己卯本为底本，所以没有改。

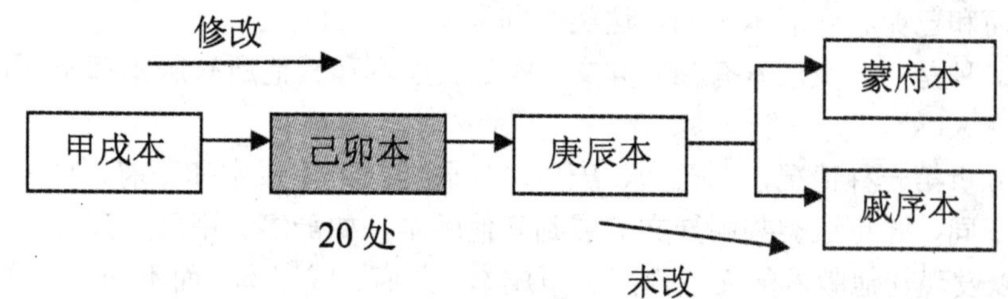

“父子”说，己卯本改，但庚辰本未改，戚序本等也未改

按照“兄弟说”，蒙府、戚序本和庚辰本都来自共同祖本，因此文字相同，而且和甲戌本文字也相同。而己卯本文字和其他版本不同，是由于只有己卯本的文字做了修改而已。

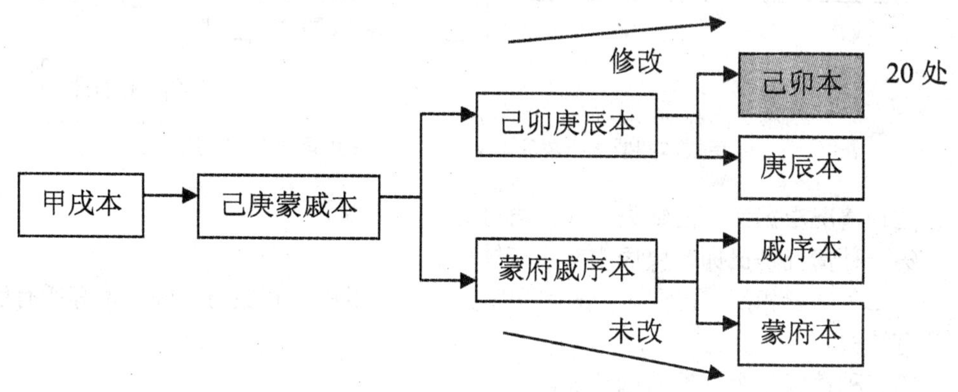

“兄弟”说，己卯本改，但庚辰本、戚序本等未改

这种情况中，“父子说”“兄弟说”两种说法还是都成立。

第六节 “父子”“兄弟”关系难解释的异文

一、甲戌、蒙戚本有共同异文，己卯、庚辰本修改

——“父子”关系难解释异文之一

以上是“父子”和“兄弟”关系都可以解释的情况，下面分别分析“父子”关系难以解释，和“兄弟”关系难以解释的情况。

第一类是“父子”关系难以解释，而“兄弟”关系容易解释的。这又有两种情况。

第一种是——己卯、庚辰本共同异文，就是甲戌本和蒙府、戚序本有相同的共同

异文，而和己卯、庚辰本不同，这类共同异文约有 111 处。

第二种是——庚辰本有独有异文，就是庚辰本和其他所有版本都不同，这类共同异文约有 33 处。

先分析第一种情况，即己卯、庚辰本共同异文，甲戌本和蒙府、戚序本和己卯、庚辰本不同，并将这类共同异文扩展到其他版本，如舒序、甲辰、列藏、卞藏、杨本等，可以发现其他版本的文字都同于甲戌本、蒙府、戚序本，而不同于己卯、庚辰本。

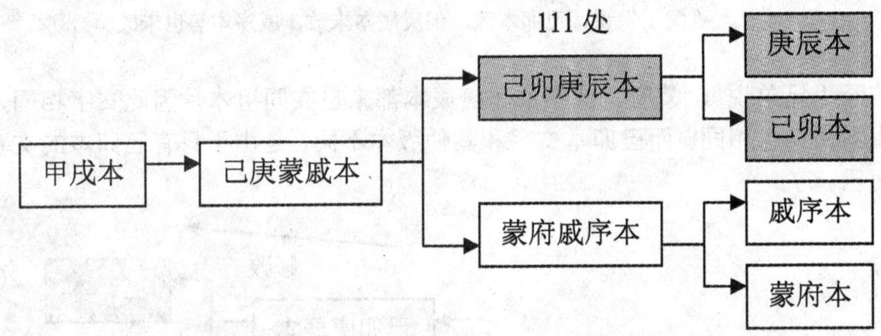

甲戌本和戚序、蒙府本文字相同，有共同异文 111 处

这种情况根据文字的缺失，又可再分为三种情况。

第一种情况是己卯、庚辰本文字有缺失。

第二种情况相反，己卯、庚辰本文字完整，而甲戌本和蒙府、戚序本等所有版本文字有缺失。

第三种情况是个别词语的改变。

先分析第一种己卯、庚辰本文字有缺失的情况。

例 1．第 6 回，甲戌本和蒙府、戚序本文字相同，而己卯、庚辰、杨藏本有共同缺失的异文（本书下册第 336 页）。

己：	一二十											妇人
庚：	一二十											妇人
杨：	一二十	个										妇人
戊：	一二十		妇人衣裙悉率渐入堂	屋	往那边屋	内	去了又见		两三	个		妇人
蒙：	一二十		妇人衣裙悉牵渐入堂	屋	内		去了又见		两三	个		妇人
戚：	一二十		妇人衣裙悉率渐入堂		屋	内	去了又见		两三	个		妇人
卞：	一二十		妇人衣裙悉率渐入堂	屋	往那边屋	里	去了又见		三四	个		妇人
舒：	一二十		妇人衣裙悉率渐入堂	屋	往那边屋	内	去了又见		三		两	妇人
辰：	一二十	个	妇人衣裙悉率渐入堂	屋	往那边屋	内	去了又见	三两		个		妇人

上述例子中，甲戌本文字和蒙府、戚序等所有版本文字都相同，而独有己卯、庚辰本文字似乎有缺失。这似乎是由于己卯、庚辰本文字有了遗漏，或对甲戌本的文字做了删节。目前看到的己卯、庚辰本是过录本，在过录中抄写者对原文字做了修订，因此出现了己卯、庚辰本的文字和蒙府、戚序本不同了。一些主张父子关系的学者都

是如此解释。因此在这种情况里，似乎甲戌本和蒙府、戚序本文字保持了原本的形态。

上述是己卯、庚辰本文字有缺失，而第二种情况相反，己卯、庚辰本文字完整，而甲戌本和蒙府、戚序本等所有版本文字有缺失。

例 2．第 7 回，甲戌本和蒙府、戚序本文字有相同的缺失，而己卯、庚辰、杨藏本有共同异文（本书下册第 350 页）。

本	窗	下过	来/去	隔着玻璃窗户见李纨在炕上歪着睡觉呢遂	越	过	西	花	苑	墙出西角门
己：	窗	下过		隔着玻璃窗户见李纨在炕上歪着睡觉呢遂	越	过	西		苑	墙出西角门
庚：	窗	下过		隔着玻璃窗户见李纨在炕上歪着睡觉呢遂	越	过	西	花		墙出西角门
杨：		下过	来	隔着玻璃窗户见李纨在炕上歪着睡觉呢遂	越	过	西	花		墙出西角门
戊：	窗	下过			越		西	花		墙出西角门
戚：	窗	下过			越		西	花		墙出西角门
蒙：	窗	下过			越		西	花		墙出西角门
卞：	窗	下过	去		越		西	花		墙出西角门
舒：	窗	下过	去		越		西	花		墙出角　门
列：			去		越		西	花		墙出角　门
辰：	窗	下过			越		西	花		墙出西角门

这是个奇怪的例子，从文字看，如认为己卯、庚辰本文字有补充，但似乎可能性很小。因此似乎是己卯、庚辰本是原本面貌，甲戌本由于是过录本，遗漏了这段文字，而蒙府、戚序等版本都和甲戌本一样，都遗漏了这段文字。这种解释较为合理。但假设如此，则蒙府、戚序等版本就不可能来自己卯、庚辰本，而是来自甲戌本。

在这种情况里，似乎是现存的己卯、庚辰本保持了原本的形态。

例 3．第 7 回，有关秦钟的介绍，甲戌、己卯、庚辰、杨藏本文字相同（本书下册第 355 页）。

本	问他	年纪	几岁了	读	什么	书	等事方知他学	弟兄几个学	名	唤	什么	叫	秦钟
戊：	问他	年纪		读		书	等事方知他学		名	唤			秦钟
己：	问他		几岁了	读	什么	书		弟兄几个学	名	唤	什么		秦钟
庚：	问他		几岁了	读	什么	书		弟兄几个学	名	唤	什么		秦钟
戚：	问他	年纪		读		书	等事方知他学		名			叫	秦钟
蒙：	问他	年纪		读		书	等事方知他学		名			叫	秦钟
卞：	问他	年纪		读		书	等事方知他学		名				秦钟
舒：	问他	年纪		读		书	等事方知他学		名	唤			秦钟
列：	问他	年纪		读		书	等事方知　学		名	唤			秦钟
辰：	问他	年纪		读		书	等事方知他学		名			叫	秦钟
杨：	问他		几岁了	读	什么	书		弟兄几个学	名	唤	什么		秦钟

第三种情况是个别词语的改变，这类例子很多，只举 3 例如下。

例 4．第 1 回，己卯、庚辰本有共同异文（本书下册第 244 页）。

戊：只有一女乳名　　英　莲
己：只有一女乳名　　　英菊
庚：只有一女乳名唤作英菊
蒙：只有一女乳名　　英　莲
戚：只有一女乳名　　英　莲
卞：只有一女乳名　　英　莲
舒：只有一女乳名　　英　莲
辰：只有一女乳名　　英　莲
列：只有一女乳名　　英　莲
杨：只有一女乳名　　英　莲

例5．第6回：己卯、庚辰本有共同异文（本书下册第337页）。

戊：褥旁边有银　　唾沫盒
己：褥旁边有　　　　　　雕漆痰　盒
庚：褥旁边有　　　　　　雕漆痰盒
蒙：褥旁边有银　　唾　　　　　盒
戚：褥旁边有银　　唾　　　　　盒
卞：褥旁边有银嗽盂
舒：褥旁边有银　　唾沫盒
辰：褥旁边有银　　唾　盒
杨：褥旁边有银　　唾　盒

例6．第6回：己卯、庚辰、杨藏本有共同异文（本书下册第349页）。

己：丫　头们道　　　　那屋里不是四姑娘周瑞家的听了
庚：丫环　们道　　　　那屋里不是四姑娘周瑞家的听了
杨：丫　头们道那　　　　屋里不是四姑娘周瑞家的听了
戊：丫环　们道　在这　屋里不是　　　周瑞家的听了
戚：丫环　们道　在　那屋里不是　　　周瑞家的听了
蒙：丫环　们道　在　那屋里不是　　　周瑞家的听了
卞：丫环　　　　　说那屋里不是　　　周瑞家的听了
舒：丫环　们道　在　那屋里不是　　　周瑞家的听了
列：了环　们道　在　那屋里不是　　　周瑞家　听了
辰：丫环　们道　在　那屋里不是　　　周瑞家的听了

以上这些例子都是甲戌本和蒙府、戚序等版本文字有相同的共同异文，而和己卯、庚辰本文字不同。这种文字差异是如何产生的？各个版本文字是如何修改的？

“英莲”和“英菊”名字在所有脂本中，只有庚辰本、己卯本为“英菊”，而“庚寅本”、甲戌本、戚序本、甲辰本等其他版本都为“英莲”。这绝非随意出错，也肯定不是随意修改，而是有意的改动，但修改过程有多同看法。第一种看法认为，庚辰本、己卯本的“英菊”是原本，而甲戌本、戚序本等改为“英莲”。第二种看法相反，认为甲戌本的“英莲”是原本，后庚辰本、己卯本改为“英菊”。第三种看法认为，原本是甲戌本的“英莲”，后庚辰本、己卯本改为“英菊”，最后戚序本等其他版本又改回为“英莲”。这些看法都有一定道理，但都有疑问。

再以第6回的“唾沫盒”“痰盆”为例，刘世德先生就做了仔细分析，认为应该是“唾沫盒”（甲戌、蒙府、戚序本）文字在前，而“痰盆”（己卯、庚辰本）文字在后，是后修订的。但刘先生分析只到此为止，没有把这文字差异的共同异文和版本演化联系起来。按照刘先生的分析，则应是甲戌、蒙府、戚序本在前，而己卯、庚辰本在后。这就与刘先生认为蒙府、戚序本出自庚辰本的结论矛盾了。

对前几节文字差异的共同异文，“父子”关系和“兄弟”关系都可以解释，无法判别哪种可能性更大。但对于本节的第三类文字差异，即己卯、庚辰本有共同异文，甲戌本和蒙府、戚序本有相同的共同异文，而和己卯、庚辰本不同，“父子”关系和“兄弟”关系解释就完全不同了。

认为是“兄弟”关系的说法认为：蒙府、戚序本和己卯、庚辰本有共同的祖本，蒙府、戚序本对甲戌本文字没有修改，因此蒙府、戚序本和甲戌本文字相同，如“英莲”“唾沫盒”等。而己卯、庚辰本对祖本的文字做了修改，将“英莲”改为“英菊”，将“唾沫盒”改为“痰盆”，因此己卯、庚辰本和甲戌本的文字不同。这种解释仍然非常合理。

因此，“兄弟”说在这种情况下，完全可以解释。

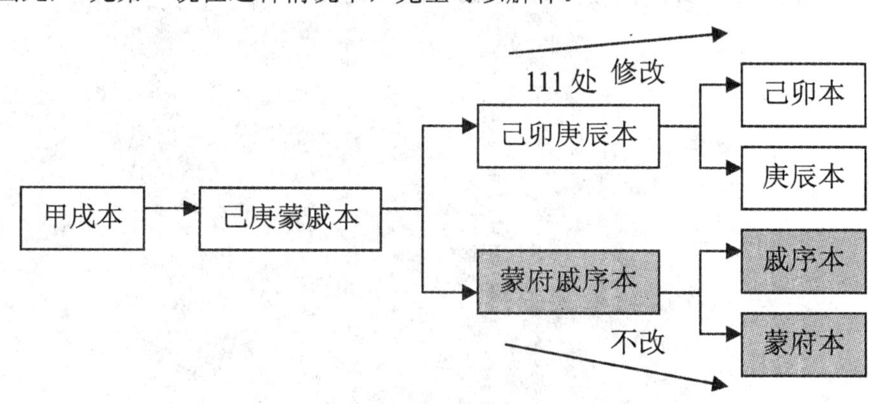

“兄弟”关系解释合理

而认为是“父子”关系的说法认为：蒙府、戚序本是来自庚辰本，这样蒙府、戚序本的文字应与庚辰本相同。但上述情况中，蒙府、戚序本都不同于庚辰本，而同于甲戌本。对这种文字差异“父子”关系就很难解释了，为何晚出的蒙府、戚序本文字却和祖本甲戌本文字相同，而不同于其底本庚辰本呢？

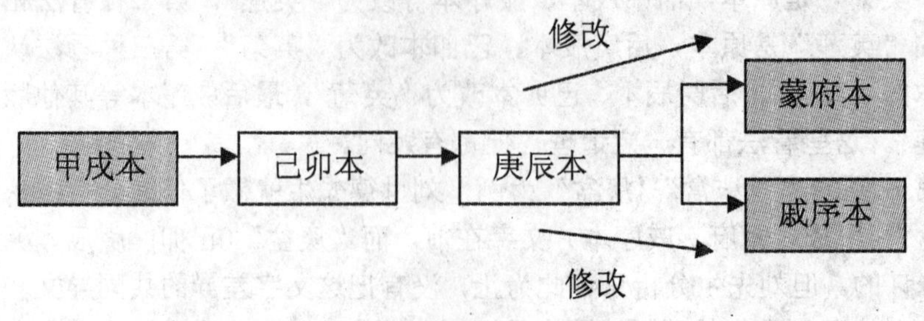

"父子"关系解释困难

因此要从"父子"关系解释这类文字差异，一种解释是：蒙府、戚序本虽然来自庚辰本，但又根据甲戌本做了修订。因此出现蒙府、戚序本文字同于甲戌本，而不同于庚辰本。林冠夫、朱淡文先生都主张这种解释①。但这种可能性似乎不大，因为这样无法解释为何不仅蒙府、戚序本与甲戌本相同，其他舒序、甲辰、列藏、卞藏、杨本等都和甲戌本相同，而和己卯、庚辰本不同？

因此，对于甲戌本和蒙府、戚序本，及舒序、甲辰、列藏、卞藏、杨本等有相同的共同异文，而和己卯、庚辰本不同，即己卯、庚辰本有独有文字的情况，认为蒙府、戚序本来自己卯、庚辰本的"父子"关系很难解释。而认为蒙府、戚序本来自甲戌本，和己卯、庚辰有共同祖本，即"兄弟"关系，就可以很合理地解释这种情况。因此，从这类文字差异看，似乎"兄弟"关系的可能性更大。

---

① 林冠夫：《红楼梦版本论》文化艺术出版社 2007 年版，第 251 页。朱淡文：《红楼梦》版本源流总论，《红楼梦学刊》1988 年第 4 期。朱淡文：《红楼梦论源》，江苏古籍出版社 1992 年版，第 325-330，402-407 页。

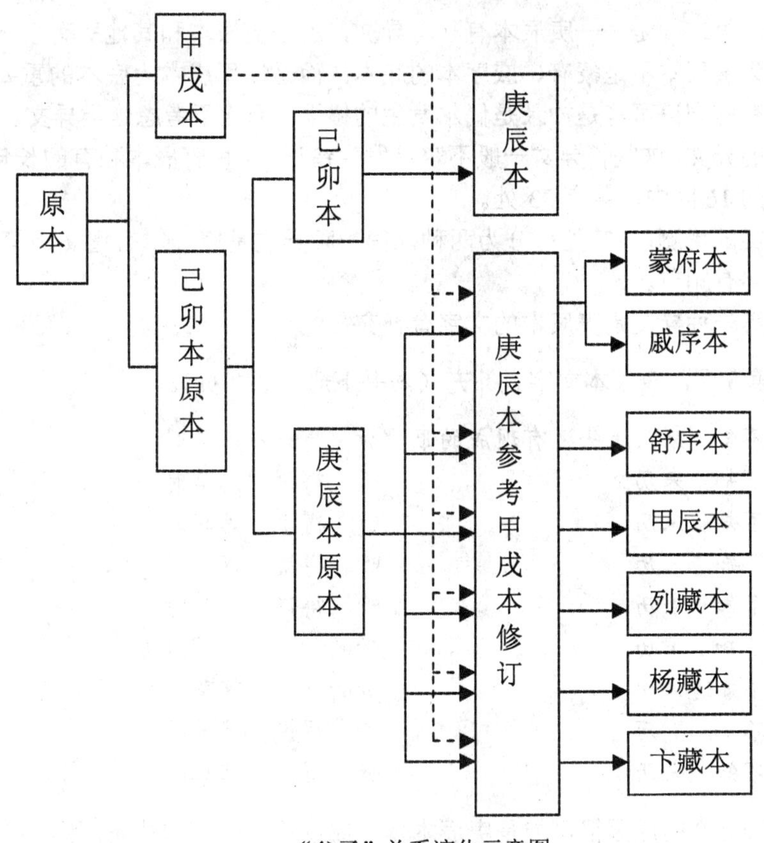

“父子”关系演化示意图

二、庚辰本独有异文和修改

——“父子”关系难解释异文之二

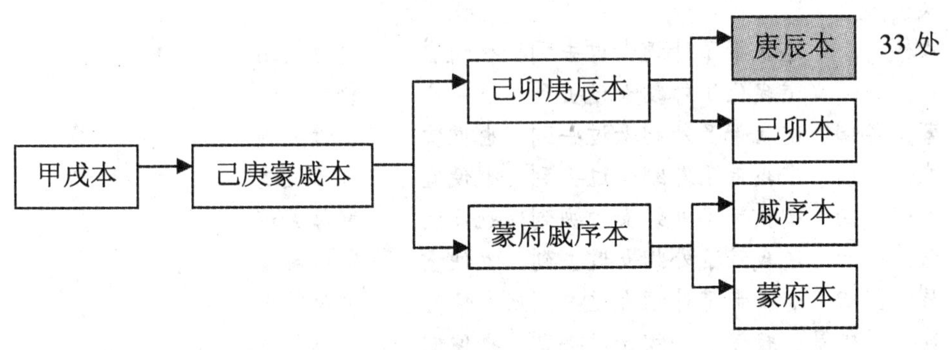

庚辰本独有异文 33 处

“父子”关系难解释，而“兄弟”关系容易解释的，有两种情况。第一种是——己卯、庚辰本共同异文，就是甲戌本和蒙府、戚序本有相同的共同异文，而和己卯、庚辰本不同。第二种是——庚辰本有独有异文，就是庚辰本和其他所有版本都不同，这也成为认为庚辰本不是蒙府、戚序本的底本，而是以甲戌本为底本的重要依据。

考虑到有些词语可能是抄录是偶尔发生的错误，因此不考虑这类异文。而只考虑长句子发生的异文，这些长异文一般不容易发生错误。这种庚辰本独有的长句子异文，甲戌本所有的16回中，共有33处。

根据异文的增删，33 处可分为两种。第一种异文是庚辰本有增文，第二种异文是庚辰本文字有删节。

先分析第一种异文是庚辰本的文字有补充。

例1．第3回，庚辰本文字有补充（本书下册第292页）。

庚:	也不知		来	历	上头还有现成的眼儿	听		得说		落草	时
戊:	也不知		来	历		听		得说		落草	时
己:	也不知		来	历		听		得说		落草	时
蒙:	也不知		来	历		听		得说		落草	时
戚:	也不知		来	历		听		得说		落草	时
卞:	也不知		来	历		听	的			落草	时
舒:	也不知	道	来	历		听	的	得说		落草	
列:	也不知			历		听		得说		落草	时
杨:	也不知		来	历		听		得说	是	落草	时

产生这种异文的原因很可能是庚辰本修订或过录时产生的补充，因此甲戌本和其他版本是原貌。所以，庚辰本的异文说明庚辰本绝不会是蒙府、戚序本的底本。

第二种异文是庚辰本文字有删节。

例2．第3回，庚辰本文字有删节（本书下册第280页）。

庚:	笑			道											
戊:				道	我	带	了外甥女过去	到		也	便	宜			贾母笑道
己:				道	我	代	了外甥女过去	到		也	便	宜			贾母笑道
蒙:	笑	回		道	我	带	了外甥女过去	到		也	便	宜			贾母笑道
戚:		回		道	我	带	了外甥女过去	到		也	便	宜			贾母笑道
卞:		回		道	我	带	了外甥女过去	到		也	便	宜			贾母笑道
舒:		回		道	我	带	了外甥女过去	到		也	便	宜			贾母笑道
辰:	笑	回		道	我	带	了外甥女过去	到	底		便	宜	些		贾母笑道
列:		回	是		我	带	了外甥女过去	到		也	便	宜			贾母笑道
杨:		回		道	我	带	了外甥女过去	倒		也	便			易	贾母笑道

例3．第3回，庚辰本文字有删节（本书下册第288页）。

庚：贾母笑道　好的　　　　　　　　　　　　　　　坐下
戊：贾母笑道更好　若如此更　相和睦了宝玉便走近　黛玉身边坐下
己：贾母笑道更好　若如此更　相和睦了宝玉便走近　黛玉身边坐下
蒙：贾母笑道　　　若如此更　相和睦了宝玉便走近　黛玉身边坐下
戚：贾母笑道更好　若如此更　相和睦了宝玉便走近　黛玉身边坐下
卞：贾母笑道更好　若如此更　相和睦了宝玉便走近　黛玉身边坐下
舒：贾母笑道更好　若如此更　相和睦了宝玉便走近　黛玉身边坐下
辰：贾母　道　好　若如此更　相和睦了宝玉便走　向黛玉身边坐下
列：贾母笑道更好　若如此更　相和睦了宝玉便走近　黛玉身边坐下
杨：贾母笑道更好　若如此　便相和睦了宝玉便走近　黛玉身边坐下

产生这种异文的原因，明显是庚辰本过录时有删节或遗漏了文字，而其他版本都和甲戌本一样，因此甲戌本和其他版本是原本。

例 4．第 4 回，庚辰本和舒序本文字有删节。

这是庚辰本“同词脱文”的典型例子。庚辰本前后出现“母舅”，因此遗漏了中间一大段文字。而且舒序本也随之遗漏此段文字（本书下册第 303 页）。

庚：闻得母舅
舒：闻
戊：闻得母舅王子腾升了九省统制奉旨出都查边薛蟠
己：闻得母舅王子腾升了九省统制奉旨出都查边薛蟠
蒙：闻得母舅王子腾升了九省统制奉旨出都查边薛蟠
戚：闻得母舅王子腾升了九省统制奉旨出都查边薛蟠
卞：闻得母舅王子腾升了九省统制奉旨出都查边薛蟠
辰：闻得母舅王子腾升了九省统制奉旨出都查边薛蟠
列：阅得母舅王子腾升了九省统制奉旨出都查边薛蟠
杨：闻得母舅王子腾升了九省总制奉旨出都查边薛蟠
－－－－－－－－－－－－－－－－－－－－－－

庚：　　　　　　　　　　　　　　　　　　管辖
舒：　　　　　　　　　　　　　　　的母舅管辖
戊：心中暗喜道我正　愁进京去有个嫡亲的母舅管辖
己：心中暗喜道我正　愁进京去有个嫡亲的母舅管辖
蒙：心中暗喜道我正想　进京去有个嫡亲　母舅管辖
戚：心中暗喜道我正想　进京去有个嫡亲　母舅管辖
卞：心中暗喜道我正　愁进京去有个嫡亲　母舅管辖
辰：心中暗喜道我正　愁进京去有　　　　母舅管辖
列：心中暗喜道我正　愁进京去有个嫡亲的母舅管辖
杨：心中暗喜道我正　愁进京去有个嫡亲的母舅管辖

对于庚辰本有独有异文，和其他版本都不同的情况，认为蒙府、戚序本来自己卯、庚辰本的“父子”关系很难解释，为何庚辰本作了修改，蒙府、戚序本是以庚辰本为底本，为何没有修改，反而和甲戌本相同？当然由于现存庚辰本是过录本，因此也可能是此过录本有错误和修改，而庚辰本的原本并没有错误和修改。

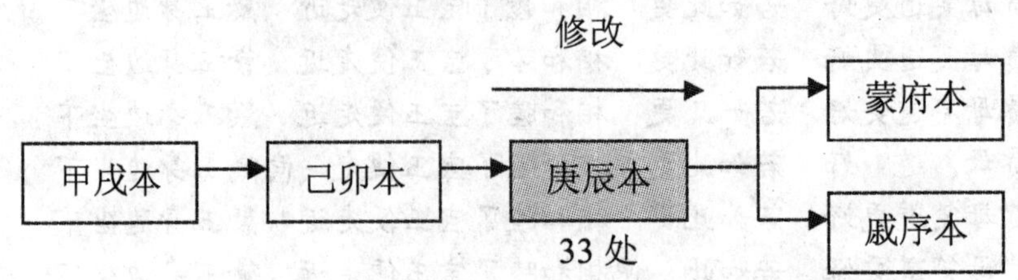

“父子“关系难以解释庚辰本文字修改

而“兄弟”关系认为，蒙府、戚序本来自甲戌本，和己卯、庚辰有共同祖本，庚辰本做了修改，而蒙府、戚序本没有修改，就可以很合理地解释这种情况。

因此，从这类庚辰本有独有异文情况来看，“兄弟”关系的解释比“父子”关系更合理，可能性也更大。

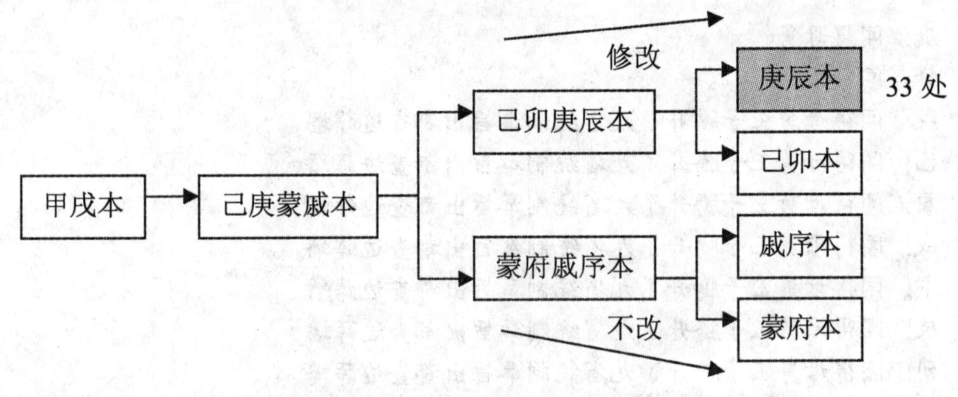

“兄弟”关系解释，庚辰本文字做了修改

三、庚辰、蒙戚本有共同异文

——“兄弟”关系唯一难解释异文

以上是“兄弟”关系可以解释，而“父子”关系难以解释的情况。但也有“兄弟”关系难解释，而“父子”关系容易解释的情况。这就是庚辰本和蒙府、戚序本文字相同，而和甲戌本、己卯本不同，即甲戌本和己卯本文字相同。这种情况只有 2 例。

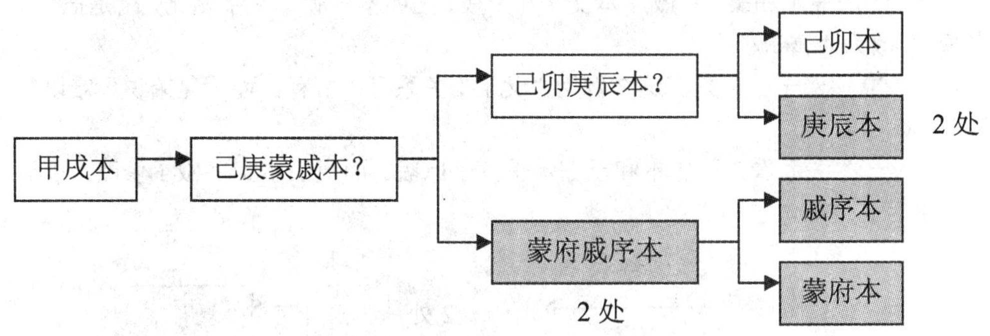

甲戌本和己卯本，庚辰、蒙戚本有共同异文 2 例

例 1．第 1 回，甲戌本、己卯本和杨藏本文字相同，庚辰本和蒙府、戚序本等文字相同。

此例中，其他版本和甲戌、己卯和杨藏本相比，只是文字少了 3 个字“那牌坊”（本书下册第 246 页）。

戌：竟过一大石牌坊那牌坊上大书四　　字乃是太虚幻境
己：竟过一大石牌坊那牌坊上大书四　　字乃是太虚幻境
杨：竟过一大石牌坊那牌坊上大书四　　字乃是太虚幻境
庚：竟过一大石牌坊　　　上　书四个大字乃是太虚幻境
蒙：竟过一大石牌坊　　　上　书四　　字乃是太虚幻境
戚：竟过一大石牌坊　　　上　书四　　字乃是太虚幻境
卞：竟过一大石牌坊　　　上大书四　　字乃是太虚幻境
舒：竟过一大石牌坊　　　上大书四　　字乃是太虚幻境
辰：竟过一大石牌坊　　　上大书四　　字乃是太虚幻境
列：竟过一大石牌坊　　　上大书四　　字乃是太虚幻境

例 2．第 2 回，甲戌本、己卯本等版本文字相同，庚辰本和蒙府、戚序本文字相同（本书下册第 266 页）。

戌：又在　万万人之下若生于公侯富贵　　之家则为情痴
己：又在　万万人之下若生于公侯富贵　　之家则为情痴
舒：又在　万万人之下若生于公侯富贵　　之家则为情痴
辰：又在千　万人之下若生于公侯富贵　　之家则为情痴
列：又在　万万人之下若生于公侯富贵　　之家则为情痴
杨：又在　万万人之下若生于公侯富贵　　之家则为情痴
卞：又在　　万人之下若生　　　富贵　　之家则为情痴
庚：又在　万万人之下若生于　　富贵公侯之家则为情痴
蒙：又在　万万人之下若生于　　富贵公侯之家则为情痴
戚：又在　万万人之下若生于　　富贵公侯之家则为情

此例中，庚辰本和蒙府、戚序本文字和甲戌、己卯本等版本文字相比，只是把“公侯富贵”，改为“富贵公侯”。

全部500多例子中，只有这2例用“父子”关系可以解释，而“兄弟说”难以解释。

从“父子”关系看，甲戌本和己卯本保持了原貌。而庚辰本文字做了修改，以后的戚序本等其他版本也随之做了修改。

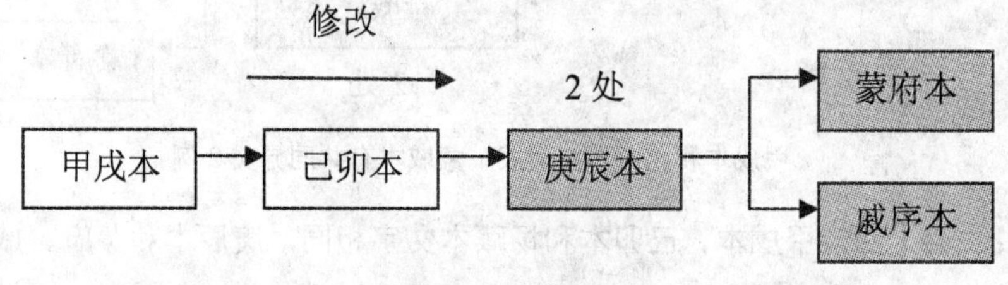

庚辰本文字修改

但“兄弟说”要解释就有些困难了，为何甲戌本、己卯本未改，庚辰本做了修改，而戚序本和其他版本的修改却和庚辰本完全相同？

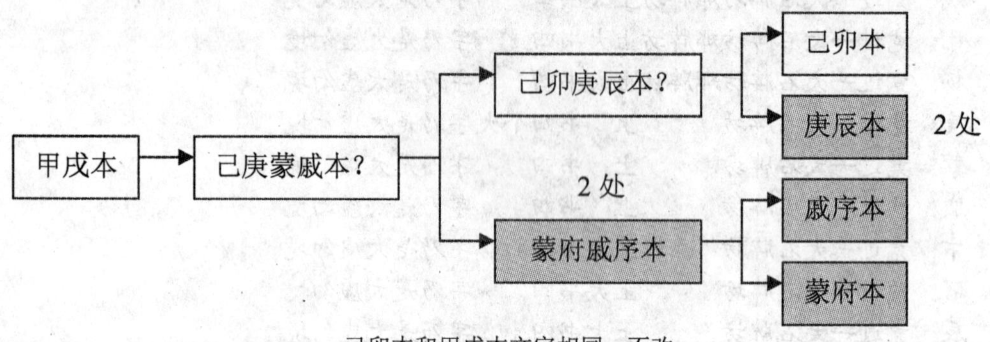

己卯本和甲戌本文字相同，不改

“兄弟说”对这种情况，只有两种解释。

第一种可能是，在己卯本之后，有一个庚辰本和戚序、蒙府本等版本共同的祖本。己卯本文字和甲戌本一样没有改，而这个祖本文字做了修改，因此导致庚辰本和其他版本文字都相同了。

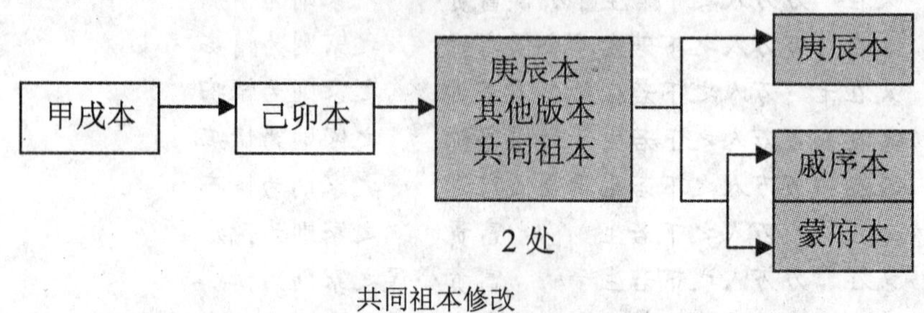

共同祖本修改

第二种可能是，甲戌本是原本，己卯本未改动，而庚辰本和蒙府、戚序本都做了相同的修改，因此出现了庚辰本和蒙府、戚序本文字相同的现象，这只是巧合而已。

严格讲，庚辰本和蒙府、戚序本都做了相同修改的概率不大，这种解释有些牵强。但这类例子在全部 16 回中也确实很少，目前只找到上述 2 例，因此有巧合的可能，即庚辰本和蒙府、戚序本各自做了修改，它们之间并没有直接的关系。

总之，这 2 例“父子说”比“兄弟说”更容易解释，但由于数量太少只有 2 例，也可能是巧合而已，因此尚不能由此就认定“父子”关系肯定成立，即蒙府、戚序本以庚辰本为底本的“父子”关系说还是有疑问的。

总结以上对各种情况的分析，“父子”关系对有些情况（戚序本和甲戌本文字相同，而和庚辰本不同）解释困难，而“兄弟”关系对绝大多数情况都可解释。因此，戚序本和庚辰本很可能是“兄弟”关系，而不是“父子”关系。

第四章　批语研究和总结

第一节　从批语看戚序、庚辰本关系

一、甲戌、戚序、庚辰本批语统计

上述是从正文分析戚序本和庚辰本的关系，认为戚序本和庚辰本可能有共同祖本，它们并没有直接的承继关系，它们可能不是“父子”关系，而是“兄弟”关系。

多数脂本在正文之外都有大量批语，这些批语也是研究脂本的重要线索。从批语看，戚序本和庚辰本是什么关系？从批语看，“父子”关系和“兄弟”关系哪种可能性更大？

要利用批语研究戚序本和庚辰本的关系，离不开甲戌本和己卯本，因此要将甲戌本、己卯本、庚辰本和戚序本 4 个版本的批语一起研究。

各版本的文本和批语在各回中不同，有批语的回目见下表。

表 31．甲戌、己卯、庚辰和戚序本有批语的回目统计

回	1	2	3	4	5	6	7	8	9	10
甲戌	◎	◎	◎	◎	◎	◎	◎	◎		
己卯						◎		◎		◎
庚辰										
戚序	◎	◎	◎	◎	◎		◎		◎	

回	11	12	13	14	15	16	17	18	19	20
甲戌			◎	◎	◎	◎				
己卯		◎	◎	◎	◎	◎	◎	◎	◎	◎
庚辰		◎	◎	◎	◎	◎	◎	◎	◎	◎
戚序		◎	◎	◎	◎	◎	◎	◎	◎	◎

回	21	22	23	24	25	26	27	28	29	30
甲戌					◎	◎	◎	◎		
己卯										
庚辰	◎	◎	◎	◎	◎	◎	◎	◎		
戚序	◎	◎	◎	◎	◎	◎		◎		

回	31	32	33	34	35	36	37	38	39	40
己卯			◎	◎	◎	◎	◎	◎	◎	◎
庚辰			◎	◎	◎	◎	◎	◎	◎	◎
戚序		◎	◎	◎	◎	◎	◎	◎	◎	

回	41	42	43	44	45	46	47	48	49	50
己卯										
庚辰	◎	◎	◎	◎	◎	◎	◎	◎	◎	◎
戚序										

回	51	52	53	54	55	56	57	58	59	60
己卯										
庚辰	◎	◎	◎	◎	◎	◎	◎	◎	◎	◎
戚序										

回	61	62	63	64	65	66	67	68	69	70
己卯	◎	◎	◎		◎					◎
庚辰	◎	◎	◎							◎
戚序				◎						

回	71	72	73	74	75	76	77	78	79	80
己卯										
庚辰	◎	◎	◎	◎	◎	◎	◎	◎	◎	◎
戚序										

二、由批语研究戚序本和庚辰本关系

利用批语研究戚序本和庚辰本的关系，有以下几种方法。

1．甲戌、戚序、庚辰本批语研究

像正文一样，如可找到戚序本只和甲戌本相同，而和庚辰本不同的批语，则可证明戚序本的批语可能是来自甲戌本，就可证明戚序本不太可能来自庚辰本，戚序本和庚辰本就可能是“兄弟”关系，而可能不是“父子”关系。

如相反，如果找不到戚序本和甲戌本相同，而和庚辰本不同的批语，则无法判断戚序本和庚辰本是“兄弟”关系，还是“父子”关系。

2．戚序本和庚辰本批语研究

甲戌本只有16回，在没有甲戌本时，可以比较戚序本和庚辰本的批语。如戚序本中有庚辰本独有批语时，则可以判定它们之间有密切关系。当然“兄弟”关系和“父子”关系都可能出现只有戚序本和庚辰本批语相同的情况，因此由此还无法判断戚序本和庚辰本是“兄弟”关系，还是“父子”关系。

3. 戚序、庚辰、己卯本批语研究

在没有己卯本时，可以比较戚序和庚辰本的批语，由此分析两个版本之间的关系。当然无论结果如何，由此都无法判断戚序本和庚辰本是“兄弟”关系，还是“父子”关系，只是提供一些研究资料而已。

下面按照上述3个方法进行研究。

1．甲戌、戚序、庚辰本批语研究

和正文一样，由于甲戌本只有16回，即第1—8回，第13—16回，和第25—28回，因此只能比较这16回的批语。而在这16回中，庚辰本第1—11回没有批语，因此可以比较甲戌本、庚辰本和戚序本批语的只有第13—16回，和第25—28回，第27回戚序本只有总评，没有其他批语，可以排除，这样总共有7回的批语可以比较。

仔细比较这7回中甲戌本和戚序、庚辰本的批语，没有发现甲戌本只和戚序本相同，而和庚辰本不同的批语。

因此由此无法判断戚序本和庚辰本之间的关系，可能是“父子”关系，也可能是“兄弟”关系。

这和正文很不同，在甲戌本正文中有大量和戚序本相同的正文，这是戚序本和庚辰本是“兄弟”关系的主要证据，证明戚序本和庚辰本很可能是“兄弟”关系。而从批语看，却无法证明戚序本和庚辰本是“兄弟”关系。

2．戚序本和庚辰本批语研究

甲戌本只有16回，没有甲戌本时，可以比较戚序本和庚辰本的批语。戚序本和庚辰本同时有批语的有：第12—26．28—31回。

但再进一步检查其中戚序本和庚辰本有相同批语，发现：

表32．戚序本和庚辰本有相同批语统计表

回	12	13	14	15	16	17	18	19	20	21
相同批语	无	无	无	无	无	2	无	无	无	66

表 32．戚序本和庚辰本有相同批语统计表（续）

回	22	23	24	25	26	27	28	29	31
相同批语	80	9	15	无	1	回前	回前	回前	回前 回后

戚序本和庚辰本都有批语的有20回，其中戚序本和庚辰本有相同批语的有10回。其中的分布很有规律，可分为两类：

- 第 21 至 15 回这 4 回有大量批语。
- 第 27、28、29、31 回这 4 回有回前（后）批。
- 第 17、26 回这 2 回只有 2 处和 1 处。

从中可以看出戚序本和庚辰本有相同批语很有规律，都是 4 回为一单元，这绝非偶然。这说明戚序本或庚辰本的抄写是以 4 回为单元来抄写，即很可能是一人抄写 4 回。这样有的抄写者认真，把所有批语基本抄写了，有的抄写者只抄写回前（后）批语，而有的抄写者最懒，相同批语一条都没有抄写。

但根据戚序本和庚辰本是否有相同批语，还是无法判断它们之间关系。因为它们有相同批语，可能是它们是“父子”关系，即戚序本抄自庚辰本。但它们有共同祖本，也会有相同批语。所以由此还无法判断戚序本和庚辰本是“兄弟”关系，还是“父子”关系。虽然此分析无法判断“兄弟”关系，还是“父子”关系，但从中可以看出《红楼梦》版本分人、分工抄写的过程，还是很有意义的。

3．甲戌、戚序、庚辰和己卯本批语研究

前面统计分析了戚序本和庚辰本批语相同的情况，下面扩展到甲戌本和戚序、蒙府、己卯、庚辰本批语完全相同的情况。和第一类情况一样，由于甲戌本只有 16 回，这种情况只有 7 回，统计如下。

第 13 回：19 处。

第 14 回：8 处。

第 15 回：36 处，有 2 处甲戌本和己卯、庚辰本相同，而戚序、蒙府本没有。

第 16 回：53 处。

第 25 回：38 处，有 1 处甲戌本只和蒙府本相同批语。

第 26 回：28 处。

第 28 回：只有 1 例甲戌本和庚辰、戚序本相同批语。

以上 7 回中还有大量甲戌和庚辰本相同、而在戚序、蒙府本没有的批语。

除第 25 回有一处甲戌本和蒙府本批语相同外，没有任何甲戌本只和戚序、蒙府本相同的批语，这样无法证明戚序、蒙府本中有的批语是直接来自甲戌本，而和庚辰本无关。

但要注意，正文和批语可能不是同时编写的，批语有可能是在正文之后加的，而正文在前，因此正文中有大量甲戌本和戚序、蒙府本相同的正文，而批语中没有。这不能证明，戚序本和庚辰本就不是“兄弟”关系，从正文看，戚序本和庚辰本很可能是“兄弟”关系。

至于大量甲戌和庚辰本相同、而在戚序、蒙府本没有的批语，很可能是戚序、蒙府本没有抄录，也可能是庚辰本抄写者增加的批语。

总之，虽然从正文看，戚序本和庚辰本可能是“兄弟”关系，但从批语看，无法证明戚序本和庚辰本是“父子”关系，还是“兄弟”关系。

第二节 戚序本、庚辰本关系总结

一、“父子、兄弟”关系总结

总结以上五个版本的文字差异，可分以下六类：

1．甲戌本有独有异文，即蒙府、戚序本和己卯、庚辰本有共同异文，约有164处；

2．蒙府、戚序本有共同异文，甲戌本和己卯、庚辰本有共同异文，约有170处；

3．己卯、庚辰本有共同异文，甲戌本和蒙府、戚序本有共同异文，约有111处；

4．甲戌、己卯本有共同异文，蒙府、戚序本和庚辰本有共同异文，只有2处。

5．己卯本有独有异文，甲戌、庚辰、蒙府、戚序本有共同异文，有20处。

6．庚辰本独有异文，甲戌、己卯、蒙府、戚序本有共同异文，有33处。

表33．按照“父子”关系、“兄弟”关系分类

次序	文字差异	处	父子关系	兄弟关系
1	甲戌本独有异文 蒙府、戚序本和己卯、庚辰本有共同异文	164	可解释	可解释
2	己卯本独有异文 甲戌、庚辰、蒙府、戚序本有共同异文	20	可解释	可解释
3	蒙府、戚序本独有异文 甲戌本、己卯本、庚辰本有共同异文	170	可解释	可解释
4	庚辰本独有异文 甲戌、己卯、蒙府、戚序本有共同异文	33	解释困难	可解释
5	己卯、庚辰本独有异文 甲戌本、戚序本、庚辰本有共同异文	111	解释困难	可解释
6	甲戌、己卯本独有异文 蒙府、戚序本和庚辰本有共同异文	2	可解释	解释困难

按照“父子”关系和“兄弟”关系逐一进行分析，看哪种可能性更大。分析结果如下。

按照“父子”关系、“兄弟”关系解释统计：

1.“父子”“兄弟”关系都可以解释的3种，354处。

（1）甲戌本独有异文，蒙府、戚序本和己卯、庚辰本有共同异文，164处。

（2）己卯本独有异文，甲戌、庚辰、蒙府、戚序本有共同异文，20处。

（3）蒙府、戚序本独有异文，甲戌本、己卯本、庚辰本有共同异文，170处。

2.“父子”关系解释困难，“兄弟”关系可以解释的2种，144处。

（1）庚辰本独有异文，甲戌、己卯、蒙府、戚序本有共同异文，33处。

（2）己卯、庚辰本独有异文，甲戌本、戚序本、庚辰本有共同异文，111处。

3.“父子”关系可以解释，“兄弟”关系解释困难的1种，2处。

甲戌、己卯本独有异文，蒙府、戚序本和庚辰本有共同异文，2处。

下面再逐一介绍。

1.“父子”关系和“兄弟”关系都可以解释，有3种，354处。

（1）甲戌本有独有异文，蒙府、戚序本和己卯、庚辰本有共同异文，有164处。

“父子”关系认为这是己卯、庚辰本针对甲戌本做了修改，而由于蒙府、戚序本是来自己卯、庚辰本，因此也做了修改。

“兄弟”关系认为这是蒙府、戚序本和己卯、庚辰本等版本共同祖本的文字做了修改，因此蒙府、戚序本和己卯、庚辰本等版本的文字完全相同。

两种解释都同样合理。

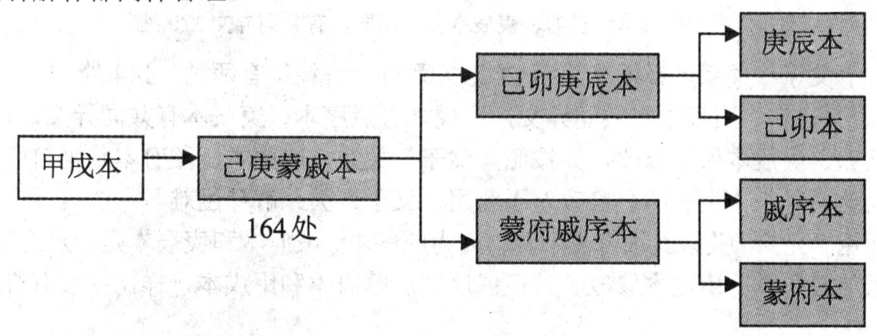

戚序、蒙府本和己卯、庚辰本有文字相同的共同异文164处

（2）己卯本有独有异文，有20处。

“父子”关系和“兄弟”关系都认为，只有己卯本做了修改，而庚辰本、戚序本和蒙府本都没有修改。

两种解释都同样合理。

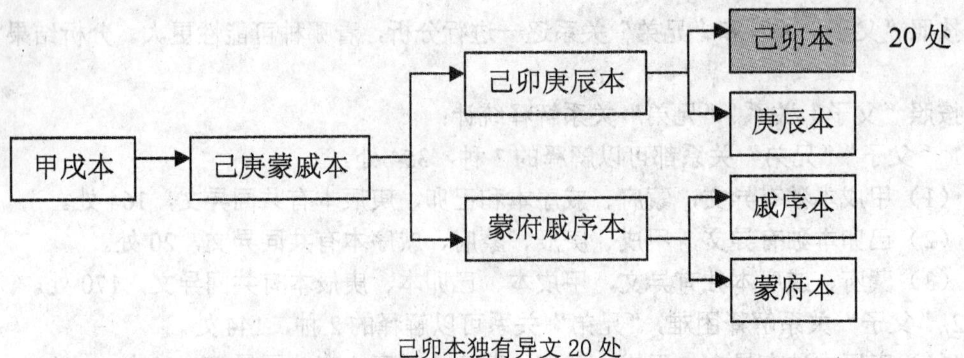

己卯本独有异文 20 处

（3）蒙府、戚序本有独有异文，甲戌本和己卯、庚辰本有共同异文，170 处，最多。

“父子”关系和“兄弟”关系都认为，这是由于戚序和蒙府本独自的修改，而其他版本没有修改。

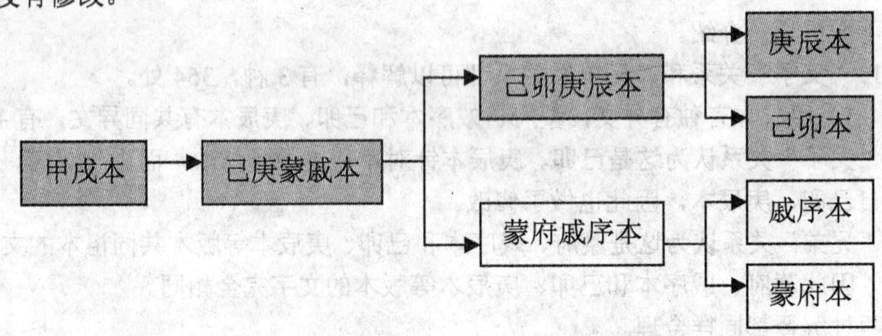

甲戌本和己卯、庚辰本文字相同，有共同异文 170 处

2.“父子”关系解释困难，“兄弟”关系可以解释，有两种，144 处。

（1）己卯、庚辰本有共同异文，甲戌本、戚序本、庚辰本有共同异文，111 处。

己卯、庚辰本做了修改，如按照“父子”关系，戚序本、蒙府本是来自庚辰本，但为何这两种版本没有随之修改？因此用“父子”关系解释困难。

而用“兄弟”关系就很容易解释。因为戚序本、蒙府本和庚辰本是“兄弟”关系，因此虽然己卯本、庚辰本修改了，但戚序本、蒙府本和甲戌本一样，并没有修改。

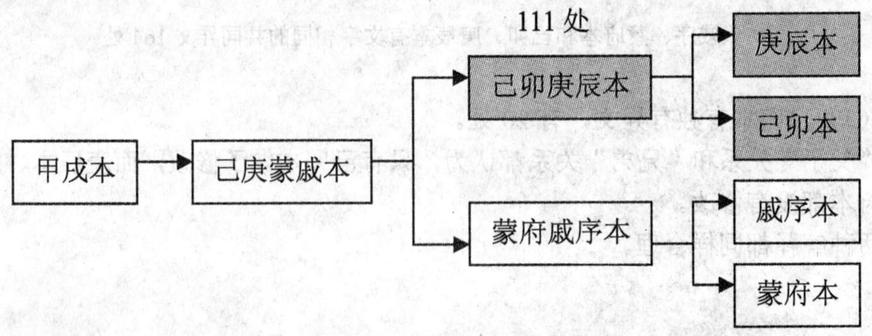

甲戌本和戚序、蒙府本文字相同，有共同异文 111 处

（2）庚辰本有独有异文，33 处。

这明显是由于庚辰本做了独有的修订。

如按照“父子”关系，戚序本、蒙府本是来自庚辰本，但为何这两种版本没有随之修改？因此用“父子”关系解释困难。

而用“兄弟”关系就很容易解释。因为戚序本、蒙府本和庚辰本是“兄弟”关系，因此虽然庚辰本修改了，但戚序本、蒙府本和甲戌本、己卯本一样，并没有修改。

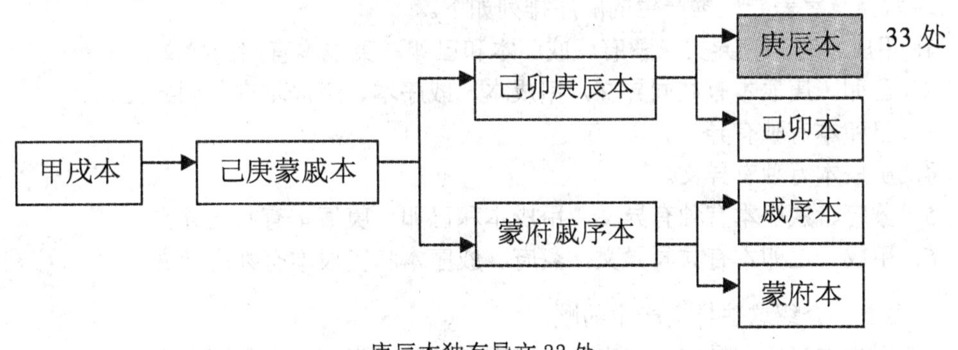

庚辰本独有异文 33 处

3.“父子”关系可以解释，“兄弟”关系解释困难，只有一种，只出现了 2 次。

甲戌、己卯本有共同异文，蒙府、戚序本和庚辰本有共同异文。

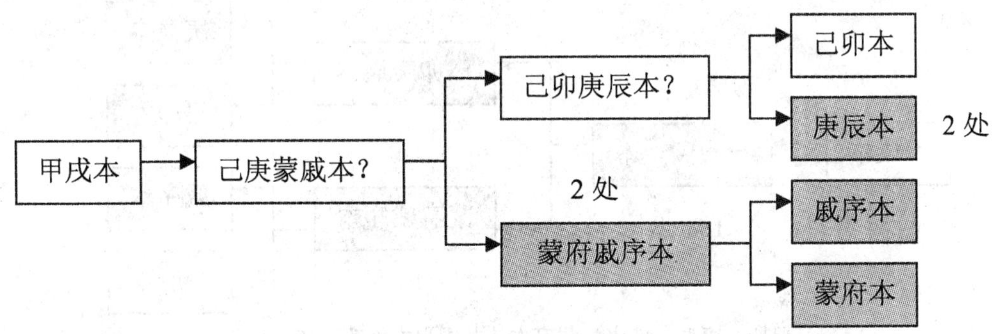

甲戌本和己卯本有共同异文 2 例

甲戌本和己卯本文字相同，是由于己卯本没有改变甲戌本的文字。

按照“父子”关系，这是由于戚序和蒙府本来自庚辰本，庚辰本做了修改，戚序和蒙府本也就做了修改。

但按照“兄弟”关系就很难解释了。庚辰本对甲戌本的文字做了修改，为何戚序和蒙府本也做了相同点修改？

由于这种情况只有 2 例，这 3 种版本文字相同只是巧合？

按照“父子、兄弟”关系统计：

“父子”关系可解释的有 4 种，有 336 处，占总数 500 处的 67.2%；解释困难有 2 种，有 144 处，占总数的 28.8%。

“兄弟”关系可解释的 5 种，有 498 处，占总数的 99.6%；解释困难的只有 1 种，而且只有 2 处，只占 0.4%。

因此，戚序本和庚辰本之间的关系，应该是“兄弟”关系比“父子”关系可能性更大。

二、文字差异产生顺序总结

这六类文字差异根据产生的顺序排列如下。

1. 甲戌本有独有异文，蒙府、戚序本和己卯、庚辰本有共同异文。
2. 己卯、庚辰本有共同异文，甲戌本、戚序本、庚辰本有共同异文。
3. 己卯本有独有异文。
4. 庚辰本有独有异文。
5. 蒙府、戚序本有独有异文，甲戌本和己卯、庚辰本有共同异文。
6. 甲戌、己卯本有共同异文，蒙府、戚序本和庚辰本有共同异文。

下面逐一介绍这些异文产生的顺序。

1. 甲戌本有独有异文，蒙府、戚序本和己卯、庚辰本有共同异文。

这是由于甲戌本保留了原本文字，而己卯、庚辰本和蒙府、戚序本的共同祖本做了修改。由于这是共同祖本做的修改，因此应该是最早的修改。有 164 处，说明这种修改很多。

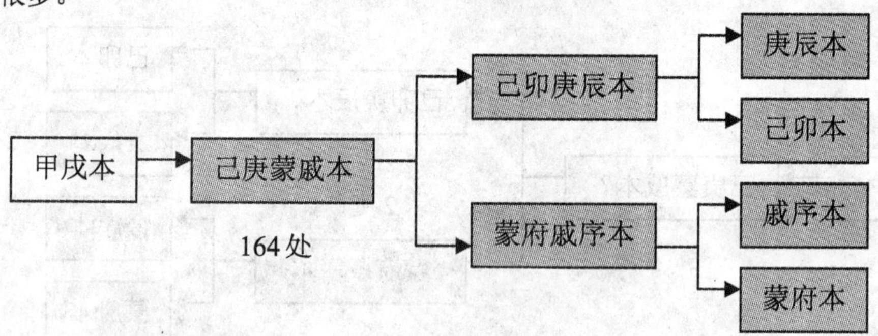

己卯、庚辰、戚序、蒙府本的共同祖本修改，164 处

2. 己卯、庚辰本有共同异文，甲戌本、戚序本、庚辰本有共同异文。

己卯本和庚辰本的共同祖本做了修改，因此应该较早。有 111 处，说明这种修改很多。

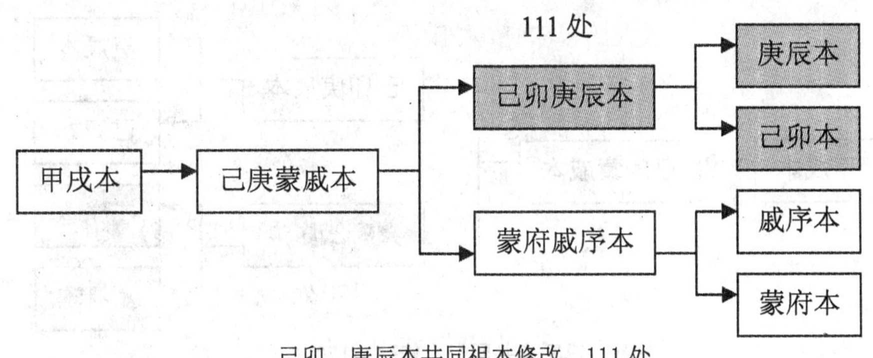

己卯、庚辰本共同祖本修改，111 处

3．己卯本有独有异文。

只有己卯本做了修改，而庚辰本、戚序本和蒙府本都没有修改。一般认为己卯本早于庚辰本，因此己卯本的修改也应该较早。只有 20 处，说明这种修改并不多。

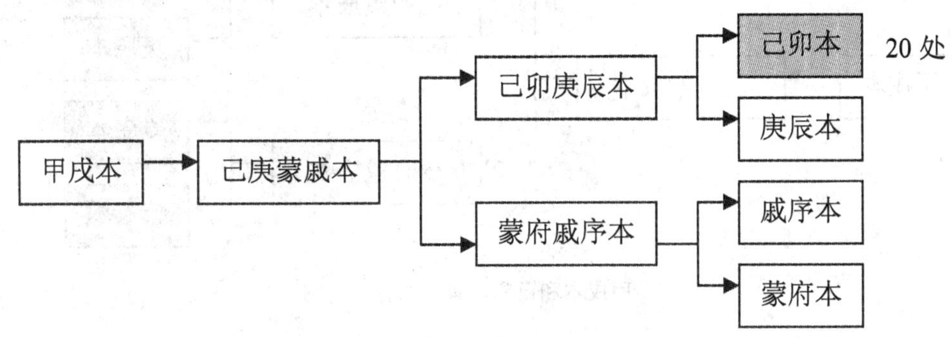

己卯本单独修改，20 处

4．庚辰本有独有异文。

这明显是由于庚辰本做了独有的修订，也属于较早的修改。只有 33 处，说明这种修改并不多。

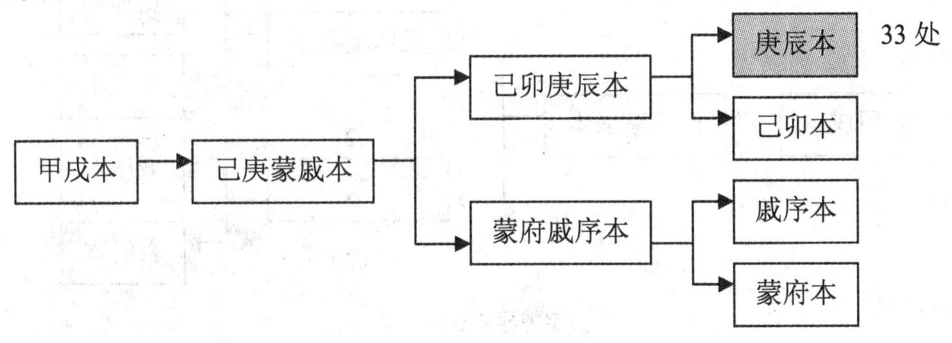

庚辰本单独修改，33 处

5．蒙府、戚序本有独有异文，甲戌本和己卯、庚辰本有共同异文。

这是由于戚序和蒙府本的共同祖本做的修改，应该较晚。有 170 处，是修改最多的，说明戚序和蒙府本共同祖本的修改，比己卯和庚辰本共同祖本做的修改多。

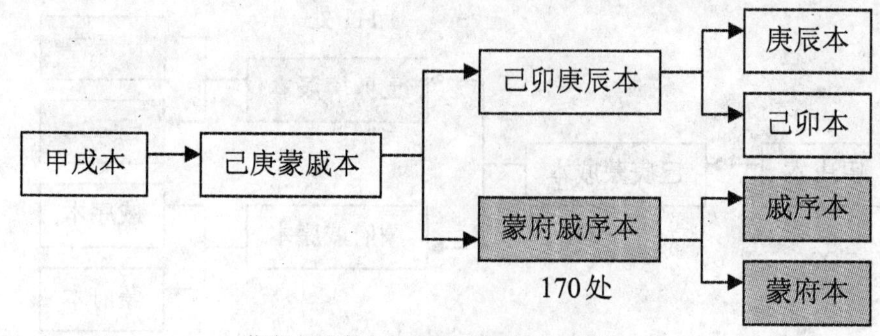

蒙府、戚序本共同祖本修改，170 处

6．甲戌、己卯本有共同异文，蒙府、戚序本和庚辰本有共同异文。

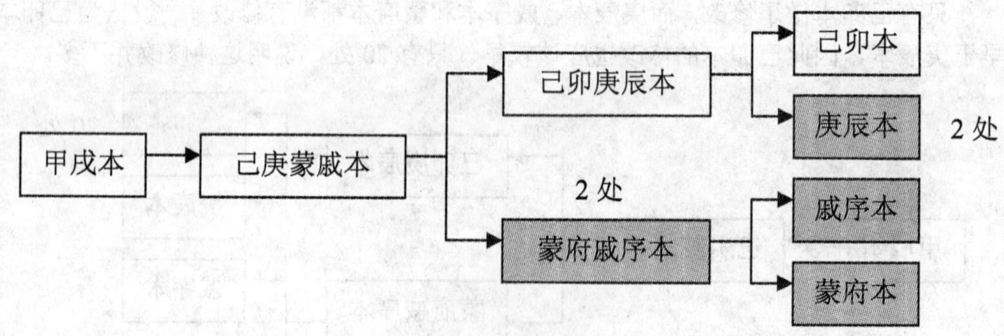

甲戌本和己卯本有共同异文 2 例

己卯本和甲戌本相同，而庚辰本和和戚序本、蒙府本都做了相同的修改，这应该是最迟的修改。只有 2 处，是 6 种修改中最少的，说明这种修改很偶然。

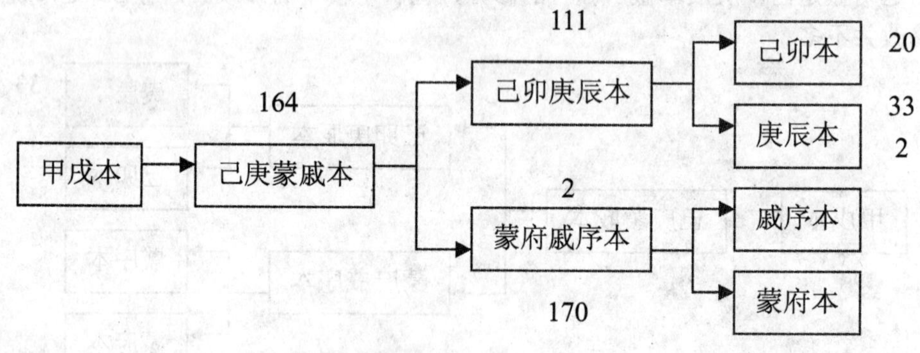

文字差异的 6 种情况

三、《红楼梦》版本演化

根据以上对庚辰本和戚序本的关系分析，对《红楼梦》版本中甲戌本、己卯本、庚辰本、戚序本和蒙府本的演化示意图如下。对于其他版本，即列藏本、甲辰本、舒序本、郑藏本、杨藏本的关系，由于本书未论及就没有画出。

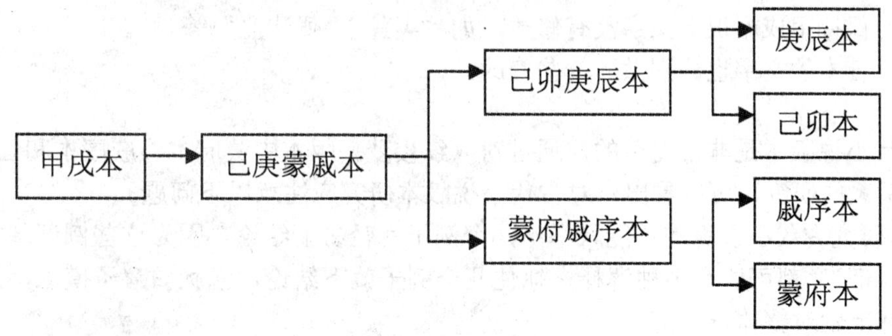

《红楼梦》版本演化示意图

对《红楼梦》版本演化有如下看法：

1．甲戌本

- 是目前看到的最早版本。
- 正文前有很长的“凡例”。
- 第 1 回中有石头变宝玉的 429 字描述，是其他版本所没有的。
- 第 17、18 回没有分开。
- 保持了被己卯、庚辰本修改的“英莲”“唾沫盒”等文字原貌。

2．己庚蒙戚本

- 由甲戌本演化而来。
- 是己卯、庚辰和戚序、蒙府本的共同祖本。
- 正文前很长的“凡例”中变成了第 1 回中的楔子。
- 删除了第 1 回中石头变宝玉的 429 字描述。
- 第 17、18 回没有分开。
- 对甲戌本做很多修改，凡己卯、庚辰和戚序、蒙府本与甲戌本不同的文字，都是由于此本的修改。

3．己卯庚辰本

- 是己卯、庚辰的共同祖本。
- 凡己卯、庚辰和戚序、蒙府本不同的文字，都是由于此本的修改。

4．己卯本和庚辰本

- 第 17、18 回仍没有分开。
- 文字有修改，如“英莲”改“英菊”，“唾沫盒”改“痰盆”等。

5．蒙府戚序本

- 蒙府、戚序本的共同底本。
- 第 17、18 回分开。
- 很多文字和甲戌本相同，没有修改，如“英莲”“唾沫盒”等。
- 蒙府、戚序本和甲戌、己卯、庚辰本不同的文字，是由于此本的修改。

6. 蒙府本和戚序本

- 有共同祖本。
- 保持甲戌本很多文字没有修改，如“英莲”“唾沫盒”等。
- 各本的文字也分别做了一些修改。

古代小说版本是非常复杂的，通过对《红楼梦》版本中蒙府本、戚序本和己卯、庚辰本关系的研究，可以看出，对古代小说版本研究应注意以下问题。

1．研究古代小说版本不能只举出几个例子就轻易下结论。因为这些例证基本都不是“铁证”，都可能有多种解释，抓住几个例子就下结论，就犹如瞎子摸象，只看到部分环节就对整体下结论。

2．研究古代小说版本一定要尽可能把证据收集全，以往人工整理，人工比对版本的文字差异，是极其费事的事情，要收集全部证据几乎不可能。现在版本数字化后，版本文字比对就是轻而易举的事，可以做到逐字比对，从而可以对版本做彻底的分析。

3．在全面、彻底分析的基础上，要特别注意分析多种可能。过去很多学者习惯于，只找到一种对自己最有利的可能，就下结论，而根本不考虑其他可能。这样的分析和结论都是不可靠的。

4．在多种可能中，要注意研究哪种可能性更大。当然由于角度不同，对哪种可能性更大也会有不同看法。

5．对版本研究也有悲观的看法，一者认为版本中的各种情况，都有多种解释，即“公说公有理，婆说婆有理”，最后没有结果。事实可能确实如此，但仔细分析，把各种可能都分析透，也是进步。

6．对版本研究的悲观看法还认为，由于不可能找到作者的原本，不可能找到版本演化中的所有版本，因此版本研究是没有前途的，白费力。的确，要找到作者原本和收集全部版本是不可能的，但这不意味着版本研究就没有前途。在新方法（如数字化）出现后，研究还是会有进展的。版本研究只要方法正确，就会有进展，虽然有时这些进展可能是很微小的。

表 34.《红楼梦》版本演化表

版本	凡例	石头变宝玉	英莲	宝玉梦游	17、18 回分开
甲戌本	凡例	有	英莲	A	未分？
己庚蒙戚祖本	楔子	无	英莲	B	未分开
己卯庚辰祖本	楔子	无	英菊	B	未分开
己卯本	楔子	无	英菊	B	未分开
庚辰本	楔子	无	英菊	B	未分开
蒙府戚序祖本	楔子	无	英莲	B	未分开
蒙府本	楔子	无	英莲	B	分开
戚序本	楔子	无	英莲	B	分开

版本	甲戌独有	戚序独有	甲戌戚序	己卯独有	庚辰独有	甲戌己卯
甲戌本	□	□	□	□	□	□
己卯庚辰蒙府戚序祖本	◎	□	□	□	□	□
己卯庚辰祖本	◎	□	◎	□	□	□
己卯本	◎	□	◎	◎	□	□
庚辰本	◎	□	◎	□	◎	◎
蒙府戚序祖本	◎	◎	□	□	□	◎
蒙府本	◎	◎	□	□	□	◎
戚序本	◎	◎	□	□	□	◎

□：文字不改，◎：文字修改

第六编　周汝昌借陶洙录副本研究

第一章　周汝昌借陶洙录副本问题

第一节　周汝昌借陶洙录副本相关资料

一、周汝昌、陶洙“珍本交换”之谜

从《红楼梦》“庚寅本”研究又延伸出另一个问题，即周汝昌借给陶洙的到底是甲戌本原本，还是录副本的问题。

在对“庚寅本”研究中，最主要的是对批语的研究。在“庚寅本”中出现了一条现有甲戌本没有的附条批语，经过研究，此批语是来自俞平伯1954年版《脂砚斋红楼梦辑评》，而俞平伯1954年版《脂砚斋红楼梦辑评》中甲戌本批语是来自陶洙的己卯本，陶洙过录己卯本的甲戌本批语又是陶洙根据从周汝昌借来的甲戌本录副本录入的。因此“庚寅本”中甲戌本批语的来历是：甲戌本——周汝昌兄弟录副本——陶洙过录己卯本——俞平伯1954年版《脂砚斋红楼梦辑评》——“庚寅本”。

根据对“庚寅本”中附条批语的研究，在甲戌本原本上确实曾有过此附条批语，而在周汝昌兄弟录副本中也有此附条批语。那么问题就出现了，陶洙过录己卯本中的附条批语到底是直接来自甲戌本原本，还是来自周汝昌的录副本？换句话说，周汝昌借给陶洙的是甲戌本原本，还是甲戌本录副本？

众所周知，胡适得到甲戌本后不久，就把此本借给周汝昌兄弟，周氏兄弟抄录了录副本。在胡适要离开北平，周汝昌把甲戌本归还给了胡适。期间周汝昌曾和陶洙互换珍本，这被周先生称为“在当时无奇无异，没想日后却引发了一段‘公案’”。陶洙把庚辰本的晒蓝本借给了周汝昌，但周汝昌借给他的是甲戌本原本，还是录副本，目前说法不一。

根据周汝昌本人多次的说法，他没有把甲戌本原本借给陶洙，只是把录副本借给陶洙，因此陶洙是抄自录副本。但由于周汝昌对此事的说明前后有很多矛盾，引起一些人的质疑。

梅节先生认为，周汝昌不是把甲戌本录副本借给陶洙，而是把甲戌本的原本借给了陶洙。而陶洙则把庚辰晒蓝本借给了周汝昌。这样两人做了《红楼梦》“珍本交换”，“互通有无”。

为搞清楚此事，要先介绍对此的不同看法。下面全文收录有关公开发表的材料：

1．周汝昌《我与胡适先生》（漓江出版社2005年8月版）及《周汝昌与胡适》

（百花文艺出版社 2013 年再版）中相关文章。

2．周汝昌为王毓林先生《论石头记己卯本和庚辰本》（书目文献出版社，1987 年）一书所写序言，及王毓林先生一书中一节“关于周汝昌先生抄藏的甲戌本和陶洙对该本的涂改情况”。

3．梅节文章《周汝昌、胡适“师友交谊”抉隐——以甲戌本的借阅、录副和归还为中心》（2011 年 7 月 15 日在香港《城市文艺》第五十四期），收入《海角文存——梅节红学文存》（2013 年 6 月国家图书馆出版社出版）。

4．曹立波文章《北师大藏〈脂砚斋重评石头记〉抄本考论》（作者署名为张俊、曹立波、杨健，《红楼梦学刊》2002 年第 3 辑，收入曹立波著《红楼梦版本与文本》，中华书局，2007 年版）相关部分。

5．曹立波指导中央民族大学硕士研究生高文晶 2011 年完成硕士论文《陶洙校抄本〈脂砚斋重评石头记〉研究》相关部分。

二、周汝昌称借陶洙的是甲戌本的录副本

周汝昌对于此事的说明，主要集中在《我与胡适先生》（漓江出版社 2005 年 8 月版）一书中，此书 2013 年又由百花文艺出版社再版，由于周汝昌已经过世，因此周汝昌女儿周伦玲将书名改为《周汝昌与胡适》，在“上编”和“下编”之后，增加了“补缀”编。

本人仔细检查，此书中与陶洙借书有关的有 9 篇：

1．上编《完璧依依》：介绍将甲戌本还给胡适。

2．上编结语：介绍借胡适四本书及归还情况。

3．下编《意外客人》：介绍陶洙第一次来访。

4．下编《两幅芹照》：介绍把录副本借给陶洙。

5．下编《两出意外》：介绍抄录庚辰本。

6．下编《一段公案》：认为陶洙记载时间错误。

7．下编《机缘有待》：参观张伯驹藏品展。

8．下编《校甲戌录副本》：谈录副本，希望出版。

9．补缀《画蛇添足、画龙点睛》：再谈还甲戌本经过。

上述资料对于研究周汝昌借甲戌本录副本很重要。为使读者阅读方便，不需要再去查原书，特地把上述有关文章全部抄录如下，文章编号为编者所加。

1．完璧依依（上编）[①]

由于本书的主要目的是写给年轻一代人看的，他们对有些历史实况已不大容易明白，故须多讲几句——这就是老北平城解放前夕的情形，以及我碰巧赶

① 周汝昌：《周汝昌与胡适》，百花文艺出版社 2013 年版，第 109-111 页。

在城中的经过。

时当1948年之初冬，有一天同窗周培章兄有事要进城，偶萌邀我同行之意，说：目下战争形势发展甚快，这个老故都还不知变化如何，我有一同学王家，消息较为灵通，可去听听大局预测，住上两三日，他家好客，没有问题。

我闻此言，心中便想到那部甲戌本尚在手中，为了“完璧归赵”，别发生意外，该送还了，这样才对得起人家慨然惠借之道义。于是便将此书之原本与录副本检齐，并一些随身零用物，打点成一个小提包，在傍晚时分，与培章“奋勇”步行二三十里，进了城，投奔东四牌楼七条（胡同）王宅。

没料到，只隔了一天，北平便关了城门，不准出入了——这时，解放军即成包围之势，国民党军队驻守者是傅作义将军。有关人士正在紧张奔走“国”“共”之间，敦促和平解放，以保文化古城不受炮火之灾（这样叙述，好像我这书呆子很了解时局大事，其实都是事后方知的，也是极粗简的追记）。百姓里巷中，则纷纷交换“小道消息”，关心命运，彼此乱传乱讲；一会儿说“和了”，呆一会儿又传“还是要打”！如此一日不知要多少变！

在此情况下，我坐不住了，决意快些把甲戌本原书送还胡先生。

北京城大得“吓人”，外乡人很难想象。但从东四七条到东厂胡同，却是相去不远，步行可见。那天，确切日期已经失记——我夹着书，再次找到了夏日曾来过的木栅门。

我叩扉恭候，不见胡先生像上次那样出来接待。过了好一会儿，却见一个中年人前来开门。他问我有什么事，我说蒙胡先生惠借甲戌本《石头记》，今特到府送还，还有一部录副本，胡先生答应给写序跋题记，今一并拜见先生，恳烦践诺。然后自报了姓名。那中年人气质厚重，彬彬有礼，听后抱歉地说：对不起，他有事，不能与您会面了，家父的书请留下，其他以后再说吧。

我便问：您是胡先生的什么人？他躬身回答：那是家严。您把书交给我，不会错的。这样，我递与他甲戌本原本，他收了，并说了客气的词意。他样子匆忙，我就不便多言，告辞转身回“七条”借寓了。

我这人钝得很，当时一点儿也没想到别的。

多少年后，方辗转得悉，胡适先生拿到我归还的甲戌本后，写了一长跋记：

> 现存的八十回本《石头记》，共有三本。一为有正书局石印的戚蓼生本，一为徐星署藏八十回抄本（我有长跋），一为我收藏的刘铨福家旧藏残本十六回（我也有长跋）。三本之中，我这个藏本为最早写本，故最近于雪芹原稿，最可宝贵。今年周汝昌君（燕京大学学生）和他的哥哥借我此本去钞了一个副本。我盼望这个残本将来能有影印流传的机会。
>
> 胡适
>
> 一九四八，十二，一

此后，胡适先生又先后于1949、1950年两次题写跋记。

12月15日，南京政府派飞机来接他，他便离开了北平围城之局势；而他临走，只带出了两部书，其一即是甲戌本。

甲戌本归还了物主，理所当然，毫无稀奇之可言。但书刚刚送还，立即携带而行，别的书却置之不顾（当然也无法全顾），这说明一个什么问题呢？

2. 上编结语[①]

我从胡先生共借的四种书，一、《乾隆脂砚斋重评石头记》，已妥还如上述。二、《四松堂集》写本，借后不久曾托孙楷第先生带还了，是因为那时影印刊本尚未问世，无可对校，而内中有关雪芹的诗句，亦无更多可考。恐借书多了不宜，故将不拟久留者先还为是。三、《胡适论学近著》，也是托捎奉还的。四、大字戚序本未及还，因待"三真本"汇校。这也是经过考虑的：这部书虽已难得，但只是较少，却非绝不可遇。那时有正书局的老碑帖、古籍、名著、随笔等，很多旧书肆几乎到处可见。所以估量将来若可买到一部，再将借者奉还胡先生。

至于这部大字戚序本的"命运"如何，待下编再叙。

3. 意外的客人（下编）[②]

天下竟有这样的奇事。

却说人们都没料到，北平的围城局势延搁得那么久，我被困在同学王宅，单就这一点说，心已不安之至：素来与人家不熟识，占住了东厢房，管吃管服侍（厨师、男女仆各一位）。打扰几日可以，这么久，如何是了？还不说惦念校里的课业、天津的家……心里真是七上八下。

这一天，忽然那男佣谷君来报：有客人拜访您。

我很惊奇，赶紧迎出屋，只见垂花门内走来一位老者，身材不高大，神态自如，身穿"礼服呢、水獭宽领"大衣（此乃当时高雅富裕人士的外出冬服，无此则显得寒酸了）。

我恭迎进屋落座。他自报姓陶，字心如，号忆园，是京城刊印古籍的世家，喜欢《红楼》，故来相会可以谈谈。

因为他年长，又是初会，不好开口便问：您怎么知道我这个学生？又怎么可能知道我寄住在这儿？我在七条王宅从未告知任何人，熟识者尚且不知，他又如何得知我会寄寓于这处东四七条？这绝对的不可想象，太神了！可是当时一见，立即投入到《红楼》这个主题，况且陶先生十分健谈，谈的内容又那么具有吸引力，我"听住"了，根本没有余空问人家一句是怎么找到这个地点的。五十几年过去了，直到此刻我执笔记此前尘往事，这个谜依然无从索解。

……

（以下谈曹雪芹画像略）

---

① 周汝昌：《周汝昌与胡适》，百花文艺出版社 2013 年版，第 112—113 页。

② 周汝昌：《周汝昌与胡适》，百花文艺出版社 2013 年版，第 115—117 页。

副篇：陶心如先生见访[①]

陶心如先生 1949 年 1 月 19 日午见访于北京东四牌楼七条胡同借寓，谈话偶及《红楼梦》……。

（以下谈曹雪芹画像略）

4. 两幅芹照（下编）[②]

陶先生意外见访于寄居，这一会面不打紧，却引出了非常重要的红学学术的崭新路标——他从我处得到一个“意外”，我从他处也得到一个“意外”。这没法“科学解说”，只好回到传统老词句：“冥冥中似有安排”了。

若非想请胡先生给甲戌录副本写个题记作纪念，我绝不会把它带在身边。既在借寓，将它打开看看，随手放在案上。而陶先生眼疾，随即取于手中翻阅起来——

记得他一看是甲戌本，面现激动之色。但看过之后，却平静地放回桌上，转而对我说：这个不易得——还有一个庚辰本尚未出来。

我一听这个话茬儿正中下怀，便拜问：现在谁手？如何方得一见？他答言：仍在徐手，未出售，但未必肯拿出来。我却有一部照相本。

经过大约是这样——陶先生至少到东四七条来访了二次，重晤时话题方落至抄本上。他于是提到了庚辰本这个线索，我便请问：您知此本目下何在？但在记忆中，我是个最面较恼羞的人，“开口告人难”，连刘姥姥也觉难堪，听了人家那句话，立即求借，太不好意思——而陶先生明明欲借甲戌录副本，也不是在彼时当面锣对面鼓说出口的，文人的这种“雅道”，不知是好还是不好。

那么，直到什么时候才借到人家的照相本呢？是 1949 年 3 月 11 日，而且是陶先生交与张伯驹先生转与我的。这一点十分清楚。

因此之故，我在这年暑假返里时，带给祜兄的又一珍宝，就是这个渴想已久的庚辰（晒蓝）照相本！四兄祜昌的惊喜不必再表了，连三兄泽昌（雨仁）也拿去大开眼界——这比甲戌本只存十六回者又丰富了好几倍呀！

还有一段小插曲，庚辰本原书缺失了一页（双面），我们不明白；及发现文字不接时方知，却以为是我们兄弟三个中之一个给弄丢了一张！于是十分内疚不知交还人家时怎么办才好。（这篇缺页，我是在影印本出来后方知本来就缺的，不是借阅者的事，这才放了心。）

我这个暑假的工作，是重写去年受到胡先生批评的那篇拙文。写这篇文大有收获：一、改变了“脂砚”即雪芹化名的观点；二、考出了这位批者是女性；三、十分可能她就是书中人物史湘云！

“脂学”由此开始，红学“探佚学”也由此建立。此文题名曰《真本石头记

---

① 周汝昌：《周汝昌与胡适》，百花文艺出版社 2013 年版，第 118 页。

② 周汝昌：《周汝昌与胡适》，百花文艺出版社 2013 年版，第 122—124 页。

之脂砚斋评》。仍然是祜兄欣然承担了“营缮郎”职能，他用当职员所存的大账本横抄完毕时，纪年是1949年9月5日。我带了这个大照相本和祜兄助抄的此一文稿，又回燕园了。

5. 两出意外（下编）[①]

时隔五十八年，在我这行年八十八龄之人来说，要敢夸口记忆力没有任何模糊点，那是不诚实的；但自信大脉络和重要关目是不会错的：比如此刻追述陶先生，已表明一开始主题集中在雪芹小照上。但我们的另一个主题是互借《石头记》抄本，由谁先启齿的却记不清了。横竖大脉络是这样：他先看见了我的甲戌录副本，当时并无欲借之表示，可是他在与我的漫谈中却主动惠示：

我藏有庚辰本的照相本。这使我大喜！——虽然也不表现为“狂”的程度。……（下略）

由于心知庚辰本的照相本不宜久借——陶先生说一声要讨回，就无办法了，必须立即开始将此本异文特点都核校下来，这怎么办？难题又来了。

又灵机一动：胡先生的大字戚序本既允许借我用以汇校，何不即将它作为底本，将庚辰本之一切都校清过录于此本之上，这样不仅最是方便，料想胡先生也不会反对。主意拿定了，事不宜迟，我因作毕业论文，可以在图书馆洽用一个研究专“柜”：带锁的玻璃小橱，可存放书籍，就省去每次将书、稿、卡片等搬来搬去之劳。

这个专柜位于馆之西北角楼下，一般同学不到那儿去。

于是，除闭馆休息日外，每晚两个小时，必是我在那儿校书之地。风雨无阻，一心一意。

这是说，比暑假中与祜兄计议的进度要快得多——抄校甲戌本十六回用了两个整月，而且是全日程的工作，是专题专“业”，而要校清八十回两大珍本的内容，繁复惊人，又只能在课余有限时间之内，估量这怕要六个月或还更多的时间。而我只用了三个月就完成了这项工程，报与祜兄知道，他大为称异。

临返校，也还亏他想得周到，他说：我甚愿帮你作抄、校之事，因为你不可把研究的重要工序先耗在抄校上，我们分工并进，也是“大意”的安排，可惜大字戚序本无法捎给我，只好你先去开端——如实在顾不了，再由我接。

因此，他将研朱的小砚也交与我，他料到等校脂批时，没有这个就麻烦了。我在图书馆西北角的灯光下，两方小砚，朱墨并陈，定时定位——有的同学已注意到我这是干什么了。

这次校，可算当得起一个“精细”的评赞之语了，因为前一年初校甲戌本，不知道连抄写的异体字、古写、帖写、俗写，乃至可断为行草书的变相异写等都大有关系，却未能尽存原貌，后悔不及，所以这回吸取了教训，特加精细，一点

---

① 周汝昌：《周汝昌与胡适》，百花文艺出版社2013年版，第125—128页。

之微，一钩之异，也不放过，忠实地照抄移录，不使或失。

这是"红学史"上的一份极其珍贵的文献文物，堪称瑰宝。由这部书开创了为《红楼梦》作大汇校、彻底"扫荡烟埃、斥伪返本"（鲁迅语）的通途，因为其中包含了三个"红学"创业人为雪芹的真笔恢复其本真的贡献，有了此本，以后每发现一部旧抄本，即可在其基础上做出一目了然的异同补校，不费巨工，即收全效。其纪念价值与实用价值都是无与伦比的。

可惜，在祜兄家遭"抄"时，此宝亦被人攘为己有，我们曾多方、多次呼吁，请求查找发还，俱无着落。但我们仍然希望，让它复现于世，为公众所共有。

6. 一段公案（下编）[①]

陶先生与我二人互借珍本的事，在当时无奇无异，没想日后却引发了一段"公案"，在此澄清陶先生的笔误，恢复历史真相，十分必要。

陶先生将庚辰照相本捎与我是1949年（古历岁在己丑）的3月11日。此次捎书，附有便笺，云：

> 红楼梦照片八册带上请查收。原本无从购起，则此照片亦属可贵也。尊录甲戌本弟拟借一阅，便中请交丛碧先生带来（不过一星期）尤祷。余面罄。即叩
>
> 汝昌先生台安！
>
> 弟陶心如拜　三月十一

（著者钢笔手书：张伯驹先生亲自送来）

这个便笺，载明捎来照相本的同时，他方向我借阅甲戌录副本。可是他在自藏的己卯本上却记下了一条注文：

> 此己卯本缺第三册（二十一回至三十回），第五册（四十一回至50回），第六册（五十一回至六十四），第八册（七十一回至八十回），又第1回首残（三页半），第十回残（一页半），均用庚辰本抄补。因庚本每页字数、款式均相同也。凡庚本所有之评批注语，悉用朱笔依样过录。甲戌残本只十六回，计（一至八）（十三至十六）（廿五至廿八）。胡适之君藏，周汝昌君抄有副本，曾假互核所有异同处及眉评、旁批、夹注，皆用蓝笔校录。其在某句下之夹注，只得写于旁，而于某句下作"¬"式符号记之。与庚本同者以"○"为别；遇有字数过多，无隙可写者，则另纸照录，附装于前以清眉目。己丑人日灯下记于安平里忆园。

这就"错牙"了。

"己丑"三月十一，他才向我借甲戌录副本，如何于"人日"就先在己卯本做出了校记呢？

---

① 周汝昌：《周汝昌与胡适》，百花文艺出版社2013年版，第132—135页。

这个“三月十一”肯定是1949年己丑岁，是可以从两个理由确证的：一、它不可能指前一年戊子，因为1949年1月19日他才第一次访我于东四七条，而“人日”是正月初七的古称，冬天才相识，自无正月已发生借阅甲戌录副本之事。二、若谓陶笺上的“三月十一”是1949次年“庚寅”之春，那更不对了，因为1949年己丑我已用“照相本”细核大字戚序本，并于暑假已捎与两兄大开眼界，如上节所详述；两方面事实一作“夹攻”，则那“己丑人日”云云者，实是陶先生校毕追记，而误将“庚寅人日”误写作“己丑人日”。刚过新年几天，写干支常常改不过来，误写去年的干支，这种例子，我于考证雪芹卒年时发现脂砚斋批语“壬午除夕，书未成，芹为泪尽而逝”，也将“癸未”误作“壬午”一样。

前页所印陶之便笺照片，注明是1949年之事，丝毫不误。然而，只因陶心如先生“己丑人日”这个笔误，又使得有人拿来当成一条理据，误言北京师范大学藏《石头记》旧抄本是陶心如所为——照抄庚辰本的“无价值”的当代人抄本，这可就关系太大了。北师大本绝不是那么一回事，是个很值得研究的旧抄本，与陶无关。

7. 机缘有待（下编）[①]

“三真本”的梦想是实现了，这么快就一一如愿，已觉是意外、分外之幸，不敢再存别想。但从做学问来说，这只是个开头第一步工序，而且校勘也只是技术性工作，理解、认识问题的发生、发现，种种还不能判决的疑点，这却不是校完了就等于做完了一切工作，还差得太远——就是说，第二步是得深入研究，才可以发言、表现，使世人知之，让读者接受。很显然，这一工作只有暂且等待一下。有幸的是，我的另一种工作却日益进展，不断丰满起来——即是《红楼家世》一部书稿的编纂，一度拟名为《证石头记》，也就是后来出版的《红楼梦新证》。

这在我写致胡先生的信函中已大致提到了。还有两首《金缕曲》寄给了他，因这两首词撮叙了我对雪芹家世和著书心态的理解，有小注，说明我措辞的依据。这是为了以最粗简的方式，让他知道我那时的知识范围和认识水平——也因他曾说我的“文言”还不太行，不妨借此一“显”其“才”。（一笑！）

校勘工作暂难拓展，还有一个原因：那时《石头记》的旧抄本并未得到重视，尚未相继出现而公诸学苑，只有陶先生自藏的一部己卯本，而且只有“半部”。我们假想它与庚辰本是接近的，但也不是说两者即全部一同，定有差异之处。可是，一时也无法再向陶先生开口，时势如此，所以我和家兄祜昌商议，决定须把《红楼家世》尽快理清作完，同样重要。

两首《金缕曲》原是写给张伯驹先生的，这段因缘已在别处叙过，就是张先生富收藏，其时住在燕大西边不远，他与中文系高名凯主任熟识，高先生也喜收藏书画，便给张先生举办了一个小型展览，即在“贝公楼”上中文系的外边，以

---

① 周汝昌：《周汝昌与胡适》，百花文艺出版社2013年版，第137—141页。

玻璃柜展出了几件异品。其中有《楝亭图》大手卷与纳兰性德的小照立幅，这都与《红楼》关联。同窗孙正刚（名铮，号晋斋，天津人。燕京大学中文系高才生，留校，曾在中文系、哈佛燕京学社、校长办公室等处任职。工词，有论词专著出版——原注），走来告诉我，我便去看，不禁大喜。因见纳兰小照的四周绫边上名家题遍，张先生自题，乃是《贺新郎》（也称《贺新凉》）词调，便依韵和了两首，后又赋诗二首：

禹甸神皋凤阙西，湖涯甲第接云霓。
红楼隔岸居非远，渌水分塍迹欲迷。

公子锦衣联异代，才人素纸续同凄。
画池百首词题满，不许周郎列绣畦。

由正刚送与张先生看。我与张伯驹先生是以词缔交，他对“红学”有重要贡献。

后来求得《楝亭图》四大卷所有名家题咏，充实了拙稿——那时启功先生已将题咏全部录成一册，张先生欲见赠，我不敢即受，送还了人家——殊不知张先生根本不拿这当什么珍藏品，后来他就不知丢向何处了。此事我很后悔，原该拜领保存，以备核校。

重述此例，是为了说明不知何因，许多难逢的文献史迹，都不期而然地主动凑集来了，让我如在“山阴道上”——忙忙详报祜兄，函信不停地往返京津之间。

8. 校甲戌录副本（补缀）[①]

我们经营一个甲戌副本，当时的决计时间特别仓促，条件也简陋可笑，还有最要紧的就是我们根本不懂得抄书专业的种种规格制度，就那么动手做起来了，到我临离家返校之时，仅能作了一次“口耳对校”。所以我返校后，又曾自己努力用正副两本对看，发现一些应当改正的枝节小问题，大局甚好，因而比先前放心了许多。但没有想到还有第三次对校的机会，这就是北平忽然闭城，我正寄居在同学王家，手边带着正副两本原是为了送还正本，并请胡适先生给副本写上几个字。这第三次我才更加细致一步，看到我们抄录时没有全按正本的汉字书写法准确仿照，而是仍用自己写字的习惯，只要音义不错就不曾依照原字的别体一模一样地仿抄。我忽然悟到这样的副本，将来落人行家之手，就会给予“不忠实”的批评指责，人家不会原谅我们彼时条件所限的种种理由，但我也不能粗暴自主地用墨笔把副本原貌都圈改涂抹，只能用铅笔在旁边加上标记，而这种笔迹也很轻微，怕把原纸都给写得破孔斑斑。就是在这个时候，那位陶心如老者才忽然来到我的寄居之处，大谈雪芹画像和庚辰本《石头记》的下落……

转眼已经是六十多年的往事前尘了，我加上的那种淡淡的铅笔痕迹，不知是否还

① 周汝昌：《周汝昌与胡适》，百花文艺出版社 2013 年版，第 223—225 页。

能看得清楚，这个副本若有影印的机会，最好是还能把我的铅笔校记显示出来。

有人会问：人家甲戌本原书多年来已经有好几种影印本了，你们这个简陋的副本还有什么价值可言，谁会给你影印这样的“假古董”？我说：不要把事情看得这样简单，说不定有了这个副本来印证，还能发现和证明今日正本影印版也会存在某种问题，这不是我的顾虑，因为事实上已经发生过《石头记》的影印本被人删改、变更的例子，所以这个录副本可起一些旁证的作用，它是有重要价值的。

壬辰二月廿日口述

9. 画蛇添足、画龙点睛（补缀）[①]

（前略）

二、等到北平围城，陶心如先生突然到同学王家来访谈时，见他看到我们的那册甲戌抄本副本，是如此的高兴珍重，可谓如获至宝，我这才如梦方醒，想到胡适先生的珍贵甲戌本应该赶快送还人家，因为此时北平的局面难以预料，珍本着有闪失怎么对得起胡适先生啊！于是第二天我直奔王府大街北端东厂胡同，把书交还给胡公子。今日回想，当时也不懂得应该要一个收到还书的收条，以免日后若发生问题就难以处置了。此事办完后，也觉得太欠谨慎，直到后来确知胡适先生把它携往境外，这才把一颗悬着的心放下。

（以下略）

壬辰四月十三日口述

三、周汝昌称陶洙涂改了录副本

1987 年书目文献出版社出版了年轻工人王毓林的《论石头记己卯本和庚辰本》一书[②]，此书主要是研究己卯本和庚辰本的关系，作者经过一年多的比对，写下十万多字笔记，最终认定，冯其庸所谓“庚辰本是己卯本的录副本”的看法是错误的，他认为己卯本和庚辰本有共同的祖本。

在此书中，王毓林也谈到陶洙抄录周汝昌的录副本一事。

周汝昌在此书的序言中指出：

> 陶心如先生本来也是与我素不相识的，有一次忽然来访，见到我的《甲戌》录副本，视为异珍，立即借去，答应将庚辰本的照相本借给我。他藏有“半部己卯本”，也答应借我一用。庚辰照相本给了我极大的便利，我深为感谢他。但己卯本他就不肯拿出来了。几经恳洽，最后对我说，已要卖给公家，不好借出了，云云。这样，我始终无缘目睹此本。等到己卯本归于北京图书馆了，我那时已然

① 周汝昌：《周汝昌与胡适》，百花文艺出版社 2013 年版，第 229 页。

② 王毓林：《论石头记己卯本和庚辰本》，书目文献出版社 1987 年版。

顾不及亲自研阅了，便全由家兄祜昌代为校证去了，他为此苦跑图书馆……。[①]

……

我在自己的《甲戌》录副本上发现了陶先生借用时留下的笔迹——加字，甚至描改。我这才开始疑心他这位老先生态度不够谨严，有点儿到处乱落笔的习惯。凡书一经了他的手的，要加一份小心，看看是否有他的“雪鸿”之迹。他在己卯和别的抄本上作了何等的“加工”（！），成为一个极需弄清的问题。[②]

王毓林在此书中也有一节专谈“关于周汝昌先生抄藏的甲戌本和陶洙对该本的涂改情况”，摘录如下：

陶洙曾以甲戌本校改过己卯本。根据他在注记中所说；“甲戌本……周汝昌君抄有副本，曾假互校”之语，我们得知其所用的是周汝昌先生抄藏的甲戌本（以下简称周抄本）。为了了解周抄本及陶洙借阅此本的过程，笔者曾多次拜访过周汝昌先生，并借阅了此本。现在谈一下这方面的情况，这对于我们了解陶洙校改己卯本的过程是不无帮助的。[③]

……

陶洙用蓝笔涂改了周抄本中的个别文字，如：

甲戌本：次渐谈至兴浓

周抄本：次渐谈至兴浓（“　　”系蓝笔符号）

己卯本：次渐谈至兴浓（“　　”为朱笔符号〕

庚辰本：次渐谈至兴浓

周抄本此行上书页眉端有墨笔记日；“蓝笔是陶忙叟借阅所加，未必即是。仍以原本为根。玉言”。系周汝昌先生所注。

另如：

甲戌本：有六宫都太监夏老爷降旨

周抄本：有六宫都太监夏老爷（来）降旨（按，“来”为蓝笔旁补）

己卯本：有六宫都太监夏老爷来降旨

庚辰本：有六宫都太监夏老爷来降旨

周抄本此行书眉有墨笔记曰：“陶忙叟笔。玉言”。系周汝昌先生所注。

再有；

甲戌本：事道凑巧，正　个美缺（按，原抄即空一格）

周抄本：事道凑巧，正有个美缺

己卯本：事倒凑巧，正有个美缺

庚辰本；事倒凑巧，正有个美缺

周抄本原抄同甲戌本，亦空一格，后被蓝笔补一“有”字。此行书眉有

---

① 王毓林：《论石头记己卯本和庚辰本》，书目文献出版社 1987 年版，第 2 页。

② 王毓林：《论石头记己卯本和庚辰本》，书目文献出版社 1987 年版，第 3 页。

③ 王毓林：《论石头记己卯本和庚辰本》，书目文献出版社 1987 年版，第 123 页。

墨笔记曰；“忆叟笔。玉言”。系周汝昌先生所注。

还有：

甲戌本：不如意事常八九，可与人言无二三。以二句批是假。聊慰石兄。（按，朱眉批）

周抄本：不如意事常八九，可与人言无二三。以二句批是假▲，聊慰石兄。

▲段。

周抄本朱笔眉批“假”字旁“▲”符号及批后另行之“▲段”皆为蓝笔，显系陶洙改笔。

陶洙对周抄本的涂改，大约有十余处。周汝昌先生在每处陶洙字书页的眉端皆作有注语，以明其出处。

从以上介绍，我们了解到了周抄本的一些情况，也可以看出陶洙此人对他所借阅的本子有涂改文字的嗜好的，这与他校改己卯本的情况完全相符合。陶洙对周抄本的校字，有的依据己卯本或庚辰本，有的则并无版本依据，而是全凭他个人的判断。由此，我们可以加深对其校改己卯本过程的认识，并可以看到己卯本上那些既非武裕庵校笔，又非周抄本（甲戌本）、庚辰本文字的朱笔校字显系出于陶洙改笔的判断，是有充分事实根据的。[①]

四、梅节认为周汝昌借陶洙的是甲戌原本

周汝昌 2005 年 8 月由漓江出版社出版《我与胡适先生》中有大量与胡适交往的记录，此书出版后，梅节 2011 年 7 月 15 日在香港《城市文艺》第五十四期发表文章《周汝昌、胡适“师友交谊”抉隐——以甲戌本的借阅、录副和归还为中心》，对周汝昌一书中谈及的情况，谈了他的看法。2013 年 6 月国家图书馆出版社出版梅节的《海角文存——梅节红学文存》一书，也收入了此文。

以下为此文中有关周汝昌借书给陶洙的论述。

1. 周氏为交换庚辰复印件把原甲戌本借陶洙[②]

周汝昌籍着“给孙子书先生看”而扣下甲戌本，但始终没有让孙过目，却顶着胡适的名头，拿着秘籍去拉关系，套交情，交换数据。

周氏曾将胡适的甲戌本给中文系教授陈梦家、张伯驹看过，燕大许多人都知道，但想不到会落到陶洙的手上。陶洙与其兄陶湘都是所谓书画收藏家，既藏书绘画，也抄书卖书，是著名的“书虫子”。珍本落到他手里，窜改、涂抹犹在其次，有可能被秘密录副、晒蓝照相，徐星署原藏庚辰本就是例子。

---

① 王毓林：《论石头记己卯本和庚辰本》，书目文献出版社 1987 年版，第 124—126 页。

② 梅节：《海角文存——梅节红学文存》，国家图书馆出版社 2013 年版，第 392—395 页。

胡适的甲戌本曾落入陶洙的手中，有几方面的证据。

第一，陶洙自己的记载。陶洙的己卯本已由人民文学出版社依原样影印出版。此本首页夹一便笺，有“己丑人日灯下记于安平里忆园”的题记，明言他的己卯本曾据庚辰本、甲戌本抄补。“甲戌残本祇十六回，……胡适之君藏，周汝昌君抄有副本，曾假互校”[①]。陶氏原先向周假胡适原本互校，11 月 30 日周收回后用周氏录副本。己卯本底页，陶洙列明其所见之八十回本凡“四种”，“一甲戌本，胡适之氏藏”。又提到他据庚本抄补二十一至三十回，“并以甲戌本、庚辰本互校，所有评批均依式过录”[②]。周氏自承他的“甲戌本录副不是影抄”，也“并非全依原本款式之字迹”[③]。陶洙只有据原甲戌本而不是已改变原书版式的周氏录副本，他才能“评批均依式过录”。

周氏为掩饰他把甲戌本借给陶洙，在《我与胡适先生》中企图把陶洙“己丑人日”题记说成是“错牙”，力证“己丑人日”为“庚寅人日”（1950 年 2 月 23 日）之误。像雪芹卒年“癸未除夕”之误“壬午除夕”，恰恰误记了一年。[④]陶洙生于光绪四年戊寅（1878），属虎，庚寅是本命年，他怎会把虎年误记作牛年？“己丑人日”（1949 年 2 月 4 日）刚好立春，2 月 1 日北平达成和议，古都解严，周氏出围返燕园上课。2 月 3 日解放军举行盛大入城仪式，居民热烈欢迎。清华、燕京学生连夜进城参加游行。这样的社会巨变人生有几回？这样日子陶洙怎会记错？周先生更不会记错！

周强辩陶洙不可能在他还书前（12 月 1 日）看过胡适原甲戌本，出陶氏小柬为证：

> 红楼梦照片八册带上，请查收。原本无从购起，则此照片已属可贵也。尊录甲戌本弟拟借一阅，便中请交丛碧先生带来（不过一星期）尤祷。余面罄。即叩汝昌先生台安！弟心如拜　三月十一。[⑤]

周先生藉此企图把交换庚辰本推迟四个月。但如果到 1949 年 3 月 11 日之后周氏才得庚辰本照片，他怎能“留案间数月，爬梳穿穴，尽抽其绪”，既完成以庚本校戚本，又写成大文《真本石头记之脂砚斋评》（9 月 5 日脱稿）？陶洙时七十二岁，要校十六回大书，标出异文，抄补己卯本缺页和录下甲戌本脂批，起码要一、两个月时间，他借用周氏录副本“不过一星期”（陶怎么知道工作量只一星期？）就能搞定，如此神奇？其实，这个便条恰恰证明陶、周的交易在围城前和围城中已完成。条子的内容是北平解放后，陶影晒一套庚辰本照片送给周汝昌（这是原先讲好的），顺便再借周的录副本，复校因胡适急促收书而未及核对

---

① 《脂砚斋重评石头记己卯本》，人民文学出版社 2010 版，第 1 页，第 1253、1251 页——原注。
② 同①——原注。
③ 周汝昌：《我与胡适》，漓江出版社 2005 年版，第 218 页，第 137、138 页。周氏出示的便笺四行字，似是从大笺裁下来的半幅，藏头露尾。陶以庚辰本照片赠周，见《红楼无限情》第 172 页——原注。
④ 同③——原注。
⑤ 同③——原注。

的部分而已。

第二，周汝昌早期的记载。在1950年3月15日所写《真本石头记之脂砚评》文末小识中，周明言“缘张丛碧（伯驹）先生，获阅陶先生景庚辰本，斯时其底本尚未出，方欲搜之而未由，得兹奚翅球璧，留案间凡数月，爬梳穿穴，尽抽其绪。……迨余持景庚辰本校戚本垂竟，底本亦归燕大”[①]。燕大购藏庚辰本是1949年5月，完全合榫。1991年在《张伯驹和潘素》一文中，周说得更明白：“我与陶心如（洙）先生结识，是由于张先生的中介，而我们三个是在胡适之先生考证红楼梦版本之后，廿余年无人过问的情势下，把《甲戌本》《庚辰本》的重要重新提起，并促使《庚辰本》出世，得为燕大图书馆善本室所妥藏”[②]。周、陶的交换，是张伯驹的撮合。缘起是48年10月初，张在燕大中文系开个人收藏文物小型展览会，其中有《楝亭图》。周要写《红楼家世》，于是出胡适秘籍甲戌本以让张开眼，达成交换《楝亭图》数据。张转告陶洙，陶闻风而至，以庚辰本照片和己卯本残本钓周。周氏开始想拿录副本搪塞，但他的录副本是一个大账本，每半页17行，每行字数20至24字不等，错、别字返正，已全失原甲戌本版式。陶洙不要，周氏只好拿出原本，而且让陶洙带回城内家中。周氏为掩盖他曾把原甲戌本借给陶洙，重编历史。在后来的《我与胡适先生》中否认认识陶洙经张伯驹介绍，是49年1月19日围城中陶自己摸上门的。至于陶洙如何认识他并知道他借住东四七条王宅，周汝昌说，他也不晓得：“此事奇极，只好说是宇宙间有一种感应波，暗自传递消息，而科学家尚未能知吧！”[③]奇上加奇，这样低级的谎言，周先生竟以为会有读者相信。

第三，陶洙在原甲戌本上留下“雪鸿之迹”。现在有的研究者指几个脂本为陶洙所造，这是高估了他；但是己卯、庚辰、甲戌三本都受到他的涂毒，却完全被低估。庚辰、己卯本他接触很早，可推至抗战前。庚辰本晒蓝，应是其所为（赵万里本则为其所赠）[④]。己卯本第1回甄士隐欲为雨村写荐书，上竟有陶洙校改的蓝笔眉批：“予若能遇士翁这样的朋友，亦不至于如此矣。亦不至似雨村之负义也”[⑤]。这使人怀疑现存己、庚本脂批，是否有陶某借汁下面的私货。周汝昌在围城期间与陶共笔砚同校书，后来在一篇小文曾谈到陶洙治学“态度不够谨严”，在周氏录副的甲戌本上“加字，甚至描改”：“凡书一经了他的手的，要加一份小心，看看是否有他的‘雪鸿’之迹。他在己卯和别的抄本上作了何等的‘加

---

① 周汝昌：《真本石头记之脂砚斋评》，《燕京学报》第三十七期（1950），第144、145页，第158页——原注。

② 周汝昌：《张伯驹和潘素》，《脂雪轩笔语》，上海人民出版社2000年版，第121页——原注。

③ 周汝昌：《红楼无限情》，北京十月文艺出版社2005年版，第170页。周氏1953年版《红楼梦新证》，记“陶心如先生于民国卅八年一月十九日午见访于东四七条借寓”谈雪芹小像，暴露周认识陶洙必于围城前。为掩周、陶交往之迹，乃编此大谎——原注。

④ 董康《书舶庸谭》卷八记载，1935年陶洙已见“脂砚斋第四次改本”。陶洙过录己卯本多处题记：“庚辰本校讫，丙子三月”，“此本照庚辰本校讫廿五年丙子三月”——原注。

⑤ 《脂砚斋重评石头记己卯本》，人民文学出版社2010版，第29页。从批语墨迹的深浅看，末句“亦不至似雨村之负义也”，似是后来添上者——原注。

工'(!)，成为一个极需弄清的问题"[①]。周先生提出这个问题很重要，可惜他没触及甲戌本所受到的糟蹋。读者试看第二回十五页十七行"留下"下"话"的补字[②]；第二回三页十七、八行"生情狡滑擅纂礼仪且沽清正之名而暗结虎狼之属"，"纂"点改"改"，"且"点改"外"，"属"点改"势"；第十六回十二页十八行："你父亲"点改"珍大哥"。只要对对己卯本陶氏的蓝笔校补，就可知道是谁的笔迹。第二回十页三行"人仁"二字细笔勾改"仁人"，亦是陶某标准倒勾法。近年有人提出，甲戌本三个"玄"字，末笔是后加的。是不是陶洙所为？关系重大。周先生已经铸成大错，现在不应篡改历史，为陶某掩饰，而是公开所藏甲戌本的录副本，看看能否析出陶在原本上的妄改，以求补过。

由于甲戌本落在陶洙手里，所以才有周汝昌坚持登门还书、星夜步行进城一幕。

2. 周同学上门还书，胡适拒见"好徒弟"[③]

周先生终于还书了，时间在12月1日。这有胡适题记为证：

"现存的八十回本《石头记》，共有三本，……我这个残本（即甲戌本）为最早写本，故最近于雪芹原稿，最可宝贵。今年周汝昌君（燕京大学学生）和他哥哥借我此本去抄了一个副本。我盼望这个残本将来能有影印流传的机会。胡适一九四八，十二，一"[④]。

书已借出近半年，屡追不还。现在还回，胡适当然急于翻看，有无被糟蹋毁坏。还好，疑有几处旁改墨描，并无大损。翻到周氏10月14日题记，他立即打蛇随棍上，写了上述短跋，坐实是他主动借周录副。

周氏还书，《我与胡适先生》有较完整的记述：

> 1948年初冬，同窗周培章进城，邀我同行，说目下战争形势发展甚快，还不知变化如何。我一同学王家，消息较为灵通，可去听听大局预测。住上两三日，他家好客，没有问题。
>
> 我想甲戌本尚在手中，该送还了。与随身零用物打成小提包，在傍晚时分，步行进城，投奔东四七条王宅。
>
> 没料到，隔一天，北平便关了城门，不准出入了。和、战消息很混乱，我决意登门把书还给胡先生。出来开门的是一位中年人，说家父不能见你了，把书留下就行[⑤]。

---

① 周汝昌《<论石头记己卯本和庚辰本>序》，王毓林《论石头记己卯本和庚辰本》，书目文献出版社1987版，第3页——原注。

② 此处所引甲戌本页数，均为《梦梅馆复印脂砚斋重评石头记甲戌本》(2004)页数。"话"字参己卯本第8页1行、第14页7行、第15页7行——原注。

③ 梅节：《海角文存——梅节红学文存》，国家图书馆出版社2013年版，第395—398页——编者注。

④ 梦梅馆复印甲戌本《附录·胡适影印本所删去的五条跋文》，第1页——原注。

⑤ 周汝昌：《我与胡适》，漓江出版社2005年版，第119、220页。此为撮述——原注。

周先生的叙述滑似泥鳅。他连夜进城，究竟是听高人分析时局呢，还是专程还书呢？借书要还，何须听大局预测？难道国共开打就可以不还？要还书，胡适早已指示，就近交孙楷第老师即可，何须上门踅户？要亲自还书，也可坐校车进城，何须夜走北京城？还了书，当天即可坐校车返回燕大上课，何须在东四王宅落脚，坐等半月解放军围城？

周氏说：进城“隔一天，北平便关了城门，不准出入”。这绝非事实。据《燕京大学史料选编》、燕大1945—51级校友为祝贺母校建校75周年出版《纪念刊》，其中所载燕园解放的资料：12月“13日入夜西北方向青龙桥附近枪声不断。15日，燕大校园及海淀地区获得解放”[①]。毛泽东同日指示部队“注意保护清华、燕京等学校及名胜古迹”[②]。在这以前，北平地区戒严，清华、燕大校车依然行走，往颐和园公交车照开，只是到西直门，乘客要下车检查身份证和携带物品。到12月14日，还有校车进城，送离校师生回城[③]。

周氏说，进城后在东四七条王宅落脚，也不可信。1948年12月23日，在围城中的周氏曾写信给顾随，想住到老师家里并请代找工作，为顾随所拒[④]。既然王宅像傅作义的招待所，有男女佣人，有专门厨师，好吃好住，何须找穷老师黐餐？

周氏说，同窗周培章相约进城，恐怕也是假话。周氏同班没有周培章，此人41年与周汝昌一同考入燕大，49年听说已去了美国。笔者查过三次修订的2008年校友通讯簿，包括近年过世的校友名录，均无其人。周先生所有的证人，不是已故，就是失踪。

事实的真相是怎样呢？笔者在这里试做些梳理、推考。

11月2日，解放军克沈阳，东北解放；12日攻克承德，22日攻克保定。林彪四野主力入关。淮海战役打响。蒋介石为挽败局，筹组“人材内阁”，内定胡适任行政院长，11月中，北平报纸已流传名单[⑤]。“正须霖雨慰苍生，独善恐非圣人意”，胡适很多朋友也劝他出山。11月22日，陶希圣飞北平，敦促胡赴南京就任。胡适婉拒并托陶带走一部分文籍。蒋开始用空运撤退平津要员。

烽火连天，北平已成孤岛。胡适左等右等不见周氏还书，而且音讯全无。他叫秘书或儿子打电话通知周汝昌（燕大男宿舍每层都有公用电话），胡宅准备派车到燕园取书，要周准备。甲戌本却在城里陶洙处！周急得赌身罚咒，说要亲自

---

① 燕京大学北京校友会、燕大校史筹备组编印《燕京大学史料选编第一期》(1996)，第31页——原注。

② 《燕京大学1945—51年级校友纪念刊》(1994)，第205页，又第211、391页——原注。

③ 同③——原注。

④ 《顾随日记》1948年12月23日：“(今日冬至)。…得周玉言书，嘱为设法，只有扼腕”。25日：“上午无事，作书复周玉言”。(《顾随全集》卷四，河北教育出版社2000版，第579页。)复书云：“至兄所云谋得职业云云，不佞素来即寡交游，是所稔知。当此之际更难于为力。蜗庐数间小屋，且有舍亲借住，无隙可容芳躅”。(《顾随致周汝昌书》，河北教育出版社2010版，第83页)——原注。

⑤ 见胡适1948年11月26日日记，《胡适日记全编》1945年10月22日安徽教育出版社，第725、726页——原注。

上门还书，要当面向胡先生道谢，而且只在一两日间。燕大校车开周六、日，如果催书电话是 29 日星期一，只得坐颐和园到西直门公交车。当时兵荒马乱，班次不正常，燕大又不是起点站，折腾两天，坐不上车，周氏只好两腿走路进城。陶宅在琉璃厂附近，他去过不止一次[①]。走了半宵，到陶宅拿了书，第二天早上，就到东厂胡同一号还书。胡已预知，吩咐儿子不让他进门，把书收下即打发他走[②]。周先生记得，上次到访，胡适是出门迎接的。胡适一月十五日飞南京，十四日晨还特别会见了俞平伯。胡拒见周汝昌，可见对他的不快。

周还了书后也不是回王宅，而是回安平里陶宅，因为陶根据甲戌本校录大半月未完成，须借周的录副本续校，而周也需陶的晒蓝庚辰本校有正本和过录脂批。陶可不让周将庚本带回学校，周只好在陶家挂单。到 12 月 14 日，共军发动攻势，突破沙河、青龙桥一线，傅军撤回城内，西郊解放。北平被围，城中物价飞涨，粮食管制，饿殍遍地。陶洙叫周另找嗽饭处。周原想到顾随家去吃住，为顾婉拒。周后来找到 41 年入读燕大西语系时同窗周培章（如 1945 年复学，时已毕业）。周培章设法安排他在东四七条王宅借住。陶知周借住新址，所以间去访谈曹红(如曹雪芹小像)。周也到安平里校书问学，知悉陶正着手据甲、己、庚、戚抄成一个善本[③]。陶答应解围后将庚辰本影晒一份赠周。3 月 11 日的便条讲的就是这回事。2 月 1 日北平和平解放，陶洙亦已校录完甲戌本，“己丑人日”写下题记，证见他用甲戌本校过所藏己卯本。周先生极力隐瞒把原甲戌本转借给陶，但陶并不须替周隐瞒，相反要突显他曾据原甲戌本校录过自己的秘本。

五、其他学者看法

曹立波 2000 年在北师大图书馆发现一部手抄《红楼梦》，经过她和张俊老师的仔细研究，证明此本为陶洙以庚辰本为底本所抄写而成。为此，她们陆续发表多篇论文，其中最重要论文是发表于《红楼梦学刊》2002 年第 3 辑的《北师大藏‹脂砚斋重评石头记›抄本考论》（作者署名为张俊、曹立波、杨健,收入曹立波著作《红楼梦版本与文本》,中华书局 2007 年版），此文主要谈北师大本，由于北师大本也是陶洙所抄录，因此其中也谈到周汝昌借陶洙录副本的部分情况。[④]

---

① 顾随 1948 年 11 月 23 日有函致周：“比来精力惫敝，每午睡，家人辄不忍惊觉。日前枉驾，失迎为歉，不罪不罪”。(《顾随致周汝昌书》页 82)，则周六或日（20．21 日），周曾乘校车进城，极可能踏看陶洙过录甲戌本，顺道探望顾随。而前此一周，即 13、14 日，周亦可能去过安平里。据此，原甲戌本在陶氏手上约 20 天左右——原注。

② 周汝昌《胭脂米传奇》，华文出版社 1998 版。“我就在门口交付了书，便匆匆告辞了”（第 19 页）；“我将书交妥，未入门即告辞了”（第 164 页）。胡祖望拦门收书，不招待周进屋，当然是胡适的吩咐——原注。

③ 此本即曹立波、张俊诸先生发现、考定，周绍良先生证实的北师大本——陶洙的整理本。陶抄虽参据原甲戌本等四真本，并非严格的校本，多自以为是的臆改。周氏企图以个别字词的异同，将之定为庚辰本姐妹本，“与陶心如无涉”，目的是掩盖他将原甲戌本借给陶洙之迹——原注。

④ 张俊、曹立波、杨健：北师大藏《脂砚斋重评石头记》钞本考论，《红楼梦学刊》2002 年第 3 辑。曹立波：《红楼梦版本与文本》，中华书局 2007 年版，第 156—158 页。

我们对师大本整理时间的推断，主要基于陶洙在整理师大本的过程中参考了甲戌本的内容。既然师大本与己卯本上陶洙增补的部分有密切关系，而且陶洙校补己卯本的时候，参考的是周汝昌先生抄录的甲戌本，所以，陶先生向周先生借书的时间乃是较为重要的参照点。那么，陶洙又是何时拿到甲戌本（录副本）的呢？为此，我们围绕甲戌本，在胡适——周汝昌——陶洙三位先生之间，做了以下梳理：

第一，胡适将甲戌本原件借给周汝昌兄弟的时间——1948 年 6 月。

第二，陶洙向周汝昌借走甲戌本录副本的大致时间——1949 年 1 月 19 日至 2 月 4 日。

第三，陶洙在己卯本题记上谈到甲戌本录副本的时间——1949 年 2 月 4 日（己丑人日，即农历正月初七）。

陶洙借到甲戌本（录副本）的时间约是 1949 年 1 月 19 日到 2 月 4 日之间。首先，我们曾于 2001 年 3 月 31 日经杜春耕先生引见，拜访了周汝昌先生。据周先生回忆，陶洙初次来访的时间是 1949 年，当时是冬天，与他谈及曹雪芹肖像问题。周先生表示："录副本借于陶心如先生，时间上限不早于 1949 年，下限不晚于 1952 年"。其次，据《红楼梦新证》上记载，陶洙 1949 年 1 月 19 日曾拜访周汝昌先生，谈论的中心是曹雪芹小像问题。

> 陶心如先生于一九四九年一月十九日午见访于北京东四牌楼七条胡同借寓，谈次偶及《红楼梦》，乃语余云："民国二十二年春，在上海蒋君家目击壁上悬一条幅，画心长约二尺余，所绘乃曹雪芹行乐图"。（周汝昌《红楼梦新证》第七章史实稽年，"一七六二　乾隆二十七年　壬午"条，人民文学出版社 1976 年版，第 740 页。）

将周先生的口述和《红楼梦新证》的记载联系起来分析，陶洙来访谈论曹雪芹小像的时间，即 1949 年 1 月 19 日，当为陶洙初次见访周汝昌先生。陶洙在己卯本题记上谈到甲戌本录副本的时间为"己丑人日"，即农历正月初七，公历为 1949 年 2 月 4 日。所以陶洙从周汝昌处借到甲戌本录副本的时间，大概在 1949 年的 1 月下旬到 2 月初之间。

通过陶洙 1949 年 2 月 4 日写在己卯本上的题记．可知，他在校补己卯本的过程中，是参考了甲戌本录副本的。

> ……甲戌残本只十六回，计（一至八）（十三至十六）（廿五至廿八）。胡适之君藏，周汝昌君抄有副本，曾假互校，所有异同处及眉评旁批夹注，皆用蓝笔校录。其在某句下之夹注，只得写于旁而于某句下作¬式符号记之，与庚辰本同者，以○为别，遇有字数过多，无隙可写者，则另纸照录，附装于前，以清眉目。
>
> 己丑人日灯下记于平安里忆园

“己丑人日”即1949年2月4日，陶洙在题记中谈到用周汝昌的甲戌本录副本“曾假互校”。师大本上，不乏源于甲戌本的文字。如，第二十八回比北大庚辰本多出的155个字，与己卯本上陶洙增补的文字相同。而陶洙在己卯本上明确写道“庚辰本缺，此从甲戌补录”。可见，甲戌本在陶洙整理工作中的重要性。因甲戌本的原件已于1948年12月16日被胡适带走。所以他在1949年初特地向周汝昌先生借甲戌本的录副本。

2011年曹立波又指导中央民族大学硕士研究生高文晶完成了硕士论文《陶洙校抄本〈脂砚备重评石头记〉研究》，论文是以陶洙此抄本为研究对象。论文中也谈及陶洙从周汝昌处借甲戌本一事，她们认为所借的为录副本，而不是甲戌原本。

下面是论文中有关部分文字。

陶洙校抄本《脂砚斋重评石头记》研究[①]

高文晶

中央民族大学硕士学位论文

指导教师：曹立波教授

完成日期：2011年4月

借阅甲戌录副本

甲戌本为胡适所发现，周汝昌1948年夏抄有录副本。1949年1月19日，陶洙造访困居北京的周汝昌，自言喜欢《红楼梦》，特来访谈。其间，周汝昌让陶洙看了自己的甲戌录副本，而陶洙则透露自己有庚辰照相本。后来陶洙用庚辰照相本与周汝昌的甲戌录副本交换借阅，正肇于此。然己卯本上，陶洙一记其用甲戌、己卯互校之时为“己丑人日”，即1949年2月4日。而周汝昌处所存陶洙向其借甲戌录副本的便笺，则表明陶洙是在1949年3月11日托张伯驹洽借。

> 红楼梦照片八册带上请查收。原本无从购起，则此照片亦属可贵也。尊录甲戌本弟拟借一阅，便中请交丛碧先生带来（不过一星期）尤祷。怜面罄，即叩。
>
> 汝昌先生台安！
>
> 弟陶心如拜　三月十一

二人这一记载的时间虽不同，但换借之后，都十分珍惜这难得的机会。陶洙将甲戌本的“所有异同处及眉评旁批夹注，皆用蓝笔校录。其在某句下之夹注，只得写于旁而于某句下作‘¬’式符号以记之，与庚辰本同者以○为别，遇有字数过多，无隙可写者，则另纸照录，附装于前，以清眉目”。

[①] 高文晶：陶洙校钞本《脂砚备重评石头记》研究，中央民族大学硕士论文，2011年。

周汝昌借得庚辰照相本后，也以胡适留给他的戚序本作底本，用三个月时间把庚辰本的异文特点都核校下来。虽然此本后来下落不明，但周汝昌一直铭感陶洙对自己的帮助，表示“陶先生竟将他珍藏的庚辰照相本全貌十册慨惠与我。仁人嘉惠，永怀弗设”。而且《燕京学报》上的《真本石头记之脂砚斋评》(1949年第37期)也是得到陶洙之助才写成的。

1949年1月19日，陶洙造访困居北京东四牌楼七条胡同的周汝昌，自报家门说喜欢《红楼梦》，特来访谈。陶洙谈到他在上海目见两幅曹雪芹的画像，并给周汝昌画了示意草图。这也是后来关于曹雪芹像论争的源头，胡适曾言“陶心如是第一个受骗者，周汝昌是第二个”。周汝昌让陶洙看了自己的甲戌本录副本，而陶洙则透露自己保存有庚辰本的照相本。后来陶洙用庚辰照相本与周汝昌的甲戌录副本交换借阅，正肇于此。然从陶洙在己卯本上的题记来看，他在“己丑人日”即1949年2月4日正月初七之前，已用甲戌录副本和己卯本互校完毕。而周汝昌处所存陶洙向其借甲戌录副本的便笺，则表明陶洙是在1949年3月11日托张伯驹洽借。后周汝昌在《燕京学报》上发表的《真本石头一记之脂砚斋评》(1949年第37期)，也是得到陶洙之助才写成的。周汝昌对陶洙的“仁人嘉惠，永怀弗援”。

1950年10月19日，周汝昌向陶洙洽借己卯本，作《庚寅重九丛碧座上口占廿八字向忆园雯乞己卯本》，但至1953年《红楼梦新证》出版时仍未得见。盖陶洙彼时应已转向对北师本的整理，正需参阅己卯本，不便外借。

第二节 周汝昌出借录副本说法分析

一、两个问题、两种说法

以上引述了几种有关周汝昌借书给陶洙的材料，可概括为两个问题：

1. 周汝昌出借陶洙的是甲戌原本，还是录副本；

2. 周汝昌出借陶洙的时间和过程。

总结上述材料，对此有两种说法：

1. 周汝昌出借陶洙的是录副本。

周汝昌认为：他借给陶洙的是甲戌录副本，1948年12月1日之前，周汝昌把甲戌本原本还给胡适，1949年1月19日陶洙来访见到录副本，1949年3月11日陶洙来信借录副本。近一年后，1950年2月4日陶洙完成录入。

曹立波看法基本和周汝昌相同，只是时间、过程略不同。她也认为周汝昌借给陶洙的是甲戌录副本，但具体时间不详，应该在1949年1月19日两人相识之后。1949年2月4日陶洙完成录入，1949年3月11日陶洙把庚辰本晒蓝本借周汝昌，并再借录副本。

2．周汝昌出借陶洙的是甲戌原本。

梅节认为：周汝昌借给陶洙的是甲戌原本，1948 年 10 月周汝昌与陶洙相识，周汝昌把原本出借给陶洙，1948 年 12 月 1 日周汝昌把甲戌本原本还给胡适，周汝昌再把录副本借陶洙继续抄写，1949 年 2 月 4 日陶洙完成录入，1949 年 3 月 11 日陶洙把庚辰本晒蓝本借周汝昌，并再借录副本。

表 35．周汝昌借陶洙甲戌本录副本的三种看法

说法	出借	出借时间	完成录入	再借
周汝昌	录副本	1949 年 3 月 11 日	1950 年 2 月 4 日	
曹立波	录副本	1949 年 1 月 19 日之后	1949 年 2 月 4 日	1949 年 3 月 11 日
梅节	原本	1948 年 10 月	1949 年 2 月 4 日	1949 年 3 月 11 日

	1948 年		1949 年			1950 年
	10 月	12 月 1 日	1 月 19 日	2 月 4 日	3 月 11 日	2 月 4 日
周汝昌		原本还胡适	认识陶洙		录副本借陶洙	完成录入
曹立波			认识陶洙	完成录入	再借录副本	
梅节	借原本给陶洙	录副本借陶洙		完成录入		

比较几种看法：

1．出借版本：周汝昌、王毓林和曹立波等都认为出借的录副本，只有梅节认为是原本。

2．出借时间：

梅节认为是 1948 年 10 月周汝昌出借甲戌本给陶洙，后又出借录副本给陶洙。曹立波等认为是 1949 年 1 月 19 日以后周汝昌借录副本给陶洙，周汝昌认为是 1949 年 3 月 11 日。

3．陶洙完成录入时间：

梅节、曹立波等认为是 1949 年 2 月 4 日，陶洙在己卯本上的记载没有错。1949 年 3 月 11 日是再借。

而周汝昌认为陶洙记错了时间，他把陶洙完成录入时间从 1949 年 2 月 4 日向推后了一年，到 1950 年 2 月 4 日。

几种说法各有不同，很值得仔细研究。下面逐一分析这几种看法。

二、周汝昌认识陶洙的几种说法

周汝昌要把甲戌本（或录副本）借给陶洙，必须先认识陶洙，他何时、如何认识陶洙？周汝昌自己就有几种说法。

第一种说法是，他们相识是张伯驹的介绍。

周汝昌 1991 年在《张伯驹和潘素》一文（《脂雪轩笔语》，上海人民出版社 2000 版，页 121）中，说得很清楚：

> 我与陶心如（洙）先生结识，是由于张先生的中介，而我们三个是在胡适之先生考证《红楼梦》版本之后，廿余年无人过问的情势下，把《甲戌本》《庚辰本》的重要重新提起，并促使《庚辰本》出世，得为燕大图书馆善本室所妥藏。

梅节文章中也予引用。

周汝昌 1950 年 3 月 15 日所写《真本石头记之脂砚评》文（《燕京学报》第三十七期，1950 年，页 144、145，页 158）末小识中，称：

> 缘张丛碧（伯驹）先生，获阅陶先生景庚辰本，斯时其底本尚未出，方欲搜之而未由，得兹奚翅球璧，留案间凡数月，爬梳穿穴，尽抽其绪。……迨余持景庚辰本校戚本垂竟，底本亦归燕大。

梅节文章中也引用，并查燕大购藏庚辰本是 1949 年 5 月，认为时间完全吻合。

这里周汝昌只是说他和陶洙结识是张伯驹引见，但未说具体时间和经过。下面周汝昌说到他们相识的具体时间和地点。

周汝昌第二种说法是，他们相识是在 1948 年底周汝昌把甲戌本还给胡适后，1949 年 1 月 19 日陶洙自己找来的。

周汝昌在《我与胡适先生》一书中“意外的客人”一文中记载：

> 天下竟有这样的奇事。
>
> 却说人们都没料到，北平的围城局势延搁得那么久，我被困在同学王宅，单就这一点说，心已不安之至：素来与人家不熟识，占住了东厢房，管吃管服侍（厨师、男女仆各一位）。打扰几日可以，这么久，如何是了？还不说惦念校里的课业、天津的家……心里真是七上八下。
>
> 这一天（编者注：后文说明是 1949 年 1 月 19 日），忽然那男佣谷君来报：有客人拜访您。
>
> 我很惊奇，赶紧迎出屋，只见垂花门内走来一位老者，身材不高大，神态自如，身穿“礼服呢、水獭宽领”大衣（此乃当时高雅富裕人士的外出冬服，无此则显得寒酸了）。
>
> 我恭迎进屋落座。他自报姓陶，字心如，号忆园，是京城刊印古籍的世家，喜欢《红楼》，故来相会可以谈谈。
>
> 因为他年长，又是初会，不好开口便问：您怎么知道我这个学生？又怎么可能知道我寄住在这儿？我在七条王宅从未告知任何人，熟识者尚且不知，他又如何得知我会寄寓于这处东四七条？这绝对的不可想象，太神了！可是当时一见，立即投入到《红楼》这个主题，况且陶先生十分健谈，谈的内容又那么具有吸引力，我“听住”了，根本没有余空间人家一句是怎么找到这个地点的。

五十几年过去了，直到此刻我执笔记此前尘往事，这个谜依然无从索解。[①]

此文说法和前面是张伯驹介绍认识的说法有所不同，这里说陶洙是自己找上门的，似乎和张伯驹无关。

在《周汝昌与胡适》一书的“补缀”中的“画蛇添足、画龙点睛”一文中对此也有基本相同的介绍：[②]

等到北平围城，陶心如先生突然到同学王家来访谈时（编者注：应是 1949 年 1 月 19 日），见他看到我们的那册甲戌抄本副本，是如此的高兴珍重，可谓如获至宝，我这才如梦方醒，想到胡适先生的珍贵甲戌本应该赶快送还人家，因为此时北平的局面难以预料，珍本着有闪失怎么对得起胡适先生啊！

三、周汝昌借甲戌录副本给陶洙两种说法

周汝昌对出借甲戌录副本一事曾在《我与胡适先生》一书中有 7 篇文章论述，他的说法也一直不变：他借给陶洙的是甲戌录副本，而不是甲戌原本。周汝昌先把甲戌原本还给胡适，后来陶洙找到他，借走录副本。

具体时间排序如下。

1948 年解放军包围北平，北平城门关闭前一天，周汝昌携甲戌原本和录副本进城。

周汝昌进城后某日将甲戌本原本送还胡适，1948 年 12 月 1 日胡适在甲戌本上写了题记。

1948 年 12 月 16 日胡适带甲戌本离开北平。

1949 年 1 月 19 日陶洙第一次到周汝昌在城内住处探访，初次见到甲戌录副本。

至于陶洙从周汝昌处借甲戌录副本的具体时间，陶洙和周汝昌说法不一致。

陶洙 1949 年 2 月 4 日（己丑人日，即正月初七）在已卯本开始头题记中说：

胡适之君藏，周汝昌君抄有副本，曾假互核所有异同处及眉评、旁批、夹注，皆用蓝笔校录。其在某句下之夹注，只得写于旁，而于某句下作“¬”式符号记之。与庚本同者以“○”为别；遇有字数过多，无隙可写者，则另纸照录，附装于前以清眉目。已丑人日灯下记于安平里忆园。[③]

按照此题记，则陶洙在 1949 年 2 月 4 日前已经完成了将“所有”甲戌录副本批语抄到已卯本上的工作。

周汝昌认为陶洙记错了时间，因为周汝昌处有 1949 年 3 月 11 日陶洙托张伯驹向

---

① 周汝昌：《周汝昌与胡适》，百花文艺出版社 2013 年版，第 115—117 页。

② 周汝昌：《周汝昌与胡适》，百花文艺出版社 2013 年版，第 229 页。

③ 《脂砚斋重评石头记》，人民文学出版社 2010 年版，第 1 页。

周汝昌借甲戌录副本的便笺，因此他不可能在一个月前的1949年2月4日完成抄写录副本批语。因此周汝昌认为陶洙题记的时间写错，他完成将“所有”甲戌录副本批语抄到已卯本上的时间，不是1949年（己丑）2月4日，而是1950年（庚寅）2月4日。

仔细分析两人的混乱说法，都有一些细节不清楚。

按照周汝昌的说法，1949年1月19日陶洙第一次来访，3月11日陶洙致函周汝昌借甲戌录副本。时间似乎很合理，但要注意：陶洙3月11日借书的便笺特别说明只借一星期！这似乎不合理，因为陶洙借录副本是想把甲戌本批语过录到己卯本上，甲戌本上有1,600多条批语，一周时间是无论如何无法完成的。

所以此事就有多种可能：

第一种可能，基本采信周汝昌的解释。1949年3月11日确实是陶洙第一次借甲戌本录副本，为使周汝昌愿意出借，他先说只一周，借到后再后延。但这就和1949年2月4日陶洙在己卯本上题记所写矛盾。假设如此，按照周汝昌说法，就是陶洙记错了时间，实际是1950年2月4日。

但说陶洙记错时间，似乎可能性不大。

第二种可能，1949年3月11日借条实际是陶洙第二次借录副本，1949年1月19日陶洙第一次访问陶洙后不久，就从周汝昌处借到甲戌录副本，1949年2月4日完成抄录，写了题记，后还给周汝昌。3月11日再借，只是要再次做校对。这样3个时间都可以对上。但1月19日至2月4日不到一个月时间，似乎要把甲戌本所有批语都过录到己卯本上时间太紧。

除此两种可能外，还有其他多种可能存在，不再一一分析。

总结以上周汝昌对此事的说明，其中有两个最大的问题。

第一，周汝昌对于他初次见陶洙，就有几种不同说法，是记忆不清，还是有其他原因不明。

第二，周汝昌说陶洙把完成过录的时间记错，1949年应该是1950年。对于陶洙这样的老学者，会犯如此低级错误，很可疑。

为何周汝昌坚持说，1949年2月4日陶洙已经完成了过录是“错牙”？本人觉得，有多种可能。有可能确实是陶洙写错时间，但也可能是周先生记错了，目前难以判断。

由于陶洙访问周汝昌和从周汝昌借书、还书的先后，周汝昌自己就有多种不同的说法，各种说法中矛盾重重，就导致了梅节的怀疑，怀疑他借给陶洙的是甲戌本，而不是录副本。

但本人认为，周先生的说法和梅节的怀疑，都有一些不合理之处。综合各种证据，本人觉得，周汝昌借给陶洙的是甲戌录副本，而不是甲戌本原本，这种可能性似乎更大一些。

四、陶洙把庚辰本晒蓝本借给周汝昌

所谓周汝昌和陶洙互借珍本，是周汝昌把甲戌录副本借给陶洙，而陶洙则把庚辰本的晒蓝本借给周汝昌，周汝昌先生对此也有说明。

周汝昌借到庚辰本的晒蓝本后，十分高兴，刚好胡适托孙楷第送周汝昌一套八册戚序本的大字本，周汝昌就把庚辰本上的批语又抄到了戚序本上，这和陶洙把甲戌本批语抄到己卯本，如出一辙。如周先生所言：这种《红楼梦》版本大汇校“一目了然的异同补校，不费巨工，即收全效。其纪念价值与实用价值都是无与伦比的”。但此本最终下落不明，周汝昌也很遗憾，对此他在“一段公案”中有记述：

> 陶先生将庚辰照相本捎与我是1949年（古历岁在己丑）的3月11日。此次捎书，附有便笺，云：
>
> 红楼梦照片八册带上请查收。原本无从购起，则此照片亦属可贵也。尊录甲戌本弟拟借一阅，便中请交丛碧先生带来（不过一星期）尤祷。余面罄。即叩
>
> 汝昌先生台安！
>
> 弟陶心如拜　三月十一
>
> （著者钢笔手书：张伯驹先生亲自送来）[①]

另外在“两幅芹照”一文中也说：

> 那么，直到什么时候才借到人家的照相本呢？是1949年3月11日，而且是陶先生交与张伯驹先生转与我的。这一点十分清楚。[②]

对于周汝昌把庚辰本抄录到胡适借给他的戚序大字本上，他在“两出意外”一文中也有介绍：

> 我藏有庚辰本的照相本。这使我大喜！——虽然也不表现为“狂”的程度。……
>
> 由于心知庚辰本的照相本不宜久借——陶先生说一声要讨回，就无办法了，必须立即开始将此本异文特点都核校下来，这怎么办？难题又来了。
>
> 又灵机一动：胡先生的大字戚序本既允许借我用以汇校，何不即将它作为底本，将庚辰本之一切都校清过录于此本之上，这样不仅最是方便，料想胡先生也不会反对……。
>
> 抄校甲戌本十六回用了两个整月，……而我只用了三个月就完成了这项工程……。
>
> 这次校，可算当得起一个“精细”的评赞之语了，因为前一年初校甲戌本，不知道连抄写的异体字、古写、帖写、俗写，乃至可断为行草书的变相异写等都大有关系，却未能尽存原貌，后悔不及，所以这回吸取了教训，特加精细，一点

---

① 周汝昌：《周汝昌与胡适》，百花文艺出版社2013年版，第133页。
② 周汝昌：《周汝昌与胡适》，百花文艺出版社2013年版，第123页。

之微，一钩之异，也不放过，忠实地照抄移录，不使或失。

> 这是“红学史”上的一份极其珍贵的文献文物，堪称瑰宝。由这部书开创了为《红楼梦》作大汇校、彻底“扫荡烟埃、斥伪返本”（鲁迅语）的通途，因为其中包含了三个“红学”创业人为雪芹的真笔恢复其本真的贡献，有了此本，以后每发现一部旧抄本，即可在其基础上做出一目了然的异同补校，不费巨工，即收全效。其纪念价值与实用价值都是无与伦比的。[①]

周汝昌得到了庚辰本的晒蓝本，至于陶洙手中的己卯本，周汝昌肯定是十分想看的，但始终并未借到。1950 年 10 月 19 日，周汝昌曾向陶洙借己卯本，曾作《庚寅重九丛碧座上口占廿八字向忆园雯乞己卯本》，但至 1953 年《红楼梦新证》出版时仍未得见。

对此他在“机缘有待”一文中也有记述：

> 校勘工作暂难拓展，还有一个原因：那时《石头记》的旧抄本并未得到重视，尚未相继出现而公诸学苑，只有陶先生自藏的一部己卯本，而且只有“半部”。我们假想它与庚辰本是接近的，但也不是说两者即全部一同，定有差异之处。可是，一时也无法再向陶先生开口。[②]

周汝昌在给王毓林《论石头记己卯本庚辰本》序言中对此也有说明：

> 他（陶洙）藏有“半部己卯本”，也答应借我一用。庚辰照相本给了我极大的便利，我深为感谢他。但己卯本他就不肯拿出来了。几经恳洽，最后对我说，已要卖给公家，不好借出了，云云。这样，我始终无缘目睹此本。等到己卯本归于北京图书馆了，我那时已然顾不及亲自研阅了，便全由家兄祜昌代为校证去了，他为此苦跑图书馆……。[③]

陶洙借给周汝昌的是庚辰本的晒蓝本，而不是原本，由此分析，周汝昌借给陶洙的也应该是甲戌本的录副本，而不是原本，这样双方才比较对等。周汝昌知道甲戌本的重要性，他又知道己卯本在陶洙手中，如果他要把原本借给陶洙，完全可以要求陶洙把己卯本借给他，这样双方也就对等了。但陶洙始终没有把己卯本借给周汝昌，由此推理，周汝昌就似乎也就没有借给陶洙甲戌本原本，而只借给他录副本，而陶洙也只是把庚辰本的晒蓝本借给周汝昌。

当然这只是推理而已，没有什么直接的证据。

第三节　其他学者说法分析

---

① 周汝昌：《周汝昌与胡适》，百花文艺出版社 2013 年版，第 125—128 页。
② 周汝昌：《周汝昌与胡适》，百花文艺出版社 2013 年版，第 137—138 页。
③ 王毓林：《论石头记己卯本和庚辰本》，书目文献出版社 1987 年版，第 2 页。

一、梅节认为周汝昌借甲戌原本陶洙过程

前面介绍了周汝昌的说法，他借给陶洙的是甲戌录副本，但在陶洙借书时间上出现矛盾。周先生说是 1949 年 3 月 11 日陶洙来信借录副本，而陶洙在己卯本上的题记中却声称：在 1949 年 2 月 4 日他已经利用录副本把甲戌本批语过录到己卯本上了，时间明显不对。周先生认为是陶洙写错时间，不是 1949 年 2 月 4 日，而应该是 1950 年 2 月 4 日[①]。

梅节先生注意到上述矛盾，他经过自己周密的分析，提出新的看法：周汝昌借给陶洙的不是录副本，而是甲戌原本。

梅节先生为此证实这种说法，提出自己一系列的“梳理、推考”，介绍如下。

梅节要说明周汝昌借给陶洙的是甲戌原本，而不是录副本，则周汝昌必须在还书之前就认识陶洙，并将原本出借给陶洙，而不是按照周汝昌所说，是在他还书给胡适之后的 1949 年 1 月 19 日。

为此梅节先生找到了两条证据，即前面“周汝昌认识陶洙的两种说法”一节中介绍的：周汝昌自己曾两次说到，是张伯驹介绍他和陶洙认识的。但周汝昌并未说明是在何时、何种场合下认识的。为此梅节仔细查看了周汝昌的《我和胡适先生》一书，发现了一个时间点。

周汝昌在《我和胡适先生》一书“机缘有待”一文中介绍[②]，他在编纂《红楼家世》一书（即后来的《红楼梦新证》）时，恰逢张伯驹在北大“贝公楼”举办他的收藏展览，其中有《楝亭图》是曹雪芹家一大标记，因楝亭是曹寅纪念其亡父曹玺所筑小亭，因曹玺曾植楝树于江宁织造府，故亭以楝名，曹寅字号“楝亭”，一代盛名。因楝亭与《红楼》相关，因此周汝昌就去参观，后来他还求得《楝亭图》四大卷所有名家题咏，充实了《红楼梦新证》。

由此，梅节先生认为在此会上，经张伯驹介绍，他认识了陶洙。对此经梅节先生“梳理、推考”，的论述如下：

> 缘起是 1948 年 10 月初，张在燕大中文系开个人收藏文物小型展览会，其中有《楝亭图》。周要写《红楼家世》，于是出胡适秘籍甲戌本以让张开眼，达成交换《楝亭图》资料。张转告陶洙，陶闻风而至，以庚辰本照片和己卯本残本钓周。周氏开始想拿录副本搪塞，但他的录副本是一个大账本，每半页 17 行，每行字数 20 至 24 字不等，错、别字返正，已全失原甲戌本版式。陶洙不要，周氏只好拿出原本，而且让陶洙带回城内家中。[③]

梅先生上述论述有如下问题：

（1）梅先生认为此展览是 1948 年 10 月，不知有何根据？周汝昌先生记录此事

---

① 周汝昌：《我与胡适先生》漓江出版社 2005 年版，第 132—135 页。
② 周汝昌：《我与胡适先生》漓江出版社 2005 年版，第 140—142 页。
③ 梅节：《海角文存——梅节红学文存》，国家图书馆出版社 2013 年版，第 394 页。

并未写明时间。如按照梅先生所写时间，即 1948 年 10 月周汝昌把甲戌原本借给陶洙，到 1948 年 12 月 1 日前周汝昌把原本还给胡适，还有约 2 个月时间，陶洙是有时间把批语过录到己卯本上的。

（2）梅先生认为，既然周汝昌自己说是张伯驹介绍他和陶洙认识，这次展览会就是个机会。因此他认为是张伯驹先生转告陶洙，陶洙赶来，和周汝昌商议做“珍本交换”，最终双方达成交换协议。但这些细节梅节先生没有注明是出自何处。梅先生此文所有引文都有出处注释，但对于此事，以及后面很多有关事件的叙述，均无出处说明。可能这就是梅先生自己所说的是“梳理、推考”吧。但这就显得很不可信了。

梅节认为周汝昌认识和借书给陶洙的过程如上。

二、梅节认为周汝昌还书给胡适的过程

上一节说明了，梅节先生对周汝昌如何认识陶洙，和出借甲戌原本给陶洙过程的看法。对于周汝昌如何把甲戌原本还给胡适，梅先生的“梳理、推考”如下[①]。

> 烽火连天，北平已成孤岛。胡适左等右等不见周氏还书，而且音讯全无。他叫秘书或儿子打电话通知周汝昌（燕大男宿舍每层都有公用电话），胡宅准备派车到燕园取书，要周准备。甲戌本却在城里陶洙处！周急得赌身罚咒，说要亲自上门还书，要当面向胡先生道谢，而且只在一两日间。燕大校车开周六、日，如果催书电话是 29 日星期一，只得坐颐和园到西直门公交车。当时兵荒马乱，班次不正常，燕大又不是起点站，折腾两天，坐不上车，周氏只好两腿走路进城。陶宅在琉璃厂附近，他去过不止一次。走了半宵，到陶宅拿了书，第二天早上，就到东厂胡同一号还书。胡已预知，吩咐儿子不让他进门，把书收下即打发他走。周先生记得，上次到访，胡适是出门迎接的。胡适一月十五日飞南京，十四日晨还特别会见了俞平伯。胡拒见周汝昌，可见对他的不快。
>
> 周还了书后也不是回王宅，而是回安平里陶宅，因为陶根据甲戌本校录大半月未完成，须借周的录副本续校，而周也需陶的晒蓝庚辰本校有正本和过录脂批。陶可不让周将庚本带回学校，周只好在陶家挂单。到 12 月 14 日，共军发动攻势，突破沙河、青龙桥一线，傅军撤回城内，西郊解放。北平被围，城中物价飞涨，粮食管制，饿殍遍地。陶洙叫周另找嗷饭处。周原想到顾随家去吃住，为顾婉拒。周后来找到 41 年入读燕大西语系时同窗周培章（如 45 年复学，时已毕业）。周培章设法安排他在东四七条王宅借住。陶知周借住新址，所以间去访谈曹红（如曹雪芹小像）。周也到安平里校书问学，知悉陶正着手据甲、己、庚、戚抄成一个善本。陶答应解围后将庚辰本影晒一份赠周。3 月 11 日的便条讲的就是这回事。二月一日北平和平解放，陶洙亦已校录完甲戌本，“己丑人日”写下题记，证见他用甲戌本校过所藏己卯本。周先生极力隐瞒把原甲戌本转借给陶，但陶并不须替周隐瞒，相反要突显他曾据原甲戌本校录过自己的秘本。

---

① 梅节：《海角文存——梅节红学文存》，国家图书馆出版社 2013 年版，第 397—398 页。

按照梅先生的“梳理、推考”，周汝昌还书和以后的事情经过如下。

1. 胡适叫秘书或儿子打电话通知周汝昌，准备派车到燕园取书，要周准备。

——此事又不知来自何处？梅先生没有注明。此事只有胡适、秘书（或儿子）和周汝昌知道，但他们都没有提及此事，梅先生从何而知？

2. 周汝昌进城后先去陶洙处取书，再去胡适处还书。

——此事又不知来自何处？梅先生没有注明。此事应只有周汝昌和陶洙知道，但他们都没有提及此事，梅先生从何而知？

3. 周汝昌还书后又再去陶洙家，因为陶洙尚未过录完，还要用录副本继续录入。

——此事同上，也还是没有出处和证据。

4. 1949 年 2 月 4 日陶洙抄录完批语，写下题记。

——时间并非按照周汝昌所言是记错时间，此推理较合理。

5. 1949 年 3 月 11 日陶洙给周汝昌去函，再次借录副本一周，以再做校对。

——此推理看似合理，但陶洙的去函根本没有第二次借的意思，完全像是第一次借书的意思。周汝昌不记得曾陶洙借了两次录副本，这似乎也很不合理。

总结以上梅节先生“梳理、推考”周汝昌出借甲戌本给陶洙的过程如下：

1. 周汝昌在 1948 年 10 月经张伯驹认识陶洙。

2. 随即周汝昌出借甲戌原本给陶洙，做“珍本交换”。

3. 1948 年底胡适催周汝昌还书，周汝昌进城从陶洙处取回甲戌原本还给胡适。

4. 周汝昌把甲戌本原本还胡适后，又把录副本借给陶洙。

5. 陶洙在 1949 年 2 月 4 日完成甲戌批语过录到己卯本，写了题记。

6. 陶洙 1949 年 3 月 11 日再次去信借录副本一周，以便再次校对。

以上梅先生的“梳理、推考”看似合理，但最大问题是——所有“梳理、推考”都没有注明出处，没有任何说明来源。这可能只是梅先生个人的“梳理、推考”，也可能是其他人告知梅先生，梅先生不便说明。

梅节认为陶洙借到的是甲戌本，他提出的唯一证据是——甲戌本上有陶洙涂改文字的痕迹。他在甲戌本上找到了 7 处陶洙涂改的字迹。对这些涂改是否是陶洙所为，本人和北师大本及己卯本上陶洙批语同一字比对，证明这些字迹并非是陶洙所改，下一节有详细分析。

总之，本人认为，梅先生的说法可参考，但认为周汝昌出借了甲戌原本则不足信。

本人曾就此事咨询一些红学家，几乎所有人都相信梅先生的看法，而不相信周汝昌先生的说法。其实他们都没有仔细研究过此事的始末，他们只是凭印象而已。他们的根据是，周先生以前经常出现前后说法不一致的情况。因此他们在没有研究的情况下，宁肯相信梅先生说法。

除周汝昌和王毓林外，还有几位仔细研究过此事的学者，都相信周汝昌先生的说法——周先生出借给陶洙的是录副本，而不是甲戌原本。下面分别分析曹立波等人的看法。

三、曹立波认为周汝昌借给陶洙是录副本

曹立波 2000 年在北师大图书馆发现一部手抄《红楼梦》，经过她和张俊老师的仔细研究，证明此本为陶洙以庚辰本为底本所抄写而成。张俊、曹立波、杨健 2002 年发表文章《北师大藏〈脂砚斋重评石头记〉抄本考论》（曹立波，《红楼梦版本与文本》，中华书局 2007 年版，第 145—169 页），此文认为：

1. 认为陶洙向周汝昌借走甲戌本录副本的大致时间——1949 年 1 月 19 日至 2 月 4 日。

2. 陶洙在己卯本题记上谈到甲戌本录副本的时间——1949 年 2 月 4 日（己丑人日，即农历正月初七）。

因此，陶洙借到甲戌本（录副本）的时间约是 1949 年 1 月 19 日到 2 月 4 日之间。她们曾拜访周汝昌先生。周先生表示：“录副本借于陶心如先生，时间上限不早于 1949 年，下限不晚于 1952 年”。

所以曹老师认为：陶洙从周汝昌处借到甲戌本录副本的时间，大概在 1949 年的 1 月下旬到 2 月初之间。

曹老师此文发表于 2002 年，是国内较早论及此事的文章，届时周汝昌尚未对此发表看法，因此曹立波也不知 1949 年 3 月 11 日陶洙借录副本的便笺。

2005 年周汝昌《我和胡适先生》出版，他在“一段公案”中，第一次披露 1949 年 3 月 11 日陶洙借录副本的便笺，并指出陶洙题记所言的“己丑人日”，即 1949 年 2 月 4 日有误，应该是 1950 年 2 月 4 日。

2011 年曹立波指导硕士研究生高文晶，以北师大本为题完成了硕士论文。论文中再次认为陶洙所借的为录副本，而不是甲戌原本。

论文中的重点是北师大本，对陶洙借录副本只做了简单表述，没有深入分析。其中也谈及陶洙题记所言 1949 年 2 月 4 日完成抄录，也谈及 1949 年 3 月 11 日陶洙借录副本的便笺，但对这时间的矛盾没有谈及。

曹老师指出，北师大本也是陶洙以庚辰本为底本抄录的版本，是在把甲戌批语抄录在己卯本上以后。因此曹老师建议，从北师大上可否寻找一些线索，来判断陶洙当时的底本是原本，还是录副本。这是个很好的建议，但陶洙北师大本上抄录的甲戌本批语很少，因此恐怕难以判别。

四、周汝昌分别把甲戌本和录副本借陶洙

为解决周汝昌说法和梅节说法的矛盾，有学者提出：有无可能周汝昌先后把甲戌本和录副本都曾借给陶洙？因为甲戌本是周汝昌从胡适处借来，不会轻易出借，因此可能先出借甲戌本，再出借录副本。

仔细分析，这种可能性完全不存在。

首先，如果是周汝昌先把录副本借陶洙，陶洙 1949 年 2 月 4 日抄录完，3 月 11 日再借原本。但问题一，周汝昌 1948 年 12 月 1 日前已经原本还给胡适，因此不可能再借给陶洙了。问题二，3 月 11 日陶洙便笺也是说借副本。因此先借录副本，再借原本，完全不可能。

其次，如果周汝昌是先把甲戌本借给陶洙，则陶洙必须在周汝昌 1948 年 12 月 1 日还给胡适前，完成抄录，然后在 1949 年 2 月 4 日写下题记，1949 年 3 月 11 日再次向周汝昌借录副本。但问题一，陶洙 2 月 4 日题记称是用周汝昌“录甲戌本”完成抄录的，而不是甲戌本。问题二，现在己卯本上多个证据证明，陶洙是用录副本抄录的。因此先借原本，再借录副本也不可能。

第二章　陶洙涂改录副本等问题

第一节　陶洙涂改录副本，还是甲戌本

一、周汝昌对录副本的修订

周汝昌抄写完录副本后，在归还甲戌本前，他又仔细把录副本和原本仔细做了第三次核对，又发现了抄写中还有错误，没有完全按照原文抄写。为此，周汝昌 2012 年 2 月 20 日在“校甲戌录副本”一文中对此有所说明，在录副本上用铅笔括号表示原文的错误。

看到我们抄录时没有全按正本的汉字书写法准确仿照，而是仍用自己写字的习惯，只要音义不错就抄。我忽然悟道这样的副本，将来落入行家之手，就会给予“不忠实”的指责，人家不会原谅我们彼时条件所限的种种理由，但我也不能粗暴自主地用墨笔把把副本原貌都圈改涂抹，只能用铅笔在旁边加上标记，而这种笔迹也很轻微，怕把原纸都给写得破孔斑斑。[①]

周汝昌在录副本“凡例”的页眉处也有说明：“括号表原本误字下仿，玉言识于壬辰初秋成都。亦表别褀以存原本之（？），又（？）”。[②]

从周汝昌所抄“凡例”第 1 页中我们看到这样的标记有两处。[③]

第一处是在录副本“点睛”的“睛”字旁加括号“晴”。此处应为“点睛”，而甲戌本原书误为“晴”，周汝昌兄弟录副本改为正确的“睛”，因此加注。

第二处是录副本照抄甲戌本为“簿籍”，后旁加括号“薄藉”。查甲戌本原书为“簿籍”，但明显是从“薄藉”改过的，改字很明显，是谁改的？周汝昌在原本上改不太可能，是原本就改了？是胡适改的？还是另外有人改了？俞平伯 1954 年版《脂砚斋红楼梦辑评》也为“簿籍”，而“庚寅本”没有注意这两字的差异，误为“薄籍”，把“簿”又误抄为“薄”。

这两例有明显不同。第一处甲戌本原本错了，录副本改对了。铅笔括号注明原本的错误。第二处甲戌本原本不错，但似乎是修改过了。录副本和甲戌本原本相同，也

---

① 周汝昌：《周汝昌与胡适》，百花文艺出版社，2013 年版，第 223 页。
② 周汝昌：《周汝昌与胡适》，百花文艺出版社，2013 年版，第 224 页。
③ 周汝昌：《周汝昌与胡适》，百花文艺出版社，2013 年版，第 224 页。

是对的。铅笔括号注明的是原本未改前的错误。见下表。

表 36．甲戌本、周汝昌兄弟录副本文字对照表

甲戌本	周汝昌兄弟录副本		1954 年《脂砚斋红楼梦辑评》	“庚寅本”
	原文	括号		
睛	睛	睛	睛	睛
簿籍（改？）	簿籍	薄藉	簿籍	薄籍

这只是通过“凡例”一页发现的问题，肯定全部录副本这类问题会很多。要核对这些问题，最好将录副本出版。

括弧表原本誤字下做此
玉言識於成都壬辰
初秋
亦表別體以
存原本之舊
又溪

脂硯齋重評石頭記

凡例

紅樓夢旨義　是書題名極多　紅樓夢是總其全
部之名也又曰風月寶鑑是戒妄動風月之情又曰石
頭記是自譬石頭所記之事也此三名皆書中曾已點
睛(睛)矣如寶玉作夢夢中有曲名曰紅樓夢十二支此則
紅樓夢之點睛又如賈瑞病跛道人持一鏡來上面即
鏨風月寶鑑四字此則風月寶鑑之點睛又如道人親
眼見石上大書一篇故事則係石頭所記之往來此則
石頭記之點睛處然此書又名曰金陵十二釵審其名
則必係金陵十二女子也然通部細搜檢去上中下
女子豈止十二人哉若云其中自有十二個則又未嘗
指明白係某某極至紅樓夢一回中亦曾翻出金陵十
二釵之(薄藉)簿籍又有十二支曲可考
書中凡寫長安在文人筆墨之間則從古之稱凡愚夫

周汝昌甲戌本录副本“凡例”第 1 页

二、陶洙对录副本的涂改

周汝昌声称借给陶洙的是录副本，还有一个有力的证据是——录副本上有十几处陶洙的涂改。这是周先生出借给陶洙的是录副本的有力证据。

不止周汝昌自己曾对录副本做了修订，周汝昌还提出陶洙“雪鸿”说，他多次指出，陶洙曾对他经手的各种版本都随意做涂改，包括己卯本、庚辰本等。周汝昌在甲戌录副本上也发现有陶洙的涂改。他在为王毓林先生《论石头记己卯本和庚辰本》（书目文献出版社，1987 年）一书所写序言中指出：“我在自己的《甲戌》过录本上发现了陶先生借用时留下的笔迹——加字，甚至描改”[①]周汝昌先生在每处陶校字书页的眉端皆作有注语，以明其出处。

王毓林《论石头记己卯本和庚辰本》一书中有一节专谈“关于周汝昌先生抄藏的甲戌本和陶洙对该本的涂改情况”[②]，王先生曾借阅周的录副本，发现陶洙对录副本的涂改，大约有十余处。王先生举出了其中的 4 个例子，确实是陶洙对录副本做了修改，这是铁证，证明陶洙确实曾借阅并“涂改”了录副本。由此可见，陶洙确实曾借阅并“涂改”了录副本。

由于周汝昌在把甲戌本归还胡适前曾 3 次仔细校对，因此录副本和甲戌本应该没有很大文字差异，陶洙为何还要涂改呢？

仔细分析王毓林举出的 4 例陶洙修改处，可以看出，陶洙不是根据甲戌本修改（当时他手中没有甲戌原本也无法核对），而是根据陶洙自己手中的己卯本（可能还有庚辰本晒蓝本）做的修改。

例 1

甲戌本：次渐谈至兴浓

周抄本：次　渐谈至兴浓（“　　”系篮笔符号）

己卯本：次　渐谈至兴浓（“　　”为朱笔符号］

庚辰本：次渐谈至兴浓

周抄本此行上书页眉端有墨笔记日；“蓝笔是陶忆叟借阅所加，未必即是。仍以原本为根。玉言”。系周汝昌先生所注。

此例中录副本和甲戌本文字完全一致，陶洙完全是根据己卯本修改的。

例 2

甲戌本：有六宫都太监夏老爷降旨

周抄本：有六宫都太监夏老爷（来）降旨（按，“来”为蓝笔旁补）

---

① 周汝昌：《论石头记己卯本和庚辰本》序，王毓林，《论石头记己卯本和庚辰本》，书目文献出版社 1987 年版，第 3 页。

② 王毓林：《论石头记己卯本和庚辰本》，书目文献出版社 1987 年版，第 123-126 页。

己卯本：有六宫都太监夏老爷来降旨
庚辰本：有六宫都太监夏老爷来降旨

周抄本此行书眉有墨笔记曰："陶忆叟笔。玉言"。系周汝昌先生所注。

此例中录副本和甲戌本文字完全一致，陶洙也完全是根据己卯本修改的。

例 3

甲戌本：事道凑巧，正　个美缺（按，原抄即空一格）
周抄本：事道凑巧，正有个美趣
己卯本：事倒凑巧，正有个美缺
庚辰本；事倒凑巧，正有个美缺

周抄本原抄同甲戌本，亦空一格，后被蓝笔补一"有"字。此行书眉有墨笔记日；"忆叟笔。玉言"。系周汝昌先生所注。

此例中录副本和甲戌本文字完全一致，陶洙又完全是根据己卯本修改的。

例 4

甲戌本：不如意事常八九，可与人言无二三。以二句批是假。聊慰石兄。（按，朱眉批）
周抄本：不如意事常八九，可与人言无二三。以二句批是假▲，聊慰石兄。▲段。

周抄本朱笔眉批"假"字旁"▲"符号及批后另行之"▲段"皆为蓝笔，显系陶洙改笔。

此例中录副本和甲戌本文字完全一致，陶洙也完全是根据己卯本修改的。

由此可断定，陶洙借来录副本后，又根据自己的己卯本，直接对周汝昌的录副本做了修改。因此，周汝昌借给陶洙的肯定是录副本。

三、梅节认为陶洙涂改了甲戌本

上一节谈到，周汝昌等认为陶洙在录副本上做了涂改，这成为周汝昌出借陶洙录副本的有力证据。而梅节同样在甲戌本上，也找到了陶洙修改的痕迹，因此他认为周汝昌出借陶洙的是甲戌本原本。梅节在甲戌本上找到陶洙涂改的证据有以下 7 处：[①]

1. 第 1 回 15 页 17 行"留下"下"话"的补字。

2. 第 2 回 3 页 17、18 行"生情狡滑擅篡礼仪且沽清正之名而暗结虎狼之属"，"篡"点改"改"。

① 梅节：《海角文存——梅节红学文存》，国家图书馆出版社 2013 年版，第 395 页。

3．同上，“且”点改“外”。

4．同上，“属”点改“势”。

5．第16回12页18行：“你父亲”点改“珍大哥”。

6．第2回10页3行“人仁”二字细笔勾改“仁人”，亦是陶某标准倒勾法。

7．近年有人提出，甲戌本4个“玄”字：第1回4页13行、第1回10页21行、第1回10页23行、第2回9页8行，末笔“点”是后加的。

这些涂改是否是陶洙所改，需要验证。

为验证梅节的说法，本人把梅节所说的以上7个字，和北师大本中对应的字来比较。因为现在大家公认北师大本前30回肯定是陶洙所抄写的，由此可判断这几个字是否是陶洙所改。

下面7个字，第一字是甲戌本，其余六字为北师大本。

1．话

話 話 話 話 話 話 話

从“话”字看，甲戌本上的“话”字明显和北师大本“话”字不同。尤其是右半边，上面的一“撇”完全不同。因此这肯定不是同一人所写。

2．改

改 改 改 改 改 改 改

从“改”字看，甲戌本上的“改”字也明显和北师大本“改”字不同。尤其是右半边的“反文”，甲戌本上是连写的，而北师大本是分两笔写成的。因此这肯定不是同一人所写。

3．外

外 外 外 外 外 外 外

从“外”字看，甲戌本上的“话”字也明显和北师大本“外”字不同。尤其是右半边的“捺”，甲戌本是一顿，而北师大本是一长撇，完全不同。因此这肯定不是同一人所写。

4．势

勢 勢 勢 勢 勢 勢 勢

从“势”字看，北师大本上的“势”字右半边“丸”字一勾，有三种写法，6字中只有一字是向上勾，但也和甲戌本不同。6 字中有 2 字无勾，有 3 字（即一半）是向左勾，都和甲戌本不同。下面“力”的一勾也不同，北师大本的“勾”很明显，而甲戌本的勾不明显。从此字来看，也不像是同一人所写。

5．珍

从“珍”字看，甲戌本上的“珍”字也明显和北师大本“珍”字不同。尤其是右半边“人”，甲戌本两笔是分开的，而北师大本是连在一起的。下面三撇，也不同。因此这肯定不是同一人所写。

6．大

从“大”字看，北师大本上的“大”字有两种写法，6 字中有 3 字（即一半）一“捺”较短，和甲戌本不同。有 3 字一“捺”和甲戌本类似，较长。从此字来看，也不像是同一人所写。

7．哥

从“哥”字看，两本很相似，但仔细看，北师大本上“哥”字中的“口”字多数是非正规的两笔写成，并和下一笔竖有连笔，而甲戌本的“口”字是正规的三笔写成，没有任何连笔。北师大本竖勾的“勾”很明显，而甲戌本的竖勾的“勾”则不明显。从此字来看，也不像是同一人所写。

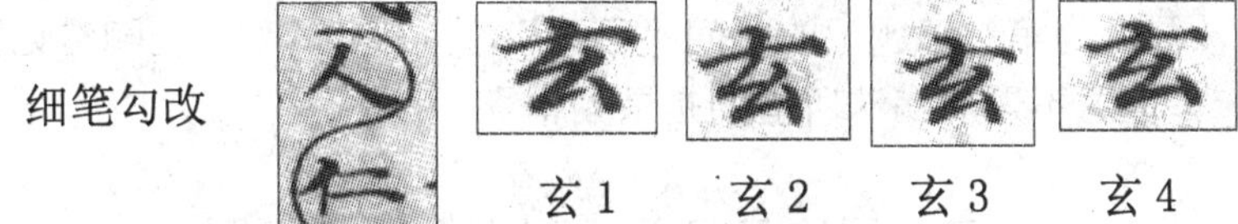

至于细笔勾改，陶洙确实也常用，如上述对录副本的修改中就有。但任何人都可能做此修改，仅根据此修改就判定这是陶洙所改，似乎证据不足。

至于“玄”字多一“点”，是否是后人所加，难以判别。有关此问题的文章很多，此处不再论述了。

总之，梅节认为甲戌本上的改字是陶洙所为，由此认定周汝昌把甲戌本借给了陶洙，基本是不成立的。

四、周汝昌借陶洙录副本证据——陶洙自己说借录副本

周汝昌借给陶洙的是录副本，还有一个有力的证据是——陶洙自己两次说借的是录副本，而不是甲戌本原本。

1949 年 3 月 11 日陶洙托张伯驹先生亲自把庚辰本照片借给周汝昌，附有便笺，希望借“录甲戌本”：

红楼梦照片八册带上请查收。原本无从购起，则此照片亦属可贵也。尊录甲戌本弟拟借一阅，便中请交丛碧先生带来（不过一星期）尤祷。余面磬。即叩汝昌先生台安！

弟陶心如拜　三月十一

（著者钢笔手书：张伯驹先生亲自送来）

这个便笺，十分明确地说明，陶洙托人捎来庚辰照相本给周汝昌的同时，向周汝昌借阅的是甲戌录副本，而绝非甲戌本原本。

第二条记录是，陶洙在自藏的己卯本上记下了一条注文：

此己卯本缺第三册（二十一回至三十回），第五册（四十一回至 50 回），第六册（五十一回至六十四），第八册（七十一回至八十回），又第 1 回首残（三页半），第十回残（一页半），均用庚辰本抄补。因庚本每页字数、款式均相同也。凡庚本所有之评批注语，悉用朱笔依样过录。甲戌残本只十六回，计（一至八）（十三至十六）（廿五至廿八）。胡适之君藏，周汝昌君抄有副本，曾假互核所有异同处及眉评、旁批、夹注，皆用蓝笔校录。其在某句下之夹注，只得写于旁，而于某句下作“¬”式符号记之。与庚本同者以“○”为别；遇有字数过多，无隙可写者，则另纸照录，附装于前以清眉目。已丑人日灯下记于安平里忆园。

此题记明确说明陶洙借的是录副本，即“周汝昌君副本”，而绝非甲戌本原本。

虽然周汝昌认为第二条题记的时间“已丑”（即 1949 年），是陶洙记错时间，应该是 1950 年，但这不影响陶洙所借的是录副本。

五、周汝昌兄弟录副本上图章问题

沈治钧先生在《红楼梦研究辑刊》2014 年第八辑上发表文章《真假红学续谈》，文章最后提出了一个令他十分困惑的问题：他在甲戌本之周氏录副本首页影印件上，竟看到了刘铨福的钤印，实不可思议。其原文如下：

我看到周氏录副本首页影印件的时候，觉得它比《哈利·波特》还神奇。那上面居然钤有道咸间收藏家大兴刘铨福（表字子重）的印章，莫非刘铨福肯为周氏录副本还魂显灵？该页右侧三枚阳文图章，由上到下依次是“劉銓福子重”“子重”“髣眉”，竟与胡适原藏甲戌本上的刘铨福钤印一模一样，连倾斜程度都相同，

仅墨色不同而已，因录副本影印件未套色。我们想问问，这到底是怎么回事？如所周知，刘铨福是迄今所知甲戌本的最早收藏人，胡适购买到手，那上面有刘氏钤印，理所应当。迨周氏抄毕录副本，刘铨福已去世了七八十年，他怎么会去周氏录副本上钤印？当然不是鬼魂干的，那么是谁干的？为何这么干？

这里要说明，沈先生看到的是天津百花文艺出版社 2013 出版的《周汝昌与胡适》一书，书中周汝昌兄弟录副本的首页的影印件不在书前的彩色图片中，而是在第 224 页，确实是黑白的。但沈先生不知，此书在周先生生前早就曾由漓江出版社在 2005 年就出版过，书名为《我与胡适先生》，其中第 30 页为彩色图片，更清楚。

现将甲戌本原本和录副本的图片都附录如下，在彩色图片上，三个图章更清楚了。

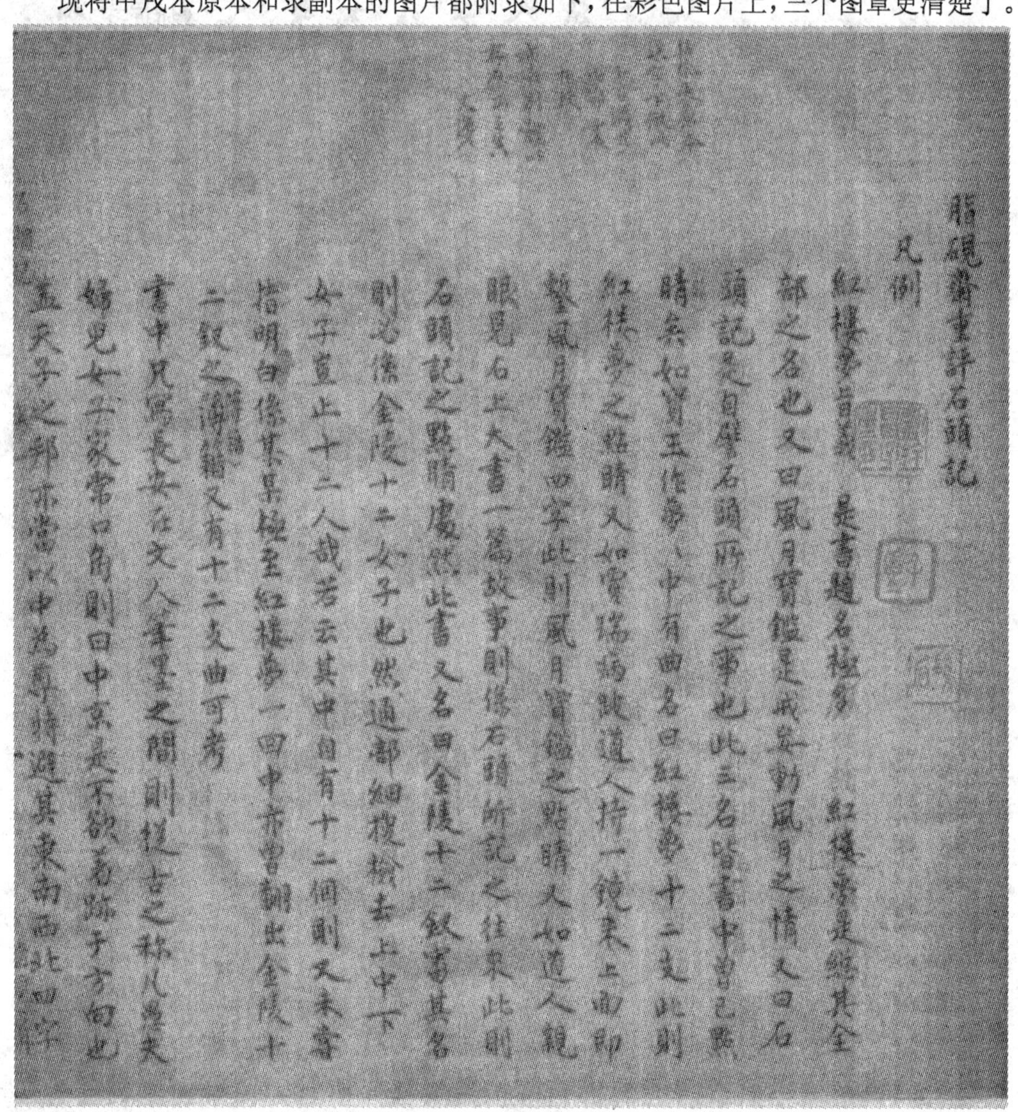

脂硯齋重評石頭記

凡例

紅樓夢旨義　是書題名極多　紅樓夢是總其全部之名也又曰風月寶鑑是戒妄動風月之情又曰石頭記是自譬石頭所記之事也此三名皆書中曾已點睛矣如寶玉作夢夢中有曲名曰紅樓夢十二支此則紅樓夢之點睛又如賈瑞病跛道人持一鏡來上面即鏨風月寶鑑四字此則風月寶鑑之點睛又如道人親眼見石上大書一篇故事則係石頭所記之往來此則石頭記之點睛處然此書又名曰金陵十二釵審其名則必係金陵十二人也然通部細搜檢去上中下女子豈止十二人哉若云其中自有十二個則又未嘗指明白係某某極至紅樓夢一回中亦曾翻出金陵十二釵之簿籍又有十二支曲可考

書中凡寫長安在文人筆墨之間則從古之稱凡愚夫婦兒女子家常口角則曰中京是不欲着跡於方向也蓋天子之邦亦當以中為尊特避其東南西北四字

周汝昌甲戌本录副本第一页，《我和胡适先生》附录彩色页

脂硯齋重評石頭記

凡例

紅樓夢旨義 是書題名極多 紅樓夢是總其全部之名也又曰風月寶鑑是戒妄動風月之情又曰石頭記是自譬石頭所記之事也此三名皆書中曾已點睛矣如寶玉作夢、中有曲名曰紅樓夢十二支此則紅樓夢之點睛又如賈瑞病跛道人持一鏡來上面即鏨風月寶鑑四字此則風月寶鑑之點睛又如道人親眼見石上大書一篇故事則係石頭所記之往來此則石頭記之點睛處然此書又名曰金陵十二釵審其名則必係金陵十二女子也然通部細搜檢去上中下女子豈止十二人哉若云其中自有十二個則又未嘗指明白係某某極至紅樓夢一回中亦曾翻出金陵十二釵之簿籍又有十二支曲可考

書中凡寫長安在文人筆墨之間則從古之稱凡愚夫婦兒女子家常口角則曰中京是不欲著跡于方向也蓋天子之邦亦當以中為尊特避其東南西北四

周氏兄弟甲戌本录副本

我们可以把录副本和甲戌本原本图片比较。粗看似乎确实如沈先生所言：“竟与胡适原藏甲戌本上的刘铨福钤印一模一样，连倾斜程度都相同，仅墨色不同而已”。

脂硯齋重評石頭記

凡例

紅樓夢旨義是書題名極多紅樓
夢是總其全部之名也又曰風月寶鑑是
戒妄動風月之情又曰石頭記是自譬石
頭所記之事也此三名皆書中曾已點睛
矣如寶玉作夢〻中有曲名曰紅樓夢十
二支此則紅樓夢之點睛又如賈瑞病跛
道人持一鏡來上面即鏨風月寶鑑四字
此則風月寶鑑之點睛又如道人親眼見
石上大書一篇故事則係石頭所記之往
來此則石頭記之點睛處然此書又名曰

甲戌本原本

但如果我们把图章放大仔细看，就可看出，两本书的图章还是完全不同的，比较如下图。

甲戌本原本

甲戌本录副本

由此可以明显看出，两书的图章肯定是完全不同的。至于录副本的“图章”，可能是真图章，但也可能是用朱笔画的，仅从上图还难以确定。

不管录副本图章是盖的，还是画的，都只有一个解释：这是周氏兄弟为了保证录副本和原本尽量一模一样所为，连图章的位置和方向都几乎一致。但仔细分辨，还是可以看出，这绝对不是同一个图章！

周氏兄弟如此下功夫做录副本，但他们当时毕竟还只是普通大学生，不知古籍抄录的一些基本原则。为了节省纸张，就没有按照甲戌本的原版式抄写，而是根据纸张的大小，改变了版式。对此周汝昌后来深深的后悔不已！但后悔已经晚矣！

第二节　甲戌本新发现附条批语与周汝昌借陶洙录副本

一、己卯本无（附条）字样无法判别批语来历

以上分别研究了《红楼梦》甲戌本上的附条批语，和周汝昌借甲戌本的录副本给陶洙，这两个问题，但未把这两个问题结合起来深入研究，实际这两个问题之间有密

切联系。下面研究这两个问题之间的关系。

“庚寅本”第 23 页第 1 回有一眉批“写士隐如此豪爽，又全无一此粘皮带骨之气相，愧杀近之读书假道学矣”，后面还有一句批语：

> 予若能遇士翁这样的朋友，也不至于如此矣，亦不至似雨村之负义也。

“庚寅本”此批语的来历是：周汝昌兄弟录副本——陶洙过录己卯本——俞平伯 1954 年版《脂砚斋红楼梦辑评》——“庚寅本”。根据周伦玲女士的描述，在录副本上记载如下（无标点，繁体字从右往左竖写）：

> 写士隐如此豪爽，又全无一此粘皮带骨之气，相愧杀近之读书假道学矣。
> （附条）
> 予若能遇士翁这样的朋友，也不至于如此矣，亦不至似雨村之负义也。
> 此后人笔墨不必存。玉言。

（附条）前批语来自甲戌本，（附条）后批语“予若能遇……”是来自甲戌本上的一个已经被撕掉的附条。此两批语都是周祜昌所抄。（附条）之后是周汝昌写的注：“此后人笔墨不必存。玉言”，玉言是周汝昌的字号。

（附条）前后两批语在陶洙过录己卯本上都有，在录副本、甲戌本原本上也都有。这样在理论上，己卯本上批语即可能是从录副本上所抄，也可能是从甲戌本原本上所抄。尤其是录副本上有（附条）二字，而陶洙过录己卯本和甲戌本原本上都没有（附条）字样。因此己卯本上（附条）批语也可能是直接从甲戌本原本上抄写的，而不是抄自录副本。换句话说，周汝昌借给陶洙的就可能并不是录副本，而是甲戌本原本。

要判别己卯本附条批语的来历，是根据甲戌本抄写的，还是根据录副本抄写的？首先可以仔细比对这三种版本（甲戌本、录副本和己卯本）这部分的原文。

由于尚未公布录副本上此附条批语照片，只好先比较甲戌本原本和己卯本，而录副本只有根据周伦玲女士的描述来分析。

甲戌本上此批语是个（附条）是肯定无疑的，据说录副本上是加了括号（附条），而陶洙过录己卯本上无（附条）二字。因此己卯本就有可能是直接抄自甲戌本。

但己卯本上无（附条）二字，并不能就证明陶洙过录己卯本是直接抄自甲戌本。因为陶洙过录己卯本上无（附条）二字在理论上有两种原因。

第一种原因是，陶洙过录己卯本是直接抄自甲戌本，因此陶洙过录己卯本就没有（附条）二字。

第二种原因是，陶洙没有抄（附条）二字。录副本是有周祜昌所抄写的此批语和（附条）二字，周伦玲女士认为，后面的注“此后人笔墨不必存。玉言”，是 1952 年周汝昌到四川后补写的。根据周汝昌在录副本“凡例”的页眉处的说明：“括弧表原本误字下倣，玉言识于壬辰初秋成都”，证明此注确实是在壬辰年（1952）在四川时所写。这样，周汝昌把录副本当初借给陶洙时，并无此注。而陶洙看到（附条）二字加了括号，知道此批语为一附条，因此就未抄（附条）二字，这在理论上也完全可能。因此，不能只根据陶洙过录己卯本上没有（附条）二字，就认定陶洙过录己卯本是抄自甲戌本，而不是带（附条）的录副本。

因为陶洙可能就没有抄（附条）二字，因此只根据（附条）的有无，还是无法判别陶洙过录己卯本是根据甲戌本抄写的，还是根据录副本抄写的。还要再看其他证据。

二、根据批语位置无法判别陶洙过录己卯本的来历

首先分析这两条批语之间的关系。

前一条批语“写士隐如此豪爽，又全无一此粘皮带骨之气相，愧杀近之读书假道学矣”是称赞甄士隐赞助贾雨村。而后面附条批语“予若能遇士翁这样的朋友，也不至于如此矣，亦不至似雨村之负义也”，除进一步赞扬甄士隐外，还认为贾雨村不辞而别是“负义”行为，予以了谴责。

由于在甲戌本上这两部分文字，分别在A、B两面上，因此这两条批语也是分别在A、B两面上，前一条批语在A面，后一附条批语在B面。

但在陶洙过录己卯本上，由于这两部分文字都在同一面上，因此这两批语是在同一页上。

在录副本上这两条批语形态目前还不得而知。

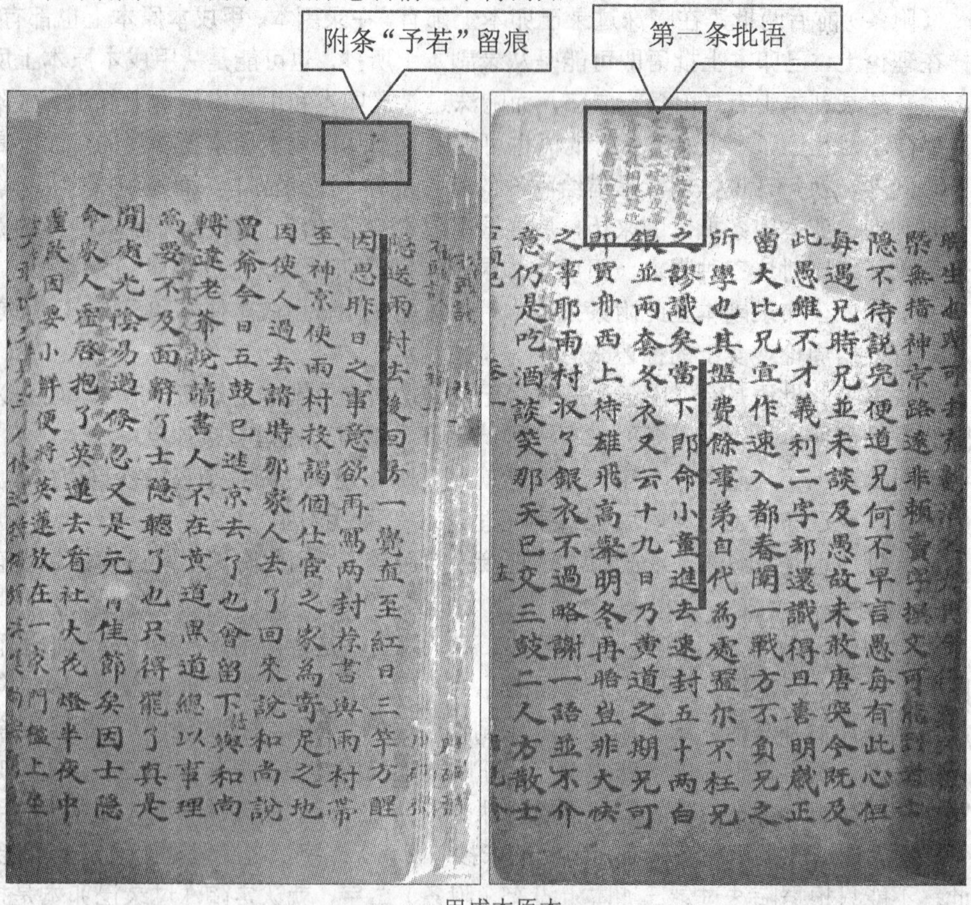

附条“予若”留痕

第一条批语

甲戌本原本

寫士隱如此豪爽又全無一些粘皮帶骨之氣相愧殺近之讀書假道學矣

今若能還士隱之情朋友亦不至於此矣亦不至似雨村之負義也

言愚每有此意但每遇兄時兄並未談及愚故未敢唐突今既及此愚虽不才義利二字却还識得且喜明歲正当大比兄宜作速入都春闈一戰方不負兄之所夲也其盤費餘事弟自代為處置亦不枉兄之謬識矣当下即命小童進去速封五十兩白艮並兩套冬衣又云十九日乃黄道之期兄可即買舟西上待雄飛高舉明冬再晤豈非大快之事也雨村收了艮衣不過畧謝一語並不介意仍是吃酒談笑那天已交三鼓二人方散士隱送雨村去後回房一覺直至紅日三竿方醒因思昨夜之事意欲寫兩封薦書与雨村帶至神都使雨村投謁个仕宦之家為寄足之地因使人過去請時那家人去了回來說和尚說賈ア今日五鼓已進京去了也曾留下話与和尚轉達老爺說讀書人不在黄道黑道總以事理為要不及回辞了士隱听了也只得罢了真是閒処光阴易

陶洙过录己卯本批语和正文之间关系

根据两条批语的内容，再仔细比较批语和正文的位置关系。

1．前一条批语位置

前一条批语在甲戌本原本中对应的正文是“当下即命小童进去”。

陶洙过录己卯本上，前一条批语在“当下即命小童进去”之后退后一行。

两本的批语在两页，与正文对应基本一致。

2．附条批语位置

甲戌本原本上，附条批语对应的正文是“因思昨日之事”。

陶洙过录己卯本上，附条批语也在正文“因思昨日之事”之后退后一行。

两本的批语在同一页，与正文对应也基本一致。

甲戌本原本和陶洙过录己卯本两本上，两条批语和正文虽然有的在两页，有的在同一页，但都刚好推后一行，与正文关系基本一致。由于录副本没有公开，不知录副本上两条批语的位置。只能分析多种可能。

- 如录副本和陶洙过录己卯本一样，刚好推后一行，则己卯本应该来自录副本。
- 如录副本和甲戌本一样，批语和正文完全对齐，则是陶洙过录己卯本抄写时推后了一行，但这样还是无法判断陶洙过录己卯本的来历。
- 如录副本和甲戌本、陶洙过录己卯本都不同，则也还是无法陶洙过录己卯本的来历。

因此，由于录副本批语尚未公布，其位置是否和陶洙过录己卯本完全一样无法判别，因此也无法判别陶洙过录己卯本是根据甲戌本抄写的，还是根据录副本抄写的。

总结上述两个问题，无论是（附条）的有无，还是批语位置，仅根据现有这两方面的资料，还无法最终判别陶洙过录己卯本是根据甲戌本抄写的，还是根据录副本抄写的。

第三节．陶洙过录己卯本与甲戌本和录副本的异同

一、陶洙过录己卯本“凡例”正文同录副本，不同甲戌本

根据附条的有无和批语位置，都无法判别陶洙过录己卯本是根据甲戌本抄写的，还是根据录副本抄写的，是否就无法判别陶洙过录己卯本的来历呢？其实还有一个简单、有效的办法。

陶洙的己卯本不仅没有甲戌本的“凡例”，而且前面还缺了十几页。为此，陶洙做了两个补录。

他先根据甲戌本录副本，先抄写了甲戌本“凡例”的全文。由于甲戌本第 1 回比庚辰本等版本多了 400 多字，为他还多抄了甲戌本第 1 回的 3 页。然后又根据庚辰本，

补录了第 1 回的前 12 页文字。这样就把己卯本补充完整了，包括了甲戌本“凡例”和部分第 1 回文字，再加庚辰本 12 页正文，及第 1 回后续的己卯本文字。

因为陶洙曾把甲戌本的“凡例”和第 1 回前 400 多字正文，抄录到陶洙过录己卯本前面，并把甲戌本中所有批语抄到己卯本上。因此仔细比对甲戌本、录副本和陶洙过录己卯本 3 版本“凡例”和第 1 回开始 3 页的正文和批语的文字差异，就可判别陶洙过录己卯本到底是根据录副本，还是根据甲戌本原本抄写的。

1．先找出甲戌本和录副本“凡例”部分正文和批语的文字差异。

2．再比较陶洙过录己卯本的“凡例”和第 1 回部分正文和批语，如果陶洙过录己卯本文字和甲戌本文字相同，则陶洙过录己卯本可能来自甲戌本。如果陶洙过录己卯本文字和录副本相同，则陶洙过录己卯本可能来自录副本。

但这样就必须仔细逐字比较录副本和甲戌本“凡例”和第 1 回部分正文和批语，但录副本尚未出版，这就给比较带来很大困难。

但周汝昌所著《我和胡适先生》（漓江出版社 2005 年 8 月版）及《周汝昌与胡适》（百花文艺出版社 2013 年再版）中附录了录副本“凡例”部分第 1 页，刚好可以比较。

两本所附录的虽然是同一页，但略有不同。

《我和胡适先生》附录的是彩色页，是完整的 1 页，文字多了 2 行。而《周汝昌与胡适》第 224 页附录的是黑白页，不完整，少了 2 行，但比较清楚。

甲戌本、录副本和陶洙过录己卯本“凡例”第 1 页分别见下图。

周汝昌兄弟抄写甲戌本时，有时发现甲戌本抄写错误，录副本并没有照抄，而是直接就做了修改。周汝昌抄写完录副本后，1952 年他在成都时，又仔细把录副本和原本仔细做了核对，发现了抄写中有上述没有完全按照原文抄写的情况。为此，周汝昌 2012 年 2 月 20 日在“校甲戌录副本”一文中对此有所说明，在录副本上用铅笔括弧表示原文的错误。

> 看到我们抄录时没有全按正本的汉字书写法准确仿照，而是仍用自己写字的习惯，只要音义不错就抄。我忽然悟道这样的副本，将来落入行家之手，就会给予“不忠实”的指责，人家不会原谅我们彼时条件所限的种种理由，但我也不能粗暴自主地用墨笔把把副本原貌都圈改涂抹，只能用铅笔在旁边加上标记，而这种笔迹也很轻微，怕把原纸都给写得破孔斑斑。
>
> （《周汝昌与胡适》，周汝昌著，百花文艺出版社，2013 年 9 月第一版，第 223 页）

周汝昌在录副本“凡例”的页眉处也有说明：“括弧表原本误字下仿，玉言识于壬辰初秋成都。亦表别褀以存原本之（？），又（？）”。

由于这些铅笔校注是 1952 年所加，而周汝昌借给陶洙是 1949 年前后，因此陶洙不可能看到这些校注，此处也就不考虑这些校注。

这样，根据录副本和甲戌本文字不同，可以校对出陶洙过录己卯本到底是根据哪个本子抄录的。如果陶洙过录己卯本和录副本相同，则陶洙过录己卯本可能就是根据录副本抄录的。如果陶洙过录己卯本和甲戌本原本相同，则陶洙过录己卯本就可能是根据甲戌本原本抄录的。

凡例
紅樓夢旨義　是書題名極多一曰紅樓
夢是總其全部之名也又曰風月寶鑑是
戒妄動風月之情又曰石頭記是自譬石
頭所記之事也此三名皆書中曾已點睛
矣如寶玉作夢〻中有曲名曰紅樓夢十
二支此則紅樓夢之點睛又如賈瑞病跛
道人持一鏡來上面即鏨風月寶鑑四字
此則風月寶鑑之點睛又如道人親眼見
石上大書一篇故事則係石頭所記之往
來此則石頭記之點睛處然此書又名曰
金陵十二釵審其名則必係金陵十二女
子也然通部細搜檢去上中下女子豈止
十二人哉若云其中自有十二個則又未
嘗指明白係某某極至紅樓夢一回中亦
曾翻出金陵十二釵之簿籍又有十二支
曲可考

甲戌本“凡例”第一页

脂硯齋重評石頭記

凡例

紅樓夢旨義　是書題名極多　紅樓夢是總其全部之名也又曰風月寶鑑是戒妄動風月之情又曰石頭記是自譬石頭所記之事也此三名皆書中曾已點睛(睛)矣如寶玉作夢〻中有曲名曰紅樓夢十二支此則紅樓夢之點睛又如賈瑞病跛道人持一鏡来上面即鏨風月寶鑑四字此則風月寶鑑之點睛又如道人親眼見石上大書一篇故事則係石頭所記之往來此則石頭記之點睛處然此書又名曰金陵十二釵審其名則必係金陵十二女子也然通部細搜檢去上中下女子豈止十二人哉若云其中自有十二個則又未嘗指明白係某某極至紅樓夢一回中亦曾翻出金陵十二釵〻(簿籍)簿籍又有十二支曲可考

書中凡寫長安在文人筆墨之間則從古之稱凡愚夫

括弧表原本誤字下做此　玉言識於戊辰初秋

亦表別體以存原本之舊　又識

周汝昌甲戌本录副本“凡例”第一页，

《周汝昌和胡适先生》第224页黑白、不完整页，文字少两行

脂硯齋重評石頭記

凡例

紅樓夢旨義。是書題名極多。□□紅樓夢是總其全部之名也又曰風
月寶鑑是戒妄動風月之情又曰石頭記是自譬石頭所記之事也此三
名皆書中曾已點睛矣如寶玉作夢夢中有曲名曰紅樓夢十二支此則
紅樓之點睛又如賈瑞病跛道人持一鏡來上面即鏨風月寶鑑四字此
則風月寶鑑之點睛也又如道人親眼見石上大書一篇故事則係石頭
所記之往來此則石頭記之點睛處然此書又名曰金陵十二釵審其名
則必係金陵十二女子也然通部細搜檢去上中下女子豈止十二人哉
若云其中自有十二個則又未嘗指明白係某某及至紅樓夢一回中亦
曾翻出金陵十二釵之簿籍又有十二支曲可考

陶洙在己卯本前所抄的甲戌本“凡例”第一页

从周汝昌所抄“凡例”第 1 页中我们看到这样的错误有两处，由此可比较这 3 个版本。

第一处是在录副本有四处“点睛”的“睛”，而甲戌本原书误为“晴”，周汝昌兄弟录副本改为正确的“睛”。而陶洙过录己卯本和录副本一样，四处也都是“睛”，而不是甲戌本的“晴”。

第二处是录副本照抄甲戌本为“簿籍”，后旁加括弧“薄藉”。查甲戌本原书为“簿籍”，但明显是从“薄藉”改过的，改字很明显。而陶洙过录己卯本和录副本、甲戌本一样，也是“簿籍”。

这两例有明显不同。

第一处甲戌本原本“晴”错了，录副本改为“睛”改对了，陶洙过录己卯本和录副本相同，也是“睛”。由此可判断陶洙过录己卯本可能是抄自录副本，而不是抄自甲戌本原本。

第二处甲戌本原本不错，录副本、陶洙过录己卯本和甲戌本原本也相同，由此无法判断陶洙过录己卯本是抄自录副本，还是抄自甲戌本原本。

表 37．甲戌本、周汝昌兄弟录副本、陶洙过录己卯本文字对照表

甲戌本	周汝昌兄弟录副本		陶洙过录己卯本
	原文	括弧	
睛	睛	睛	睛
簿籍（改？）	簿籍	薄藉	簿籍

虽然目前只有“凡例”第 1 页“睛”此 1 例，估计类似例子还很多，因此陶洙过录己卯本很可能是抄自录副本，而不是抄自甲戌本原本。但要核对这些问题，最好将录副本出版后，再逐一仔细核对。

二、陶洙过录己卯本“凡例”正文、第 1 回和甲戌本不同

由于陶洙把甲戌本的“凡例”和第 1 回开头 3 页文字抄写到己卯本前面，因此通过比较这 3 本文字，可判别陶洙过录己卯本的来历。但由于录副本只公布了“凡例”第 1 页，因此只能比较 3 版本的第 1 页正文，其中找到“睛”1 个例子证明陶洙过录己卯本可能是照抄了录副本，而不是甲戌本。类似的例子肯定还很多，由于录副本未公布其他部分文字，只好先比较陶洙过录己卯本和甲戌本两个版本“凡例”和第 1 回开头 3 页部分文字，看可否找到两版本文字不同的其他例证。

通过比对，又发现了很多陶洙过录己卯本和甲戌本文字不同的例子。

1．甲戌本“凡例”第 1 页 B 面“于”，陶洙过录己卯本“凡例”第 2 页为“於”。

2．甲戌本“凡例”第 2 页 A 面“而撰此石头记一书也”，陶洙过录己卯本“凡例”第 2 页为“而借通灵之说撰此石头记一书也”。

3．甲戌本“凡例”第 2 页 A 面“自云今风尘”，陶洙过录己卯本“凡例”第 2

页为“又自云今风尘”。

4．甲戌本“凡例”第2页A面“于”，陶洙过录己卯本“凡例”第3页为“於”。

5．甲戌本“凡例”第2页B面“已致”，陶洙过录己卯本“凡例”第3页为“以致”。

6．甲戌本“凡例”第2页B面“泯滅”，陶洙过录己卯本“凡例”第3页“泯滅”三点水为两点水。

7．甲戌本“凡例”第2页B面“一段故事来”，陶洙过录己卯本“凡例”第3页为“一段故事”。

8．甲戌本“凡例”第3页A面“于”，陶洙过录己卯本“凡例”第4页为“於”。

9．甲戌本“凡例”第3页A面“袖”左边偏旁为一点，陶洙过录己卯本“凡例”第4页为“袖”左边偏旁为两点。

10．甲戌本第1回A面“从何而来”，陶洙过录己卯本第1回第1页为“从何来”。

11．甲戌本第1回A面“谙”，陶洙过录己卯本第1回第1页为“按”。

12．甲戌本第1回B面“于”，陶洙过录己卯本第1回第2页为“於”。

13．甲戌本第1回B面“神僊”，陶洙过录己卯本第1回第2页为“神仙”。

是不欲着跡于方向也	是不欲着跡於方向也	而撰此石頭記一書也	而借通靈之説撰此石頭記一書也	又自云今風塵	又自云今風塵	出于我之上	出於我之上
甲戌本“凡例”第1页B面	陶洙过录己卯本“凡例”	甲戌本“凡例”第2页A面	陶洙过录己卯本“凡例”	甲戌本“凡例”第2页A面	陶洙过录己卯本“凡例”	甲戌本“凡例”第2页A面	陶洙过录己卯本“凡例”

已致今日一事無成	以致今日一事無成	使其泯滅也	使其泯滅也	一段故事來	二段故事	有涉于世態	有涉拎世態
甲戌本“凡例”第 2 页 B 面	陶洙过录己卯本“凡例”	甲戌本“凡例”第 2 页 B 面	陶洙过录己卯本“凡例”	甲戌本“凡例”第 2 页 B 面	陶洙过录己卯本“凡例”	甲戌本“凡例”第 2 页 B 面	陶洙过录己卯本“凡例”

謾言紅袖啼痕重	謾言紅袖啼痕重	從何而來	從何來	細諳則深有趣味	細按則深有趣味	坐于石邊	坐拎石邊	神僊玄幻	神仙玄幻
甲戌本“凡例”第 3 页 A 面	陶洙过录己卯本“凡例”	甲戌本第 1 回第 1 页 A 面	陶洙过录己卯本第 1 回	甲戌本第 1 回第 1 页 A 面	陶洙过录己卯本第 1 回	甲戌本第 1 回第 1 页 A 面	陶洙过录己卯本第 1 回	甲戌本第 1 回第 1 页 A 面	陶洙过录己卯本第 1 回

14．甲戌本第 1 回 B 面“说到红尘中”，陶洙过录己卯本第 1 回第 2 页为“说到人间红尘中”。

15．甲戌本第 1 回 B 面“也想要到人间”，陶洙过录己卯本第 1 回第 2 页为“想要到人间”。

16. 甲戌本第1回B面“闻”，陶洙过录己卯本第1回第2页为“问”。

17. 甲戌本第1回B面“谈”，陶洙过录己卯本第1回第2页为“但”。红笔改为“谈”。

18. 甲戌本第1回B面“裹”，陶洙过录己卯本第1回第2页为“裡”。

19. 甲戌本第2回A面“连”，陶洙过录己卯本第1回第2页为“联”。

20. 甲戌本第2回A面“跕”，陶洙过录己卯本第1回第3页为“惦”。

21. 甲戌本第2回A面“助你助”，陶洙过录己卯本第1回第3页为“助你一助”。

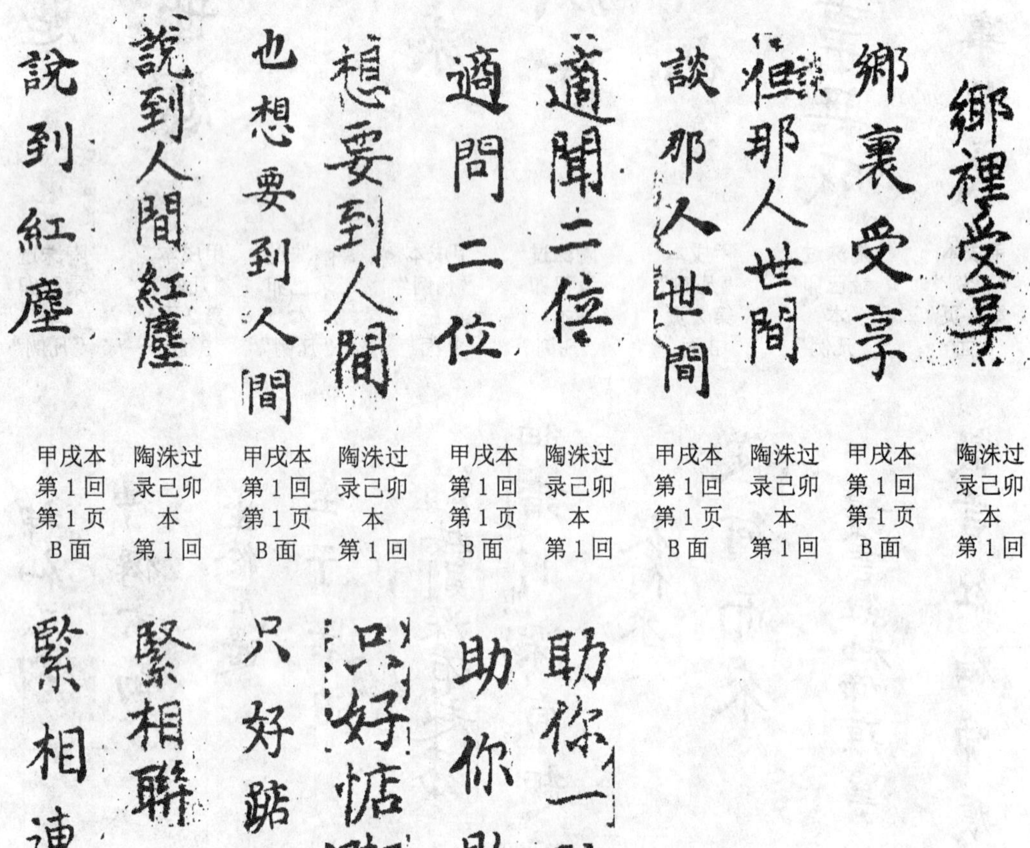

甲戌本第1回第2 A面　陶洙过录己卯本第1回　甲戌本第1回第2页A面　陶洙过录己卯本第1回　甲戌本第1回第2页A面　陶洙过录己卯本第1回

陶洙过录己卯本和甲戌本文字不同例子之多令人十分吃惊！算上前面的“睛”字一例，甲戌本8页，陶洙过录己卯本6页，共有多达22个文字不同。平均甲戌本每页有2.75字不同，而陶洙过录己卯本平均每页有3.67个字不同。文字不同比例很高。

当然仔细分析起来，这些文字不同又有多种情况：

1．有些明显是甲戌本文字不合理，陶洙过录己卯本改正了。

2．也有甲戌本是对的，陶洙过录己卯本抄错了。

3．还有是异体字，无所谓对错。

当然，陶洙过录己卯本文字和甲戌本不同，可能有两种原因。

最大可能是录副本文字修改，陶洙过录己卯本跟着照抄了。

当然也可能是录副本和甲戌本相同，而是陶洙过录己卯本修改或抄错了。

为核实录副本上文字是否和陶洙过录己卯本一样，必须去查录副本，但目前无法与录副本核对，也就无法解开这个谜团。

由以上分析可以看出，录副本是很复杂的抄本。

1．录副本上保留了甲戌本上一些原貌，附条批语就是一例，这是录副本的价值所在。

2．录副本上也肯定有很多修改的文字，这是多种原因造成的，给版本研究也带来很多麻烦。

第一由于周汝昌兄弟是第一次录副原本，不懂抄写的规则。原甲戌本行款字数不多，而周氏兄弟是用大帐本抄写，为节省页数，因此改变了原来的行款，这不符合录副本的规则。

第二，由于行款不同，也使得抄写中容易发生错误，实际也确实如此。

第三，对于甲戌本原本的明显错误，抄写中应保持原文字不改。而周氏兄弟认为对错误应该修改，而修改了很多文字，这很遗憾。

从甲戌本到录副本，再到陶洙过录己卯本中文字修改如此之多，由此也可知《红楼梦》手抄本中文字不断修改是很自然的事情，不足为奇。

三、陶洙过录己卯本中不同甲戌本的批语

为查明“庚寅本”中甲戌本批语的来历，在“庚寅本”13 回半批语中，找到 21 条陶洙过录己卯本批语和甲戌本不同的批语。由于没有看到录副本，不知陶洙过录己卯本批语的改变是来自录副本，还是陶洙抄写错误。但根据上节陶洙过录己卯本正文中的“睛”是来自录副本，而不是来自甲戌本的“晴”，说明这 21 例不同的批语也同样是来自录副本可能性很大。

目前共发现的 21 例批语，按照形式可分为三类：补字 5 例，少字 4 例，改字 12 例。按照回目统计：第 1 回 4 例，第 2 回 1 例，第 3 回 3 例，第 5 回 2 例，第 6 回 1 例，第 7 回 3 例，第 8 回 4 例，第 13 回 3 例。

例 1．第 1 回，正文：自经锻炼之后灵性已通。

甲戌 1-4a【夹】甚哉人生不能学也。

己卯本 10【双】甚哉人生不能不学也。（54 版《辑评》同）

误：陶洙过录己卯本比甲戌本多“不”字，修正了甲戌本的错误。

例 2．第 1 回，正文：至若离合悲欢，兴衰际遇。

甲戌 1-7a【眉】有间架，有曲折，有顺逆。

己卯本 14【眉】有间架，有曲折，有顺有逆。（54 版《辑评》同）

误：陶洙过录己卯本比甲戌本多“有”字，把甲戌本文字修改得更通顺。

例 3．第 1 回，正文：也不愿世人称奇。

甲戌 1-7b【眉】则是离骚庄子之亚。（54 版《辑评》同）

己卯 15　【眉】则是庄子离骚之亚。

误：陶洙过录己卯本“《离骚》《庄子》”颠倒。

例 4．第 1 回，正文：明且看石上是何故事。

甲戌 1-8b【眉】后文如此处者不少。（54 版《辑评》同）

己卯 16　【夹】后文如此处不少。

误：陶洙过录己卯本缺“者”字，似乎是漏字。

例 5．第 2 回，正文：且又见他聪明清秀，便也欲使他读书。

甲戌 2-4b【夹】可笑近来小说中……。

己卯 40　【双】可叹近来小说中……。（54 版《辑评》同）

误：陶洙过录己卯本把“笑”字改为“叹”字，口气更合理。

例 6．第 3 回，正文：乃是当日同僚一案参革的，号张如圭者。

甲戌 3-1a【夹】亦非正人正言。

己卯 55　【双】亦非正文正旨。（54 版《辑评》同）

误：陶洙过录己卯本把“正人正言”，改为“正文正旨”，改动似乎意义不大。

例 7．第 3 回，正文：细看形容与众不同。

甲戌 3-14a【眉】不写衣裙妆饰，…黛玉之居止容貌亦是宝玉。

己卯 74 【眉】不写衣裙妆饰，…黛玉之举止容貌亦是宝玉。（54 版《辑评》同）

误：陶洙过录己卯本把“居”，改为“举”，修改了甲戌本的错误。

例 8．第 3 回，正文：宝玉看罢，因笑道。

甲戌 3-14b【眉】黛玉见宝玉写一惊字，...可见文子下笔。

己卯 74　　【眉】黛玉见宝玉写一惊字，...可见文於（于）下笔。（54 版《辑评》同）

误：陶洙过录己卯本把“子”，改为“于”，修改了甲戌本的错误。

例 9．第 5 回，正文：如今且说林黛玉。

甲戌 5-1a【眉】不叙宝钗，...行文之法又亦变体。

己卯 100 【眉】不叙宝钗，...行文之法又一变体。

误：陶洙过录己卯本把“亦”字改为“一”字，修改得更通顺。

例 10．第 5 回，正文：大书七字云“金陵十二钗正册”。

甲戌 5-6b【夹】正文题。

己卯 106 【夹】正文。

误：陶洙过录己卯本缺“题”字，修改了甲戌本的错误。

例 11．第 6 回，正文：今儿既来了瞧瞧我们，是他的好意思，也不可简慢了他。

甲戌 6-14b【眉】王夫人数语，令余几□哭出。

己卯本 143【眉】王夫人数语，令余几欲哭出。

误：陶洙过录己卯本补“欲”字。

例 12．第 7 回，正文：只见惜春正同水月庵的小姑子智能儿两个一处顽笑。

甲戌 7-5b 【眉】闲闲一笔，却将后半部线索提动。

己卯本 153【眉】闲闲之笔，却将后半部线索提动。

误：己卯本把“一”字改为“之”字，改动意义不大。

例 13．第 7 回，正文：冷笑道，我就知道别人不挑剩下的，也不给我。

甲戌 7-8a 【夹】吾实不知……再看一看上仿神。

己卯本 157【夹】吾实不知……再看一看上神。

误：陶洙过录己卯本少“仿”字，修改较合理。

例 14．第 7 回，正文：有宝玉问他读什么书。

甲戌 7-11b【夹】宝玉问读书，亦想不到之大奇事。
己卯本 162【夹】宝玉问读书，亦想不到之大奇语。

误：陶洙过录己卯本把“事”字改为“语”字，都可读。

例 15．第 8 回，正文：堪陪宝玉读书。

甲戌 8-13b【夹】娇养如此溺爱如此。
己卯 186　【双】娇大如此溺爱如此。

误：陶洙过录己卯本把“养”字改为“大”字，修改似乎无理？

例 16．第 8 回，正文：我生怕别人贴坏了。我亲自爬高上梯的贴上。

甲戌 8-11b【夹】全是体贴一人。
己卯本 183【夹】全是体贴人。

误：陶洙过录己卯本缺“一”字，修改似乎必要性不大。

例 17．第 8 回，正文：次日醒来。

甲戌 8-13b　　【夹】此回收法，与前数不同矣。
己卯本 185—186【夹】此回收法，与前数回不同矣。

误：陶洙过录己卯本比甲戌本多“回”字，修改更合理。

例 18．第 8 回，正文：那贾家上上下下，都是一双富贵眼睛。

甲戌 8-14b【夹】为天下读书一哭，寒素人一哭。
己卯本 187【夹】为天下读书人一哭，寒素人一哭。

误：陶洙过录己卯本比甲戌本多“人”字，修改更合理。

例 19．第 13 回，正文“凤姐分析宁府弊端”

甲戌 13-11b【眉】三十年前事见书于三十年后，令余想恸血泪盈。
己卯 274　　【夹】三十年前事见书于三十年后，令余想恸血泪盈腮。

误：陶洙过录己卯本比甲戌本多“腮”字，修改更合理。

例 20．第 13 回，正文：只觉心中似戳了一刀的，不忍哇的一声，喷出一口血来。

甲戌 13-3b【夹】焉得不有此血？为玉一叹。
己卯本 262【夹】焉得不有此血？为之一叹。

误：陶洙过录己卯本把“玉”字改为“之”字，修改更合理。

例 21．第 13 回，正文：且听下回分解。

甲戌 13-3b【回后】嫡是安富尊荣坐享人能想得到处。
己卯本 274【回后】嫡是安富尊荣坐享人能想得到者。

误：陶洙过录己卯本把“处”字改为“者”字，修改更合理。

以上是陶洙过录己卯本中和甲戌本不同的 21 个批语例子，由于目前录副本没有公布，还是无法判断其是否来自录副本。

以上批语由于只是研究“庚寅本”时发现的，实际陶洙过录己卯本上这类与甲戌本不同的批语绝对不止这些。

第一，由于“庚寅本”只有 13 回半，还有“庚寅本”没有的 6 回半未统计，即第 14 回半、第 15、16、25、26、27、28 回，这 6 回半中肯定还有类似的例子。

第二，以上只是统计了“庚寅本”中 898 条甲戌本批语，实际甲戌本各类批语统计共约 1,600 条，大致分为：回前回末总批 53 条，句下双行批 226 条，眉批 186 条，行间侧批 1,134 条。其他没有抄到“庚寅本”上、但抄到陶洙过录己卯本上的甲戌本批语中，还可能有类似与甲戌本不同的批语。

如果仔细逐条核对甲戌本原本和陶洙过录己卯本上的全部 1,600 多条批语，最终就可以确定陶洙抄到己卯本上全部甲戌本批语，到底有多少修改。

陶洙过录己卯本中这些与甲戌本不同的批语产生的原因有两种可能。

第一种可能，这些修改是来自周汝昌兄弟录副本，因此陶洙过录己卯本也就随之修改。

第二种可能是，陶洙抄录时修改。陶洙在抄书经常做修改，这很常见。如果是陶洙抄写时修改，对版本研究价值就不大了。

由于目前无法和周汝昌兄弟录副本核对，因此无法判断产生的原因。这种改字，可能就像前面的附条批语一样，实际根源不是在陶洙的己卯本，而是在周汝昌的录副本。要验证这些问题，必须和周汝昌兄弟录副本核对。但由于录副本未公开，目前无法验证此事。由此可见，出版录副本可解决很多《红楼梦》研究史上的问题。

第三章 周汝昌出借录副本研究总结和意义

第一节 周汝昌出借录副本总结

一、几种说法提出时间先后

总结以上各种分析，周汝昌本人、梅节、曹立波等人有关论述提出时间先后如下。

1．1987 年周汝昌在给王毓林先生《论石头记己卯本和庚辰本》（书目文献出版社，1987 年）一书所写序言中指出：陶洙曾描改录副本，这说明周先生出借给陶洙的确实是录副本。

2．2002 年曹立波等在论述北师大本时，谈及此事，认为：

- 周汝昌出借陶洙的是录副本；
- 周汝昌出借陶洙的是在 1949 年 1 月 19 日陶洙初次见周汝昌，至 1949 年陶洙题记声称完成抄录。

3．2005 年周汝昌在《我与胡适先生》一书中，认为：

- 周汝昌出借陶洙的是录副本；
- 陶洙在 1949 年 3 月 11 日给周汝昌便笺借录副本；
- 陶洙在己卯本上题记时间记错，陶洙完成抄录的时间是 1950 年 2 月 5 日。

4．2011 年梅节著文《周汝昌、胡适“师友交谊”抉隐——以甲戌本的借阅、录副和归还为中心》认为：

- 周汝昌出借陶洙的是甲戌原本本；
- 周汝昌在 1948 年 10 月和陶洙互借珍本。
- 陶洙在己卯本上题记时间不错，陶洙完成抄录的时间是 1949 年 2 月 5 日。

二、周汝昌出借陶洙甲戌录副本总结

总结以上各种分析，周汝昌本人、王毓林、曹立波等人都认为周汝昌借给陶洙的是录副本，而不是甲戌原本。只有梅节一人认为，周汝昌出借的甲戌原本，不是

录副本。

本人通过对己卯本上陶洙抄录的甲戌本批语分析，也认为陶洙所抄的应该是录副本，而不是梅节所说的甲戌原本。

两种说法的依据是：

1．认为周汝昌出借的是录副本的根据。

（1）陶洙 2 曰 4 日和 3 曰 11 日两次题记和去函都称为“副本”和“录甲戌本”，而没有说是“甲戌本”，这说明当时陶洙拿到的肯定是录副本，而不是甲戌原本。

（2）录副本中有十几处陶洙涂改的痕迹，周汝昌对此还做了说明。

2．认为周汝昌出借的甲戌本的根据。

甲戌本上有陶洙涂改字样，但经过仔细分析证明此证据不成立。

由此可看出，前者的根据比较充分，而后者没有十分可靠的根据。

对于周汝昌出借陶洙整个过程，各种说法也有极大分歧：

1．周汝昌认识陶洙时间（按照时间先后排列）。

（1）梅节认为是 1948 年 10 曰张伯驹介绍两人认识

（2）周汝昌说法：1948 年 12 曰 1 日周汝昌还书给胡适前一天见陶洙

2．周汝昌出借甲戌本（或录副本）给陶洙时间。

（1）梅节认为是 1948 年 10 曰张伯驹介绍两人认识之后

（2）曹立波认为是 1949 年 1 曰 19 日陶洙认识周汝昌之后

（3）周汝昌根据陶洙便笺认为是 1949 年 3 曰 11 日

3．陶洙完成抄录时间。

（1）梅节、曹立波等认为是 1949 年 2 曰 4 日陶洙题记。

（2）周汝昌认为是 1950 年 2 曰 4 日，陶洙题记时间 1949 年记错了。

表 38．周汝昌借陶洙甲戌本录副本的三种看法

年	1948			1949												1950	
月	10	11	12	1	2	3	4	5	6	7	8	9	10	11	12	1	2
周汝昌				认识		借书抄录											
曹立波					抄录	再借											
梅　节	认识	抄录				再借											

由以上分析可以看出，两种说法的时间差异很大。要判明哪种说法更可靠非常困难。

1．周汝昌说法的主要问题是：他认为陶洙的题记时间记错了，但这似乎不太可能。

2．梅节等认为陶洙的题记时间不错，1949 年 3 月 11 日陶洙去信借录副本是第二次再借。但这样陶洙就先借了甲戌本，后又借录副本。周汝昌会把这事记错，又似乎不太可能。

因此两种说法都有问题。

总结以上矛盾看法，本人目前倾向是：

1．周汝昌借给陶洙的是录副本，而不是甲戌原本——同意周汝昌、曹立波等人的看法。

2．至于出借时间，两种说法都有可能：

（1）周汝昌说法

1949 年 3 月 11 日陶洙借录副本；

1950 年 2 月 4 日陶洙整理完已卯本写题记，陶洙把时间记错。

（2）梅节、曹立波等人看法

1949 年 2 曰 4 日陶洙抄录完录副本（不是甲戌本原本）写了题记，时间不错。

1949 年 3 月 11 日陶洙去信第二次再借录副本。

这两种说法目前难以判别，也不影响上述周汝昌出借的录副本的看法，因此在没有新材料的情况下很难搞清楚，目前也就没有必要一定要去搞清楚。

第二节 研究甲戌录副本的意义

根据以上分析，本人的看法是：

1．周汝昌出借陶洙的是录副本，不是原本。

2．出借的时间等问题目前还有疑点，有不同说法，但这似乎并不重要了，并不影响上述结论。

周汝昌借给陶洙的是甲戌原本，还是录副本，这看来是个很小的问题，研究中这个问题有什么意义呢？本人觉得有以下几个方面的意义。

一、对红学研究的意义

1．对红学研究史的意义

现在《红楼梦》研究史已经成为研究热点，各种研究史专著有：

陈维昭，《红学通史》，上海人民出版社，2005 年版；

苗怀明，《风起红楼》，中华书局，2006 年版；

刘云春，《百年红学：从王国维到刘心武》，四川人民出版社，2008 年版；

胥惠民，《20 世纪红楼梦研究综述》，沈阳出版社，2008 年版。

这些研究史都涉及《红楼梦》研究史中很多重大问题，苗老师专著中详细谈及周汝昌和胡适关系，但未涉及周汝昌和陶洙的关系。对于陶洙的研究，也是最近才开展起来的，特别是北师大本发现后，大家认识到陶洙在《红楼梦》版本中的作用。

研究周汝昌借给陶洙的是甲戌原本，还是录副本，可以彻底搞清楚这段历史，还历史以本来面目。如前所述，目前对这段历史有完全相反的两种看法，到底哪种说法是对的，很值得研究。

2. 对甲戌本研究的意义

胡适很早就把甲戌本借给周汝昌，当时还尚未影印，所以甲戌本在周氏兄弟手中是最早的形态，因此周氏兄弟录副本很可能保留了甲戌本的初始面貌。而此本1948年归还胡适带到境外后，直到1962年影印，期间甲戌本的形态是否有改变，目前不得而知，很多人怀疑有人曾在甲戌本上做了手脚，但目前难以找到证据。由于周氏兄弟的录副本可能保留了甲戌本的初始形态，因此录副本的价值就很高。如把录副本和甲戌本影印本仔细核对，肯定可以发现很多问题，并据此进行深入研究。

研究录副本对于甲戌本等版本研究很有意义。甲戌本出现后，周汝昌就从胡适处借出，并马上抄录了副本。之后，1948年12月16日胡适把此本带到境外，直到1961年才在台湾影印出版。在"庚寅本"中通过对附条批语研究，最终发现甲戌本曾有过此附条批语就是一实例。还有人发现现在的甲戌本上有涂改痕迹，如前面梅节指出的六处涂改。近年冯其庸先生提出，甲戌本原件上3个"玄"字，末笔是后加的。这些涂改是何时出现的？目前难以判别。而录副本虽然抄写的格式不是很规范，但是最早的副本，由此也可研究甲戌本的原貌。

陶洙把甲戌本批语又过录到己卯本上，以前影印己卯本，把陶洙过录的批语全部删除了，但删除的是否可靠？这样随便删除实际对于研究己卯本是不利的。最近影印的己卯本，又完全恢复了己卯本的原貌，这样对于研究是非常有好处的。

这次研究"庚寅本"，发现其批语的抄写过程是：甲戌本——录副本——陶洙过录己卯本——俞平伯1954年《脂砚斋红楼梦辑评》——"庚寅本"，录副本是其中一个重要的一环。

因此，录副本是很重要的版本资料，如果影印出版录副本供学者们研究，肯定可以解决很多《红楼梦》版本中的问题。可惜目前出版录副本还有很多实际困难。

3. 对《红楼梦》版本研究方法的普遍意义

《红楼梦》版本研究可能是所有古代小说版本研究中最复杂的。主要原因是，各种版本之间关系十分复杂，各种版本之中"你中有我，我中有你"，虽然主体演变过程大致清楚了，但仍有很多细节不明，还有争论。这就是版本研究方法上的整体和细节问题，通俗说就是"森林"和"树木"问题。

以最新出现的北师大本和卞藏本，以及"庚寅本"来说，都有这类同样的问题。

以北师大本为例，此本肯定是陶洙以庚辰本为底本所抄录的，从文字整体来看，这是毫无意义的。但可能由于庚辰本中有很多明显的错误，北师大做了修改，因此在北师大本中，还有一些个别文字不同于庚辰本，而和程甲本、甲辰本等其他版本相同，陶洙是否曾参考这些版本？最近有学者甚至提出：北师大本中有些文字只和东观阁本相同，因此认为陶洙曾参考过东观阁本。这种解释是否合理？能不能只根据这些个别文字就对版本演化做出结论？

同样问题也出现在最近出现的“庚寅本”中，据本人的比对，“庚寅本”文字和庚辰本最接近，但其中也有些文字只和戚序本等版本相同，甚至有2处文字只和北师大本文字相同。“庚寅本”整理者不太可能看到北师大本，如何解释这些相同的文字？他是否参考了其他版本？

这些版本中的问题和周汝昌借书给陶洙，虽然是完全不同的事情，但它们之中的问题却很类似。这两个问题都是在整体上比较清楚，如北师大本和“庚寅本”的文字，肯定是以庚辰本为底本的，这就和周汝昌把录副本借给陶洙一样，这基本是没有问题的。但周汝昌把录副本借给陶洙中一些细节问题还有矛盾，还不清楚，这就如同上述北师大本有程甲本、甲辰本和东观阁本独有文字，而“庚寅本”中有戚序本、北师大本中的独有文字一样。这些细节问题目前还无法解释。

要仔细追究其中的根由，可以说这是由于目前资料不足而至。《红楼梦》版本散失非常多，目前看到的版本只是很少的一部分，要从这些有限的版本中，恢复原版的演化，是非常困难，甚至是不太可能的。周汝昌借书给陶洙中一些细节不清楚，也是由于虽然此事距现在不久，但当事人在世时都有不同说法，现在当事人都不在世，要搞清楚真相很难了，这就很好理解了。

因此，本人觉得对于《红楼梦》中一些问题，只要把握了整体情况，有个整体分析即可。至于细节分析，在现有信息不足的情况下，可以尽可能做深入分析，直到穷尽为止。但由于资料所限，要彻底把这些情况搞清楚，有时是完全做不到的，也是完全不可能的。用通俗的话说，就是在资料不足时，只要看到森林就可以了，要搞清楚每棵树的来历是不可能的。

对于这些细节问题，虽然由于资料缺乏，我们不太可能得出肯定的结论，但我们仍可以探讨各种细节的各种可能性，理论上也是各种可能性都存在。但我们还是要看这些推理的可能性有多大？有些推论看似合理，但仔细分析，其中实际可能性并不大。当然我们不能反对有些人去做这类推理和分析，但片面扩大这些所谓的“证据”，并得出一些结论，是犯了方向上的错误。在北师大本、卞藏本、“庚寅本”研究中都有这类问题，在周汝昌借书给陶洙的问题中，也有类似问题。

由“庚寅本”的研究、甲戌本附条批语研究，和周汝昌借给陶洙录副本的研究，可以看出，版本研究中任何线索都不应忽视。当然绝不能根据某些线索轻易就下结论，任何结论都必须经过认真的考证。要排除各种可能，当然最好找到“铁证”，但由于原始资料缺乏，常常很难找到铁证。这就要对各种证据做深入的研究。随着研究深入，最初的结论也可能随时根据新的资料，或深入的分析，而做出修订，甚至改变，这也很自然。

二、对周汝昌、陶洙研究的意义

1. 对周汝昌研究的意义

近来对周汝昌先生的批评很多，很多学者从多个角度对周先生的研究提出质疑。不可否定，周汝昌先生的研究中确实有些可以商榷之处。

以本文所研究的，周汝昌出借陶洙的是甲戌本原本，还是录副本一事而言，从多种角度分析，周先生所言，借给陶洙的是录副本，而不是甲戌原本，这是事实，周先生自己的说法基本是对的。而梅节先生认为周先生出借的是甲戌本原本，以及认为是陶洙涂改甲戌本的说法，几乎全部经不起推敲，都是错误的。但梅节先生的文章影响很大，很多人读后都相信梅节的说法，应予纠正。

但从本文梳理的周先生的论述来看，他确实有前后讲述矛盾之处，他讲认识陶洙的经过，就有多种说法，前后不一致。他认为陶洙记错了时间问题，也值得商榷。这种情况在周先生其他问题中也有出现，这些很自然就引起其他学者的质疑，这也很自然。但这些问题并不能否定周先生出借给陶洙的不是甲戌原本，而是录副本的事实。

由此，本人认为，每个人对学术研究都有时会发生看法前后改变、论述不清、讲述矛盾的情况。对此不必过于苛求。对周先生本人觉得也应该如此。

近来对周汝昌先生研究越来越被重视。一方面出版了周汝昌传记，还有人在编周汝昌年谱。但对出借陶洙录副本一事，都没有论及。因此，厘清此事对周汝昌研究也是有意义的。

对周先生的研究还有另一方面。近来批评周先生的文章越来越多，甚至出版了专著专门批评周先生，似乎批评周先生成为红学研究的一个“亮点”。我对周先生没有研究，但我觉得周先生不是完人，生前对红学有贡献，也有问题。评价周先生要恰如其分，既要看到其成就，也要看到其问题。对成就不宜拔高，对其问题不宜夸大。目前这两种倾向都存在，我个人认为都不十分合适。

2. 周汝昌先生的三“迷案”

本文涉及了录副本中附条批语，周汝昌把录副本借给陶洙，除此之外还有曹雪芹“佚诗”，把这三件都与周汝昌先生有关的事联系起来看很有意思。

这三件事都和周汝昌有密切关系，又都有，或曾有一些不解之谜。

第一件事是周汝昌伪托“曹雪芹佚诗”，此事是三件事中最早发生的事。前面指出，所谓曹雪芹“佚诗”实际是周先生自己所写，周先生一直没有说明，搞得满城风雨，学术界也吵得不可开交。最后周先生迫于压力，不得不出面澄清，说明所谓曹雪芹“佚诗”实际是他所写。此事总算在周先生的生前澄清了，也平息了。但有些当事人对此还有不同看法，认为曹雪芹“佚诗”未必是周先生所写。

第二件事是，周汝昌当年和陶洙互借珍本。周汝昌把甲戌本的录副本借给陶洙，陶洙把庚寅本的照相本借给周汝昌，他们两人当年恐怕根本没有想到，多年后，他们互借珍本成为一个“公案”，引起众人怀疑，认为他把甲戌本原本借给了陶洙，结果弄得周汝昌被迫写文章来说明经过。而周先生对见陶洙的经过几次解释不同，陶洙在己卯本上的题记时间，和周汝昌的借条时间又有矛盾，使得大家的怀疑更大。

周先生生前虽然也专门写了文章，想说清楚此事，但始终有些细节说的前后矛盾。加之曹雪芹“佚诗”一事给人留下了坏印象，因此对于周先生借给陶洙的到底是甲戌本原本，还是录副本，虽然周先生举出各种证据，包括陶洙在录副本上所做的涂改，证明他借出的是录副本，而不是原本。但很多人（包括梅节），依然认为他出借的是甲戌本原本。

本人经过仔细分析，认为周先生出借的，不是梅节等很多人认为的原本，而确实是录副本。但要彻底扭转很多人从曹雪芹“佚诗”中得到的负面印象，还是很难。

第三件事是录副本中附条批语。此事在周先生生前无人注意，只有梅节在陶洙过录己卯本上发现，但未牵扯到周先生。直到周氏后人公布此批语来自录副本，才引起争议。由于周先生曾伪托曹雪芹“佚诗”，在出借录副本上说法又前后矛盾，导致很多人认为，录副本上此批语是否又是周汝昌所为。也因此有学者怀疑，此批语和《红楼梦新证》中对“曹雪芹佚诗”的按语很相似，认为这是此批语为周汝昌所写的证据之一。

由于当事人周氏兄弟已经不在世，他们生前也没有任何说明，后人各种看法都是猜测，本人认为这些事情有可能成为“千古之谜”了。从曹雪芹“佚诗”，到互借珍本“公案”，再到附条批语，由此我们是应该吸取很多教训的。

3．对陶洙研究的意义

近年来对陶洙的关注越来越多，其中有多种原因。

搞清楚陶洙抄录甲戌录副本的经过，不仅可以搞清楚陶洙生平的一个环节，对《红楼梦》版本研究也有普遍意义。

陶洙曾收藏过己卯本，也曾制作了庚辰本的晒蓝本，这些事情很早就被大家所知道，但未引起学界的重视。近来对陶洙的重视，主要原因是北师大本的出现。

北师大被刚出现时，周汝昌先生认为是个古本，与陶洙无关。经过张俊、曹立波等人的细心研究，最终证明此本是陶洙以庚辰本为底本所抄写的。由于要深入研究北师大本，因此对陶洙的研究也就更加深入，其中一些问题也就逐渐清楚了。

本文所讨论的周汝昌借给陶洙的是甲戌本原本，还是录副本，也是有关陶洙的一个重要问题。搞清楚这个问题，不仅对周汝昌先生很重要，对陶洙也非常重要。

由此我们可以看出，陶洙是如何把录副本的批语抄录到己卯本上的，他的目的其实就是想以己卯本为底本，把尽可能多的批语都抄录到此本上，他用墨笔抄录了庚辰本批语，又从周汝昌除借来录副本，用红笔将甲戌批语抄录到己卯本上，力求做出一个汇评本，这可能是最早的一本《红楼梦》汇评本。

但对陶洙还有一些问题不十分清楚，趁着其后人还在，应该抓紧时间进行研究，这对于《红楼梦》研究史是有好处的。

三、出版周汝昌兄弟录副本的意义

根据以上分析可以看出，影印出版周汝昌兄弟录副本很重要，其主要目的是：

1．和影印出版的甲戌本核对；

2．和陶洙整理的己卯本核对。

第一，和甲戌本核对，如发现两本不一致，则有如下可能。

1．影印甲戌本删改：

由于周汝昌先生抄写时甲戌本尚未影印，而后来影印甲戌本时，常常对原本做删改、变更的处理。因此录副本可用来分析影印本是否准确。如发现两本不一致，可考虑是否是甲戌本影印本有删改处理。

2．甲戌本原本后被删改：

出版影印录副本如发现和原本不一致，不止可能是甲戌本的影印本被删改、变更，也有可能是原本在周汝昌抄写录副本后被修改，这可从笔迹中看出。

3．录副本抄写错误：

录副本和原本不同的另一种可能是录副本抄写中的错误，对此周汝昌先生本人也不排除这种可能，并先后做了3次校对，并对抄写错误用铅笔做了校注。

第二，将录副本和陶洙整理的己卯本，及甲戌本原本，3本共同核对，如发现3本有不一致之处，再分析这些不同之处来自何本，从中可解决很多问题。

从“庚寅本”的分析可看出，录副本在《红楼梦》版本中曾起了很大作用。周汝昌曾把录副本借给陶洙，陶洙把录副本中甲戌本的文字抄写到己卯本上，俞平伯又利用陶洙过录己卯本，编辑了1954年版的《脂砚斋红楼梦辑评》，并由此生出很多错误。而“庚寅本”中很多错误都可能是来自俞平伯1954年版《脂砚斋红楼梦辑评》。因此影印录副本，再和甲戌本、陶洙整理的己卯本比对，可验证上述说法是否正确。

周汝昌生前多次说明，他出借给陶洙的是录副本，不是甲戌本原本。而梅节却认为周汝昌借给陶洙的是甲戌本原本，而不是录副本。影印录副本后，仔细比对这3个版本，就可证明，到底谁的说法是正确的，由此可最终判定周汝昌借给陶洙的是录副本，还是甲戌本原本。

本文只根据公布的录副本中“凡例”的1页中1例，证明附录本修改了甲戌本的文字，和己卯本一样，这说明周汝昌借给陶洙的是录副本，不是甲戌本原本。但目前只查到此1例，再比较“凡例”和第1回部分文字，又发现21处文字不同。如出版录副本，不仅可核实这21例，还可彻底比对3个版本的文字，我相信可以找出更多的例证，证明周汝昌借给陶洙的是录副本，不是甲戌本原本。

要破解此“公案”的一个关键是周汝昌先生的录副本，查清录副本将有助于厘清此“公案”，如最终证明周先生借给陶洙的确实是录副本，而不是梅节先生认为的甲戌原本，就证明周先生生前所言是事实，这只对周先生有益而无害。

总之，影印出版录副本肯定对《红楼梦》版本研究会有很大的帮助和意义。从以上分析可以看出，录副本在《红楼梦》版本研究中是个重要的资料，不止对甲戌本研究很有价值，通过对“庚寅本”的研究可以看出，录副本对其他版本，如陶洙过录己卯本等的研究都有很大价值，应该尽早出版，以便供大家研究。

周汝昌先生也主张出版录副本。根据2013年出版《周汝昌与胡适》中补缀《校甲戌副本》一文，周汝昌在2012年2月20日口授：

> 有人会问：人家甲戌本原书多年来已经有好几种影印本了，你们这个简陋的副本还有什么价值可言，谁会给你影印这样的“假古董”？我说：不要把事情看得这样简单，说不定有了这个副本来印证，还能发现和证明今日正本影印版也会存在某种问题，这不是我的顾虑，因为事实上已经发生过《石头记》的影印本被人删改、变更的例子，所以这个录副本可起一些旁证的作用，它是有重要价值的。[①]

由此可以看出，周汝昌先生生前是很清楚录副本的价值，也主张出版此书的。

周汝昌和周祜昌先生都已经去世，经与他们的后人联系，他们表示可以考虑出版录副本，但还有一些困难，因此要想出版此录副本，还要仔细商议。

希望周汝昌、周祜昌的后人认真考虑此问题。

---

① 周汝昌：《周汝昌与胡适》，百花文艺出版社2013年版，第225页。

第七编　“程前脂后”和“移花接木”

第一章　谈《红楼梦》版本的“程前脂后”

第一节　欧阳健先生“程前脂后”研究

一、本书插入“程前脂后”

“程前脂后”本来不是本书的编写重点，只是在“庚寅本”、甲戌本附条批语，及戚序本和庚辰本关系中谈及“程前脂后”。对“程前脂后”我一直很有兴趣，我是1999年开始从事古代小说版本数字化研究，而“程前脂后”是在1991年提出的，讨论最热烈大约是在1995年，到1999年我开始做数字化时，“程前脂后”的热度已经下降了。我是后来陆陆续续读了一些相关文章，对此也有自己的一些看法，但一直也没有机会做全面的梳理和研究。在编写本书时，开始也未将“程前脂后”列入写作计划，

但全书编写完毕，出版社一校之后，我突然又想起“程前脂后”。我对此虽然没有深入研究，但一直有些想法，如不在此书中表述，以后怕再没有这样的正式出版机会了。因此思考再三，并与中州古籍出版社责任编辑张弦生商议，得到了张先生的支持，最后决定还是把“程前脂后”单独写入此书中。

把“程前脂后”收入本书还有一个好处。原书主要研究了四个问题，分为七编，即“庚寅本”、甲戌本附条批语、戚序本和庚辰本关系和周汝昌借甲戌本录副本给陶洙，此外最后第七编还讨论了刘世德先生提出的“移花接木”问题，但这个问题和前面四个问题相比，内容较简单，篇幅不大，只能单独作为第七编下唯一的一章，一编下只有一章，体例上不十分合适。

而插入“程前脂后”之后，刚好和“移花接木”合为一编，分为两章。这样也很巧合，一编是和欧阳健先生讨论“程前脂后”问题，一编是和刘世德先生讨论移花接木问题。两位老先生都是古代小说研究的专家，而且两人的看法观点又经常相左，这样的编排并非我故意为之，而只是巧合而已。

二、关于欧阳健先生

谈到“程前脂后”就离不开这个看法的提出者欧阳健先生，我和欧阳先生也是多年的好友。

欧阳健先生是著名古代小说版本研究专家，我1999年赴太原参加《三国演义》研讨会，当时我是第一次参加这类学术会议，一个人也不认识。在赴清徐的车上，欧阳先生问我研究什么，我回答道，我想从事《三国演义》版本数字化，他马上说，这很有前途。我当时根本不认识欧阳先生，感觉很奇怪，没想到研究古代小说的学者中还有人知道数字化。后来才知道欧阳先生多年来一直使用计算机，因此对数字化很熟悉，知道数字化对于古代小说研究很有用处。从那时至今十几年了，我的数字化研究得到欧阳先生一贯的支持，后来欧阳先生多次著文，高度评价了《三国演义》版本数字化[①]，并在多次研讨会中大力支持数字化，这也大大增强了我的信心，成为我坚持走下来的动力。由此我们也成为好友。

> 我对《三国演义》版本虽然“边缘化”却不曾完全“陌生化”，主要是李金泉先生和周文业先生两位朋友的缘故。
>
> 周文业先生是在1999年9月山西清徐第十二届《三国演义》学术讨论会上结识的。初次见面，就向我介绍《三国演义》数字化的设想，引起了我浓厚兴趣。2001年9月，我出席“首届中国古典小说数字化研讨会”，观看了他的“三国演义电子史料库”的演示。……
>
> 数字化带给古代小说版本研究的是革命性贡献。以往的版本比对，靠的是逐行、逐页、逐本翻检的手工操作，辛辛苦苦寻出来的例证，往往带有偶然性、片面性、不确定性甚至主观随意性。有了版本资料多，检索速度快，使用功能新的电子史料库，情况就大为改观了。……检索一个字词，转瞬即得，排比“窜行脱文”，随手便有，研究者不仅从繁琐的手工劳动中解放出来，还能作出前人难以想象的数字统计及量化分析，增强研究成果的科学性，提高研究成果的说服力。

对于欧阳先生对于数字化的大力支持我一直十分感谢。

欧阳先生几年前联合诸多学者，合编了全套《全清文言小说》，收入清代文言小说275种，约上千万字。他希望我帮助他录入后以便正式出版，他把装书稿的几个纸箱从福州运来。我当时尚未退休，就用我的经费，帮助他完成了庞大的文字录入工作。但由于这套书规模庞大，需要出版资金很多，而市场又不大，因此多年来一直找不到出版社愿意出版。最后只好把几箱书稿原物发回福州，没有帮成欧阳先生也是一件憾事。

根据我多年和欧阳先生的接触和了解，我觉得欧阳先生有几个特点。

---

① 欧阳健：数字化与《三国演义》版本研究论，《东南大学学报(哲学社会科学版)》2005年第3期。

首先，欧阳先生做学问很执着、认真，有很深的功底。欧阳先生1990年主编《中国通俗小说总目提要》，收录古代白话小说1164种，被称为中国古典小说研究的巨大成果，很有参考价值。

其次，欧阳先生经常有与别人不同的独特视角和看法，他看问题的思路和角度经常与众不同，这在《红楼梦》“程前脂后”中最为突出。

但我觉得欧阳先生的研究虽有时独辟蹊径，但有时看问题不够全面而有些偏激，这不仅在《红楼梦》“程前脂后”中最突出，在其他小说研究，如《水浒传》中也有类似问题。实际欧阳先生《红楼梦》的“程前脂后”，和他有关《水浒传》版本演化的思路是一脉相承的。

欧阳先生有关《水浒传》版本研究主要有两篇文章，一篇谈《水浒传》早期版本《京本忠义传》残页，一篇谈《水浒传》的繁简交替演化。我曾有长文对这两个问题进行了详细分析，在几个研讨会上报告过。欧阳先生在《水浒传》版本研究中的第一个问题是《水浒传》版本繁简交替演化问题，欧阳先生是综合原有的繁简演化看法，提出一个新思路，认为《水浒传》版本是先有简本，然后出现繁本，最后再删节为简本，但这种三阶段论缺乏根据。第二个问题是《京本忠义传》残页问题，欧阳先生只是根据其中一些现象，就认为残页不是简本而是繁本，甚至支持上海残页就是《水浒传》唯一的祖本的看法。我觉得欧阳先生的研究确实有新思路，但其根据往往不足，其结论就值得商榷了。

欧阳先生在《水浒传》版本分析方法的问题，也同样体现在《红楼梦》版本研究中。他在《红楼梦》版本研究中发现了一些问题，就立即萌发了“程前脂后”的想法，并顺着这个思路去寻找证据，解释脂本中的各种问题，一发而不可收。

欧阳先生的《红楼梦》和《水浒传》版本研究，在方法和结论上都很类似，其结果恐怕也是一样的。

三、欧阳先生“程前脂后”的产生

欧阳先生一直研究明清小说，但从未研究《红楼梦》，他转入《红楼梦》研究纯属偶然。对此欧阳先生在他的回忆录《稗海潮（人生磨难系列之二）》的第十五章“误入白虎堂”中有所介绍。根据他的介绍，我们得知他是如何怀疑现有的红学研究，如何提出“程前脂后”的看法。

1990年夏，侯忠义主编《古代小说评介丛书》，该丛书规模庞大，分9个专辑，最后出版合计76本。其中第三辑为“小说知识类”，即“小说漫话”，原计划下分8本，欧阳先生编写了《古代小说禁书漫话》和《古代小说作家漫话》两本，后来欧阳先生又主动要求增加《古代小说版本漫话》一书，由此引起《红楼梦》版本的“程前脂后”说。对此《稗海潮》中有详细叙述，抄录如下[①]。

《古代小说评介丛书》第一次编委会上，最受热议的一辑是“小说知识

[①] 欧阳健：稗海潮，中国文献出版社，2013年8月第1版，第252—253页。

类”. 确定《书目漫话》《史料漫话》等选题后，欧阳健又提出《版本漫话》，众皆称善；由谁来承担，一时落实不了。有人要欧阳健写，然已认领《晚清小说简史》《古代小说与历史》，又加上《作家漫话》《曾朴与孽海花》，故再三推辞。安平秋发话道：我看，谁出主意谁出力，只好应承下来。

欧阳健对小说版本向有兴趣，为编纂《中国通俗小说总目提要》，遍访北至哈尔滨、南至昆明、西至兰州的五十多家图书馆，接触到大量古代小说的版本（包括稿本和抄本）；写过《<水浒>简本繁本递嬗过程新证》《<京本忠义传>残页评价商兑》《<三遂平妖传>原本考辨》《<野叟曝言>版本辨析》《<隋唐演义>“联缀成帙”考》诸文，这是他敢于承担这个选题的底气。

1991 年 2 月 2 日，《版本漫话》动笔。前三章“版本和版本学”“古代小说版本的特点”“研究古代小说版本的意义和方法”，从理论上概括出古代小说版本的十大特点：改动、增删、补削、联缀、续作、重作、作伪、分割、归并、改名，及用文学特殊方法来研究小说版本的尝试，拟以若干“古代小说版本研究例案”以证明之，中有“《水浒传》的简本与繁本”“《平妖传》的原本与补本”“《孽海花》的‘金本’与‘曾本’”，一切顺利，眼看就可煞尾，忽然一个意念冒了出来：谈不谈《红楼梦》的版本？——研究古代小说多年，却从不写有关《红楼梦》的文章。理由很简单：1.《红楼梦》实在博大精深，一时恐难穷其底蕴；2. 红学界早已众说纷法，不欲再去凑一份“热闹”。面对《版本漫话》的撰写，该怎么办呢？《红楼梦》是古代小说名著，版本情况最为复杂，若绕道而行，“古代小说版本漫话”云云，就不算名副其实。

在躲不过去的情况下，找来了胡适、俞平伯及周汝昌、冯其庸、应必诚等人的著述，拟以“脂本是原本、程本是改续本”的红学 ABC 入书，一一注明出处，既可偷懒交卷，又没有什么风险。

不想乍步入此境，就发现红学家们不仅相互抵牾，同一论者也前后不能一贯，许多判断缺乏实证，甚至与版本学的常识相悖。无奈，只好找来甲戌本、己卯本、庚辰本，及梦稿本、列藏本、有正本、舒序本等影印本来读。甲戌本最强烈的印象是错字太多，如“杜撰”误作“肚撰”，“膏肓”误作“膏盲”；又多缺字，如“诗礼簪□之族”，空缺“缨”字，分明是底本漫漶蠹蚀，抄写者空格待考。这就表明甲戌本不是曹雪芹的精稿本，甚至不是接近原稿的过录本。当他发现几处最关键的部位被有意撕毁，且通篇不避康熙的讳，一个怀疑涌上心头：“脂本”可能是后出的伪本，脂砚斋有关于作者家世生平和素材来源的批语，可能是不可靠的！重新梳理胡适考证的逻辑顺序，他 1921 年说过有正本（戚本）“已有总评、有夹评，可见已是很晚的钞本、决不是原本”，1927 年得到甲戌本后却改口说唯有题署了“重评”的脂本才是“真本”，其间的矛盾态度，只能以实用主义加以说明。胡适说过“不用坐待证据的出现，也不仅仅寻求证据”，他“可以根据种种假设的理论造出种种条件，把证据逼出来”，甲戌本就很可能是被“逼出来”的。当注意到第一个说“脂砚与雪芹同时人”的刘诠福，甲戌本跋语“昔人文字有翻新法，学梵夹书，今则写西法轮齿，仿

《考工记》”的话，对于脂砚斋之出于伪托，就深信不疑了。

但脂本之出于后人传抄，脂斋之出于后人伪托，并不等于其底本不是原本；通过大量异文的对勘，证明脂本与程本的异文相当一部分不存在可逆性。如绛珠仙草修成女体，吃的应是程本所说的“秘情果”，而非脂本所说的“蜜青果”。可见程本不仅优于脂本，而且早于脂本。这一结论和他三十三年前看《红楼梦》，对“高鹗续得很好”的赞扬呼应起来：“看完第一百回《红楼梦》。林黛玉死了，向封建制度喊出了她最后一声抗议。高鹗写的这几回：《蛇影杯弓颦儿绝粒》《泄机关颦儿迷本性》《林黛玉焚稿断痴情》《苦绛珠魂归离恨天》，特别感动人。”（1958 年 1 月 14 日日记）解释了久蓄于心的疑团。

2 月 7 日萧相恺来，与谈对脂本的怀疑，预期中的热烈反响没有出现，只是提醒要“慎重”——这是 1979 年开始合作研讨《水浒》以来不曾有过的。他意识到问题的严重性，红学界尽管门户林立，歧见迭出，各家各派几乎都是以“脂批”为立论的基础，对脂本脂批提出质疑，无异于将一切派别驱赶到一个营垒，而使自己居于“社会公敌”的地位。不敢自是，便向侯忠义求教，问可否将新观点写进书中，得到的回答是：“学问无禁区，观点无忌讳，只要持之以故，言之成理，尽可公之于众，以求学人共识。我既为丛书之主编，诚愿与你共担责任。”这一博大气度，给了他极大勇气，遂写好“《红楼梦》的‘脂本’与‘程本’——版本研究例案之三”，《古代小说版本漫话》得以完成交稿。又觉得此节所论尚有探讨的价值，以《<红楼梦>“两大版本系统”说辨疑》为题，在张兵的支持下，由《复旦学报》1991 第 5 期发表。

在欧阳健的意向中，这本小说版本的普及读物写完后，他和《红楼梦》版本的邂逅也就结束了。怎么也不会料到，这是误入白虎堂的第一步呢？

总结欧阳先生的叙述，当年欧阳先生自荐撰述《古代小说版本漫话》，迫于论题的需要，始不得不染指《红楼梦》的版本。在他之初衷，不拟参照综合诸家成说以成文，不意稍一涉足，即感诸说凿纳，于理不合，遂发愿细读原典，辨其真伪，考其流变，径得出“脂本乃后出之伪本，而程本方为《红楼梦》之真本”的结论。

1991 年他第一篇相关论文发表，以后便一发不收，三大红学辩伪名著《红楼新辨》（1994 年）、《红学辨伪论》（1996 年）、《还原脂砚斋》（2003 年第 1 版，2007 年再版）开创了红学辩伪派。著名学者侯忠义、曲沐、吴国柱，著名作家克非等与他志同道合，相互唱和。欧阳先生提出“程前脂后”基本过程如此。《还原脂砚斋》出版后，欧阳先生曾一度声明，以后不再谈“程前脂后”。但实际他并未做到，2014、2015 年又陆续出版了《红楼诠释》《红谭 2014》，仍然是坚持“程前脂后”的看法不变。

仔细分析，欧阳先生对脂本的怀疑是有道理的，脂本中确实存在很多问题无法解释。这些疑问的产生有多种可能，可能是由于多次传抄中出现的问题，也可能是脂本的原本就有问题。欧阳先生没有做全面分析，就认定肯定是原本的问题，并进一步怀疑其中有假，于是就按照他的设想去寻找根据。

从“程前脂后”的产生过程可以看出，“程前脂后”的提出，和胡适先生的“大胆假设，小心求证”何其相似耳。都是先有怀疑，然后大胆假设，最后多方寻找证据来证明假设的合理性。这种分析问题的思路有时可能有很大的问题，先有假设再找证据，如不能全面看问题，很可能是只找对假设有利的证据，而对假设不利的证据，要么是不注意，要么是故意不提，这样研究的结论就会出问题。欧阳先生“程前脂后”的根本问题就在于此。《红楼梦》版本中问题是确实存在的，问题出现的原因有多种，“程前脂后”只抓住其中一种可能“造假”，而没有分析还有其他多种可能，如传抄中也会出现这些问题。这是“程前脂后”错误的根本原因。

但不管“程前脂后”有多大错误，它提出了《红楼梦》中很多尖锐的问题，逼得主流红学去研究，去回答，这就促进了红学研究的进一步深入。从这点来看，“程前脂后”也有其积极的一面。

四、对“程前脂后”辩论的看法

从1991年欧阳先生提出“程前脂后”之后，主流红学就对此展开激烈反击，老红学家蔡义江连续发出三篇“史记抄汉书”反驳欧阳先生的文章，到1993—1995年发表的反驳文章有十几篇，这是反驳“程前脂后”的第一阶段。1995年后主流红学觉得再和欧阳先生辩论没有意义，不愿意继续辩论了，《红楼梦学刊》也不再发表欧阳先生文章，有关“程前脂后”的辩论略有平息。到2005、2006年，反驳欧阳先生的文章又起，据我不完全统计有6篇之多。我从期刊网上统计，从1991年以来有关文章总计50多篇，实际肯定不止这些还要多。

“程前脂后”的争论是脂本和程本之间的关系，它们最原始的共同祖本肯定是曹雪芹的原本。但具体到脂本和程本的关系，广义上讲，有三种看法：

第一种看法认为，脂本在前，程本在后，两者没有直接承继关系，这是目前主流红学的看法。

第二种看法认为，程本在前，脂本在后，脂本来自程本，是故意造假的产物，这是“程前脂后”的看法。

第三种看法认为，现存脂本的祖本肯定在程本之前，但现存脂本确实可能有些出现在程本之后。脂本和程本是两个体系，现存脂本并不是来自程本，更不是故意造假的产物。这是本人的看法。

如前所述，“程前脂后”反对者们认为，脂本是造假的看法是错误的，“程前脂后”没有可靠的根据，反驳“程前脂后”的文章有些分析是有道理的。但反驳“程前脂后”的有些文章也有问题。

第一，过录本问题。虽然大家都知道现存的脂本（除舒序本外）都是过录本，这些脂本的祖本肯定是早于程本的，但现存的绝大多数过录本的具体过录时间不详。因此理论上存在现存的各种脂本过录本，有可能有的抄录时间是在程本之后。换句话说，“程前脂后”理论上是有可能的。虽然现存脂本有可能晚于程本，但这并非就承认这些过录本是故意造假的产物，就是抄自程本，这个看法是错误的，因此不存在“史记抄汉书”问题。

第二，批语并非都是脂批。现存各种脂本中的批语总数多达8000多条，一般把这些所有批语都称为“脂砚斋批语”，所以各种批语辑评都冠以“脂砚斋批语”，或简称“脂评”。其含义就是这些批语都是脂砚斋批语，虽然“脂评”只是一个代名词，辑评者本身可能并不认为这些评语全部是脂砚斋所写。实际上这些批语绝非全是脂砚斋的批语，真正署名脂砚斋等人的批语，据统计实际只有174条，再考虑有些没有署名的批语也可能出自脂砚斋之手，最多不过200多条吧。还要考虑现存脂本都是过录本，过录时间可能在程本之后，因此这些批语就肯定有很多并非来自脂本的祖本，而是后加的。有些批语出现时间就可能在程本之后了。所以根据这些后人批语是无法分辨“程前脂后”的。

综合以上分析，我对“程前脂后”的基本看法是：

1. 由于现存的脂本都是过录本，不是脂本的原本，因此“程前脂后”认为现存脂本晚于程本，是有可能的。

2. 由于现存的脂本都是过录本，不是脂本的原本，其中只有极少数批语为脂砚斋等人所写，绝大多数批语都是晚期过录时所加的，因此“程前脂后”认为现存脂本晚于程本，也是有可能的。

3. 对“程前脂后”的批判多数是有道理的，但也有些没有注意现存的脂本都是过录本，现有批语绝大多数是后人的批语，因此有些批判没有批到“程前脂后”的要害问题。

4. 虽然理论上现存脂本有可能晚于程本，但“程前脂后”认为现存脂本都是在程本之后故意造假的，还是没有可靠的根据。

以上就是本人对“程前脂后”辩论的基本看法，可以认为是折中的看法，即承认现存脂本中有的可能确实晚于程本，但又不认为现存脂本是程本之后的故意造假的产物。

下面对上述看法，从几个方面进行分析。

欧阳先生“程前脂后”的论述主要集中在三个方面：

第一是文本，包括同词脱文、避讳和一些文字差异等。

第二是脂砚斋批语，这是脂本的核心，也是欧阳先生“程前脂后”的核心。

第三是史料，包括有关脂砚斋、《春柳堂诗稿》、《枣窗闲笔》等材料的辨析。

本书也针对这三方面进行分析，重点在文本方面。由于问题十分复杂，发表的文章非常多，要在一章内把问题论述清楚很困难，因此本文只是论述一些基本看法，不加以详细举例分析。

第二节　过录本

一、过录本

“程前脂后”认为脂本（主要是甲戌本、庚辰本和己卯本）出现在程本之后，是故意造假的产物。

现在看到的各种脂本，除舒序本外，其实并非是其原本。如庚辰本，并不是乾隆二十五年（1760年）庚辰本的原本，实际是多次过录后的过录本。

现存《红楼梦》版本，按照其祖本（不是现存版本）的抄录、刊刻时间排序如下：

甲戌本：乾隆十九年（1754年），最早

己卯本：乾隆二十四年（1759年），甲戌本之后5年；

庚辰本：乾隆二十五年（1760年），己卯本之后1年；

戚序本：乾隆三十四年（1769年）至乾隆四十七年（1782年），庚辰本后约9—22年；

甲辰本：乾隆四十九年（1784年），庚辰本之后24年，程甲本之前7年；

舒序本：乾隆五十四年（1789年），庚辰本之后29年，程甲本之前2年；

程甲本：乾隆五十六年（1791年），庚辰本之后31年；

程乙本：乾隆五十七年（1792年），庚辰本之后32年，程甲本之后1年。

甲戌本：目前看到有抄写时间最早的版本。

己卯本：早期脂本，和庚辰本关系密切。

庚辰本：和己卯本关系密切，晚于己卯本，但和己卯本关系不明，有人认为庚辰本就是抄自己卯本，有人认为它们有共同祖本，两者并没有直接关系。

戚序本：有戚蓼生序言，戚蓼生是乾隆三十四年（1769 年）进士，在京任职到四十七年（1782年），后任职江西、福建，五十七年（1792年）年卒于任上。此书是戚蓼生何时编写不明。有正书局1911年石印刊行，其底本即戚沪本为张开模抄本，1975年发现，但其抄写时间不明。

甲辰本：书前有梦觉主人序言，因此又称梦序本，序言末尾有甲辰年号，所以此本的祖本应该抄于甲辰年，即乾隆四十九年（1784年）。

舒序本：书前有舒元炜序言，因此又称舒序本，序言末尾有甲辰年号，所以此本应该抄于甲辰年，即乾隆四十九年（1784年）。序言后有舒元炜题“沁园春”词一首，并有舒元炜图章。舒元炜生卒年不详，兄弟二人在乾隆五十四年应试不中，客居著名藏书家玉栋家待来年再考。此书为舒元炜兄弟客居玉栋家中时，为其所抄写。玉栋生于乾隆十年（1745 年），卒于嘉庆四年（1799 年），乾隆三十五年（1799 年）举人，他藏书甚丰，闻名京师。此本由于有舒元炜亲笔序言，又有舒元炜图章，舒元炜生平可考，因此这是目前为止唯一一部有准确抄写时间的脂本。

以上是祖本有准确抄写、刊刻时间的版本，还有几部不知道准确时间的脂本：

蒙府本：由于其第 71 回末有“柒爷王爷”字样，推断其为清代某王府旧藏，是中国书店购自某蒙古王府，抄写时间不详。

列藏本：此本是道光十二年（1832 年）传入俄京，抄写时间不详。

杨藏本：即杨继振收藏本，原本抄写时间不详，据说其底本是高鹗刊刻程本前的底本，故曾称为梦稿本。

需要特别再次强调的是，现存的各种脂本都没有准确的抄写时间，只有比庚辰本晚 29 年的舒序本有可靠的抄写时间[①]，其他版本的抄写时间可以根据其文字推断，但没有十分可靠的铁证。

这些脂本在多次过录后，其中很多文字可能都发生了变化，已经不是其祖本的的原貌了。虽然现存脂本和其原本文字差异可能不大，但由于原本不存，其原貌不知，因此在版本研究中，绝对不能把现存脂本当做原本来研究。

所以从过录本角度看，欧阳健先生的“程前脂后”是完全可能的，“程前脂后”说有其合理成分。

有些学者以“史记抄汉书”来讽刺“程前脂后”，其意思是很多脂本都有明确抄写时间，早于程本，就如“史记”一样；而程本刊刻时间也有明确记载，是晚于脂本的，是“汉书”。怎么会出现“程前脂后”，岂不是“史记抄汉书”吗？

这样的推论如果对于脂本的原本来说确实是“史记抄汉书”的笑话，因此这种看法似乎是合理的。但这里“史记抄汉书”疏忽了现存脂本（除舒序本外）都是过录本，对于现存脂本，就未必是“史记抄汉书”了。由于现存脂本的抄录时间不详，因此完全可能出现“史记抄汉书”的现象，“程前脂后”在这一点上，不是没有可能的。

总结以上分析，可以看出：

第一，由于现存的脂本都是过录本，因此现存的脂本确实有可能在程本之后，这就可以解释很多现存脂本中的问题。

第二，对于现存脂本和程本的关系，还要注意到，由于现存的脂本基本都是过录本，但从文字来看，与程本相比差异不是很大。因此现存脂本基本反映了其原本的本来面貌，所以现存脂本即便是抄写时间晚于程本，但说现存脂本是来自程本，根据还不足。

第三，虽然现存脂本不太可能是来自程本，但由于现存脂本晚于程本，因此不排除现存脂本中个别情节和文字可能参考程本。但这也只是理论上的可能性，要确认这一点还很困难。

---

① 刘世德：解破了《红楼梦》的一个谜——初谈舒本的重要价值，《红楼梦学刊》1990 年第 2 期，第 271—282 页；林冠夫：《红楼梦版本论》，文化艺术出版社 2007 年 1 月第 1 版，第 309—359 页；朱淡文：《红楼梦探源》，江苏古籍出版社 1992 年版，第 325—330，402—407 页。

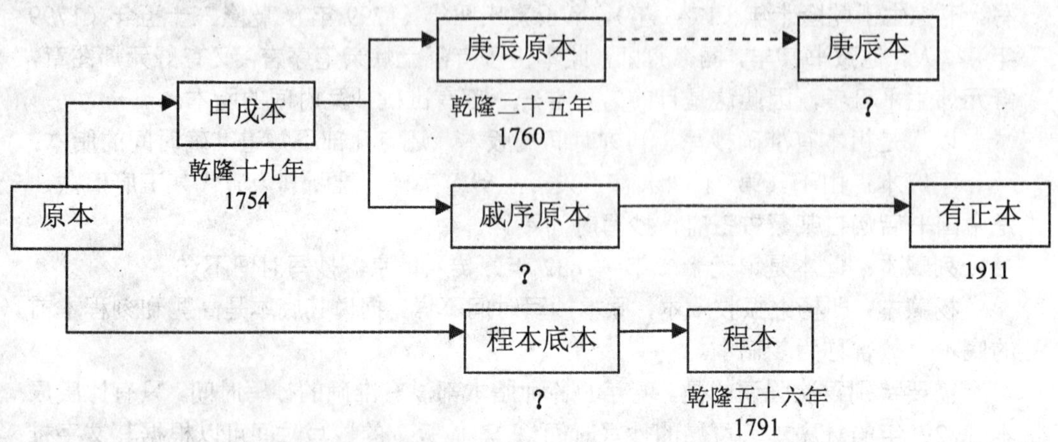

庚辰本、戚序本等现存脂本都是过录本

现存脂本和程本在很多情节文字上差异很大，“程前脂后”认为其中有些文字差异是来自程本，并声称这些文字差异是“不可逆”的，意思是只可能是脂本来自程本，而不可能是程本来自脂本。如甲戌本第1回中有400多字，在其他脂本中并没有。“程前脂后”因此认为，这是甲戌本在程本基础上增加的。而主流红学认为这是原本就有的。但要分清这些文字差异的来源和先后是很困难的，后面有一节专门讨论文字差异（对错、多少）和版本演化的关系。

因此，虽然现存脂本有可能晚于程本，但“程前脂后”认为现存的脂本都是程本出现后故意造假的产物，则根据不足。

“程前脂后”问题的一个关键是过录本，由此联想到“庚寅本”是否也有过录问题。

由于“庚寅本”中还有一些问题无法解释，因此和其他脂本一样，此本也可能是个过录本。此本虽然抄写时间可能很晚，其正文可能直接来自庚辰本，但也可能来自某个我们未知的庚辰本系列版本。因此，不排除其抄写者手中确实有某个“古本”的可能性，甚至其底本就是早期庚寅本的过录本。抄写者根据此“古本”的正文，再插入俞平伯1954版《脂砚斋红楼梦辑评》，编成此本。理论上也不能排除这种可能性。

由于现存脂本都是过录本，因此现存脂本中的很多问题，如同词脱文、避讳等，都可以解释，下面逐一通过过录本来解释这些问题。

二、同词脱文

“程前脂后”的主要根据之一就是庚辰本中有大量同词脱文，而庚辰本这些同词脱文在程本中都不存在。[①]因此“程前脂后”论者认为这是“铁证”。如何解释这种情况？

如果从过录本来看，这个问题就很容易解释了。

由于现在看到的庚辰本是多次过录本，抄写过程中，由于抄手疏忽，很可能出现漏抄的情况，所以现在看到的庚辰本中就会出现程本中所没有的“同词脱文”，也出现很多和甲戌本、戚序本不同的文字。

现在看到的庚辰本是何时过录的，已经无法判别了。这样，现在看到的庚辰本过录时间可能很晚，就有可能确实是抄写在程本之后，这样庚辰本中大量的同词脱文，就很容易解释。本来在庚辰本原本中，可能并没有这些同词脱文。现在看到的庚辰本中有大量的同词脱文，而在程本中却并不脱，实际是庚辰本过录中脱落的，庚辰本原本可能并不脱，即这种同词脱文可能就根本不存在。因此庚辰本的同词脱文不是来自程本，而是来自其祖本。

总之，因为现在看到的庚辰本是后期过录本，这样就可圆满解释庚辰本的同词脱文现象。

另外，很多学者也指出，程本中也有一些同词脱文，这很明显是程本抄写中发生的，在程本的底本中应该不存在这样的同词脱文。

因此，在庚辰本等其他现存脂本中出现同词脱文并不奇怪，利用过录本可以很好地解释。

三、避讳

“程前脂后”说，认为部分脂本（主要是甲戌本、庚辰本和己卯本）出现在程本之后，是故意造假的产物的另一个主要根据是：甲戌本中不避康熙皇帝名讳玄烨中的“玄”字。因此不可能是乾隆时期的抄本，而是民国时期的造假产品，因为只有到民国时期才不避讳皇帝的名号。

对此，主流红学进行了反驳，认为脂本这样的抄本都是民间自己抄，自己阅读，因此可能完全不注意避讳。还有学者仔细研究甲戌本中的“玄”字，认为那一点是后加的，以此为脂本在前辩护。

在我看来，双方都有对，也有错。其实，他们都忽略了一个重要事实：现在看到的甲戌本、庚辰本和己卯本，都不是原本，而是过录本，是何时过录的，已经无法判别了。

因此，现在看到的甲戌本、庚辰本和己卯本，很可能确实抄写在程本之后，甚至到民国时期。这样其不避康熙皇帝名讳玄烨中的“玄”字，就很容易解释了。本

[①] 曲沐：庚辰本《石头记》抄自程甲本《红楼梦》实证录，《贵州大学学报》1995 年第 2 期。

来在其原本中，可能确实避开了康熙皇帝名讳玄烨中的“玄”字，“玄”字是少一点的。但现在看到的甲戌本实际抄写时间很晚，甚至有可能到民国时期，在哪个时期就完全不需要避讳“玄”字了。因此现存版本中不避讳就很容易理解了。

还有学者仔细检查了己卯本，发现己卯本遇到道光皇帝的名字“旻宁”的“宁”字，都做了避讳，因此认为己卯本肯定抄写在道光年间，而不是乾隆年间，这样己卯本就在程本之后了。

所以，由于现存的甲戌本、庚辰本、己卯本等，从抄写时间来说，都是过录本，过录时间不知道，有可能很晚，完全可能晚于程本，因此“程前脂后”是完全可能的。所以从过录本角度看，“程前脂后”并不错。

但欧阳健先生“程前脂后”说，进一步延伸出去，认为这些脂本都是今人故意伪造出来的，证据就不足了。

四、甲辰本、列藏本

“程前脂后”说主要集中在脂本的甲戌本、庚辰本和己卯本，而对其他脂本没有仔细分析。

有反对“程前脂后”的学者举出甲辰本来反驳“程前脂后”。甲辰本的原本抄写于乾隆四十九年（1784 年），是在程甲本之前 7 年，文字上是最接近程甲本的版本，学者一致公认此本肯定和程本有密切关系，虽然它不一定是程本的祖本，但它们可能同源。因此有学者就依据甲辰本来分析“程前脂后”，认为由此可以否定“程前脂后”。

但以甲辰本来否定“程前脂后”的人可能没有考虑到，甲辰本和甲戌本、庚辰本和己卯本等版本一样，也是过录本，其原本抄写时间确实在程本之前，但现在看到的甲辰本是何时抄写的，无法确定。这样甲辰本就有可能是在程本之后才抄录的，因此，理论上就存在抄写甲辰本时曾参考过程本的可能性。

也就是说，甲辰本和程本的文字差异，即可能是甲辰本（指现存过录本）文字来自程本，也可能是程本参考了甲辰本（或其相关版本）。虽然可以分析哪种可能性更大，限于篇幅无法展开，但理论上，这两种可能性都存在。反对“程前脂后”的人认为程本参考了甲辰本（或其相关版本）可能性大，而支持“程前脂后”的人同样可以认为，甲辰本（指现存过录本）文字来自程本的可能性更大。这就无法辩论了。

因此根据现存的甲辰本，是不能根本上否定“程前脂后”的。

至于列藏本，虽然不知其具体抄写时间，但上面有明确的记载带入俄罗斯的时间。“程前脂后”企图否定这个时间，认为记载不可靠，不是道光十二年（1832 年）传入俄京，而是 20 世纪 30 年代才传入的。这种说法根据似乎还是不足。

至于分析列藏本和程本的文字差异，和甲辰本一样，由于列藏本也是过录本，过录时间不详，因此还是两种可能性都存在，无法判定先后。

五、关键的舒序本

对“程前脂后”最不利的证据不是甲辰本，而是舒序本。前面反复说明，现存的脂本中，只有舒序本是唯一知道准确抄写时间的脂本，此本抄写于乾隆五十四年（1789年），即程甲本之前2年，比甲辰本抄写时间（1784年）还晚5年，是目前抄写时间早于程本、最接近程本的脂本。

“程前脂后”认为脂本都是程本之后造假的，那如何解释程本之前的舒序本？这就是“程前脂后”的一个难题了

为彻底查清楚舒序本、各种脂本和程本的文字差异，我把舒序本、程甲本和庚辰本、戚序本文字做了数字化的逐字比对。结果发现几个版本文字有如下差异。

第一，程本：有很多程本文字和其他三个脂本不同，这很明显是程本做了修订，没有可讨论的。

第二，庚辰本：也有很多庚辰本和舒序本、戚序本、程本文字不同的例子。这些例子明显是庚辰本漏抄了（或修改了）。这再次说明，现存的庚辰本是个过录本，而且是过录时错误很多的版本。在本书第五篇“庚辰本和戚序本关系研究”中已经做了详细分析。

第三，戚序本：也有戚序本文字和其他版本文字都不同的例子，这也是由于戚序本做了修改。

第四，舒序本：有三种情况。

1．舒序本中有文字和其他版本文字都不同的例子，这也是由于舒序本做了修改。

2．舒序本中还有少量文字只和戚序本相同，而和其他版本不同。

3．舒序本中还有少量文字只和庚辰本相同，而和其他版本不同。

以上三种脂本文字有差异，说明脂本（庚辰本、戚序本和舒序本）是有共同祖本。演化中有的版本文字改了，有的没有改，因此才会出现上述情况。

以上四种情况都有很合理的解释，和“程前脂后”也无关。

和“程前脂后”关系最大、最关键处的证据是，在比对了舒序本所有的40回中，舒序本存在很多和其他两种脂本（庚辰本、戚序本）文字相同的情况，但没有发现一例是舒序本和程本文字相同，而和庚辰本、戚序本文字不同的例子。

根据以上情况，主流红学的看法是，舒序本和庚辰本和戚序本一样，都是脂本，和程本无关，而舒序本又在程本之前，因此即便其他版本是过录本不足为据，由于舒序本肯定是在程本之前的，这就表示根本不存在“程前脂后”问题。

因为舒序本抄写时间肯定是在程本之前，舒序本又没有任何文字和脂本不同，而和程本相同，所以舒序本肯定是来自脂本，而不可能是来自程本，“程前脂后”说法在舒序本这里就无法解释了。

所以，舒序本是“程前脂后”一个跨不过去的版本。它在程本之前，而文字又和脂本相同，和程本无一处相同，“程前脂后”对此就无法解释了。舒序本的出现

证明，在程本之前肯定有和程本不同的脂本，程本肯定是来自某个（或某些）脂本。其实本来程伟元对此也说的很清楚，程本是他们收集了市面很多版本后重新整理的版本。因此就不存在“程前脂后”问题。

第三节 从文字对错看“程前脂后”

一、各种版本的史湘云出场描写

“程前脂后”一个论据是脂本正文中有很多错误，而程本中都不错，因此这些错误是造假的产物。下面以史湘云出场为例，看“程前脂后”的说法是否合理。

在分析“庚寅本”批语中曾谈及史湘云出场问题，但只分析了和“庚寅本”有关的四个版本，即甲戌本、己卯本、庚辰本和戚序本，没有分析其他版本。史湘云出场问题，是《红楼梦》中一个很值得探讨的问题，不止对“庚寅本”研究有意义，对其他版本，从脂本到程本的研究，甚至对《红楼梦》的写作都值得研究，很值得深入去研究。

史湘云出场主要有三方面问题值得研究。

1.《红楼梦》文本中史湘云出场和批语在各种版本中情况；

2. 从史湘云出场何批语情况看《红楼梦》各种版本的演化过程；

3. 从史湘云出场看“程前脂后”。

下面逐一进行分析，因为“庚寅本”中的情况前面已经分析过，下面就不再分析了。

首先分析史湘云出场和批语在各种版本中情况。

大家知道，史湘云是《红楼梦》中的主要人物之一，是仅次于林黛玉、薛宝钗的第三号女主人公，周汝昌先生甚至认为她就是脂砚斋。因此她的出场虽然不会像林黛玉出场那样隆重，也应该是很重要的情节，作者应该非常认真地设计她的出场。

但很遗憾，在所有脂本和程甲、程乙本正文中，她的正式出场都没有认真的描写，而且各种版本还有所不同。在所有脂本正文中，她的正式出场是在第20回。按照小说描述，史湘云是在毫无预兆、毫无出场介绍的情况下突然出现的，也未做任何介绍，她是谁家女儿，什么出身。读者如不了解，根本不知道她的来历。按照第20回她第一次出场的描写，她是先来到了贾母处，贾宝玉和薛宝钗听人来报后，才一同来贾母处看望她，林黛玉也在此，见贾宝玉和薛宝钗一起来，还因此生气。史湘云这样的出场似乎很不合理，似乎是作者的疏忽，在此之前应该单独安排史湘云出场的描写。

目前看到第20回史湘云的描写应该是《红楼梦》原本的描述，而后来的批评者（不一定是脂砚斋），发现了这个问题，于是在第13回中忠靖侯史鼎夫人出场时，加了批语，以便对史湘云做个铺垫。

但如仔细比较所有脂本和程本，就可以看出，第 13 回有关史湘云的批语都是十分含糊和混乱的，导致一般读者如不注意，往往会忽略了其中的差异和演变。

主要脂本和程本对此描写单位文字对比如下，“（）”内为双行批语：

戌：原来是忠靖侯史鼎的夫人来了
舒：原来是忠靖侯史鼎的夫人来了
列：原来是忠靖侯史鼎的夫人来了
己：原来是忠靖侯史鼎的夫人来了　伏史湘云
戚：原来　忠靖侯史鼎的夫人来了（伏史湘云一笔）那
蒙：原来　忠靖侯史鼎的夫人来了（伏史湘云一笔）那
辰：原来是忠靖侯史鼎的夫人来了（伏下文）史湘云
甲：原来是忠靖侯史鼎的夫人来了　　　　史湘云
乙：原来是忠靖侯史鼎的夫人　　带着侄女史湘云来了

－－－－－－－－－－－－－－－－－－－－－－－

戌：王夫人邢夫人凤姐等刚迎至　上　房
舒：王夫人邢夫人凤姐等刚迎　入上　房
列：王夫人邢夫人凤姐等刚迎　入上　房
己：王夫人邢夫人凤姐等刚迎　入上　房
庚：王夫人邢夫人凤姐等刚迎　入上　房
戚：王夫人邢夫人凤姐等刚迎　入上　房
蒙：王夫人邢夫人凤姐等刚迎　入上　房
辰：王夫人邢夫人凤姐等刚迎　入上　房
甲：王夫人邢夫人凤姐等刚迎　入　正房
乙：王夫人邢夫人凤姐等刚迎　入　正房

有些版本上还有眉批和夹批：

甲戌本夹批：史小姐湘云，消息也。

己卯本眉批：伏史湘云，系小注。

庚辰本眉批：伏史湘云，应系注解。

戚序本眉批：伏史湘云一笔六字乃小注，今本仍误，将史湘云三字列入王夫人、邢夫人之上谬甚。

二、从史湘云出场看“程前脂后”

史湘云是忠靖侯史鼎的侄女，第 13 回写秦可卿去世，忠靖侯史鼎夫人来吊唁，但史湘云却并未出现，批者就借此以批语形式来介绍史湘云。但各种版本的批语不同，从中可以看出各种版本中此批语的演化过程。

各种版本版本对此描述可分为以下几类。

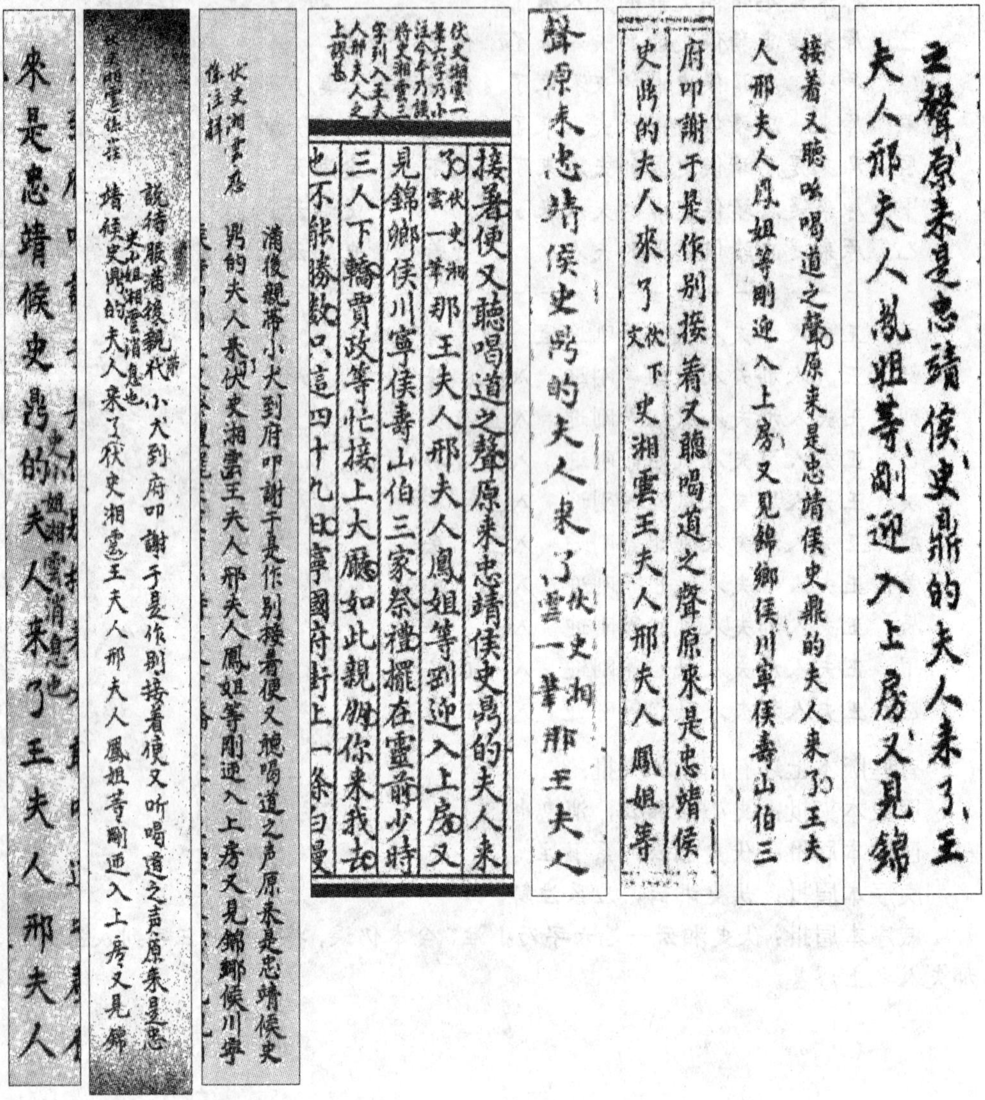

甲戌　己卯　庚辰　戚序　蒙府　甲辰　舒序　列藏

各种版本的“伏史湘云”

第一类，没有提史湘云，包括甲戌本、列藏本和舒序本。

1．甲戌本：这是目前看到的最早版本，在正文中并没有记述史湘云，也没有双行批，只有一夹批“史小姐湘云消息也”。其含义是指，此处虽然史湘云没有出场，但内含史湘云的消息。

2．舒序本和列藏本：在此处没有提及史湘云，也没有任何批注。

第二类，正文无“史湘云”，加双行批“伏史湘云一笔”，包括戚序本、蒙府本。

这些版本的编写者觉得此处应有史湘云，因此在抄写正文时，加入了双行批，说明此处本来应该有史湘云的一笔介绍。戚序本的刊刻者还再加眉批，对双行批再说明：“伏史湘云一笔六字乃小注，今本仍误，将史湘云三字列入王夫人、邢夫人之上谬甚”。此处“今本”明显是指程甲本（可能还有甲辰本等）把“将史湘云三字列入王夫人、邢夫人之上”的版本。

第三类，正文中有“伏史湘云”，包括己卯本、庚辰本。

在正文中出现了“伏史湘云”四字。很明显，这四字不应该是正文，而是把批语误为正文。因此说明己卯本和庚辰本共同祖本的编者发现此错误，加注“伏史湘云”。但被己卯本和庚辰本过录者误抄为正文了。对此后人发现问题，把此四字勾出，又都分别再加入了眉批“伏史湘云系小注”（己卯本）和“伏史湘云应系注解”（庚辰本）。

第四类，正文中就有史湘云出场，包括甲辰本、程甲本和程乙本。

1．甲辰本：在正文“原来是忠靖侯史鼎的夫人来了”之后，加双行批“伏下文”，之后再加“史湘云”。很明显，甲辰本抄写者也注意到此处应有史湘云，不仅加双行注“伏下文”，加以说明，还直接点名史湘云也一同来参加吊唁，因此把史湘云名字也列入出迎者之列。但这样结果“史湘云”名字就在“王夫人、邢夫人、凤姐”之前了，这就明显不合理了。所以戚序本眉批中称之为“谬甚”。

2．程甲本：到程甲本整理时，整理者肯定是仔细审查各种脂本，发现以前各种脂本虽然都注意到此处应有史湘云，但解决方法都有不合理之处，都没有彻底解决这个问题。因此程甲本和甲辰本一样，修改为“原来是忠靖侯史鼎的夫人来了，史湘云、王夫人、邢夫人、凤姐等刚迎入正房”。但这样仍把“史湘云”名字列在“王夫人、邢夫人、凤姐”之前，明显不合理。所以戚序本眉批中称之为“谬甚”。姚燮注意到此处不合理，加批语“当是衍文”。所以程甲本此处修改还是不彻底。

3．程乙本：程甲本的修改很明显不合理，这很快就被程乙本发现了，对此程乙本做了最彻底的修改，改为“原来是忠靖侯史鼎的夫人带着侄女史湘云来了”，这样修改最为合理。这样史湘云就在此处第一次正式出场，并对史湘云的身份做了清楚的说明，后面第20回史湘云再出场就很合理，而不突兀了。但王希廉在《红楼梦总评》中仍认为此处“恐系翻刻误填，非作者原本”。其含义是说，程乙本的添加并非是作者原本，而作者原本在此却未有任何描写。

以上四种情况列表表表示如下。

表 39．各种版本中史湘云出场

<table>
<tr><th>分类</th><th>版本</th><th>正文</th><th>批语</th></tr>
<tr><td>一</td><td>甲戌本、列藏本、舒序本</td><td>（无）</td><td>（无）</td></tr>
<tr><td>二</td><td>戚序本、蒙府本</td><td>（无）</td><td>伏史湘云一笔</td></tr>
<tr><td>三</td><td>己卯本、庚辰本</td><td>伏史湘云</td><td>（无）</td></tr>
<tr><td rowspan="2">四</td><td>甲辰本</td><td rowspan="2">史湘云</td><td>伏下文</td></tr>
<tr><td>程甲本、程乙本</td><td>（无）</td></tr>
</table>

从上表可以清楚看出，“伏史湘云”文字的修改和《红楼梦》版本演化基本一致，其演化过程是：没有正文——批语注解——误入正文——正文。

1．甲戌本——没有正文：一般认为是现在看到最早的版本，此处没有任何有关史湘云出场的描写。

2．列藏本、舒序本——也没有正文：也没有史湘云的描写，说明这两个版本是独立从甲戌本等原始版本直接演化而来的，因此也没有史湘云的描写。

3．戚序本、蒙府本——加批语：批语中加“伏史湘云”，但正文中没有。

4．己卯本、庚辰本——批语误入正文：在正文中出现了“伏史湘云”，明显是把注解误抄入了正文。

5．甲辰本、程本——改到正文：都是晚期版本，做了彻底修改，把史湘云列入正文。

三、各种版本对林黛玉眉毛、眼睛描写

从史湘云出场描写可以看出“程前脂后”的问题，另外的例子还很多，《红楼梦》第 3 回中对林黛玉眉毛和眼睛的描写，各种版本文字差异也很大，这是《红楼梦》版本研究很典型的例子，对于分析“程前脂后”也有意义。在前面“庚寅本”研究中也对此例进行了分析，因此此处就不再分析“庚寅本”。

《红楼梦》中各版本原文文字比对如下，其中甲戌本、己卯本、杨藏本文字有修改，分别刊出未修改和修改后的文字（本书下册第 287 页）。

甲戌原：两湾似蹙非蹙龙烟眉，一双似□非□□□□。

甲戌本：两湾似蹙非蹙笼烟眉，一双似喜非喜含情目。

己卯原：两湾似蹙非蹙罥烟眉，一双似目。

己卯本：两湾似蹙非蹙罥烟眉，一双似笑非笑含露目。

庚辰本：两湾半蹙鹅眉，一对多情杏眼。

舒序本：眉湾似蹙而非蹙，目彩欲动。

戚序本：两湾似蹙非蹙罥烟眉，一双俊目。

杨藏原：两弯似蹙非蹙罥烟眉，一双似目。

杨藏本：两弯似蹙非蹙罥烟眉，一双似喜非喜含情目。

列藏本：两弯似蹙非蹙罥烟眉，一双似泣非泣含露目。

卞藏本：两湾似蹙非蹙胥烟眉，一双似飘非飘含露目。

甲辰本：两弯似感非感笼烟眉，一双似喜非喜含情目。

程甲本：两弯似蹙非蹙笼烟眉，一双似喜非喜含情目。

程乙本：两弯似蹙非蹙笼烟眉，一双似喜非喜含情目。

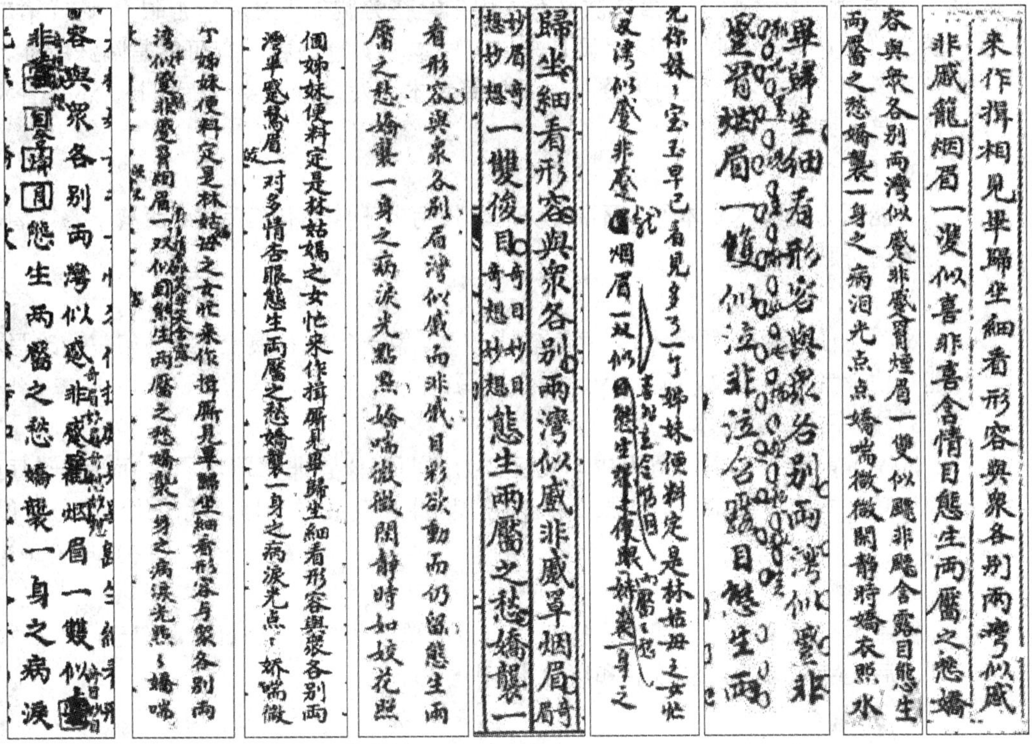

甲戌本　己卯本　庚辰本　舒序本　戚序本　杨藏本　列藏本　卞藏本　甲辰本

第 3 回林黛玉眉毛、眼睛描写

四、从林黛玉眉毛、眼睛描写看“程前脂后”

仔细分析各种版本文字和演化如下。

1．甲戌本

甲戌本底本此处文字不清，原文只有“一双似□非”，后面加了很多空格。而后人又在空格上加了补字。下面以“□”符号表示底本原来的空格，以“()”表示补字。

甲戌本底本：两湾似蹙非蹙龙烟眉，一双似□非□□□□。

甲戌本改写：两湾似蹙非蹙（笼）烟眉，一双似（喜）非（喜）（含情目）。

由于甲戌本底本不清，导致其他版本文字也非常混乱。

其他版本第一句除庚辰本外，基本没有太大差异，主要是第二句差异较大。

2．己卯本

己卯本情况比较复杂，其文字明显曾多次修改。第一句把甲戌本底本“龙”字改为很少见的“胥”字，第二句己卯本原文“一双似目”与甲戌本原文“一双似□非”很接近，文字都不清楚。己卯本文字可能来自甲戌本，或两本有共同祖本。此后第一次修改，有人用墨笔补上“笑非笑含露”，第二句变成“一双似笑非笑含露目”，这样就比较完整了。第二次又有人用朱笔在旁侧加“对多情杏眼”，这样第二句变成“一对多情杏眼”，这明显是来自庚辰本，从笔迹看，有可能是陶洙所补。关键是第一次的修补。是何人修补？是抄写者本人发现抄写错误而修补，还是后人所补？目前难以判别。

3．庚辰本

可能因为庚辰本底本原文不清，庚辰本抄写者干脆简化缩写为“两湾半蹙鹅眉，一对多情杏眼”。

4．舒序本

和其他任何版本都不同，文字有较大改动。第一句还有痕迹，第二句完全改写。可能是抄录者觉得原文不清，因此完全重写。

5．戚序本、蒙府本

戚序本前一句基本保留甲戌本文字，为“两湾似蹙非蹙罩烟眉”，而后一句可能因为其底本和甲戌本类似，原文都不明，因此和庚辰本相似，就简化为“一双俊目”。

6．杨藏本

杨藏本和甲戌本、己卯本一样，原文较简单，为“一双似目”，和己卯本基本相同。后文字有修改，修改后和甲辰本相同。

7．列藏本

列藏本把己卯本“一双似笑非笑含露目”，改为“一双似泣非泣含露目”，把“笑”改为“泣”，意思完全相反了，可能修改者觉得林黛玉是个忧郁女子，不宜用“笑”，因此改为“泣”。而“含露目”没有改。

8．卞藏本

最接近列藏本，但把列藏本“似泣非泣”改为“似飘非飘”，“含露目”相同。

9．甲辰本

甲辰本第一句把其他版本的“似蹙非蹙”，改为“似感非感”。这可能是抄写者不懂“蹙”字为何意，因此改为“感”。第二句把甲戌本“似笑非笑含露目”，改为“似喜非喜含情目”，即把“笑”改为“喜”，把“露”改为“情”，整体更加含蓄。

10．程甲本、程乙本

程甲本、程乙本两句都基本和甲辰本相同。但甲辰本第一句“似感非感”，又恢复为其他版本的“似蹙非蹙”。这可能是整理者发现甲辰本的错误而做了修改。

统计各种版本中对林黛玉研究描述（指未修改原本）如下。

表 40．林黛玉眼睛描写第二句比较（原文）

<table>
<tr><td>分类</td><td>1</td><td colspan="4">2</td><td colspan="2">3</td><td colspan="3">4</td></tr>
<tr><td>版本</td><td>甲戌</td><td>己卯</td><td>庚辰</td><td>戚序</td><td>杨藏</td><td>列藏</td><td>卞藏</td><td>甲辰</td><td>程甲</td><td>程乙</td></tr>
<tr><td>似喜非喜</td><td>◎</td><td rowspan="4">×</td><td rowspan="4">×</td><td rowspan="4">×</td><td rowspan="4">×</td><td></td><td></td><td>◎</td><td>◎</td><td>◎</td></tr>
<tr><td>似笑非笑</td><td></td><td></td><td></td><td></td><td></td><td></td></tr>
<tr><td>似泣非泣</td><td></td><td>◎</td><td></td><td></td><td></td><td></td></tr>
<tr><td>似飘非飘</td><td></td><td></td><td>◎</td><td></td><td></td><td></td></tr>
<tr><td>含情目</td><td>◎</td><td rowspan="2">似目</td><td rowspan="2">多情
杏眼</td><td rowspan="2">俊目</td><td rowspan="2">似目</td><td></td><td></td><td>◎</td><td>◎</td><td>◎</td></tr>
<tr><td>含露目</td><td></td><td>◎</td><td>◎</td><td></td><td></td><td></td></tr>
</table>

总结各版本的文字差异和演化，除舒序本文字有较大改动外，其他版本文字比较接近，根据原文及修改，可分为四类。

1．文字有明显空缺"□"，只有甲戌本一种，似乎是早期版本形态。

2．原文简略，后人有明显修改，有己卯本、杨藏本。

3．原文简略，且没有修改痕迹，有庚辰本、戚序本、蒙府本。

4．文字比较完整，有列藏本、卞藏本、甲辰本、程甲本和程乙本。

根据文字内容，除舒序本外，增加《脂砚斋红楼梦辑评》和"庚寅本"，又可分为六类。

1．甲戌本：原文不清。

原本文字有遗漏，因此有空格，是原始面貌，而现有文字应该是后补的。

2．庚辰本、戚序本、蒙府本：原文未修改补字。

原文很简单，可能是不知该补何字，因此都做了简化，且没有修改痕迹。

3．己卯本、杨藏本：原文有修改痕迹。

原文也很简单，但后人可能根据其他版本，对原文又做了修改补充。

4．列藏本、卞藏本：文字较合理。

文字做了修改，较合理。

列藏本改己卯本"似笑非笑"为"似泣非泣"更合理，"含露目"和己卯本相同。

卞藏本最接近列藏本，但把"似泣非泣"改为"似飘非飘"，"含露目"相同。

5．甲辰本、程甲本、程乙本：后期版本。

三本都是后期版本。甲辰本和甲戌本补字后文字相同，程甲本、程乙本和甲辰本基本相同。

从此例还可以进一步分析"程前脂后"说是否合理。按照"程前脂后"说，甲戌本、己卯本和庚辰本是在程本之后故意造假编出来的。

但从前面分析可以看出，甲戌本、己卯本和庚辰本在此例中的文字都有缺漏。甲戌本和己卯本有明显补字痕迹，而庚辰本文字很简略，可能是抄录者不知该如何补字合适。

而程本的文字和甲辰本很接近，十分完整。

如果甲戌本、己卯本和庚辰本是在程本之后编造出来的，程本文字很完整，而甲戌本、己卯本和庚辰本文字不完整。则只能解释为，甲戌本、己卯本和庚辰本在此处故意把本来很完整的文字搅浑，故意有遗漏，又有补字，又有删节。如此复杂的造假可能性很小。

而甲戌本文字的遗漏，和己卯本文字遗漏几乎相同，庚辰本的文字简略很可能是抄写者不知该如何补字，只好做简略的描述了事。这种解释非常合理。

从这段文字描写看，从甲戌本到己卯本、庚辰本的演变很合理，而相反，如是“程前脂后”，则解释很勉强。

总之，此例为《红楼梦》版本文字中比较复杂的一个例子，但十分典型，显示了各种版本文字的修改过程，很值得仔细研究。

五、文字对错、版本先后和共同祖本

从以上对史湘云出场和林黛玉眉毛眼睛描写的分析可以看出，脂本的描写中确实有很多错误，应该是原始的描写。而甲辰本和程本的描写则是做了彻底修改，把史湘云正式列入正文，应该是晚期的描写。换句话说，从史湘云出场描写看，应该是脂本在前，程本在后的。

但假如按照“程前脂后”的说法，则史湘云一出场的描写按照程本就是是在正文中的，而各种脂本却一再出错，把本来正文中的史湘云出场改为批语，又混入正文。这种演变明显是不合理的。

此例和很多脂本、程本的文字差异是相似的，都是程本合理，而脂本不合理。

按照“程前脂后”的说法，这是程本不错，而是各种抄本在抄写过程中出错，结果就把原来正文中的史湘云出场搞错了。

而按照主流红学的说法，是《红楼梦》原本未注意描写史湘云的出场，抄本发现此漏洞后，以批语等各种方式进行说明，搞得很混乱。

这两种解释刚好相反，“程前脂后”的看法是从合理到不合理，而主流红学的看法是从不合理到合理。

这种情况在《红楼梦》脂本和程本中还有很多例子，这也是欧阳先生产生“程前脂后”的初衷。

这个问题是双方各有各的看法，各自都认为自己更合理。这里涉及一个版本演化的基本问题——如何根据文字的对错、有无来判断版本的先后关系。

理论上文字出现了对错、有无，有三种可能。

第一种可能是改错，即文字正确或不缺的版本在前，而文字错误或缺失的版本在后。这是由于原本文字不错、不缺，而后出的版本在抄写中抄错，或遗漏。这种可能性确实很大，也很常见。

第二种可能是改对，即文字错误或缺失的版本在前，文字正确或不缺的版本在后。这是由于先出的版本文字有错、有缺，而后出的版本发现先出的版本在抄写中抄错，或遗漏，因此做了修改，改对了。这种可能性也有，也不可否认。

实际还存在第三种可能无所谓先后，即两本之间没有任何先后关系，两本都是来自某个祖本。至于祖本是抄错，还是没有抄错都有可能。可能共同祖本就有错，某本继承下来未改，而另一本改正了。也可能共同祖本没有错，某本继承下来没错。而另一本却抄错了。

总之，要根据文字的对错、有无判断版本先后，要极为慎重。不能简单根据对错来判断。

因此，“程前脂后”根据脂本有错、程本不错，就认为脂本抄错了，是晚出的，其根据不足。完全可能是，脂本本来就是过录本，抄写中出错，而程本把错误改正了。所以，只根据文字对错，有时很难判断版本的先后。

第四节 脂砚斋批语和相关史料

欧阳先生“程前脂后”的论述主要集中在三个方面：

第一是文本，包括同词脱文、避讳及一些文字差异等。

第二是脂砚斋批语，这是脂本的核心，也是欧阳先生“程前脂后”的核心。

第三是史料，包括有关脂砚斋、《春柳堂诗稿》、《枣窗闲笔》等材料的辨析。

前面针对文本进行了分析，下面针对脂砚斋批语和史料进行分析。

一、脂砚斋批语

现存脂本中有大量批语，根据欧阳健先生对甲戌本、己卯本和庚辰本的统计，甲戌本批语 1587 条，己卯本批语 754 条，庚辰本批语 2318 条，合计 4659 条；扣除内容重复或基本重复的批语，三本批语的总数实为 3610 条。再加上其他版本的批语，总数约 8000 多条，也有人认为有近 1 万条之多。

对于这些批语一般都称为“脂砚斋批语”，简称“脂批、脂评”。各种《红楼梦》批语辑校的书名也都冠以“脂砚斋”或“脂评”字样：

1. 俞平伯《脂砚斋红楼梦辑评》，1954 年、1963 年版；
2. 陈庆浩《新编石头记脂砚斋批语辑校》，1979 年版；
3. 朱一玄《红楼梦脂评校录》，1986 年版；
4. 郑庆山《红楼梦脂评辑校》，2006 年版。

最权威的《红楼梦大辞典》（2010 年版）中“脂砚斋”词条的表述如下：

> 脂砚斋及在早期抄本中包括畸笏叟、梅溪、松斋、棠村等的批语，简称“脂评”，批语分眉批、行间批、双行夹批等，数量达 8000 条之多。脂评对曹雪芹和《红楼梦》有着重要的作用。脂评是继李（卓吾）评、金（圣叹）评、张（竹

波）评之后，关于中国古典小说最有影响的文艺批评。

此词条说明有很大问题。

第一，词条称《红楼梦》中脂砚斋批语有 8000 多条。

第二，词条把脂砚斋批语和李卓吾评《水浒传》、金圣叹评《三国演义》和张竹波评《金瓶梅》相提并论。

按照词条说法，现存脂本中 8000 多条批语都是脂砚斋批语，这肯定是错误的。据统计，现存脂本中真正署名为脂砚斋、畸笏叟、梅溪、松斋、棠村等的批语，只有 174 条，即只占 8000 多条的 2%。其余 98%批语都没有署名，基本都是后人所批，很多都是抄书人自己有感而发所写。即便是正文之中的双行夹批，也可能是抄书人抄到此处有感而所插入，而不是原本所有，更不是脂砚斋、畸笏叟、梅溪、松斋、棠村所批。

词条把脂砚斋和李卓吾、金圣叹、张竹波并列，因为李卓吾评《水浒传》、金圣叹评《三国演义》和张竹波评《金瓶梅》，都是本人所批，这样会给读者一个错误印象，似乎脂批全是脂砚斋等人的批语。但实际如上所述，现存脂本中 98%的批语都不是脂砚斋等人的批语，而是后人的批语。

由于现存脂本中 98%批语并非是脂砚斋批语，而是后人所批，至于到底是何时、何人所批，目前已经无从考证。虽然有人力图从多个角度去分析研究哪些是脂砚斋的批语，但非常费力。

由于 98%的批语是后人所批，所批的时间又无法确定，因此要根据这些批语去判断版本的先后，就会有很大问题。

欧阳先生提出“程前脂后”，其主要著作《还原脂砚斋》也是以脂砚斋批语为核心。批判“程前脂后”的论者也都没有仔细分辨哪些是脂砚斋等人的批语，哪些是后人的批语。如果不分辨清楚这个问题，就无法判断其版本的先后，这是很明显的道理。

因此，由于现存脂本中 98%的批语都是后人的批语，批语的时间都无法确定，这就和现存的脂本都是过录本一样，在无法确定过录时间，无法确定批语的时间，要根据批语去分辨版本的先后，是非常困难的，有时是毫无意义的。

至于脂砚斋署名的批语，真是脂砚斋所批，还是假托，就比较复杂了。按照“程前脂后”的说法，脂砚斋都是假托的，自然批语就是假的。而主流红学认为脂砚斋是确有其人，脂砚斋批语自然就是真的了。限于篇幅，此处无法展开讨论了。

另外，就程本而言，有两点是公认的。

第一，程本的底本肯定是有批语的，这在程伟元的序言中说的很清楚。

第二，程本中出现了把批语混入正文的现象，这也说明程本的底本是有批语的。

这样问题就转化为：程本的底本和现存脂本的原本是什么关系？根据程伟元的自述，程本是他们参考诸多版本整理而成。如属实，则程本没有某个固定的底本，程本和现有脂本的关系就十分复杂。它们最终的祖本肯定是曹雪芹的原本，但其后可能经过了及其复杂的演变，要还原这些演变过程，由于资料缺乏是极为困难的。

各人有各人不同看法也很正常。

二、甲戌本附条

甲戌本中新发现一条附条批语，此附条批语对“程前脂后”造假说也有意义。

“程前脂后”造假说的一个重要出发点和根据，就是认为甲戌本是造假的。

“程前脂后”造假说认为，胡适发表有关《红楼梦》考证文章后，造假者（后来更有人指认就是陶洙）就迎合胡适的考证，伪造了甲戌本卖给胡适。胡适得到如获至宝，还故意隐瞒卖书人的姓名，怕人去核实。而其他己卯本、庚辰本，甚至王府本等，都是陶洙以后一手炮制，陆续卖出的。陶洙最后炮制了北师大本，先卖给中国书店，后又转给北师大。炮制完北师大本陶洙就去世了。如此编造真如同侦探小说一般。“程前脂后”造假说一出，就引起巨大争议，至今欧阳健先生还在不断著文论述“程前脂后”。

甲戌本上发现附条批语，从一个侧面说明，“程前脂后”造假说的合理性是可能有问题的。

对于此附条的来历，目前还有争论。有人认为是周汝昌兄弟所为，我认为这种可能性很小，周汝昌当时只是个学生，他从胡适处借来珍贵的甲戌本，怎么会随便贴条加批语。所以我认为附条最大可能是甲戌本最后一位收藏者所为，因为如果是前期收藏者所为，后来的收藏者会撕掉此条。

可以设想，如果甲戌本是故意伪造的卖给胡适，那就应该尽量做旧。但此附条批语明眼人一看就知道是后人所贴的，这对于造假人来说岂不是很不利吗？如是造假，为何造假人还要故意加一个附条批语，然后有撕掉，这很不合理。因此从这附条批语看，“程前脂后”造假说的合理性就很值得怀疑了。

当然这附条批语不是“铁证”，造假者也可能故意造个贴条批语。由此也可看出，小小一个附条批语可以延伸出很多问题进行研究。

在甲戌本上，除新发现的附条批语外，还有多种批语，如墨笔眉批、夹批，还有多处改字，本书在分析“庚寅本”时都有介绍和分析。从这些批语看，甲戌本是经过多人批阅的，而绝非某个人的作伪。因此“程前脂后”造假说认为甲戌本是故意造假的产物可能性很小。

三、相关史料

欧阳先生“程前脂后”的论述主要集中在三个方面：

第一是文本，包括同词脱文、避讳和文字差异等。

第二是脂砚斋批语，这是脂本的核心，也是欧阳先生“程前脂后”的核心。

第三是史料，包括有关脂砚斋、《春柳堂诗稿》、《枣窗闲笔》等材料的辨析。

前面分析了文本和脂评，对于史料主要分两方面，一是有关曹雪芹的史料，二是有关脂砚斋的史料。

在有关曹雪芹的史料中，争论集中在《春柳堂诗稿》。欧阳先生认为《春柳堂诗稿》是伪作，是为适应胡适考证而编造出来的。但我仔细阅读《春柳堂诗稿》后，觉得欧阳先生的论述是有问题的。

在有关脂砚斋的史料中，最主要的是《枣窗闲笔》，欧阳认为此书也是伪造，很多学者对此进行了详细分析，限于篇幅，此处无法展开论述。和《春柳堂诗稿》一样，我觉得欧阳先生的论述也是有问题的。

总之，欧阳先生的“程前脂后”是先入为主，先认为脂本是造假的，随之相关文献自然都是故意造假的产物。历史文献由于各种原因，有些是不可靠，如著名学者袁枚认为曹雪芹是曹寅的儿子就是明显的错误。如何正确地分析史料是非常认真的事情，如对史料有怀疑，一定要不带任何倾向去论证。这就和西方法制一样，法庭要从无罪开始，而不是先认定有罪，再去找证据，那是完全错误的，很可能会得出错误结论。“程前脂后”的根本问题就在于此，先下结论，再找证据，任何可能拉上关系的“证据”都算上，这样论证出的结果自然无法服人。

但“程前脂后”对这些历史文献提出质疑，迫使主流红学被迫去查找各种新的历史文献，验证有关曹雪芹和脂砚斋的文献的可靠性，这也可以说是“程前脂后”对红学研究的贡献吧。

总结“程前脂后”，应该从两方面看。

第一，严格讲，程本肯定不是曹雪芹的原本，而是根据某个或某几个抄本整理的，因此从这个角度看，是脂前程后，而不存在“程前脂后”。

第二，现存脂本由于基本都是过录本，因此抄写时间确实又有可能是在程本之后。因此从时间（不是版本演化）角度看，又有可能存在过所谓的“程前脂后”。

这才是对“程前脂后”的正确、全面的表述。

第二章　也谈《红楼梦》中的“移花接木”

第一节　“移花接木”？

一、《红楼梦》探微

刘世德先生在《文学遗产》2014 年第 4 期上发表文章《移花接木：从柳湘莲上坟说起——〈红楼梦〉创作过程研究一例》，此文是很有意思的一篇文章，从柳湘莲上坟、贾政出差、二尤故事、“上回”批语的本意等 4 个“疑窦”，通过引申、解释和分析，认为柳湘莲、二尤故事，在曹雪芹的初稿中，应位于现今的第 14 与第 16 回之间。

此文继承了刘先生通过“探微”来研究《红楼梦》的一贯思路。早在十多年前的 2003 年，刘先生就出版了《红楼梦版本探微》一书，此书通过对秦钟之死、薛蟠之闹、彩霞与彩云齐飞、迎春是谁的女儿、黑眉乌鸦的活猴儿、一个多余的安分守己的好人、贾兰＝贾兰 A＋贾兰 B、三春的住处等“微小细节”，来研究《红楼梦》的版本和创作过程。多年来刘先生一直坚持这个思路，今日又从柳湘莲上坟等四个新的微小细节，来分析《红楼梦》的创作过程。通过解剖这四个“疑窦”，证明了曹雪芹从《风月宝鉴》到《红楼梦》的创作过程。刘先生的研究方法很新颖，研究结论也很值得进一步思考。

《红楼梦》是一部故事复杂、人物众多的长篇巨著，曹雪芹自己说是“批阅十载，增删五次”，说明《风月宝鉴》到《红楼梦》的创作过程肯定是极为复杂的，对此学术界也有“一稿多改”和“两书合成”等多种看法。由于《红楼梦》创作过程留下的相关资料过于缺乏，如何分析“批阅十载，增删五次”、从《风月宝鉴》到《红楼梦》的创作过程，就成为一个难题。这就和所有案件侦破一样，只能从案件本身去寻找蛛丝马迹，寻找证据。在侦破案件中，有时一些细微的证据有可能成为案件的侦破突破口，在《红楼梦》创作过程也很类似。因此，刘先生的“探微”研究方法是可取的。

但《红楼梦》研究又和案件侦破有本质的不同，“探微”所找到的各种“证据”，都不是“铁证”，都有多种解释，即多种可能。当然，多种解释的可能性有大有小。

但对于可能性的大小，又是仁者见仁，智者见智，红学界恐怕永远也无法取得一致意见。虽然如此，但每提出一个新思路、新看法，还都是值得称赞的，我觉得刘先生此文的意义也就在此。

下面就逐一分析刘先生所举出的 4 个“疑窦”，看看刘先生的分析是否合理，是否还有其他解释，各种可能性中哪种可能性最大。

我对《红楼梦》素来没有研究，只是最近在研究《红楼梦》的所谓“庚寅本”，有些心得而已。对刘先生提出的 4 个“疑窦”，我很有兴趣，因此想抛砖引玉，谈谈自己的粗浅看法，如有不当之处，请各位指教！

二、“移花接木”的论证

刘世德先生解剖 4 个“疑窦”从而认定这是“移花接木”的论证，主要根据以下几方面：

1．3 个故事：第 47 回柳湘莲上坟，第 64 回贾政出差，第 63 和 65 回二尤故事；

2．两个出场：第 14 至 16 回柳湘莲会秦钟，第 13 回二尤姊妹出场；

3．两个批语：第 13 回“伏后文”和第 64 回“上回”批语。

刘先生对上述“疑窦”的解释认为：

1．第 47 回柳湘莲上坟、第 64 回贾政出差、第 63 和 65 回二尤故事三个故事被“挪移”了 50 回（实际柳湘莲上坟是三十回），柳湘莲上坟和二尤故事本应在第 14 至 16 回之间，而贾政出差应在第 37 回之前。

2．柳湘莲会秦钟和二尤姊妹分别在第 13 回和第 14 至 16 回之间出场，上述三个故事本应由此开始展开。

3．第 13 回“伏后文”批语和第 64 回“上回”批语相呼应，证明第 13 回与第 64 回本来是相连的。

刘先生上述论述似乎非常严密和合理，但这是否是唯一的合理解释呢？是否还有其他的解释？哪种解释可能性更大？这就是本文针对刘先生上述分析，要进一步要研究的问题。下面逐一进行分析。

第二节　三个故事

一、柳湘莲谈起给秦钟上坟

《红楼梦》第 47 回中描述了贾宝玉和柳湘莲谈起给秦钟上坟一事，刘先生认为此处有“疑窦”。秦钟去世是在第 16—17 回，柳湘莲出场是在此第 47 回，在此之前，柳湘莲并未与秦钟有任何交往，但为何在秦钟去世 30 回后，柳湘莲突然和贾宝玉谈起给秦钟上坟？这似乎完全不合情理。

刘先生文章中说：“柳湘莲故事的篇幅应位于我们所看到的第 14 回至第 16 回之间，它们被往后挪移了 50 回（实际是三十回）”。

但此处刘先生的叙述似乎不够准确，所谓“柳湘莲故事”实际有两部分。第一是柳湘莲和秦钟相识，第二是柳湘莲给秦钟上坟。不应把柳湘莲和秦钟相识，和柳湘莲为秦钟上坟，这两个故事混在一起。

首先，柳湘莲与秦钟缔交确实是应该在第 14 回和第 16 回之间，这个分析不错，这确实是《红楼梦》作者的遗漏。因此说：柳湘莲“和秦钟会面故事”应位于第 14 回至第 16 回之间，没有错误。这种疏忽和遗漏在《红楼梦》中还有其他例证。

《红楼梦》中由于人物众多，情节复杂，类似柳湘莲和秦钟相识这类故事情节的遗漏和疏忽是常有的。最典型的是史湘云出场的遗漏。本书前面对此有专门分析，再复述如下。

大家知道，史湘云是《红楼梦》中的主要人物之一，是仅次于林黛玉、薛宝钗的第三号女主人公，周汝昌先生甚至认为她就是脂砚斋，因此她的出场虽然不会像林黛玉出场那样隆重，也应该是很重要的情节，作者应该非常认真地设计她的出场。

但很遗憾，在所有版本正文中，她的正式出场都没有认真的描写，而且各种版本还有所不同。按照小说第 13 回描述，史湘云是在毫无预兆、毫无出场介绍的情况下突然出现的，出场也未做任何介绍。史湘云这样的出场似乎很不合理，应该是作者的疏忽。目前看到史湘云出场的描写应该是《红楼梦》原本的描述，而后来的整理者发现了这个问题，分别作了修订。但仔细比较各种版本，可以看出有关史湘云出场是十分含糊和混乱的。

史湘云出场遗漏和柳湘莲与秦钟相识，同样是《红楼梦》的遗漏和疏忽，对于《红楼梦》这样规模庞大的长篇作品，出现这样的纰漏并不奇怪。

二、柳湘莲上坟挪移 50 回？

刘先生查明《红楼梦》中遗漏了柳湘莲会秦钟，并认为相会应在第 14 至 16 回之间，这个分析是完全正确的。

但刘先生又说“柳湘莲故事被后移了 50 回”，这似乎就有问题了。这里刘先生所谓的“柳湘莲的故事”到底是指上述哪个故事？柳湘莲和秦钟相识肯定应在第 14 回至第 16 回之间，因此“柳湘莲故事”如指柳湘莲会秦钟就不可能“被往后挪移了 50 回”。所谓“被往后挪移了 50 回”的柳湘莲故事，只能是指柳湘莲为秦钟上坟故事。刘先生本意也是如此。

但即便是说柳湘莲上坟故事被挪移 50 回，也不完全合理。因为秦钟是第 16—17 回去世，从文字叙述看，柳湘莲上坟是秦钟死后较长时间才去上坟，而不是秦钟刚死就去上坟的。所以《红楼梦》描述柳湘莲在第 47 回才去上坟，是被后移了 50 回似乎不准确。

而且从第 17 回到第 47 回，实际此处应为 30 回，而不是 50 回。

如仔细分析，柳湘莲给秦钟上坟有三种可能。

第一种可能是，柳湘莲给秦钟上坟就在秦钟刚死后不久，即现在的第 17 回之后。但这与目前第 47 回的描述矛盾，根据此回中柳湘莲的叙述，秦钟死在春天，柳湘莲和贾宝玉谈话是在秋天，因此柳湘莲才说“今年夏天的雨水勤，恐怕他的坟站不住”，因此按照此说法，柳湘莲给秦钟上坟，距离秦钟之死已经时间很长，柳湘莲才会担心“坟站不住”。

第二种可能是，柳湘莲给秦钟上坟在秦钟之死的第 17 回之后一段时间，在现在的第 47 回之间。现在是在第 47 回是被“挪移”了，这符合刘先生向后“挪移”的分析，但只有 30 回，更没有 50 回之多。

第三种可能是，《红楼梦》原稿（即《风月宝鉴》）柳湘莲给秦钟上坟就在现在的第 47 回，距离秦钟之死差 30 回（不是 50 回）。但即便如此，似乎这也不是“曹雪芹大师的败笔”。柳湘莲隔了很长时间去上坟并无不合理之处。一般上坟都是长时间之后，而不是人刚死就去上坟。除非柳湘莲未参加秦钟葬礼（《红楼梦》中确实无此记录），才会在秦钟刚去世就去上坟，但这就没有刘先生所说的“挪移 50 回”了。可是这样也就和柳湘莲所述的隔了“夏天”，怕“坟站不住”矛盾了。除非《风月宝鉴》原稿中没有柳湘莲的上述谈话，这些谈话是定稿《红楼梦》将柳湘莲上坟“挪移”30 回（不是 50 回）之后重新编写的。但这只是理论上存在的可能性而已。因此在现在《红楼梦》中第 47 回柳湘莲上坟并非完全不合理，如延伸下去，说柳湘莲上坟故事是“移花接木”似乎就有些牵强了。

总之，按照刘先生的思路，所谓“柳湘莲故事”最清楚的表述应该是分别说明这两个故事，而不能混为一谈。即：柳湘莲与秦钟相识故事应在第 14 至 16 回之间，第 47 回柳湘莲给秦钟上坟被往后挪移了 50 回（实际是 30 回）。但这“挪移”是否合理，还有不同看法，刘先生认为完全不合理，但仔细分析，也有其合理成分在内。

虽然刘先生说柳湘莲上坟故事挪移 50 回根据不足，但柳湘莲故事曾被挪移，还是有一些线索的。今本柳湘莲在第 47 回方出场，但早有学者认为旧稿中湘莲出场时间有可能较早，虽没有证据证明是在第 14 至 16 回，但有证据证明是在今本第 26 回之前。甲戌本第 26 回总批：“前回倪二、紫英、湘莲、玉菡四样侠文皆得传真写照之笔”，26 回刚好在第 14 至 16 回到 47 回的大约一半。但在今本第 26 回前并没有找到这些故事，因此这可能是在第五次增删之前，作者将有关柳湘莲的“侠文”删去了。

在古代小说研究中常会遇到这类情况，仔细分析会有多种可能性，而各种可能性又有大有小。而认定各种可能性的大小，又是仁者见仁，智者见智的问题了。甲认为某种可能性最大，而乙却认为另一种可能性最大，可能谁也说服不了谁，很难达成一致意见。

我看柳湘莲上坟一事也是如此，有多种解释，多种可能。目前怕难以得出大家都认可的结论，《红楼梦》中很多问题都如此，下面几个问题也是如此。

三、尤二姐、尤三姐出嫁问题

《红楼梦》中由于人物众多，情节复杂，类似柳湘莲上坟这类人物出场和故事展开，时间相隔太远的情况，还有一例是尤二姐、尤三姐出嫁问题。

刘先生文章中指出了尤二姐、尤三姐的出场和出嫁之间相隔时间也太远了。尤二姐、尤三姐第一次出场是在第 13 回秦可卿的葬礼之后，《红楼梦》原文是：“只见秦叶（业）、秦钟并尤氏的几个眷属、尤氏姊妹也都来了”。这里的“尤氏姊妹”就是尤二姐和尤三姐。但此后直到尤氏姊妹再次出现，是到了第 63 回尤二姐嫁给贾琏，第 65 回尤三姐要嫁柳湘莲，从第 13 回到第 63、65 回，这中间确实有 50 回（此处确实是 50 回，而不是柳湘莲上坟的 30 回），这 50 回中尤氏姊妹再没有出现。为何中间出现 50 回空白？刘先生认为这又是一个“疑窦”。

由于尤三姐是想嫁给柳湘莲，而柳湘莲给秦钟上坟是在第 47 回，刘先生把这一系列故事联系起来，认为《红楼梦》原稿上述故事的顺序似乎应该都安排在第 14 回到第 16 回之间，这样上述的“疑窦”都可解释。

按照刘先生对《红楼梦》原稿中柳湘莲、尤氏姊妹故事的设想，似乎应该是这样：

第 13 回秦可卿去世，尤氏姊妹出现。第 14 回到第 16 回之间，柳湘莲与秦钟会面。第 16 回秦钟去世，随后尤二姐暗嫁贾琏，尤三姐要嫁柳湘莲。然后是柳湘莲给秦钟上坟（具体回目不详）。这样故事十分通顺，也十分合理。

在刘先生看来，尤氏姊妹的问题是，第 13 回出现后，为何要到第 63、65 回中再出现？这又是一个“疑窦”。但实际《红楼梦》中对人物出场有时是很不重视的，不仅尤氏姊妹出场未重视，就是上述的史湘云出场也有类似问题。

如前所述，史湘云出场是在第 13 回随姑母史鼎夫人参加秦可卿葬礼，但未加描述，而直到第 20 回中又突然出现。因此在《红楼梦》中这类从出场到有详细描述之间常会相隔一段时间，并非都是“疑窦”。当然，史湘云这里只有 7 回，而没有柳湘莲的 30 回和尤氏姊妹的 50 回。

总之，在第 13 回秦可卿去世，安排尤氏姊妹出场，但随后并没有马上展开她们的故事，而直到 50 回后的第 63、65 回才安排她们出场，我认为出场和展开故事之间不一定要有紧密的联系。人物出场可能有外部环境的需要。如史湘云和二尤的出场，都是因为秦可卿之死。第 13 回二尤出场时，大观园还在兴旺时期，而尤氏姊妹故事所描写的贾琏暗娶尤二姐，是大观园内部矛盾冲突逐渐激烈，走向衰败，因此就应该安排在尤氏姊妹出场 50 回以后了。从《红楼梦》80 回故事整体而言，这种“挪移”50 回并非“大师的败笔”，也并非不合理。

当然刘先生认为，在《红楼梦》原稿《风月宝鉴》中，尤氏姊妹故事是紧接第 13 回她们出场之后，在第 14 至第 16 回，并和柳湘莲上坟相接，这样尤氏姊妹和柳湘莲故事就很紧凑。这理论上有可能是《风月宝鉴》是初稿。但如果是这样虽然故事紧凑，篇幅也不会很大，就没有后期《红楼梦》那样篇幅宏大，构思缜密。假设确实如此，就是《红楼梦》把尤氏姊妹和柳湘莲故事“挪移”了50回，从《风月宝鉴》的紧凑故事，“挪移”到现在《红楼梦》时间跨度长达50回的不合理的故事了。

关于二尤故事中的矛盾，很早就有人做过研究。从对这段故事相关时间的仔细分析，可看出这段时期内有关二尤、湘莲、薛蟠和贾琏等人的活动情节中，出现了大量时间、空间背景不一致的矛盾。因此早有人怀疑二尤故事是经过作者多次修改、剪接而成的，否则不会能出现这么多时间矛盾。因此很多学者认为，二尤姊妹故事是从《风月宝鉴》旧稿中插入《红楼梦》以后，未修改或者是未完成修改的遗留。对此，戴不凡、朱淡文等很多先生都早有分析，可以参看。

但刘先生认为二尤故事原稿是在第14至16回之间，这还是第一次。

由于资料缺乏，有关尤氏姊妹和柳湘莲上坟故事，在今本《红楼梦》中的安排是否合理，是由于什么原因造成的？是否是被“挪移”了50回？由于缺乏曹雪芹《风月宝鉴》的原稿，只是各种推测而已，这就又演变成仁者见仁，智者见智的问题了。

四、贾政出差和参加贾敬葬礼问题

刘世德先生指出《红楼梦》中“挪移”故事，而导致“移花接木”的证据，主要根据三个故事，除柳湘莲上坟、尤氏姊妹出嫁外，还有一个是贾政出差后，又回来参加贾敬葬礼问题，刘先生认为这是一个和柳湘莲上坟、尤氏姊妹出嫁故事相似的被“挪移”了故事，也是“移花接木”的又一个证据。

此事在《红楼梦》各回中叙事如下。

第37回记述贾政出差去了，直到第71回才记述他回京，中间有34回贾政不在家中。

但奇怪的是，第64回贾敬去世，贾政竟然又出现在参加葬礼的名单中。但各本记述不同，庚辰本缺此回，己卯本没有贾政出现，其他列藏本、蒙府本、杨藏本、甲辰本都有三处贾政出场，戚序本只有一处，其他三处是他人名字。

对贾政出差又返回参加葬礼，似乎不合理，很多学者都注意到了，对此也有各种分析和看法。

刘先生对此的看法是：己卯本和戚序本改掉了贾政的名字。换句话说，刘先生认为《红楼梦》原稿中是有贾政出席的，己卯本和戚序本做了修改。这在理论上是完全可能的，虽然贾政出差中在外，但他听到贾敬去世，他是完全可能返回参加葬礼，然后再返回出差地暂时返回参加葬礼，然后再返回出差地，这也完全合理。

但仔细分析，贾政是否出席葬礼又有多种可能，刘先生所说他参加了葬礼，只是一种可能而已。实际还有其他多种可能，理论上也可能是：《红楼梦》原稿本来贾政就没有参加葬礼，就没有贾政的名字，己卯本是原稿的原貌。戚序本和其他版本没有注意到第37回贾政已经出差了，或觉得贾政应该返回参加葬礼，因此又加上了贾政的名字，戚序本只加了一处，其他版本加了三处。

这两种可能性中，哪种可能性更大？又是仁者见仁，智者见智的问题了。

刘先生肯定认为原稿是有贾政的名字的，是己卯本删除了，戚序本修改了可能性大。但我认为，原稿作者记得贾政出差了，因此没有安排他参加葬礼，是完全可能的。其他版本是后改的，不是原稿。

按照刘先生的分析，《红楼梦》原稿贾政在第 37 回出差了，第 71 回才返回，而第 64 回却又返回参加贾敬葬礼，两个情节抵牾，很不合理。因此刘先生认为，贾政出席葬礼，就和柳湘莲上坟、尤氏姊妹出嫁一样，是被《红楼梦》“挪移”了，不过贾政参加葬礼应在第 37 回出差之前，只“挪移”了 27 回，即小于柳湘莲上坟的 30 回，更小于尤氏姊妹出嫁的 50 回。因此刘先生认为：三个故事的创作过程是一样的，都是《风月宝鉴》中三个故事到《红楼梦》中被向后“挪移”了。

但刘先生的分析似乎也有不足，还存在另外的可能。

首先，贾政没有参加贾敬葬礼是完全可能的，而且似乎更合理，其他版本中出现贾敬名字是后补的。假设如此，则就不存在贾敬故事被“挪移”，此事也就不能成为“移花接木”的证据。

其次，假设贾敬即便确实参加了葬礼，也不存刘先生所认为的，和第 37 回出差、第 71 回返回相矛盾。因为贾政虽然出差了，但完全可以请假返回参加葬礼的。

综合以上分析，《红楼梦》原稿中，很可能贾敬并未参加贾敬葬礼，这样也就不存在贾敬故事被“挪移”，也不存在“疑窦”，更不存在“移花接木”问题了。

第三节　两个批语

一、“伏后文”和“上回”两个批语

刘世德先生指出《红楼梦》中有三个被“挪移”的故事，这就是“移花接木”的证据。这三个故事分别是，第 47 回的柳湘莲上坟、第 63、65 回的尤氏姊妹出嫁和第 64 回贾政出差又参加贾敬葬礼。刘先生认为这三个故事都是被“挪移”了，前两个故事本来都应该是在第 14 至 16 回之间的，那样故事就紧凑和合理了。因此这三个故事是“移花接木”的三个有力的证据。

除了这三个故事外，刘先生还找到两条批语支持上述论证。

这两条批语分别是：

第一条批语是在第 13 回中，在参加秦可卿葬礼的尤氏眷属名字之下，甲戌本、己卯本、庚辰本、蒙府本、戚序本和甲辰本在此都有“伏后文”的夹批。

此“伏后文”是哪回的后文呢？刘先生分析有两种解释。

第一种解释是指第 63、65 回的尤氏姊妹的故事，但刘先生自己也认为，第 13 回到第 63 回相距太远，在第 13 回读者未必会想到第 63 回故事。到第 63 回时，读

者未必会想到第13回尤氏姊妹的出场。因此，说第13回批语是指第63回故事有些牵强。

第二种解释是指第16回秦钟去世时，曾提到秦钟的远房婶母和几个兄弟。这相距不远，似乎比第63回更合理些。但第16回所提到的秦钟的远房婶母和几个兄弟根本不是什么重要人物，毫无必要在第13回加批注“伏后文”。

因此，第13回“伏后文”批语含义很不清楚。

如只有一条批语，并不能说明什么问题。刘先生又在第64回中发现另一条可以和第一条批语呼应的第二条批语，成为刘先生“挪移”故事的又一个证据。

在列藏本第64回的回前诗之后，有一段批语，其中提到“上回秦氏病故、凤姐理丧”，这明显是指第13、14回中“秦氏病故、凤姐理丧”之事。但第64回与第13、14回，相隔50回（又是50回!），怎么说是“上回”？刘先生认为此为第四个疑窦。

因此，如何解释第13回的“伏后文”和第64回的“上回”两个批语，就是刘先生此文的又一个核心问题。对此刘先生认为，这又是一个“挪移”的证据！他认为：第13回的“伏后文”是指第63、65回的尤氏姊妹故事，即上述第一种解释。和此对应，第64回批语“上回”就是指第13、14回的“秦氏病故、凤姐理丧”。这样，尤氏姊妹故事就在第14至16回之间，这样不止这两个批语可以圆满解释，其他四个“疑窦”均可“焕然冰释”！这真是个奇妙而圆满的解释！

这种解释中是否有疑问呢？对“伏后文”和“上回”批语是否还有别的解释吗？既然刘先生把问题提出，我们不妨钻牛角尖，把这两个问题再深入分析一下。

二、“伏后文”批语分析

“伏后文”是《红楼梦》中常用的批语，据统计《红楼梦》全部批语中，出现“伏后文”批语共计8次。这8处批语可分两类：

第一类批语是“伏后文”确有所指。

第二类批语是“伏后文”没有找到合适的所指内容。

分别介绍如下。

第一类批语：8条中有6条“伏后文”是确有所指。

1．第1回

> [正文] 好防佳节元宵后，便是烟消火灭时。
>
> 甲戌夹：伏后文。（甲辰同）

分析：此“伏后文”是指本回中甄士隐女儿丢失一事，所指很明显，所以此处确是“伏后文”。

2．第2回

［正文］这珍爷那里肯读书，只一味高乐不了，把宁国府竟翻了过来，也没有人敢来管他。

甲戌夹：伏后文。（甲辰同）

分析：此处说贾珍在宁国府的混乱，所指很明显，所以此处确是“伏后文”。

3．第7回

［正文］他虽腼腆，却性子左强，不大随和，此是有的。

蒙府：伏后文。

分析：此批语是秦可卿对宝玉说秦钟的性格，后面秦钟和宝玉一同去读书验证了秦可卿的说法，所以此处确是“伏后文”。

4．第8回

［正文］别跟着那些不长进的东西们学。

甲戌夹：总伏后文。

分析：此处是贾母叮嘱宝玉，不要出去胡闹。但后来果然不幸被贾母言中，在学堂里宝玉、秦钟和金荣大闹一番，所以此处确是“伏后文”。

5．第19回

［正文］又当奇事新鲜话儿去学舌讨好儿。

己卯夹：补前文之未到，伏后文之线脉。（庚辰夹同）

分析：这是黛玉对宝玉劝解之话语，“补前文”和“伏后文”都有所指，所以此处确是“伏后文”。

6．第20回

［正文］李嬷嬷骂袭人一段。

庚辰眉：特为乳母传照，暗伏后文倚势奶娘线脉，《石头记》无闲文并虚字在此。壬午孟夏，畸笏老人。

分析：此处李嬷嬷先骂袭人，“伏后文”是指后文宝玉为袭人辩护几句，奶娘李嬷嬷倚势连宝玉也骂起来，最后是被凤姐劝走了。所以此处确是“伏后文”。

第二类批语：8条中有2条，“伏后文”没有找到合适的所指内容。

1．第7回

［正文］只见惜春正同水月庵的小姑子智能儿一处顽耍呢。

甲戌夹：总是得空便入。百忙又带出王夫人喜施舍等事，可知一支笔作千百支用。又伏后文。

分析：此“伏后文”批语和第13回批语“伏后文”很类似，批语说“百忙又带出王夫人喜施舍等事”，但查遍前后几回，都无此事。很奇怪。

2．第 13 回

[正文] 并尤氏的几个眷属尤氏姊妹。

甲戌夹：伏后文。(己卯夹、庚辰夹、戚序、甲辰同)

分析：此例即本文所分析的例证，没有找到“伏后文”所指的到底是何事。

根据以上分析，“伏后文”没有找到所指的到底是何事，有两处，因此第 13 回“伏后文”之后，找不到找到与尤氏姊妹有关的事情，并不是唯一的一例。

至于没有找到与“伏后文”对应的事情，其原因又有多种可能。如可能“伏后文”与尤氏姊妹有关的事情，后来被删除了。这种情况在《红楼梦》中很常见，最出名的是秦可卿与贾珍偷情被删除。另外甲戌本第 26 回总批中谈及的“前回倪二、紫英、湘莲、玉菡四样侠文皆得传真写照之笔”，在今本并没有，因此也肯定是被删去了。

所以，第 13 回“伏后文”之后却找不到合适的与尤氏姊妹有关的“后文”，完全是可能的。而要把此“伏后文”和 50 回后的第 64 回尤氏姊妹出嫁故事联系起来，只是理论上的一种可能而已。这多种可能中，哪种可能最大也很难说了。

三、“上回”批语分析

刘先生找到两条批语支持故事“挪移”进而“移花接木”的看法，第一条批语是上述在第 13 回中“伏后文”的夹批，第二条是第 64 回中的“上回”批语。

刘先生认为第 64 回的回前诗之后批语中提到“上回秦氏病故、凤姐理丧”，就是指第 13、14 回中“秦氏病故、凤姐理丧”之事。因此，尤氏姊妹故事在《红楼梦》原稿《风月宝鉴》中，不是在现在的第 63、65 回，而是就在第 14 至 16 回之间。这样现在第 63、65 回尤氏姊妹故事也是被“挪移”了 50 回。

刘先生对“上回”批语的解释似乎无懈可击，但仔细分析，其中还是有些疑问。

首先，此批语是否可能反映了刘先生所说的《红楼梦》原型《风月宝鉴》的面貌？

此批语出现在戚序本第 64 回的回前诗之后，蒙府本也有，列藏本也有。戚序本除第 1 回外，79 回每回在正文前都有这种批语，蒙府本完全相同。而列藏本刚好只有本文研究的第 64 回有此批语，而其他所有其他各回中都没有此类批语。

这类批语一般认为不是《红楼梦》原本就有的，一者是其他脂本都没有这类批语，更明显的是第 41 回批语之后有“立松轩”字样，因此很多认为这是“立松轩本”所加的批语，是后加的。

如果这个分析是正确的，这些批语是后加的，则编写批语的人几乎肯定不会看到早期的《风月宝鉴》，也就不可能见到刘先生所说的，第 63、65 回尤氏姊妹故事插在第 14 至 16 回之间的早期《风月宝鉴》本。这样，刘先生根据此后期的批语，认为早期《风月宝鉴》中第 63、65 回尤氏姊妹故事插在第 14 至 16 回，就不可能存在了。

支持这个结论的另一个证据是，戚序本这类批语从第2回到第80回都有，如果现在第64回中的“上回”是指第13、14回，则现在第64回批语就应该是《风月宝鉴》第14或15回的批语，但现在第14、15回已经有了批语，因此第64回批语不太可能是《风月宝鉴》第14或15回的批语。

根据以上两个证据，第64回批语中的“上回”确实是指第13、14回的“秦氏病故、凤姐理丧”故事，但“上回”并不是意味第64回就应该接第13、14回。

这样问题就变成：如何理解第64回的“上回”？

刘先生也认为，“上回”有多种解释。

刘先生认可的解释是指“上一回”，即前一回。因为此批语开始说到“此一回”很明显是指本回，这样紧接着说“上回”，就应该是本回的前一回。而“上回”所提到的“秦氏病故、凤姐理丧”是在第13、14回，这样本回（即64回）就应该接着第13、14回，这样63、65回中尤氏姊妹出嫁的事情就应该在第14至第16回之间了。这也就完全符合刘先生前面对尤氏姊妹故事被“挪移”的分析。这种对“上回”的分析似乎很合理，我初看也觉得刘先生此处对“上回”的分析没有任何问题。

但为保险起见，我还是继续深入检查研究“上回”的含义。

首先，我仔细检查了戚序本中第2回到第80回全部批语。批语中谈及本回时，都一致写成“此回”，和第64回的“此一回”是一致的，没有问题。如说到下一回时，都称为“下回”（第38回）和“后回”（第21回）。而如说道前一回时，在第38、60回都称为“前回”，而只有第64回中唯一的一次出现了“上回”。

根据这个情况，我觉得第64回中的“上回”不是指前一回，而是指以前的某回，即第13、14回。这样就不存在第64回是紧接着第13、14回的问题了。第63、65回中的尤氏姊妹故事就不会在第14至16回之间，而是仍然就在现在的第64回。

因此，刘先生认为“上回”就是本回的前面一回的看法，只是一种解释而已。其实刘先生自己也提出“上回”还有一种解释是“指事情的次数”，虽然这和本人的分析略有出入，但说明“上回”的确是有多种解释的。

其次，如果从语言学角度分析“上回”，则“上回”还有一种解释是泛指，即前面的某一回，而不是指具体的前一回。我们平时说话时，有时说：“我上回做什么事情了”，是说我以前曾做了什么事情，为简略，具体时间就不说得太清楚了。此处的“上回”也可能有类似的含义，“上回秦氏病故、凤姐理丧”是指本书前面曾讲到过“秦氏病故、凤姐理丧”故事，而不是具体指是前一回。

因此，“上回”有专指和泛指两种含义，专指是指前一回，而泛指是前面的某件事。这就要看用在何处。此处是出现在第64回批语中，却谈到第13、14回的事情，则“上回”就可能是泛指前面曾发生的事情，而不是具体指“前一回”。

综合以上对全部79回批语的整体情况看，此批语是79条回批语中第64回的回前批；再结合对“上回”具体内容的分析，刘先生认为此批语是暗指《风月宝鉴》中，现在的64回实际是紧接第13、14回，这种解释的可能性似乎并不大。而“上回”是个泛指前面某回的“秦氏病故、凤姐理丧”故事，这种解释可能性更大。

因此，字面上看，虽然“上回”是指前一回较合理，从而应该可能性更大。但从深层分析可以看出，“上回”是前面的某一回，而不是指具体前一回的可能性也存在。这又是哪种可能性更大，哪种解释更合理的问题，又是仁者见仁，智者见智的问题了。

“上回”如何解释是小事，但在此处是涉及刘先生的推论是否成立的关键问题。要说清此问题也很费力，但又不得不说。

第四节 总结

一、三个故事和两个批语总结

以上对刘先生论证“移花接木”的几个论据都逐一做了仔细分析，即：

1．三个故事：第47回柳湘莲上坟、第64回贾政出差、第63和65回二尤故事。

2．两个批语：第13回“伏后文”和第64回“上回”批语。

3．两个出场：第14至16回柳湘莲会秦钟，第13回二尤姊妹出场。

总结以上分析，上述问题实际都有多种解释，分别总结如下。

第一，三个故事。

1．第47回柳湘莲上坟。

刘先生认为柳湘莲上坟被向后“挪移”了几十回，此事本应在第14至16回之间，但这只是出于从第14至16回可能两人会面后，直到第47回之间再没有任何相关故事，此外并未提出任何令人信服的证据，因此这个论据似乎不够充分。

从柳湘莲的叙述可知，从秦钟之死到柳湘莲上坟，中间间隔一个夏天，因此从时间看，到第47回柳湘莲才去上坟是有可能的。

2．第63和65回二尤故事。

刘先生对二尤故事和柳湘莲上坟故事的分析论述非常相似。二尤从第13回出现，但直到第63回才再次出现，之间50回没有任何二尤故事。刘先生又因此认为，这和柳湘莲故事一样，也是很不合情理。刘先生因此认为二尤故事本应在第14至16回之间。但这又和柳湘莲上坟一样，刘先生也并未提出任何令人信服的证据，因此这个论据和柳湘莲上坟故事一样，似乎也不够充分。

实际仔细分析二尤故事，如安排在秦可卿死后的第14至16回之间反而并不合理了。因为贾琏暗娶尤二姐，导致了贾琏和凤姐矛盾公开，走向决裂，荣府也因此走向衰败，因此要提前到第14至16回从全书故事发展来看，是明显不合理的。

3．第64回贾政出差后回京参加贾敬葬礼。

第37回贾政出差外地，第64回却又回来参加了贾敬葬礼，刘先生认为这很不合理，也是被“挪移”了，他认为此事应该发生在第37回贾政出差之前。

这种分析问题很大。贾政出差后，又参加了贾敬葬礼，有多种解释。可能是贾政从出差地请假回来参加葬礼，也可能是贾政根本就没有参加葬礼，这是后期版本增添的。因此，贾政参加葬礼一事实际并无矛盾，也就根本不需要向前移动了，也就不能成为“移花接木”的证据。

第二，两个批语。

1. 第13回“伏后文”批语。

在此回“伏后文”批语之后，确实找不到对应的“后文”。似乎就如刘先生的分析，“伏后文”只能和第63、65回二尤故事对应，而这之间相隔又太长，很不合理。因此刘先生认为第63、65回二尤故事应提前到第14至16回之间，这样就可解决这个矛盾。

但仔细分析全部“伏后文”批语，还有一例“伏后文”批语也是没有“后文”对应，因此不排除“伏后文”的故事被删除了的可能性。第26回总批中提到一些情节，在后文中都没有，因此不排除“伏后文”故事是被删除了的可能性。

2. 第64回“上回”批语。

刘先生认为第64回“上回”批语是指第13、14回，因此第64回二尤故事就应该在第14至16回之间。这表面看来是很可靠的证据。

但实际“上回”也有两种解释。字面上“上回”可理解为前一回，但实际上“上回”也可能是泛指，是前面某些故事，即秦氏病故、凤姐理丧。这样第64回就与第14、16回无关了。

第三，两个出场：第14至16回柳湘莲会秦钟，第13回二尤姊妹出场。

这两个问题中，柳湘莲会秦钟确实是作者疏忽而遗漏。而第13回二尤姊妹出场是刘先生为论述63、65回二尤故事而提及的，本身并无任何问题。因此这两个故事没有多大的研究意义。

二、本章小结

总而言之，通过以上分析，上述这些问题，刘先生的解释实际只是一种可能性。而这种可能性的分析论证中，似乎都存在一些不足和疑点，并不是“铁证”。对以上所有问题，除刘先生的解释外，还都存在其他的解释，即存在其他可能性。

刘先生提出了一系列很有趣的问题，这些问题一般人都没有看到，而刘先生从这些细微问题中，看出差异，并进行深入的分析，最后对《红楼梦》的创作过程得出了一个结论。虽然刘先生的看法只是一种解释，还存在其他解释。但刘先生的文章推动了对《红楼梦》文本的仔细认真的研究，还是有很大意义的，也是非常难得的。

从刘先生论证“移花接木”的论证可以再次看出《红楼梦》研究的复杂性。《红楼梦》中的矛盾非常多，这些矛盾是如何产生的，又有多种解释。

这次刘先生沿袭了一贯的“探微”模式，把三个故事、两个出场和两个批语全部串起来，并做了极为细致和深入的分析，对《红楼梦》创作过程，提出一个“移花接木”的崭新看法。不管这个看法是否正确，是否会被红学界所承认，单对刘先生的研究思路和论述方法，就值得我们敬佩。

虽然我很多地方与刘先生的看法不同，但我很敬佩刘先生的研究，在此再次对刘先生孜孜不倦的研究精神表示深深的敬意。

此文初稿曾请国内一位古代小说研究专家审阅，他回信：

> 刘先生的文章我还没有看到，他的有关红楼梦的著作倒是都读过，他的心思很细，经常发现一些很有意思的细微问题，至于结论，正如您大作中所说，他只提出一种可能性，还有其他解释。刘先生此说的价值大概在于发现并提出问题，依照红楼梦现有的版本和资料，恐怕很难还原起初的创作情况，说得过实，反倒容易出问题。再者，作品往往是虚实相生，提到的情节未必一定真写出来，这是一种艺术手法。
>
> 我觉得他的意见还是中肯的。

本书上册总结

本书上册主要研究了《红楼梦》版本有关的五个问题，即“庚寅本”问题、甲戌本附条批语问题、戚序本和庚辰本关系问题、周汝昌借给陶洙甲戌本录副本问题、戚序本和庚辰本关系问题、“程前脂后”和“移花接木”问题等。

以下对这五个问题的研究做个总结。

第一是“庚寅本”问题。

对“庚寅本”，我的兴趣不在其是真是假，而是关注此本到底是如何抄写出来的。换句话说，我不关心此本的结论，而关心此本的抄写过程。由于相关资料的缺乏，此本到底是如何出现在江泽家中，目前没有任何线索，因此要判断其来历十分困难。但仔细研究比对其文本，多方查证，还是可以找出一些线索。根据“庚寅本”的批语和俞平伯 1954 年版《脂砚斋红楼梦辑评》比较，证明“庚寅本”批语是来自俞平伯 1954 年版《脂砚斋红楼梦辑评》。这些证据众多，而且都是明摆和清楚的，但有些学者就是视而不见，反而相信文物鉴定，真是令人遗憾。由“庚寅本”的研究还延伸出很多问题。

第二是甲戌本附条问题。

从“庚寅本”一批语又引出甲戌本上一附条批语问题。“庚寅本”一批语是以“附条”为名出自周汝昌兄弟的甲戌本录副本。经仔细检查甲戌本原本，发现了此附条批语被撕掉后留下的痕迹，证明此附条批语曾出现在甲戌本上，但对此附条批语的来历还不清楚，还有不同看法。有人认为此事为周汝昌兄弟或陶洙所为，而我经过仔细分析，认为附条应该是甲戌本原有的。

有人根据俞平伯 1931 年没有提及甲戌本有附条，就武断认为甲戌本不可能有附条。而其实道理很简单，附条是明显后人所贴，俞平伯根本没有必要去提及。我查到俞平伯 1931 年曾抄录过甲戌本批语，虽然现在尚未找到俞平伯生前使用的《红楼梦》，但他 1954 年版《脂砚斋红楼梦辑评》收入了附条批语，证明他 1931 年曾抄录过此批语。这些推理很清楚，但有人对此视而不见，还根据一些明显不合理的推理，坚持错误的看法，这也真令人遗憾。

第三是戚序本和庚辰本关系问题。

此问题在我研究“庚寅本”前就关注。因为红学权威冯其庸主张戚序本来自庚辰本，并两次写入《红楼梦大辞典》。但我根据数字化比对，对此看法产生怀疑。表面看，戚序本出现较晚，很多地方又和庚辰本相同，而和甲戌本不同，因此认为戚序本来自庚辰本是很合理的。也有学者注意到戚序本有些文字和甲戌本相同，而和庚辰本不同，但由于迷信庚辰本更早，就认为这是戚序本根据甲戌本做了修改。但这只是理论上的可能性，实际更大可能性是戚序本和庚辰本有共同祖本。这很简单的道理，但红学家们却视而不见，岂非怪事。

第三是有关周汝昌借陶洙甲戌本录副本问题。

周汝昌借给陶洙甲戌本录副本，也是在研究“庚寅本”中出现的问题。“庚寅本”的批语来自俞平伯 1954 年版《脂砚斋红楼梦辑评》是毫无疑问的，而其中甲戌本的批语又是来自陶洙的己卯本，但陶洙把甲戌本批语抄写到己卯本，是根据周汝昌借给他的甲戌本，还是录副本，存在争议。周汝昌本人认为他借给陶洙的是录副本，并认为陶洙记错了时间。而梅节却认为周汝昌借给陶洙的就是甲戌本原本。此事的当事人还在世，竟然还说不清楚，这又是红学中的怪事。

这个问题和甲戌本附条，都和周汝昌有关。我和一些红学家谈及这两件事，他们没有经过仔细研究，就马上相信梅节看法，都认为附条是周汝昌所为，这使我很吃惊。近年来批评周汝昌的文章很多，我觉得周汝昌生前是有很多问题，指出这些问题是必要的，但这使得有人对他的看法有些偏颇。具体问题还是应具体分析，就甲戌本附条和借陶洙甲戌本两件事，我觉得还是要实事求是为好。

第五是有关欧阳健先生提出的“程前脂后”问题。

此问题争论多年，我本来不计划写此问题，但我对这个问题一直有一些想法，因此最后决定还是借机写入。其实这个问题的是非曲直很明显，但这个问题编写起来比前四个问题更费力。在论述其他四个问题时，逻辑比较清楚，按照一个思路下下来，编写都比较容易。但“程前脂后”问题很复杂，头绪很多，十几年来争论激烈，要说清楚就要举出很多实例来分析，篇幅要增加。限于篇幅和时间，最后只好只介绍基本看法，举出两个文字差异实例，而不展开分析了。

本书研究了《红楼梦》版本中的几个问题，这些问题上目前都还有争论，总结这些问题很有启发意义。通过这几个问题的争论，我发现有些学者虽然在文献研究中很有成绩，但在问题的分析和逻辑推理判断上却很欠缺。

本人多年从事古代小说版本数字化研究，对《三国演义》《水浒传》《西游记》《金瓶梅》版本都有些研究，唯独对《红楼梦》版本一直没有深入研究过。这次通过对这些问题的研究，对《红楼梦》版本的复杂性印象极为深刻。

《红楼梦》版本特点是“你中有我”“我中有你”的情况非常普遍。本人总想找个适当时机研究《红楼梦》版本，“庚寅本”刚好提供了这样一个机会。“庚寅本”出现后，多数《红楼梦》版本研究人员都认为此本是个现代抄本，是假的，不值得研究。本人因为从未深入研究《红楼梦》版本，虽然觉得这些学者看法有道理，但还是想利用数字化，自己亲自研究一下。通过对“庚寅本”及其他问题的研究，自己对《红楼梦》版本的复杂度也有所了解，对今后再研究其他《红楼梦》版本很有帮助。

《红楼梦》版本问题一贯非常复杂，通过研究《红楼梦》“庚寅本”等问题，有如下体会。

第一，研究版本首先是要分析文字差异。数字化比对可以快速、一字不漏地查出所有的文字差异，为后续分析打下很好的基础。“庚寅本”研究、戚序本和庚辰本关系研究，都利用了数字化比对，效果很好。在数字化比对基础上，还要根据分析的目的，对文字差异进行分类，以便于下一步研究。

第二，要对文字差异进行合理的解释。解释中要特别注意解释的多种可能性，不带任何偏见。对以上所有问题，还都存在多种解释，即存在多种可能性。对多种可能性要进一步分析哪种可能性更大。要注意，从不同角度分析，各种可能性的大小会不同。这样问题最终又演变成哪种解释更合理，哪种可能性更大的问题。而这又是仁者见仁，智者见智的问题了，最终恐怕无法得出大家都认可的结论。这也是《红楼梦》研究中的难题，很多问题最终都没有结论。

第三，要特别注意研究各种问题的严密推理。在版本研究中，严密的推理非常重要，有些学者的推理根本不合逻辑，这这样的学者讨论问题就非常困难了。

第四，《红楼梦》研究的复杂性。虽然数字化比对可以做到无一遗漏，但由于资料不足，又有多种解释和可能性，很多问题最终可能还是无法得出令人信服的结论。《红楼梦》中的矛盾非常多，这些矛盾是如何产生的，又有多种解释。由于资料不足，要确定到底是什么原因造成这种矛盾现象，是十分困难的，甚至可以说，要彻底破解这些谜团是完全不可能的事情。

第五，研究只要有进展就是进步。对《红楼梦》版本研究只要发现矛盾，进而分析这些矛盾，提出各种解释，分析各种可能性，把研究推向前进，就是有意义的，是值得的。对上述五个问题的研究，虽然可能没有得出令红学界所有人都信服的最后结论，但很明显是有所前进的。我认为，只要研究有所推进，提出一些新看法，就值得肯定，就是好事，就应支持。

《红楼梦》研究是十分复杂的，深入研究下去，会发现其中矛盾重重。我熟悉一位专门研究古代小说文献的著名大学的著名教授，他亲口对我说，他不研究《红楼梦》。我很奇怪，《红楼梦》是古代小说研究中最热门的领域，他作为一位研究古代小说文献的知名学者，为何不去研究呢？他的答复是，《红楼梦》中矛盾太多，不管如何研究，都无法得出令人信服的结论。与其做这样无结果的研究，不如去做其他实实在在有结果的研究，更有成效。我觉得他的话虽然有道理，但《红楼梦》研究也不是就没有前途了。以上对五个问题的研究就证明这一点，《红楼梦》研究还是有继续研究的余地的，虽然难度很大，越深入难度越大，但还不是就没有任何值得研究的了。我虽然没有深入研究过《红楼梦》，但对此我并不悲观。

当然在《红楼梦》研究中也有一些令人悲哀的事情。

其一是奇谈怪论层出不穷，如土默热的洪昇说、陈林的造假说等等，这些谬论竟然在某些人中还有一定市场，这真令人悲哀和无奈。

其二是有些明显有问题的说法，没有人敢公开指出来。如冯先生认为庚辰本是曹雪芹生前最后改定的本子，庚辰本是己卯本的过录本，戚序本等后期版本的祖本都是庚辰本等等。我仔细研究后发现，这些看法都有问题，冯先生似乎把庚辰本抬得太高了。此本在《红楼梦》版本演化中的地位远不应有这样高，它只是一个保存较完整的本子而已，但其中很多文字是被后人修改过了。我私下和一些著名红学家探讨，他们也认为庚辰本是个粗制滥造的本子。但碍于冯先生的面子，没有人敢公开说明这一点，这岂不是皇帝的新衣吗？真是奇怪！

本人没有深入研究过《红楼梦》，近来只是出于好奇，对这些问题做了一番研究，有些心得，对于《红楼梦》研究也略知一二，算是业余水平吧。本书对这些问题做了一番深入的分析，提出自己一些看法，也是抛砖引玉，希望看到有不同意见，以便把这些问题可以再深入地研究下去。虽然我知道这些研究不会有令人信服的结论，但只是出于兴趣，只要还有研究余地，就应该继续研究下去，而不管其他人对此会是如何看。

后　记

本人从1999年开始中国古代小说版本数字化研究，十几年来，研究主要集中在《三国演义》版本的数字化研究，对《水浒传》《西游记》和《金瓶梅》的部分版本问题也作了研究。但一直没有研究过《红楼梦》版本，主要是我担心《红楼梦》版本人工研究已经十分深入，数字化是否还有研究的余地？

2013年法国华裔著名红学家陈庆浩来北京大学讲学《红楼梦》一周，我和陈先生很熟悉，几乎每次讲座我都参加了。我也给陈先生演示了《红楼梦》版本的数字化比对，以前陈先生也曾看到过我的版本数字化比对，但未注意。这次他仔细看了我的演示，表示这种方法对《红楼梦》研究很有用，应该试试。

在陈先生鼓励下，我先选了前几年发现的卞藏本，做比对试验研究。但比对结果很失望，此本文字几乎和哪个版本都不相同，只是和列藏本最接近。这和后来刘世德先生出版的《红楼梦眉本研究》一书的研究结果完全相同。在比对卞藏本正文和其他版本正文时，我发现，戚序本有很多文字和庚辰本不同，却和甲戌本相同。按照主流红学的看法，戚序本是来自庚辰本，那为何会出现戚序本文字和庚辰本不同，却和甲戌本相同呢？我因此对主流红学的看法有所怀疑。

正当我对此问题困惑不解时，2012年9月，突然在网络上看到梁归智先生介绍，在天津出现一个新的手抄《红楼梦》"庚寅本"，他认为是个很有价值的"古本"。但任晓辉告诉我，他已经看过此本，认为此本有大量各种版本的批语，不可能是个"古本"，而肯定是个现代抄本，没有研究价值。但我觉得，此本刚出现，梁归智和任晓辉看法完全相反，这正好可以利用数字化比对，看看是谁的看法正确。为此，我2012年10月1日马上去天津亲自看了此本，藏者王超送我一本影印本，我马上把此本数字化，以便和其他版本比对。从2012年到2014年，我陆续在苗怀明主办的"中国古代小说网"上连续发表二十多篇文章，介绍我的研究结果。

本人曾一再表示，虽然此本是个现代抄本，但其仍有研究价值，希望可以正式出版，供更多学者研究。天津百花文艺出版社2014年10月正式出版了此书，这是件好事，必将促进《红楼梦》版本的研究。

目前对"庚寅本"的来历还有很多争议。我根据仔细比对后认为，"庚寅本"是个现代抄本，其批语来自俞平伯1954年版《脂砚斋红楼梦辑评》，正文的底本可能是某个庚辰系列的版本，但不排除抄写者曾参考过某个"古本"的可能性。而梁归智、赵建忠、任少东根据文物鉴定专家意见，认为此本是晚清抄本，20世纪50

年代不可能有人用清代老纸和毛笔来抄写。虽然赵建忠不同意我的看法，但他在2013年和2014年两次邀请我出席天津红楼梦文化研究会，请我在会上发表我的看法。我是红学圈外人物，从未参加任何《红楼梦》的研讨会，对赵建忠的盛情邀请和接待，使我有机会介绍我的看法，我十分感谢。

在古代小说版本和《红楼梦》数字化研究中，我和一些老一辈的红学家们经常交换意见，如段启明先生、刘世德先生和胡文彬先生等。作为一名初入《红楼梦》版本的人，从这些老先生处获益匪浅，对我帮助很大，我对他们做学问的认真、仔细印象深刻，很值得我们学习。

我从事古代小说版本数字化研究以来，得到了“中国古代小说网”主编苗怀明老师的大力帮助，我的文章一般都是在该网站上先发表，并得到苗老师的热心指点。他鼓励我将这些文章结集出版，他曾出版多部专著，对此书也提出一些具体建议，我对此非常感谢。

此书的出版得到中州古籍出版社张弦生先生的大力鼓励和帮助。我不是学习古典文学出身，写这方面的专著没有把握。张先生审阅我的初稿后，认为有出版价值，大力支持此书和丛书的出版，并对排版格式等提出很多建议，逐字审核了全部稿件，对此我也非常感谢。

从1999年开展古代小说版本数字化研究以来，我得到了海内外很多朋友的帮助，对此我也深表谢意。

2015年4月1日